Knaur.

Knaur.

Von Andreas Franz sind außerdem erschienen:

Julia-Durant-Krimis:
Jung, blond, tot
Das achte Opfer
Letale Dosis
Der Jäger
Das Syndikat der Spinne
Kaltes Blut
Das Verlies
Teuflische Versprechen
Tödliches Lachen
Mörderische Tage

Peter-Brandt-Krimis:
Tod eines Lehrers
Mord auf Raten
Schrei der Nachtigall
Das Todeskreuz

Sören-Henning-Krimis:
Unsichtbare Spuren
Spiel der Teufel

Außerdem von Andreas Franz:
Die Bankerin

Über den Autor:
Andreas Franz wurde 1954 in Quedlinburg geboren. Er hat als Übersetzer für Englisch und Französisch gearbeitet und war jahrelang als Schlagzeuger tätig. Seine große Leidenschaft war aber von jeher das Schreiben. Und das zu Recht, wie u. a. sein Erfolgsroman »Jung, blond, tot« bezeugt. Seine Maxime: »Die Leser fesseln und trotzdem (vielleicht) zum Nachdenken anregen (aber nie den Zeigefinger erheben!).« Andreas Franz ist verheiratet und hat fünf Kinder.

Besuchen Sie auch die Homepage des Autors:
www.andreas-franz.org

Andreas Franz

DER FINGER GOTTES

Roman

Knaur Taschenbuch Verlag

Originalausgabe September 1997

Umschlaggestaltung: Angela Dobrick, Hamburg
Satz: MPM, Wasserburg
Druck und Bindung: CPI – Clausen & Bosse, Leck
Printed in Germany
ISBN 978-3-426-60616-2

17 16 15 14

FÜR INGE

Prolog

Normalerweise machten sie es am Wochenende, in der Nacht von Samstag auf Sonntag. Diesmal jedoch waren sie gezwungen, es auf einen anderen Tag zu verlegen, denn es ging das Gerücht, irgendein mieser Verräter habe der Polizei einen Tip gegeben.

Sie hatten sich eine Scheune auf dem alten Müllerhof für ihr Spektakel ausgesucht, etwa zwei Kilometer außerhalb von Waldstein, auf einem schon seit Jahren verlassenen Grundstück, das keinem gehörte und für das sich keiner interessierte.

Immer mehr kamen angerollt, Kombis, Transporter, aber auch ganz normale Autos, deren Kofferräume teils zu Käfigen umgerüstet worden waren. Grelle Scheinwerfer durchstachen die schwülheiße Nacht, Reifen knirschten durch den Sand, der durch hauchdünne Wolkenschleier scheinende Vollmond verwandelte Menschen in Schemen.

Schließlich parkten mehr als sechzig Fahrzeuge auf dem großen Platz vor der Scheune. Die Männer und Frauen, die ihnen entstiegen, unterschieden sich nur unwesentlich von anderen »normalen« Bürgern. Einige trugen tief ins Gesicht geschobene Hüte, Jeans, Karohemden und Stiefel, es war als paßten sie sich ihren Vorbildern aus Übersee an, die Gesichter ernst und verschlossen. Gespenstische Atmosphäre.

Kaum jemand sprach, fast alles geschah schweigend, die Begrüßung erfolgte durch Kopfnicken, nur selten fiel ein Name, und wenn dann nur flüsternd; Namen waren bei diesen Veranstaltungen tabu. Im Moment standen sie alle,

Beteiligte und Zuschauer, unter einer Hochspannung, die sich erst in einigen Stunden entladen haben würde.
An diesem Ort trafen sie sich zum ersten Mal, und es würde auch das einzige Mal bleiben, fast nirgends taten sie es öfter als einmal, denn bereits beim zweiten Mal liefen sie Gefahr, aufzufliegen. Ihr Tun war verboten, strafbar, aber wer sich hier einfand, den scherte dies wenig, denn nur ignorante Sesselfurzer mit weißen Kragen und hochgebundenem Schlips konnten solche Scheißverbote erlassen. Kleinkarierte Büroärsche, die den ganzen lieben langen Tag nichts anderes zu tun hatten, als mit ihrer Nase im Rinnstein rumzuschnüffeln, um herauszufinden, wie viele verschiedene Arten Scheiße drin rumschwammen.
Verdammte Verbote! Verdammte Strafen! Aber hier, an den Ausläufern des Fichtelgebirges, war das Land groß und die Besiedlung noch dünn, und so manch ein Richter und Staatsanwalt bestechlich, und nicht selten traf man am Ort des Geschehens selbst einen Richter, einen Anwalt oder einen Polizisten an.
Ein Hund nach dem andern wurde von seinem Herrn aus dem Auto geholt, meist kleine, krummbeinige, eigens für solche Kämpfe herangezüchtete Pit Bulls, drahtige, kernige, weder Tod noch Teufel fürchtende Kreaturen.
Diese Kämpfe übten eine merkwürdige Faszination aus, sie hatten etwas Prickelndes, Magisches, das nur verstehen konnte, wer einmal dabeigewesen war, und das keiner je verstehen würde, der nur davon hörte. Fast schien es, als faszinierte viele nicht so sehr der Kampf selbst, sondern das bloße Dabeisein, dieses störrische Sich-den-Verboten-Widersetzen, vielleicht auch die Enge der Scheunen oder Baracken, die stickige Luft, der beißende Geruch, fast schon Gestank, aus Schweiß, Ausdünstungen, Blut, Tabak und billigem Fusel, der Schimmer der aufgewirbelten Sägespäne im matten Licht einer einsam von der Decke baumelnden

Glühbirne, die Anfeuerungsrufe, das wilde Schreien und Stöhnen der Männer und Frauen, in das man wie unter Hypnose mit einstimmte, egal für welchen Hund man Partei ergriffen hatte, das Betrachten der erhitzten, geröteten Gesichter, dieses kurze Dazugehören zu einer ausgestoßenen, verachteten Gruppe.

Es war sinnlos, ihnen Vorhaltungen zu machen, erklären zu wollen, was sie taten, sei Tierquälerei. Bestenfalls schüttelten sie nur mitleidig oder abfällig grinsend die Köpfe – manch einer reagierte aber auch aggressiv. Denn sie behaupteten allen Ernstes, ihre Hunde zu lieben, und diese Liebe würde von ihren Hunden erwidert. Und beobachtete man sie, wenn sie sich unbeobachtet glaubten, dann war man sogar geneigt, ihnen dies abzunehmen. Sie behandelten ihre Hunde wie das kostbarste Gut dieser Welt. Wahrscheinlich stimmte es sogar, und sie liebten ihre Hunde mehr als andere ihre Pudel oder Schäferhunde, und wahrscheinlich stimmte es auch, daß die meisten von ihnen fast ausschließlich von ihren Hunden geliebt wurden. Sie lebten für ihre Hunde, beteten für sie, stellten Kerzen für sie auf, opferten alles für sie, freuten sich wie kleine Kinder, wenn ihre Hunde wieder einmal gewonnen und genug Geld gebracht hatten, um die Tage bis zum nächsten Kampf zu überleben – und ergaben sich in stille, depressive, wehmütige, selten wütende Trauer, wenn ihr Vierbeiner den Weg alles Irdischen beschritten hatte.

Es waren häßliche Hunde. Häßlich für andere. Für ihre Besitzer jedoch waren es die schönsten Hunde der Welt. Keine rötlich glänzenden, aufpolierten Irish Setter, keine drahtigen Dackel, keine formvollendeten Schäferhunde, keine »gestylten« Afghanen. Dafür kraft- und mutstrotzende Kerle, perfekte Hunde, das Abbild jener Kreatur, die Eigenschaften besaß, die viele ihrer Besitzer selbst gerne besessen hätten.

Wie vor jedem Kampf verhinderten die Männer und Frauen auch in jener Nacht, daß die Hunde vor der Auseinandersetzung in dem mit Sägespänen gefüllten Ring miteinander in Berührung kamen. Denn so sehr sie ihre Herren liebten, so sehr haßten sie die eigene Art. Gezüchteter, wilder Haß. Haß, der sich in ihren Augen, im Fletschen ihrer Zähne, in der drohenden, angespannten Haltung ihrer krummen Beine widerspiegelte. Ein Haß, der nur ein Ziel hatte – töten. Und wenn es auf Kosten des eigenen Lebens war. Tötungsmaschinen.
Hinter einem am Nachmittag schnell hingezimmerten Stand wurden die Wetten für die Kämpfe entgegengenommen, Wetten war das zweitwichtigste bei diesen Zusammenkünften.
Scherer stand in der Tür und begutachtete argwöhnisch jeden, der an ihm vorbei die sich zusehends füllende Scheune betrat. Noch war der Ring leer, doch nicht mehr lange, bald war es soweit, bald würden sie sich in den Spänen wälzen, Pit Bulls, Mastinos und andere, sich ineinander verbeißen, Blut und Schleim würden auf den Boden tropfen, die Späne zu blutig-schleimigen Klumpen verkleben, es würde von den Wänden widerhallen, das Geschrei, Gejohle, das Fluchen, das Stöhnen und das »Los« des Schiedsrichters, der mit diesem Kommando und dem Senken des Arms den ersten Kampf freigeben würde.

1

Er hatte aufgehört zu wippen. Das einzige, was sich noch bewegte, war der von einem fleckigen, blau-rot karierten Hemd bedeckte Brustkorb, der sich langsam hob und wieder senkte, und sein linker Mittelfinger, der in unregelmäßigen Abständen zuckte. Wie jeden Mittag etwa um die gleiche Zeit war er in einen tiefen Schlaf gesunken, aus dem er erst nach zwei oder drei Stunden erwachen würde. Wenn er schlief, störte ihn nichts, weder das Knarren der morschen Verandabohlen unter seinem Schaukelstuhl, noch das Windrad in seinem verwahrlosten Garten, das sich quietschend drehte, angetrieben von einem heißen Südwind, der vereinzelt winzige Staubfontänen vor sich her durch die Gassen trieb.
Die Straße lag ausgestorben, kein Kind, keine Katze, kein streunender Hund, jedes Lebewesen schien das Ende der Mittagshitze abzuwarten. Noch war der Horizont eine milchige, flimmernde, beinahe undurchsichtige Wand, hinter der schemenhaft im flirrenden Dunst die Höcker des Fichtelgebirges im Osten, die des Frankenwaldes im Westen aus dem Boden ragten, die seit Wochen die Erde verbrennende Sonne hatte etwas Lebensfeindliches.
Ein vom Supermarkt kommender alter Lieferwagen passierte laut tuckernd die staubige Straße in Richtung Hof, wenig später gefolgt von Brackmann, dem Polizisten, der in seinem klapprigen Opel eine gemächliche Runde durch den jetzt einer Geisterstadt gleichenden Ort drehte. Die wenigen Geschäfte hatten, bis auf den Supermarkt, bis drei Uhr geschlossen, der Krämerladen von Frau Olsen, die Gärtne-

rei, der Uhrmacher, der Friseur, die Filiale der Volksbank Hof, in der gleichzeitig auch die Post untergebracht war, die Apotheke und die wenigen anderen Läden, die für einen kleinen, abseits jeder größeren Ansiedlung gelegenen Ort wie Waldstein unbedingt nötig waren.

Lediglich Toni hatte seine Kneipe, die genau gegenüber vom Rathaus lag, geöffnet, wie jeden Tag von morgens um neun bis Mitternacht. Toni stand hinter dem Tresen, ein kleiner, gemütlicher, eher stiller Mann mit Halbglatze und Kugelbauch, die Augen hinter einer schmalen, leicht getönten Brille versteckt, das Gesicht schweißüberströmt. Mit einem Tuch wienerte er Gläser, mehr Beschäftigungstherapie denn Notwendigkeit, und sobald er überzeugt war von ihrer Sauberkeit, stellte er sie zufrieden knurrend in das Regal zurück.

Sein Reich war nur klein, Waldstein selbst war ja kaum mehr als ein unscheinbarer Flecken an den Ausläufern des Fichtelgebirges, und die einzigen, die Toni besuchten, waren die Einheimischen selbst. Fremde verirrten sich nur selten hierher, höchstens dann und wann ein Vertreter oder ein Durchreisender, aber es hielt keinen Fremden lange in diesem gottverlassenen Kaff. Wer zu Toni kam, verlangte meist Bier oder Korn oder beides zusammen, wer Hunger hatte, konnte zwischen Schnitzel, Hamburger oder Rührei mit Schinken wählen und sich zum Essen entweder an den Tresen oder einen der zehn dunkelbraunen, abgenutzten, runden Tische setzen.

Jetzt zur Mittagszeit hatte Toni nur einen Gast, den alten Willy, dessen Alter keiner im Ort kannte, möglicherweise kannte er es selbst nicht; seit Jahren hatte er hier seinen Stammplatz, auf dem er mit seiner blanken, abgewetzten, dunkelblauen Hose saß, auf immer demselben Hocker, dem dritten von der Tür aus gesehen – insgesamt gab es acht an der Theke –, von dem aus seine alten Augen den Marktplatz recht gut überblicken konnten. Meist jedoch war sein Interesse stur auf das Glas gerichtet, das jetzt fast leer vor ihm auf dem blanken Metall des Tresens stand, und es war beinahe unmöglich herauszufinden, was sich hinter seiner breiten, fliehenden Stirn abspielte. Er trank aus, nuschelte durch den fast zahnlosen Mund: »Noch 'n Bier.«

»Hast du Charlie heute schon gesehen?« fragte Toni, während er das Bier einschenkte. Mit Charlie meinte er Karl Müller, den besten und einzigen Freund und Saufkumpan von Willy. Eine dichte weiße Schaumkrone bedeckte zu mehr als zur Hälfte das Glas; Toni nahm mit einem Löffel einen Teil des Schaums ab, beförderte ihn in das Becken und füllte wieder Bier nach. Er stellte das Glas vor Willy.

»Hm, vorhin«, knurrte der, umfaßte das Glas mit seinen braunen, von harter Arbeit gezeichneten Händen, »und jetzt hält er sein Schläfchen. Du kennst das ja«, dabei zuckte er mit seinem rechten Mittelfinger – den kleinen und den Ringfinger der linken Hand hatte Willy vor Jahren in einer Kreissäge verloren – und grinste schief, »wenn er dabei ist, weckt ihn nicht mal 'n Kanonenschlag auf.« Er schüttelte seinen von lichtem, grau-weißem, fettigem, bis über die Ohren hängendem Haar bedeckten Schädel. »Charlie hat heut wieder Geld gekriegt. Wird wohl später vorbeischauen.«

Toni war mit dem Polieren der Gläser fertig und wischte abschließend mit dem Tuch über den Tresen. »Auch wenn's mir egal sein sollte, aber ich kann Charlie einfach nicht verstehen. Wenn ich jeden Monat so viel Geld . . .!« Toni breitete seine Arme aus und schüttelte verständnislos den Kopf. »Mein Gott, ich wüßte, was ich damit anfangen würde! Aber er, was macht er? Er versäuft es oder steckt's den Huren in den Rachen! Wenn ich mir nur sein Haus ansehe . . . Ein Schandfleck für diesen Ort, diese verkommene Bruchbude! Und sein Garten sieht aus, als hätte eine

Herde wildgewordener Bullen eine Party veranstaltet.« Toni hielt kurz inne, atmete tief die heiße Luft ein, machte eine wegwerfende Handbewegung. »Aber was reg ich mich auf, ist schließlich sein Problem und nicht meins!«

»Ich würd's machen wie er. Sein verdammtes Leben war beschissen genug, oder etwa nicht? Vierzig oder fünfzig gottverdammte Jahre lang Tag für Tag auf den gottverdammten Feldern! Wer weiß, wie lang er's noch macht!«

»Daß du es genauso machen würdest, ist mir klar«, frotzelte Toni. Willy reagierte nicht darauf, seine unergründlichen Gedanken befanden sich schon wieder in einer anderen Welt. Vielleicht träumte er den Traum des einsamen alten Mannes, der ein Leben lang vergeblich auf die Frau gewartet hatte, doch nun war er alt und gebrechlich und versoffen dazu, und vielleicht träumte er davon, daß sein Leben, das seit Jahren aus kaum mehr als dem Heben von Biergläsern bestand, schon bald ein Ende fand. Er grübelte viel, lachte kaum, die dumpfe Resignation eines alten Säufers hatte Willy in Ketten gelegt. Er widmete sich wieder seinem Glas, das ausdruckslose Gesicht leicht nach unten geneigt, die grauen Bartstoppeln wuchsen wild über seine Backen bis hinunter zum Kragen des schmutzigen Hemdes, tiefe Gräben durchzogen das Gesicht, den Hals abwärts, wo sie unter seinem Hemd verschwanden.

Einen Moment lang war das lauteste Geräusch das leise Surren des Ventilators, dessen Rotorblätter sich müde und langsam bewegten und die heiße Luft nur ein wenig durcheinanderwirbelten. Die Klimaanlage, die erst im vergangenen Jahr wegen des zweiten langen und heißen Sommers hintereinander installiert worden war, hatte vor zwei Tagen vor der Hitze kapituliert, und trotz Tonis sofortigem Anruf bei der Wartungsfirma in Hof hatte sich bis jetzt noch kein Mechaniker auf den Weg nach Waldstein gemacht.

Toni setzte sich, wischte sich mit dem Handrücken den Schweiß von der Stirn. »Ich möcht bloß wissen, woher Charlie das ganze Geld hat! Der hat doch sein Leben lang immer nur auf den Feldern oder in der Spinnerei geackert, und dabei ist doch weiß Gott noch keiner reich geworden!«
Willy zuckte mit den Schultern, die von welkem Pergament überzogenen Hände hielten das Glas. »Keine Ahnung, vielleicht hat er 'ne reiche Tante gehabt. Ist mir aber auch scheißegal, woher er die Kohle hat.«
Das Quietschen von Bremsen ließ die beiden Männer den Blick zur Tür hin wenden. Der Polizeiwagen hielt direkt vor dem Lokal. Brackmann, ein großgewachsener, schlanker, asketischer Mann mit einem schmalen, durch breite Wangenknochen betonten Gesicht mit ehemals scharfen, wachen Augen, stieg aus. Er ging um den Wagen herum, blieb noch einen Augenblick stehen, warf einen schnellen Blick hinüber zum Rathaus, dessen Vorderfront von hohen, schattenspendenden Bäumen umrahmt war, zu seinem Bürotrakt, der klein, schmächtig, beinahe unscheinbar neben dem für Waldstein viel zu wuchtigen Rathaus stand. Er zog seine Hose gerade, nahm die Sonnenbrille ab, steckte sie in die Hemdtasche und betrat die Kneipe.
»Tag«, sagte Toni.
»Toni, Willy!« Brackmann nickte grüßend und setzte sich auf einen Hocker. »Diese elende Hitze! Ob das jemals wieder aufhört? Ich habe heute das Gefühl, als würde mein Blut gleich anfangen zu kochen. Der wievielte Sommer mit solcher Hitze ist das eigentlich?«
»Der vierte hintereinander«, sagte Toni. »Kaffee?«
»Bloß nichts Heißes! Orangensaft mit viel Eis.«
Toni stellte den Orangensaft vor Brackmann. »Irgendwas los heute?« Eine Gewohnheitsfrage, die sich im Prinzip erübrigte.

»In diesem Nest kannst du hundert Jahre alt werden, ohne daß auch nur das geringste passiert. Das ist so, seit ich hier bin, und daran wird sich voraussichtlich auch bis in alle Ewigkeit nichts ändern.«

»Vielleicht ändert sich's ja doch bald«, bemerkte Willy leise.

»Aber nicht hier!« sagte Toni.

»Da wäre ich mir nicht so sicher!«

Toni und Brackmann wandten beide gleichzeitig den Blick in Willys Richtung, dessen merkwürdiger Tonfall sie aufhorchen ließ. »Wie bitte?« fragte Brackmann und kniff die Augen zusammen.

»Es braut sich was zusammen.« Willy starrte versonnen auf sein Glas, ein kaum merkliches Lächeln umspielte seinen Mund.

»Wie meinst du das?« fragte Toni.

»Es braut sich was zusammen. Unheil, ich spür das. Merkt ihr denn nicht, daß die Luft heute anders ist als sonst? Sie ist schwer und geladen. Ich sag euch, es braut sich was zusammen.«

Toni verdrehte die Augen, breitete die Arme theatralisch aus. »O ja, natürlich, ich merke es auch! Das Unheil ist förmlich zu riechen! Sie riechen es doch auch, oder?«

Brackmann grinste nur müde, spielte mit seinem Glas.

Willy blieb ganz ruhig. »Ihr glaubt, ich bin betrunken, was? Ihr denkt, der alte Säufer weiß eh nicht mehr, was er redet, stimmt's?« Er nickte, den Blick nach unten gerichtet. »Hm, der alte Willy mag ein gottverdammter Säufer sein, trotzdem ... ihr werdet's schon sehen.«

»Aber Willy«, meinte Toni freundschaftlich, beugte sich nach vorn und sah Willy von unten herauf an, »wenn du so sicher bist, dann verrat uns doch mal, wo das Unheil herkommen soll. Und wie sieht es aus?«

»Woher soll ich das denn wissen?! Eben Unheil. Etwas

Böses, etwas sehr, sehr Böses. Und jetzt laßt mich verdammt noch mal zufrieden!« Während Willy leise weitersprach, drehte er das leere Glas zwischen seinen Fingern.
»Willy! Unheil, Böses! Meinst du nicht, du übertreibst ein bißchen? Ein bißchen sehr? Wenn ich nicht genau wüßte, daß du gerade mal deinen Namen schreiben kannst, würde ich sagen, du hast in letzter Zeit zu viele Horrorromane gelesen. Aber gut, gib uns wenigstens einen Tip, was es sein könnte«, forderte Toni.
»Leck mich am Arsch!«
»Kommen Sie«, sagte Brackmann und sah Willy jetzt von der Seite an, »wenn Sie schon solche vagen Andeutungen machen, dann haben wir auch das Recht, ein klein wenig mehr zu erfahren. Soll auch nicht umsonst sein. Ein großes kühles Bier!«
Willys Miene hellte sich für Sekundenbruchteile auf, sein Tonfall wurde sofort versöhnlicher: »Weiß nicht genau, Unwetter, Gewitter, Hagel, vielleicht auch schlimmer ... sucht euch was raus.« Er zuckte mit den Schultern.
»Willy, was soll daran schon Besonderes sein? Wir haben hier schon Hunderte von Gewittern gehabt, und auch Hagel ist nichts Besonderes. Und was kann es schon Schlimmeres geben? Wenn das alles ist ...«
»Ihr könnt mich mal kreuzweise! Aber ihr werdet's schon sehen! Ist euer verdammtes Problem und nicht meins! Es wird ein furchtbares Unheil über Waldstein kommen!«
»Toni, geben Sie ihm ein Bier, damit er das Unheil besser übersteht. Vielleicht stärkt es ja seine Widerstandskraft.«
Brackmann trank aus, zahlte und ging mit schweren Schritten zurück zu seinem Wagen, dessen Sitze sich in der glühenden Sonne wie Kochplatten aufgeheizt hatten. Er wollte einsteigen und weiterfahren, überlegte es sich anders, überquerte die Straße, um einen kurzen Blick ins Büro zu werfen – nachsehen, was Schmidt machte, und

vielleicht für einen Moment, aber nicht länger, die Beine hochlegen. Und dann wieder fahren. Er mochte das Büro nicht, er hatte die Enge von Büros noch nie gemocht. Sie erdrückte ihn.

2

Waldstein war eine kleine Stadt, die bei der letzten Erhebung vor fünf Jahren gerade 2243 Einwohner gezählt hatte, klein und friedlich. Die zumindest bis vor ein paar Jahren kalten und schneereichen Winter dauerten meist von November bis Ende März, die kurzen Sommer waren mild bis kühl und häufig regnerisch gewesen. Seit etwa zehn Jahren aber waren die Winter milder und kürzer geworden, Schnee fiel immer seltener, dafür wurden die Sommer länger und heißer. Vor zwei Jahren gab es einen Jahrhundertsommer, der im vergangenen Jahr von einem weiteren Jahrhundertsommer überboten wurde, als drei Monate lang Temperaturen von über 25 Grad herrschten, dazu eine teilweise unerträglich hohe Luftfeuchtigkeit, die sich in bisweilen gewaltigen Gewitterstürmen mit Hagelschlag entlud. Und dieser Sommer machte sich daran, einen weiteren Rekord aufzustellen; seit Mitte Mai hielt sich die Hitzeglocke, wurde erst trocken-heiße Luft von Osten herübergeschaufelt, später, ab etwa Mitte Juli, wehte fast permanent ein heißer Südwind. Waren schon die Tage kaum noch auszuhalten, so wurden die Nächte zur Qual, wenn kein Windhauch sich mehr regte, die Schwüle alles zu erdrücken schien, das Thermometer kaum mehr unter 20 Grad fiel. Ehemals saftig grüne Wiesen waren verdorrt, die meisten der zahlreichen Karpfen- und Forellenteiche waren nur noch stinkende Tümpel, die Fische fast sämtlich qualvoll an Sauerstoffmangel verendet. Wenn die Menschen sich überhaupt nach etwas sehnten, dann nach kühlerem

Wind und vor nach allem Regen, der der verdorrten Landschaft wieder Leben einhauchte.
Kaum einer, der sich daran gewöhnt hatte, wie die Sonne unbarmherzig den Boden verbrannte, die Häuser aufheizte und tagsüber sämtliche Aktivitäten lähmte. Erst gegen Abend kam etwas Leben in den Ort, wenn die Sonne als riesiger roter Ball die leichten Wölbungen des etwa eine Autostunde entfernten Frankenwaldes berührte, um schließlich dahinter in den Horizont einzutauchen. Dann kamen auch die Menschen aus ihren Häusern gekrochen, die kleinen, meist liebevoll angelegten, schmucken Gärten wurden gewässert, hier und da Grillfeuer entzündet.
Doch die Einwohnerzahl von Waldstein reduzierte sich seit geraumer Zeit stetig, meist junge Leute zog es in die größeren Städte, wo das Leben aufregender war, spannender, abwechslungsreicher, amüsanter, kurz schöner und lebenswerter, wo sie sich austoben konnten, es genug Arbeit gab, viele und interessante Geschäfte, Kinos und Theater, Diskotheken und schicke Restaurants. Kaum einer verspürte Verlangen, in die Trostlosigkeit von Waldstein zurückzukehren. Denn Waldstein bot nichts, kein Theater, kein schickes Restaurant, nur ein kleines, allerdings schmuckes Kino mit bequemen Sitzen, in dem jeden Tag zwei Vorstellungen liefen mit den jeweils aktuellsten Filmen. Bis vor zwanzig Jahren gab es noch eine Bahnverbindung nach Münchberg und Hof, doch sie war wegen mangelnder Auslastung eingestellt und durch je einen Bus ersetzt worden, die beide einmal morgens um halb acht und ein weiteres Mal abends um sechs nach Hof und Münchberg fuhren. Die Gleise und das kleine, aus der Jahrhundertwende stammende Bahnhofsgebäude waren verwaist, Eidechsen, Ringelnattern und hier und da Kreuzottern sonnten sich zwischen dem hohen, jetzt gelben Gras, das die Schienen allmählich unter sich begrub.

Es gab einen Arzt, Dr. Reuter, der einen außerordentlich guten Ruf bis weit über die Ortsgrenzen hinaus genoß. Und Pfarrer Engler war sorgsam darauf bedacht, alle seine Schäfchen wohlbehütet durch dieses Leben voll tückischer Fallen zu geleiten.
Waldstein war eine Stadt der kleinen Leute, von denen viele in kleinen sauberen Häuschen wohnten, eingerahmt von kniehohen weißgetünchten Zäunen, sauber verlegte Steinwege führten vom Tor zum Haus, bunte Sträucher verströmten an manchen Tagen einen schweren, betörenden Duft.
Die wenigen Straßen waren schmal, bis auf die von Pappeln gesäumte Hauptstraße. Autos wurden kaum verschlossen, man vertraute sich, weil man sich kannte.
Nur am östlichen Stadtrand von Waldstein, gerade noch innerhalb der eigentlichen Ortsgrenzen, lebte eine Familie, die sich sehr wesentlich von den übrigen Bewohnern unterschied – die Vandenbergs. In der siebten Generation lebten sie hier, hier lagen ihre Wurzeln, hier hatten sie mit ihren Geschäften begonnen, die sie mittlerweile auf der ganzen Welt tätigten, sie besaßen Häuser und Wohnungen auf fast jedem Erdteil, gehörten zu den Reichsten und Mächtigsten im Land. Dabei machten die ausgedehnten Ländereien nur noch einen winzigen Bruchteil am Gewinnkuchen aus, ein Großteil der Spinnereien, Webereien und Textilfabriken war längst an andere Standorte verlagert worden, während die alten Gebäude langsam vor sich hin rotteten, die Scheiben und Oberlichter blind oder ausgeschlagen, die zurückgelassenen Maschinen verrostet, die Flachsfelder, vor dem zweiten Weltkrieg noch ein ertragreiches Geschäft, waren unrentabel geworden und wurden jetzt als Kartoffel- oder Rübenäcker genutzt. Doch auch wenn die Geschäfte in den großen Städten dieser Welt abgewickelt wurden, so residierten die Vandenbergs doch weiterhin in Waldstein, ob-

gleich dieser weltvergessene Marktflecken wahrhaftig jeden Reiz vermissen ließ. Aber es war ihre Stadt, ihr Land, ihr Grund und Boden, Waldstein hätte genausogut Vandenberg-Stadt heißen können, denn ihnen gehörte fast alles hier und in der Umgegend, Grundstücke, Häuser, Ländereien; statt zu fragen, was ihnen gehörte, sollte man eigentlich fragen, was ihnen noch nicht gehörte.

Sie bewohnten einen prachtvollen schneeweißen Herrensitz, gebaut vor mehr als hundertfünfzig Jahren, umgeben von einem ausgedehnten Park, überwacht von ausgeklügelter Elektronik und einem Dutzend Angestellten sowie zwei furchteinflößenden, schwarzen dänischen Doggen, die jeden Fremden, der sich der Toreinfahrt näherte, argwöhnisch beäugten.

Sie besaßen fast alles: Geld, Macht, Einfluß. Und seit einigen Jahren spielten sie eine immer größere Rolle in der Politik. Das vorläufige Tüpfelchen auf dem i sollte bereits im Herbst gesetzt werden, wenn die Landtagswahlen anstanden und von allen Bewerbern Jonas Vandenberg, der mittlere von drei Brüdern, allerbeste Aussichten hatte, zum neuen Ministerpräsidenten von Bayern gewählt zu werden. Er war beliebt, sein Zahnpastalächeln flimmerte immer öfter über die Bildschirme, immer häufiger wurden Interviews mit ihm abgedruckt, immer deutlicher wurde sein Eintreten für mehr Gleichberechtigung von Mann und Frau, für verstärkten Schutz der Jugend; er hielt feurige Plädoyers für die Schaffung von Arbeitsplätzen, forderte drastische Maßnahmen für solche, die arbeitsunwillig waren und sich auf Kosten des Staates schmarotzend durchs Leben schlugen, verlangte, daß wieder mehr auf moralische und ethische Werte gesetzt wurde, verdammte Abtreibung und forderte mehr Familiensinn. Er war liberal und konservativ zugleich, und vielleicht war es dieser reizvolle Widerspruch, der viele bewog, sich auf seine Seite zu schlagen.

Die alteingesessenen Waldsteiner, neueingesessene gab es ja fast keine, waren stolz – hatte man doch sonst kaum etwas, worauf stolz zu sein sich lohnte –, bald einen Ministerpräsidenten quasi aus den eigenen Reihen stellen zu können. Man war stolz, obwohl die Vandenbergs sich nur äußerst selten im Ort blicken ließen, nur einmal im Jahr präsentierten sie sich der Öffentlichkeit, am 15. Mai, dem Tag, an dem Waldstein vor jetzt 543 Jahren die Stadtrechte verliehen worden waren. Am 15. Mai fuhren sie in ihren dunkelblauen Nobelkarossen hinter dunkel getöntem Glas durch das ihnen zujubelnde Waldstein und hielten den ganzen Ort mit Essen, Getränken und Unterhaltungsprogrammen frei.
Brackmann passierte das Anwesen der Vandenbergs. Das einzige Mal, daß er einem von ihnen die Hand geschüttelt hatte, war bei seinem Dienstantritt vor knapp sechs Jahren gewesen. Er war damals aus Frankfurt gekommen, und obwohl er gewußt hatte, daß er in ein Nest geraten würde, wo sich Fuchs und Hase gute Nacht sagten, so hatte er doch nicht mit dieser extremen, bisweilen grausamen Eintönigkeit gerechnet, die in diesem öden, auf kaum einer Landkarte zu findenden Ort herrschte. Saubere Straßen, saubere Häuser, saubere Gärten, ein irgendwie immer sauberer Himmel, egal ob blau oder grau. Keine Unordnung, keine Unruhe, geschweige denn so etwas wie Kriminalität. Die Bezahlung für dieses Nichtstun hingegen geradezu fürstlich, er erhielt das gleiche Gehalt wie in Frankfurt, nur hatte er sich dort im Bahnhofsviertel täglich mit kleinen und großen Gaunern und Spinnern, randalierenden Säufern und Junkies, Vergewaltigern und Totschlägern, Zuhältern und Mördern herumschlagen müssen. Nichts davon gab es in Waldstein, kaum einmal, daß ein Betrunkener die Ausnüchterungszelle vollkotzte.
Doch Brackmann hatte nicht grundlos die Einsamkeit und

Ruhe in einer kleinen Stadt gesucht. Mit siebenunddreißig war er es leid gewesen, immer wieder sinnlos Menschen sterben zu sehen, und irgendwann, nach irgendeinem sinnlosen Sterben war er an den Punkt gelangt, wo er diese Art von Tod nicht mehr ertragen konnte und mochte und nicht mehr in der Lage war, Angehörigen zu sagen, der Sohn oder die Tochter oder der Ehemann oder Vater lebten nicht mehr. Ein Unfall, ein eingeschlagener Schädel, ein aufgeschlitzter Bauch ... er ertrug solche Anblicke nicht mehr.

Er ertrug nicht mehr die hoffnungslosen Gesichter der Heroinsüchtigen, die im Abfall nach Eßbarem wühlten, die aufgedunsenen Gesichter und ausgemergelten Körper der alkoholabhängigen Straßenmenschen, die nirgends eine Bleibe hatten als irgendwo unter irgendeiner Mainbrücke oder in irgendeinem miefigen Hauseingang, vor allen Dingen aber ertrug er nicht länger die immer weiter eskalierende Gewalt, die immer jüngeren Täter, Kinder, acht, neun oder zehn Jahre alt, die mit Messern und Schlagringen, Knüppeln und Ninjasternen bewaffnet, immer öfter sogar mit Pistolen oder Gewehren Jagd aufeinander oder völlig unbeteiligte Menschen machten. Wenn schon Kinder mit dem Krieg begannen, wo war dann das Ende der Spirale?

In irgendeiner Nacht hatte er das erste Mal nicht mehr schlafen können; er war zwischen drei und vier aufgewacht, hatte gedacht, daß alles mit einem Mal so furchtbar sinnlos war ... viele solcher Nächte folgten. Der erste Zusammenbruch, wenig später ein heftigerer zweiter, ein zweiwöchiger Klinikaufenthalt, Tabletten. Und schließlich sah er sich vor die Wahl gestellt, entweder den Polizeiberuf an den Nagel zu hängen oder wegzugehen in eine kleinere, ruhigere Stadt mit einer geregelten Arbeitszeit, nicht wie in Frankfurt, wo ein Zwölfstundentag die Regel war.

Doch die Depressionen und Angstzustände blieben sein unsichtbarer Begleiter. Sie waren urplötzlich gekommen, eines Morgens noch vor dem Aufstehen. Er hatte die Augen geöffnet, auf eine schwarze Wand geblickt und in ein noch schwärzeres tiefes Loch, seine Beine schienen mit schweren Ketten ans Bett gefesselt, seine Brust wurde von einem tonnenschweren Eisengewicht zerquetscht, sein Mund war trocken wie Wüstensand, und da war das absolut sichere Gefühl, entweder bereits tot zu sein oder im nächsten Moment sterben zu müssen. Etwas Fremdes, Unheimliches, Schleimiges, Tödliches war in jeden Winkel seines Körpers gekrochen und hatte sich festgekrallt. Das Tageslicht hatte mit einem Mal etwas grausam Erdrückendes, die Vorstellung, auf die Straße unter Menschen gehen zu müssen, kam fast einem Todesurteil gleich.

Er hatte seinen Zustand zunächst auf Überarbeitung geschoben, denn etliche Kollegen waren in der Vergangenheit ausgefallen, deren Dienst er zum Teil hatte mit übernehmen müssen. Er hatte ein paar Tage frei genommen, sehr zum Unwillen seines Vorgesetzten; die Erholungsphase wollte er nutzen, um sich zu regenerieren. Die Beschwerden aber waren geblieben, fast jeder Morgen war der Morgen der Vollstreckung eines Todesurteils. Schließlich, nachdem seine Nerven endgültig am Boden lagen, hatte er einen Arzt aufgesucht, der ihm die niederschmetternde Diagnose mitteilte – Depressionen. Und dabei litten doch unter Depressionen höchstens Kriegsveteranen, die selbst nach fünfzig Jahren noch von aufgeschlitzten Bäuchen mit herausquellendem Gedärm träumten und schweißgebadet und schreiend aufschreckten, ältere Frauen oder Männer, die mit dem modernen Leben nicht zurechtkamen, oder einfach nur Verrückte, die in die Klapsmühle gehörten. Er und Depressionen? Aber diese unheimliche Krankheit umschlang ihn wie ein Dämon; er erzählte niemandem davon, denn keiner sollte denken, er wäre verrückt. Es war nicht die übliche, normale, gesunde Angst, die vor Gefahr warn-

te, es war eine heimtückischere, unerklärliche Form. Er begann, seinen Körper zu beobachten, hatte zu manchen Zeiten solche Todesangst, daß er schreien wollte und es doch nicht konnte. Dabei, das wußte er, war die Furcht vor dem Tod unbegründet, denn er war in körperlich einwandfreier Verfassung – der Arzt hatte es ihm nicht nur einmal bestätigt –, doch bei einer solchen Attacke wurde der Verstand einfach außer Kraft gesetzt.
Nachdem er den Ort gewechselt hatte, waren die Beschwerden mit der Zeit abgeklungen, die Panikattacken wurden immer seltener und damit die körperlichen Symptome, wie Herzjagen, das Gefühl, einen Eisenpanzer um die Brust gelegt zu bekommen, kaum noch schlucken zu können, weil die Kehle trocken wie Wüstensand wurde ... Er nahm regelmäßig seine Pillen, sein Leben war geregelter geworden. Nur manchmal, wenn er sich besonders gut fühlte und voller Tatendrang steckte, sehnte er sich nach Frankfurt zurück. Wenigstens für ein paar Tage. Der enervierenden Langeweile entfliehen, ein paar Stunden abgasgeschwängerte Großstadtluft und -atmosphäre inhalieren, alte Bekannte wiedersehen.
Brackmann stoppte gegenüber dem großen, schmiedeeisernen Tor der Vandenbergs, in dessen Mitte das nicht zu übersehende Familienwappen prangte. Hinter dem Tor zog sich der Weg in einem absolut gleichförmigen Halbkreis zum Haus hinauf, das wie ein Palast, eine Festung über dem Ort erbaut war. Die Doggen waren, sobald sie das Motorengeräusch hörten, wie aus dem Nichts aufgetaucht, starrten ihn regungslos an, stumm und feindselig, als warteten sie nur auf eine Gelegenheit, ihn mit ihren messerscharfen Zähnen genüßlich in kleinste Stücke zu zerlegen.
Die Sonne hatte den Zenit leicht überschritten, stand jetzt hinter den Bäumen, der kräftige Südwind selbst aber war viel zu heiß, um auch nur die geringste Linderung oder

Kühlung zu bringen. Die schwüle Hitze ermüdete Brackmann, seine Glieder wurden schwer, er lehnte sich zurück und schloß die Augen. Fünf, sechs Minuten döste er vor sich hin, bis Richters krächzende Stimme ihn aus seinem Dämmerschlaf riß.

»Brackmann, bitte kommen!«

Er tastete schläfrig nach dem Mikrofon. »Hier Brackmann«, antwortete er. »Was gibt's?«

»Kommen Sie schnell zu Frau Olsen! Der Doktor ist auch schon hier. Sie möchte mit Ihnen sprechen, allein. Aber beeilen Sie sich, es steht nicht gut um sie.«

»Verstanden, bin schon unterwegs. Ende.« Brackmann startete den Motor, gab Gas. Die Müdigkeit war wie weggeblasen.

Richters Streifenwagen parkte vor Maria Olsens Gemischtwarenladen. Noch warf das Geschäft Gewinn ab, trotz des Supermarktes, der eigentlich fast alle anderen Geschäfte überflüssig machte, aber Maria Olsen war eine Institution, immer freundlich, stets hilfsbereit, mit ihr ließ sich reden, wenn man einmal nicht ganz flüssig war, bei ihr konnte man noch anschreiben lassen.

Seit ihr Mann, ein amerikanischer Soldat, den es nach seiner Stationierung in Hof nicht in die Staaten zurückgezogen hatte, vor über dreißig Jahren an einem Hirntumor innerhalb von nur einer Woche gestorben war, führte sie den Laden allein. Sie hatte nie wieder heiraten wollen, obwohl sie mit ihren sechzig Jahren eine recht gut aussehende, attraktive Frau mit einem beinahe faltenfreien, feinporigen Gesicht und einer ungewöhnlich jugendlichen Figur war. Lediglich die Augen verrieten ihr Alter, das einst strahlende Blau hatte sich in fahles Grau gewandelt, sie waren leer, kein Glanz, geschweige denn so etwas wie Feuer, sie verliehen dem Gesicht etwas Maskenhaftes. Unverbindliche, distanzierte Höflichkeit. Maria Olsen hielt ihre feine Stimme immer gesenkt, wählte ihre Worte mit Bedacht, eine fromme Kirchgängerin.

Dr. Reuter, der schräg gegenüber auf der anderen Straßenseite wohnte und dort auch seine Praxis betrieb, stand in der Tür, seine Mundwinkel zuckten, die Schultern hingen nach vorn, die Augen waren voll Trauer auf Brackmann gerichtet. Jetzt schien er Brackmann nicht einmal mehr bis zu den Schultern zu reichen; er wirkte noch kleiner.

»Sie ist tot. Weiß der Teufel, was in sie gefahren ist, aber sie ist einfach tot«, flüsterte er und schüttelte verzweifelt den Kopf. Mehr Blöße gab er sich aber nicht, er kämpfte erfolgreich gegen die Tränen an. Es war ein offenes Geheimnis, daß Reuter sich die ganzen Jahre über Hoffnungen auf sie gemacht hatte, doch Maria Olsen hatte ihre starre, unbeugsame Haltung ihm gegenüber zu keiner Zeit aufgegeben. Zwar hatten sie oft zusammengesessen, manchmal bis spät in die Nacht, um sich zu unterhalten, Karten zu spielen oder zu essen – Maria war bekannt für ihre Kochkünste –, aber mehr als einen Kuß auf die Wange zum Geburtstag hatte sie nie zugelassen. Trotzdem hatte Reuter nie aufgehört, sie zu umwerben. Nun war die Zeit des Werbens vorbei.

Sie hatten beide allein gelebt, jeder für sich in einem großen Haus, nur getrennt durch die Straße. Reuters Frau war durchgebrannt, kurz nachdem er seine Praxis vor bald fünfunddreißig Jahren hier eröffnet hatte. Sie hatte es nur wenige Monate in Waldstein ausgehalten, war unzufrieden, wollte zurück in die Großstadt, das Leben erleben. Irgendein Fremder war gekommen und sie am nächsten Morgen mit ihm verschwunden. Reuter hatte nie wieder etwas von ihr gehört, nur kurz bei der Scheidung, für ihn war sie tot.

Und nun war auch Maria Olsen tot. Brackmann wußte, wieviel sie dem Doktor bedeutet hatte, er hätte ihm gerne in seinem Schmerz zur Seite gestanden. Reuters Blick war dumpf auf einen imaginären Punkt am Ende der Straße gerichtet, die noch vollen, etwas zu lang gewachsenen grauen Haare durcheinander. Brackmann legte ihm eine Hand auf die Schulter, sagte leise: »Tut mir leid, Doktor, ich kann mir vorstellen, wie Ihnen jetzt zumute ist ...«

»Ach was, gar nichts können Sie!« fuhr er Brackmann barsch an und schüttelte die Hand von seiner Schulter. »Gehen Sie lieber rein zu Ihrem Kollegen und lassen sich von ihm alles berichten!«

Richter kam Brackmann bereits entgegen, faßte sich verlegen ans linke Ohrläppchen.

»Was ist passiert?« fragte Brackmann.

»Wenn ich das wüßte!« antwortete Richter ratlos. »Ich hab nur unsern Doktor wie von Furien gehetzt über die Straße rennen sehen. Dann hielt ich an, weil ich so ein komisches Gefühl hatte. Ich ging rein und sah, wie er sich über Frau Olsen beugte. Ich half ihm, sie vom Laden in die Wohnung zu tragen. Sie hat es kaum geschafft, die Augen aufzumachen, geschweige denn sich zu bewegen. Er hat getan, was er konnte. Aber Sie sehen ja selbst ... Sie hat übrigens zweimal nach Ihnen verlangt. Das ist alles, was ich dazu sagen kann.« Er wollte sich bereits abwenden, als er innehielt, Brackmann ansah und sagte: »Ach ja, sie hat zum Schluß noch so 'ne seltsame Bemerkung gemacht, von wegen es täte ihr leid und so 'n Zeug. Aber fragen Sie mich nicht, was sie damit gemeint haben könnte. Und beinahe hätte ich's vergessen, sie erwähnte noch was von einem Brief und Pfarrer Engler.« Richter stand neben Brackmann, die Hände in den Taschen seiner Hose vergraben, den Blick gesenkt.

»Danke, Sie können jetzt gehen.« Brackmann begab sich ins Schlafzimmer, wo sie auf dem Bett lag. Als schliefe sie nur, den Mund wie zu einem leisen, sanften Lächeln verzogen, als sei der Tod in Gestalt eines guten Freundes gekommen.

Die Wohnung war das Spiegelbild von Maria Olsen, sauber und ordentlich, irgendwie freundlich und höflich. Das Schlafzimmerfenster war geschlossen, die Klimaanlage surrte leise.
Brackmann hatte den Tod oft gesehen, und oft hatte er ihn kaltgelassen. Diesmal trug der Tod ein anderes Gewand. Er fühlte sich neben der Toten unbehaglich. Vielleicht, weil er sie kannte, im Gegensatz zu den vielen anderen, oft namenlosen Toten, mit denen er früher konfrontiert worden war. Darum verweilte er auch nicht lange vor dem Bett, drehte sich um, Reuter kam mit schweren, schlurfenden Schritten ins Zimmer, bückte sich, nahm seine schwarze Tasche vom Boden auf. Hielt sie einen Moment mit beiden Händen stumm umklammert, sah Brackmann an, stellte dann die Tasche auf einen Stuhl und öffnete sie weit.
»Sie werden sicherlich wissen wollen, woran sie gestorben ist.« Er nahm das Stethoskop vom Bett sowie ein kleines braunes Fläschchen, verstaute beides in der Tasche, warf einen letzten, undeutbaren Blick auf die Tote. »Genau kann ich es nicht sagen, aber ich nehme an, es war ein Schlaganfall. Sie hat in den letzten Tagen verschiedentlich über Unwohlsein und Kopfschmerzen geklagt. Ich wollte sie untersuchen, aber sie weigerte sich ... Sie hat sich ja nie von mir untersuchen lassen!« stieß er bitter hervor und ließ die Tasche zuschnappen. »Ein Schlaganfall dürfte jedoch das wahrscheinlichste sein. Verfluchte Hitze!« Nach diesen Worten verließ Reuter den Raum. In der Tür blieb er jedoch plötzlich stehen, mit dem Rücken zu Brackmann. »Wenn Sie noch Fragen haben ... Sie wissen ja, wo Sie mich finden können.«
Brackmann begleitete Reuter zur Tür; er sah ihm nach, wie er die zehn Stufen des Hauses hinunterging, eine Sekunde an der Straße verharrte.
»Ach, Doktor!« rief Brackmann ihm hinterher und deutete

mit einer Hand zum Haus. »Was soll jetzt mit ihr geschehen?«

»Rufen Sie Pickard an. Er soll sich um sie kümmern.«

Pickard, dessen Vorfahren Hugenotten waren, der sich aber seiner Frau zuliebe zum Katholizismus bekehrt hatte, war Schreiner. Und Dachdecker. Und Schlosser. Zusammen mit seinen Söhnen Bernd und Dieter betrieb er eine Werkstatt, in der sie Möbel, Dachbalken und Zäune oder auch mal eine Hausverkleidung fertigten. Und natürlich, wenn nötig, einen Sarg. Brackmann telefonierte mit ihm, und auch Pikkard war entsetzt, vom Ableben der Maria Olsen zu erfahren. Schließlich war Maria Olsen nicht irgendwer, sie hatte dazugehört wie das launische Klima, die Ruhe, die Eintönigkeit, der Gestank nach Katzendreck, der bei Ostwind aus grenznahen Fabriken der Tschechei rüberwehte.

Nachdem Brackmann aufgelegt hatte, inspizierte er die Räume des Hauses. Er war noch nie hiergewesen. Jedes Zimmer war bis in den letzten Winkel aufgeräumt, Nippesfiguren hinter einer Glasvitrine, teures Geschirr, das wahrscheinlich nie benutzt worden war, dicke, dichtgewebte Teppiche, die den Boden des Wohnzimmers bedeckten und jeden Schritt schluckten, im Wohnzimmer zwei Wandteppiche mit arabischen Motiven. Ein Regal voller Bücher, Brackmann stand davor, las einige der Titel, er hätte nie vermutet, daß Maria Olsen eine derart belesene Frau war.

Nirgends Staub, dafür penible Sauberkeit, fast Sterilität. Maria Olsen. Brackmann überlegte und mußte feststellen, fast nichts aus ihrem Leben zu wissen, nicht einmal, ob sie Verwandte hatte. Dabei war es durchaus wichtig, Angehörige zu finden, denn Maria Olsen war nicht unvermögend. Das ertragreiche Geschäft, dazu ihre bekannte Sparsamkeit, lediglich einmal im Monat die Fahrt nach Nürnberg wegen wichtiger Besorgungen. Was würde nun mit all ihrem Besitz geschehen? Gab es Erben?

Nach seinem Rundgang durchs Haus setzte er sich auf die Stufen, blickte auf die Straße hinunter. Während er auf Pickard wartete, zog er aus seiner Brusttasche eine Schachtel Rothhändle. Er saß im Schatten, zündete sich eine der filterlosen Zigaretten an, inhalierte tief, ein Blick zum Himmel, wo sich kleine weiße Wattebäusche über das blasse Blau verteilt hatten. Schweiß rann in Bächen über seinen Körper, es war weniger die Hitze als die extrem hohe Luftfeuchtigkeit, die ihm heute zu schaffen machte. Er haßte solche Tage, besonders, wenn sie Tote forderten.

Pickard kam eine knappe halbe Stunde nach dem Telefonat. »Tut mir leid, wenn es etwas länger gedauert hat. Doch bei dieser Sauhitze geht alles etwas langsamer«, sagte er stöhnend und fuhr sich mit dem Handrücken über die Stirn.

»Nur der Tod nicht«, erwiderte Brackmann leise und erhob sich von den Stufen.

»Leider, aber wo geht der schon langsam?«

Pickard war ein kleiner, leicht untersetzter Mann, dem man die enormen physischen Kräfte nicht gleich ansah. Verschmitzte wäßrigblaue Augen nahmen durch eine silberfarbene Nickelbrille die Welt wahr, Pickards Augen wirkten immer verschmitzt, selbst wenn er wütend war.

»Ich habe sie gestern noch gesehen. Arme Maria! Tja, ich sage immer, man weiß nie, wann es einen trifft. Er da oben«, sagte er und deutete mit der Hand in Richtung Himmel, »wird wohl ganz gut wissen, wann die Zeit für jeden von uns gekommen ist. Wehren kann sich keiner dagegen.« Er zuckte mit den Schultern. »Wozu auch, wäre ja doch sinnlos.«

Brackmann schwieg dazu, Pickard folgte ihm ins Haus. Sie blieben vor dem Bett stehen, auf dem die Tote lag, die Hände über dem Bauch gefaltet, die Augen geschlossen. Pickard verharrte einen Moment andächtig, schaute auf die

Tote, ein leichtes Zucken um die Mundwinkel, ein kurzer Blick zu Brackmann.

»Sie sieht friedlich aus, nicht?« sagte er beinahe ehrfürchtig. »Sei's drum, die meisten Toten sehen irgendwie friedlich aus. Sie werden mir helfen müssen. Bernd und Dieter sind heute nämlich in Nürnberg, was für die Werkstatt besorgen. Und«, dabei zwinkerte er vieldeutig, »danach werden sie sich ein wenig Vergnügen gönnen.«

Brackmann ignorierte es. Es hatte Zeiten gegeben, da konnte auch er in der Gegenwart von Toten noch Witze reißen, heute war ihm nicht danach. Sie hievten den Leichnam in den Sarg, Pickard bei den Füßen, Brackmann unter den Armen. Nach kaum fünf Minuten hatten sie es geschafft; der Sarg war im Auto verstaut.

»Dann werde ich mich mal auf den Weg machen. Den Totenschein hat doch sicher unser ...« Er verzog leicht gequält den Mund, sagte: »Scheiße, was? Ist er ansprechbar?«

»Er hat den Totenschein. Aber ich würde nicht gleich jetzt ... ich meine ... wenn Sie verstehen.«

Pickard nickte, stieg wortlos in sein Auto, nahm den Weg zurück zu seinem Betrieb, der wie das Wohnhaus, das Holzlager und die kleine Kühlhalle, in der Tote bis zur Beerdigung »frischgehalten« wurden, am Südrand von Waldstein lag. Eine Menge Formalitäten standen in den kommenden Tagen an, das Geschäft, das Haus, das Geld. Reuter würde sicherlich einen Teil übernehmen, für das Notarielle war wohl Obert, der Anwalt, zuständig.

Brackmann setzte sich in seinen Streifenwagen, fuhr die wenigen Meter zum Büro. Stellte das Radio an, Nachrichten aus der Umgebung, anschließend der Wetterbericht, die gleiche eintönige, nichtssagende Vorhersage wie seit Tagen, Wochen, Monaten. Keine Abkühlung, kein Regen in Sicht. Ihm kam die merkwürdige Prophezeiung des alten Willy in

den Sinn. Willy war ein lieber Kerl, nur manchmal quatschte er ein bißchen viel, vor allem, wenn er einen über den Durst getrunken hatte. Und es verging kaum ein Tag, an dem er nicht spätestens um sechs Uhr nachmittags sturzbesoffen war, seine Leber mußte inzwischen die Größe eines Fußballs haben.
Der Sender spielte Wunschhits, Brackmann drehte den Lautstärkeregler höher. Statt vor dem Büro zu halten, beschloß er kurzerhand, es links liegenzulassen und Pfarrer Engler einen kurzen Besuch abzustatten. Aller Wahrscheinlichkeit nach wußte er noch nichts von dem Geschehenen.
Er fuhr die leichte Anhöhe hinauf, wo die Kirche, ein gerade vor wenigen Wochen neu gestrichener weißer Bau stand und der Pfarrer in einem Haus dahinter wohnte.

3 »Sie war eine gute Frau.« Pfarrer Engler stand an den Altar gelehnt, eine respektable, hünenhafte Erscheinung, knapp einsneunzig groß, weit über zwei Zentner schwer. Ein gutmütiger Mann mit einer sonoren Stimme, beliebt und hochangesehen – bei den meisten jedenfalls. Er wandte viel Zeit auf, sich um die großen und weniger großen Sorgen und Nöte seiner Schäfchen zu kümmern, seine Kirche war Sonntag für Sonntag bis auf den letzten Platz besetzt. Es war angenehm kühl in der Kapelle, der Geruch von Weihrauch hing in der Luft, auf dem Altar zwei brennende Kerzen. Eine erhabene, friedliche Stille.
»Sie war noch am Sonntagabend bei mir. Sie wollte sich einmal aussprechen ... über Dinge, über die man wohl nur mit einem sehr, sehr guten Freund oder eben mit einem Priester sprechen kann. Wenn ich an den Abend zurückdenke ... ich muß zugeben ... nun, sie hat auf mich einen

bedrückten Eindruck gemacht.« Eine kurze Pause, ein Stirnrunzeln, die Frage: »Wie hat Doktor Reuter es aufgenommen?«

»Sie ist praktisch in seinen Armen gestorben. Mein Gott, der Mann ist fertig . . .«

»Sie hat es jetzt besser.«

»Wie meinen Sie das?«

»Nun, sie war nicht arm, zugegeben, doch was nützen diese Schätze, auf die Ewigkeit bezogen? Dort, wo sie jetzt ist, braucht sie kein Geld. Und sie ist ihre Sorgen los . . .«

»Sorgen . . .«

»Ja, sie hatte Sorgen, große Sorgen sogar. Ich denke, oder, nein, ich bin fest überzeugt, daß sie am Sonntag abend zum ersten Mal wirklich darüber gesprochen hat.«

»Ausgerechnet Frau Olsen? Seltsam, bei ihr hätte ich am wenigsten vermutet, daß . . .«

»Es ist, wie ich sage. Ich kann nicht darüber reden, mein Beichtgeheimnis verbietet es mir«, sagte er mit einer bedauernden Handbewegung. »Wissen Sie, ich bin jetzt seit vierunddreißig Jahren Pfarrer in Waldstein, ich habe miterleben müssen, wie ihr Mann . . . ich meine, es war entsetzlich mit anzusehen, wie ein Kerl, ein Mannsbild wie dieser Olsen innerhalb von nur wenigen Tagen . . . Ein Hirntumor, einfach schrecklich. Aber lassen wir das. Jedenfalls, als ihr Mann starb, begannen auch ihre Sorgen. Sie müssen wissen, Maria Olsen war, als ich sie kennenlernte, eine aufgeschlossene und lebenslustige Frau, und mit einem Schlag wurde aus ihr eine in sich gekehrte und zurückgezogen lebende Person. Aber das hat ihrer Beliebtheit keinen Abbruch getan. Der einzige, der es einigermaßen verstanden hat, sie aus ihrer selbstgewählten Isolation herauszureißen, war unser Doktor. Doch Sie wissen ja selbst . . .«

Sie bewegten sich auf den Ausgang zu, die Schritte vom

roten Filzteppich gedämpft, der den gesamten Mittelgang vom Altar bis zur Tür verlief.
Brackmann faßte sich ans Kinn und blieb abrupt stehen. »Seltsam, aber Sie sagten, Frau Olsen sei am vergangenen Sonntag bei Ihnen gewesen. Mich rief vorhin Richter über Funk zu ihr, weil sie mir etwas im Vertrauen mitteilen wollte. Leider kam ich einen Tick zu spät. Ich meine, es muß etwas Wichtiges gewesen sein, denn eigentlich kannten wir uns nicht gut genug, als daß sie einfach nur so zum Spaß nach mir verlangt hätte. Und außerdem nannte sie kurz vor ihrem Ableben noch Ihren Namen und erwähnte einen Brief. Können Sie sich darauf einen Reim machen?«
Engler schaute von der Tür aus über das im matten Sonnenlicht liegende Waldstein, schwieg einen Moment, seine Kiefer mahlten aufeinander, dann richtete er seinen Blick auf Brackmann und sagte mit ernster, gedämpfter Stimme: »Würden Sie bitte mitkommen? Vielleicht kann ich Ihre Frage beantworten. Es tut mir leid, wenn ich nicht sofort daran gedacht habe, aber ...« Er machte eine entschuldigende Geste. Sie liefen durch einen schmalen Seitengang, betraten Englers Büro. Er ging um den mit Büchern, Papieren und einer Schreibmaschine, in der ein halbbeschriebenes Blatt steckte, vollgepackten Schreibtisch herum. Gemütliche Unordnung. Er zog eine Schublade heraus, holte einen großen braunen Umschlag hervor. Darauf stand *Nach meinem Ableben zu öffnen.* Der Umschlag enthielt drei kleinere weiße Umschläge, die jeweils mit Namen versehen waren. Einer war für Engler bestimmt, einer für Reuter und einer für Brackmann. Engler reichte Brackmann mit undurchdringlicher Miene den für ihn bestimmten Umschlag.
»Hier, vielleicht finden Sie darin, was Sie suchen.«
»Möglich.« Brackmann öffnete den Umschlag, nahm den Brief heraus. Maria Olsens Schrift war apart, kunstvoll

geschwungen, jugendlich. »Macht es Ihnen etwas aus, wenn ich gleich hier lese?«
»Nein, nein, machen Sie es sich nur bequem. Möchten Sie etwas trinken? Einen Sherry vielleicht?«
Brackmann lehnte dankend ab, setzte sich in einen der drei weichen braunen Ledersessel, die im Raum verteilt standen. Der Brief trug das Datum des vergangenen Samstags. Er begann zu lesen.

Werter Herr Brackmann,
sicherlich werden Sie sich wundern, von mir einen Brief zu erhalten. Doch dafür gibt es einen guten Grund.
Sie haben auf mich von Anfang an den Eindruck eines rechtschaffenen Mannes gemacht; für mich ist das im übrigen Grundvoraussetzung für einen Polizisten, auch wenn er es, wie es scheint, in Waldstein nicht sonderlich schwer hat.
Ich liebe Waldstein, ich bin hier geboren, habe hier geheiratet und werde mit Sicherheit auch hier begraben werden.
Doch nun zum eigentlichen Grund dieses Briefes. Es handelt sich um eine Angelegenheit, von der, so glaube ich zumindest, nur wenige Menschen außer mir wissen. Sie hat sich im Frühjahr vor sechs Jahren zugetragen – vom Datum ausgehend, an dem ich diesen Brief jetzt abfasse –, also etwa ein halbes Jahr, bevor Sie herkamen. Damals ist ein junger Mann namens Alexander Höllerich nach Waldstein gekommen. Dieser Alexander Höllerich ist aber leider auch hier gestorben – keines natürlichen Todes jedoch, wie ich bedauerlicherweise hinzufügen muß. Er wurde getötet oder ermordet, ich bin mir nicht ganz sicher, welche Bezeichnung ich wählen soll, aber ich schätze, eher letzteres trifft zu. Ich weiß nicht, was mit seinem Leichnam geschehen ist, aber er wurde

entweder aus der Stadt gebracht oder im Steinbruch vergraben (was ich aber nicht mit Bestimmtheit zu sagen vermag). Ich gehöre jedoch zu den sehr wenigen, die von seinem Tod Kenntnis haben.

Herr Brackmann, ich habe all die Jahre über geschwiegen, und glauben Sie mir bitte, ich schäme mich zutiefst dafür. Ich schäme mich für mein Schweigen, besonders aber für meine Feigheit. Ich habe oft mit mir gerungen, mit Ihnen oder einer anderen Person meines Vertrauens wie Pfarrer Engler darüber zu sprechen, doch ich konnte es nicht. Ich hätte dadurch noch andere Menschen unglücklich gemacht. Aber vielleicht werde ich irgendwann noch mit unserem Pfarrer sprechen. Denn sollte ich eines Tages sterben, dann möchte ich dies in der Gewißheit tun, mit einem wenigstens einigermaßen reinen Gewissen zu gehen. Ich habe unzählige schlaflose Nächte verbracht und habe seit jenem Tag viele Tränen geweint.

Ich weiß, daß ich niemals hätte schweigen dürfen. Doch auch ich bin nur ein Mensch mit Fehlern und Schwächen, und es gab triftige Gründe, die mich gehindert haben, mein Wissen weiterzugeben. Einer davon war Angst, denn ich glaube zu wissen, wer die Verantwortung für den Tod des jungen Mannes trägt – Jonas Vandenberg.

Bitte verzeihen Sie mir diese Unannehmlichkeit. Ich wünsche Ihnen von ganzem Herzen Erfolg bei Ihrer Arbeit, und sollten Sie versuchen, den Fall zu klären, so möchte ich Sie eindringlich davor warnen, allzu eifrig ans Werk zu gehen, denn Sie wissen selbst, welche Macht und welchen Einfluß die Vandenbergs besitzen.

Ich bitte Sie nochmals, mir mein Schweigen zu verzeihen,

Ihre Maria Olsen

Brackmann ließ das Blatt sinken, der Inhalt explodierte in seinem Kopf. Er las ein zweites, ein drittes Mal. Die bislang für Waldstein gültigen Gesetze von Frieden und Anstand waren auf einmal ad absurdum geführt. Dieser Brief war Sprengstoff pur, reinstes Dynamit, und die Zündschnur schien schon zu brennen.
»Kann ich ihnen helfen?« fragte Engler, der Brackmanns Verwirrtheit aus den Augenwinkeln registrierte.
»Keine Ahnung, vielleicht.« Brackmann legte den Kopf zurück und schloß die Augen. Ein Mord, hier in Waldstein, dazu gleich noch die Nennung des Mörders! Oder zumindest des möglichen Mörders oder Anstifters oder welche Rolle immer dieser Jemand bei dem Tod von Höllerich gespielt hatte! Und dieser Mann sollte angeblich nicht irgendwer sein, sondern ... Nein, dachte Brackmann, es ist einfach zu unglaublich, um wahr zu sein.
»Brackmann?«
»Ja«, sagte er und setzte sich auf, »ich habe nur nachgedacht.«
»Dann lassen Sie uns anfangen.«
Brackmann stellte einfach nur eine Frage: »Ich gehe davon aus, daß Sie mit dem Inhalt des Briefes vertraut sind?«
Engler zuckte mit den Schultern. »Ich weiß nicht. Könnte sein«, antwortete er ausweichend. »Ich habe ihn jedoch nicht gelesen, der Umschlag war verschlossen, wie Sie ja selbst gesehen haben.«
»Kennen Sie einen Alexander Höllerich? Oder haben Sie schon einmal den Namen gehört?«
»Nein, glaube nicht.« Engler schüttelte den Kopf, ohne Brackmann dabei anzusehen.
Brackmann faltete den Brief zusammen, steckte ihn zurück in den Umschlag. Nach einer kurzen Pause sagte er trocken: »›Glaube nicht‹ hört sich an wie ... könnte sein, könnte nicht sein, möglicherweise, unter Umständen, jein.« Brack-

mann ließ seinen Blick nicht von Engler. Doch Englers Gesicht war eine starre, undurchdringliche Maske, er hatte die Hände aneinandergelegt, berührte mit den Fingerspitzen seine Nase, seine Haltung wirkte angespannt. Er antwortete nichts. Brackmann fuhr fort: »Und was können Sie mir über die Vandenbergs sagen?«

Englers Anspannung löste sich etwas. »Da fragen Sie mich viel. Tatsächlich. Ich fürchte, ich weiß kaum mehr über diese Familie als Sie.« Er verschränkte die Arme hinter dem Kopf, lehnte sich zurück, wirkte nachdenklich. »Ich kann im Prinzip an den Fingern einer Hand abzählen, wie oft ich sie gesehen habe. Das letzte Mal, daß ich wirklich engeren Kontakt mit ihnen hatte, war bei der Beerdigung von Esther Vandenberg. Ein armes Ding und eine schreckliche Sache, die keinen hier kaltgelassen hat. Sie hatte zu ihrem achtzehnten Geburtstag einen roten Sportwagen geschenkt bekommen und war damit gleich bei ihrer ersten Fahrt in der Nähe des Steinbruchs tödlich verunglückt. Sie ist mit dem Wagen mehr als fünfzig Meter tief in eine Schlucht gestürzt und verbrannt. Das, was von ihr übriggeblieben ist, haben wir auf dem Friedhof beerdigt. Danach ist der ohnehin eher spärliche Kontakt der Vandenbergs zu Waldstein fast völlig abgerissen, mit Ausnahme der Feiern am 15. Mai. Sie müssen wissen, Esther war so etwas wie ein Bindeglied zwischen den Vandenbergs und den Menschen im Ort gewesen. Immer fröhlich, immer gutgelaunt, sie war einfach unbeschwert, ihr war es egal, ob jemand reich war oder arm, sie machte keine Unterschiede. Sie hob sich in angenehmer Weise vom Rest der Familie ab. Und sie scherte sich einen Teufel um Konventionen.« Eine kurze Pause, ein Lächeln, ein schneller Blick auf Brackmann. »Nein, ich kann sonst über die Vandenbergs nichts sagen, weder positiv noch negativ.«

»Gar nichts? Sie leben seit Jahrzehnten hier in Waldstein,

und Sie wissen nichts?« fragte Brackmann, der seine Erregung nur mühsam unterdrücken konnte.
»Was ich weiß, wissen alle. Die Vandenbergs sind reich, ihnen gehört praktisch ganz Waldstein, und was ihnen nicht direkt gehört, gehört irgend jemandem, der mit ihnen verwandt oder verschwägert ist. Mich wundert sowieso, daß sie noch immer in Waldstein leben, wo sie doch ihre Geschäfte in der ganzen Welt tätigen. Nun gut, sie haben ihre Flugzeuge, ihre schnellen Autos, und vielleicht sitzen die Wurzeln einfach so tief, daß sie es nicht übers Herz bringen, wegzuziehen. Schließlich leben sie schon seit vielen Generationen hier.«
Brackmann erhob sich, steckte den Brief in die Brusttasche seines Hemdes, schaute auf seine staubigen Schuhe, den nicht minder staubigen Saum seiner Hose. Das schweißnasse Hemd begann allmählich zu trocknen und an seiner Brust und dem Rücken zu kleben, seine Haut juckte. Engler verschwieg ihm etwas. Es war eine vage, doch sichere Ahnung, und er würde nicht lockerlassen; selbst wenn es härtester Granit war, durch den er sich bohren mußte, er würde herausfinden, was Engler wußte und verheimlichte.
»Ich denke, ich sollte mich jetzt wieder auf den Weg machen. Aber ich bin sicher, wir werden uns bald wiedersehen.«
Engler hielt die Hände wieder wie zum Gebet gefaltet vor sein Gesicht.
»Ich finde allein hinaus.«
»Nein, nein«, sagte Engler und erhob sich schnell, »ich begleite Sie natürlich.« Er lächelte jetzt, seine Verkrampfung hatte sich gelöst. »Stehen Sie eigentlich gut mit Gott?« fragte er im Hinausgehen.
»Wie meinen Sie das?«
»Wie ich es gefragt habe.«
»Nun, ich habe nichts gegen ihn, und ich hoffe, er hat auch

nichts gegen mich. Ich denke, wir kommen miteinander aus, zumindest tritt keiner dem andern auf die Füße.«
»Und Sie glauben, das genügt?«
»Ich habe mir noch keine Gedanken weiter darüber gemacht. Ich hatte bisher ehrlich gesagt nicht den Eindruck, etwas versäumt zu haben.«
»Nun, ich frage nur, weil ich Sie noch nie sonntags zum Gottesdienst begrüßen durfte. Es wäre schön, wenn sich das ändern würde. Und möglicherweise könnten Sie dann die Menschen hier noch besser kennenlernen. Was halten Sie davon?«
Brackmann zuckte mit den Schultern. Natürlich, dachte er, schaden würde es sicher nicht. Auch wenn er nicht wirklich an Gott glaubte. Aber er würde die Kirche besuchen, wenigstens einmal, damit Engler beruhigt war. Und um so vielleicht einen besseren Kontakt zu ihm zu bekommen.
»Gut, ich werde nächsten Sonntag kommen. Versprochen. Und Sie helfen mir, wenn ich Fragen habe – Sie wissen, was ich meine. Einverstanden?«
»Was immer es ist und wann immer Sie wollen, ich werde Zeit für Sie haben. Sie können auf meine Hilfe zählen.«
Engler reichte Brackmann die Hand. Du lügst, dachte Brackmann, während er Engler direkt in die Augen sah und die ihm gereichte Hand schüttelte. Und ich werde herausfinden, was du mir verheimlichst!
Als er durch die Tür ins Freie trat, glaubte Brackmann, in einen Glutofen zu geraten – als wäre es noch heißer geworden, heißer und drückender. Milchiger Wolkenflaum verschleierte die Sonne, der vor einer Stunde noch so böige Wind war kaum noch spürbar. Er fuhr zum Büro. Es gab mehrere Fragen, die ihn auf dem Weg dorthin beschäftigten. Und alle drehten sich um Maria Olsen, um Engler, vor allem aber um diesen Alexander Höllerich. Warum, zum Beispiel, hatte Engler nicht gleich, als er von der traurigen

Nachricht erfuhr, den Brief erwähnt, sondern so getan, als hätte er ihn nur vergessen? Warum hatte er nicht nachgefragt, wer dieser Höllerich war und was es mit ihm auf sich hatte? Und war da nicht auch ein kurzes, erschrockenes Aufblitzen in seinen Augen gewesen, als Brackmann den Namen Höllerich erwähnte? Und vor allem, was genau hatte Maria Olsen mit dem Pfarrer am Sonntag zu besprechen gehabt? Mit Sicherheit mehr, als im Brief stand. Und überhaupt, wer war dieser Alexander Höllerich? Und was genau war wann und warum geschehen?
Er würde Zeit brauchen, um auf alle Fragen die passenden Antworten zu finden. Maria Olsen hatte ein Puzzle mit vielen Teilen vor ihm ausgeschüttet, und er hatte nun die mühevolle Aufgabe, diese Teile so rasch wie möglich zu einem zusammenhängenden Bild zusammenzusetzen. Und Engler würde ihm dabei helfen, denn er würde Engler keine Ruhe lassen.
Brackmann stoppte den Wagen vor seinem Büro und stieg aus. Kein Lufthauch mehr, Windstille. Es war kurz nach vier, die Geschäfte hatten wieder geöffnet, ein paar Kinder, die aus den Mauselöchern gekrochen kamen und auf den Gehwegen oder in Gärten spielten. Die Bürgersteige füllten sich mit Menschen, die langsam, mit von der Hitze bestimmten Schritten und ausdruckslosen Gesichtern ihrer Wege gingen. Waldstein war aus seinem Mittagsschlaf erwacht.

4

Er wippte wieder, wie immer, wenn sein Mittagsschlaf beendet war. Geweckt wurde er von Pickards Leichenwagen, der an seinem Haus vorüberfuhr. Charlie hatte die Hände über dem Schoß gefaltet, sah dem schwarzen Mercedes nach, bis dieser hinter der Biegung verschwunden war. Irgendwer mußte gestorben sein, denn umsonst fuhr Pickard nie mit dem langen, schwarzen Vehikel durch den Ort.

Nun, Charlie kümmerte es einen Dreck, wen es erwischt hatte, solange es sich nicht gerade um den alten Willy oder Toni handelte. Ihn interessierten die anderen nicht, so wenig wie sich die anderen für ihn interessierten.

Die Verandadielen knarrten unter dem sich vor- und zurückbewegenden Schaukelstuhl, das kleine Windrad hatte aufgehört sich zu drehen. Seine Zunge klebte am Gaumen, die Kehle war trocken wie Wüstensand, ein Zustand, den Charlie nie lange aufrechterhielt. Er war gerade achtundfünfzig oder neunundfünfzig, vielleicht aber auch erst sechsundfünfzig oder siebenundfünfzig, genau wußte nicht einmal er das, aber die Arbeit auf den Flachsfeldern und in der Fabrik, wo er seit seinem zwölften Lebensjahr hatte schuften müssen, hatte tiefe Spuren in seinem Gesicht und auf seinem Körper, aber auch auf seiner Seele hinterlassen. Charlie war selbst in betrunkenem Zustand ein mürrischer, wortkarger Mann, der außer Toni und Willy keine Freunde hatte. Über zehnmal war er von Kreuzottern gebissen worden, er selbst behauptete, inzwischen immun gegen das Gift zu sein, sein Rücken war krumm von der jahrzehntelangen Arbeit in gebückter Haltung und schmerzte seit vielen Jahren, und nur Schnaps vermochte die Schmerzen zu lindern. Eigentlich sah er aus wie siebzig, eine knochige, hohlwangige, unrasierte, ungepflegte Gestalt.

Der gichtgeplagte Mann quälte sich aus dem Schaukelstuhl und schlurfte mit steifen Beinen zu Toni. Mitten auf dem Weg blieb er stehen, richtete seine Augen gen Himmel, warf einen Blick zurück auf sein Haus, das windschief, vernachlässigt und reparaturbedürftig etwas oberhalb der Straße stand. Er fuhr sich mit knöchernen Fingern über die festen grauen Bartstoppeln und stieß einen kurzen Seufzer aus. *Ich müßte was an dem Haus machen, verdammt! Sieht wirklich nicht gut aus.* Er dachte das nicht zum ersten Mal, aber in der Regel vergaß er seine Gedanken und Vorsätze, sobald das Haus außer Sichtweite war, und wenn er zurückkehrte, war er meist so besoffen, daß die baufällige Hütte ihm wie ein Palast erschien.

Seine Gedanken wurden jäh unterbrochen, als ein Duft an ihm vorüberschwebte, der nur zu einem Menschen gehören konnte, und das war die junge Görtz, ein verteufelt hübsches Ding, lange, fast schwarze Haare, ein göttlicher, straffer Busen und ein Hintern, der in Charlie animalische Gelüste aufkommen ließ und seine alten Lenden in Wallung versetzte. Für Charlie war sie das mit Abstand hübscheste Wesen, das Waldstein zu bieten hatte. Und sie war arrogant. So verdammt arrogant, wie sonst niemand, den Charlie kannte. So arrogant, wie edle Flittchen, die davon leben, daß sie die Beine breit machen, eben sind oder zu sein sich erlauben können. Dennoch sah er ihr nach, wie sie mit schwingenden Hüften und tippelnden Schritten die Straße überquerte, bestimmt auf dem Weg, wieder einen geilen Schwanz zu beglücken und gleichzeitig ein wenig ärmer zu machen.

»Hi, Charlie! Ausgeschlafen?« Willy drehte seinen Kopf in Charlies Richtung, sobald dieser die Schwelle zu Tonis Kneipe überschritt. Ein halbleeres Glas stand vor ihm, dessen Inhalt er bei Charlies Eintreten sofort in sich hineinschüttete.

»'n Bier, und«, er sah kurz zu Willy, der Charlie erwartungsvoll anblickte, »eins für meinen alten Kumpel.«

»Bist 'n wahrer Freund, Charlie«, nuschelte Willy.

Toni legte die Zeitung, in der er bis eben gelesen hatte, beiseite, erhob sich müde, füllte die Gläser. Charlie trank in einem Zug leer, verlangte wortlos ein neues.

»Hast du vorhin Pickard gesehen?« Charlie hatte weißen

Schaum um den Mund, den er sich mit dem Handrücken abwischte, er rülpste laut und langgezogen.
»Nein, warum?« fragte Toni zurück.
»Ist eben in seiner Leichenkutsche vorbeigerauscht. Aber wenn ihr nichts wißt ...« Er zuckte gelangweilt mit den Schultern und wechselte sofort das Thema. »Sieht aus, als wenn's heut noch 'n verdammtes Gewitter gibt.«
»Gewitter? Mehr, Charlie, 's wird mehr als nur 'n Gewitter geben«, nuschelte Willy.
»Woher willst'n das wissen? Bist vielleicht 'n Wetterfrosch?«
»Bestell mir noch 'n Bier, und ich sag dir, woher ich's weiß.«
»Einverstanden, aber dafür will ich 'ne verdammt gute Geschichte hören, kapiert?« verlangte Charlie. Willy verzog keine Miene.
»Hier«, sagte Willy, auf seinen linken Oberschenkel deutend, »hier spür ich's. Sagt mir, daß es heut nacht oder morgen mehr als nur 'n Gewitter geben wird. Irgendwo da draußen braut sich was zusammen.«
»Hast schon wieder zuviel gesoffen, alter Freund! Aber gut, sag, was an deinem gottverdammten Bein so Besonderes ist. Auch wenn ich zu alt für so 'n Scheiß bin.«
»Da war mal was mit 'nem Weib. Ihr Alter ist dahintergekommen und hat mir 'n Messer da reingestoßen. Kann von Glück reden, daß er nich 'n paar Zentimeter höher getroffen hat! Der hätt mich glatt kastriert! Wenn's 'n Gewitter gibt, isses immer nur 'n leichtes Ziehen, diesmal isses anders. Seit heut morgen brennt das verdammte Ding wie Höllenfeuer!«
Charlie antwortete nichts darauf, überlegte, trank aus seinem Glas. »Kann ich mal sehen?« fragte er dann.
»Wenn du willst. Meinst wohl, der alte Willy will dich verarschen, was?«

»He, he, du willst dich doch wohl nicht jetzt und hier ausziehen?« fragte Toni breit grinsend, als Willy seine Hose aufknöpfte.
»Klar, warum nicht? Oder hast du noch nie 'n Mann in Unterhosen gesehen? Außerdem seh ich auch keine Damen hier und auch keine kleinen Kinder.« Willys schneeweiße knöcherne Beine schälten sich aus der Hose. Eine breite rotglänzende Narbe zierte die Außenseite seines linken Oberschenkels.
»Hast recht, Willy. Und du meinst tatsächlich, das Ding da ist so was wie 'n Sender?«
»Klar, Mann, sieh sie dir doch an, normalerweise ist sie ganz weiß.« Er zog die Hose wieder hoch.
»Und du bist wirklich sicher? Ich meine, absolut sicher, so sicher wie das Amen in der Kirche? Nichts und niemand kann dich davon abbringen, daß es mehr als nur 'n Gewitter geben wird?«
»Nee!« erwiderte Willy und schüttelte energisch den Kopf.
»Nichts, nicht mal 'n verdammtes Bier?«
»Nee, mein lieber Charlie, nicht mal 'n Bier. Auch nicht hundert. Es wird kommen. Das Böse wird kommen.«
Toni schaltete das Radio ein. »Mal sehen, ob der Wetterbericht irgendwas sagt.«
»Blödsinn!« bemerkte Charlie kopfschüttelnd. »Willy redet dummes Zeugs. Verdammt dummes Zeugs. Stimmt's, Willy?«
Willy war diese Einschätzung scheißegal. Das Radio spielte Musik. Bis zu den Nachrichten waren es noch zwanzig Minuten.

5

Während Willy, Charlie und Toni auf die Vier-Uhr-Nachrichten warteten und sich anschwiegen, saß Dr. Reuter auf dem Sofa in seinem Wohnzimmer, das durch eine jetzt offenstehende Schiebetür mit der Praxis verbunden war. Er saß vornübergebeugt, die Ellbogen auf die Oberschenkel gestützt, den Kopf zwischen den Händen, immer wieder fuhr er sich kräftig durch das graue Haar. Ab und zu hob er seinen Blick und schaute kurz zu dem Haus hinüber, in dem noch bis vor weniger als zwei Stunden Maria Olsen gelebt hatte.

Er hatte sie geliebt, weiß Gott, das hatte er! Und er war überzeugt, auch sie mußte zumindest ähnlich für ihn empfunden haben, das hatte er immer gespürt. Sie hatte es ihm nie wirklich gezeigt, aber wäre es nicht so gewesen, warum hatte sie dann so oft für ihn gekocht und so manchen Abend mit ihm verbracht? Sie konnten sich gut miteinander unterhalten, genauso gut konnten sie aber miteinander schweigen, abends auf der Terrasse, wenn das lauteste Geräusch der durchdringende Gesang der Zikaden war. Und nun? Maria Olsen, zum Teufel, warum hast du das getan? Warum hast du dich nicht von mir untersuchen lassen??!

Die Türglocke schlug an. Erst beim zweiten Klingeln reagierte Reuter. Er erhob sich mühsam, schlurfte zur Tür, ein uralter, müde gewordener Mann. Engler stand draußen, das Gesicht schweißüberströmt, ein Taschentuch in der Hand, mit dem er sich Stirn und Hals abwischte.

»Darf ich reinkommen?«

Wortlos machte Reuter den Weg frei, schloß die Tür, ging vor Engler ins Wohnzimmer und deutete mit der Hand auf einen Sessel.

»Tut mir leid, das mit Maria. Brackmann war vorhin bei mir und hat mir alles erzählt.«

»Was soll's?! Das Leben ist nun mal verdammt ungerecht! Warum zum Teufel mußte das geschehen? Kannst du es mir sagen?« Seine Stimme zitterte, die Augen verschwammen, er vergrub den Kopf erneut zwischen den Händen. Engler setzte sich neben ihn.

»Wenn du weinen willst, dann tu's. Weinen hilft fast immer. Es erleichtert die Seele.«

»Warum Maria?« Reuter weinte nicht, er hatte es schon vor langer Zeit verlernt.

»Wer kennt schon den Zeitpunkt, an dem die Lebensuhr abgelaufen ist? Und außerdem gibt es für alles einen Grund. Auch wenn wir den nicht immer verstehen.«

»Natürlich, du mußt so reden! Ich würde es trotzdem gerne verstehen.«

»Nur Gott versteht alles.«

»Gott, Gott, Gott! Wenn wir Menschen nicht mehr weiterwissen, dann schieben wir Gott vor! Aber manchmal glaube ich, dein Gott tut bestimmte Dinge immer im falschen Augenblick.«

»Für dich ist es vielleicht der falsche. Nur – wann wäre denn deiner Meinung nach der richtige gewesen?«

Reuter setzte sich aufrecht hin, sah Engler verständnislos an. »Du weißt so gut wie ich, daß ich dir darauf keine Antwort geben kann. Ich bin schließlich auch nur ein Mensch!«

»Schon gut.« Engler griff in die Tasche seines Hemdes und holte einen Umschlag heraus. »Ich bin unter anderem gekommen, weil ich einen Brief für dich habe. Hier.« Er reichte ihn Reuter.

»Von Maria? Wo hast du ihn her?« Seine Finger zitterten, als er den Umschlag entgegennahm.

»Sie hat ihn am Sonntagabend mit einigen anderen Sachen bei mir deponiert. Sie hat mir aufgetragen, ihn dir erst nach ihrem Tod auszuhändigen.«

»Was? Ich verstehe nicht ... Heißt das etwa, daß sie bereits am Sonntag ...«, fragte Reuter ungläubig.

»Ich weiß es nicht. Vielleicht hatte sie eine Vorahnung.«
»Natürlich, und du wußtest davon! Du hast wahrscheinlich mehr aus ihrem Leben gewußt als ich«, sagte Reuter bitter, öffnete den Umschlag mit fahrigen Fingern und riß den Brief heraus.
Engler erhob sich von seinem Platz. »Ich denke, ich sollte jetzt besser wieder gehen.«
»Das brauchst du nicht. Warte noch einen Moment«, sagte Reuter, während er zu lesen begann.
»Ich habe noch eine Menge zu tun. Wir sehen uns später. Und Kopf hoch!«
Es waren vier vollgeschriebene Seiten, und Reuter fand bestätigt, was sie ihm nie gesagt, er jedoch immer gespürt hatte – sie hatte ihn geliebt. Er schneuzte sich die Nase, nahm die Flasche vom Beistelltisch, schenkte sich einen kleinen Bourbon ein, trank aus. Las den Brief noch einmal, erst nach dem dritten Lesen legte er ihn auf den Tisch. Er stand auf, begab sich ans Fenster, der Parkettfußboden knarrte unter seinen Füßen, Reuter blickte durch die Gardinen hinaus auf die Straße, die unter dem fahlen Licht der von einer hauchdünnen Wolkenschicht verdeckten Sonne vor ihm lag. Er kniff die Augen zusammen.
Eine junge Frau stand mit ihrem Kind vor Maria Olsens Geschäft, las das Schild *Vorübergehend geschlossen*, verharrte einige Sekunden unschlüssig, nahm das Kind wieder bei der Hand und lief die Straße entlang Richtung Supermarkt. Reuter sah ihr nach, bis sie hinter der Biegung der Straße verschwunden war. Eine grau getigerte fette Katze schlich träge und schwerfällig durch den Garten neben Maria Olsens Haus, machte kurz halt, die Ohren gespitzt, starrte regungslos, wie zum Sprung bereit auf einen bestimmten Punkt, der ganze Körper mit jeder Faser gespannt, doch mit einem Mal entspannte sie sich, trottete weiter, war plötzlich aus Reuters Blickfeld verschwunden.

Zwei Frauen standen an der Straßenecke und unterhielten sich, die Gesichter von der drückenden Schwüle gezeichnet. Drei kleine Burschen marschierten unter seinem Fenster vorbei, jeder eine riesige Eistüte in der Hand.
Die Sonne war kaum mehr als ein verschwommener gelblicher Umriß. Das Thermometer an Reuters Fenster zeigte eine Schattentemperatur von 39 Grad, das Hygrometer eine Luftfeuchtigkeit von 80 Prozent an. Er konnte sich nicht erinnern, je zuvor eine solch gnadenlose Hitze erlebt zu haben, nicht einmal bei seinen diversen Auslandsaufenthalten in der Türkei oder Nordafrika. Reuter öffnete auch den zweiten Knopf unter dem Kragen. Die erst vor drei Wochen eingebaute Klimaanlage lief auf Hochtouren, dennoch schwitzte er. Er drehte sich um, holte aus dem Kühlschrank eine Dose Bier. Las den Brief ein viertes Mal.

Engler verließ Reuter um kurz vor halb fünf. Wer immer dem Pfarrer begegnete, grüßte ihn freundlich – bis auf Frau Fleischer, ein ältliches Fräulein, schmal, mit einer spitzen Nase in einem spitzen Gesicht, mit kleinen, runden, stechend blauen Augen, einem schmalen Mund und einem scharfen Kinn, die Haare wie immer hinten zu einem Dutt geformt. Sie eilte an ihm vorbei, als sähe sie ihn nicht, als existierte er nicht. Den Kopf erhoben, die Augen während des kurzen Moments des Aneinandervorbeigehens geschlossen, tippelte sie mit kleinen flinken Schritten über die Straße zur Bücherei, um wie immer pünktlich Schlag fünf die Bücherei für das Nachmittagspublikum zu öffnen, und genauso würde sie um Punkt zwanzig Uhr die Tür wieder abschließen.
Engler hätte eine Menge dafür gegeben, sie sonntags wieder in der Kirche zu sehen, doch die Fleischer zum Kommen zu bewegen würde selbst dem gewieftesten Diplomaten Unmögliches abverlangen.

Er hatte sie gekränkt, ihrer Meinung nach. Dabei hatte er lediglich versucht, ihr den Grundsatz der Nächstenliebe ein wenig näherzubringen, wobei er in höflichen aber unmißverständlichen Umschreibungen auf ihre spitze Zunge angespielt hatte, mit der sie nicht zum erstenmal in höchst verletzender Weise ein Mitglied seiner Gemeinde zutiefst gekränkt hatte. An jenem Abend, an dem er mit ihr sprach, hatte sie nichts erwidert, nur verzweifelt mit hochrotem Kopf um Luft gerungen und schließlich Engler mit spitzem Zeigefinger die Tür gewiesen. Seither, ein halbes Jahr war vergangen, behandelte sie ihn wie Luft. Sie fehlte jedoch nicht nur als treues Mitglied seiner Gemeinde, sie fehlte vor allem als Organistin. Ab und zu versuchte sich seit ihrem Wegbleiben der alte Schorsch Maier an der Orgel, doch Engler fragte sich, ob es nicht besser wäre, ganz auf Orgelbegleitung zu verzichten, statt den arg kurzsichtigen, gichtgeplagten alten Mann sich abquälen zu lassen.
Doch trotz ihrer unnachgiebigen Haltung tat sie ihm leid, dieses vertrocknete alte Suppenhuhn, als das er sie in seinen geheimsten Gedanken empfand. Er hatte sie nie in Begleitung eines Mannes gesehen, und der Zug, in dem Männer saßen, schien abgefahren. Aber allem Anschein nach hatte sie sich nie für Männer interessiert, für sie schienen Männer Ausgeburten der Hölle zu sein, mit Pest und Aussatz behaftet, sexsüchtige Monster, an denen man sich die Finger schmutzig machte, wenn man sie nur anschaute. Sie lebte sehr zurückgezogen, selbst in der Bücherei versah sie lediglich ihren Dienst, engere Kontakte schloß sie seines Wissens nach keine, auch wenn sie berüchtigt war für ihre giftspritzende Zunge.
Ich sollte morgen rübergehen und mit ihr reden, dachte er nicht zum erstenmal und lief weiter. *Nein, vielleicht doch nicht morgen, irgendwann einmal.*
Er wurde in seinen Gedanken jäh unterbrochen, als ihm von

hinten auf die Schulter getippt wurde. Als er sich umdrehte, blickte er in die strahlend blauen Augen von Caroline Obert.
»Caroline! Du hast mich erschreckt!«
»Tut mir leid, aber ich habe Sie zweimal gerufen.« Caroline war gerade sechzehn geworden, sie hatte ein außergewöhnlich hübsches ebenmäßiges Gesicht, langes, blondes volles Haar, eine schmale kurze Nase und gerade, makellos weiße Zähne. Das hervorstechendste Merkmal jedoch waren ihre im wahrsten Sinn des Wortes himmelblauen Augen, die jeden normalgearteten Mann zwischen fünfzehn und achtzig verrückt machen konnten. Caroline war ein sehr fraulicher und sportlicher Typ zugleich, ihre Ausstrahlung hatte etwas Reines, Unverdorbenes. Wer sich jedoch Hoffnungen auf sie machte, wurde enttäuscht, denn trotz ihres jungen Alters war sie schon vergeben, zumindest mit ziemlicher Sicherheit, an Andy, mit dem sie bereits im Sandkasten gespielt hatte.
»Was gibt es?« fragte Engler und sah zu ihr hinunter. Das Blau ihrer Augen verdunkelte sich schlagartig, sie druckste verlegen herum, betrachtete ihre Hände.
»Ich würde gerne mit Ihnen sprechen ... wenn es geht.« Sie sprach leise, vergewisserte sich mit unruhigem Blick, daß auch keiner der Vorbeilaufenden etwas von dem Gespräch mitbekam.
»Deinem Gesichtsausdruck nach zu urteilen, scheint es sich um etwas Ernsteres zu handeln«, stellte Engler fest. »Gut, ich erwarte dich dann morgen nachmittag um vier.«
»Das ist schlecht«, erwiderte sie verlegen. »Andy sollte auch dabeisein. Er kann aber nachmittags noch nicht.« Sie sah Engler bittend an. »Ginge es vielleicht schon ... heute abend? Es ist wirklich dringend!«
Engler wiegte den Kopf hin und her, nickte schließlich. Carolines Benehmen war anders als sonst, bedrückt, traurig, schwermütig, gehetzt.

»Halb neun ist okay. Danke, Herr Pfarrer«, sagte sie erleichtert. »Ich werde Andy Bescheid sagen.«
Engler sah ihr verwundert hinterher. Schweiß lief über sein Gesicht, den Hals, die Brust, den Rücken, tränkte seine Kleidung. Er hatte Durst, seine Finger und Füße waren geschwollen. Er überquerte den Marktplatz, blieb kurz stehen, beobachtete Frau Schneider beim Taubenfüttern und lächelte ihr zu. Jeden Tag um diese Stunde traf man sie hier, wenn sie sich die Zeit mit dem Füttern der Tauben vertrieb, bis ihr Mann um halb sechs aus dem Rathaus kam. Die beiden lebten zurückgezogen in einem kleinen blitzsauberen Haus am Stadtrand, Sonntagmorgens gehörten sie immer zu den ersten, die auf der Kirchenbank Platz nahmen, in der zweiten Reihe, links außen, die Hände wie frisch Verliebte haltend. Ihre Ehe war kinderlos geblieben, was aber ihrer Zuneigung keinen Abbruch getan hatte, doch der Name Schneider würde mit ihnen aussterben, zumindest in Waldstein.
Brackmanns Streifenwagen parkte vor dem Büro. Die Tür zu Tonis Kneipe stand offen. Eine Ewigkeit war seit Englers letztem Besuch bei Toni vergangen. Ihm behagte die Kneipenatmosphäre nicht, er hatte nie etwas dafür übrig gehabt, er genoß lieber seine Ruhe bei einem Glas Sherry, einer Pfeife und einem guten Buch. Dennoch beschloß er, Toni heute einen Besuch abzustatten.
Charlie und Willy saßen gedankenversunken an der Theke. Toni war gerade dabei, die Stühle für die Nach-sechs-Uhr-Kundschaft von den Tischen auf den Boden zu stellen.
»Guten Tag.«
Charlie und Willy drehten beide gleichzeitig die Köpfe in Richtung Tür.
»Tag«, murmelte Charlie, Toni kehrte hinter den Tresen zurück.
»Herr Pfarrer! Was verschafft mir die Ehre Ihres Besuchs?« fragte er grinsend. Engler grinste einfach zurück.

»Oh, eigentlich nichts weiter, aber da ich Sie ja sonst nie zu Gesicht bekomme, dachte ich mir, wenn der Berg nicht zum Propheten kommt, dann geht eben der Prophet zum Berg, wenn Sie verstehen, was ich meine.«

»Hä? Was war das eben? Muß ich vielleicht Buße tun, oder so was?« fragte Toni mit einem noch breiteren Grinsen.

»Um Himmels willen, nein! Alles was ich will, ist ein Bier. Und zwar ein schönes, großes kaltes Bier. Ist Ihre Frau da?«

»Nein, sie ist noch immer bei ihrem Vater in Flensburg. Sie hat gestern abend angerufen. Wird wohl endgültig bald zu Ende gehen. Auch wenn ich dem alten Herrn nichts Böses wünsche, ich hätte sie schon ganz gerne mal wieder bei mir. Allmählich geht mir das Alleinsein nämlich auf den Wecker.«

»Wie lange ist sie schon weg?«

»Seit drei Monaten. Sie ist halt die einzige Verwandte.« Er schenkte das Bier ein, wechselte geschickt das Thema. »Übrigens, spüren Sie auch das Unheil, das auf Waldstein zukommt?« fragte er wie beiläufig, während er das Bier vor Engler stellte und mit dem Kopf in Willys Richtung deutete. »Willy behauptet das jedenfalls.«

»So? Vielleicht hat er ja recht.«

»Seht ihr, wenigstens jemand, der zu mir hält.«

»Ich habe Ihnen nicht zugestimmt, Willy. Ich habe nur gesagt, daß es so sein könnte. Lassen wir uns einfach überraschen.«

»Ist jemand gestorben?« fragte Toni neugierig, Gesprächsstoff war in diesem armseligen Nest immer rar. Ein Todesfall, auch ein natürlicher, zählte schon zu den außergewöhnlichen Ereignissen.

»Ja«, antwortete Engler kurz und knapp, trank einen Schluck und wischte sich anschließend mit dem Handrücken den Schaum vom Mund.

»Und wer? Oder darf man das noch nicht erfahren?« Toni lehnte sich mit sensationslüsternem Blick auf den Tresen.

»Maria Olsen«, sagte Engler und leerte das Glas.
Charlie, Willy und Toni starrten wie auf Kommando Engler an, das Grinsen war von Tonis Gesicht verschwunden.
»Wer soll gestorben sein? Maria Olsen?« fragte Toni und stellte sich kerzengerade hin, sein kugeliger Bauch berührte das blanke Metall des Tresens. »Mein Gott, wie konnte das passieren? Ich hab sie doch noch heute morgen gesehen, und da wirkte sie ... na ja, putzmunter würde ich nicht gerade behaupten, aber ... Verdammt, ich kann es einfach nicht glauben!«
»Es war ein Schlaganfall. Die Hitze, vielleicht auch Überanstrengung. So was kommt meist wie aus heiterem Himmel.«
»Und der Doktor? Er ist doch bestimmt fix und fertig, oder? Es tut mir leid um sie – und um ihn. Ich kann mir nicht vorstellen, daß es irgend jemanden gibt, der sie nicht mochte. Stimmt's, Charlie?«
»Hm, die Frau war in Ordnung.«
»Wissen Sie schon, wann die Beerdigung sein wird?«
»Ich gehe mal von übermorgen aus. Aber genau kann ich's wohl frühestens morgen sagen.« Engler bestellte ein weiteres Bier, trank es auf einen Zug aus, griff in seine Hosentasche, um eine Münze herauszuholen, doch Toni winkte nur ab.
»Geht auf Rechnung des Hauses.«
Engler bedankte sich und ging. Die Wolkendecke war an einigen Stellen porös geworden, die Sonne stach.

6

Als Brackmann ins Büro trat, hatte Schmidt seine Beine auf dem Tisch liegen und las Superman. Brackmann ließ die Tür mit lautem Knall ins Schloß fliegen, worauf Schmidt rasch das Heft beiseite legte und die Beine

vom Tisch nahm. Brackmann holte sich einen Stuhl und setzte sich rittlings darauf, Schmidt genau gegenüber.
»Wie gut kennen Sie den Steinbruch?« fragte er.
»Hm«, brummte Schmidt und kratzte sich am Kinn, »kommt drauf an, was Sie wissen wollen. Aber eigentlich kenne ich ihn nicht so gut. Richter kennt ihn besser. Er hat mir mal erzählt, daß er als Junge oft dort draußen gespielt hat. Ich bin in Hof großgeworden.«
Brackmanns Blick war auf ein dichtgewebtes Spinnennetz von etwa einem halben Meter Durchmesser gerichtet, das schon seit Wochen in der Ecke über dem Waschbecken mit dem ständig tropfenden Wasserhahn hing. Er rümpfte kaum merklich die Nase; Spinnweben paßten zu dem alten, brüchigen Inventar, es roch modrig, die Dielen knarrten bei jedem Schritt, die Möbel schienen Relikte aus einer Zeit, als noch Pferde und Kutschen über staubige Wege donnerten.
»Warum fragen Sie nach dem Steinbruch?« wollte Schmidt wissen.
»Ach, nur so«, sagte Brackmann und winkte ab. »Funken Sie Richter an. Ich will mit ihm rausfahren.«

Richter kam kurz nach dem Funkspruch. Brackmann setzte sich zu ihm in den Streifenwagen. Richter war dreiundzwanzig Jahre alt, ein zuverlässiger Bursche, der zusammen mit seinen sechs jüngeren Geschwistern noch bei seinen Eltern lebte, die eine Geflügelzucht einen Kilometer außerhalb von Waldstein betrieben. Brackmann mochte Richter, er war aufrichtig und freundlich, fleißig und zuvorkommend. Zu Schmidt hingegen unterhielt er ein eher zwiespältiges Verhältnis, Schmidt war ziemlich faul und lustlos und machte einen etwas verschlagenen Eindruck.
»Suchen Sie was Bestimmtes im Steinbruch?« wollte Richter wissen.
»Ich will mich dort nur ein wenig umsehen. Und ich möchte

Sie bitten, einfach mitzukommen, und wenn ich Fragen habe, sie mir zu beantworten, wenn Sie können. Mehr nicht.«

»Und wonach sehen wir uns um?«

»Nichts Besonderes. Ich habe nur festgestellt, daß ich eigentlich relativ wenig von der Gegend kenne«, antwortete Brackmann ausweichend.

»Na gut, aber wenn Sie Genaueres über den Steinbruch erfahren wollen, warum gehen Sie dann nicht gleich zu den Vandenbergs? Ihnen gehört er schließlich.«

»Sie wissen doch genausogut wie ich, daß an die kaum ranzukommen ist. Also machen wir's einfach so wie ich sage. Sie führen mich ein wenig rum.«

Richter gab sich notgedrungen mit der Antwort zufrieden. Brackmanns ungewohnt schroffe und etwas abweisende Art sagte ihm, daß jetzt nicht der richtige Zeitpunkt für weitere Fragen war. Sie erreichten das Gelände nach knapp zehn Minuten.

Er war zwar schon ein paarmal hiergewesen, aber jetzt, als er am Rand dieser gewaltigen Grube stand, die etwa einen Kilometer lang und über einen halben breit und etwa hundert Meter tief war, und in diesen weiten, abgründigen, riesigen Schlund sah, wurde Brackmann die Sinnlosigkeit seines Vorhabens klar, hier nach einem Menschen, einem Phantom suchen zu wollen, der angeblich schon vor Jahren getötet worden war. Dabei war noch nicht einmal sicher, daß die Geschichte auch stimmte, und wenn sie stimmte, ob der Junge denn auch wirklich hier begraben lag.

»Seit wann wird hier nicht mehr gearbeitet?« fragte Brackmann, lehnte sich an das Auto, schaute in das riesige Loch hinab und zündete sich eine Zigarette an. Richter legte die Stirn in Falten, dachte angestrengt nach.

»Ich denke so fünf, vielleicht auch sechs oder sieben Jahre, aber genau kann ich das nicht sagen. Fragen Sie doch

einfach im Rathaus nach. Schneider müßte die Unterlagen haben.«
»Wissen Sie, warum er stillgelegt wurde?«
»Genau kann ich mich nicht erinnern, aber soweit ich weiß, soll die Arbeit unrentabel geworden sein. Aber auch dazu kann Ihnen Schneider besser Auskunft geben.«
»Also gut«, sagte Brackmann, nahm einen tiefen Zug an seiner Zigarette und wischte sich mit dem Unterarm den Schweiß von der Stirn, »kehren wir um.«
Für die Rückfahrt wählten sie einen anderen Weg. Richter schaltete das Radio an. Rockmusik. Dazwischen Kurznachrichten, der neueste Wetterbericht. Nachts mußte vereinzelt mit Hitzegewittern gerechnet werden – Brackmann glaubte nicht daran –, morgen wieder mit der gleichen monotonen Hitze.
Der Wind war während der vergangenen Stunde auf fast Null abgeflaut, kein Grashalm bewegte sich mehr. Sie erreichten die bis zum Horizont reichenden Getreide-, Rüben-, Kartoffel- und Flachsfelder, die Spinnerei, wo der gepflückte Flachs früher verarbeitet worden war. Früher, das war zuletzt vor mehr als zwanzig Jahren. Seither wurde der wenige Flachs, der noch angebaut wurde, auf Laster geladen und zu einer weit moderneren Fabrik für Flachsverarbeitung nach Bayreuth gebracht. Von den Wänden des langgezogenen, ehemals weißen Gebäudes, in dem die Spinnerei untergebracht war, bröckelte der Putz, die Scheiben der Oberfenster waren ausgeschlagen, das Dach voller Löcher. Einige alte, vor sich hin rostende Maschinen standen noch in der weiten Halle, an manchen Tagen Spielplatz für einige der Kinder aus der Umgebung.
Wenn überhaupt irgendwo in dieser Gegend, dann war es hier, wo noch immer der schwere Duft der Vergangenheit in der Luft hing. Wenn die Mauern und Maschinen erzählen könnten ... Arbeiter, Männer, Frauen und Kinder in

verschwitzten grauen oder blauen Arbeitshosen, löchrig, geflickt, schmutzig, barfuß, denn wer von denen hatte sich vor hundert oder mehr Jahren schon Schuhe leisten können?
Diese Zeiten waren jedoch längst vom Staub der Vergangenheit überdeckt, vieles hatte sich inzwischen gebessert, auf den meisten der Felder wuchs schon längst kein Flachs mehr.
Richter fuhr Schrittempo, der Weg steckte voller Schlaglöcher. Nach wenigen hundert Metern mündete der Feldweg in die nach Hof führende, erst im vergangenen Jahr ausgebaute Straße. Sie bogen nach rechts ab, zurück in das friedliche, beschauliche Waldstein.

7

Frau Schneider verteilte gerade die letzten Brotkrumen an die Tauben, als ihr Mann aus dem Rathaus kam. Bis auf zwei schmale graue Streifen über den Ohren war er glatzköpfig und leicht untersetzt und kaum größer als seine Frau. Ein gemütlicher, gutmütiger, stiller Mann, der seine Frau wie jeden Tag mit einem Kuß auf die Wange begrüßte. Wie immer wechselte er die Aktentasche von der rechten in die linke Hand, damit seine Frau sich rechts unterhaken konnte.
»Wie war dein Tag heute?« stellte sie die seit Jahren obligatorische Frage, während sie im Gleichschritt nebeneinanderher liefen.
»Ruhig, wie immer. Ich habe alte Unterlagen sortiert und abgelegt, so daß jeder sie finden kann, wenn ich einmal nicht mehr da bin. Und wie war es bei dir?«
»Wie soll es gewesen sein? Ich habe auf dich gewartet.«
»Ja, natürlich.«
»Heute morgen, als ich die Wohnung aufräumte, dachte

ich, daß es schade ist, daß wir überhaupt keine Freunde haben. Es wäre schön, wenn wir welche hätten.«

»Wie kommst du auf einmal darauf? Du weißt, es ist nicht einfach, Freunde zu finden. Schon gar nicht wirkliche Freunde.«

»So meine ich das ja auch nicht. Was aber, wenn einer von uns beiden eines Tages nicht mehr ...?«

»Sprich nicht weiter, Liebes. An so etwas solltest du nicht einmal denken.«

»Aber wir sind nicht mehr die Jüngsten. Du hörst nächstes Jahr auf zu arbeiten, und dein Herz ist auch nicht mehr das beste. Und ich sollte meine Galle auch mal wieder von Dr. Reuter untersuchen lassen, in letzter Zeit zwickt sie immer öfter.«

»Ich verstehe dich ja. Trotzdem möchte ich nicht, daß du so redest. Wir sind noch nicht so alt und krank, daß wir uns über den Tod Gedanken zu machen bräuchten.«

Ihr kleines Häuschen lag fünf Fußminuten vom Rathaus in einer Anreihung von Häusern, die sich wie ein Ei dem andern glichen. Nicht einmal in der Farbe der Zäune unterschieden sie sich, die Wege waren mit den gleichen Platten ausgelegt, in fast jedem Garten blühten die gleichen Blumen, auch wenn jetzt, durch die lange Hitze, die meisten von ihnen verdorrt waren. Die Schneiders traten durch das niedrige Gartentor. Es quietschte. Schneider bemerkte beiläufig, es wäre wohl an der Zeit, es wieder einmal zu ölen, er wolle es gleich nach dem Abendessen tun. Sie waren bereits an der Haustür angelangt, als Brackmann und Richter vor dem Haus stoppten. Brackmann stieg aus.

»Tag, Frau Schneider, Herr Schneider.« Er machte eine leichte Verbeugung, trat an das Tor, die Schneiders kamen ihm entgegen. »Tut mir leid, wenn ich Sie störe, doch wenn Sie erlauben, würde ich Ihnen gerne kurz eine Frage stellen.«

Schneider sah Brackmann mit einem leicht verschmitzten

Lächeln an. »Bitte schön. Hab ich etwas verbrochen? Paß auf, Liebling, der Herr Polizist denkt bestimmt, ich sei ein schlimmer Unhold.«
Sie boxte ihn leicht in die Seite. »Komm, sei ernst, oder glaubst du, der Herr Kommissar ...«
»Ich bin kein Kommissar«, sagte Brackmann lächelnd. »Nur ein einfacher Polizist.«
»Trotzdem, mein Mann glaubt immer, jeder hätte Zeit für seine albernen Späßchen.«
Brackmann wurde wieder ernst. »Herr Schneider, Sie kennen sich doch mit dem Steinbruch aus. Können Sie sich noch erinnern, wann und warum die Arbeit dort eingestellt wurde?«
Schneider brauchte nicht zu überlegen; er verzog kurz die Mundwinkel, seine Antwort kam wie aus der Pistole geschossen, als hätte er sich seit Jahren mit nichts als der Schließung des Steinbruchs beschäftigt. »Das war am 12. April 1989. Ich weiß das so genau, weil der 12. April unser Hochzeitstag ist und wir uns für diesen Tag etwas ganz Besonderes vorgenommen hatten, wir sind nämlich nach Nürnberg ins Theater gefahren, zum ersten Mal seit zwanzig Jahren sind wir damals wieder nach Nürnberg ins Theater gefahren, sie spielten *My Fair Lady*. Aber entschuldigen Sie, das interessiert Sie sicher nicht. Der Steinbruch ... Ja, mir wurde damals nur in einer kurzen Notiz mitgeteilt, daß der Steinbruch ab sofort stillgelegt sei. Ich wunderte mich natürlich darüber, vor allem über diese so unerwartete Stillegung, aber später erfuhr ich, daß er angeblich ein Verlustgeschäft geworden sein soll.« Er zuckte mit den Schultern. »Nun, es ist nicht meine Aufgabe, viele Fragen zu stellen, sondern die Bücher zu führen und die Anweisungen von oben zu befolgen. Gewundert habe ich mich aber trotzdem darüber. Denn ein Verlustgeschäft war dieser Steinbruch nie und nimmer.«

»Donnerwetter!«
»Ja, ich habe mich auch gewundert.«
»Nein, nein, das meine ich nicht. Ich bin erstaunt, wie Sie all die Daten in Ihrem Kopf behalten! Vielen Dank, Sie haben mir sehr geholfen.«
Brackmann verabschiedete sich, er wollte gerade in den alten Opel steigen, als Frau Schneider ihn rief: »Ach, entschuldigen Sie, Herr Brackmann nur noch einen Moment.«
»Ja, bitte?« Er blieb stehen, drehte sich um.
»Nun ja«, druckste sie herum, als suchte sie nach den passenden Worten, »wir wissen, daß Sie allein leben, und so dachten mein Mann und ich, ob Sie nicht vielleicht Lust hätten ... nun ja ... mein Mann und ich, wir würden uns sehr freuen, wenn Sie morgen abend unser Gast wären.« Ihr Gesicht und Hals waren von nervösen roten Flecken übersät, es war ihr alles andere als leichtgefallen, diese Einladung auszusprechen.
»Vielen Dank, Frau Schneider«, erwiderte Brackmann, »ich nehme Ihre Einladung gerne an. Wann darf ich kommen?«
»Sagen wir um halb acht, dann dürfte ich alles fertig haben. Gibt es vielleicht etwas, das Sie besonders gerne essen?«
»Nun, ich kann mir nicht vorstellen, daß mir irgend etwas nicht schmecken könnte, wenn Sie es zubereitet haben. Ich lasse mich da gerne überraschen.«
»Fein, dann werde ich ein altes schlesisches Gericht kochen und mich dabei genau an das Rezept meiner Großmutter halten. Bis morgen abend dann um halb acht. Und vielen Dank.«
»Ich habe zu danken.«
Schneider hatte sich zu seiner Frau gestellt und sah kopfschüttelnd dem Streifenwagen nach, der drei Häuser weiter um die Ecke bog. »Mußtest du ausgerechnet ihn einladen?«
»Wieso, was hast du an ihm auszusetzen?«
»Nichts, aber ...«

»Aber was? Wer weiß, wozu es gut ist, sich mit einem ... Polizisten ... gut zu stellen. Auch wenn er unser Sohn sein könnte.«
»Vielleicht hast du recht. Komm Liebes, laß uns ins Haus gehen, die Schwüle raubt mir die Luft.« Schneider ließ seine Augen über den milchigen Himmel gleiten. »Sieht merkwürdig aus«, sagte er und fuhr sich mit Daumen und Zeigefinger der rechten Hand über die Nasenspitze. »Sieht wirklich merkwürdig aus.«

8

Waldstein war also eine friedliche Stadt, nur selten gab es Anlaß zur Klage. Kaum einmal fiel einer unangenehm auf, mußte ein Betrunkener eine Nacht in einer Ausnüchterungszelle zubringen oder wegen eines anderen kleineren Delikts die Polizei eingeschaltet werden. Doch es gab eine Ausnahme, einen üblen Zeitgenossen, einen, der des öfteren für Aufsehen sorgte, einen, den keiner so recht leiden konnte. Wer über ihn sprach, tat es in der Regel höchst abfällig und angewidert. Diesem Jemand gehörte die Tankstelle mit Reparaturwerkstatt, und da es die einzige Tankstelle und Werkstatt im Umkreis von zwölf Kilometern war, ließ beinahe jeder Einwohner von Waldstein, der ein Auto hatte, es auch dort reparieren.
Scherer war ein guter Mechaniker und ein miserabler Mensch. Am meisten hatte seine Frau unter seinen üblen Launen zu leiden. Stand das Essen nicht rechtzeitig auf dem Tisch oder konnte sie auch nur über einen ausgegebenen Pfennig keine Rechenschaft ablegen, schlug er sie; ganz offensichtlich fand er immer wieder einen neuen Grund, sie schlagen zu können. Er verprügelte sie und demütigte sie, weil es offensichtlich das einzige war, das ihm wirklich Freude bereitete. Sein eheliches Recht nahm er sich, wann

es ihm beliebte und mit brutaler Gewalt, nicht selten war das Gesicht seiner Frau geschwollen von Schlägen, und manchmal sah man sie, wenn man sie überhaupt zu Gesicht bekam, mit einer dicken, schwarzen Sonnenbrille, die ihre blauen oder schwarzen oder in allen möglichen Farben schimmernden zerschlagenen Augen verdecken sollte.
Scherers Brutalität und Jähzorn waren allgemein bekannt, doch keiner wagte, etwas dagegen zu unternehmen. Dafür gab es zwei Gründe. Erstens war Scherer ein großer und außerordentlich muskulöser Mann, und zweitens, nun, da war eben die Werkstatt. Bis nach Hof war es ein weiter Weg, Grund genug, über die Leiden seiner noch jungen Frau hinwegzusehen, Entschuldigungen für Scherers Verhalten zu suchen, wie etwa *Die Frau wird schon selbst schuld sein* – und schließlich, die Scherers mußten selbst damit klarkommen. Und sie hätte ihn ja nicht zu heiraten brauchen, und sie könnte ja abhauen, und vielleicht gehörte sie ja zu jenen Weibern, die Prügel zum Leben brauchten, und, und, und …
Lediglich Engler hatte einmal versucht, ihr zu helfen und ihr angeboten, bei einem Freund in München unterzutauchen, der dringend eine Hausangestellte suchte. Die beiden Kinder wären auch kein Hindernis gewesen. Seither waren sechs Monate vergangen, sie lebte immer noch zu Hause und ertrug alle Demütigungen.
Auch Brackmann waren die Familienverhältnisse der Scherers nicht unbekannt, solange jedoch nichts Ernsthaftes passierte, wie schwere Körperverletzung oder sogar Tod, waren ihm die Hände gebunden. Dabei hätte es bestimmt schon ein dutzendmal gereicht, Scherer hinter Gitter zu bringen, hätte seine Frau nur den Mut aufgebracht, Anzeige zu erstatten, am besten unter Vorlage eines ärztlichen Attests, aus dem eindeutig hervorging, daß sie sowohl geschlagen als auch vergewaltigt worden war. Solange sie

ihn aber nicht anzeigte, so lange konnte Scherer ungehindert weiterprügeln.
Andererseits, und das wußten Brackmann und mit Sicherheit auch Scherer und seine Frau, bedeutete eine Anzeige noch längst kein Verfahren, erst recht keine Verurteilung, im Gegenteil, die Gesetze waren von Männern für Männer gemacht und boten Schlupflöcher, und letztendlich bedeutete eine Anzeige vielleicht nur noch schlimmere Qualen für die Frau.
Scherer betrat an diesem schwül-heißen Tag um kurz nach sechs Tonis Kneipe. Außer Charlie, Willy und Toni hielten sich noch drei etwa fünfzehn oder sechzehn Jahre alte Burschen dort auf, tranken Cola, unterhielten sich, lachten und hatten die Köpfe zusammengesteckt, als heckten sie etwas aus.
Scherer grüßte nicht, als er eintrat, er grüßte nie, es gab niemanden, an den er Höflichkeit verschwendete, zumindest keinen Menschen. Anders verhielt es sich mit seinen Hunden, die er abgöttisch liebte, mit denen er jede freie Minute verbrachte, sie trainierte, mit ihnen sprach, wie er mit keinem Menschen je sprechen würde – liebevoll und zärtlich. Seine Hunde, das waren zwei Pit Bulls, die er dann und wann bei Hundekämpfen einsetzte. Mehrmals im Jahr war er ein ganzes Wochenende unterwegs, und es kam vor, daß er ohne einen seiner Lieblinge zurückkehrte. Dann war er für kurze Zeit still und in sich gekehrt, voller Trauer, noch weniger ansprechbar als sonst und gleichzeitig noch unberechenbarer.
Scherer setzte sich neben Charlie, hievte seinen massigen, unsauberen, nach strengen Ausdünstungen stinkenden Körper auf den Hocker, legte seine riesigen, fleischigen, ölverschmierten Hände auf den Tresen und schickte einen finsteren Blick zu Toni.
»'n verdammtes Bier und 'n verdammten Klaren dazu!«

Toni war den rüden Ton von Scherer gewohnt, kaum ein Satz, in dem er nicht zum Gotterbarmen fluchte. Scherer kippte erst den Klaren und anschließend das Bier auf einen Zug in sich hinein.

»Noch mal!« brummte er und knallte das Glas auf den blanken Stahl.

»Wie lief das Geschäft heute?« fragte Toni ruhig, während er das leere Glas unter den Zapfhahn hielt.

»Laß mich verdammt noch mal zufrieden mit diesem gottverdammten Geschäft! Irgendeine gottverdammte Drecksau hat mir hundert Mark geklaut. Wenn ich diesen gottverdammten Hurensohn erwische ...!« Er ballte die Fäuste, schaute grimmig und zu allem entschlossen drein. Toni stellte das Bier und den Klaren vor ihn. Wieder trank Scherer in einem Zug leer.

»Noch mal!« brummte er wieder. In weniger als zehn Minuten hatte er fünf Biere und ebenso viele Klare in sich hineingeschüttet.

Einer der Jungs, der direkt vor der Jukebox saß und von der angespannten Atmosphäre am Tresen nichts mitbekam, warf ein Geldstück in die Wurlitzer und drückte mehrere Titel. Schon bei den ersten Takten stellte Scherer mit gefährlicher Ruhe sein Glas auf den Tresen, knurrte Unverständliches, erhob sich, stampfte auf etwas unsicheren Beinen zur Musikbox und riß den Stecker mit solcher Wucht aus der Wand, daß dabei Teile der Steckdose absplitterten. Dann stützte er sich auf den Tisch, um den die Jungs jetzt ängstlich kauerten, ließ seinen Blick von einem zum andern wandern und sagte gefährlich leise: »Wenn ich in diesem gottverdammten Laden zu Gast bin, will ich meine gottverdammte Ruhe haben, und nichts als meine verdammte, beschissene Ruhe! Ich will in Ruhe mein Bier trinken und in Ruhe nachher wieder gehen! Ist das in eure verdammten Schädel eingedrungen, ihr verdammten Hosenscheißer?!

Wenn nicht, reiß ich jedem einzelnen von euch die Eier raus und stopf sie euch ins Maul, kapiert?!«
»Aber ...«, wagte einer zaghaft zu bemerken, der kleinste und schmächtigste der drei.
»Is' was?« Scherer verengte seine Augen zu Schlitzen. Der Junge wurde sofort stumm und sackte auf seinem Stuhl zusammen.
Scherer war zufrieden mit dem Ergebnis seines Auftritts; er hatte erreicht, was er wollte, er genoß es, Angst zu verbreiten und sie in den Augen der Jungen zu sehen. Die drei standen gleichzeitig auf und schlichen mit gesenkten Köpfen und in weitem Bogen um Scherer herum aus dem Lokal; sie vermieden jeden Augenkontakt mit ihm. Toni kam hinter seinem Tresen hervor und folgte ihnen nach draußen.
»Hört zu, Jungs«, sagte er, »tut mir leid wegen eben. Aber wenn der so betrunken ist, bin auch ich machtlos. Ihr könnt natürlich jederzeit wiederkommen, klar? Und das nächste Mal geht alles auf meine Rechnung.« Er zwinkerte ihnen aufmunternd zu, und der Wortführer der drei sagte mit noch zittriger Stimme: »Ist schon okay.«
»Ist das vielleicht die Kundschaft, die du jetzt hast?« fragte Scherer mit verächtlich heruntergezogenen Mundwinkeln, als Toni zurückkam.
»Zumindest gehören sie dazu! Ich sage ja auch nichts gegen dich, Scherer! Aber eins laß dir gesagt sein – meine Kundschaft lasse ich mir von dir nicht vergraulen! Deswegen will ich dich in der nächsten Zeit hier nicht sehen!«
»Soll das etwa heißen, du willst mir verbieten ...«
»Genau das«, unterbrach ihn Toni wütend. »Denn ich lebe von meinem Lokal so wie du von deiner Werkstatt! Zu mir kann jeder kommen, solange er friedlich ist.«
»Ach, halt's Maul! Wegen diesen verdammten Hurensöhnen werde ich mich doch nicht weiter ...« Seine schmutzi-

gen Hände umkrampften das Bierglas, er hielt mitten im Satz inne, starrte Toni mit großen Augen an, kalkweiß unter seiner braunen Haut, wie in Zeitlupe rutschte er vom Hocker, und der schwere Körper schlug mit einem dumpfen Knall auf den Boden. Das Glas glitt aus seiner Hand und zersplitterte neben seinem Gesicht.
»Mein Gott, was ist denn jetzt los?« rief Toni und kam um den Tresen gerannt. Charlie und Willy starrten teilnahmslos auf den wie leblos daliegenden Scherer.
»Reuter! Ich werde schnell Reuter anrufen«, stieß Toni hektisch hervor. Reuter versprach, sich sofort auf den Weg zu machen. Charlie hatte sich während des kurzen Telefonats über Scherer gebeugt und ein Ohr auf seinen Brustkorb gelegt.
»Und?« fragte Toni besorgt.
»Lebt noch, das Stinktier«, meinte Charlie, es klang enttäuscht.
»Hoffentlich kommt der Doktor gleich!« meinte Toni.
»Warum?« fragte Charlie, ohne eine Miene zu verziehen.
»Ich kann verdammt noch mal keinen Toten hier gebrauchen!«
»Ach so, dachte schon, du würdest dir wegen diesem Bastard Sorgen machen.«
»Scheißtag heute!« bemerkte Toni kopfschüttelnd. »Erst stirbt die gute Maria Olsen, und dann kommt auch noch dieses Arschloch daher, terrorisiert meine Gäste und kratzt mir fast ab!«
Toni zitterte etwas, also schenkte er sich einen doppelten Whisky ein. Reuter kam fünf Minuten nach dem Anruf. Er untersuchte Scherer kurz, fühlte den Puls, hob die Lider ein wenig an, leuchtete in seine Augen.
»Ihr müßt mir helfen, ihn in meinen Wagen zu schaffen. Ich muß ihn in meiner Praxis behandeln.«
»Was hat er denn?« fragte Toni.

»Kreislaufkollaps. Hat er viel getrunken? Er stinkt jedenfalls wie 'ne Schnapsbrennerei.«
»Fünf Bier und Korn. Aber das alles in nicht mal 'ner Viertelstunde.«
»Dann ist das kein Wunder«, murmelte Reuter. »Bei der Hitze heute sollte man mit Alkohol vorsichtig sein. Das kann selbst einen Elefanten wie Scherer umhauen ... Charlie, Willy, faßt mit an. Wir packen ihn in meinen Wagen. Ihr müßt aber auch kurz mit in die Praxis kommen.«
Charlie und Willy erhoben sich wortlos von ihren Hockern – Willy schwankte etwas – und halfen, den bewußtlosen Scherer in Reuters Auto zu hieven.
Während sie das taten, kam Esther Pickard, die Frau des Schreiners, Schlossers und Leichenbestatters, eine mittelgroße, leicht füllige Person, mit zwei Tüten voll Lebensmitteln vom Supermarkt die Straße entlang. Ihr Gesicht glänzte vor Schweiß, ein paar Haare klebten an ihrer Stirn.
»Nanu, Scherer!« rief sie erstaunt aus und zog die Augenbrauen hoch, als sie mitbekam, was sich auf der anderen Straßenseite abspielte. Sie überquerte die Straße, um das Ganze besser zu sehen. Esther Pickard gehörte zweifellos zu den neugierigsten Personen in Waldstein, die keine ihr bekannte Neuigkeit lange für sich behielt. Während sie sich mit flinken Schritten auf die andere Straßenseite begab, erblickte sie eine Bekannte.
»Hast du das gesehen, Angela?« sagte sie mit einer Stimme, die immer etwas hysterisch klang. »Scherer scheint's erwischt zu haben. Na ja, ich sage ja immer, einen wie den trifft die Strafe noch irgendwann. Das, was er mit seiner armen Frau macht, darf einfach nicht ungesühnt bleiben!« sagte sie abfällig.
»Wenn du meinst, Esther«, erwiderte Angela zurückhaltend.
»Aber lassen wir Scherer, es gibt weiß Gott Wichtigeres.

Angela, hast du schon das Allerneueste gehört? Nein, bestimmt hast du das nicht!« sagte sie und winkte ab. »Aber es wird dich glatt von den Füßen reißen, das garantiere ich dir.« Sie kam mit ihrem Gesicht ganz nahe an das von Angela Siebeck heran, ihre Augen funkelten, während sie kurz innehielt, den neugierig fragenden Blick genoß, die Lippen aufeinanderpreßte und wartete.
»Was ist denn das Allerneueste?« fragte Angela Siebeck etwas reserviert und tat, als wäre sie nur am Rande an einer Neuigkeit interessiert.
»Siehst du, ich wußte es.«
»Nun ja . . .«
»Also gut, hör zu. Du kennst doch die gute Maria Olsen?«
»Natürlich kenne ich sie! Was ist mit ihr?«
»Tjaaaaa«, fuhr Esther Pickard fort, fügte ihrer Stimme einen leicht theatralischen Unterton bei, »die Gute ist seit heute nachmittag nicht mehr.«
»Wie bitte?«
»Nun, sie ist tot, verstorben oder wie immer du möchtest.« Sie prüfte in Angelas Gesicht, ob ihre Worte auch die erwünschte Wirkung erzielt hatten.
»Das gibt es nicht! Ich habe doch noch heute morgen bei ihr eingekauft!«
Esther Pickard war mit dieser Reaktion zufrieden. »Daran kannst du sehen, wie schnell Gevatter Tod seine Sense auspackt. Ich«, und dabei beugte sie sich noch näher an Angela heran, um zu verhindern, daß irgend jemand ihre nächsten Worte mitbekam, »ich für meinen Teil würde mich jedenfalls nicht wundern, wenn das nicht vielleicht sogar . . . von oben . . . ich meine, von ganz da oben . . .«
Angela Siebeck wich entrüstet einen Schritt zurück. »Esther, ich finde, das geht zu weit! Ausgerechnet Maria Olsen! Wenn überhaupt jemand hier gut und –«
»Du bist eben viel zu naiv, meine Liebe«, Esther Pickard fiel

ihr schnippisch ins Wort. »Aber wie du selbst weißt, gibt es Dinge zwischen Himmel und Erde, von denen wir uns nichts träumen lassen. Und so mancher, der nach außen die Heiligkeit in Person scheint, erweist sich nachträglich als mieser Schurke. Ich jedenfalls kann mir bei Maria Dinge vorstellen ... Eine Frau wie sie, die mehr als ihr halbes Leben allein verbringt! Ph, wo gibt's denn so was?! Nun, ich will nichts gesagt haben, aber wie sagt doch unser geschätzter Herr Pfarrer so schön – jeder trägt sein kleines Geheimnis mit sich herum. Vielleicht war es bei der guten Maria ja ein großes?!«
»Tut mir leid, ich kann dir nicht folgen«, erwiderte Angela Siebeck kühl und abweisend.
»Gut, gut, ich habe nur ausgesprochen, was ich denke. Und jetzt muß ich nach Hause, Georg wird schon auf mich warten. Mach's gut, meine Liebe. Und denk über meine Worte nach.« Sie huschte davon, den Kopf erhoben, und eilte die Straße hinunter.

Angela Siebeck sah ihr kopfschüttelnd nach, dieser merkwürdigen Person, die an nichts und niemandem ein gutes Haar ließ und offenbar in niemandem auch nur einen Funken Gutes entdeckte. Das mit Maria Olsen tat ihr aufrichtig leid, sie hatte sie gemocht. Sie war eine gute Frau gewesen. Nein, was immer Esther über sie denken mochte, es war falsch. Nicht Maria Olsen, nicht diese liebenswürdige Person.
Angela schwitzte, die Schwüle machte auch ihr zu schaffen. Die Sonne war nur mehr ein riesiger, rötlicher verschwommener Ball dicht über den Spitzen des Frankenwaldes. Sie war müde, ihre Beine schmerzten, in ihrer linken Schläfe stachen tausend Nadeln. Frau Fleischer hatte wieder einen ihrer besonders übellaunigen Tage gehabt. An solchen nicht seltenen Tagen half nur ihr aus dem Weg zu gehen, was in

der kleinen Bücherei allerdings ziemlich schwierig war. Auch wenn es meist nicht einmal zwei Stunden waren, die sie während des Tages zusammen verbrachten, eine am Morgen, eine weitere am späten Nachmittag, so reichte schon diese kurze Zeit, um den ganzen Tag zu verderben. Und das Schlimme war, daß die Fleischer ihre Chefin war. Glücklicherweise gehörte es zu Angela Siebecks Aufgaben, Kranken und Alten Bücher zu bringen, manchmal auf ein Schwätzchen zu bleiben, einen Kaffee oder ein Gläschen Likör mitzutrinken, manchmal wurde sie auch gebeten, etwas vorzulesen.

Gedankenverloren, denn die Hitze erschwerte sogar das Denken, lief Angela durch das dämmrige Waldstein. Das Atmen bereitete ihr Mühe, bleierne Gewichte quetschten ihre Brust zusammen, ihre Beine fühlten sich geschwollen an, ihr Blut schien dick wie Sirup durch ihre Adern zu fließen.

Wieder einmal wünschte sie sich, zu Hause in Boston geblieben zu sein. Dort brauchte sie sich nur ins Auto zu setzen, ein paar Kilometer zu fahren, bis sie an würzigduftende Wälder gelangte, an klare Seen und saftig grüne Wiesen, übersät mit bunten Blumen, von Dezember bis März lag Schnee, und nicht selten sehnte sie sich nach dem kalten Nordwind und den langen Wintern ihrer Jugendzeit. Wie jetzt.

Sechs Jahre lebte sie nun schon hier, sechs unendlich lange, langweilige Jahre. Boston bedeutete Leben, Menschen, Geschäfte, Freiheit. Und Waldstein? Selbst die Landschaft ließ immer mehr zu wünschen übrig, entweder diese unendlich langweiligen Felder oder die Trostlosigkeit der braunen sterbenden Wälder des Fichtelgebirges oder Frankenwaldes, getötet von jahrzehntelangem saurem Regen, den stinkenden Giftwolken, die so lange Jahre von der Tschechei mit dem Ostwind rübergeweht waren und denen jetzt selbst die

stärksten und widerstandsfähigsten Bäume zum Opfer fielen. Keine richtigen Wälder mehr, keine klaren Bäche, auch sie gestorben unter gewaltigen Giftlasten, die von den Textilfabriken und Färbereien in sie hineingepumpt wurden.
Den letzten richtigen Winter hatte sie vor fünf Jahren erlebt, als zwei Monate lang Schnee lag und die Temperaturen kaum einmal über Null gestiegen waren, eisiger Ostwind aus den Tiefen Rußlands wie von einer riesigen Maschine ins Land geblasen wurde und blankes Eis durch die Luft trieb. Doch seitdem, ihrem ersten Winter in Waldstein, hatte sie keinen mehr erlebt. Meist milde Luft aus dem Westen, viel Regen. Dafür waren Jahr um Jahr die Sommer heißer und länger geworden und, wie sie meinte, die Gewitter häufiger und heftiger. Selbst die alteingesessenen Waldsteiner beklagten sich über den Klimawandel, erzählten oft von alten Zeiten, als in den langen Winternächten noch Wölfe bis vor die Ortsgrenzen gekommen waren und heulten, daß jedem das Blut in den Adern gefror. Ob diese Geschichten stimmten, wußte Angela nicht, aber sie hielt sie immerhin für möglich. So viel hatte sich in den letzten wenigen Jahren auf der Welt verändert, warum nicht auch das?!
Aber gerade in letzter Zeit sehnte sie sich immer öfter nach Boston zurück, wohin sie zusammen mit ihren Eltern und ihrem Bruder vor mehr als fünfundzwanzig Jahren gezogen war, als ihr Vater die Amerikavertretung eines deutschen Chemieriesen übernommen hatte. Aber Vater war schon zehn Jahre tot, ein Herzinfarkt auf einer Geschäftsreise, während er sich mit einer seiner zahllosen Geliebten amüsierte. Mutter hatte die Wahl gehabt, wieder nach Deutschland zurückzukehren oder in dem prächtigen Haus wohnen zu bleiben und das viele Geld, das ihr hinterlassen worden war, in Amerika auszugeben. Sie hatte sich für Boston entschieden.

Mit zwanzig ging Angela auf die Universität, machte ihren Abschluß in Anglistik und Germanistik, mit vierundzwanzig wollte sie die Welt erkunden; es zog sie zurück nach Deutschland, sie wollte sehen, was sie nur aus Erzählungen kannte und woran sie sich nicht mehr erinnern konnte. Und irgendwie war sie bei ihrer Rundreise in Waldstein hängengeblieben, und weiß der Geier warum, aber sie war nicht mehr fortgekommen.

Seit längerem schon spielte sie mit dem Gedanken, Waldstein den Rücken zu kehren, doch fehlte ihr bislang der Elan, diesen Entschluß auch in die Tat umzusetzen. Dabei hatte sie damals eigentlich mehr aus der Not heraus auf ihrer Reise quer durchs Land in diesem Nest Station gemacht. Sie hatte wieder einmal unter chronischer Geldnot gelitten, auch wenn es ein leichtes gewesen wäre, Mutter um Hilfe zu bitten, aber Angela war stolz, sie wollte unabhängig sein, nicht vor ihrer alkohol- und tablettensüchtigen Mutter auf den Knien um Geld betteln. Also hatte sie sich um den zeitlich begrenzten Job in der Bücherei beworben; Frau Fleischer war krank geworden, und keiner wußte, wie lange sie ausfallen und ob sie je wieder genesen würde. Bereits nach wenigen Tagen war aber der Stellvertreter des Bürgermeisters gekommen, hatte sie gefragt, ob sie nicht Lust hätte, vielleicht schon bald die Leitung der Bücherei zu übernehmen. Doch die Fleischer war zäher als erwartet, und allen Unkenrufen zum Trotz hatte sie sich nach einem halben Jahr wieder erholt und erfreute sich seitdem bester Gesundheit.

Zigmal hatte Angela sich vorgenommen zu verschwinden, zigmal war etwas dazwischengekommen. Anfangs hatte es ihr in Waldstein sogar gefallen, es war eben ein völlig anderes Land, ein anderes Klima, ein anderer, etwas kauziger Menschenschlag, aber in ihrem Herzen hatte sie nie wirklich vorgehabt, ihre Zelte für immer hier aufzuschlagen.

Mittlerweile zählte sie zweiunddreißig Jahre, noch immer war sie unverheiratet, bisweilen fürchtete sie sogar, eines Tages so zu enden wie die Fleischer, eigenbrötlerisch und unberechenbar, zynisch und vertrocknet. Sie wünschte sich einen Mann an ihrer Seite, jemanden, mit dem sie sprechen, lachen, weinen konnte, nur – und das wußte sie selbst – sie stellte hohe Ansprüche an ihren zukünftigen Partner, vielleicht zu hohe, und diese Ansprüche waren unmöglich in Waldstein zu befriedigen. Dabei war sie beileibe nicht häßlich, ganz im Gegenteil, sie war gebildet, konnte sogar gut kochen.

Sie war knapp einssiebzig, hatte schulterlanges, leicht gewelltes blondes Haar und einen wohlproportionierten Körper, das einzige, das sie selbst störte, war ihr Busen, der ihr etwas zu groß schien, weshalb sie nur selten enganliegende Oberteile trug. Ihre Lippen waren nicht sehr voll, doch mit Lippenstift war das zu verbessern, und wenn sie lachte, dann bildeten sich an ihren Mundwinkeln niedliche kleine Grübchen. Dem Drängen ihrer Eltern, eine Zahnspange zu tragen, war es zu verdanken, daß sie über makellose, gerade Zähne verfügte, die man allerdings selten zu sehen bekam, denn Angela Siebeck lachte nicht viel. Sie war eher introvertiert, schüchtern, wäre nie auf einen Menschen zugegangen, doch sie war nicht unfreundlich, und wer sie näher kennenlernte, fand schnell heraus, welch liebenswürdiges Wesen in Angela Siebeck verborgen war.

»Frau Siebeck!« Brackmann trat gerade aus seinem Büro, als Angela vorbeikam.

Sie blieb stehen, drehte sich um, für den Bruchteil einer Sekunde huschte ein Lächeln über ihre jetzt ungeschminkten blassen Lippen.

»Ja?«

»Ich gehe in Ihre Richtung. Kann ich Sie ein Stück begleiten?«

»Sicher, warum nicht.«
Auf den ersten Metern schwiegen sie, schließlich beendete Brackmann das Schweigen. »Haben Sie schon das von Frau Olsen gehört?«
»Ich habe es gerade eben erfahren. Traurig, nicht?«
»Mir tut Dr. Reuter leid. Er hat sie sehr gemocht.«
»Wer hat das nicht.«
»Ich glaube, es liegt an diesem verdammten Wetter. Diese Schwüle und diese Hitze sind kaum noch auszuhalten.«
»Einen hat die Schwüle wohl schon umgehauen.«
»So? Wen denn?«
»Scherer. Zumindest habe ich gesehen, wie sie ihn in das Auto von Dr. Reuter gehoben haben. Geschieht ihm recht! Er ist ein Schandfleck für die Stadt, aber auf der anderen Seite wahrscheinlich die einzige Attraktion hier! Mir tut nur seine arme Frau leid! Dabei ist sie noch so jung! Ich verstehe nicht, warum sie nicht abhaut. Verprügelt wird sie und betrogen noch dazu!« Nach den letzten Worten errötete sie, biß sich auf die Lippen, sah Brackmann entschuldigend an.
»Bitte? Ich verstehe nicht ...«
»Vergessen Sie's.« Sie ärgerte sich, ihre sonst so beherrschte Zunge nicht im Zaum gehalten zu haben.
»In Waldstein?«
»Bitte, vergessen Sie's einfach. Ich wollte das nicht ...«
Brackmann ließ nicht locker. »Na ja, jeder hier weiß, was für ein mieser Kerl Scherer ist. Mir tut seine Frau auch leid. Was mir allerdings neu ist, ist, daß er auch mit anderen Frauen ...? Ich meine, er betrügt sie wirklich hier in diesem Nest? Wer läßt sich denn mit dem ein?«
Sie lachte kurz, trocken und spöttisch auf, schüttelte ungläubig den Kopf. »Sie wissen es nicht? Sie, der nach dem Pfarrer bestinformierte Mann in diesem Kaff, wissen nicht, was Scherer so alles treibt?«

Brackmann blieb stehen. »Um ehrlich zu sein, ich habe keine Ahnung. Aber vielleicht erzählen Sie's mir ja.«
»Ich weiß nicht so recht«, sagte sie zögernd, blieb etwa einen Meter von Brackmann entfernt stehen, sah zu Boden und fuhr so leise fort, daß nur Brackmann es hören konnte: »Sie müssen mir glauben, es ist nicht meine Art, zu tratschen oder über andere herzuziehen, aber gut, wenn Sie darauf bestehen, na ja, und es geht schließlich ›nur‹ um Scherer.«
Brackmann setzte sich wieder in Bewegung. Angela folgte ihm, lief neben ihm her und bat ihn eindringlich: »Nur bitte, behalten Sie das um Himmels willen für sich. Wenn Scherer jemals rauskriegen sollte, daß ich was gesagt habe, zerreißt er mich mit seinen schmierigen Fingern in lauter kleine Teile.«
»Keine Angst, Sie können sich auf mich verlassen. Ehrenwort.«
Ein herrenloser Hund pinkelte an eine Straßenlaterne, schnüffelte daran, verschwand hinter einem Haus. Zwei junge Männer fuhren auf ihren knatternden Motorrädern vorbei. Charlie und Willy kamen vom Doktor zurück, betraten Tonis Kneipe.
»Also, was ist los mit Scherer?«
Angela Siebeck holte tief Luft. »Scherer! Dieser Kerl ist ein Kapitel für sich. Wissen Sie, er ist längst nicht der Ausgestoßene, als der er immer hingestellt wird. Und es stimmt überhaupt nicht, daß niemand etwas mit ihm zu tun haben will. Im Gegenteil, so mancher hier reißt sich darum, etwas mit ihm zu tun haben zu dürfen.« Sie machte eine Pause, gab Brackmann Gelegenheit zum Nachdenken.
»Ich verstehe noch immer nicht …«
»Oh, das ist ganz einfach. Sie wissen doch, wie über Scherer so hergezogen wird. Keiner läßt ein gutes Haar an ihm, vor allem die Weiber nicht! Ich könnte Ihnen aber mindestens ein Dut-

zend von denen aufzählen, die schon mit ihm geschlafen haben, und das bestimmt nicht unfreiwillig. Es heißt, er soll ein Tier sein oder, besser ausgedrückt, ein Hengst, im wahrsten Sinne des Wortes, wenn Sie verstehen, was ich meine. Es heißt, diese Damen wünschen sich für ihre – Befriedigung – ein Tier. Für ihn scheint dabei das Alter absolut keine Rolle zu spielen. Hauptsache eben, es ist eine Frau, und sie möchte es mit ihm treiben. Wenn ich Namen nennen würde, du meine Güte«, sie lachte auf, »Sie kennen sie alle.«

»Und wer?«

»Nein, nein, keine Namen. Es reicht schon, was ich gesagt habe.«

»Ach, kommen Sie, ich habe Ihnen mein Wort gegeben, und ich stehe dazu. Befriedigen Sie meine Neugier, nur ein wenig ...«

»Ich weiß, ich weiß, die Langeweile, die Einöde, diese elende Eintönigkeit. Also gut, aber nur zwei. Und Sie versprechen mir hoch und heilig – kein Sterbenswörtchen?! Ich fürchte, die würden mich als Hexe verbrennen, wenn sie es erführen.«

»Meine Lippen sind versiegelt.«

»Phillips, Pickard, um nur zwei zu nennen. Ja, ja, schauen Sie mich nicht so entgeistert an, es stimmt schon, die liebe Frau Bürgermeisterin und selbst das Schandmaul Esther Pickard. Genügt Ihnen das?«

»Wow, nicht schlecht! Und Sie?« Kaum hatte er die letzte Frage ausgesprochen, schloß er für eine Sekunde die Augen, er hätte sich für diese maßlose Taktlosigkeit ohrfeigen können.

Angela Siebeck blickte Brackmann mit zusammengekniffenen Augen an und zischte wütend: »Ich weiß zwar nicht, was Sie von mir halten, aber ich nehme doch an, ich würde Ihnen das alles nicht erzählen, wenn ich selbst mit Scherer ...« Sie hielt für einen Moment inne, blieb erneut

stehen, fuhr mit gedämpfter Stimme fort: »Scherer widert mich an. Er ist ein ungewaschenes, ungehobeltes Subjekt. Alles, was er treibt, widert mich an. Ich glaube, ich würde mich übergeben, wenn er mich nur anfassen würde! Was ich weiß, weiß ich einzig und allein aus der Bücherei. Sie wissen doch, man trifft sich, tauscht ein paar Nettigkeiten, Neuigkeiten und Gemeinheiten aus, tratscht, wirft mit Gerüchten um sich, macht diesen und jenen schlecht, hier eine schnippische Bemerkung, dort ein wenig geheucheltes Verständnis ... Wenn Sie wirklich wissen wollen, was hier im Ort los ist, dann kommen Sie einfach mal für einen Nachmittag vorbei und sperren Sie Ihre Ohren auf. Sie werden sich wundern! Und die armen Männer – oder sollte ich besser sagen Idioten? – der Frauen sitzen in ihren Büros oder arbeiten in ihren Werkstätten und denken, die liebe Gattin hätte nichts Besseres zu tun, als das Haus in Ordnung zu halten und für die lieben Kleinen zu sorgen und voll Sehnsucht auf die Heimkehr des Gatten zu warten! Aber um keine Mißverständnisse aufkommen zu lassen, es sind nicht alle Frauen hier so, falls Sie das denken sollten.«
Sie holte tief Luft, doch bevor Brackmann eine Frage loswerden konnte, fuhr sie schon fort: »Wissen Sie, es ist eigentlich nicht so sehr die Tatsache, daß die Frauen ihre Männer betrügen, viele von denen tun wahrscheinlich das gleiche mit ihren Frauen. Was mich so anwidert: Jeder hier weiß, wie Scherer wirklich ist, wie er mit seiner Frau umspringt, und alle zeigen mit Fingern auf ihn, und jeder tut so, als wären er oder besser sie die letzten, die etwas mit ihm zu tun haben wollen ... Mein Gott, hier wird geheuchelt, daß sich die Balken biegen! Aber wenn es keiner sieht, machen die Weiber die Beine breit.«
»Tja, so ist das Leben«, sagte Brackmann und fügte hinzu: »Was würden Sie denken, wenn ich Ihnen sagen würde, daß in Waldstein ein Mord begangen wurde?«

Sie lächelte, antwortete: »Nun ja, das mit Scherer ist schon ein starkes Stück, aber ein Mord?« Sie schüttelte den Kopf. »Das sind zwei paar Stiefel. Wer sollte hier einen Mord begehen? Ich würde sagen, das ist starker Tobak. Zu starker Tobak. Ist es doch, oder?«
Brackmann nickte. »Sicher, ist es. Ich wollte nur Ihre Reaktion testen.«
»Ich glaube, in Waldstein ist noch nie ein Mord begangen worden. Höchstens Rufmord.«
Sie waren vor ihrer Wohnung angekommen, einem neuen Mehrfamilienhaus, das den Vandenbergs gehörte, etwa zehn Minuten von der Bücherei und nur wenige Meter vom Ortsausgang entfernt. Sie holte den Schlüssel aus ihrer Tasche, steckte ihn ins Schloß, sagte mit dem Rücken zu Brackmann gewandt: »Tut mir leid, was ich eben über Scherer gesagt habe. Es war nicht richtig von mir, auch wenn die Geschichten stimmen. Ich beteilige mich normalerweise nicht an Gerüchten, das müssen Sie mir glauben.«
»Es sind keine Gerüchte, wie Sie selbst sagen. Und – kein schlechtes Gewissen. Ich verspreche, ich werde schweigen wie ein Grab. Einen schönen Abend noch, und schlafen Sie gut.«
»Haben Sie heute noch Dienst?« fragte sie, während sie die Tür aufschloß.
»Nein, für mich ist heute Schluß. Schmidt hat Nachtdienst.«
»Dann gute Nacht.« Sie öffnete die Tür und wollte gerade das Haus betreten, als Brackmanns Stimme sie zurückhielt.
»Eine Frage noch, Frau Siebeck. Was wissen Sie über die Vandenbergs?«
Angela Siebeck drehte sich um und zuckte mit den Schultern. »Ich weiß zwar nicht, warum Sie mir diese Frage stellen, aber … Nun, eigentlich kenne ich sie nur vom Hörensagen. Zu tun hatte ich noch nie etwas mit ihnen.

Wenn sie etwas lesen wollen, dann kommen sie ganz sicher nicht in die Bücherei. Warum fragen Sie nach ihnen?«
»Nur so. Kein besonderer Grund. Ich dachte nur, ich würde mal jemanden kennenlernen, der Kontakt zu ihnen hat.«
»Sie sind so reich, mein Gott, die bewegen sich in anderen Kreisen. Auch wenn sie hier wohnen. Aber das sind zwei paar Stiefel.«
»War ja auch nur eine Frage.«
Brackmann wartete, bis die Tür hinter Angela Siebeck ins Schloß gefallen war. Die Frau gefiel ihm. Nur, er würde sich nie trauen, es ihr zu zeigen, geschweige denn zu sagen. Dabei hatte er schon lange ein Auge auf sie geworfen, schon seit er seinen Posten angetreten hatte. Kein Wunder, gehörte sie doch zu den wenigen unverheirateten Damen in Waldstein, und unter denen war sie, mit Ausnahme der Hure Görtz, die mit Abstand hübscheste. Aber er war kein Draufgänger, er hatte Scheu, es bei einer Frau wie Angela einfach zu versuchen; er fürchtete, eine Abfuhr erteilt zu bekommen. Also begnügte er sich mit Träumen.
Er setzte langsam seinen Weg fort; zu Hause würde er ein kühles Bad nehmen, ein Bier trinken, vielleicht auch zwei, den Fernsehapparat einschalten. Der Tag war anstrengend und für die hiesigen Verhältnisse sensationell ereignisreich gewesen. Es war kurz vor halb acht, und von der Sonne zeigten sich nur mehr die letzten roten Umrisse. Die Wolken schimmerten in unzähligen Farben, kein Lufthauch. Kaum ein Vogel, bis auf ein paar Schwalben, die ihre Künste zeigten, aber selbst das wirkte heute eher müde, kein Grashalm, der sich bog. Nicht mehr lange, bis die Dämmerung hereinbrach.
Charlie und Willy waren die einzigen Gäste bei Toni. Der Platz vor dem Kino lag, im Gegensatz zu sonstigen Tagen, wie ausgestorben. Die Kirchturmglocke schepperte zweimal metallen und zerriß für Augenblicke die unwirkliche Stille.

9 Dr. Reuter hatte Scherer eine Spritze mit einem kreislaufstärkenden Mittel gegeben. Trotz der auf höchster Stufe laufenden Klimaanlage war Reuter schweißgebadet. Er sah noch einmal auf Scherer, setzte sich hinter seinen Schreibtisch, machte einige Notizen auf der Karteikarte, fühlte ein weiteres Mal Scherers Puls, maß seinen Blutdruck, murmelte 130/95 und legte das Blutdruckmeßgerät auf den Tisch.
»Mann o Mann, was ist passiert? Und wo bin ich?« brummte Scherer benommen und hielt sich den Kopf.
»In meiner Praxis.« Reuter schrieb weiter, während er mit Scherer sprach.
»Und was zur Hölle mach ich hier?«
»Sie sind bei Toni vom Hocker gefallen und können von Glück sagen, daß Sie noch leben. Manch einer ist dabei schon hopsgegangen.«
Scherer setzte sich stöhnend auf. »Dann kann ich ja jetzt gehen.«
»Sicher, aber erst nachdem Sie die hundert Mark bezahlt haben.«
»Zum Teufel mit Ihnen! Hundert Mark? Wofür?!«
Reuter ließ sich von Scherers drohender Haltung nicht einschüchtern. »Wofür? Nun, ich bin gerade dabei, Ihre Rechnung zu schreiben, und darauf können Sie alles im Detail lesen. Aber sowenig, wie Sie Autos umsonst reparieren, genausowenig tue ich das bei Menschen. Und da Sie privatversichert sind ...«
Scherer quetschte ein paar derbe Flüche durch die Lippen, kramte in seiner Hosentasche, knallte einen Hundertmarkschein auf den Tisch. Als er eine ruckartige Bewegung machte, durchzuckte ein brennender, stechender Schmerz seinen Kopf. »Mein Gott, was ist bloß mit meinem Schädel!«
»Das ist nicht weiter schlimm. Das ist nur der Alkohol in Verbindung mit der Spritze. Morgen wird das wieder vor-

bei sein. Gehen Sie langsam nach Hause, legen Sie sich schlafen und essen Sie etwas Leichtes, wenn Sie nicht wollen, daß Sie heute noch kotzen müssen. Und vor allem keinen Alkohol, keine Aufregung, keine Anstrengung. Sie sehen ja, was daraus werden kann.« Reuter unterschrieb die Quittung, reichte sie Scherer. Der knüllte sie mit bösem Blick zusammen und warf sie fluchend auf den Boden.
»Hundert Mark! Ich hoffe, ich werde nie wieder krank! Bei Ihnen kommt man ja ins Armenhaus!«
»Und ich hoffe, mein Wagen geht nie kaputt. Auf Wiedersehen.«
Wieder allein, lehnte Reuter sich in seinem Sessel zurück und schloß die Augen. *Was für ein Tag! Was für ein gottverdammter Scheißtag!* dachte er. Er hatte Durst. Auf Bier, auf Whisky, auf Cognac, irgend etwas, das seine Schwermut vertreiben half.

»Scherer ist zusammengebrochen!« Esther Pickard kam mit von Hitze und Aufregung geröteten Wangen ins Haus gestürmt und stellte die Tüten auf dem Küchentisch ab.
»Na und?« war die lapidare Reaktion von Georg Pickard.
»Na und, na und?!« Sie wedelte aufgeregt mit den Armen. »Mehr fällt dir dazu nicht ein? Wenn das übelste Stinktier von ganz Waldstein besinnungslos aus einer Kneipe getragen wird?«
»Reg dich nicht so auf, das bekommt dir nicht. Kümmere dich lieber ums Essen statt um Scherer. Ich habe Hunger.«
»Dauert noch eine halbe Stunde. Viel gibt es aber heute nicht. Bei dem Wetter koche ich nicht. Belegte Brote müssen reichen. Sind die Jungs schon zurück?« Sie hatte die Lebensmittel im Kühlschrank verstaut, nahm die Schürze vom Haken und band sie sich um.
»Nein, und vor elf oder zwölf Uhr brauchst du gar nicht mit ihnen zu rechnen. Wenn sie schon mal in Nürnberg sind,

wollen sie auch was erleben. Vielleicht kommen sie auch erst morgen früh.«

»Na hör mal, die werden doch wohl die Nacht nicht ...«

»Du regst dich schon wieder auf über Dinge, die dich eigentlich gar nichts mehr angehen«, fiel er ihr ins Wort. »Bernd und Dieter sind keine kleinen Kinder mehr, denen man ein Lätzchen umbindet. Und sie tragen auch keine Windeln mehr, selbst aus der Pubertät sind sie längst heraus, auch wenn du das offensichtlich noch immer nicht wahrhaben möchtest. Sie sind gestandene Männer. Und gestandene Männer können tun und lassen, was sie wollen!«

»Und wenn sie tausendmal gestandene Männer sind, deswegen müssen sie nicht gleich ein Lotterleben führen!« sagte sie mit sich überschlagender Stimme.

»Sie führen kein Lotterleben! Und wenn es dich interessiert, ich würde es an ihrer Stelle genauso machen ... In Waldstein gibt es ...«

»Pickard, du gehst entschieden zu weit!« Wenn sie zornig auf ihn war, nannte sie ihn grundsätzlich nur beim Nachnamen. Und in letzter Zeit nannte sie ihn oft beim Nachnamen. Früher hatte er darüber noch lachen können, dann war Zorn daraus geworden, mittlerweile war es ihm nur noch egal. Wie so vieles, was sie dachte oder tat. Gut, sie war seine Frau, seit einer Ewigkeit waren sie verheiratet, aber auf eine eigentümliche Weise war sie ihm fremd geworden. Was auch immer die Gründe sein mochten, vielleicht ihre vorgegebene Frömmigkeit, die er längst als bloße Frömmelei entlarvt hatte, oder ihre gespielte Freundlichkeit anderen gegenüber, oder ihre häufig so bissigen, verletzenden Bemerkungen, wenn sie mit ihm sprach; er empfand schon lange keine Liebe mehr für sie, in seinen Gefühlen hatte er sich von ihr distanziert. Er stand auf der einen Seite einer tiefen, breiten Schlucht, sie auf der ande-

ren, und er glaubte nicht mehr daran, daß es eine Möglichkeit gab, je wieder zueinanderzufinden.
Er liebte sie nicht mehr, er mochte sie höchstens noch. So, wie man einen guten Bekannten mag, ein gutes Buch, wie ein Bruder den anderen. Früher, da hatte er sie geliebt, nur, wann genau und wie lange das her war, vermochte er nicht mehr zu sagen. Als sie jung waren – wann war das? –, da hatten sie sich heiß und stürmisch geliebt, konnten sie nicht genug voneinander bekommen. Aus dem Sturm war ein laues Lüftchen geworden, kaum mehr als ein Windhauch, und nur noch ein winziger Schritt bis zur vollkommenen Windstille.
Gründe für ihre Veränderung? Vielleicht weil sie »nur« zwei Söhne zur Welt gebracht hatte, sie sich aber unbedingt noch eine Tochter gewünscht hatte. Ein Anlauf nach dem anderen, immer und immer wieder, aber Esther war nicht mehr schwanger geworden. Und obgleich sie es nie direkt ausgesprochen hatte, fühlte er, daß sie ihm die Schuld für die weitere Kinderlosigkeit zuschob.
Esther bereitete das Essen, während Georg in die noch immer wie neu wirkende Kühlhalle ging, um die Temperatur zu überprüfen. Null Grad Celsius. Die alte Halle war vor nicht ganz sieben Jahren zusammen mit der Werkstatt durch einen Kurzschluß bis auf die Grundmauern niedergebrannt. Damals dachte er, dies wäre das Ende für ihn und seine Familie, denn die Versicherung hatte nur einen Bruchteil des Schadens gezahlt, da sich herausgestellt hatte, daß Georg weit unterversichert gewesen war. Aber er hatte Hilfe bekommen, hatte es geschafft, es war weitergegangen.
Er warf einen kurzen Blick auf den Sarg, in dem Maria Olsen lag, die Augen geschlossen, die Hände über der Brust gekreuzt, ein überirdisches Lächeln hatte sich in die blassen Lippen gemeißelt. Nach dem Kontrollgang kehrte er in die Küche zurück, Esther hatte die Brote fertig und saß bereits am Tisch.

»Stell doch mal das Radio an«, sagte sie, als er hereinkam. »Ich möchte die Nachrichten hören.«
»Seit wann interessierst du dich für die Nachrichten?« fragte Georg und drehte den Knopf an dem Gerät. Es dauerte einige Sekunden, bis die Röhren Betriebstemperatur erreicht hatten und das magische Auge zu einem schmalen Schlitz wurde.
»Was kümmert es dich? Ich will sie eben hören.«
Die Nachrichten waren die gleichen belanglosen wie den ganzen Tag über. Der Kanzler erholte sich nach einer schweren Lungenentzündung ein paar Tage am Wolfgangsee, wo es im Moment bestimmt eher auszuhalten war als in Waldstein, der französische Staatspräsident wurde für morgen vormittag in Bonn erwartet, eine Gruppe von achtzig Albanern war beim illegalen Grenzübertritt in Österreich geschnappt worden, ein Mann aus Oslo hatte erst seine Frau und anschließend die fünf Kinder erschossen, bevor er sich selbst richtete. Im mittleren Westen der USA hatte ein Tornado schwere Verwüstungen angerichtet, glücklicherweise gab es keine Toten zu beklagen. Der ausführliche Wetterbericht kündigte für die Nacht vereinzelte Gewitter an, unter Umständen müsse aufgrund der komplizierten Wetterlage sogar mit Hagelstürmen gerechnet werden. Danach wieder Musik.
Esther blickte auf. »Könnte so einer auch bei uns durchkommen?« fragte sie zwischen zwei Bissen.
»Was meinst du?«
»Na, so ein Tornado!«
»Wieso, wer sagt was von Tornado?«
»Hörst du nicht zu?! Die Nachrichten natürlich!«
»Das ist in Amerika!«
»Ich will nur wissen, ob so was auch hier passieren könnte...«
»Klar.« Georg überlegte, während er seine Zähne in das

Salamibrot grub. Er kaute schmatzend, wischte sich mit dem Handrücken über den Mund, biß von der Gurke ab, sagte: »Klar, warum nicht?«

»Dann fliegt hier ja alles weg! Wie schrecklich!« sagte sie ängstlich, doch die Ängstlichkeit war nur gespielt, wie so vieles an Esther nur gespielt war; nur wenn sie andere verletzte, bösartige Bemerkungen machte oder wütend war, dann spielte sie nicht. Georg hatte gelernt, ihre Launen zu ignorieren.

»Quatsch, ich hab noch nie einen erlebt und du auch nicht! Und wieso ausgerechnet heute?! Und bei uns schon gar nicht.«

»Und was, wenn doch heute?«

»Dann kannst du nur hoffen und beten, daß er nicht gerade unser Haus trifft.«

Esther gab sich mit der Antwort zufrieden, wenige Sekunden später hatte sie das kurze Gespräch vergessen. Wie Georg trank auch sie eine Flasche Bier. Als sie ausgetrunken hatte, stieß sie leise auf. Während sie den Tisch abräumte, sagte sie: »Und ich sage dir, das mit Scherer ist eine Strafe Gottes!«

Georg rülpste, lehnte sich zurück, beobachtete seine Frau, reagierte ungehalten. »Fängst du schon wieder mit diesem Scherer an?! Was geht mich dieser gottverdammte Hurenbock an?«

Esther hielt in der Bewegung inne, drehte sich, in jeder Hand einen Teller, zu Georg um, die Augen verengt zu Schlitzen. »Wie meinst du das mit *Hurenbock?*«

»So, wie ich es gesagt habe.«

»Was für Ausdrücke du neuerdings gebrauchst! Mein Gott, wenn ich mir vorstelle, unser Herr Pfarrer würde dich so hören!« sagte sie kopfschüttelnd, stellte die Teller in die Spüle, hielt einen Lappen unter den Wasserhahn und wischte den Tisch ab.

»Er hört mich aber nicht, und außerdem weiß er selber, was mit Scherer los ist. Und wenn einer ein Hurenbock ist, dann nehme ich mir auch das Recht, das zu sagen«, erwiderte Georg gelassen. »Und außerdem sage ich es ja auch nur zu dir und niemandem sonst.«
»Trotzdem, was meinst du mit *Hurenbock?*«
»Was gibt's da großartig zu erklären? Als wenn du's nicht selbst wüßtest! Scherer hurt rum, das ist alles. Das weißt du, das weiß ich, das wissen so ziemlich alle. Und wenn einer rumhurt, ist er ein Hurenbock. Ganz einfach, oder?«
»Scherer und rumhuren! Daß ich nicht lache! Als wenn den einer auch nur mit der Kneifzange anfassen würde! Aber wenn du meinst, Pickard! Ich werde dir nicht mehr widersprechen, auch wenn ich deine Ausdrucksweise nicht billige.«
Georg beendete das Thema, indem er einfach schwieg. Ihn kotzte dieser Scherer an. Er ließ schon lange seine beiden Autos nicht mehr bei ihm reparieren, sondern brachte sie nach Hof in die Werkstatt, auch wenn dies jedesmal über eine halbe Stunde Fahrt bedeutete.
Georg verließ die Küche, holte sich vom Wohnzimmertisch die Pfeife, stopfte sie mit ruhiger Hand, stellte sich auf die Terrasse, zündete die Pfeife an. Die Sonne war ein glutroter Feuerball, die geschwungenen Hügel des Fichtelgebirges schälten sich allmählich aus dem Dunst der flirrenden Hitze, wurden zu einer zum Greifen nahen Illusion. Vereinzelte orange-rote Streifen zogen quer über den Himmel von Horizont zu Horizont. Im Nordwesten hatte sich ein schmaler Baldachin aus gelben, euterartigen Mammatuswolken gebildet, angestrahlt von der untergehenden Sonne.
Georg zog an seiner Pfeife, der Rauch, den er auspaffte, stieg senkrecht nach oben. Er hörte Esther in der Küche hantieren und dabei ein Kirchenlied summen. Georg war sicher, daß während sie summte, bestimmt wieder hekti-

sche, umtriebige Gedanken in ihrem Kopf umherschwirrten, sie vielleicht überlegte, wie sie am besten und geschicktesten das eine oder andere intime Detail, das sie über jemanden erfahren hatte, unter die Leute bringen konnte. Und Esther kannte viele Details von anderen, und sie behielt keines lange für sich. Das Klappern hörte plötzlich auf.
»Ist es nicht schön?« fragte sie und lehnte ihren Kopf an seine Schulter. Er hatte sie nicht kommen hören.
»Was meinst du?« fragte er, eine Hand hielt die Pfeife, die andere steckte in der Hosentasche.
»Die Farben des Himmels, diese Wolken. Ich finde, es ist heute besonders still und friedlich.« Ihre Stimme war sanft, fast zärtlich. Er sah sie wortlos und ernst von der Seite an, ihre plötzlichen Stimmungsumschwünge irritierten ihn.
»Weißt du, Georg, eigentlich geht mich das mit Scherer wirklich nichts an. Soll ihn doch der Teufel holen! Soll er zur Hölle fahren!« Ihre Augen leuchteten schelmisch, etwas Jungmädchenhaftes lag in ihrem Blick, sie berührte seine Hand.
»Laß uns ins Haus gehen«, sagte er.
Von Süden, vom Mittelmeer her, strömte immer noch feuchtheiße Luft nach Norden, obgleich der Wind zum Erliegen gekommen war. Gleichzeitig rückte eine nur von Meteorologen feststellbare Kaltluftfront in vielen Kilometern Höhe von Norden her unaufhaltsam gen Süden vor. Recht langsam drifteten sie aufeinander zu, und vielleicht begegneten sie sich irgendwann, die eisigkalte, knochentrockene arktische Luft und diese feuchtheiße Schicht, und vielleicht legte sich die kalte Luft allmählich über die heiße.

10

Etwa zur gleichen Zeit, als die Pickards zurück ins Haus gingen, aßen nur wenige Häuser weiter fünf Personen zu Abend. Herr Obert, ein freundlicher, doch konsequenter Mann von fünfundvierzig Jahren, der seit mehr als fünfzehn Jahren eine eigene Anwaltskanzlei in Hof betrieb, sprach, bevor die Speisen freigegeben wurden, das obligatorische Tischgebet. Ein Teil seiner Arbeit hatte mit Scheidungen, dem Aufsetzen von Testamenten und Erbschaftsstreitigkeiten zu tun, doch hauptsächlich kümmerte sich Obert um die notarielle Verwaltung sämtlicher Grundstücke und Häuser der Vandenbergs in und um Waldstein, wodurch er zu den sehr wenigen Personen in Waldstein gehörte, die mit den Vandenbergs persönlich verkehrten. Er war durch seine Tätigkeit im Laufe der Jahre recht wohlhabend geworden, doch trotz dieses Wohlstands führten die Oberts ein vergleichsweise einfaches, bescheidenes Leben.

Seine Frau, eine kleine, schmächtige, gepflegte Erscheinung, redete selten viel, höchstens wenn sie einmal etwas zuviel getrunken hatte, was jedoch nur äußerst selten vorkam, sie trug ihr volles dunkelblondes Haar kurz, hatte feine, zartgliedrige Finger, aber ausdruckslose wäßrigblaue Augen; eine ausgeglichene Person, für die es keine übermäßige Freude, aber auch keine tiefe Traurigkeit zu geben schien, selten erhob sie ihre Stimme, es war, als ob jeder Tag ihres Lebens das vollkommene Abbild des vorherigen wäre.

Mit am Tisch saßen Ernst, Jonathan und Caroline. Ernst war zweiundzwanzig und machte gerade eine Ausbildung zum Computerfachmann bei Merkel, dem besten Freund von Obert, der sein kleines, aber florierendes Unternehmen für Softwareanwendungen ebenfalls in Hof betrieb.

Jonathan, der zweite Sohn, war fünfzehn und würde nie eine richtige Ausbildung machen, nie eine eigene Wohnung besitzen, nie ein Auto steuern, die Frage war, ob er je richtig würde essen können. Auch jetzt saß er vornübergebeugt am Tisch, die Finger seiner rechten Hand umklammerten ungelenk die Gabel, seine Zunge hing, bevor er das Essen mit den Fingern der linken Hand in den Mund stopfte, weiter als normal heraus. Jonathan war mongoloid, ein besonders schwerer Fall. Komplikationen bei der Geburt, Komplikationen bei den ersten Atemzügen außerhalb des Mutterleibes, mehrfache Reanimationen, weil er einfach aufgehört hatte zu atmen, und als Folge davon gravierende, nicht zu behebende Gehirnschäden, eindeutig festgestellt bei mehreren CT's und Kernspintomogrammen. Wenn er sprach, waren es keine Wörter, sondern nur schwer zu definierende Laute, mehr ein Grunzen als ein Sprechen; wenn er sich bewegte, mußte man ständig fürchten, er würde beim nächsten Schritt vornüberkippen und sich das Gesicht aufschlagen. Er besuchte eine Schule für geistig Behinderte in Hof, wurde jeden Morgen um Viertel vor acht mit dem Bus abgeholt und nachmittags um halb vier wieder gebracht. Meist war er ruhig und schien zufrieden mit seinem Leben, nur selten war er aggressiv, dann mußte man ihn in seinem Zimmer einsperren, und wenn es ganz schlimm war, bekam er ein schweres Beruhigungsmittel. Glücklicherweise gehörten diese Tage zu den Ausnahmen, in der Regel war er friedlich, lachte viel, aber man wußte nur selten, warum und worüber er lachte. Er war ein vollständig integriertes Mitglied der Familie, nie war auch nur der Gedanke aufgekommen, ihn in ein Heim zu stecken, nicht etwa weil ein Heim viel Geld kostete, sondern weil Obert und seine Frau sich zu ihrer Aufgabe bekannten und sich mit dem ihnen zugeteilten Schicksal demütig und ergeben abfanden.

Gegenüber von Ernst und Jonathan saß Caroline, die lustlos in ihren Kartoffeln herumstocherte, den Kopf wie eine schwere Last auf die linke Hand gestützt.

»Du ißt schon wieder nichts, Kind! Dabei habe ich heute extra dein Lieblingsgericht gekocht.« Frau Obert schaute ihre Tochter verständnislos an.
»Keinen Appetit. Außerdem ist es viel zu heiß.«
»Keinen Appetit! Das höre ich jetzt schon seit einer Woche! Wie lange soll das noch so weitergehen? Ich glaube, ich sollte dich mal zu Dr. Reuter schicken.«
»Vielleicht hat Caroline Liebeskummer? Hat Andy 'ne andere?« Ernst grinste Caroline herausfordernd an, Jonathan lachte, als verstünde er die Frotzelei.
»Halt die Klappe, Blödmann! Außerdem muß ich gleich noch weg.«
»Aber erst ißt du ein paar Happen, dann kannst du von mir aus gehen.« Obert hatte seinen Teller fast leergegessen.
»Du meine Güte, warum soll ich essen, wenn ich nicht will?! Ich bin kein kleines Kind mehr! Ich weiß selbst, was mir guttut und was nicht!« Caroline ließ wütend die Gabel fallen. »Ich habe nun mal keinen Appetit! Kennt ihr das denn nicht? Es gibt halt Zeiten, da mag man nicht viel essen! Wahrscheinlich liegt das nur an dieser Scheißhitze, man kann nicht mal mehr einen klaren Gedanken fassen! ... Kann ich jetzt bitte gehen, Andy wartet schon auf mich.«
Obert nickte, er wußte, es hätte jetzt wenig Sinn gehabt, vernünftig mit ihr reden zu wollen. Ihm war heute nicht nach langen, sinnlosen Diskussionen, diesem nutzlosen Unterfangen, den dickwandigen Schädel durchbrechen zu wollen. Sein Tag war anstrengend gewesen, außerdem war es viel zu heiß, um mit Caroline zu streiten.

Andy, der vor zwei Wochen achtzehn geworden war und am Tag seines Geburtstags die Führerscheinprüfung gemacht hatte, wartete in seinem alten, angerosteteten Käfer, den schon sein Vater gefahren hatte, vor dem Haus.

»Hi, Andy!« sagte sie und hauchte ihm einen flüchtigen Kuß auf die Wange, doch fehlte der Überschwang der letzten Zeit.
»Hi«, antwortete er mürrisch, ohne Caroline anzusehen.
»Schlechte Laune?« fragte Caroline, die Hände über dem Schoß gefaltet.
Er hielt das Lenkrad mit beiden Händen umklammert. »Quatsch! Außerdem hörst du dich auch nicht gerade begeistert an. Meinst du denn, es ist richtig, was wir jetzt machen? Glaubst du, Engler kann uns helfen?«
»Weiß ich nicht, aber hast du vielleicht eine bessere Lösung?«
»Nein. Aber ich wünschte, ich hätte soviel Geld, daß wir abhauen könnten! Weit, weit, weit weg, irgendwohin, wo uns keiner kennt und keiner uns reinreden kann. Es ist alles so ausweglos!«
»Engler ist der einzige, zu dem ich in dieser Situation wirklich Vertrauen habe. Er weiß bestimmt Rat. Und er muß den Mund halten.«
»Sicher muß er den Mund halten. Aber wie lange dauert es wohl noch, bis es sowieso jeder weiß?! Lange können wir es nicht mehr geheimhalten.«
»Das weiß ich selbst! Aber wir sollen erst um halb neun bei Engler sein. Komm, laß uns ein Eis essen.«
»Wie du jetzt nur an Eis denken kannst!! Ich habe unglaublichen Schiß!«
»Meinst du vielleicht, ich nicht?! Dann warten wir eben vor der Kirche, bis es halb neun ist«, maulte Caroline, verschränkte die Arme vor der Brust, starrte beleidigt aus dem Fenster. Sie waren die einzigen Menschen auf dem Platz vor der Kirche; sie schwiegen, bis es genau halb neun war, Andy mit zurückgelegtem Kopf und geschlossenen Augen, Caroline starrte unverwandt aus dem Fenster.
Schließlich stiegen sie aus, liefen langsam und schweigend

den Weg zum Pfarrhaus hoch. Andy legte den Finger auf die Klingel. Sie brauchten nicht lange zu warten, bis ihnen geöffnet wurde.
»Ah, Andy und Caroline! Kommt rein.« Engler lächelte väterlich. »Gehen wir ins Wohnzimmer, dort ist es gemütlicher.« Er schloß die Tür, ging vor ihnen her, zeigte auf das Sofa, setzte sich selbst wie gewohnt hinter seinen Schreibtisch und lehnte sich zurück, die Hände über dem Bauch gefaltet.
»Also, dann schießt mal los! Carolines Gesichtsausdruck von heute nachmittag nach zu urteilen, scheint es sich ja um ein etwas ernsteres Problem zu handeln.«
Andy verzog gequält den Mund, während Caroline den Blick gesenkt hielt und mit den Fingern der linken Hand nervös über den Handrücken der rechten kratzte.
»Es ist ein ernstes Problem. Ein sehr ernstes sogar«, stieß Andy mühsam hervor. Er hatte Schweißperlen auf der Stirn, seine Handflächen waren feucht, er wischte sie an der Hose ab. Sein Blick war unruhig. »Und Sie sind der einzige, der uns vielleicht helfen kann. Aber Sie müssen uns bitte hoch und heilig versprechen, keiner Menschenseele auch nur ein Sterbenswörtchen zu verraten. Zumindest vorerst nicht.«
Engler schüttelte weise den Kopf, lächelte wieder verständnisvoll. »Ihr wißt doch genau, daß es ein Beichtgeheimnis gibt, und schon deswegen bin ich zu absolutem Stillschweigen verpflichtet. Was ihr mir jetzt sagt, wird diese vier Wände nicht verlassen. Ihr braucht also keine Angst zu haben. Aber wenn ich euch helfen soll, muß ich natürlich erst mal wissen, um was es geht.«
»Gut«, begann Andy, warf einen hilfesuchenden Blick zu Caroline, als sie jedoch keine Anstalten machte zu beginnen, sagte er: »Wenn Caroline nicht ... dann werde ich eben ...«

»Nein, Andy, laß mich das machen.« Sie holte tief Luft, ihre Hände verkrampften sich ineinander, eigentlich hatte sie sich vorgenommen, weit auszuholen, eine lange, eine sehr, sehr lange Geschichte zu erzählen, um sich vor Engler zu rechtfertigen, damit er ihre Situation verstand, statt dessen flüsterte sie nur: »Ich bekomme ein Baby.«
Andy erschrak, senkte schnell den Blick, Caroline hingegen saß stolz und aufrecht da, mit einer Spur Widerspenstigkeit in ihrer Haltung, in den Augen, sie verfolgte jede Regung in Englers Gesicht. Engler veränderte seine Haltung nur unmerklich, führte die Fingerspitzen an seine Nase, wie immer, wenn er nachdachte; er lächelte nicht mehr, ließ seine Augen von Andy zu Caroline wandern, erhob sich aus seinem Sessel und ging, die Hände hinter dem Rücken gefaltet, zum Kamin. Er blieb mit dem Gesicht zur Wand stehen, von hinten erweckte es den Eindruck, als betrachtete er das über dem Kamin hängende Bild, in Wahrheit aber hatte er die Augen geschlossen.
Er wußte, was diese Mitteilung bedeutete. In fast jeder anderen Stadt wäre die Schwangerschaft einer Sechzehnjährigen in der heutigen aufgeklärten, weltoffenen Zeit kein oder kein sehr folgenschweres Problem gewesen. Aber Waldstein war kein Bestandteil dieser Welt, nicht in solchen Dingen. Waldstein war eine eigene Welt, mit eigenen Gesetzen, einer eigenen Weltanschauung, eigenen Moralvorstellungen, einer eigenen Bigotterie. Engler verstand die Angst und Sorge der beiden. Die meisten Bewohner von Waldstein waren erzkonservativ und gottesfürchtig und dabei doch bigott bis ins Mark. Er brauchte nur an die Schandmäuler der Damen Pickard und Fleischer zu denken. Es würde einer Menge Anstrengungen bedürfen, Andy und Caroline auch wirklich helfen zu können, was nichts anderes hieß, als sie vor Anfeindungen und Spott zu bewahren. Noch vor wenigen Jahrzehnten wären sie hier wahrschein-

lich geteert und gefedert oder zumindest mit Schimpf und Schande aus dem Ort gejagt worden.
»Wissen eure Eltern davon?«
»Natürlich nicht, sonst wären wir nicht hier!«
»Dann ist der Grund, weshalb ihr hier seid, der, daß ihr nicht wißt, wie ihr es ihnen beibringen sollt. Stimmt's?«
»Ja.«
»Seit wann bist du schwanger?«
»Nächste Woche bin ich im dritten Monat. Wir haben es gestern von Doktor Reuter erfahren. Wir haben schon die blödsinnigsten Gedanken gedacht«, sagte Caroline.
Engler drehte sich mit strafendem Blick abrupt um. »Und welche?« fragte er streng.
»Wir wissen keinen Ausweg! Wie Sie schon sagten, das eigentliche Problem sind unsere Eltern. Wie sollen wir ihnen das alles nur erklären?«
Englers Miene blieb ernst, doch die Strenge war aus seinen Augen gewichen und hatte einem fast gütigen Ausdruck Platz gemacht. »Die meisten Eltern sind gar nicht so schlimm, wie ihre Kinder häufig annehmen. Und eure schon gar nicht. Ich bin sicher, sie werden es verstehen, wenn ihr es nur geschickt genug anfangt. Und sie werden euch auch ganz sicher helfen. Natürlich kann ich mir vorstellen, daß die erste Reaktion wahrscheinlich nicht gerade ein Begeisterungsausbruch sein wird, aber sie werden sich auch wieder beruhigen. Ihr seid schließlich ihre Kinder.«
»Sie kennen meine Eltern nicht!« seufzte Andy. »Sie sind nicht ganz so, wie sie sich sonntags in der Kirche geben.«
»Und du solltest jetzt nicht ungerecht werden! Deine Eltern können nichts für euer ... nennen wir es einfach Mißgeschick. Sagt mir eine andere Möglichkeit, als mit ihnen zu sprechen. Ihr könnt natürlich abhauen, alle Zelte hinter euch abbrechen ...«, Engler holte tief Luft, kniff die Lippen zusammen, »... aber wäre das wirklich ein Ausweg oder

eine Lösung?« Er nahm eine zur Hälfte gefüllte Karaffe aus der Vitrine und hielt sie hoch. »Möchtet ihr einen Sherry? Ich bin der Ansicht, wer Kinder kriegt, kann auch einen kräftigen Schluck vertragen.«
Die jungen Leute schüttelten den Kopf. »Nein, lieber nicht.«
»Ich mache euch einen Vorschlag«, sagte Engler, während er sich einschenkte, »wir sprechen zusammen mit euren Eltern. Und zwar hier bei mir. Allerdings nur, wenn ihr einverstanden seid.«
Caroline wurde blaß. »Ich habe Angst davor.«
»Wir wollten eine Lösung und keinen Ärger!« sagte Andy.
»Nennt mir eine bessere Lösung. Ich will euch nur helfen. Ihr steckt ziemlich tief im Schlamassel, und irgendwie müßt ihr da wieder raus. Ich könnte natürlich allein mit ihnen sprechen, aber, und ich denke, da stimmt ihr mir zu, das würden sie euch erst recht übelnehmen. Und wenn ihr es lange hinausschiebt, dann wird euer Ärger erst richtig groß sein, denn verheimlichen kann Caroline es höchstens noch einen, maximal zwei Monate. Sie werden euch dann zu Recht fragen, warum ihr es ihnen verheimlicht habt. Und was werdet ihr ihnen dann antworten?«
Es entstand eine Pause, während der Engler sich ein zweites Glas Sherry einschenkte, es an die Lippen setzte und in einem Zug leerte.
»Und wann?« fragte Caroline nach einer Weile.
»Ich bin immer der Ansicht gewesen, wichtige Dinge sollten nie auf die lange Bank geschoben werden. Sind eure Eltern jetzt zu Hause?«
Andy nickte. »Hat es nicht Zeit bis morgen oder übermorgen? Ich meine ...«
»Was ist bis morgen oder übermorgen oder nächste Woche? Grübeln, Kopfzerbrechen, noch größere Angst. Nein, nein, eine solche Angelegenheit sollte so schnell wie mög-

lich aus der Welt geschafft werden. Vertraut dem Rat eines alten, erfahrenen Mannes.«

»Okay«, sagte Andy, nachdem er einen langen Blick mit Caroline getauscht hatte, »rufen Sie sie an.«

Die Telefonate waren schnell erledigt. Sowohl die Oberts als auch die Merkels waren bereit zu kommen, auch wenn beide Paare sichtlich verwundert waren, daß Engler sie zu so ungewöhnlicher Stunde zu sich bat.

Beide Ehepaare trafen gleichzeitig ein, waren überrascht, das jeweils andere Paar zu treffen, denn Engler hatte nichts davon erwähnt.

»Nanu, was macht ihr denn hier?« fragte Obert erstaunt.

»Die gleiche Frage könnten wir auch stellen, mein Lieber. Was Engler wohl von uns will?«

Engler bat die Ehepaare ins Haus. »Andy und Caroline sind übrigens auch da. Nicht, daß Sie sich wundern.«

»Andy und Caroline? Was machen die hier?«

»Gehen wir rein, und dann reden wir über alles«, ließ Engler die Frage unbeantwortet.

Die Frauen setzten sich zu Andy und Caroline auf die Couch, während die Männer in den noch freien Sesseln Platz nahmen. Engler blieb am Kamin stehen.

Frau Merkels Atem ging schwer und rasselnd, eine Folge ihres Übergewichts und des Asthmas, das sie seit Jahren plagte. Für einen Moment herrschte Stille; alle warteten gespannt auf das, was Engler so Wichtiges zu sagen hatte.

»Es ist nett, daß Sie meiner Bitte zu kommen gefolgt sind. Ich glaube, es hat auch keinen Zweck, lange um den heißen Brei herumzureden, Sie wissen selbst, daß ich kein Freund langer Ausführungen bin. Wir kennen uns auch lange genug, um in diesem Kreis über Vertrauliches zu sprechen. Nun denn, um es kurz zu machen, Andy und Caroline haben mich vorhin wegen eines Problems aufgesucht, das sie drückt. Wegen etwas, das sie selbst im Moment überfor-

dert, und«, er holte tief Luft, runzelte die Stirn, »ich kann sie sogar verstehen. Ich möchte Sie jedoch bitten«, sagte er mit Blick auf die Oberts und die Merkels, »sich vielleicht in die Lage Ihrer Kinder hineinzuversetzen.«
Frau Merkel wurde immer ungeduldiger. »Nun schießen Sie schon los! Das ist ja richtig spannend!«
»Caroline ist schwanger.«
Grabesstille. Frau Merkel stöhnte gequält auf. Dann, nach der Ewigkeit von fünf Sekunden, fragte Merkel: »Stimmt das?« Seine Stimme klang gefährlich ruhig; er wirkte wie ein Vulkan, der vor dem großen Ausbruch erst ein paar scheinbar harmlose Rauchwolken ausstößt, nur die geballten der Fäuste verriet seine Erregung.
»Ja«, erwiderte Andy kaum hörbar.
Merkel, immer noch ruhig: »Caroline, stimmt das wirklich?«
Caroline zitterte. Ihre Hände zitterten, ihr Mund zitterte, ihre Nasenflügel zitterten. Tränen. Ihre Furcht war doch begründet gewesen, sie hatte es gewußt! Ihr noch junger Menschenverstand hatte ihr schon vorher gesagt, es würde nicht gutgehen. Und da war auf einmal die Unfähigkeit, klar zu denken.
Obert stand auf und ging zu Caroline, setzte sich auf die Lehne neben sie, nahm ihre kalten Hände. »Komm, Kleines, beruhige dich wieder. Keine Panik, wir kriegen das schon hin. Ich wollte zwar immer mal Großvater werden, aber daß das so schnell gehen würde ...«
Merkel, dessen cholerisches Temperament dann und wann wie ein Unwetter hervorbrach, explodierte: »Verdammt noch mal, bist du dir überhaupt im klaren, was hier passiert ist?! Deine Tochter bekommt ein Kind, und mein Sohn hat es ihr gemacht! Kinder sind sie noch, kaum aus den Windeln raus, noch die Sandkörner im Arsch, aber schwanger! Ficken können sie, die gottverdammte Brut, aber wenn's

passiert ist, sich in der Kirche verkriechen! Verdammt noch mal, wo bin ich hier eigentlich?!«
»Du meine Güte, jetzt mach doch um Himmels willen keine Staatstragödie daraus! Es ist passiert und läßt sich nicht mehr ändern. Laß uns einfach das Beste daraus machen«, sagte Obert.
»Das Beste?! Was ist denn bitteschön das Beste? Du hast wohl nicht kapiert, was los ist? Hier geht es, zum Teufel noch mal, um mehr als nur die Verwaltung von ein paar Häusern! Du scheinst dir auch nicht im klaren zu sein, in was für einem Kaff wir leben! Du kennst doch die Leute hier! Die Pickard und die Fleischer und wie sie nicht alle heißen! Für sie ist Waldstein der Nabel der Welt. Sie werden sich die Mäuler zerreißen ... Dir, dem großen, feinen Herrn Anwalt, macht das ja offensichtlich nichts aus! Du stehst ja über den Dingen! Aber mir macht es etwas aus, eine ganze Menge sogar, falls dich das interessiert!«
»Du redest immer nur von uns. Dabei sind es doch in allererster Linie Andy und Caroline, die damit fertig werden müssen. Und vom Rumbrüllen wird die Angelegenheit auch nicht aus der Welt geschafft.«
Merkels Augen funkelten angriffslustig. »Na und, es ist verdammt noch mal mein Recht, mich aufzuregen, vor allem, wenn es meinen Sohn betrifft! Und ich will und werde nicht zulassen, daß er sein Leben durch einen dummen Fehltritt versaut.«
Jetzt mischte Engler sich ein. »Meine Herren, so kommen wir nicht weiter! Lassen Sie uns doch bitte die Ruhe bewahren.«
Merkel lachte gallebitter auf. »So, beruhigen soll ich mich, dabei habe ich mich noch nicht mal richtig aufgeregt!« Er ging auf seinen Sohn zu, blieb direkt vor ihm stehen. »Wie war es, Andy?« Er packte ihn an den Schultern, zog ihn hoch, schüttelte ihn. »Los, sag, wie es war!«

»Wie soll es gewesen sein? Soll ich dir erzählen, wie man ein Kind macht?«
Der Handrücken seines Vaters traf ihn unvermittelt und hart im Gesicht. »So nicht, mein Sohn, so nicht! Ich –«
»Herr Merkel! Ich darf doch sehr bitten!«
Merkel ließ Andy los, stellte sich ans Fenster, starrte in die Dunkelheit hinaus. Seine Kiefer mahlten aufeinander, er hatte die Hände in den Hosentaschen vergraben.
»Danke«, sagte Obert leise, und an Caroline gewandt: »Was sagst du überhaupt dazu? Von dir haben wir noch gar nichts gehört.«
»Was soll ich schon sagen?« schluchzte sie. »Ist doch egal, was ich sage! Ihr seid doch alle gegen uns!«
Frau Merkel, die so fett war, daß sie gar nicht richtig geradesitzen konnte, schrie mit schriller, sich überschlagender Stimme: »Ist doch egal, ist doch egal! Wenn ich das schon höre! Ist es eben nicht ...!« Sie holte tief und rasselnd Luft und fuhr etwas ruhiger fort: »Wir suchen nach einer Lösung – gut. Ich habe eine. Ich meine, eine, die allen Beteiligten entgegenkommt. Ich finde sowieso, Caroline ist noch viel zu jung für ein Baby ...«
Frau Obert erhob sich, spitzte die Lippen und sah Andys Mutter mit kaltem Blick an. »Ich kann dir zwar nicht ganz folgen, aber ...«
Frau Merkel machte eine unwirsche Handbewegung. »Oh, ich bin sicher, du kannst.« Sie hustete etwa dreißig Sekunden lang, das Rasseln wurde stärker.
»Tu mir einen Gefallen und sprich nicht aus, was du denkst«, sagte Frau Obert mit für sie ungewohnter Schärfe. »Sprich es um Himmels willen nicht aus!«
»Frau Merkel«, sagte Engler, »sollten Sie etwa an Abtreibung denken ...«
Sie verzog, als der Husten abgeebbt war, verärgert den Mund. »Ach, kommen Sie, wir sind aufgeklärte Menschen!

Heutzutage treibt doch fast jede Frau irgendwann einmal ab! Warum also nicht auch Caroline? Sie ist gerade sechzehn und, wie ich schon sagte, viel zu jung ...«
»Frau Merkel, haben Sie schon einmal darüber nachgedacht, was Gott über eine ...«
Die fette Frau lachte geradezu hysterisch auf, hustete erneut und sagte dann mit geröteten Augen und mit vom Husten und Schreien heiserer Stimme: »Kommen Sie mir jetzt bloß nicht so! Gott lassen wir mal schön aus dem Spiel. Hans«, sie wandte sich an ihren Mann, der noch immer am Fenster stand, »sag du doch auch mal was!«
Merkel zuckte nur mit den Schultern.
Engler verzweifelte allmählich, die Sache war doch schwieriger als erwartet und schien außer Kontrolle zu geraten. »Gott ...«
»Gott, Gott, Gott! Wenn es ihn wirklich gibt, wo war er denn in dem Augenblick, als die beiden es miteinander getrieben haben? Wo versteckt er sich denn, wenn einer den andern umbringt? Wissen Sie, an Gott glaube ich schon seit einer Ewigkeit nicht mehr, um genau zu sein, so recht konnte ich ihn mir noch nie vorstellen. Aber was soll's, es gibt jetzt Wichtigeres. Vor allem, was mit Caroline und dem Balg und vor allem mit Andy werden soll.«
»Gestatten Sie mir die Frage, aber warum kommen Sie dann jeden Sonntag in die Kirche, wenn Sie nicht an Gott glauben? Warum bleiben Sie nicht zu Hause?«
Die Antwort, die die hysterische Merkel Engler entgegenspie, steckte voller Hohn und Verachtung: »Weil jeder kommt, oder fast jeder! In diesem Scheißkaff kann man sich nicht so einfach vom öffentlichen Leben ausschließen. Sie können das nicht, die Pickards nicht, wir nicht, niemand. Und ich erlaube mir eben, auch nur eine Heuchlerin unter vielen zu sein. Es mag sicherlich Ausnahmen geben, ich gehöre jedenfalls nicht dazu! Aber soll ich Ihnen noch was

sagen? Ich werde auch weiterhin kommen – weil auch die andern Heuchler kommen!«
»Frau Merkel ...«
»Herr Engler, wir kennen uns jetzt schon so lange, und Sie wissen selbst, was in diesem Nest ...«
»Nein, Frau Merkel, das weiß ich nicht!«
»Mein Gott noch mal, bin ich so schwer zu verstehen?! Ich habe doch gesagt, ich bin eine Heuchlerin, die Oberts sind Heuchler, alle sind es, selbst Sie, Herr Pfarrer! Nun ja, ich möchte nicht zu sehr ins Detail gehen«, sagte sie, den Mund zu einem süffisanten Lächeln verzogen.
Jeglicher Farbton wich aus Englers Gesicht, ließ es unnatürlich weiß erscheinen. Er schluckte schwer, versuchte, sich den Schock, die Verlegenheit nicht anmerken zu lassen; er versuchte, die Situation zu retten, indem er sagte: »Ich wüßte nicht, was ...«
»Bitte, tun Sie mir einen Gefallen und verlangen Sie es nicht von mir. Sie wissen selbst, wie gierig sich Hyänen wie Esther Pickard oder Margarete Fleischer auf *so etwas* stürzen würden. Ich schlage vor, wir lassen es.«
Merkel setzte sich zu seiner Frau, nahm ihre Hand, sagte in besänftigendem Tonfall: »Laß es jetzt gut sein. Und beruhige dich, sonst wirst du einen Anfall bekommen.«
»Ach hör auf, den bekomm ich allein schon von dem Gedanken an diese verfluchte Saubande!« Sie hustete, das Rasseln ging in Pfeifen über.
Obert schüttelte nur den Kopf. »Soll das jetzt das Ende unserer Freundschaft sein? Wollen wir nicht erst mal eine Nacht drüber schlafen? Andy und Caroline sind schon fertig genug, sie brauchen nicht auch noch unsere Vorwürfe. Was glaubt ihr denn, warum die beiden hierher ins Pfarrhaus anstatt zu uns gekommen sind? Wahrscheinlich, weil sie genau diese Reaktion befürchtet hatten.«
»Blablabla, kann ich da nur sagen! Wenn dir sonst nichts

dazu einfällt, dann sei lieber still! Außerdem werden sie erst richtig fertig sein, wenn ich mit ihnen fertig bin.«

»Ich bin still, wann ich es für richtig halte!« brauste jetzt auch Obert auf. »Eines ist jedenfalls sicher, Caroline wird das Baby bekommen, und wenn es sein muß, auch ohne Vater. Eine Abtreibung kommt überhaupt nicht in Frage, niemals, hörst du! Und wenn die Leute sich tausendmal die Mäuler zerreißen, das Baby wird zur Welt kommen, und zwar hier in Waldstein!«

»Der Teufel soll euch holen! Andy jedenfalls wird Caroline nicht wiedersehen, dafür werde ich sorgen. Kommt, wir gehen!« Merkel war aufgestanden, doch Andy blieb neben Caroline sitzen.

»Ich habe gesagt, wir gehen! Das gilt auch für dich, du, du, du ...!«

»Nein, Vater! Ich werde nicht kommen. Das Baby ist von mir, und ich stehe dazu. Egal, was du sagst.« Andy sprach jetzt ruhig und gefaßt, alle Angst war aus seiner Stimme verschwunden. Caroline sprang auf, mit verzerrtem Gesicht, und schrie: »Was seid ihr bloß für Menschen?! Ihr tut so, als wenn es das schlimmste der Welt wäre, was passiert ist! Ist es aber nicht, nein, das ist es nicht! Es haben schon andere, jüngere als ich ein Baby gekriegt!« Sie rannte zur Tür, riß sie auf, stürmte in die Nacht hinaus. Andy wollte auch aufspringen, ihr nachlaufen, sein Vater schob ihn mit kräftigem Druck auf das Sofa zurück.

»Du bleibst hier!« Er ballte die Fäuste und schnaubte wie ein wütender Stier; nach einem Moment sagte er: »So, jetzt darfst du deinen gottverdammten Arsch hochheben und mitkommen. Oder willst du, daß ich dich nach Hause prügle?«

Andy machte noch immer keine Anstalten, mitzukommen, sein Vater brüllte noch lauter: »Was ist, soll ich dir erst Beine machen?«

»Ich bin achtzehn und damit volljährig. Ich bleibe!«
»Volljährig?« Merkel drehte seinen Kopf ein wenig zur Seite, die Mundwinkel verächtlich nach unten gebogen, sagte er böse grinsend: »Gut, wenn du volljährig bist, dann wird es dir sicherlich auch nicht schwerfallen, für deine ... Familie ... zu sorgen. Sieh zu, wie du deine Frau, den kleinen Bastard und dich über die Runden bringst. Sollte ich jemals einen Sohn gehabt haben, so kann ich mich nicht mehr daran erinnern!« Merkel nahm seine Frau bei der Hand, half ihr hoch, und ohne einen Blick zurückzuwerfen, verließen sie das Haus.
»Andy, du kannst bei uns wohnen«, sagte Obert. »So lange du willst. Wir haben genug Platz, und Arbeit werden wir für dich auch finden. Aber laß uns jetzt nach Hause gehen und die Sache überschlafen. Bestimmt sieht morgen die Welt schon wieder freundlicher aus.«
»Und Caroline?« fragte Andy. »Wo ist Caroline?«
»Sie wird wohl nach Hause gegangen sein.«
»Und wenn nicht? Ich meine, wenn ...«
»Du brauchst dir keine Sorgen um sie zu machen, ihr passiert nichts.«
Engler reichte Obert die Hand. »Es tut mir so unendlich leid, daß das Ganze einen so unglücklichen Verlauf genommen hat. Das habe ich bestimmt nicht gewollt, glauben Sie mir. Ich hoffe, daß alles wieder ins Lot kommt. Es war bestimmt nur die erste Aufregung, der erste Schock. Bestimmt war es das.«
»Sie brauchen sich keine Vorwürfe zu machen. Sie haben es nur gut gemeint.«
Um kurz nach zehn war Engler wieder allein. Er stand in der Tür und sah den Oberts und Andy nach, die zu ihren Autos gingen. Der durchdringende Gesang der Zikadenmännchen, der die Weibchen anlocken sollte, erfüllte die Nacht. Engler setzte sich auf die Bank vor seinem Haus, atmete tief

die noch immer ungewöhnlich schwüle, drückende Luft ein. Der Tag war ermüdend gewesen, er gähnte, rieb sich die Augen und stand auf. Er schloß die Tür, knipste das Licht aus, stieg langsam die knarrenden Stufen der alten Treppe nach oben zu seinem Schlafzimmer. Er zog sich aus, wusch sich notdürftig, legte sich ins Bett und zog an einer schmalen Schnur, mit leisem Klicken verlöschte das Licht.
Die Kaltfront hatte sich weiter nach Süden vorgeschoben, während von Süden der Zustrom feuchtheißer Luft anhielt. Und von einem großen Haus auf einem Hügel beobachtete eine junge Frau im Norden das erste Wetterleuchten.

11

Trotz bleierner Müdigkeit fand Brackmann keinen Schlaf. Er war überdreht, der durch Maria Olsens Tod und den von ihr hinterlassenen Brief für Waldstein überaus ereignisreiche Tag war an die Grenze seiner ohnehin nicht mehr sonderlich großen Belastbarkeit gegangen. Das Bettlaken und das Kopfkissen klebten an ihm. Der kleine Ventilator quietschte und stöhnte, hatte aber gegen die unerträglich feuchte Hitze keine Chance, er wirbelte die heiße Luft nur durcheinander.
Er wälzte sich unruhig im Bett herum, fluchte, warf das Laken zur Seite, setzte sich auf, hielt sich den Kopf, fuhr sich mit beiden Händen kräftig durchs Haar. Wütend und enttäuscht, weil der so wichtige Schlaf nicht kommen wollte, ging er zum Kühlschrank, nahm eine Dose Bier und die fast volle Flasche Cognac heraus und knallte die Tür wieder zu. Er riß den Verschluß der Dose auf, schüttete den nicht sonderlich kalten Inhalt in sich hinein, trank danach einen Schluck Cognac aus der Flasche. Doch was ihn sonst entspannte, zeigte diesmal keine Wirkung, sein Zorn wurde nur noch größer. Er zog seine Bermudas über, schaltete das

Radio an, stellte sich ans offene Fenster, zündete sich eine Zigarette an.
Die Straße war leergefegt, die Stadt wirkte wie ausgestorben, einzig der Gesang der Zikaden und das wie aus weiter Ferne kommende laute Hämmern von Rockmusik zeugten von Leben. Er stand minutenlang am Fenster, sah die Merkels vorüberfahren, wenig später gefolgt von den Oberts, dicht dahinter der alte, knatternde Käfer von Andy. Ein Betrunkener, dessen Gesicht Brackmann nicht erkennen konnte, aber es war weder Charlie noch Willy, torkelte über den Bürgersteig, hielt sich an jeder Laterne fest. Kurz darauf tippelte die Hure Görtz mit eiligen Schritten unter seinem Fenster vorbei, ihre hohen Absätze klapperten über die Steine. Allmählich verebbte das Klappern, verstummte das dumpfe Hämmern der Musik, selbst die Zikaden dämpften ihren Gesang. Eine beinahe unheimliche Stille legte sich über Waldstein.
Wie fast jeden Abend ab zehn Uhr war Waldstein ein toter Ort. Keine Gespräche mehr auf der Straße, kein Lachen, kein Lärm, man verkroch sich wieder in den kleinen weißgestrichenen Höhlen und erwartete die Hitze des kommenden Tages. Auch wenn dieser Abend sich auf den ersten Blick in nichts von den anderen Sommerabenden der vergangenen Wochen unterschied, kam es Brackmann doch vor, als sei etwas anders, aber er hätte nicht sagen können, was. Vielleicht war es aber auch nur der fehlende Schlaf, die blankliegenden Nerven, die ihm etwas vorgaukelten, das eigentlich normal war.
Er drehte den Kopf ein wenig nach rechts, am nördlichen Horizont glaubte er schwaches Wetterleuchten auszumachen, doch als er länger hinschaute, seinen Blick nach oben gleiten ließ, war da nichts als Schwärze, bedeckt von einer Unzahl glitzernder Diamanten, und der eben aus dem Südwesten aufsteigende Vollmond.

Im Hintergrund seines Zimmers spielte leise das Radio. *Moonlight Serenade* von Glenn Miller, danach die Stimme des Moderators, der wohl glaubte, mit platten Sprüchen den Zuhörern die Nacht versüßen zu können. Dann wieder Musik. Ein paar Kurzmeldungen, das Wetter. Brackmann hörte nicht zu, er stand ja am Fenster, den nackten Oberkörper vornübergebeugt, die Ellbogen auf das Fensterbrett gestützt. Immer, wenn er einen Zug nahm, glimmte die Zigarettenspitze rot auf.

Er dachte an Angela Siebeck. Sie unterschied sich so wohltuend von den meisten anderen, die in Waldstein lebten. Sie war nicht nur hübsch, sie war außerdem intelligent, nie aufdringlich, zurückhaltend und reserviert, Eigenschaften, die er bei Frauen schätzte. Was sie wohl jetzt machte? Ob auch ihr die Hitze den Schlaf raubte? Es war nicht der erste Abend, an dem er an sie dachte, sich vorstellte, wie es wäre, jetzt mit ihr zusammenzusein. Das letzte Mal, daß er mit einer Frau so etwas wie eine Liaison hatte, lag beinahe acht Jahre zurück. Eine sechsmonatige stürmische Affäre, die er von einem Tag auf den andern beendet hatte. Sie war nymphoman gewesen und er unfähig, ihre fortdauernde Gier nach sexueller Befriedigung ausreichend zu stillen. Erst war sie ungehalten und beleidigt gewesen, weil er es nicht geschafft hatte, sie an einem bestimmten Abend viermal hintereinander zu besteigen, sein Körper sich einfach verweigert hatte, schließlich hatte sie ihn ausgelacht, dann verhöhnt, ihn einen erbärmlichen Schlappschwanz genannt, für den der Begriff Ficken ja wohl ein Fremdwort zu sein schien. Als er ihre böse funkelnden Augen gesehen, ihre ordinären Worte gehört hatte, war er wortlos aufgestanden, hatte sich wortlos angezogen, war wortlos gegangen.

Er war noch nie verheiratet gewesen, hatte noch nie längere Zeit mit einer Frau zusammengelebt, die Zeit raste in immer schnellerem Galopp davon, er hatte die Vierzig überschritten, und die Chance, jemals seinen Traum von einer Familie erfüllt zu bekommen, rückte in immer weitere Ferne. Natürlich lag es hauptsächlich an ihm, doch was konnte er schon gegen seine Schüchternheit tun, gegen seine Unbeholfenheit, wenn er mit einer Frau wie Angela zusammen war? Selbst jetzt ärgerte ihn noch die taktlose Frage, ob sie mit Scherer etwas gehabt hätte. Sollte er jemals einen guten Eindruck bei ihr gemacht haben, dann war der spätestens mit dieser saudummen Frage dahin. Und außerdem, welche Frau würde schon einen lausigen Kleinstadtpolizisten mit immer wiederkehrenden Depressionen nehmen? Eine wie Angela Siebeck schon gar nicht!

Warum war sie eigentlich noch hier? Hier gab es keinen Mann für sie, höchstens einen, und der war krank.

Je länger er am Fenster stand, je intensiver seine Gedanken um Angela kreisten, desto trübseliger wurde seine Stimmung. Er war müde und konnte nicht schlafen, war allein, obgleich er nicht gerne allein war. Das Telefon auf dem Schränkchen neben dem Bett wurde fast nie benutzt, wen sollte er schon anrufen, er hatte nicht einmal mehr Verwandte. Seine Mutter war gestorben, kaum daß sie fünfzig war, nach einem Leben voller Demütigungen war ihr nicht einmal ein kurzer und schmerzloser Tod vergönnt gewesen. Der Krebs hatte sie von innen zerfressen, es war kein Sterben, sondern ein Krepieren. Sein Vater, ein brutaler Zyniker, hatte zeit seines Lebens Menschen nur benutzt und gequält. Kaum ein Tag, an dem er seine Frau nicht verprügelt hatte, und noch heute dachte Brackmann, meist in deprimierenden Momenten wie diesem, mit Grauen an seine Kindheit zurück, an die Hilflosigkeit, wenn sein großer, übermächtiger Vater sich an seiner verhärmten, körperlich und seelisch geschwächten Mutter verging. Zuletzt hatte sie seine Demütigungen und Schläge nur noch hingenommen, hatte nicht mehr geweint, nicht mehr gejammert, still alles ertragen. Aber auch sein Vater war inzwischen tot, ein Schlaganfall hatte seinem Leben ein rasches Ende bereitet, ein viel zu rasches, wie Brackmann fand.

Die Ärzte, bei denen er seit Auftreten seiner Angstzustände in Behandlung gewesen war, hatten alle das gleiche gesagt – die eigentliche Ursache seiner Angst wären die unbewältigten Kindheitserlebnisse. Als der erste es ihm sagte, glaubte er es nicht, war er zornig wegen dieser schier hirnrissigen Diagnose. Beim zweiten Arzt fing er an zu zweifeln, dem dritten glaubte er dann endlich. Er reagiere einfach übersensibel auf äußere Einflüsse und Reize, und nur eine angemessene Therapie könne seine Angst beseitigen helfen. Doch in Waldstein gab es keinen Arzt, der eine solche Therapie durchführte, nicht einmal in Hof, und Nürnberg oder München waren weit. Also behalf sich Brackmann weiterhin mit Tabletten, in der Hoffnung, eines Tages würde ein Wunder geschehen und dieser Alptraum wie eine große, dicke, ihn ganz und gar umschließende Glaskugel zerbersten.

Schmidt drehte die Zehn-Uhr-Runde, einen Arm lässig aufgestützt, seine Finger umfaßten die Dachreling. Er fuhr fast Schrittempo, das linke Rücklicht brannte nicht.

Brackmann sah dem Wagen nach, bis er an der Bücherei haltmachte. Er stellte sich aufrecht hin, schloß die Augen, spürte die Wirkung des Alkohols, nahm einen weiteren Schluck aus der Cognacflasche. Er brauchte seinen Schlaf, er hatte seit bald zwanzig Stunden nicht geschlafen; wenn er jetzt nicht schlief, würde der folgende Tag zu einem Horrortrip werden.

Ab morgen würde er sich näher mit den Vandenbergs und dem ominösen Brief von Maria Olsen beschäftigen. Hoffentlich ging es ihm morgen gut, hoffentlich konnte er schlafen.

Er nahm einen letzten Zug an der Zigarette, bevor er sie aus dem Fenster schnippte. Er wollte einen weiteren Versuch wagen, legte sich aufs Bett, den Blick zur Decke gerichtet, wo sich die Schatten der von der Straßenlaterne angeleuchteten Äste der alten Eiche von gegenüber in bizarren Formen abzeichneten. Je länger er auf dieses scherenschnittartige Gebilde blickte, den Schattenlichtern zusah, wie sie sich kaum merklich bewegten, miteinander spielten, desto schwerer wurden seine Lider, bis sie sich schließlich über die Augen senkten und der langersehnte Schlaf ihn einhüllte.

Schmidt begann seine Zehn-Uhr-Runde pünktlich. Er schloß das Büro hinter sich ab und setzte sich in den Streifenwagen. Es handelte sich, wie bei dem andern auch, um ein altes Modell, das längst durch ein neues hätte ersetzt werden müssen. Rost nagte unerbittlich an der Karosserie, die Sitze waren zerschlissen und durchgesessen. Doch wann immer sie in der letzten Zeit in Nürnberg wegen eines neuen Wagens angefragt hatten, die Antwort war immer die gleiche, sie müßten sich noch gedulden. *Wenn die sich noch lange Zeit lassen, werde ich bald mit dem Fahrrad Streife fahren,* dachte er mit dem Anflug eines Grinsens. Zu mehr war er nicht fähig, Schmidt lachte nicht, er war introvertiert, mürrisch, häufig schlecht gelaunt. Vielleicht, weil er übergangen worden war, als vor sechs Jahren die Stelle des »Polizeichefs« in Waldstein frei wurde und er sich große Hoffnungen auf diesen Posten machte, statt dessen hatte man ihm einen Fremden vorgesetzt, einen dieser Saupreußen, den er von Anfang an nicht ausstehen konnte. Anfangs hatte er gegrollt, sich inzwischen jedoch längst mit seiner Situation abgefunden, und letztendlich war es ihm auch irgendwie egal. So hatte er wenigstens seine Ruhe, und das war die Hauptsache, denn im Grunde seines Herzens war er faul, und dessen war er sich bewußt. Nur seine

Frau wollte sich mit dieser Situation und Schmidts Faulheit nicht abfinden, sie machte ihm ständig Vorhaltungen, entzog sich seinen Annäherungen, strafte ihn mit Nichtachtung, aber auch das kümmerte ihn wenig. Sein Vater hatte es zu nicht mehr gebracht als einer schlechtgeführten Hühnerfarm, sein Bruder fuhr Gemüse aus, warum also sollte gerade er aus der Art schlagen?!

Er gelangte in die Wohngegend mit den schmucken kleinen Häuschen, wo die Merkels, die Oberts, die Pickards, die Schneiders wohnten. Er hätte auch gern eines dieser Häuser besessen, mit einem kleinen Garten, in dem seine beiden Jungs spielen konnten, mit Fliederbüschen und einem Rasensprenger, der jeden Abend im Sommer den von der Sonne ausgebrannten Rasen wässerte. An Brackmanns Stelle hätte er sich das eines Tages leisten können, doch so lebte er in einer wenig ansehnlichen Bruchbude mit einem verwilderten steinigen Vorgarten; hinter dem Haus, wo eigentlich der Garten sein sollte, türmte sich der Müll meterhoch, und bei Ostwind drang sein Gestank selbst durch die geschlossenen Fenster. Ratten hausten im Müll, und in den vergangenen drei Wochen hatte er zwei Kreuzottern gesehen, die von den Ratten angelockt wurden.

Sie schmissen den Müll nur noch aus dem Fenster, denn es war zu gefährlich geworden, diesen Teil des Grundstücks zu betreten, es sei denn mit kniehohen festen Gummistiefeln. Schon einige Male waren Ratten ins Haus gekommen, einmal sogar ins Kinderzimmer, und es war schon mehr als Glück, daß keines der Kinder gebissen worden war.

Er hatte schon oft den Vorsatz gefaßt, den Müllberg zu beseitigen, doch es würde Tage und eine Menge Schweiß erfordern, diese Arbeit wirklich hinter sich zu bringen. Er schob es vor sich her, ertrug das Genörgel seiner Frau, die Ratten und jetzt auch die Schlangen, war froh um jede Minute, die er nicht zu Hause verbringen mußte.

In fast allen Häusern, an denen er vorbeifuhr, brannte noch Licht, nur das Haus der Schneiders lag im Dunkeln. Pickard stand auf der Terrasse, die Hände in den Hosentaschen vergraben, weißer Rauch stieg aus seiner Pfeife auf. Andys roter Wagen stand bei den Oberts vor der Tür. Ein Betrunkener torkelte über die Straße.
Er bog in die Hauptstraße ein, kam an Brackmanns Wohnung vorbei, der rauchend am Fenster stand. Schmidt tat, als sehe er ihn nicht. Reuters Praxis war hell erleuchtet, ebenso die Bücherei. Schmidt hielt an und stieg aus. Die Tür zur Bücherei war verschlossen, Frau Fleischer saß in ihre Arbeit vertieft hinter dem Schreibtisch. Er klopfte gegen die Scheibe, worauf Frau Fleischer erst erschrocken, dann, als sie Schmidt erkannte, ärgerlich aufblickte. Sie stand auf, strich ihr einfarbig dunkelgraues Kleid glatt und öffnete die Tür. Mit ihren schmalen, zerbrechlich wirkenden, ringlosen Fingern umfaßte sie den Türrahmen.
»Ja, bitte?« fragte sie mit blecherner, unpersönlicher Stimme. Ihre stechenden Augen drangen durch Schmidt hindurch und zerlegten ihn in lauter kleine Puzzleteile. Schmidt fühlte sich unbehaglich.
»Tut mir leid, Frau Fleischer, aber ich wollte Sie nur daran erinnern, daß es bereits nach zehn Uhr ist, und ...«
»Ich weiß sehr gut, wie spät es ist«, unterbrach sie ihn schroff mit spitzer Stimme. »Sonst noch was?«
»Nun, Frau Fleischer, nichts für ungut, ich wollte es Ihnen nur sagen, weil es eben schon so spät ist.«
»Sie brauchen sich keine Sorgen zu machen, falls es das ist.«
»Dann ist es gut, das war alles. Gute Nacht.« Er tippte sich an die Mütze, blieb noch kurz stehen, bis sie die Tür wieder verschlossen hatte, atmete tief ein und noch tiefer wieder aus, während er zusah, wie sie hinter ihren Tisch zurücktippelte. *Aber nein,* dachte er kopfschüttelnd, *eine wie dich wird keiner überfallen, du alte Kuh! Dich nicht!*

Im Streifenwagen holte er aus dem Handschuhfach eine Dose Cola, zog den Metallclip hoch, eine braune Fontäne schoß an die Windschutzscheibe und gegen das Armaturenbrett. Er stieß eine wilde Verwünschung aus, weil ein Teil der Flüssigkeit auf seine Hose und sein Hemd tropfte. Er wischte mit der Hand darüber, es klebte. Er setzte die Dose an die Lippen, leerte den warmen Inhalt in einem Zug, ein Moment verging, dann rülpste er laut und langgezogen, grinste. Er legte die Dose auf den Beifahrersitz, der letzte Rest lief auf den Sitz, er drehte den Zündschlüssel und setzte seine Fahrt durch den Ort fort, erreichte die Ortsgrenze, und schon bald kam das Anwesen der Vandenbergs in Sicht. Ein bulliger dunkler Mercedes 500, der den Vandenbergs gehörte, kam ihm mit aufgeblendeten Scheinwerfern entgegen. Das Tor, das der Wagen passiert hatte, schloß sich wie von Geisterhand.
Schmidt wendete, steuerte das Auto zurück zum Büro. Am nördlichen Horizont nahm er Flackern wahr, wie Lichtjahre entfernte Blitze, die nicht aus dem Himmel, sondern aus der Erde zu kommen schienen. Es war weit draußen, dort, wo kaum Menschen lebten, nichtssagend, ungefährlich. Vielleicht Regen, hoffentlich endlich Regen!
Um halb elf kehrte Schmidt ins Büro zurück. Der gewohnt modrige Geruch von altem Holz schlug ihm entgegen, die Dielen ächzten bei jedem Schritt, doch im Gegensatz zu Brackmann störte Schmidt sich nicht daran. Die matte Birne spendete gerade genug Licht, um Comics lesen zu können. Die Wände hätten einen Anstrich bitter nötig gehabt. Brackmann hatte nicht nur einmal um eine Renovierung gebeten, aber Waldstein lag zu weitab von Nürnberg, als daß sich auch nur einer der dortigen Bürosäcke darum gekümmert hätte, und die Vandenbergs gaben sich mit derlei Kleinigkeiten nicht ab.
Die Zellen im hinteren Teil des Baus standen leer, hier gab

es nur Spinnen und Staub, nur selten schlief ein Betrunkener seinen Rausch aus. Nicht einmal Scherer war je hiergewesen.
Bevor Schmidt sich setzte, wusch er sich die Hände, holte aus dem Kühlschrank eine Dose Bier, die ihm über die lange Nacht hinweghelfen sollte. Der Stuhl knarrte verdächtig, als er sich setzte. Er legte die Beine auf den Schreibtisch, schlug das Comic-Heft auf, Superman. Eine der üblichen Nächte in Waldstein hatte begonnen.

12

Er saß auf einem Ast. Er saß seit Wochen fast jeden Abend auf diesem seinem Ast, ohne daß er jemals dabei beobachtet worden wäre. Sein Blick war auf ein bestimmtes Fenster gerichtet, sein Körper bis in jede Faser gespannt. Er hatte sie schon oft gesehen, im April aber war sie ihm zum ersten Mal richtig aufgefallen, an einem späten Nachmittag, während er unter dem Baum hockte, um für die Schule zu lernen. Sie war in etwa zehn Meter Entfernung an ihm vorbeigekommen, in einem leichten Sommerkleid, das zwar unten weit, oben jedoch so geschnitten war, daß sich jede ihrer Rundungen deutlich unter dem dünnen Stoff abzeichnete. Sie hatte ein hübsches Gesicht, schlanke Beine und einen Körper, wie ihn nur wenige, wenn überhaupt eine Frau in Waldstein besaßen, außer der Görtz vielleicht, bloß die war eine kleine hochnäsige Schlampe, eine elende Hure, auch wenn er gerne einmal ihre Titten berührt, sie gevögelt hätte.
Er hatte noch nie ein Mädchen angefaßt, geschweige denn geküßt, aber wenn er überhaupt einen Wunsch hatte, dann den, einmal ein Mädchen berühren zu dürfen. Vorgestern war er siebzehn geworden. Er besuchte das Gymnasium in Hof, seine Mitschüler prahlten ständig mit ihren Eroberun-

gen, erzählten, wen sie wann und wie oft gevögelt hatten ... nur er, er hatte nichts, womit er prahlen konnte – außer mit seinen überragenden Noten, was jedoch keinen interessierte, im Gegenteil, man ging ihm aus dem Weg, belächelte oder beschimpfte ihn als Streber, nur ab und zu kam einer, der tat, als wäre er sein Freund, in Wirklichkeit wollte er nur die Hausaufgaben abschreiben; er hatte die Tricks längst durchschaut. Er war ein Außenseiter, der gierig die Erzählungen der anderen in sich aufsog, wenn sie erzählten, wie sie es gemacht hatten und wie oft. Er hatte keine Freunde, hatte nie welche gehabt. Die andern tolerierten seine Anwesenheit, mehr aber nicht. Mädchen spielten in seinem Leben keine Rolle, er wußte, daß sein Anblick Mädchen nicht gerade vor Verzückung in Ohnmacht fallen ließ, doch er sagte sich, es gab andere Jungs, die auch nicht viel besser aussahen und doch hübsche Freundinnen hatten. Er hatte sie an diesem Märztag vorbeigehen sehen, ihre wunderschönen Beine bewundert, das Gesicht, den Busen, hatte sich gefragt, ob ihre Haare wohl überall so blond waren. Er hatte ihr nachgesehen, bis die Tür hinter ihr ins Schloß gefallen war, und in seiner Phantasie war er einfach mitgegangen, hatte sie aufs Bett geworfen, ihr die Kleider vom Leib gerissen, es mit ihr getrieben.

Er war aus seinen Träumen gerissen worden, als über ihm ein Fenster geöffnet wurde. Sie hatte sich kurz herausgebeugt, er hatte sie gesehen, ohne von ihr bemerkt zu werden. Er hatte nach oben geschaut, sich zur Seite gedreht, da war das Fenster, und da war der Baum, hoch, mächtig und unförmig, aber nicht unbezwingbar. Beim Blick auf die dicken, knorrigen, mit Blättern üppig behangenen Äste sah er eine Möglichkeit, seinen Träumen und Gelüsten weitere Nahrung zu verschaffen.

Er hatte es gleich am ersten Abend probiert, gewartet, bis Dunkelheit sich über den Ort legte, und tatsächlich einen

Ast erreicht, der in beinahe gerader Linie zu ihrem Fenster verlief. Ihre Wohnung war erleuchtet, sie schrieb einen Brief. Zarte Finger, die den Stift schnell und geschmeidig über das Papier gleiten ließen, Haare, die in sanftem Schwung über ihre Schultern fielen. Nach etwa einer Stunde war sie fertig, hatte den Brief gefaltet und in den Umschlag geschoben, mit ihrer Zunge den Kleberand benetzt, den Umschlag geschlossen. Sie hatte das Licht am Schreibtisch gelöscht, dafür die im Wohnzimmerschrank eingebauten Neonröhren angeschaltet, an der Stereoanlage hantiert, die neben einer Zimmerpalme stand, ein Buch aus dem weißen Bücherregal geholt und sich auf die Couch fallen lassen, die Füße auf die Seitenlehne gelegt. Welch wundervolle Beine; in Gedanken strich er mit seinen Fingern über sie.

Sie hatte lange gelesen, er war immer ungeduldiger geworden, er hatte schon fast aufgeben und seinen Baumplatz enttäuscht verlassen wollen, als sie das tat, weswegen er überhaupt hochgeklettert war. Sie war aufgestanden, hatte das Buch auf den Tisch gelegt und ihr Kleid ausgezogen, darunter trug sie nur einen BH und einen Slip. Sie hatte eine Figur wie sonst nur die Mädchen und Frauen im *Playboy* oder *Penthouse* oder *Hustler*, Magazine, die er immer heimlich verschlang und dabei masturbierte. Für einige Momente war sie seinem Blickfeld entschwunden, doch als sie zurückkehrte, trug sie nicht einmal mehr den BH und den Slip. Sie war überall blond, ihr Busen größer, als unter dem weitgeschnittenen Kleid zu erwarten, und wohlgeformt. Sein Mund war trocken geworden, seine Muskeln und sein Rücken angespannt. Er hatte sie einige Minuten lang beobachtet, während sie nackt durch das Zimmer gelaufen war, sich etwas zu trinken eingeschenkt und ausgetrunken hatte. Er hatte das Wippen ihrer Brüste genossen, jede Rundung ihres Körper hatte sich in sein

Gedächtnis eingemeißelt. In seinen Lenden ein beinahe schmerzhaftes Ziehen, jedoch nicht unangenehm. Schließlich ein kräftiges Ziehen im Rücken, das Pumpen zwischen seinen Beinen, die warme, klebrige Flüssigkeit, die in seine Unterhose und über seine Schenkel gelaufen war, der unbändige Wunsch, es mit ihr zu treiben. Ab da wollte er das so oft wie möglich machen, so oft wie möglich dieses ganz spezielle Gefühl erleben.
Er kam wieder und wieder, unbeobachtet, unbemerkt. Allmählich kannte er ihren Körper, war er vertraut mit ihren Bewegungen, ihrem Lachen, das er so oft sah, wenn sie telefonierte – mit wem sie wohl sprach? –, kannte er ihre Kleidung. Von Tag zu Tag wurde sie begehrenswerter für ihn, mit jedem Tag wuchs in ihm das Verlangen, sie zu spüren, ihren Körper an sich zu pressen, ihren Atem auf seiner Haut, sie zu besitzen. Von Bildern wußte er, wie man es machte und vor allem, was man alles machen konnte. Und er wollte endlich mitreden können.

Er wartete, bis Schmidt seine Runde um kurz nach zehn beendet hatte, bevor er wieder seinen Platz auf dem Baum einnahm. Ihm war heiß. Er war ihr heute abend von der Bücherei nach Hause gefolgt, hatte Brackmann, diesen geilen Hund, der sie begleitete, verflucht. Er dachte angestrengt nach. Sollte er es jetzt tun oder noch einen Tag warten? Sollte er es überhaupt tun? Die Flasche Whisky, die er heimlich aus dem Weinkeller seines Vaters hatte mitgehen lassen, war zu mehr als einem Viertel geleert, sein Hirn umnebelt, seine Gedanken verschwommen, sein Verlangen nach ihr stärker denn je. Sein Penis war erigiert, wenn er nur an sie dachte.
Sie war früher als gewöhnlich zu Bett gegangen, es war kaum halb elf, als sie das Licht löschte. Ein weiterer Schluck aus der Flasche, er wischte sich über den Mund, beschloß, es

zu tun. Langsam und behende, trotz des Alkohols, glitt er nach unten, kein morscher Zweig, kein Knarren verriet ihn. Er vergewisserte sich ein letztes Mal, daß er allein war, huschte durch die Dunkelheit zur Rückseite des Hauses. Die Vordertür war wie immer nachts verschlossen, aber er wußte, wie er trotzdem unbemerkt in das Haus eindringen konnte, er brauchte nur durch den nie verschlossenen Fahrradkeller zu gehen; von dort aus führte ein Gang zur Treppe.

Das Haus war erst seit knapp einem halben Jahr bewohnt, im Keller der Geruch frischer Farbe, weiter oben roch es nach kühlem Marmor. Es war, als schwebten seine Turnschuhe über die Stufen. Heute nacht würde es geschehen. Vielleicht gefiel es auch ihr … vielleicht gehörte sie zu jenen Frauen, die nur darauf warteten? Der Alkohol beseitigte auch seine letzten Hemmungen, ließ all die aufgestaute unterdrückte Wut hervorbrechen.

Er hatte jegliche Kontrolle über seine Gedanken, seinen Körper verloren. Er trug ein Messer bei sich, nur zur Sicherheit, wie er sich immer wieder selber beruhigte. Er hatte nicht vor, sie zu verletzen oder gar zu töten, er wollte nur das *eine*. Seine Augen hatten sich schnell an die Dunkelheit gewöhnt. Hinter keiner der drei Türen im zweiten Stock brannte mehr Licht, alles war ruhig, keine Stimmen, kein Radiogeräusch, kein laufender Fernseher.

Er hatte sich vorgenommen zu klingeln, wollte sich als Brackmann ausgeben, der etwas Dringendes mit ihr zu besprechen hätte. Sie schien diesem Arschloch, diesem geilen Schweinehund Brackmann gegenüber ohnehin nicht abgeneigt zu sein.

Er stand vor der Tür, überlegte noch einen Augenblick, vergewisserte sich ein letztes Mal, daß er allein war, daß niemand ihn störte. Er zog sich schnell und geübt die schwarze Strumpfmaske übers Gesicht, legte seinen linken

Zeigefinger auf die Klingel, drückte noch nicht, als hielte ihn etwas davon ab, es zu tun, spürte den kalten Stahl des Messers, das ihm diese Sicherheit und Überlegenheit gab, schluckte tief – drückte den Knopf. Ein heller Ton, Ding-Dong, in der Stille der Nacht dröhnte es wie das metallene Scheppern der Kirchenglocken, ließ ihn zusammenzucken. Er wußte, daß sie schlief, daß es etwas länger dauern konnte, bis sie öffnete. Schließlich hörte er Schritte, *ihr* verschlafenes Gähnen, wie *sie* auf die Sprechanlage drückte. Er klopfte an die Tür, sah *sie* nicht, glaubte dennoch zu spüren, wie sie erschrak.

»Ja, bitte?« Ihre Stimme war leise, unsicher, ängstlich.

»Hier Brackmann«, flüsterte er mit verstellter Stimme, »ich muß dringend mit Ihnen sprechen. Es geht um Frau Fleischer. Bitte, es ist wirklich dringend.«

Sie war zu verschlafen, bemerkte die Täuschung nicht. Entriegelte die Tür und öffnete, hatte nicht einmal mehr die Zeit zu schreien. Die spitze Klinge des Messers drückte von unten gegen ihren Hals, er drängte sie wortlos in die Wohnung, schloß geräuschlos die Tür.

»Keinen Ton! Ich will Ihnen nichts tun. Und kein Licht. Und wie gesagt, kein Mucks! Ich will das Messer nicht benützen müssen!« flüsterte er.

Bis auf einen Slip war sie nackt. Es war sehr warm in der Wohnung. Aus dem Strumpf, den er sich über den Kopf gezogen hatte, hatte er ein Stück um den Mund herum herausgeschnitten. Der Baum vor dem Fenster, sein Baum, war nur als schattenhafter Umriß zu erkennen. Sie zitterte, ihre Augen waren weit aufgerissen. Die scharfe Spitze des Messers an ihrem Hals, der derbe Griff der andern Hand an ihrer Brust. Ihr Atem ging schnell und stoßweise, auf ihrer Haut hatte sich kalter Schweiß gebildet.

Er drängte sie wortlos ins Schlafzimmer, stieß sie aufs Bett, schloß schnell das Fenster. Im fahlen Licht des Vollmonds

sah er nicht die stummen Schreie ihrer Angst, sah nur ihre Schultern, die Brüste, die Schenkel. Seine Finger strichen über ihre Haut, glitten über ihr Haar, das Gesicht, den Hals, weiter nach unten. Sie fühlte sich gut an.
»Was wollen Sie von mir?« Furcht, unsägliche Angst. Sie spürte seine schweißnassen, klebrigen Hände sie begrapschen, ihre Brüste, den Bauch und schließlich ... Ekel! Sie wollte schreien, so laut, daß der echte Brackmann sie hören, sie von diesem Alptraum befreien konnte. Er hatte seine Hände unter ihren Slip gegraben, sein alkoholgeschwängerter Atem keuchte vor Erregung.
»Hör zu, ich will nichts von dir, ich will dich nur ficken! Wirklich, nur ficken. Du wirst sehen, ich kann ficken ... wie jeder andere auch. Ich bin ein Mann! Ein ganzer Mann!«
Welche Macht er auf einmal besaß! Er hatte das Messer, sie hatte Angst!
Ein fester, harter Griff zwischen ihre Beine, ein stechender Schmerz durchfuhr sie. Speichel lief über seine Lippen, tropfte auf ihr Gesicht, ihre Brüste. Seine langen Fingernägel kratzten ihre Haut, die trockene Schleimhaut ihrer Vagina, seine Zähne gruben sich grob in ihre Brüste, es tat so weh, sie hätte schreien können vor körperlichem Schmerz, doch da war das Messer an ihrem Hals. Sie spürte die Verhärtung zwischen seinen Beinen, wußte, er würde es jetzt tun.
Sie versuchte sich abzulenken, den Ekel zu verdrängen, an etwas Schönes zu denken, an zu Hause, den Fliederbusch im Garten ihres Elternhauses, an die Zeit, als sie noch ein Kind gewesen war, wohlbehütet und beschützt. Sie wünschte sich jetzt den Schutz von Vater oder von Wilfried, diesem großartigen Bruder. Sie waren immer dagewesen, wenn sie gebraucht wurden. Wie sehr sie sie jetzt gebraucht hätte! Doch Vater war lange tot, und Wilfried lebte Tausende von Kilometern entfernt auf der andern Seite des großen Teichs. Sie

wünschte sich, wieder klein zu sein, das weiße, mit Spitzen besetzte Kleid anzuhaben, wie sonntags immer, wenn sie die Baptistenkirche besuchten. Oder Mutter, wenn wenigstens sie hier wäre! Aber wahrscheinlich war sie wieder betrunken oder voll mit Tabletten, Mutter war nie eine Hilfe gewesen, sie hatte ihr Leben nie in den Griff bekommen. Und seit Vaters Tod hatte sie sich noch schneller verändert, hatte sie sich noch mehr isoliert; sie lebte allein mit sich und ihrer Sucht, wer wußte schon, wie lange ihr Körper diese ihm angetane Gewalt noch ertrug. Das letztemal, daß Angela Siebeck etwas von ihr gehört hatte, war vor über einem Jahr gewesen, als sie kurz anrief und irgend etwas in den Hörer lallte, das Angela längst vergessen hatte. Angela hatte ihr ein paarmal geschrieben, doch nie eine Antwort erhalten. Nur von Wilfried hatte sie vor etwa sechs Monaten einen Brief bekommen, in dem er seine Besorgnis wegen Mutters Zustand ausdrückte. Er machte sich Sorgen, weil er sie liebte und weil sie ihn vergötterte.

Als wäre es ein Schutz gegen das, was mit ihr jetzt geschah – plötzlich fielen ihr Dinge ein, die sie schon lange vergessen geglaubt hatte, ihre Schulzeit, einige ihrer Lehrer, vor allem Mr. Jones – immer ernst und unnahbar, bis zu dem Tag, an dem er in die Klasse gestürmt war, ein breites Lachen auf den Lippen, um allen mitzuteilen, daß er bald heiraten würde. Alle hatten sich gefragt, warum er ihnen das erzählte, war es doch etwas Normales, wenn ein Mann heiratete. Aber er hatte nicht irgendwen geheiratet, sondern Mrs. Featherstone, die schönste Frau, die wohl jemals als Lehrerin gearbeitet hatte. Sie paßten so gar nicht zueinander; der kleine, schmächtige, ernste Jones und diese ihn um einen halben Kopf überragende Schönheit. Irgendwie aber hatte es ihm jeder gegönnt, bis auf ein paar Jungs vielleicht, die sich, wie wohl alle Jungs, unsterblich in Mrs. Featherstone verliebt hatten.

Und dann war da noch der schüchterne kleine Johnny, der keine Freunde hatte, der immer allein war, allein sein Pausenbrot aß, allein nach Hause ging, alles allein machte. Bis sie sich eines Tages einfach zu ihm stellte und mit ihm sprach, ihn fragte, ob er nicht Lust hätte, sie nach Hause zu begleiten. Sie würde nie seinen Blick vergessen, diese immer größer werdenden Augen, ungläubig, staunend, stumm fragend, ob sie denn wirklich ihn meinte. Er hatte nur genickt und sie an jenem Nachmittag begleitet, kaum ein Wort war gefallen. Danach hatte er sie fast jeden Tag begleitet, war bisweilen den Nachmittag über bei ihr geblieben, und allmählich hatte sie alles von ihm erfahren, daß er keine Mutter mehr hatte, daß sein Vater von frühmorgens bis spät am Abend arbeitete. Weil Johnnys Leistungen in der Schule ungenügend waren, hatte Angela ihm ihre Hilfe angeboten. Und irgendwann hatte sie sich in ihn verliebt. Sie war gerade fünfzehn geworden.
Eines Tages war Johnny nicht mehr gekommen. Sie hatte auf ihn gewartet, war zu ihm nach Hause gegangen, das Haus war leer. Sie hatte geweint, zwei Tage lang. Eine ganze Woche später war der Brief gekommen. Sein Vater hatte eine Stelle in Florida bekommen, eine halbe Weltreise entfernt für eine Fünfzehnjährige. Johnny hatte es schon lange vorher gewußt, sich aber nicht getraut, es ihr zu sagen. Auf einer ganzen Seite hatte er immer wieder nur »Ich liebe Dich« geschrieben, mal in roter, mal in blauer, mal in schwarzer Tinte.
Sie sah ihr Zimmer vor sich, die hellblauen Tapeten mit den zartgelben und zartrosa Blümchen darauf, ihre Lieblingspuppe Fräulein Meier, die sie selbst dann noch heiß und innig liebte, als ihr die Augen fehlten, sie nur noch ein Bein und einen Arm hatte, und die jetzt in irgendeiner Kiste auf dem Speicher begraben lag. Sie sah die Birke vor ihrem Fenster, aus deren Ästen sie im Frühling und Som-

mer der Gesang der Vögel weckte. Dort war ihr nie etwas passiert, in dieser großen Stadt, in diesem wilden Land. Jetzt lebte sie in diesem kleinen weltvergessenen Marktflecken, abseits vom großen Trubel, und ausgerechnet hier ... Wäre sie doch nur in Boston geblieben, wäre sie doch nicht dem Ruf gefolgt, ihre Heimat, ihre Wurzeln kennenlernen zu wollen!

Mit einem Mal war da der Ruck, der sie durchflutende Schmerz, das unbeherrschte Stoßen, das plötzliche Verharren, die warme Flüssigkeit, die in sie gepumpt wurde. Die Realität hatte sie wieder, Tränen des Schmerzes liefen auf das Bett.

Er lag auf ihr, keuchend, sabbernd. Der Ekel wurde unerträglich. Sie hätte diesem gottverdammten Schwein am liebsten ins Gesicht gespuckt, ihm seine gottverdammten Eier rausgerissen, damit er nie wieder eine Frau anrühren konnte. Angst. Auf einmal rollte er sich ab, blieb wie sie auf dem Rücken liegen. Die Messerspitze drohte ihr nicht mehr. Dennoch war sie unfähig, sich zu rühren. Sie hätte aufspringen, loslaufen, schreien, alles mögliche tun können ... Sie blieb einfach reglos neben ihm liegen. Stilles, bizarres Wetterleuchten erhellte in immer kürzeren Abständen das Zimmer, sie hätte nur den Kopf zu drehen brauchen, um die Umrisse des Mannes zu sehen, der sie mißbraucht hatte. Sie wollte es nicht. Ihr tränenloser Blick war starr zur Decke gerichtet.

»Es tut mir leid.«. Seine Stimme klang auf einmal nüchtern. Sekunden, wie eine Ewigkeit, verstrichen. Sie versuchte zu antworten, setzte an, ihre Kehle war verschlossen. Nach einer Weile versuchte sie es erneut.

»Warum haben Sie das getan? Warum haben Sie mir das angetan?«

Schweigen.

»Es tut mir leid. Ich habe Sie doch nur beobachtet, die ganze

Zeit über, nichts weiter. Nur beobachtet!« Er schluchzte leise. »Ich wußte doch alles über Sie!«
»Warum ich?«
»Weil Sie die schönste Frau der Welt sind!«
Er kann noch nicht alt sein, dachte sie mit plötzlich klarem Verstand, vielleicht zwanzig. Aber egal, wie alt er ist, er ist ein verdammtes Schwein! Keine Entschuldigung. Niemals. Keine Seife dieser Welt wird das je wegwaschen können.
»Ich werde jetzt gehen, und bitte«, er machte eine Pause, erhob sich vom Bett, stand vor ihr, ein großer, schmaler, schwarzer Schemen, das Hochziehen des Reißverschlusses seiner Hose dröhnte in ihren Ohren, »bitte, verzeihen Sie mir.« Es war, als läge alle Qual, Schuld und Last dieser Erde in seiner Stimme. Dann: »Bitte drehen Sie sich um, legen Sie sich auf den Bauch, die Hände auf den Rücken.« Er holte zwei gleichlange Schnüre aus seiner Hosentasche, fesselte Angela Siebeck an Händen und Füßen, nicht zu fest, er wollte ihr ja nicht weh tun. Er warf einen letzten Blick auf Angela, rannte zur Tür, riß sie auf, stürmte hinaus.
Sie blieb noch eine Weile wie gelähmt auf dem Bett liegen, die Augen geschlossen. Alles schmerzte an und in ihr, sie hatte das Gefühl, über und über, von außen wie von innen, von üblem, stinkendem Morast bedeckt zu sein. Sie war wieder allein, allein mit sich, ihrer Angst, der Verzweiflung, dem Schmutz. Sie hatte sich schnell von ihren Fesseln befreit, blieb auf dem Bett sitzen. Sie weinte, erst leise, dann etwas heftiger, schließlich wurde sie durchgeschüttelt von gewaltigen Wellen körperlicher Beben. Sie weinte, bis sie keine Tränen mehr hatte.
Um elf Uhr schlich sie auf wackligen Beinen zum Bad, wusch sich fast eine halbe Stunde lang. Sie fühlte sich nicht mehr so schmutzig, äußerlich, doch etwas in ihr war zerbrochen. Vielleicht der Glaube an die Menschen, vielleicht die

Stärke, die zu besitzen sie stets überzeugt gewesen war, vielleicht ihr Stolz. In einem plötzlichen Anfall von Haß, während sie in den Spiegel blickte und ihr nasses Gesicht, die nassen Haare, die rotgeweinten Augen sah, verfluchte sie alle Männer dieser Welt, diese schwanzbesetzten Ungeheuer, warf den Waschlappen mit aller Wucht gegen das Glas, er rutschte auf den Zahnputzbecher, der mit lautem Scheppern ins Waschbecken fiel. In ihrem ganzen verdammten Leben wollte sie nichts mehr mit Männern zu tun haben. Mit keinem, nicht einmal mit Brackmann! Sie stellte sich vor, er könnte sie berühren – Ekel! Und trotzdem – was blieb ihr auch schon anderes übrig, wenn sie wollte, daß das Schwein geschnappt wurde – schlich sie zum Telefon und wählte die Nummer des Polizeibüros.
Nach dem Anruf bei Schmidt hielt sie den Hörer noch lange in der Hand, sah ihn an, durch ihn hindurch, über ihn hinweg, ließ ihn einfach zu Boden fallen. Stellte sich ans Fenster, öffnete es weit. Wetterleuchten. Unerträgliche Schwüle.

Schmidt erschien abgehetzt und durchgeschwitzt fünf Minuten nach ihrem Anruf. Es war fast Mitternacht. Übermorgen würde es in der Zeitung stehen. Die Sensation von Waldstein. Ein Kriminalfall. Der erste echte seit dreißig oder vierzig oder hundert Jahren. Eine Sensation, so war Schmidt überzeugt, die noch auf Jahre hinaus für Gesprächsstoff sorgen würde. Eine Vergewaltigung, Wahnsinn! dachte er. Und ich habe Dienst! Das Telefon läutete, gerade als Schmidt die Tür des Büros hinter sich zuzog. Er hörte das Klingeln, doch es konnte sich um nichts auch nur annähernd so Spannendes handeln wie das, was Angela Siebeck widerfahren war. Er nahm das Wetterleuchten kaum wahr, als er sich in seinen Wagen setzte und startete.

Er hatte die Tür einfach ins Schloß fallen lassen. Mit schnellen, von Furcht getriebenen Schritten rannte er die Treppe hinunter, durch die Eingangstür, hinüber zu dem dunklen Weg, zum Baum, nahm die Flasche Whisky, trank einen Schluck, sprang über einen Zaun, huschte katzengleich durch Gärten – er hatte gelernt, den Weg blind zu laufen –, stolperte einigemal, fiel aber nicht, rannte, bis er es endlich geschafft hatte.
Er lehnte an der Mauer, seine Lungen schmerzten, Seitenstechen. Er war kein Sportler, er hatte sich nie viel aus Sport gemacht. Instinktiv suchte er den kühlen Stahl des Messers, fand ihn nicht. Entsetzen packte ihn, Panik, seine Gedanken überschlugen sich, er dachte daran, zurückzugehen und zu suchen, verwarf den Gedanken wieder, weil er genau wußte, daß sie längst Brackmann alarmiert hatte. Was ihm blieb, war die vage Hoffnung, sie würden das Messer nicht finden. Hoffentlich hatte er es nicht im Haus verloren oder gar bei ihr liegengelassen. Morgen früh würde er es suchen. Leiser Donner begleitete ihn auf dem Weg in das unbeleuchtete Haus.
Seine Eltern und seine kleine Schwester schliefen. Dicke Teppiche schluckten seine Schritte, niemand bemerkte ihn, wahrscheinlich glaubten sie, er wäre den ganzen Abend über in seinem Zimmer gewesen, nachgesehen hatte mit Sicherheit keiner, es war lange her, seit sie sich um ihn gekümmert hatten. Er zog sich aus, hing Hemd und Hose ordentlich zusammengelegt über die Stuhllehne, wusch sich kurz den Schweiß vom Gesicht, legte sich aufs Bett. Jeder Nerv, jede Sehne, jeder Muskel seines Körpers vibrierte.
Er verschränkte die Arme hinter dem Kopf, schlief nicht ein. Angela Siebeck. Ihr Bild tanzte vor seinen Augen, hundertfach, tausendfach, wie ein riesiges Kaleidoskop. Die Furcht, ihre Furcht, machte ihn fast wahnsinnig. Angela

Siebeck, die schönste Frau von Waldstein. Sie tat ihm leid, sie tat ihm mehr leid, als jemals irgendein anderer Mensch zuvor. Die Schuld legte sich wie ein dichter, schwarzer, undurchdringlicher Schleier über ihn. Allmählich lichteten sich die Nebel, er begriff, was er getan und angerichtet hatte. Er stand wieder auf, trank einen Schluck Whisky, Schuldverdrängung, noch einen und noch einen. Die Schuld war stärker. Ein paar Tränen, sie tat ihm leid, weiß Gott, das tat sie, aber er, er selbst tat sich noch mehr leid.
Das Telefon im Haus klingelte, er hörte es, ignorierte es. Schließlich legte der Anrufer auf. Leichter Wind kam auf, ließ die Vorhänge zittern. Es war fast Mitternacht.

13

Ein Tornado kündigt sich nicht lange vorher an, sondern schlägt in der Regel zu wie der sprichwörtliche Blitz aus heiterem Himmel. Zwar gibt es Wettersituationen, die auf eine eventuelle Tornadoentwicklung schließen lassen, doch wann und wo und wie stark das Auftreten sein wird, ist selbst mit modernsten Computern bislang nicht zu bestimmen. Mit Tornados verhält es sich kaum anders als mit Erdbeben und Vulkanausbrüchen, sie treten fast ohne jegliche Vorwarnung auf. So schnell sie sich bilden, so rasend bewegen sie sich vorwärts, bis zu 330 km/h, und Wissenschaftler nehmen eine Drehgeschwindigkeit von bis zu 600 km/h an. Nachmessen konnte es jedoch noch niemand, denn noch hat kein Meßgerät je dieser Urgewalt standgehalten.
Tornados leben nicht lange. Kaum sind sie quasi aus dem Nichts geboren, sterben sie schon wieder. Später – was wenige Minuten, aber auch bis zu zwei Stunden bedeuten kann –, wenn sie ihre Kraft verbraucht und sich ausgetobt haben, sind sie nur noch ein laues Lüftchen, das irgend-

wann und irgendwo einfach in sich zusammenfällt. Nur, wann und wo dies sein wird, vermag keiner zu sagen. Tornados sind gottgelenkte Vernichter, behaupten die einen, Waffen der Hölle die anderen. Bloßen Naturgesetzen folgende Naturgewalten meinen hingegen die nüchternen Denker, physikalischen Gesetzen gehorchend, Kaltluft oben, feuchtwarme Luft unten.

»Zum Teufel noch mal, was sollen wir tun? Wir haben es hier mit einer Konstellation zu tun, die keiner von uns je miterlebt hat! Aber es bleibt uns nichts anderes übrig, wir müssen eine Warnmeldung herausgeben.« Dr. Anders, der Meteorologe vom Dienst des Wetteramtes Nürnberg, schlug wütend und hilflos auf den Tisch. Die Kaffeetasse schwappte über, ein Teil der Brühe lief über das vor zwanzig Minuten durchgefunkte Satellitenbild.

Schon seit dem späten Nachmittag beobachteten sie mit wachsender Neugier und gespannter Erregung auf ihren Satellitenfotos und dem Wetterradar, wie trockene Polarluft sich stetig weiter nach Süden voranschob und sich allmählich über die vom Mittelmeer kommende feuchtheiße Luft legte. Normalerweise eine typische Gewitterkonstellation, aber diesmal durch die nie zuvor in dieser Gegend erlebte feuchte Hitze der vergangenen Tage und Nächte eine andere, unheimliche, vielleicht gefährliche, auf jeden Fall aber schlecht einzuschätzende Situation. Das Aufeinanderprallen der kalten und heißen Luftmassen konnte außerordentlich schwerwiegende Konsequenzen haben, jedenfalls schien in der Wetterküche ein Hexenmeister hektisch bemüht, eine hochexplosive Mischung zu brauen. Die Frage war nicht mehr, ob es zu einer Explosion kommen, sondern wie stark sie sein und wo sie stattfinden würde.

Seit etwa einer halben Stunde vermochten die vier Männer und die Frau im Wetteramt ein mögliches Gebiet etwas genauer einzugrenzen. Sie beobachteten auf ihrem Radar-

schirm, wie sich in einem Gebiet von etwa hundert Kilometern Länge und knapp dreißig Kilometern Breite zwischen Thüringen und Nordbayern bereits mehrere intensive Gewitterzellen ausgebildet hatten, an sich weder etwas Ungewöhnliches noch Bedenkliches, da der gesamte Bereich eher dünn besiedelt war. Das Problem war, daß der Kaltluftstrom weiter anhielt und dadurch bis jetzt noch nicht vollständig geklärte physikalische Abläufe in Gang gesetzt wurden, die die Gefahr bargen, daß sich nicht nur Gewitter, sondern unter Umständen sogar heftigste Unwetter mit Hagelschlag entwickelten, was natürlich auch eine enorme Gefahr für Ansiedlungen darstellte.
Wenn die Berechnungen stimmten, dann waren die Ortschaften, die in einem Radius von etwa fünfzig Kilometern um Münchberg lagen, am ehesten gefährdet. Wobei die wichtigsten Städte Hof, Helmbrechts, Kulmbach, Münchberg, Marktredwitz, Bayreuth, Wunsiedel und Waldstein waren.
»Ich weiß, es mag sich vielleicht seltsam anhören«, sagte einer der Männer, »aber als ich den Staaten gearbeitet habe, habe ich zweimal eine ähnliche Konstellation gesehen; beide Male hat es zu Tornados geführt, von denen einer zu den verheerendsten in der Geschichte der USA zählte.«
Dr. Anders blickte ungläubig auf und schüttelte den Kopf. »Tornados? Sie wissen, wo sie hier sind?! Wir leben hier nicht im mittleren Westen der USA; hier ist kein Tornadogebiet! Vergessen Sie's!«
»Schwüle, extreme Hitze, wir hatten heute mit vierzig Grad Celsius den heißesten Tag in Oberfranken, seit es Wetteraufzeichnungen gibt, und das bei einer Luftfeuchtigkeit von achtzig Prozent. Die sich aufeinanderzubewegenden Fronten, Mammatuswolken ... ich will hier nicht ein Weltuntergangsszenario zeichnen, aber seien wir realistisch, die Möglichkeit besteht!«

»Ach, kommen Sie«, sagte Anders und winkte ab, sein Kollege unterbrach ihn.
»In den Staaten würden sie bei diesen Fakten sofort Himmel und Hölle in Bewegung setzen, damit die Menschen gewarnt würden. Sicher, nicht alle Vorboten, die auf einen Tornado schließen lassen, führen auch zu einem. Aber was, wenn zumindest die Möglichkeit besteht und wir nicht alles getan haben, um unserer Informationspflicht nachzukommen? Aber bitte, Sie sind der Chef.«
»Und wie soll das aussehen?« fragte Anders kühl.
»Radio, Fernsehen, auch wenn jetzt wohl nicht mehr viele fernsehen werden, tja, und vielleicht direkt über die Polizei die Bevölkerung warnen ...«
Anders lachte auf. »Entschuldigen Sie, aber finden Sie nicht, daß wir da ein bißchen zu weit gehen?«
»Es ist Ihre Entscheidung.«
Das neueste Satellitenbild wurde soeben durchgefunkt, das Wetterradar zeigte eine besorgniserregende Entwicklung.
»Münchberg, Helmbrechts, Schauenstein, Waldstein ...«, murmelte Anders nachdenklich. »Hier könnte etwas passieren. Was sollen wir bloß tun?« Er gab sich selbst die Antwort: »Geben Sie Meldungen an alle Radiostationen heraus. Aber nichts von Tornado, nur eine Unwetterwarnung mit der möglichen Bildung von Windhosen. Tornado hört sich gleich so gefährlich an. Dann informieren wir sämtliche größeren Polizeistationen und Rettungsdienste, damit sie für alle Eventualitäten gerüstet sind. Auf geht's!«
Sie rechneten mit einer, maximal anderthalb Stunden, bis die ersten Ausläufer der Unwetter das potentielle Einzugsgebiet erreicht haben würden. Ob aus den kilometerhohen Gewittertürmen auch tatsächlich außergewöhnlich heftige Unwetter entstanden, vermochte natürlich niemand mit Bestimmtheit vorherzusagen, aber die Möglichkeit be-

stand immerhin. Nur in Waldstein war niemand zu erreichen.

»Wenn dieses verdammte Kaff wenigstens etwas näher bei uns liegen würde!« schimpfte Dr. Anders.

»Versuch's noch mal beim Bürgermeister.«

Sie versuchten es eine halbe Stunde ununterbrochen im Polizeirevier, bei der Feuerwehr und beim Bürgermeister, bis endlich der Hörer abgenommen wurde.

»Phillips!« meldete er sich mit schneidender Stimme, ungehalten wegen der späten Störung.

»Bürgermeister Phillips?«

»Ja, und?! Wissen Sie eigentlich, wie spät es ist?«

»Bürgermeister, ich bin Dr. Anders vom Wetteramt in Nürnberg. Wir müssen eine Unwetterwarnung für Waldstein herausgeben.«

»Na und, wen interessiert das?! Holen Sie mich etwa deswegen aus meinem Bett? Außerdem, warum wenden Sie sich nicht an die Polizei oder die Feuerwehr? Soll ich Ihnen vielleicht die Telefonnummern geben?«

»Dort meldet sich niemand, deswegen rufen wir ja Sie an! Hören Sie, es ist kein Spaß. Wir beobachten eine besorgniserregende Entwicklung, bei der es sogar zur Ausbildung von, nun, wie soll ich es sagen, Tornados oder, wie man es hier nennt, Windhosen ...«

»Sind Sie wahnsinnig?!« unterbrach ihn Phillips. »Sie holen mich wegen so einem Quatsch aus dem Bett?! Tornados, hier! Außerdem, ich kann mich erinnern, vor zwei Jahren hatten wir doch schon mal so ein ähnliches Spiel, von wegen Orkan und so weiter. War ein ganz schöner Reinfall, nicht? Also, ich schlage vor, wir vergessen das Ganze!« Er machte eine kurze Pause, schaute aus dem Fenster und meinte: »Übrigens, Sie sollten mal herkommen und selbst sehen, bis auf ein leichtes Wetterleuchten kann ich nichts Ungewöhnliches bemerken ...«

»Bürgermeister, wir sind selbstverständlich nicht sicher. Natürlich kann es wieder nur ein Windei sein, aber darauf würde ich mich nicht verlassen. Es geht schließlich um das Wohl Ihrer Bürger!«

»Soll ich jetzt vielleicht alle Einwohner meiner Stadt wekken? Was, wenn es ein Windei ist? Und ich verwette meinen Arsch, es ist eines!«

»Was, wenn es keines ist? Setzen Sie sich bitte mit ihrer Polizei in Verbindung ...«

»Wir kennen das doch! Sie haben eine Unwetterwarnung herausgegeben, wir haben Himmel und Hölle in Bewegung gesetzt, um den Leuten die größtmögliche Sicherheit zu bieten, und was ist passiert? Aber gut, gut, sagen Sie mir, wie hoch die Wahrscheinlichkeit ist, daß Waldstein von ... einem Tornado heimgesucht wird.«

Anders ignorierte den Spott in Phillips' Stimme. »Nun, das ist schwer zu beurteilen. Siebzig zu dreißig, vielleicht auch nur sechzig zu vierzig.«

»Oder fünfzig zu fünfzig ... zehn zu neunzig?«

»Wie gesagt, wir sind nicht sicher.«

Phillips lachte wieder meckernd. »Tornados, Tornados! Tornados gibt es bei uns nicht! Und Sie wollen mir doch wohl nicht weismachen, daß ausgerechnet heute nacht und ausgerechnet in Waldstein ... Wissen Sie eigentlich, wie groß Waldstein ist? Hier leben gerade mal etwas über zweitausend Leute, Waldstein ist nicht mal einen Quadratkilometer groß und auf kaum einer Landkarte zu finden. Es müßte schon mit dem Teufel zugehen, wenn ein Tornado ausgerechnet hierher käme. Also, das wär's ja dann wohl.«

Phillips knallte den Hörer auf die Gabel, ohne eine Erwiderung abzuwarten. Seine Frau stand in der Tür.

»Wer war das?« fragte sie gähnend, an den Türrahmen gelehnt. Sie trug ein knöchellanges Negligé, unter dem sich ihr straffer, voller Busen mit den erigierten Brustwarzen und dem großen dunklen Hof deutlich abzeichnete.

»Ach, nichts weiter!« er winkte genervt ab, »bloß das Wetteramt in Nürnberg.«

»Das Wetteramt? Was wollen die denn mitten in der Nacht von uns? Etwa den neuen Wetterbericht durchgeben?«

»Ich sage dir doch, Schatz, es ist nichts weiter. Geh wieder schlafen.«

»Na gut, du mußt es ja wissen.« Sie machte kehrt, während er noch einen Moment neben dem Telefon stehenblieb. *Tornados, Tornados! Idioten, verdammte! Tornados in Waldstein, ausgerechnet hier!* Er lief die Treppe hinunter ins Wohnzimmer, holte eine Flasche Maltwhiskey aus dem Schrank, schenkte das Glas halbvoll, gab eine Handvoll Eiswürfel dazu. Er zog die Stirn in Falten, setzte das Glas an, leerte es in einem Zug. Ging wieder nach oben, legte sich neben seine Frau. Sie schnarchte leise.

Währenddessen versuchten die Meteorologen vom Wetteramt weiter fieberhaft, das Polizeirevier zu erreichen. Bürgermeister Phillips hatte jegliche Unterstützung verweigert, und jemanden von einer anderen Stadt aus auf den Weg zu schicken, schien im Augenblick zu gefährlich, da sich bereits mehrere starke Gewitter entwickelt hatten und man nicht sicher war, wo genau, wenn überhaupt, ein Tornado sich bilden würde.

Sie ließen sich von der Auskunft die Nummer des Arztes geben. In knappen Worten schilderten sie ihm die Lage, baten ihn, den diensthabenden Polizisten zu finden und ihn zu veranlassen, mit Lautsprecherwagen durch die Stadt zu fahren, um die Menschen vor dem möglichen Unwetter zu warnen. Dazu wurden mehrere Anweisungen gegeben, was die Leute tun sollten, falls es tatsächlich zu einem Wetter-

Supergau kam. Erstens die Fenster öffnen, damit der Tornado nicht einen Unterdruck entstehen und die Häuser wie aufgeblasene Papiertüten zerplatzen ließ; zweitens sollte man sich, sofern vorhanden, in Kellern in Sicherheit bringen. Und drittens, sollten keine Keller vorhanden sein, dann sollte man sich entweder im Erdgeschoß aufhalten oder besser noch sich ins Freie begeben und sich in eine Bodenvertiefung wie etwa einen Straßengraben legen, mit dem Gesicht nach unten.

Reuter tippte mit der linken Hand kurz auf die Gabel des Telefons, wählte die Nummer der Polizei. Keine Verbindung. Er versuchte es bei Brackmann zu Hause, nervös klopfte er mit den Fingern auf die Tischplatte, kalter Schweiß glänzte auf seiner Stirn.

»Brackmann!« Gerade eine Stunde war vergangen, seit er endlich eingeschlafen war. Reuter überging Brackmanns verständlichen Zorn, berichtete kurz und knapp von dem Gespräch mit dem Wetteramt. Dann, für einen Moment, atemlose Stille.

»Wo, zum Teufel, ist Schmidt?«

»Keine Ahnung, er scheint im Moment nicht erreichbar zu sein.«

»Ich bin in fünf Minuten fertig.« Brackmann zog sich an, nahm die Milch aus dem Kühlschrank, trank die Packung in einem Zug leer, warf die Tüte in den Müllbeutel, drehte den Wasserhahn auf, spritzte sich Wasser ins Gesicht.

Die Luft schien mit unsichtbaren elektrischen Teilchen geladen, ein allmählich aufkommender Wind ließ die Blätter der Bäume rascheln, ein Vogel piepste zaghaft. Wetterleuchten. Donnergrollen begleitete ihn auf dem Weg ins Büro. Der Streifenwagen von Schmidt parkte vor dem Haus, in dem Angela Siebeck wohnte, ihr Fenster war das einzige, hinter dem Licht brannte. Er war etwas verwundert, stieg aus, klingelte, wartete, daß sie sich meldete.

»Ja?« quäkte nach einer Weile Schmidts Stimme aus dem Lautsprecher.
»Brackmann! Was machen Sie bei ...?«
»Ich drücke.«
Brackmann nahm jeweils zwei Stufen auf einmal. Die Tür zu Angela Siebecks Wohnung war nur angelehnt. Schmidt saß an einem kleinen runden Tisch und notierte etwas auf einem Block. Angelas Gesicht war blaß, ihre Augen gerötet, ihre Bewegungen fahrig. Sie trug einen schwarzen, bis fast zu den Knöcheln reichenden Morgenmantel, hielt eine Zigarette zwischen den schmalen Fingern, rauchte hastig und nervös.
»Was ist passiert?« fragte Brackmann, während er die Tür hinter sich schloß.
Schmidt drehte den Kopf ein wenig und sah Brackmann an. »Frau Siebeck ist überfallen und vergewaltigt worden. Sie kann aber keine genaue Beschreibung des Täters geben, weil alles im Dunkeln passierte, sie sagt nur, er sei relativ jung gewesen, so zwischen achtzehn und zwanzig, einsfünfundsiebzig bis einsachtzig groß und relativ schlank. Er hat auch lauter dummes Zeug gefaselt, wie gut er sie kenne und so weiter. Dann ist er verschwunden, wie er gekommen ist, einfach so. Aber ich hab das Wesentliche schon aufgeschrieben.«
Brackmann trat in die Mitte des Zimmers. »War Dr. Reuter schon hier?« fragte er besorgt. Angela schüttelte den Kopf, ohne Brackmann anzusehen. »Ich meine nur, es wäre sinnvoll, wenn er Sie untersuchen würde und Ihnen vielleicht eine Beruhigungsspritze ...«
»Ich brauche keine Beruhigungsspritze!« Sie nahm einen Zug an ihrer Zigarette.
»Na ja, er wird im Augenblick wahrscheinlich sowieso nicht erreichbar sein«, meinte Brackmann.
»Wieso?« fragte Schmidt.

»Unwetterwarnung. Deswegen bin ich hier, wir müssen die Leute warnen. Frau Siebeck, ich muß meinen Kollegen jetzt leider mitnehmen. Ich bitte Sie dafür um Verständnis. Wir werden uns weiter um Sie kümmern, sobald die Gefahr vorüber ist.«

Sie nickte teilnahmslos, steckte sich an ihrer fast heruntergebrannten Zigarette gleich eine neue an, starrte aus dem Fenster in die Nacht.

»Sie sollten Ihre Wohnung verlassen und mitkommen. Es gibt sicherere Orte im Moment.«

Sie lachte bitter auf. »Habe ich richtig gehört, sicherere Orte?! Sie sprechen tatsächlich von sichereren Orten?! Bis vor zwei Stunden war ich der festen Meinung, dies hier sei ein sicherer Ort. Gehen Sie, ich habe keine Angst. Wovor sollte ich heute nacht noch Angst haben?«

»Ich kann Sie natürlich nicht zwingen, aber ...«

»Sie verschwenden nur Ihre Zeit! Gehen Sie, und lassen Sie mich um Himmels willen allein!«

»Frau Siebeck, es ist wirklich nur gut gemeint. Aber wenn Sie es sich noch anders überlegen möchten ...«

»Gute Nacht!«

Schmidt und Brackmann gingen. Draußen blieb Schmidt stehen, faßte Brackmann kurz am Arm. »Was glauben Sie – werden wir diesen Drecksack finden? Wir wissen schließlich nicht mehr, als daß es ein junger Mann sein muß.«

»Eben deswegen glaube ich das. Denn ehrlich, Schmidt, wie viele junge Männer so um die Zwanzig, die etwa einsachtzig und schlank sind, kennen Sie in Waldstein? Fünfzig oder höchstens sechzig. Und wenn es eine Weile dauert, wir finden ihn, verlassen Sie sich drauf. Und dann werde ich mir das Bürschchen höchstpersönlich vorknöpfen!«

Am Büro angelangt, sprach Brackmann mit Schmidt den Text durch, wechselte dann in den zweiten Streifenwagen

über. Sie fuhren gleichzeitig in entgegengesetzter Richtung los. Über Lautsprecher informierten sie die Bevölkerung. *»Bürger von Waldstein, eine dringende Durchsage! Das Wetteramt Nürnberg hat für heute nacht eine schwere Unwetterwarnung für Waldstein mit der möglichen Bildung von Windhosen herausgegeben. Bitte verlassen Sie Ihre Wohnungen und suchen Sie einen Kellerraum auf. Sollte das nicht möglich sein, dann bleiben Sie im Erdgeschoß in der Mitte des Raumes oder begeben Sie sich ins Freie und legen Sie sich mit dem Gesicht nach unten in eine Erdkuhle. Öffnen Sie die Fenster. Bitte beachten Sie diese Durchsage. Ich wiederhole ...«*
Doch Waldstein schlief. Viele Bewohner hatten ihre Fenster geschlossen, überließen die Erzeugung kühler Luft Ventilatoren oder, wer es sich leisten konnte, Klimaanlagen.
Aus dem Wetterleuchten entstanden erste, noch feine Blitze. Ein leichter Wind kam auf. In einigen Häusern, aber längst nicht allen, gingen nach der Durchsage Lichter an. Und Schmidt und Brackmann fuhren eine Runde nach der anderen und wiederholten monoton ihre Warnung.

14

Merkel lief kopfschüttelnd durch das Zimmer, die Fäuste geballt. »Warum hat er uns das angetan? Warum, frage ich dich?!«
»Himmel noch mal, woher soll ich das wissen? Wenn wir nur nicht in diesem verfluchten Scheißnest wohnen würden! Die Leute, wenn ich nur an die Leute denke!« Seine Frau saß schwer atmend im Sessel.
»Du findest also, das ist das schlimmste? Für mich ist das nur nebensächlich. Ich denke an ihn. Mit achtzehn Vater werden! Alle Pläne dahin! Als hätten sie nie existiert. Dieses Arschloch, dieses elende Arschloch, was hat er sich

bloß dabei gedacht?!« Ein Blick auf seine Frau, die die Luft quietschend einzog, ihr Gesicht war dunkelrot angelaufen, nicht mehr lange, bis es eine blaue Färbung annehmen würde. In unzähligen Untersuchungen hatten Ärzte eine organische Ursache für ihr Leiden herauszufinden versucht, bis sie schließlich eine übermäßige Nervosität diagnostizierten. Zumindest hatten sie ihr das gesagt. Ihm sagten sie, seine Frau sei einfach nur hysterisch, was aber bereits bei der geringsten Aufregung einen Anfall auslösen könne. Und außerdem sei sie übergewichtig, zu fett hatte sich keiner zu sagen getraut.
Einigemal schon hatte er befürchtet, sie würde diese Anfälle nicht überleben, wenn ihr Gesicht blau anlief, sie nicht mehr in der Lage war, die eingeatmete Luft, die sich in ihren Lungen staute, wieder auszuatmen, die Augen angstvoll geweitet waren, hervorquollen, die Adern an ihrem Hals anschwollen, die Finger sich verkrampften bei dem Bemühen, die Luft aus den Lungen herauszupressen. Es war wieder soweit. Das Spray zeigte kaum Wirkung, sie hatte ihre Arme angewinkelt auf die Brust gepreßt. Er verfluchte Andy und die Hitze, die er mitverantwortlich für den Anfall machte, verfluchte seine Unfähigkeit, ihr zu helfen. Quetschte »gottverdammte Hitze«, und »gottverdammter Himmelhund« hervor, im gleichen Atemzug jedoch flehte er Gott an, seiner Frau beizustehen. Sie konnte kaum noch atmen, der natürlichste Reflex des Menschen funktionierte bei ihr nicht mehr. Er ging zu ihr, hielt ihre Hand, ihr Puls raste, auf ihrer Stirn hatten sich unzählige kalte Schweißperlen gebildet.
»Ich werde Dr. Reuter anrufen, er wird sich um dich kümmern. Du brauchst eine Spritze.« Merkel ließ es klingeln, legte auf, wählte erneut. Dieser Anfall erschien ihm besonders ernst. Er kannte ihre Anfälle aus der Vergangenheit, und wie so oft, wußte er nicht, was zu tun war. Sie war nicht

mehr fähig zu sprechen. Verzweifeltes Röcheln, der Mund geöffnet, das Gesicht eine Grimasse. Kein Schreien, nur stumme, qualvolle Hilferufe ihrer Augen, ihrer Hände, ihrer Mundwinkel. Speichel lief aus ihrem Mund, tropfte auf die Bluse.

»Kannst du aufstehen?«

Sie schüttelte den Kopf. Er rannte in die Küche, suchte die Cortisontabletten, die immer auf Vorrat im Medizinschrank lagen, riß die anderen Medikamente heraus, fand das gesuchte nicht, hielt dafür im nächsten Augenblick wie durch Zauber eine Packung Valium in der Hand. Er erinnerte sich an die Worte Reuters, der einmal gesagt hatte, daß er ihr Valium verabreichen sollte, wenn nichts anderes verfügbar wäre, da ihre Anfälle ohnehin psychischen Ursprungs waren ... Er nahm gleich zwei Tabletten aus der Packung, reichte sie zusammen mit einem Glas Wasser seiner Frau. Ein paarmal fielen ihr die Tabletten aus dem Mund, bis sie sie endlich geschluckt hatte. Merkel hätte ihr gerne von seiner Luft abgegeben. Er hatte viel Luft, viel zuviel, wie er plötzlich fand. Doch alles, was er konnte, war, ihre Hand zu halten und zu beten. Tatsächlich, er betete. Wie lange war das letzte Gebet her? Ein Jahr, zwei Jahre, Ewigkeiten?

Er wußte nicht, wie lange er neben ihr saß, ihre Hand hielt. Auf jeden Fall so lange, bis das Valium die erwünschte Wirkung zeigte, die Bronchien sich entspannten, sie wieder normal atmen konnte. Sie schlief ein von der Anstrengung des Anfalls und der Wirkung des Valiums. Und auch ihm fielen die Augen zu.

Windböen drückten den Vorhang der offenen Terrassentür bis fast zur Decke, grelle Blitze rasten vertikal und horizontal über den wolkenverhangenen Himmel, der erste schwere Donner erschütterte Waldstein.

*

Sie waren um den Tisch versammelt, jeder ein Glas Limonade vor sich, gedrückte Stimmung. Seit fast einer Stunde saßen sie hier, bis auf Caroline, die erst vor fünf Minuten gekommen und gleich auf ihr Zimmer gegangen war, und keiner schien so recht zu wissen, was er sagen sollte, es konnte ja das Falsche sein. Bis Obert die Stille nicht länger ertrug.
»Nun, ich schlage vor, wir reden über alles. Wirklich alles. Ich sage gleich, daß ich nicht böse bin wegen Carolines Schwangerschaft, höchstens daß ihr zuerst zum Pfarrer gelaufen seid, anstatt mit uns zu sprechen.« Er sah in die Runde, die verschlossenen Gesichter, die kaum vorhandene Bereitschaft, noch heute Stellung zu beziehen. Er zuckte resignierend mit den Schultern. »Na ja, ich denke, wir verschieben es auf morgen.«
Andy, der den Blicken Oberts immer wieder auswich, sagte: »Danke.«
»Wofür? Mein Gott, du bist wie ein Sohn für mich. Egal, was passiert, daran wird sich nichts ändern. Und mit deinen Eltern werden wir auch noch klarkommen. Es war der erste Schock. Nicht jeder reagiert auf eine solche Nachricht mit Freudengeschrei. Laß nicht alle Hoffnung sinken.«
»Vielleicht. Vielleicht werden sie sich wieder beruhigen. Hoffentlich. Ich mache mir nur um Mutter Sorgen. Ihr Asthma. Ich könnte mir vorstellen, daß sie wieder einen ihrer Anfälle hat. Sie hat diese Anfälle immer, wenn sie sich zu sehr aufregt.«
»Ich werde morgen mit ihnen reden.« Obert stand auf. »Ich finde, es ist Zeit, ins Bett zu gehen. Morgen sieht alles ganz anders aus. Kommt, laßt uns schlafen.«
Obert, seine Frau und Andy erhoben sich, verließen das Zimmer, Obert löschte die Wohnzimmerbeleuchtung, gerade als Brackmann mit dem Wagen um die Ecke bog. Bisher hatten nur wenige die Warnung befolgt, die nötigsten Sa-

chen zusammengepackt, Geld, Kreditkarten, Schecks, eine Decke, hatten Unterschlupf in einem Keller gesucht oder den anderen Anweisungen Folge geleistet. Obert war mit seinen Gedanken ganz woanders.

15

Der erste, der die Katastrophe zu sehen bekam, war Dr. Anders von der Wetterwarte, die zweite Person Csilla Vandenberg. Seit zehn Uhr abends saß sie hinter ihrem vergitterten Fenster im ersten Stock dieses riesigen Hauses, von dem aus man eine großartige Sicht über den Ort und weit darüber hinaus hatte, ohne selbst gesehen zu werden. Der größte Teil der Stadt, die Ebene mit den langgezogenen Feldern, die Berge, der Himmel, alles lag vor, unter oder über einem. Die Ebene und die Berge waren nur während des Tages zu sehen, dafür war die Nacht schöner. Nächtelang konnte sie da sitzen, oft bis sie einschlief. Es war, zusammen mit einer Flasche Whisky, das einzige Mittel, das ihr wirklich beim Einschlafen half. In dieser Nacht genoß sie das Spiel des Himmels, das immer näherrückende Wetterleuchten, die bisweilen dünnen Blitze, die pfeilartig senkrecht zu Boden schossen und darin zu versinken schienen.

Reuter wartete in seinem Mercedes, auf dem Beifahrersitz eine Tasche vollgestopft mit Pillen, Tropfen, Pflastern, Mullbinden und einer Schere sowie etwas Operationsbesteck für kleinere Wunden, Dinge, die eventuell ein Leben retten konnten. Er war jedoch schon zu lange Arzt und zu erfahren, um nicht zu wissen, daß auch seinen Möglichkeiten bei einer eventuellen Katastrophe Grenzen gesetzt waren. Er gab sich keinen Illusionen mehr hin, schon gar nicht nach dem Tod von Maria Olsen. Außerdem war

Reuter einundsechzig, der größte Teil seines Lebens lag hinter ihm, und es hatte, zählte man den heutigen Tag dazu, nicht viel Erfreuliches für ihn parat gehabt. Die erste Frau mit einem andern durchgebrannt, die zweite hatte ihn nicht haben wollen, er war Arzt in einem ekelhaften Kaff, das er haßte, seit er hier lebte, und doch war er nicht mehr weggekommen, er war nicht reich geworden, seine Tage und Abende sahen ewig gleich aus, die Vergangenheit war tot, die Gegenwart trist, die Zukunft ein leerer, schwarzer, langer Tunnel, durch den er, wie es schien, allein würde gehen müssen.
Er fuhr zu einer Sackgasse, die nur so lang war, daß gerade vier nicht zu große Autos hintereinander parken konnten, sie war recht schmal und wurde von drei Seiten von alten und, wie er hoffte, stabilen Wohnhäusern eingerahmt.
Hier wollte er den Sturm abwarten. Vielleicht würde es eine lange Nacht werden, vielleicht war aber auch schon in ein paar Minuten alles vorbei. Das Wetterleuchten rückte unaufhörlich näher. Reuter kannte Tornados nur vom Hörensagen, aber sollte das für dieses Land und diese Gegend eigentlich Unmögliche eintreten, würde diese Naturgewalt Telefonmasten wie Streichhölzer umknicken, Bäume samt ihren Wurzeln aus dem Boden reißen, Autos wie Spielzeug umherschleudern, Häuser durch die Luft tragen oder wie riesige Luftballons durch plötzlich entstehenden, gewaltigen Unterdruck explodieren lassen, ganz zu schweigen von dem, was er mit Menschen anstellte.
Selbst im Schutz der Häuser spürte er den auflebenden Wind, er beobachtete mit zunehmendem Unbehagen, wie sich die Bäume zur Seite neigten. Einige wenige Männer, Frauen und Kinder rannten voller Angst aus den Häusern und an ihm vorbei. Und obwohl er sich ermahnte, ruhig und besonnen zu bleiben, kroch die Furcht unaufhaltsam in ihm hoch.

Am Nachmittag hatte es einige Momente gegeben, da hatte er sich gewünscht, tot zu sein, am besten zu sterben wie Maria Olsen. Als wenn jemand plötzlich das Licht ausknipst. Aber jetzt ... nein, nicht durch ein Unwetter, dann wollte er lieber noch selbst bestimmen, wie er starb. Schnell und schmerzlos, hinübergleiten in eine andere, hoffentlich bessere Welt. Er hatte Medikamente für ein kurzes und angenehmes Sterben, für die Trennung der Seele vom Körper. Auch wenn er nie so recht daran glauben mochte, daß es ein Jenseits wirklich gab. Reuter hätte dafür an Gott glauben müssen, an ein Leben nach dem Tod. Er hoffte, all jene behielten recht, die daran glaubten.
Unablässig flackerte es hinter den Wolken, Donnergrummeln. Noch war die Luft trocken. Dann plötzlich und ohne Vorwarnung Sturm. Speere aus dem Himmel, gefolgt von krachenden Schlägen, als sollte die Erde gespalten werden. Und dann war es dunkel. Im Bruchteil einer Sekunde erloschen alle Lichter in Waldstein, Straßenlaternen, Wohnzimmerleuchten, die Neonbuchstaben von Tonis Kneipe. Allein die Scheinwerfer der Streifenwagen warfen ein gespenstisches Licht auf die Straße. Und mit der Dunkelheit kam endgültig die Angst. Vereinzelt wurden hinter Fenstern Kerzen entzündet. Irgendwo schrie jemand markerschütternd. Angst!
Es war 1.09 Uhr. Vier Minuten verblieben, zu wenig, um jetzt noch Vorbereitungen zu treffen. Und viele, vielleicht sogar die meisten, schliefen noch, ahnten nichts von dem, was draußen vor sich ging. Die meisten hätten gewarnt werden können, doch im Augenblick war sich jeder selbst der Nächste. Manch einer wußte in seiner Panik nicht, was er tun oder wohin er gehen sollte, andere blickten dem Sturm mit stoischer Ruhe entgegen. Fatalismus. Dem Unausweichlichen, der Apokalypse entgegensehen, ihr begegnen und abwarten, es hinnehmen. Ein paar hatten sich zusammenge-

setzt, im Gebet vereint, sie riefen den Schöpfer an, baten ihn um Gnade, es war, als versuchten sie, kurz vor dem Weltuntergang um Befreiung von ihren Sünden zu winseln.

Angela Siebeck saß in ihrem Schaukelstuhl, an der geschlossenen Balkontür, und schaute hinaus. Der Sturm preßte gegen das Glas, Blitze, Donner, entfesselte Naturgewalten. Ihre Gedanken waren weit weg, bewegten sich auf einer andern Ebene, ihr Inneres war ausgehöhlt und leer, ihr Geist umnebelt von zuviel Cognac.
Sie fühlte sich schmutzig. Schmutziger, als sie es jemals für möglich gehalten hätte. Ein Schmutz, der nicht abzuwaschen war. Ein Schmutz, der sie in Minuten zu einer andern Frau gemacht hatte. Ein Brandeisen, das auf ihren Körper gedrückt worden war. Männer! Sie haßte Männer. Männer kauften sich Magazine mit schmutzigen Fotos, erzählten sich schmutzige Witze, verprügelten ihre Frauen, vergewaltigten sie, wie es ihnen gefiel. Männer taten nichts anderes, als sich den ganzen Tag mit ihren gottverdammten Schwänzen und dem Ficken zu beschäftigen.
Scherer! In ganz Waldstein gab es sicher viele Scherers! Viele Wölfe im Schafspelz! Verfluchtes Männerpack! Sie schwor sich in dieser Nacht, nie wieder etwas mit einem Mann zu tun haben zu wollen. Nie wieder! Lieber allein bleiben, für sich selbst verantwortlich, sogar auf die Gefahr hin, wie die Fleischer zu enden. Alt, einsam, sonderbar. Aber die Fleischer war niemandem Rechenschaft schuldig, brauchte keinem beschissenen Kerl die Socken zu waschen und die Hemden zu bügeln, kochte nur für sich allein, wurde nicht Nacht für Nacht von einem sexbesessenen Monster bestiegen.
Das grelle Licht der Blitze verwandelte ihr Gesicht in eine starre Maske. Das Telefon stand neben ihr auf dem Boden, es läutete, sie nahm erst nach dem fünftenmal ab.

»Ja?« Ihre Stimme klang müde und gleichgültig.
»Hier noch mal Brackmann. Wollen Sie nicht doch lieber in den Keller gehen? Ich bitte Sie darum.« Er hörte sich besorgt an. Aufrichtig besorgt. Aber er war ein Mann, und Männer verstellten sich immer, logen, betrogen, vergewaltigten. Wölfe!
Sie legte einfach auf. Sie war allein, sie wollte allein bleiben. Und sollte sie sterben, so wollte sie auch dies allein tun.

Die Pickards gingen an diesem Abend früher als gewöhnlich zu Bett. Es war ein harter, anstrengender Tag gewesen, dazu die unerträgliche, ermüdende Hitze.
»Komm doch mal her, Esther, und schau dir das an.« Georg stand nachdenklich vor dem Barometer, das neben der Terrassentür hing.
»Und? Was ist damit?« fragte sie verständnislos.
»Merkwürdig. Heute morgen stand es auf 1020, und jetzt ist es auf beinahe 900 gefallen. Das verstehe ich nicht.«
»Vielleicht ist es kaputt.«
»Wovon soll ein Barometer schon kaputtgehen, wenn es den ganzen Tag immer nur dahängt?« Er klopfte leicht gegen die Scheibe des Gehäuses, worauf die Nadel noch ein Stück weiter nach unten auf 880 fiel.
»Also eins sage ich dir, Esther, das Ding ist nicht kaputt. Sieht eher aus, als würden wir ein Gewitter kriegen.«
»Von mir aus. Ein bißchen Regen könnte nichts schaden.«
»Trotzdem, ich muß nachsehen, was es bedeutet.«
»Tu, was du nichts lassen kannst, ich jedenfalls gehe zu Bett. Und es wäre schön, wenn du auch ...« Sie blieb kurz stehen, warf ihm einen vielsagenden Blick zu, den er jedoch nicht mehr wahrnahm, denn er stand bereits mit dem Rücken zu ihr am Bücherregal.
»Ja, gleich. Ich muß erst wissen, was dieser plötzliche Luftdruckabfall zu bedeuten hat.«

Esther schloß leise die Tür hinter sich, während Georg ein kleines Buch mit dem lapidaren Titel »Wetter« aus dem Regal zog. Über alles mögliche stand darin geschrieben, Gewitter, Klimawechsel, Sandstürme, Blizzards, Wolkenbrüche, Überschwemmungen, aber für einen rapiden Luftdruckabfall hatten sie nur ein paar lächerliche Zeilen übrig – *Plötzlicher Luftdruckabfall, der sich innerhalb von ein paar Minuten bis zu einigen Stunden vollzieht, kann ein Anzeichen für einen Orkan, eine schnell heraufziehende Gewitterfront, einen Hurrikan oder einen Tornado (letzteres jedoch fast ausschließlich in den USA) sein. Allerdings muß ein plötzlich auftretender Luftdruckabfall nicht bedeuten, daß eines der oben genannten Ereignisse tatsächlich in dem Ablesegebiet eintritt, sondern kann auch für ein in der näheren Umgebung liegendes Gebiet zutreffen.*
»Wenn man wirklich mal was wissen will, dann schreiben die nur Mist!« sagte er ärgerlich, klappte das Buch zu und stellte es zurück ins Regal. Um elf Uhr löschte er im ganzen Haus das Licht, schlurfte müde die Treppe nach oben. Er gähnte herzhaft. Im Bad wusch er sich, putzte die Zähne, entleerte seine Blase. Die erst vor wenigen Wochen gewartete Klimaanlage quietschte erbärmlich, er fluchte und nahm sich vor, sofort morgen den Reparaturservice zu bestellen, denn sollte die Hitzewelle noch länger anhalten, woran er nicht zweifelte, wäre ein Ausfall der Anlage eine halbe Katastrophe, vor allem, wenn er an die Leichenhalle dachte.
Esther erwarte ihn bereits. Sie lächelte ihn verlegen wie ein pubertäres Schulmädchen an, als er das Schlafzimmer betrat, den kühlsten Raum im Haus. Sie hatte die dünne Bettdecke, die aus nicht mehr als einem Laken bestand, bis ans Kinn hochgezogen. Er sah nur ihre nackten Schultern, ihre Augen leuchteten.
»Ich denke, du bist müde«, sagte er unsicher, denn das letzte

Mal, daß er mit Esther geschlafen hatte, lag sechs oder sieben oder tausend Monate zurück. Und da war es nur ein kurzer, vielleicht fünf Minuten langer, belangloser Geschlechtsakt gewesen, ein paarmal lustlos sich hin- und herbewegen, sicher nicht erinnerungswürdig und auch nicht wert, wiederholt zu werden.
»Schon, aber nicht zu müde!«
Georg verharrte einen Moment an der Schlafzimmertür, kniff die Lippen zusammen, blickte ernst drein, schien zu überlegen. Dann trat er näher, nahm ihr Angebot an, auch wenn er sich innerlich eigentlich damit abgefunden hatte, daß für Sex in seinem Leben kein Platz mehr war.
Sie liebten sich lange und ausgiebig, so lange, wie vielleicht zuletzt vor zwanzig oder dreißig Jahren. Sie liebten sich, als wäre es das letzte Mal. Um 0.30 Uhr schlief Esther erschöpft in Georgs Armen ein. Die Warnung, die Brackmann durchgab, als er an ihrem Haus vorüberfuhr, hörten sie nicht mehr.

16

Etwa zur gleichen Zeit, als Angela Siebeck vergewaltigt wurde und das erste noch schwache Wetterleuchten nördlich von Waldstein auszumachen war, fuhren die Pickard-Söhne in Nürnberg los. Sie hatten alles erledigt, was ihr Vater ihnen aufgetragen hatte. Eigentlich hatten sie vorgehabt, über Nacht in Nürnberg zu bleiben, doch war ihnen das Geld vorzeitig ausgegangen. Sie hatten sich mit dem abgegeben, womit sie sich immer in Nürnberg nach Erledigung der Geschäfte die Zeit vertrieben – Frauen. Huren. In Waldstein gab es nämlich keine gescheiten Frauen. Gescheit vielleicht schon, im wörtlichen Sinn, aber nicht was den Geschmack gestandener Männer anbelangte. Große Titten, griffige Ärsche und bereit, sich bis zum letzten

Tropfen durchvögeln zu lassen. In Waldstein waren die Frauen prüde, durchschnittlich, kaum wert, beachtet zu werden. Und wenn sie dennoch etwas hergaben, dann waren sie entweder bereits verheiratet oder zumindest vergeben.
Mit Ausnahme der Siebeck vielleicht, die ordentliche Titten und einen schönen Hintern hatte, aber gleichzeitig hatte sie zuviel im Hirn, oder aber die kleine Schlampe Görtz, das zweifellos schönste Weib weit und breit, aber eine Hure und eine teure dazu. Bernd und Dieter wußten das, sie hatte auch schon für sie gegen gutes Geld die Beine breit gemacht und dafür eine recht ordentliche Gegenleistung erbracht.
Vater wußte von ihrem Treiben, nur Mutter durfte davon unter keinen Umständen erfahren. In ihren Augen waren sie noch immer Babys, kaum aus den Windeln heraus. Und von Frauen hatten sie sich gefälligst fernzuhalten, bis die richtigen kamen, die dann auch zu heiraten waren.
Dieser Abend war anders als sonst. Sie hatten zwar jeder ein Mädchen gehabt, nur die Mädchen stimmten nicht. Bezahlung, eine kurze Nummer auf einem schmuddeligen Zimmer, wieder anziehen. Keine Zärtlichkeiten, keine Extras. Also blieb ihnen nichts anderes übrig, als ihre Sachen zusammenzupacken und die Rückfahrt anzutreten.
Die Nacht war warm und schwül, die Straßen trotz der späten Stunde belebt wie bei Tag, Neonlichter flammten, rollten, zuckten in grellen Farben, blau, gelb, grün, rot an Häuser- und auf Reklamewänden, flackerten über Nachtbars, Kneipen und Geschäften. Dirnen lauerten wie Spinnen in dunklen Hauseingängen, um kurz herauszuspringen, wenn einer vorüberging, der wie ein Opfer aussah, bereit, sich für ein paar Mark der Illusion hinzugeben, geliebt zu werden. Sonst sah man nichts von den Schönheiten der Nacht, außer das Glimmen von Zigarettenspitzen. Eine Gruppe schwarzer GIs tänzelte über den Bürgersteig,

harter Rap aus einem Ghettoblaster verbreitete Höllenlärm. Zwei Betrunkene torkelten an Häuserwänden entlang, überquellende, stinkende Mülltonnen an den Straßenrändern, wild parkende Autos auf Straßen und Bürgersteigen, ein alter, schmieriger Mann versuchte, Uhren zu verkaufen, die er an der Innenseite seiner Jacke angebracht hatte. Seltsame Pärchen bevölkerten die Straßen, alte Männer mit jungen, hübschen, aufgetakelten Mädchen im Arm, ältere Frauen mit jungen Männern, zwei Männer, die Händchen hielten. Die Nacht hatte all jene ausgespuckt, für die tagsüber kaum Platz war. Streifenwagen patrouillierten im Schrittempo, die Beamten sahen alles, schritten aber nirgends ein, es war ja eine ganz normale Nacht.

Für heute hatten sie genug von Nürnberg gesehen, in spätestens zwei Stunden wollten sie zu Hause sein. Ein riesiges Thermometer zeigte eine Temperatur von dreißig Grad an.

»Das war ja heute nicht so toll!« Bernd holte seine Brieftasche aus der Hose, um sein Geld zählen. »Fünf lausige Märker hab ich noch! Scheiße!«

»Ein verdammter Mist war's! Na ja, der nächste Monat kommt bestimmt.« Dieter hielt mit der rechten Hand das Lenkrad, mit der linken schlug er den Takt von »Country Roads« mit.

»Wie oft hat sie dich rangelassen?« fragte Bernd.

»Einmal, gottverdammtes Hurenstück! Und deine?«

»Meine wollte schon nach dem zweiten Mal nicht mehr. Sie hat gemeint, ich solle mir eine suchen, die es mit einem Pferd treiben will. Weißt du, wie sie das gemeint haben könnte?« Bernd kicherte glucksend, einen Arm ließ er lässig aus dem Seitenfenster hängen, mit der anderen Hand hielt er die Zigarette. Er nahm einen tiefen Zug. Der Fahrtwind erfrischte, sobald sie freies Land erreichten. Die Lichter von Nürnberg blieben bald hinter ihnen zurück, der Verkehr auf der Autobahn wurde spärlicher. Im Osten ein paar

Berge, die man sonst nur bei Tag zu Gesicht bekam. Der Nachthimmel war von einem Sternenteppich überzogen, der Vollmond stand etwa dreißig Grad über dem südwestlichen Horizont. Das Radio spielte eine Mischung aus Pop und Countrymusik. Der Moderator war bemüht, die Hörer mit Witzchen bei Laune zu halten. Bernd schlief ein.
Sie hatten mehr als Dreiviertel der Strecke zurückgelegt, als mitten in einem Bruce-Springsteen-Song eine Sondermeldung verlesen wurde. »Tut mir leid, Freunde der Nacht, wenn ich den Boß hier so plötzlich unterbrechen muß, aber mir ist soeben eine dringende Meldung hereingereicht worden. Wie das Wetteramt Nürnberg mitteilt, muß in dieser Nacht für ganz Oberfranken mit schweren Unwettern gerechnet werden. Vereinzelt haben sich bereits heftige Gewitter gebildet. Diese Warnung gilt besonders für das Gebiet Hof, Kulmbach, Bayreuth, Wunsiedel. Weiter heißt es, daß aufgrund der komplizierten Wetterlage unter Umständen sogar mit der Ausbildung von Windhosen zu rechnen ist. Deshalb bitten wir alle Hörer, das Radio angeschaltet zu lassen, wir werden Sie über die weitere Entwicklung informieren. Und sollten Sie nicht alles mitbekommen haben, dann wiederhole ich das Ganze nach dem nächsten Song. Aber noch was für diejenigen, die mit dem Begriff Windhose nichts weiter anfangen können, in Amerika nennen sie so etwas in der Regel Tornado. Und jetzt ist es genau 0.46 Uhr, und wir machen weiter mit Kenny Rogers und seiner First Edition und ihrer alten Schnulze ›Ruby, don't take your love to town‹.«
Dieter hatte genau zugehört. Mit jedem Wort des Moderators hatten sich seine Muskeln mehr angespannt. Er boxte Bernd so heftig in die Seite, daß der wie von der Tarantel gestochen von seinem Sitz hochfuhr. »He, Mann, was ist los? Spinnst du?«
»Eben ist 'ne Tornadowarnung durchgegeben worden!«

»Na und, was interessiert mich das, Blödmann?! Außerdem, was iss'n das überhaupt?«
»Es sollte dich aber interessieren, Brüderchen. Es geht nämlich auch uns was an. Ein Tornado ist was verdammt Unangenehmes.«
»Na und?« fragte Bernd sichtlich genervt.
»Na und, na und! Könnte immerhin sein, daß auch unser kleines Städtchen betroffen ist«, sagte Dieter grinsend. »Hab noch nie einen erlebt, Tornado, mein ich.«
»Was, ist das dein Ernst? Sag mal, du tickst wohl nicht ganz richtig?! Weißt du eigentlich, was ein Tornado ist? Ich hab mal von einem gehört, der hat von allen Häusern gerade mal das Fundament stehengelassen! Und du tust so, als wäre es das Geilste, mal einen mitzuerleben!« Bernd tippte sich an die Stirn.
»Mann, stell dich nicht so an! Ist doch bestimmt ein Heidenspaß!«
»Du hast eben keine Ahnung, Arschloch! Außerdem leben auch unsere Eltern dort. Also überleg dir gefälligst, was für 'n Scheiß du da schwafelst!«
»Reg dich ab, Mann! Siehst du da hinten das Wetterleuchten?«
»Ist ja wohl nicht zu übersehen«, brummte Bernd.
»Ob es was damit zu tun hat?«
»Weiß nicht. Kann sein. Jedenfalls stimmt die Richtung. Ob unsere Eltern die Warnung auch gehört haben?«
Dieter zuckte mit den Schultern. »Wäre nicht schlecht, oder? Vielleicht sind wir ja rechtzeitig zu Hause, um alles mitzuerleben.«
»Du willst es wohl unbedingt drauf ankommen lassen, was?«
»Quatsch, es geht mir mehr um unsere alten Herrschaften.«
Dieter erhöhte die Geschwindigkeit. Ein Gefühl, eine inne-

re Stimme befahl ihm, Gas zu geben. Ihm wurde mulmig. Hing es mit dem unheimlichen, lautlosen Wetterleuchten vor ihnen am Horizont zusammen oder mit dem Wind, der mit jedem Kilometer, den sie sich Waldstein näherten, stärker gegen das Auto drückte? Sie mußten die Fenster schließen.

»Na, willst du immer noch einen *richtigen* Tornado erleben? Könnte nämlich sein, daß dein Wunsch in Erfüllung geht.«

»Halt's Maul, Idiot! Ich hab das doch gar nicht so gemeint!«

»Dann halt dich ran, damit wir's noch schaffen. Es liegt an dir.«

Sie fuhren die Abfahrt Münchberg Süd ab, kamen nach einer Viertelstunde am Steinbruch, der Weberei und der Spinnerei und den Feldern vorbei. Es war 1.09 Uhr, schon sahen sie die Lichter von Waldstein in der Ferne blinken, als ein aus den Tiefen des Universums kommender Blitz wie ein von Götterhand geschleuderter Speer zur Erde niederfuhr und Waldstein mit einem Mal ausblies. Wo eben noch Lichter den Weg wiesen, vollkommene Dunkelheit. Die einzige Lichtquelle waren die Scheinwerfer des Wagens.

Bernd hatte es gesehen, die Augen weit aufgerissen, den Mund halb geöffnet, die Hände zusammengekrampft.

»Was, zum Teufel, war das?« Er flüsterte es kaum hörbar.

Dieter hatte Mühe, das vom Sturm geschüttelte Auto auf der Straße zu halten.

»Mein Gott, o mein Gott! O mein Gott, o mein Gott, o mein Gooottttt!!«

»Verdammte Scheiße! Große, gütige, gottverdammte Scheiße!«

1.10 Uhr, noch ein halber Kilometer bis zur Stadtgrenze, als sie ihn sahen. Ein langes Rohr, unten schmal, nach oben immer breiter werdend, trotz der Schwärze der Nacht ein

deutlicher Kontrast zum Himmel, fast wie der Rüssel eines Elefanten, ein verunstalteter, vielleicht zweihundert Meter breiter Rüssel. Und er kam nicht allein. Neben und hinter ihm drehten sich noch drei weitere Wirbel, von denen einer etwas kleiner als die anderen war, die Größe der anderen beiden ließ sich nicht bestimmen.
»Halt an, bitte, halt an! Der kommt direkt auf uns zu! Los, raus hier!«
Sie stießen die Türen auf, hechteten in den Straßengraben, rollten die leicht abfallende Böschung hinunter, krochen ein Stück weg vom Auto, kauerten sich zitternd und auf ein Wunder hoffend auf die Erde. Dachten an ihre Eltern. Beteten.

17

Charlie verließ als letzter Gast um 23.50 Uhr Tonis Kneipe. Toni schloß hinter ihm ab und ließ die Rolläden herunter. Der Wind hatte aufgefrischt. Charlie war allein auf der Straße. Sein Kopf schwer von den Unmengen Bier und Korn, die er seit dem Nachmittag in sich hineingeschüttet hatte. Der Tag bei Toni war trostlos gewesen, bis auf den Zwischenfall mit Scherer. Aber Charlie war zu betrunken, um noch darüber nachzudenken, warum die Kneipe heute abend so schlecht besucht war. Er jedenfalls verfügte über jene nötige Bettschwere, die ihn bis spät am nächsten Morgen oder Mittag oder gar Nachmittag durchschlafen lassen würde.
»Charlie«, sagte er zu sich selbst, als er die Straße überqueren wollte, den Zeigefinger mahnend erhoben, »Charlie, du wirss jetz über die Straße gehn, und du wirss das so kerzengerade tun, daß jeder, der dich jetz sieht, denkt, der gute alte Charlie iss nich sternhagelvoll, sondern stocknüchtern. Also, Charlie, alles klar? Alles klar, auf geht's!!« Er setzte

vorsichtig einen Fuß vor den andern wie ein Hochseilartist, der in zehn Meter Höhe, ohne Netz und doppelten Boden, auch noch durch einen Feuerreifen springen muß. Charlie hatte die Arme ausgebreitet, um so besser die Balance halten zu können, aber wenn der Geist auch willig war, das Fleisch konnte doch die Wirkung des Alkohols nicht verleugnen. So gingen Charlies Körper und Geist zwei völlig verschiedene Wege, der Körper torkelte sturzbesoffen über die Straße, während der Geist meinte, fliegen zu können.
Trotzdem erreichte Charlie sein Haus, wobei er wie so oft die letzten Meter kriechend zurücklegte. Er schaute die schlampig verlegten Steinplatten entlang nach oben, stellte sich auf die Beine, schwankte wie ein Schiff bei Windstärke zwölf, meinte, die Platten würden sich einmal nach links, dann wieder nach rechts bewegen. Er verfluchte wie jedesmal seinen Zustand, verfluchte den unmenschlichen Anstieg, versuchte hochzulaufen, bis er diesen Versuch bereits an der zweiten Stufe aufgab. Auf allen vieren schaffte er es schließlich, die Haustür zu erreichen. Er hatte vergessen, sie beim Weggehen zuzumachen, jetzt wurde sie vom Wind so heftig gegen den Türpfosten geschleudert, daß sie wie ein Bumerang zurückflog, wieder an den Türpfosten knallte, zurückflog ...
Irgendwie gelang es Charlie, sich in einem Moment durch die Tür zu schlängeln, als sie gerade wieder einmal von ihrer eigenen Wucht zurückgeworfen wurde. Das letzte, was sein Bewußtsein ihm zu registrieren erlaubte, war das Bett mit dem fleckigen, zerschlissenen, löchrigen, stinkenden Bezug, der irgendwann einmal aufgezogen und nie erneuert worden war. Er fiel hinein, Kopf und Oberkörper auf der lakenlosen zerschlissenen Matratze, die Beine baumelten an der Seite herunter.
Und die Tür knallte monoton gegen den Türpfosten.

18

»Mami, ich kann nicht schlafen.« Josephine Vandenberg stand vor dem Bett ihrer Mutter, mit ihren kleinen Händen rieb sie sich verschlafen die Augen. Das lange Nachthemd ließ gerade noch die Zehenspitzen erkennen, ihr lockiges blondes Haar fiel bis über die Schultern.

»Und warum nicht? Es ist weit nach Mitternacht, und fünfjährige Mädchen müssen um diese Zeit längst schlafen!« Sarah Vandenberg, die Mutter von Josephine, eine hübsche junge Frau von achtundzwanzig Jahren, saß aufrecht in ihrem Bett in ihrem geräumigen, behaglich mit Naturholz eingerichteten Zimmer, die Beine angezogen, ein Buch auf den Knien. Ihr Mann Martin war am frühen Abend mit dem Privatflugzeug nach München geflogen, angeblich um wichtige Geschäfte zu erledigen. Das war natürlich gelogen, aber es machte ihr nichts aus. Weder daß er log, kümmerte sie, noch daß er unzählige Affären mit unzähligen anderen Frauen hatte, selbst daß ihm ab und zu die Hand ausrutschte und er sie ohrfeigte, nahm sie hin.

Sie spitzte die Lippen, warf die Bettdecke zur Seite, sagte: »Also gut, dann schläfst du eben ausnahmsweise bei mir.«

Josephine kuschelte sich dicht an sie. Sie zitterte. »Mami, ich habe Angst.«

»Angst? Wovor?«

»Draußen. Es donnert andauernd, und die Blitze sind so hell!«

»Davor brauchst du keine Angst zu haben. Wir leben in einem sehr großen und sehr festen und sehr sicheren Haus. Dieses Haus hat schon viele Stürme überstanden und viele Menschen beschützt.«

»Ich habe trotzdem Angst.«

»Also, wenn ich ehrlich bin, früher hatte ich vor Gewittern auch Angst. Weißt du, was meine Mutter zu mir gesagt hat? Sie hat gesagt, damit will der liebe Gott den Menschen nur zeigen, daß sie immer lieb sein und nichts Schlechtes tun sollen. Er sieht nämlich alles, was die Menschen tun.«

»Läßt er es wegen Csilla donnern und blitzen?«

»Wieso wegen Csilla?«

»Csilla muß doch ein sehr schlechter Mensch sein, sonst wäre sie nicht andauernd eingesperrt. Bestimmt läßt Gott es donnern, weil sie böse ist.«

»Nein, Csilla ist kein schlechter Mensch. Sie ist nur ... krank. Deswegen ist sie wohl die meiste Zeit in ihrem Zimmer. Es ist nur zu ihrem Besten.«

»Muß man sie deswegen einsperren? Werde ich auch eingesperrt, wenn ich krank bin?«

Sarah Vandenberg hatte keine Antwort darauf, sie hatte über das Problem Csilla bisher noch nicht weiter nachgedacht. Sie hatte es einfach kommentarlos hingenommen, wenn man ihr sagte, Csilla sei krank. Aber was war der eigentliche Grund dafür, daß Csilla seit sechs Jahren wie eine Gefangene gehalten wurde? War sie wirklich so krank, daß man sie einsperren mußte? War es gerechtfertigt, daß man sie wie eine Aussätzige behandelte? Warum gestattete man ihr so selten, sich im Garten aufzuhalten oder gar mit am Eßtisch zu sitzen?

Als Sarah einmal das Gespräch auf Csillas Krankheit kommen ließ – denn auf sie machte Csilla weder einen kranken noch gestörten Eindruck, höchstens einen verstörten, wie den eines in die Enge getriebenen Rehs –, hatte man ihr recht deutlich zu verstehen gegeben, daß Csilla eine Familienangelegenheit sei und sie nichts anginge. Lediglich Margrit, Csillas Mutter, hatte später an jenem Tag in stark alkoholisiertem Zustand, der seit längerem die Regel war, und mit bitterem Lachen gemeint, Csilla hätte wohl ein Drogenproblem, aber das eigentlich Schlimme sei, daß sie während ihrer Studienzeit von einer Horde junger Männer bestialisch vergewaltigt worden sei und sie seither einfach

in einer anderen Welt lebe. Ein traumatisches Erlebnis, das sie wohl zeit ihres Lebens begleiten würde. Das wäre der Grund, weshalb man sie unter Verschluß halten müßte. Nur das etwas irre Lachen von Csillas Mutter, das gleich darauf von einem seltsam traurigen Blick abgelöst wurde, den selbst das Glasige ihrer Augen nicht verdeckte, hatte Sarah für einen Moment nachdenklich werden lassen.
Danach hatte Sarah nie wieder etwas über Csilla in Erfahrung bringen können und auch nicht wollen, denn über Csilla zu sprechen war zumindest in Sarahs Gegenwart tabu. Sarah war eben nichts als eine angeheiratete Vandenberg, ein lästiges Anhängsel ohne Stimme, ohne Rechte.
»Ich weiß nicht, warum sie eingesperrt ist«, beantwortete sie Josephines Frage nach einer Weile. »Weil sie vielleicht sonst Dinge tut, die nicht richtig sind. Ihre Mutter und ihr Vater wollen sie wohl einfach nur beschützen ... Aber du brauchst dir keine Sorgen zu machen, wegen ihr läßt Gott es bestimmt nicht donnern und blitzen. Sie hat nichts Böses getan.«
»Dann braucht ihr sie ja auch nicht einzusperren, wenn sie nichts Böses tut.« Nach einer Weile fuhr Josephine fort: »Mama, können wir morgen nicht mal Csilla besuchen gehen?«
»Nur wenn du mir versprichst, jetzt auf der Stelle zu schlafen. Dann werde ich sehen, was sich machen läßt.«
»Mama, du hast mir doch gesagt, daß der liebe Gott auf mich aufpaßt, wenn ich schlafe?«
»Natürlich tut er das.«
»Dann möchte ich, daß er auch auf Csilla aufpaßt, wenn sie schläft.«
»Er paßt bestimmt auch auf Csilla auf. Und jetzt gute Nacht.«
Sarah wartete, bis Josephine eingeschlafen war, zog ihren Arm unter Josephines Kopf hervor und stand auf. Sie ging

zum Sekretär, zog die oberste Schublade auf, holte die Schachtel Gauloises Blondes heraus und zündete sich eine Zigarette an.

Dies war wieder einer jener Momente, in denen sie sich dafür haßte, eine Vandenberg geworden zu sein, im entscheidenden Moment nicht auf diese mahnende innere Stimme gehört zu haben, die sie so nachdrücklich gewarnt hatte, Martin zu heiraten. Und das alles nur, weil sie schwanger gewesen war!

Seit der Heirat war sie gefangen in einem goldenen Käfig, ihr Leben bestimmt von einer Menge Verhaltensregeln, die man ihr auferlegt hatte. Unter anderem war ihr sehr deutlich untersagt worden, auch nur einen Fuß auf Waldsteins Straßen zu setzen. Als ein oder eine Vandenberg tat man dies nicht, außer zur alljährlichen Feier am 15. Mai. Aber auch dann nur in angemessener Distanz zum »Pöbel«. Geschäfte, Einkäufe und sonstiges waren in Nürnberg, München, Paris oder sonstwo zu erledigen, nicht aber in Waldstein.

Ihr grauste bereits jetzt vor dem Tag, an dem Josephine eingeschult werden würde, in einer Privatschule am Bodensee, weit weg von ihr, und nur am Wochenende nach Hause kommen würde. Nicht einmal mehr zwei Jahre, und sie hätte die einzig wirkliche Bezugsperson fast gänzlich verloren, denn es gab niemanden, den sie mehr liebte als Josephine; sie war der einzige Mensch, für den sie lebte und für den zu leben sich lohnte.

Hätte sie nur Martins Familie vorher besser kennengelernt! Sie hätte Josephine genausogut allein zur Welt bringen und großziehen können. Sie war zwar nur eine einfache Sekretärin, doch ihr Leben wäre mit Sicherheit ruhiger und friedlicher verlaufen, ohne diese in letzter Zeit so quälenden Magenschmerzen, diese ständige Übelkeit, die häufigen Migräneattacken. Sarah wußte, daß ihre Seele ihren Körper krank machte, und genauso wußte sie, daß ihre Beschwerden erst aufhören würden, wenn sie frei war.

Wie freundlich sie doch damals alle gewesen waren, wie sie sich angeblich auf ihre neue Schwiegertochter gefreut hatten und noch mehr auf das Enkelkind! Sie hatte die Heuchelei nicht bemerkt. Oder wollte sie nicht bemerken. Sie sah nur das herrliche Haus, den Reichtum, das angenehme Leben. Doch noch am Tag der Hochzeit erfuhr sie, warum Martin sie geheiratet hatte – sie hatte Kenntnis von Geschäftsgeheimnissen, die, hätte sie auch nur einen Bruchteil davon ausgeplaudert, ihn und die Familie in ärgste Bedrängnis hätten bringen können.

»Glaube bloß nicht, daß ich dich liebe, diese Heirat ist nur zu meinem Besten ...« Er hatte sie, während er ihr diese Worte ins Gesicht schleuderte, kalt angesehen, zynisch gelächelt und gesagt: »Bilde dir nur nichts darauf ein, daß du jetzt den Namen Vandenberg trägst, du wirst niemals ein wirklicher Bestandteil unserer Familie sein. Ich hoffe, du hast das kapiert. Und jetzt lächle, Schatz, zeig, wie glücklich du bist; du willst doch sicherlich nicht, daß ich böse werde, oder? Und ich kann sehr böse werden. Also lächeln, immer lächeln, damit die anderen sehen, wie gut es dir geht.« Dann hatte er sie in den Arm genommen und geküßt, Fotos wurden geschossen. Und Sarah war von einer Sekunde zur andern in ein tiefes Loch gefallen. Das war vor mehr als fünf Jahren gewesen.

Je mehr Zeit verging, desto öfter dachte sie an Scheidung, aber eine Scheidung hätte bedeutet, Josephine zu verlieren. Martin hatte ihr damit gedroht, als sie einmal auf dieses Thema zu sprechen gekommen war. Er hatte ein Glas Cognac in der Linken, hatte nur gegrinst und gemeint, er würde mit Vergnügen in die Scheidung einwilligen, vorausgesetzt, Josephine bliebe in Waldstein und damit in seiner Obhut.

»Was liegt dir denn an ihr?« hatte sie ihn gefragt. »Du kümmerst dich doch überhaupt nicht um das Kind, Josephine interessiert dich doch einen Dreck. Du sprichst ja kaum einmal mit ihr! In Wirklichkeit willst du doch nur mich verletzen!«

Darauf hatte er sie nur links und rechts geohrfeigt, heftiger denn je zuvor, anschließend hatte er sie vergewaltigt. Es waren nicht so sehr die Schläge und die blutende Nase, was schmerzte, es war die Gewißheit, im Ernstfall das zu verlieren, was ihr im Leben am meisten bedeutete.

Seitdem grübelte sie Tag für Tag darüber nach, wie sie am schnellsten und gefahrlosesten, vor allem aber mit Josephine, diesem Haus und dieser Familie, dieser Stadt, wenn möglich sogar diesem Land entkommen konnte. Fliehen, weit, weit weg. Den Namen ändern, irgendwo fernab untertauchen. Australien, Kanada, irgendwo in Übersee. Vielleicht würde er sie trotzdem finden, er hatte überall seine Häscher, seine Krakenarme umschlangen den Globus. Nach der Vergewaltigung, als er sich ganz ruhig die Hose zuknöpfte, dabei Sarah kurz anblickte, hatte er ihr mit seltsam gelassener Stimme die Hölle angedroht, sollte sie je wagen, abzuhauen; es gäbe keinen Ort auf dieser Welt, wo sie vor ihm sicher sein konnte. »Weißt du«, hatte er gesagt, »solltest du wirklich jemals wagen, abzuhauen – ich werde dich finden. Auch wenn du dich in einer Eishöhle am Südpol versteckst. Und wenn ich dich finde, wirst du dir wünschen, über glühende Kohlen laufen zu dürfen, anstatt von mir auseinandergenommen zu werden. Denn dann werde nicht nur ich das mit dir machen, was ich eben mit dir gemacht habe, dann werden es andere sein, die sich um dich kümmern. Und ich werde dir nicht helfen können. Du weißt ja, Schatz, ich kann nicht überall sein.«

Und dennoch, eines Tages würde sie es wagen; sie würde einen Weg finden, zu fliehen.

Denn es gab noch einen weiteren Grund, weshalb sie hier weg mußte. Jonas Vandenberg, der Bruder von Martin. Ein großer gutaussehender Mann mit dichtem schwarzem Haar, vollem Schnurrbart, blendend weißen Zähnen, lodernden schwarzen Augen und einem kühlen, überlegenen Lächeln, von dem Frauen angezogen wurden wie Motten vom Licht, ein Lächeln, das schon so viele getäuscht und schon so viel Elend verursacht hatte. Wie bei fast allen anderen in diesem Haus, war auch sein Lächeln blanke Fassade, die, wenn man ihn nur ein klein wenig näher kannte, wie schlecht aufgetragener Putz abbröckelte.
Jonas war ein Zyniker, eine Bestie, hinterhältig und verschlagen versuchte er alle gegeneinander auszuspielen, meist mit Erfolg. Und er war brutal, mit sadistischen Zügen. Er machte sich einen Spaß daraus, mit Menschen zu spielen, wie Katzen dies mit Mäusen tun, bevor sie ihnen den erlösenden Biß versetzen. Mit dem Unterschied, daß Jonas ein Mensch war, er dabei Verstand und Logik einsetzte. Er spielte mit Menschen und zerbrach sie. Dabei machte er vor niemandem halt, nicht einmal vor seinem eigenen Schwager, Bürgermeister Phillips. Erst beim letzten Sommerfest hatte er ihn eine stinkende Kröte genannt, und er haßte Kröten; das beste wäre, alle Kröten zu zertreten. Dieses Land und diese Stadt gehörten ihm, und jeder habe sich seinen Anordnungen zu fügen.
Er war betrunken, und Mutter Vandenberg hatte sich für ihn entschuldigt. Nicht, weil sie ihm nicht zustimmte, sie fand es nur unpassend, die Wahrheit vor so vielen Leuten auszuposaunen.
Phillips hatte gleich nach dem Vorfall konsterniert und gedemütigt die Party verlassen. Wenig später war Martin wieder einmal für eine Nacht nach München geflogen, zu irgendeiner seiner diversen Huren. Sarah wußte von seinen verschiedenen Liebschaften, kannte sogar einige Namen.

Aber an diesem Abend geschah noch etwas anderes, das Sarah endgültig Fluchtpläne schmieden ließ.
Sie hatte sich nach dem Fest auf ihr Zimmer begeben, um ins Bett zu gehen, als eine Stimme sie erst zusammenzucken, dann erstarren ließ. Sie hatte den Wolf nicht kommen hören.
»Na, willst du etwa schon schlafen?« Er hatte hinter ihr gestanden, seine gierigen Augen wie Saugnäpfe auf ihren nackten Körper gepreßt. Sie hatte vergessen, die Tür abzuschließen, wie sie das für gewöhnlich tat. Allein diese kleine Nachlässigkeit genügte Jonas, als verfügte er über einen sechsten Sinn, der ihm den besten Zeitpunkt beim Zuschlagen verriet.
Sie hatte sich umgedreht und ihn gefragt, ob er nicht wisse, daß sie die Frau seines Bruder sei, und außerdem könne sie besoffene Männer nicht ausstehen.
Jonas hatte nur verächtlich abgewinkt und mit lallender Stimme gesagt: »Reg dich ab, ich weiß selber, daß ich nicht mehr ganz nüchtern bin. Aber ich weiß auch, daß mein lieber Bruder Martin dich schon seit Jahren nicht mehr richtig durchgefickt hat ... Das ist übrigens ein offenes Geheimnis, liebste Sarah, jeder im Haus weiß davon, selbst die Angestellten. Also, zier dich nicht so.« Er hatte einen Schluck getrunken, sie aus glasigen Augen angestarrt und gegrinst. »Und ich dachte mir halt, Jonas, mach doch der lieben Sarah mal eine Freude und tu das mit ihr, wonach sie sich bestimmt schon so lange sehnt. Und da ich gerade Lust nach einem ordentlichen Fick verspüre, sollte dem doch nichts im Weg stehen. Oder?«
Er hatte aufreizend lässig dagestanden, ein halbvolles Glas Whisky in der Hand, an den Türpfosten gelehnt, die Beine übereinander, und sie angegrinst, wie nur Jonas grinsen konnte.
»So, wenn jeder das weiß, wird es wohl stimmen. Aber du

wirst bestimmt der letzte sein, der mich ... fickt!« hatte sie geantwortet, so ruhig wie möglich, die Haltung gestreckt, ihn fest anblickend, um ihm nicht die Angst, die Scham, die Schmach zu zeigen, die sie empfand. Dann fügte sie hinzu: »Und wenn du der einzige Mann auf dieser großen weiten Welt wärst, wenn man dich mir nackt auf den Bauch binden würde, dein verdammter kleiner Schwanz würde nie zwischen meine Beine kommen. Du kotzt mich nämlich an!«
Er hatte den letzten Schluck aus seinem Glas genommen und gesagt: »Es war ja nur ein gutgemeinter Vorschlag. Du siehst nämlich aus, als würdest du allmählich austrocknen, wenn du verstehst, was ich meine. Cheers! Aber solltest du trotzdem mal das Bedürfnis nach einem guten ... du weißt, wo du mich findest.«
Danach hatte er sich umgedreht und das Zimmer verlassen. Sarah hatte eine ganze Weile regungslos dagestanden, dann war sie weinend aufs Bett gesunken und hatte eine schlaflose Nacht verbracht. Eine von vielen.
Sarah wollte nicht länger darüber nachdenken, sie drückte ihre Zigarette aus, zündete sich aber sofort eine neue an und lief zum Fenster. Sie zog den Vorhang zur Seite, schaute nach draußen. Blätter und kleine Büsche flogen durch die Nacht, wie angetrieben von einem riesigen Ventilator. Sie prüfte, ob die beiden Fenster gut verschlossen waren. Ein Blick zur Uhr, 1.08 Uhr.
Plötzlich entdeckte sie eine fremdartige Erscheinung, so irreal, daß sie sie im ersten Moment nicht richtig einzuordnen vermochte. Doch je länger sie hinsah, je klarer die Umrisse wurden, desto deutlicher begriff sie. Was sie sah, war so ungewöhnlich, so ... furchteinflößend! Riesige, sich drehende Schläuche bewegten sich in undefinierbarer Geschwindigkeit und mit Höllenlärm auf Waldstein zu!
Angst! Was sollte sie tun? Die anderen warnen? Oder sich wieder ins Bett legen und hoffen, ihr und Josephine würde

nichts geschehen? Im Bruchteil einer Sekunde beschloß sie, im Keller Zuflucht zu suchen, und gerade als sie sich umdrehen wollte, um Josephine aus dem Bett zu nehmen, hörte sie noch das Zischen, das die Stromversorgung lahmlegte, das Licht verlöschen ließ. Sie steckte die Packung Zigaretten ein, nahm die schlafende Josephine auf den Arm, hielt sie fest an sich gepreßt, leuchtete mit dem Feuerzeug den Weg aus, lief lautlos durch das große Haus, über tiefe, weiche Teppiche hinunter in den Keller, überzeugt, dort am sichersten aufgehoben zu sein. Sie war allein mit Josephine, das Haus schlief.
Der Tornado hatte die Stadtgrenze erreicht.

19

Pfarrer Engler lag wach in seinem Bett und starrte an die schwarze Decke; er konnte nicht einschlafen. Und das hatte seinen Grund. Maria Olsen hatte diesen Grund angesprochen, die Merkel ebenfalls, und es gab bestimmt noch den einen oder anderen, der ihn unter Druck setzen konnte. Über viele, zu viele Jahre hinweg hatte er die unangenehmen Seiten seines Lebens einfach verdrängt; er hatte geglaubt, durch besondere Anstrengungen als Priester die Schattenseiten seines Daseins kompensieren zu können. Überzeugt war er davon nicht, er hoffte nur, Gott würde die guten Taten gegen die Sünden aufwiegen.
Doch seit heute nachmittag begann die Vergangenheit ihn mit rasantem Spurt einzuholen, begann das Verdrängte ihn zu bedrängen. Und nun, wahrscheinlich zu spät, stellte er sich zum ersten Mal ernsthaft die Frage, ob er denn ein guter Pfarrer sei oder je gewesen war, ob er das Vertrauen der ihm anvertrauten »Schäfchen« überhaupt verdiene, ob er ein guter Christ sei und damit ein Vorbild für die Gemeinde. Er hatte sich versündigt, nicht einmal, viele

Male! Welche dieser Sünden in den Augen Gottes dabei am schwersten wog, vermochte er nicht zu sagen, wahrscheinlich war jede von ihnen auf ihre Art verwerflich. Warum mußte ihn das Gewissen aber ausgerechnet heute so sehr quälen? War es die Angst, daß publik werden konnte, was für einen Lebenswandel er führte? Oder war es *nur* Maria Olsen und ihr Brief? *Hätte sie ihn doch nur niemals geschrieben, hätte sie doch alles, was sie wußte, für sich behalten und mit ins Grab genommen!* Wie oft hatte er in den letzten drei Jahrzehnten den Bürgern dieser Stadt die Beichte abgenommen, ihnen die Absolution erteilt. Bete zehn Rosenkränze, spende zwanzig Kerzen für den Altar, entschuldige dich bei deinem Nachbarn, tu dies, tu jenes, und der Herr wird dir gnädig vergeben! Aber mehr als irgend jemand sonst hätte er jetzt einen Menschen gebraucht, dem er sich anvertrauen konnte! Sein Bischof saß in Nürnberg, er wäre die angemessene Ansprechperson gewesen, doch er war ein alter, verknöcherter, rechthaberischer, humorloser, nur auf das geschriebene Wort Gottes pochender Mann, der nie den Menschen, sondern immer nur die Sünde sah. Er war der letzte, mit dem Engler reden würde, dem er seine Seele öffnen, von dem er Absolution erwarten würde. Er hatte niemanden, der ihm in diesem Kampf zur Seite stand.
Die Ereignisse dieses Tages hatten die Ruhe und den, wie er jetzt ernüchtert feststellen mußte, so oberflächlichen, fragilen Frieden seines Lebens erheblich erschüttert. Er war aufgewühlt, zu keinem klaren Gedanken fähig, und je länger er grübelte, desto stärker wurde das Gefühl der Unsicherheit und Furcht. Er setzte sich auf, lehnte sich gegen die Wand, sein Herz schien seinen Brustkorb sprengen zu wollen, sein Rücken schmerzte, über seinen Nacken wurden spitze Stacheln in seinen Kopf gestoßen.
Der Ventilator surrte leise, ihn störte jetzt selbst dieses

Geräusch, doch ohne ihn hätte er es in dem Dachzimmer bei dieser Hitze nicht ausgehalten. Er faltete die riesigen fleischigen Hände, betrachtete für einen Moment ihre Schattenumrisse.

Irgendwann vor Urzeiten hatte er den brennenden Wunsch verspürt, sein Leben Gott zu weihen, vielleicht in der irrigen Annahme, allein durch diese Entscheidung eine Art Freifahrtschein ins Paradies erkaufen zu können. Natürlich hatte er stets an Gott geglaubt, kein Mensch war so töricht, ein Leben für etwas zu opfern, an das man nicht bedingungslos glaubte. Lange Zeit war er überzeugt, diesen Freifahrtschein auch fest in Händen zu halten, inzwischen jedoch wußte er, daß er ihn verloren oder wahrscheinlich niemals besessen hatte; er schalt sich einen Narren, je so blauäugig gewesen zu sein und zu glauben, Gott ließe sich kaufen oder übertölpeln.

Englers Haare waren längst spärlich und grau geworden, sein Körper hatte den jugendlichen Elan verloren. Was blieb ihm noch, wann war seine Zeit gekommen? Vielleicht ging es ihm schon bald wie Maria Olsen, die der Schlag wie aus heiterem Himmel getroffen hatte. Der Blick auf die dahinschwindende Zeit, die Angst vor dem Tod, vor dem Moment, an dem er dem Schöpfer gegenübertrat. Er schüttelte den Kopf. Er hatte viele Fehler begangen in seinem Leben. Zu viele. Er wußte, sein Leben war dem eines Priesters unwürdig.

Fleischliche Gelüste, die ihn früher bedrängt und denen er so oft nachgegeben hatte, waren nicht mehr so häufig. Mit über Sechzig war der Trieb nicht mehr so ausgeprägt, waren es andere Verfehlungen, derer er sich schämte. Er hatte oftmals still für sich Buße getan, für die kleinen Dinge, wie er sie nannte. Aber er wußte nicht, wie er das Große bereuen sollte, ob es überhaupt einen Weg gab, es zu bereuen. Gott wußte alles aus seinem Leben. Und wenn er

sich in den finstersten Raum einschließen würde, Gott würde ihn sehen, seine Gedanken lesen. Gott konnte nichts verheimlicht werden, Gott ließ sich nicht spotten.
In dieser Nacht, während der Sturm vor seinem Fenster tobte, beschloß Engler, sein Leben zu ändern, das begangene Unrecht wiedergutzumachen, soweit dies überhaupt noch möglich war.
Er drehte den Kopf zum Fenster, wo der Wind die Vorhänge aufblähte, sie zuckend zurückfielen, bis ein erneuter Windstoß sie wie volle Segel spannte, sie bis fast an die Decke trieb und sich das Ganze von vorn wiederholte. Er wünschte sich jetzt, weinen zu können, er konnte es nicht. Er flehte nur leise: »Vergib mir, o mein Gott, bitte vergib mir!«
Etwas drängte ihn, aufzustehen, sich vor das Bett zu knien. Eine Ewigkeit war vergangen, seit er das letzte Mal vor Gott gekniet hatte, meist leierte er seine Gebete auf einer der Kirchenbänke herunter oder im Beichtstuhl oder während er bequem in seinem Sessel saß oder bereits im Bett lag. Er drosch die immer gleichen Phrasen, benutzte die immer gleichen Worte, näherte sich Gott seit Jahren nur noch mit den Lippen, während sein Herz sich immer weiter von ihm entfernt hatte.
Dabei hatte er gelernt, war das Knien, der damit verbundene Schmerz ein körperliches Zeugnis von Demut. Er neigte den Kopf, faltete die Hände, wollte beten, aber sein Kopf war wie ein Karussell. Er war fahrig, nervös, unfähig, eine Verbindung zu Gott aufzubauen, ihm sein Herz auszuschütten. Gott reagierte nicht, Engler hatte verlernt zu beten.
Er schlug mit den Fäusten aus Wut und Enttäuschung auf das Bett, reckte die Arme verzweifelt in die Höhe, quetschte durch die Zähne: »Wo bist du? Gott, wo bist du?« Keine Antwort, kein Frieden.
Er hatte es versucht. Morgen wieder. Irgendwann würde er

es schaffen und Gott seinen Willen zur Buße erkennen, und allein das zählte. *Aber habe ich mir nicht schon zu oft genau dies vorgenommen? Habe ich nicht Tag für Tag, Monat für Monat und Jahr für Jahr meine Buße, meine Umkehrbereitschaft aufgeschoben? Ist die Geduld Gottes am Ende?*

»Nein, bitte, nur noch eine Chance, eine einzige, kleine Chance!«

Er erhob sich, stieg in seine Pantoffeln, zog sich den Morgenmantel über, schaltete die kleine Lampe neben seinem Bett an, holte aus dem Nachtkästchen eine Schachtel Marlboro, obgleich er Pfeife vorzog, zündete sich eine Zigarette an. Er stellte sich ans Fenster, kühler Wind schlug ihm entgegen. Er rauchte langsam, blies den Qualm aus dem Fenster, doch der Wind trieb ihn gleich wieder in das Zimmer zurück. Als er zu Ende geraucht hatte, schnippte er die Kippe auf den Fußweg vor dem Haus. Gerade als er das Fenster schließen wollte, hörte er die Durchsage von Brackmann. 1.01 Uhr. Engler verharrte zwei, drei Sekunden regungslos, schloß das Fenster und zog sich ruhig an. Er stieg die Stufen hinauf zu Mathildes Zimmer, klopfte gegen ihre Tür. Wartete, klopfte ein weiteresmal, diesmal heftiger. Ihre Tür war abgeschlossen, wie immer. Sollte nichts anderes helfen, würde er die Tür eintreten. Er trommelte mit beiden Fäusten gegen das Holz, bis seine Hände schmerzten. Schließlich vernahm er das müde Schlurfen von Mathildes alten Füßen, das Umdrehen des Schlüssels. Sie öffnete die Tür einen Spalt, steckte ihr verschlafenes Gesicht hindurch. In einer Hand hielt sie die Ohrstöpsel.

»Herr Pfarrer«, sie gähnte laut und herzhaft, »was ist los?«

»Bis jetzt noch nichts. Aber möglicherweise gleich. Ziehen Sie sich schnell an und kommen Sie in den Keller. Es könnte sein, daß wir im wahrsten Sinn des Wortes eine stürmische Nacht bekommen.«

»Was?«
»Mathilde, stellen Sie keine Fragen, sondern beeilen Sie sich.«
Um 1.08 Uhr begaben sie sich in den Kellerraum der Kirche. Sie setzten sich jeder auf einen Stuhl, wortlos und gefaßt. Engler hatte das Gefühl, als begänne der Weltuntergang ausgerechnet in Waldstein. Kaum hatten sie Platz genommen, als sie ein unheimliches Zischen und Krachen hörten, und dann verlöschte das Licht. Hölle, Apokalypse, Endzeit.

Brackmann kannte Tornados nur vom Hörensagen. Im Augenblick war ihm nichts wichtiger, als so schnell wie möglich einen sicheren Platz zu finden. Und Angela Siebeck war ihm wichtig. Sie tat ihm leid, er war voll unbändiger Wut auf das Dreckstück, das sich an ihr vergangen hatte. Er schwor sich, keine Gnade walten zu lassen, sollte er diesen Kerl je zwischen die Finger bekommen.
Er lenkte den Wagen durch die windigen, sturmgebeutelten Straßen auf das Haus zu, in dem sie wohnte. Er wollte einen letzten Versuch unternehmen, sie zum Aufsuchen eines einigermaßen sicheren Ortes zu bewegen. Er drückte den Klingelknopf einmal, zweimal, ließ dann einfach den Zeigefinger auf der Klingel. 1.06 Uhr. Eine Ewigkeit verging.
»Ja?«
»Hier noch mal Brackmann. Bitte, Frau Siebeck, verlassen Sie Ihre Wohnung. Es kann sein, daß hier schon in wenigen Minuten kein Stein mehr auf dem andern steht. Bitte seien Sie vernünftig!«
»Warum lassen Sie mich nicht endlich zufrieden?! Ich habe Ihnen doch gesagt, daß ich nicht will!«
»So hören Sie doch, Frau Siebeck! Auch wenn es Ihnen egal ist«, er machte eine kurze Pause, holte tief Luft, nahm all seinen Mut zusammen, »so ist es mir noch längst nicht egal. Bitte, ich möchte nicht, daß Ihnen etwas geschieht.«

Wieder verstrichen wertvolle Sekunden, bevor sie antwortete: »Warten Sie.«
Sie kam die Treppe herunter. Über ihr Kleid hatte sie einen leichten Mantel gezogen. Sie war blaß, die Augen eingefallen, die Wangenknochen standen leicht hervor, ihr Haar war ungekämmt, die Bewegungen wirkten unsicher, hölzern, nervös. Sie verzog keine Miene, als sie Brackmann gegenüberstand.
»Wo gehen wir hin?« fragte sie teilnahmslos.
»Ich schlage vor, in Ihren Keller. Der dürfte im Moment einer der sichersten Plätze in dieser Stadt sein.«
»In den Keller?« Sie lachte kurz und schrill auf.
»Ja, sicher.«
»Mit Ihnen allein ...?«
»Ich finde, es ist jetzt nicht der Zeitpunkt und Ort, das auszudiskutieren! Ich habe nämlich Angst, und das ist doch ein Zustand, den Sie kennen, oder?« Er biß sich auf die Unterlippe. »Es tut mir leid, ich wollte das eben nicht sagen. Bitte glauben Sie mir.«
Sie sah ihn nur an, ging vor ihm zur Treppe, die in den Keller führte, die Haustür fiel ins Schloß. Sie waren noch nicht ganz unten, als um 1.09 Uhr die Stromversorgung ausfiel. Brackmann machte kehrt, rannte zum Streifenwagen, holte aus dem Handschuhfach die große Stabtaschenlampe. Erste, schwere Regentropfen platschten auf die ausgedörrte Erde. Er leuchtete den Weg in den Keller aus. Um 1.10 Uhr nahmen sie Platz auf einem alten ausrangierten Sofa. Hier unten war die Bedrohung nicht mehr so greifbar, hörte man nur, wie der Wind sich die Stadt als Spielplatz ausgesucht hatte.
Und in einer Scheune auf einem verlassenen Bauernhof außerhalb von Waldstein trieb ein Spektakel gerade seinem Höhepunkt zu.

Sie standen sich gegenüber, jeder in einer Ecke, mit aller Kraft von ihren Besitzern festgehalten. Erst wenn der Schiedsrichter das Zeichen gab, würden sie sie loslassen. Sie knurrten laut und drohend, weißer Schaum tropfte seitlich aus ihren verzerrten Mäulern in den mit Sägespänen bedeckten Boden. Die *Convention*, das Spektakel der Kämpfe bis in den frühen Morgen, war seit drei Stunden in vollem Gange.

Gierige Augen, feurige Blicke, gerötete Gesichter, alkoholvernebelt, aufgeputscht, von der Menge mitgepeitscht, warteten voll Spannung auf das Zeichen. Die Wetten waren abgegeben. Natürlich war Blümchen haushoher Favorit, denn Blümchen war ein erfahrener Pit Bull, ein *Master Champion*, der seine letzten fünf Kämpfe klar gewonnen hatte. Und auch diesen Kampf würde er zweifellos gewinnen. Er stand in der rechten Ecke, blutunterlaufene Augen, auf die Hinterbeine abgestützt, die Vorderpfoten in der Luft, die Zähne gefletscht. Blümchen war nicht groß, eher eine Idee kleiner als durchschnittliche Pit Bulls, doch er war wendig und schneller als die meisten, vor allem aber war er angriffslustiger, zäher und mutiger als die, mit denen er es in den letzten Wochen und Monaten zu tun gehabt hatte.

Der andere war ein Nobody, den keiner kannte außer denen, die ihn hergebracht hatten. Sie hatten ihn *Rote Sonne* genannt, obgleich er weiß mit schwarzen Tupfern war. Seine Vorderbeine waren weiß, die Hinterbeine schwarz.

Einige wenige Sekunden lang trat Stille in der Scheune ein. Der Schiedsrichter hob die Hand. Hektische Schlucke aus Schnapsflaschen und Bierdosen, vereinzelt wurde Kokain geschnupft oder Gras geraucht. Die Schweißausdünstungen der Anwesenden vermischten sich mit dem Geruch der Hunde, dem grauen Rauch der Zigaretten, dem Blut, dem holzigen Duft der Sägespäne. In einer Ecke stand ein riesiger Suppentopf, aus dem Dampf aufstieg.

Alle standen sie um die Arena herum, ihre ruhelosen Blicke folgten selbst der geringsten Bewegung der Hunde und des Schiedsrichters. Ein paar Betrunkene bekamen von all dem nichts mehr mit, hielten sich nur noch an den schnell hingezimmerten Holzbrettern fest, die die Zuschauer von den Hunden trennten, die Augen stumpf und leer, vollgepumpt mit billigem Fusel, der ihre Bewegungen langsam und träge machte.
Scherer fühlte sich nicht gut, ihm war schwindlig und übel, er hatte sich in den letzten zwei Stunden dreimal übergeben. Ihm war übel von der Spritze, dem Bier, dem beißenden Gestank in der Scheune. Reuter hatte ihm geraten, nach Hause zu gehen, sich ins Bett zu legen, aber er konnte diesen Rat nicht befolgen, da er als Initiator die Verantwortung für diese Veranstaltung trug.
Die Hunde, die bis jetzt gekämpft hatten, hatten sich nichts geschenkt; sie hatten sich zerfleischt, ihre Stärke bewiesen, selbst wenn sie verloren hatten. Manch ein Sieger sah nach dem Kampf schlimmer aus als der Verlierer. An einem dünnen Faden Fleisch hängende Ohren, blutige, zerbissene Schnauzen, herabhängende Lefzen, unnatürlich abgewinkelte Beine gehörten noch zu den harmloseren Verletzungen.
Schlimmer waren die dran, denen nach einem Kampf ein Auge fehlte, das andere vom Beißen oder von den Krallen des Gegners fast blind, in deren Brustkorb tiefe Wunden klafften, die inneren Organe zerfetzt.
Ihre wilden Blicke, ihr haßerfülltes Knurren sagten nur eines – töten oder getötet werden! Sie kannten keine Angst, waren keine Feiglinge, keine Memmen, die beim Anblick eines Gegners den Schwanz einzogen und abhauten. Sie waren beherzte, verwegene Kämpfer. Scherer wünschte sich oft, wie einer dieser Hunde zu sein, und es gab sogar Tage, da fühlte er sich wie einer von ihnen. An Tagen, an

denen er mit ihnen trainierte, sie über die Felder hetzte, über mannshohe Barrikaden springen oder stundenlang auf dem Laufband rennen ließ, sie trieb, bis sie nur noch erschöpft hechelten. Es gab nichts, was Scherer so sehr liebte wie seine Pit Bulls. Er hätte auf alles im Leben verzichtet, nur niemals auf sie.

Die Wetten sprachen eindeutig für *Blümchen,* auch wenn einige Verwegene auf *Rote Sonne* gesetzt hatten. Sollte, was beinahe unwahrscheinlich schien, *Rote Sonne* tatsächlich gewinnen, wäre die Gewinnquote außerordentlich hoch, nämlich 20 : 1, bei einem Sieg von *Blümchen* käme gerade etwas mehr als der Einsatz heraus.

Der Schiedsrichter ließ sich Zeit. Er residierte auf einem hohen Stuhl, eine Zigarette im Mundwinkel, das unrasierte Gesicht von dunklen Bartstoppeln übersät, eine Baseballmütze ins Gesicht gezogen; er genoß die Anspannung, jeder wartete auf sein Zeichen, alles hing von ihm ab, für einen kurzen Moment waren nicht die Hunde, sondern er selbst der Mittelpunkt. Die Hunde wurden zusehends unruhiger, die beiden Männer hatten immer mehr Mühe, sie festzuhalten und schickten auffordernde, ungeduldige Blicke nach oben zum Schiedsrichter. Vereinzelte Pfiffe hallten durch die Scheune, durchschnitten die schwere, geladene Luft.

Die Hand des Schiedsrichters fiel wie ein Beil herab. »Laßt eure Hunde los!« Im Bruchteil einer Sekunde hatten sie sich ineinander verkeilt, fast lautlos, ohne Bellen, nur kehliges Knurren, eine Orgie aus Kratzen, Beißen, Blut, Haß und Tötenwollen.

Die Menge schrie und johlte. Einige hielten ihre Hüte in Händen, feuerten sie an, wie sie sich am Boden wälzten, *Blümchen,* der Master Champ, und *Rote Sonne,* der seinen ersten großen Kampf bestritt, wie sie nach einer Möglichkeit suchten, den alles entscheidenden Biß anzubringen. *Blümchen* war stark, so stark ,wie man es von ihm behauptet hatte. Er war stärker als alle Hunde, die bis jetzt an diesem Abend gekämpft hatten – aber er war nicht stark genug. *Rote Sonne* wich jedesmal geschickt den Attacken seines Gegners aus und brachte selbst immer wieder gefährliche Bisse an.

»Los, du gottverdammter Hurensohn, beiß diesem Höllenhund die gottverdammten Eier ab! Kastrier ihn!«

»Ich hab mein ganzes Scheißgeld auf dich gesetzt! Mach ihn alle!«

Sie kämpften beinahe eine Stunde, es war der mit Abstand längste Kampf in dieser Nacht. *Rote Sonne* hatte sich am Hals von *Blümchen* festgebissen, riß immer wieder daran, bis *Blümchen* zu Boden sank, kraftlos, erschöpft, Schnauze und Hals eine große, blutige, schleimige, unförmige Masse, Ober- und Unterkiefer gebrochen, da, wo noch vor kurzer Zeit die Hoden waren, eine klaffende, tiefe, stark blutende Wunde, weißer Schaum vermischte sich mit dem Blut, das aus unzähligen anderen Wunden floß. Er reagierte nicht mehr auf die Aufforderung seines Herrn zum *Scratch*, verweigerte einfach den Befehl, es diesem verdammten Hurensohn zu zeigen. Sein Herr ging zu ihm, umarmte ihn, als könnte er ihm dadurch noch einmal neue Kraft einhauchen. Aber alles, was zurückkam, war ein trauriger, flehender, hilfesuchender Blick aus roten Augen.

Rote Sonne stand noch. Auch er blutete aus vielen Wunden, aber seine Beine trugen ihn noch, er würde überleben. Erschöpft kroch er hinüber zu seinem Herrn, der in der Ecke kniete, mit glänzendem Blick, Tränen der Rührung, Stolz. Der riesige Mann mit dem T-Shirt der Hells Angels drückte seinen Hund an sich, weinte hemmungslos, dachte vielleicht schon an den nächsten Fight, daran, daß *Rote Sonne* vielleicht auch bald ein Master Champ werden könnte. Er streichelte ihm über die blutige Schnauze, küßte ihn zwischen die Augen.

Währenddessen kniete der andere neben *Blümchen*, dem ehemaligen Master Champ, dem, wie es geheißen hatte, Unbesiegbaren. Streichelte ihm übers blutige, schaumige, schweißüberströmte Fell. Der Hund nahm es nicht mehr wahr, es schien, als wollte er nur noch sterben. Der Mann zog eine kleine Pistole aus seinem Stiefel, setzte sie *Blümchen* ans Genick, drückte ab. Atemlose, betroffene Stille nach dem erlösenden Schuß.
Es war 1.09 Uhr, als *Blümchen* tot zu Boden sank. Ein starker Wind war aufgekommen und drängte heulend durch die Ritzen und Spalten der Scheune. Der vorletzte Fight sollte in wenigen Minuten beginnen. Scherer hielt seinen Hund fest, wartete auf das Kommando. 1.13 Uhr.
Rote Sonne stand in einer Ecke der Scheune und pinkelte an die Wand. Ein rötlicher Strahl lief an dem Holz entlang zu Boden.

21

1.13 Uhr.
»Mein Gott, Bernd, was sollen wir machen?« Dieter schrie gegen den Wind an, der über ihre Köpfe hinwegpfiff.
»Keine Ahnung! Liegenbleiben und beten!« schrie Bernd zurück. Sie lagen jetzt etwa zwanzig oder dreißig Meter von ihrem Auto entfernt. Dieter hatte die Augen geschlossen, den Kopf auf den Boden gedrückt. In dem Graben war der Sturm nicht so stark zu spüren wie auf freier Fläche.
»Ich habe Angst!« schrie Dieter.
»Reiß dich zusammen!« schrie Bernd zurück. »Wir dürfen jetzt keine Angst haben!«
»Ich hab aber welche!!«
Bernd sah über den Rand des Grabens hinweg, um zu prüfen, wie weit der Rüssel noch von ihnen entfernt war.

Der linke, etwas kleinere Trichter, eine wild wirbelnde schwarze Masse, bewegte sich in leichtem Zickzackkurs von der Stadt kommend direkt auf sie zu. Er näherte sich ihnen mit infernalischem Lärm, drehte sich gewaltig schnell um seine eigene Achse, riß dabei wie ein Staubsauger alles vom und aus dem Boden, was in den Bereich seines unersättlichen Schlundes geriet.
Bernd und Dieter hielten sich die Ohren zu, denn sie fürchteten, ihre Trommelfelle könnten dem enormen Krach und Druck nicht standhalten. Die ständig in seinem Innern aufflammenden Blitze ließen ihn immer ähnlicher einem zornigen, feuerspeienden Drachen werden.
Plötzlich wurde ihr Transporter wie von einer Riesenfaust gepackt, durchgeschüttelt, von übermächtigen Kräften wie eine Feder hochgehoben und fortgetragen, als wäre er ein Spielzeug, und schließlich wie ein Diskus fortgeschleudert, bis er sich irgendwo in den Feldern in den Boden bohrte. Sand und Staub stachen in ihre Gesichter und Körper. Unmenschlicher Druck zerrte an ihnen – und urplötzlich ließ der Druck nach.
Für Sekunden war es fast windstill. Bernd hob den Kopf, sah nach oben. Eines der Ungetüme befand sich ein paar Meter über ihnen, rotierte mit wahnsinniger Geschwindigkeit um die eigene Achse, noch nie zuvor hatte Bernd so viele und so grelle, so vielfarbige horizontale und vertikale und kugelförmige Blitze auf einmal gesehen.
Totenstille. Das Auge des Tornados. Durchdringender Gasgeruch. Bernd und Dieter glaubten ersticken zu müssen. Das Auge, in das sie blickten, schien sich Lichtjahre weit in den Himmel zu erstrecken, ein sich nach oben hin trichterförmig erweiternder Schlauch, vielleicht tausend, vielleicht auch zweitausend Meter lang. Die Wände bestanden aus rotierenden, unablässig flackernden Wolken. Es begann zu zischen, als kröche ein ganzes Rudel giftiger Schlangen an

ihnen vorbei, doch es war nur das Geräusch kleinerer, wilder Schwänze, die sich am unteren Ende des Tornados ständig neu bildeten.

Die Zeit schien keine Dimension mehr zu besitzen, während sie in das Auge blickten, alles schien stillzustehen, und dann war das Auge weitergezogen, die Urgewalten zerrten erneut an ihnen, und Dieter schrie und hielt sich wieder die Ohren zu – und plötzlich war es vorbei.

Es kam ihnen vor, als hätten sie stundenlang im Graben gelegen, dabei waren nur Sekunden vergangen.

Bernd starrte fassungslos auf den leeren Fleck, wo eben noch ihr Auto gestanden hatte. Dieter rührte sich nicht, hielt noch immer die Ohren mit seinen Händen bedeckt, das Gesicht auf den Boden gepreßt. Bernd tippte ihn an, Dieter hob langsam sein Gesicht.

»Es ist vorbei«, sagte Bernd leise, fast ehrfurchtsvoll. Dieter nahm die Hände von den Ohren, sah Bernd aus großen Augen an.

»Und wir leben noch?«

»Denke schon.«

»Und unser Auto?«

»Keine Ahnung. Vielleicht hat er ihn gefressen.«

»War das die Hölle? Mein Gott, das war die Hölle!«

»Vielleicht . . .«

Dieter und Bernd drehten sich um, schauten dem riesigen schwarzen Rüssel nach, der jetzt kaum noch auszumachen war. Der Regen nahm ihnen die Sicht, sie sahen nicht die Schneise der Verwüstung, wie er knorrige Eichen wie Streichhölzer umknickte, sie mit seinen scharfen Zähnen zermalmte und irgendwann und irgendwo wieder ausspie.

Dieter und Bernd richteten sich auf, stiegen die Böschung zur Straße hinauf. Sie gingen beide langsam und schweigend Richtung Waldstein. Und dachten an zu Hause. An Mutter und Vater, an das Haus. Hoffentlich . . .

Der Wagen drehte sich noch ein paarmal um sich selbst, bis letzte Pendelbewegungen ihn allmählich zur Ruhe kommen ließen.
Reuter hielt seine Hände noch immer um das Lenkrad gekrallt, er blutete aus zahllosen kleinen Wunden. Sein Mercedes war nur mehr Schrott, das Dach eingedrückt, die Motorhaube abgerissen, die rechte Seiten- und die Heckscheibe zersplittert. Er ließ das Lenkrad los, seine Tür klemmte, er hangelte sich zur andern Seite hinüber. Lange Risse zogen sich durch die Windschutzscheibe, winzige rasiermesserscharfe Splitter, wohin er auch griff, Blut an seinen Händen, im Gesicht.
Er kroch hinaus, kalter Wind peitschte den plötzlich aufgekommenen sintflutartigen Regen in sein Gesicht. Er nahm die Taschenlampe aus seinem Koffer, leuchtete den Weg vor sich aus. Aus allen Richtungen erschollen angstvolle, entsetzte Schreie, die er selbst durch das Heulen des Sturmes hindurch wahrnahm. Mit dem Licht der Taschenlampe tastete er die Häuser ab, dicke Risse zogen sich durch Häuserwände, glaslose Fensterrahmen, fehlende Dächer, umgestürzte, entwurzelte Bäume lagen wie Barrikaden quer über der Straße. Er setzte vorsichtig einen Fuß vor den anderen, hatte Mühe, sich gegen den Wind und den Regen zu stemmen, innerhalb weniger Sekunden standen die Straßen unter Wasser.
Es war Reuters erster Tornado. Und er war zu sehr Realist, als daß er sich der Hoffnung hingegeben hätte, es könnte nur Sachschaden entstanden sein. Er zuckte zusammen, als er ein Brummen vernahm, das er in dieser Nacht schon einmal gehört hatte. Er blieb stehen, hoffte, sich getäuscht zu haben, seine Muskeln spannten sich. Es kam näher, als hätte es nur darauf gewartet, ihn allein und ungeschützt zu finden und zu richten. Er rannte los, so schnell ihn seine altgewordenen Beine trugen, blieb stehen, rannte weiter, erkannte

auf einmal, daß seine Nerven ihm einen üblen Streich spielten. Er lehnte sich gegen eine Hauswand, keuchend, seine Schläfen pochten, er hatte Seitenstechen. Seine Lungen fühlten sich an wie ein Nadelkissen, die Beine waren schwer. Er kramte in seiner Tasche, fand das Päckchen mit den Pillen, nahm eine aus der Schachtel, sammelte etwas Speichel im Mund, schluckte das Valium, das gleiche Mittel, das er dann und wann Frau Merkel gegen ihr Asthma verschrieb, damit die hysterische, fette alte Kuh, wie er sie bezeichnete, nicht an einem ihrer Anfälle krepierte.
Nach einigen Minuten hatte er sich etwas beruhigt. Vorsichtig setzte er seinen Weg fort. Er stand vor seinem Haus, der Regen klatschte dagegen. Er leuchtete mit der Lampe nach oben, ließ den Strahl eine Weile dort stehen, wo bis vor wenigen Minuten noch das Dach gewesen war; jetzt klaffte dort ein riesiges Loch, einzelne Steine des Gemäuers waren aus ihrer Befestigung gerissen worden, sämtliche Fenster zerborsten. Langsam stieg er die vier Stufen nach oben, öffnete die Tür, trat ein. Noch schien bis auf das Dach und die Fenster alles unversehrt. Doch wenn es noch lange regnete …
Das Telefon war tot, er hatte nichts anderes erwartet, nachdem schon die Stromversorgung ausgefallen war. In der Praxis nahm er eine Pinzette und zog sich Dutzende kleiner und winzigster Glassplitter aus den Fingern und dem Gesicht, träufelte etwas Jod auf die am stärksten verletzten Stellen, klebte zuletzt Pflaster darauf. Er trank ein halbes Glas Whisky, um damit die Wirkung des Valiums zu verstärken, nahm seine Tasche vom Tisch und verließ das Haus wieder. Die Nacht, das wußte er, würde verdammt lang werden.

22

Esther und Georg Pickard schliefen. Hinter ihnen lag die erste wirkliche Liebesnacht seit vielen Jahren, etwas, das Georg schon nicht mehr für möglich gehalten hatte. Im Lauf der Zeit war ihre Ehe auf ein Abstellgleis geraten, die Worte weniger, dafür härter und bissiger geworden. Gleichgültigkeit hatte das Interesse am andern verdrängt, Kühle und Distanz die Wärme und Nähe der Anfangsjahre. Heute abend war alles wie früher. Als hätte die Zeit einen Sprung zurück gemacht, als wäre die alte, herrliche Zeit der heißen Liebe einfach zurückgekehrt. Nicht, daß er über all die Jahre hinweg aufgehört hätte, Esther zu mögen, aber sie hatte sich verändert, stark verändert, so wie er wußte, daß auch er selbst ein anderer geworden war. Damals, in jungen Jahren, war sie ein hübsches und begehrenswertes Weib gewesen, eine attraktive Frau. Bernd und Dieter wurden kurz hintereinander geboren, aber sie wollte noch ein Kind, es sollte unbedingt ein Mädchen werden.

Sie verlor es im sechsten Monat, es wäre ein Mädchen gewesen. Danach war Esther trotz aller Anstrengungen nicht mehr schwanger geworden. Zwar gab sie vor zu glauben, das Schicksal vergönnte ihr kein weiteres Kind, innerlich jedoch begann sie, mit eben diesem Schicksal zu hadern. Fast zwangsläufig zog sie sich immer mehr von Georg zurück, verbrauchte sich statt dessen in ihrer ehrenamtlichen Arbeit in der Kirche oder brachte ganze Nachmittage in der Bücherei zu. Und sie begann im Leben anderer herumzuschnüffeln, und fand immer etwas, zumeist Intimes.

Georg Pickard litt anfangs unter dieser Veränderung; ihre Sticheleien, die spitzen Bemerkungen verletzten ihn, in ihren Augen trug er die Schuld an der nicht mehr zustande gekommenen Schwangerschaft. Aber er hatte gelernt, damit umzugehen, auch wenn es ihm anfangs nicht leichtfiel.

So wie er sich daran gewöhnte, daß sie nur noch ein-, im Höchstfall auch zweimal im Jahr bereit war, mit ihm zu schlafen, kurz und gefühllos. Er hatte sich daran gewöhnt, es machte ihm nichts mehr aus, bis zu jenem Tag vor einem halben Jahr, als der Name Scherer ins Spiel kam. Sein Name stand auf einem Blatt Papier, einem grauen, zerknitterten, fettigen Zettel, den ihm irgendwer irgendwo zugesteckt hatte. *Paß auf deine Frau auf, wenn du nicht willst, daß sie sich noch öfter von Scherer vögeln läßt.* Keine Unterschrift, kein Hinweis auf den Schreiber. Wie betäubt hatte er die folgenden Stunden verbracht. Er hatte sich vorgenommen, Esther zur Rede zu stellen, notfalls wollte er sogar aus ihr herausprügeln, ob sie etwas mit Scherer hatte, ob sie sich von ihm vögeln ließ, wollte toben, schreien. Er fühlte sich gedemütigt, bloßgestellt von seiner eigenen Frau, die seit Jahren so tat, als hätte sie Sex einfach aus ihrem Leben verbannt, und jetzt trieb sie es mit diesem gottverdammten Hurensohn Scherer! Erst leckte er seine Wunde, dann beträufelte er sie mit Alkohol, legte sich Worte zurecht für die große Auseinandersetzung, doch bevor er überhaupt etwas sagen konnte, empfing sie ihn mit Worten, die ihn noch stärker verwirrten.
Dieser Scherer sei wohl eine Schande für ganz Waldstein. Wie der mit seiner armen Frau umspringe, würde wirklich alle Grenzen überschreiten. Gerade habe sie wieder die arme Kreatur im Supermarkt gesehen, das Gesicht zerschlagen, die Augen von einer großen, schwarzen Sonnenbrille verdeckt, und trotzdem verdeckte sie nicht alles, und bestimmt sei sie wieder einmal vergewaltigt worden. Ihre Wut über dieses ekelhafte Subjekt Scherer klang echt, er konnte nicht mehr glauben, daß sie tatsächlich mit diesem Scherer ins Bett gegangen sein sollte, daß sie sich tatsächlich von ihm hatte vögeln lassen. Er schalt sich sogar einen Narren, überhaupt diesem anonymen Schreiberling ge-

glaubt zu haben, denn wenn Esther kaum einmal mit ihrem eigenen Ehemann schlief, warum sollte sie es dann ausgerechnet mit diesem stadtbekannten Schläger und Vergewaltiger tun?! Außerdem war sie bestimmt zehn Jahre älter als Scherer. Wie hatte er nur dieser anonymen, diffamierenden, schmutzigen Lüge glauben können!
Aber ein kleiner Funken schwelte weiter in seinem Innern, ganz tief drin. Vielleicht war es ja gerade dieses Brutale, Animalische an Scherer, was ihn bei Frauen so begehrenswert machte. Vielleicht stand auch Esther auf so was, wollte sie ausprobieren, wie es war, es mit einem solchen Kerl zu treiben. Vielleicht stimmte es ja wirklich, vielleicht aber auch nicht. Er wollte einfach das letztere glauben. Er tat es, weil er sie immer noch liebte, auf seine eigene eigentümliche Weise. Auch wenn sie schon längst nicht mehr das begehrenswerte junge Mädchen war, das ihm einst den Kopf verdreht hatte, und eigentlich nichts als eine durchschnittliche Hausfrau geworden war. Aber sie war seine Frau. Und das allein zählte.
Georg Pickard war mit diesen Gedanken eingeschlafen, Esther in seinem Arm, wie früher. Sie lag noch immer in seinem Arm, als er erwachte. Zunächst glaubte er zu träumen, das Fenster, das er vorhin doch geschlossen hatte, stand jetzt offen und schlug monoton gegen den Rahmen. Ein unheimliches Geräusch, unbekannt und bedrohlich, er zuckte erschrocken zusammen, richtete sich auf, wollte Esther wecken. Es war bereits zu spät. Eine Urgewalt hatte sich an das Haus geschlichen, sich in die Wände gekrallt, fuhrwerkte am Gemäuer, verhakte sich schließlich unterm Dach und riß es mit sich, als wäre es ein Stück Papier, das aus einem Heft gerissen wurde. Überall krachte und schepperte es, Teile der Decke knallten auf den Fußboden und das Bett. Mit einem Mal erinnerte er sich an sein Barometer, und dann sah er hinüber zu der friedlich schlafenden

Esther. Mit beiden Händen packte er sie bei den Schultern, schüttelte sie.

»Esther! Estheeeer!!!« schrie er gegen den Sturm an. Sie öffnete die Augen, verharrte still und regungslos neben Georg, bis auch sie allmählich begriff.

»Mein Gott, Georg, was ist denn das!« flüsterte sie, doch Georg konnte sie in dem tobenden Inferno nicht hören. Auch sie glaubte an einen bösen Alptraum. Dann, nach Sekunden, sprang sie aus dem Bett, hetzte zum Fenster, um es zu schließen. Vielleicht hätte sie im Bett bleiben sollen, das längst übersät war von Splittern, Papier, Putz, Holzstückchen, bestimmt aber wäre es am besten gewesen, das Schlafzimmer auf dem schnellsten Wege zu verlassen und nach unten zu rennen, wo es noch eher Sicherheit gab.

War es Schicksal, vorherbestimmt von einer höheren Macht, daß sie ans Fenster statt hinunter ins Wohnzimmer rannte? Auf jeden Fall flog plötzlich, wie von Geisterhand geschleudert, ein Stück Eisen durchs Fenster, zerschlug die Scheibe und traf Esther etwa in der Mitte des Rückens. Einen Moment stand sie starr vor Entsetzen, die Augen zwei riesige Kugeln, der Mund ein stummer Schrei, bevor sie langsam, fast wie in Zeitlupe, zu Boden sank.

Pickard, der in der Dunkelheit alles nur verschwommen mitbekommen hatte, ahnte sofort, daß Schreckliches mit ihr geschehen war. Er beugte sich über sie. Sie lag auf dem Boden, die Augen weit offen, der Mund verzerrt.

»Esther, was ist passiert?« Er versuchte sie hochzuheben, was ihre Schmerzen noch verstärkte und sie aufstöhnen ließ.

»Mein Rücken ... mein Rücken tut so entsetzlich weh. Bitte, Georg ...« Ihr Kopf fiel zur Seite, ihre Augen waren geschlossen. Georg Pickard stockte der Atem. Er fühlte ihren Puls. Er ging noch, langsam zwar, 35 oder 40 Schläge in der Minute, aber er war vernehmbar. Was sollte er tun?

Loslaufen und versuchen, Hilfe zu holen? Aber wo? Wahrscheinlich war ganz Waldstein ein einziges Katastrophengebiet, wahrscheinlich war Reuter gar nicht erreichbar.
Er wußte, er war allein. Verlassen von Gott und der Welt.
Wenn nur die Jungs da wären! Hoffentlich funktioniert das Auto noch! Er rannte, flog fast die Treppe hinab, vor der letzten Stufe wäre er beinahe gestolpert. Die Tür zur Garage war aus der Verankerung gerissen, genau wie die Haustür mitsamt Rahmen und Teilen des Gemäuers. Holzstücke und Steine lagen auf dem Auto. Er atmete erleichtert auf, als er den Mercedes relativ intakt vorfand. Regen schlug ihm ins Gesicht, es war kalt geworden.
Verdammt, wo habe ich nur wieder die Schlüssel? Vielleicht in der Küche! Er rannte zurück ins Haus, fand die Schlüssel auf dem Küchentisch. Alles Weitere tat er rennend, ignorierte den stechenden Schmerz in seinen Lungen, daß sein untrainierter, altgewordener Körper gegen die ungewohnte Anstrengung aufbegehrte.
Sie atmete noch. Der Regen hatte in der kurzen Zeit das Schlafzimmer überschwemmt. Eine kräftige Windbö packte die Bettdecke, blies sie auf wie ein Segel, riß sie mit sich fort. Georg Pickard griff unter die bewußtlose Esther, eine Glasscherbe schnitt tief in seine Hand, er merkte es nicht einmal. Vorsichtig hob er Esther hoch. Blut tropfte von seiner Hand auf den nassen Boden, verteilte sich im Wasser. Er setzte vorsichtig einen Fuß vor den andern, und obwohl er dieses Haus seit mehr als fünfundzwanzig Jahren bewohnte, es mit eigenen Händen gebaut hatte und jede Treppenstufe, jede Ecke kannte, so war es doch etwas anderes, ob er bei Licht oder bei völliger Dunkelheit, allein oder mit einem Menschen auf seinen Armen hinunterstieg. Waren es zwölf oder dreizehn Stufen, wie hoch war gleich die letzte Stufe? Nicht auszudenken, wäre er jetzt gestolpert! Er schaffte es, seine Arme und Beine zitterten, seine Schlä-

fen pochten. Ihm war schwindlig, sein Magen rebellierte, er atmete ein paarmal tief durch, bevor er Esther vorsichtig in den Leichenwagen legte, der eine lange und ebene Ladefläche besaß. Zu Reuter? Er verwarf den Gedanken gleich wieder, es wäre wohl einem Wunder gleichgekommen, würde er ihn zu Hause antreffen.

Der Motor sprang sofort an, Pickard gab langsam Gas und fuhr los, vermied wenn möglich jede starke Erschütterung. Er flehte Gott an, die Straße möge frei sein. Er hatte lange nicht gebetet, in der Kirche betete Engler für die Gemeinde. Mit dem Herzen war er nie dabei.

Windböen griffen ein ums andere Mal die langen Seiten des Wagens an, die Scheinwerfer, das einzige Licht außer den Blitzen, warfen lange helle Bündel in die pechschwarze Nacht. Im Kegel der Scheinwerfer erkannte er zum Teil, was der Tornado angerichtet hatte – der Phantasie, was mit dem geschehen war, was außerhalb der Lichtkegel in der Finsternis lag, waren keine Grenzen gesetzt. Nur wenige Minuten hatten genügt, aus einst schönen, liebevoll erbauten Häusern, dem einzigen wirklichen Besitz vieler, armselige Ruinen zu machen.

Immer wieder mußte er auf der Straße liegenden Trümmern ausweichen, einigemal lenkte er den Wagen einfach durch Vorgärten oder über Bürgersteige, sah verzweifelte Menschen, planlos umherrennende Männer und Frauen, Hoffnungslosigkeit. Und jeder war auf sich allein gestellt.

Er war gut durchgekommen, bis jetzt. Eine kalte Faust preßte sich auf sein Herz. Er schloß die Augen, legte seine Stirn auf das Lenkrad, um das sich seine Hände gekrallt hatten. Er hätte damit rechnen müssen! Er hätte wissen müssen, daß Waldstein und alles, was darin lebte, in dieser Nacht verflucht war! Ein entwurzelter Baum lag quer über der Straße, das letzte kleine Stück Straße in Waldstein, bevor er auf freies Gelände gelangt wäre. Dabei hatte er es

fast schon geschafft! Und es war doch die einzige Straße nach Münchberg! Er stieß die Wagentür auf, stürzte hinaus, auf den Baum zu, versuchte ihn anzuheben, obgleich er genau wußte, welch unmögliches Unterfangen dies für einen Mann allein war.
»*Warum, Gott!*« schrie er mit verzerrtem Gesicht in den Sturm hinein. »*Warum hast du mich bis hierher kommen lassen, wenn du mich jetzt im Stich läßt? Was hast du dir dabei gedacht?! Es ist doch der einzige Weg nach Münchberg!!*« Er schlug ein paarmal schnell hintereinander mit den Fäusten auf den Baumstamm.
»Hilfe! Hilfeeee!!! Bitte, bitte, so hilf mir doch einer!« Doch der Nordwind verschluckte seine Worte, zerteilte sie in bruchstückhafte Fetzen, trieb sie fort. Georg saß auf dem Baumstamm, angeleuchtet von den Scheinwerfern seines Wagens, die Hände gefaltet, den Kopf gesenkt. Starr, verzweifelt, durchnäßt, weinend. Er ging zur Rückseite des Autos, öffnete die Tür, fühlte erneut den Puls von Esther. Sie lebte. Aber wie lange noch?

»Mein Gott, Dieter, da ist Vater! Das ist unser Vater!!«
Zunächst glaubte Georg zu phantasieren. Eine Fata Morgana, aus der Angst erwachsen. Das Rufen wiederholte sich, er hob seinen Kopf, drehte ihn in die Richtung, aus der die Stimmen kamen, sah Blätter und Äste durch das Licht wirbeln. Und dann sah er sie, Dieter und Bernd, die nasse Kleidung klebte schmutzig und wie eine zweite Haut an den Körpern, die Gesichter waren dreckverschmiert.
»Vater! Was machst du denn hier?« rief Dieter und rannte auf ihn zu. »Wir hatten schon das Schlimmste befürchtet! Ein Glück, dich gesund wiederzusehen.«
»Wo ist Mutter?« fragte Bernd.
»Los, ihr beiden!« Georg, in den sofort Kraft zurückströmte, ging nicht auf die Frage ein. »Hebt mit an, wir müssen

diesen verdammten Baum zur Seite räumen. Es geht um Leben und Tod.«
»Mutter?« fragte Bernd besorgt.
»Sie liegt hinten im Wagen, und wenn sie nicht ganz schnell ins Krankenhaus kommt, stirbt sie vielleicht noch. Also los jetzt, und stellt keine Fragen mehr. Ich weiß nicht, was passiert ist. Sie ist von irgendwas getroffen worden. Betet für sie, wir können im Augenblick nichts anderes tun als beten.«
Mit vereinten Kräften schafften sie es, den nicht sehr dickstämmigen Baum zur Seite zu hieven. Sie stiegen in den Wagen, immer geradeaus Richtung Münchberg. Und plötzlich war alles vorbei. Der Himmel klarte auf, Sterne funkelten Ewigkeiten entfernt und doch so vertraut, es war, als hätte es nie einen Tornado gegeben, als wäre alles nur ein böser, unheimlicher Alptraum gewesen. Sie hatten die Grenze der Tornadofront passiert, die selten breiter als ein oder zwei Kilometer ist. Sie schwiegen, starrten geradeaus, die ersten Lichter von Münchberg tauchten in der Ferne auf.
»Warum ausgerechnet Waldstein? Warum mußte sich dieses Ungeheuer ausgerechnet unsere kleine Stadt aussuchen? Warum nicht hier draußen, wo es nichts gibt als Wiesen, Felder und Wald?« murmelte Georg vor sich hin.
Das Krankenhaus lag gleich am Ortseingang. Ein kleines, aber gut ausgestattetes Krankenhaus, das einzige im Umkreis von fast dreißig Kilometern. Pickard hatte hier schon des öfteren Tote abgeholt, um sie in Waldstein zu bestatten. Er hielt direkt vor dem Eingang. Bis auf einen Krankenwagen war der Platz leer. Der Pförtner blinzelte ihn aus müden Augen an.
»Was gibt's?«
»Wir kommen aus Waldstein. Meine Frau ist schwer verletzt! Bitte, wir brauchen sofort einen Arzt!«
Der Mann war sofort hellwach, griff zum Telefon, schon

wenige Augenblicke später näherten sich zwei Pfleger, die eine fahrbare Trage schoben, und ein Arzt mit eiligen Schritten.

»Ich habe gehört, Sie kommen aus Waldstein? Dann sind Sie der erste, der es geschafft hat. Wie ist es passiert, ich meine, haben Sie mitgekriegt, was mit Ihrer Frau geschehen ist?«

»Ich glaube, sie ist von irgend etwas getroffen worden, aber was das war, weiß ich nicht. Es war einfach zu dunkel, ich habe es nicht sehen können.«

»Sieht es schlimm in der Stadt aus?« fragte der Arzt, während er die Augenlider von Esther Pickard anhob und mit einer Lampe in die Pupillen leuchtete.

»Waldstein ist nicht wiederzuerkennen. Bitte, Doktor, helfen Sie ihr!«

Sie wurde in einen großen kühlen Raum gebracht. Es roch nach Desinfektionsmitteln, eine Lampe verbreitete kaltes bläuliches Licht. Der Arzt bat Pickard, mit seinen Söhnen auf dem langen matterleuchteten Gang zu warten.

Bernd und Dieter hatten sich auf eine Bank gesetzt, die so kalt und leblos wirkte wie alles hier. Pickard hatte sein Gesicht abgewandt, ihm war übel, er zitterte.

Sie mußten lange warten, bis der Arzt zurückkam. Er machte ein besorgtes Gesicht, sein ernster Blick war fest auf Pickard gerichtet, der kaum zu atmen wagte.

»Was ist mit ihr?«

»Wenn ich das so einfach sagen könnte«, antwortete der junge Arzt. »Ihre Frau ist noch bewußtlos. Glücklicherweise ist ihr Kreislauf stabil. Soweit wir feststellen konnten, gibt es bis auf ein paar unwesentliche Schürfwunden keine eindeutigen äußeren Verletzungen«, er machte eine bedeutungsvolle Pause, richtete seinen Blick zu Boden, kaute auf seiner Unterlippe herum, er war unsicher, »aber ich fürchte, sie hat innere Verletzungen.«

»Das heißt, Sie wissen es nicht? Was für Verletzungen? Sagen Sie schon!«
»Also, nach unseren bisherigen Untersuchungen sind Bauchraum und Lunge okay. Allem Anschein nach liegt die Verletzung im Bereich der Wirbelsäule. Ich warte aber noch auf die Röntgenbilder, sie müßten jeden Augenblick fertig sein. So lange muß ich Sie leider noch vertrösten.«
»Doktor!« Eine etwas ältere, großgewachsene, dürre unattraktive Schwester reichte dem Arzt einen großen braunen Umschlag. Er öffnete ihn, holte fünf Bilder heraus, die sämtlich die Wirbelsäule von Esther zeigten. Der Arzt zeigte keine Regung.
»Kommen Sie bitte mit.« Er ging voran, Pickard und seine Söhne folgten ihm. Der Arzt heftete die Bilder an den beleuchteten Wandschirm.
»Und?« fragte Pickard ungeduldig.
»Hier, sehen Sie. Wie ich vermutet habe.« Der Arzt zeigte auf eine selbst für ein ungeübtes Auge deutlich erkennbare Ausbuchtung im unteren Rückenbereich. »Hier an dieser Stelle muß Ihre Frau von einem sehr harten Gegenstand getroffen worden sein. Wie es aussieht, ist dieser Wirbel und unter Umständen auch der darunterliegende gebrochen. Es muß ein sehr harter Schlag gewesen sein. Sie müssen wissen, um eine Wirbelsäule zu brechen, bedarf es sehr, sehr viel Kraft. Aber was die genaue Diagnose angeht, möchte und kann ich mich noch nicht festlegen. Zum einen bin ich kein Spezialist für Wirbelsäulenverletzungen, zum andern sind für eine genaue Diagnose einfach noch weitere Untersuchungen notwendig.«
Pickard hörte die letzten Worte nicht mehr. Er wußte, was ein gebrochener Rückenwirbel bedeutete. Trotzdem stellte er die Frage: »Ist es heilbar? Oder wird sie sterben?«
Der Arzt schüttelte den Kopf. »Ich bin kein Prophet, aber wenn Ihre Frau bis jetzt überlebt hat, und sie scheint mir

eine recht gute Konstitution zu besitzen, dann wird sie auch den Rest mit aller Wahrscheinlichkeit überleben, vorausgesetzt, sie hat nicht doch innere Verletzungen. Aber wie gesagt, ich will und kann mich nicht festlegen. Bitte verstehen Sie mich.« Er legte eine Hand auf die Schulter von Pickard und sah ihm in die Augen. »Überlassen wir lieber alles Weitere den Spezialisten, die noch im Laufe der Nacht hier eintreffen werden. Wir haben bereits Verstärkung aus Nürnberg und München angefordert. Ihre Frau wird nicht die einzige Schwerverletzte bleiben. Augenblicklich sind wir hier nur zwei Ärzte. Gedulden Sie sich bitte bis morgen früh. Und – geben Sie die Hoffnung nicht auf.«

»Ein Rollstuhl wird der Tod für sie sein«, flüsterte Georg Pickard.

»Jetzt sehen Sie nicht so schwarz. In der Medizin sind heutzutage so viele Dinge möglich. Manchmal machen wir sogar Unmögliches möglich. Noch einmal, nicht die Hoffnung verlieren, Sie müssen jetzt Ihrer Frau Kraft geben. Fahren Sie nach Hause und rufen Sie morgen früh an, dann können wir Ihnen wahrscheinlich schon Genaueres sagen. Und übrigens, Sie können von Glück sprechen, daß nicht mehr passiert ist. Wäre sie nur zehn oder fünfzehn Zentimeter weiter oben getroffen worden ... sie wäre mit ziemlicher Sicherheit sofort tot gewesen.«

»Danke, Doktor.« Aber Pickard verspürte kein wirkliches Dankgefühl, in ihm war nur eine totale Leere. Als wäre er an einem absoluten Endpunkt des Lebens angelangt. Seine Füße trugen ihn nach draußen, aber sie gehörten nicht zu ihm. Er stieg in den Wagen, setzte sich auf den Beifahrersitz, spürte seinen schmerzenden Körper nicht. Nur die Übelkeit rumorte in seinen Eingeweiden.

»Komm, Vater, es wird schon wieder werden. Gib mir die Schlüssel, ich werde fahren«, sagte Dieter. Pickard reichte ihm wortlos den Schlüsselbund.

Eine junge Krankenschwester trat auf den Wagen zu, das Gesicht weiß vor Entsetzen. Dieter kannte ihr Gesicht, aber ihr Name fiel ihm nicht ein. »Ich habe gehört, Sie kommen aus Waldstein«, sagte sie mit belegter Stimme. »Kennen Sie die Buchners?«

Dieter nickte stumm: Er kannte die Buchners recht gut, hatten sie doch erst vor ein paar Wochen einen Wäscheschrank in Auftrag gegeben. Sie lebten aber noch nicht lange in Waldstein, seit drei oder vier Jahren etwa. Er leitete den Supermarkt, sie war über einige Ecken mit den Vandenbergs verwandt.

»Wissen Sie, ob sie noch am Leben sind? Ich muß wissen, ob meine Eltern noch am Leben sind!«

»Tut mir leid«, sagte Dieter schroffer als gewollt, steckte den Zündschlüssel ins Schloß, wandte den Kopf, sah die junge Frau an. »Wir wissen überhaupt nichts!«

Als er Gas gab, tat ihm leid, wie er sie behandelt hatte. Hier zu sein, nur wenige Kilometer von Waldstein entfernt und doch keine Möglichkeit zu haben, etwas über die Eltern in Erfahrung zu bringen!

Immer mehr Transporte mit Verletzten aus Waldstein trafen ein, hektisches Treiben herrschte auf dem Parkplatz und vor der Notaufnahme.

Die Schwester stand am Bürgersteig und sah den Pickards nach. Nach wenigen Metern Fahrt stoppte Dieter den Wagen, weil sein Vater sich übergeben mußte.

23

Sarah Vandenberg saß mit der schlafenden Josephine seit wenigen Minuten im Keller auf einer ausrangierten Holzbank, sie lehnte mit dem Rücken an der kalten Wand, als sie ein Knarren von der Kellertür her vernahm. Sie hatte sich eine Zigarette angezündet, das

Aufglimmen der Spitze war der einzige Hinweis auf eine Person im Raum.
»Wer ist da?« fragte Sarah flüsternd und blies den inhalierten Rauch aus.
»Sarah?« fragte eine Frauenstimme zögernd.
»Ja. Und du, bist du Csilla?«
»Ja«, kam es verhalten zurück. Csilla trat näher heran, bewegte sich vorsichtig durch die Dunkelheit auf die Zigarettenspitze zu.
»Wie bist du hier runtergekommen? Ich denke, sie haben dich . . . ich meine, ich dachte, du hast keine Chance . . .?«
»Eingesperrt? Das wolltest du doch fragen, oder? Aber ich sage dir eines, es ist verdammt noch mal unwichtig, wie ich hier runtergekommen bin!« sagte Csilla hart, während sie direkt vor Sarah stand. »Ich frage dich ja auch nicht, wie du hierhergekommen bist.«
»Entschuldige, es tut mir leid. Komm, setz dich her, aber sei bitte leise, Josephine schläft. Ich möchte nicht, daß sie jetzt aufwacht.«
»Ihr beide seid allein hier?« fragte Csilla, während sie sich links von Sarah setzte.
»Ja, wir sind allein.«
»Das ist gut«, sagte sie. »Hast du auch eine Zigarette für mich?«
Sarah reichte ihr eine, gab ihr Feuer. Csilla nahm einen tiefen Zug.
»Ich habe ihn kommen sehen, die ganze Zeit über«, sagte sie mit leicht vibrierender Stimme. »Es war großartig, wirklich großartig. Als hätte die Hölle zum Großangriff geblasen. Von mir aus soll dieses ganze gottverdammte Haus mit allem, was drin ist, wegfliegen!«
»Du hast den Sturm kommen sehen?«
»Sturm!« sagte Csilla lachend. »Das ist mehr als ein Sturm, das ist ein Tornado!« Sie machte eine Pause, allmählich

gewöhnten sich ihre Augen an die Dunkelheit. Sie atmete ein paarmal tief durch, hielt kurz inne, sagte dann: »Das ist ein wunderschöner, wilder Tornado! So richtig geil ... Aber wieso sind die andern nicht hier?« fragte sie mißtrauisch. »Ihr seid doch sonst immer zusammen.«

»Wie kommst du denn darauf? Wir und immer zusammen! Genügt es dir, wenn ich sage, daß ich kein Verlangen hatte, sie zu wecken?«

»Und warum nicht? Ich meine, warum ...«

»Ich habe auch meine Gründe. Vielleicht nicht die gleichen wie du, aber ... Du hättest sie auch wecken können. Warum hast du's nicht getan?«

»Verdammt bescheuerte Frage, findest du nicht?! Sei du mal Monat um Monat, Jahr um Jahr in einem Zimmer eingesperrt, das allmählich immer kleiner wird. Sie sollen von mir aus alle verrotten! Du kannst es ihnen nachher ruhig brühwarm erzählen, ist ja sowieso egal!«

»Warum sollte ich?«

»Warum nicht?«

»Willst du drüber reden?«

»Reden?« fragte sie bitter. »Nein, ich rede mit niemandem mehr in diesem Haus! Ihr steckt doch alle unter einer Decke!« Sarah nahm einen tiefen Zug an ihrer Zigarette, behielt den Rauch lange in sich, bevor sie ihn wieder ausstieß.

»Ich verstehe deine Bitterkeit ...«

»Einen Scheißdreck tust du! Du hast doch überhaupt keinen Schimmer, was Bitterkeit ist!«

»Hör zu, du bekommst vielleicht nicht so bald wieder die Gelegenheit, mit jemandem zu reden. Ich gebe dir mein Ehrenwort, daß niemand auch nur ein Sterbenswörtchen von unserem Gespräch erfährt.«

»Ehrenwort, Ehrenwort! Ich habe schon so oft ein Ehrenwort bekommen! Außerdem ist es eine viel zu lange Geschichte, die dich sicher nicht interessiert. Nachher wirst du nur denken, die liebe Csilla spinnt doch tatsächlich, und sie gehört ja wirklich eingesperrt oder in die Klapsmühle. Nein, ich schätze, wir lassen's lieber.«

»Csilla, ich denke weder das eine noch das andere! Vielleicht änderst du deine Meinung, wenn ich dir sage, daß Josephine gerade vorhin den Wunsch geäußert hat, dich einmal zu besuchen.«

»Josephine? Kinder – sie sind noch so herrlich unverdorben. Na ja, ich glaube es sogar. Kinder sind ehrlicher als Erwachsene. Sie haben keine Vorurteile.«

»Ich habe auch keine.«

Csilla zögerte, sie ließ sich mit der Antwort Zeit. »Und wirklich kein Wort? Du schwörst es?«

»Ich schwöre es! Was glaubst du denn, warum ich allein hier unten sitze? Ich habe selber meine Probleme mit ihnen!«

»Das wußte ich nicht. Na ja, andererseits, wundern würde es mich ehrlich gesagt nicht. Du bist schließlich keine echte Vandenberg.«

»Du hast es erfaßt. Hier in diesem Haus gibt es nur einen kleinen Kreis von Personen, die über Wichtiges miteinander reden. Ich gehöre nicht zu diesem Kreis. Als ich mich nach dir erkundigt habe, ließen sie mich abblitzen. Es ginge mich nichts an, was mit dir ist.«

Sarah trat die Zigarette mit der Schuhspitze aus, sie sah nicht das leichte Lächeln, das über Csillas Gesicht huschte.

»Hier unten gibt's doch irgendwo Whisky, wenn ich mich recht erinnere. Csilla, die Säuferin, kann nämlich ohne dieses verdammte Zeugs nicht mehr leben. Aber auch daran ist nur diese verfluchte Saubande schuld!«

»Warte, ich hole dir eine Flasche.« Sarah erhob sich, ließ das Feuerzeug kurz aufleuchten, Josephine atmete ruhig und gleichmäßig. Die Tür zum Weinkeller war unverschlossen. Vorsichtig tastete sie sich voran. Dieser Teil des Hauses war

ihr relativ unbekannt, da er meist nur von den Dienstboten betreten wurde. Nur einmal war sie hier gewesen, um sich eine Flasche Rotwein zu holen, damit sie nach einem heftigen Streit, bei dem Martin sie wieder einmal geschlagen hatte, besser einschlafen konnte. Die drei Regale an den Wänden und die beiden in der Mitte des Raumes reichten bis unter die Decke. Hier lagerten die alkoholischen Getränke, Wein, Bier, Whisky, Bourbon, Cognac, Champagner und vieles mehr. Sarah ließ noch einmal das Feuerzeug aufflammen, bis sie das Regal mit den hochprozentigen Sachen gefunden hatte. Whisky. Sie nahm eine Flasche, und mit der gleichen Geräuschlosigkeit, mit der sie den Raum betreten hatte, verließ sie ihn auch wieder. Ihre Augen hatten sich mittlerweile an die Dunkelheit gewöhnt, sie vermochte sogar vereinzelte Umrisse wahrzunehmen.
»Danke!« sagte Csilla, als Sarah ihr die Flasche reichte, sie schraubte den Verschluß ab, setzte die Flasche an, trank ein paar Schluck. Sie schüttelte sich kurz, sagte: »Dieses verdammte Scheißzeug wird mich noch mal ruinieren. Aber im Prinzip ist es egal, wie ich krepiere, je schneller, desto besser.«
Sie hielt die Flasche fest umklammert in der Hand. Josephine murmelte ein paar unverständliche Worte im Schlaf, dann lachte sie. Csilla nahm einen weiteren Schluck, stellte die Flasche neben sich. Sie lehnte sich wieder an die harte, kalte Kellerwand und atmete hörbar ein und wieder aus.
»Und du willst es wirklich hören?« fragte sie nach einer Weile mit jetzt ruhigerer Stimme.
»Sicher.«
»Ich weiß zwar nicht, warum ich es tue, denn ich hatte mir geschworen, mit niemandem in diesem Haus mehr darüber zu sprechen, aber gut, wenn du mir versprichst ... Aber es wird ein Schnelldurchgang.«
Sie nahm die Flasche wieder hoch, trank, klemmte die

Flasche zwischen die Beine, wischte sich über den Mund, begann: »Es hat alles vor sieben Jahren angefangen, als sie mich nach München auf die Uni schickten. Ich war so froh, endlich frei zu sein, denn irgendwie haben diese Familie und ich nie richtig zusammengepaßt. In München hatte ich meine eigene kleine Wohnung, ich kam finanziell ganz gut über die Runden, mir ging's ehrlich gesagt saugut. Ich habe nicht lange gebraucht, mir einen kleinen Freundeskreis aufzubauen, und wenn es sich irgendwie vermeiden ließ, fuhr ich übers Wochenende nicht nach Hause. Ich haßte nämlich jedes verdammte Wochenende, das ich hier verbringen mußte! Diese Atmosphäre, diese Kälte! Jonas und Martin, mir kam es immer so vor, als versuchte einer den andern zu übertreffen, was Gemeinheiten und Erfolg angeht. Und mein Vater und meine Mutter sind dabei auf der Strecke geblieben. So blöd sich das auch anhören mag, aber ich glaube, ihnen beiden kann ich die wenigsten Vorwürfe machen.« Sie hielt erneut inne, nahm einen Schluck aus der Flasche. »Aber sie haben mich trotzdem im Stich gelassen ... Hast du noch eine Zigarette für mich?« Sarah gab ihr wortlos eine, Csilla nahm zwei tiefe Züge, um dann fortzufahren: »Weißt du, was Liebe ist? Ich meine, so richtige, tiefe, große Liebe? Verdammt, ich weiß es! Ich weiß es so gut! Weißt du, wie das ist, wenn man einen Menschen hat, mit dem man den Rest seines Lebens verbringen möchte? Ich habe so jemanden gehabt. Wir wollten heiraten, und zwar so schnell wie möglich. Aber die wollten es nicht! Diese elenden Schweine! Sie haben gemeint, er würde nicht zu mir passen, ich wäre noch zu jung für ein Kind! Sie haben tatsächlich gesagt, ich wäre zu jung, ein Kind zu bekommen! Dabei war ich zwanzig! Zwanzig und zu jung für ein Kind! Daß ich nicht lache! Und außerdem ziemte es sich angeblich nicht, einen dahergelaufenen, besitzlosen Kerl zu heiraten. Angeblich war Alexander nicht gut genug für mich. Er war zu arm, sein gesellschaftlicher Stand unserem nicht angemessen, ach, ich weiß nicht mal mehr, wie viele Argumente sie mir auftischten. So, jetzt weißt du's.« Sie inhalierte, stieß den Rauch aus.

»Ich verstehe nicht ganz ...«

»Was gibt's da nicht zu verstehen?!«

»Na ja, ich wußte zum Beispiel nicht, daß du schwanger warst.«

Csilla lachte auf. »Oh, sie haben es dir verschwiegen? Dann wissen es wohl nur ein paar ganz wenige Auserwählte! Und ich hätte schwören können, daß du dazugehörst.«

»Was ist mit dem Baby geschehen? Ich habe hier nie eines gesehen.«

»Ich habe es zur Welt gebracht, und zwar genau so, wie es im heiligen Buch, genannt Bibel, beschrieben ist – unter Schmerzen, unter unsäglichen Schmerzen habe ich es zur Welt gebracht.« Sie machte eine Pause, trank, die Flasche war bereits zu einem Viertel geleert, fuhr dann fort, hart und bitter, voller Haß: »Sie haben es mir nicht einmal auf den Bauch gelegt, ich durfte mein eigenes Baby, mein eigenes Fleisch und Blut, nicht einmal spüren, sie haben es mir einfach weggenommen und irgend jemandem gegeben, der geil drauf war, ein frisches, unverbrauchtes Baby zu bekommen, ohne die Schmerzen leiden zu müssen, die ich durchgemacht habe!« Sie stockte, kämpfte mit den Tränen, bat Sarah um ein Taschentuch, putzte sich geräuschvoll die Nase, ohne daß Josephine davon aufwachte, sagte dann: »Entschuldige, aber Alkohol läßt mich schnell sentimental werden. Ich heule oft, wenn ich zuviel getrunken habe. Und ich trinke oft zuviel.« Sie zog die Nase hoch, strich sich mit einer Hand durch das halblange braune Haar. »Es war ein Mädchen, und ich hatte von ihrem teuflischen Plan bis zur Geburt keine Ahnung. Ich wäre im Traum nicht auf die Idee gekommen, sie könnten mir das Baby wegnehmen. Aber sie sind so hart, so erbarmungslos! Manchmal bete ich, doch nur einmal die Macht zu bekommen, sie alle umzubringen! Ich möchte sie krepieren sehen!«

»Und was ist aus dem Vater geworden?«

»Alexander? Weiß ich nicht. Ich habe ihn seit jenem Tag, an dem er und ich hierherbestellt wurden, damit er seine Aufwartung machen konnte, nicht mehr gesehen. Kein Brief, kein Anruf, nichts! Weiß der Geier, was sie mit ihm gemacht haben, wahrscheinlich haben sie ihm einen Batzen Geld in den Rachen gestopft und ihm gesagt, er solle sich zum Teufel scheren und sich gefälligst nie wieder hier blicken lassen. Ich habe jedenfalls nie eine andere Erklärung gefunden. Wie heißt es doch so schön, aus den Augen, aus dem Sinn. Und Geld heilt viele Wunden – nur meine nicht.«

»Warum aber haben sie dich eingesperrt? Und warum so lange? Es gibt keinen Sinn!«

»Was gibt hier schon Sinn! Frag sie doch einfach! Ich habe keinem Menschen etwas zuleide getan. Sie sagen, ich sei verrückt, man dürfe mich nicht mehr unter Menschen lassen, und ein Arzt hat das alles bestätigt. Die Unterschrift eines Arztes genugt, und sie können tun und lassen, was sie wollen und mit wem sie es wollen! So einfach geht das!«

»Und dieser Alexander, ich meine, wenn er dich wirklich so geliebt hat ...«

»Was ist dann? Ich sagte doch schon, Geld! Mit Geld ist jeder zu kaufen, auch ein verliebter junger Gockel! Mein Gott, ich habe ihm eben nicht soviel bedeutet wie er mir! Er war jung, und er war, im Verhältnis zu uns, arm. Er ist auf die Uni auch nur mit einem Stipendium gekommen. Er war Vollwaise, aber er hatte gelernt zu kämpfen, und er war gut in der Schule und also befähigt für die Uni.«

»Wußte er von deiner Schwangerschaft?«

»Hab ich doch schon gesagt, deswegen wollten wir ja schließlich heiraten! Er hat mir sogar vorgeheuchelt, sich auf das Baby zu freuen. Tja, tja, vom Winde verweht, alle guten Vorsätze dahin! Die gute, naive Csilla war wieder allein. Und keine Aussicht auf Besserung. So ist das Leben, manche Leute fallen eben nie auf die Füße. Ich gehöre wohl dazu! C'est la vie!«

»Mir sagten sie, du wärst drogensüchtig und geistig verwirrt, weil du, nun, du hättest traumatische Erlebnisse in München gehabt. Dann stimmt das mit deiner Vergewaltigung gar nicht? Jedenfalls seist du angeblich von mehreren Männern vergewaltigt worden, und man wollte dir ersparen, in einem Heim untergebracht zu werden. Du wirst hoffentlich verstehen, aber für mich gab es keinen Grund, an der Wahrheit der Geschichte zu zweifeln. Wenn ich gewußt hätte ...«

»Was dann? Ich sage dir, was dann passiert wäre ... nichts, gar nichts wäre passiert, rein gar nichts! Du wärst doch nicht so töricht, dich mit dieser Meute anzulegen! Dieses Haus ist eine Festung, mein Zimmer ist eine Festung, die Hunde haben sie auf mich abgerichtet! Ja, du hast richtig gehört, sie haben alle Vorbereitungen getroffen, daß ich nie wieder dieses Haus verlassen kann. Es gab und gibt für mich keine Möglichkeit, hier rauszukommen.«

»Ich werde dir helfen. Ich werde alles versuchen, um ...«

»Vergiß es! Mir kann keiner helfen. Außerdem wirst du, sobald der Sturm vorüber ist, mich schnell wieder vergessen haben. Also mach dir keine Gedanken um mich. Ich werde jetzt die Flasche allmählich leer machen und dann mit der nötigen Bettschwere wieder in meine Zelle gehen ...«

»Ich werde dir trotzdem helfen.«

»Das hört sich verdammt gut an!« Die Kellertür flog mit lautem Knall gegen die Wand. Die Stimme war scharf und schneidend. Victor Vandenberg, Csillas Vater, der nur in Umrissen zu erkennen war, stand in der Tür, den Strahl der

Taschenlampe auf die beiden Frauen gerichtet. »Wie ich sehe, habt ihr euch prächtig unterhalten!«

Sarah reagierte am schnellsten. Mehr instinktiv denn überlegt, im Bruchteil einer Sekunde, als der Schein der Taschenlampe gerade einmal nicht direkt auf sie zeigte, riß sie die noch halbvolle Flasche aus Csillas Hand und schleuderte sie mit aller Kraft in Victor Vandenbergs Richtung, wo sie an der Wand neben ihm zerbarst. Von dem unerwartet geführten Angriff überrascht, stolperte er rückwärts und verlor das Gleichgewicht, wobei ihm die Taschenlampe aus der Hand glitt und auf dem harten Boden zerschellte.

Geistesgegenwärtig nahm Sarah die wach gewordene Josephine bei der Hand und zerrte sie hinter sich her. »Los komm!« rief sie. Sie rannten die Treppe nach oben, Csilla stolperte und fiel auf die Stufen, schrie kurz auf, rappelte sich gleich wieder hoch und lief weiter. Sie rannten an brennenden Kerzen vorbei und an der Mutter des Hauses, die wahrscheinlich wieder einmal mit Beruhigungsmitteln vollgepumpt und schwer atmend mit geschlossenen Augen in einem Sessel saß; der Stock, ohne den sie nicht mehr auskam, stand neben ihr an den Sessel gelehnt. Sie nahmen keine Notiz von der alten Frau, und auch die alte Frau schien sie nicht zu bemerken.

Draußen peitschte ihnen der von Sturmböen getriebene Regen ins Gesicht. Binnen Sekunden waren sie bis auf die Haut durchnäßt. Die Hunde hatten sich vor dem Unwetter verkrochen und machten keine Anstalten, aus ihrem Versteck hervorzukriechen. Sarah, die Josephine jetzt auf den Arm genommen hatte, und Csilla rannten über den aufgeweichten Rasen hinunter zum Tor. Sarah hangelte sich gekonnt an den Eisenstäben hoch, setzte sich oben hin, während Csilla ihr Josephine reichte, bevor sie beide auf der anderen Seite des Tores nach unten kletterten. Csilla folgte ihr behender, als Sarah es ihr zugetraut hätte.

Sie hörten noch, wie Victor Vandenberg wütend hinter ihnen herschrie, doch sie rannten einfach durch die Mauern aus Windböen, über umgestürzte Bäume, über aus Häusern herausgeschleuderte Möbeln oder über Geschirr hinweg, in die Stadt hinein, die gerade ihre Apokalypse erlebte.
Menschen irrten hilflos, häufig mit nichts als Unterwäsche bekleidet durch die Straßen. Häuser, die in die Luft geflogen waren, eine Stromleitung, die funkensprühend sich wie eine Schlange windend und zischend auf einer Wiese lag. Ein zerschmetterter Konzertflügel lag auf der Straße, daneben eine Waschmaschine. Eine klagende Mutter hielt ihr schreiendes Baby auf dem Arm. Mit verzweifelter Stimme rief sie nach ihrem Mann, blickte dabei auf das Haus, von dem nur noch eine der Innenwände aufrecht dastand. Auf der Straße ein Schild mit der Aufschrift *Tritt ein, bring Glück herein.* Ein anderes Haus schien einfach davongeflogen zu sein.
Mitten im Ort, gleich neben dem Rathaus, blieben sie stehen. »Hier ist das Polizeirevier«, keuchte Sarah, sie stand vornübergebeugt, stützte die Hände auf die Oberschenkel. »Laß uns reingehen, hier sind wir hoffentlich erst mal sicher. Wir können jetzt nur hoffen und beten, daß sie uns nicht verpfeifen.«
Das Büro war leer und finster, lediglich der grelle Schein der Blitze spendete jeweils für Sekundenbruchteile Licht. Sie tasteten sich durch den Raum, suchten einen Platz, wo sie sich hinsetzen konnten. Sarah und Josephine trugen Nachthemden, Csilla einen dünnen Hausanzug. Die Sachen klebten an ihren Körpern, Josephine machte einen verstörten Eindruck. Die Luft war feucht und stickig.
»Besser, wir ziehen unsere nassen Sachen aus und man sieht uns nackt, als daß wir uns jetzt noch den Tod holen«, schlug Sarah vor. Csilla, völlig außer Atem, ließ sich ein-

fach zu Boden fallen und japste nach Luft. Als sie sich erholt hatte, setzte sie sich auf, zog sich aus, nach einer Weile stellte sie sich neben die nackte Josephine, die sich dicht an Sarah schmiegte. Die Frauen und das Mädchen versuchten sich gegenseitig zu wärmen. Es war 1.55 Uhr.

24

Zwei weitere Bewohner des Hauses waren zu Brackmann und Angela Siebeck in den Keller gestoßen. Der eine war ein Ägypter, der im Supermarkt arbeitete, ein stiller, freundlicher Mann, der einen langen weißen Umhang und ein buntes Käppi trug, zwischen seinen braunen Fingern hielt er eine Gebetskette und murmelte für die anderen Unverständliches.

Der andere, ein älterer weißhaariger Mann, der kaum einmal ein Wort sprach und in völliger Isolation lebte, seit er vor ein paar Jahren nach Waldstein gekommen war, hatte sich einen Stuhl mitgebracht und setzte sich in eine Ecke, so weit weg von den anderen wie möglich, das Gesicht zu Boden geneigt, die Hände gefaltet.

»Ich möchte Sie etwas fragen«, sagte Brackmann mit gedämpfter Stimme, an Angela gewandt.

»Fragen Sie.«

»Ich weiß, die Frage mag zu einem sehr unpassenden Zeitpunkt kommen, aber wie es aussieht, wird dieser Sturm nicht ohne Folgen bleiben. Wir werden nachher vermutlich eine Menge Hilfe beim Bergen und Versorgen der Verletzten benötigen. Wären Sie eventuell bereit ...?«

»Ja, ich werde helfen. Ihnen und allen, die in diesem verdammten Nest Hilfe brauchen! Selbst wenn das Schwein darunter sein sollte, das –«

»Ich hoffe, er ist nicht darunter«, unterbrach er sie.

Sie wandte ihren Kopf ein wenig und sah Brackmann an,

der nur in Umrissen zu erkennen war. »Mir ist übrigens etwas eingefallen. Der Mann, ich habe die ganze Zeit nachgedacht, woher ich ihn kennen könnte, und ich bin immer sicherer, daß ich ihn kenne. Es kann zwar sein, daß ich mich täusche, aber ich habe schon seit längerem das Gefühl, beobachtet zu werden. Egal wo ich bin, im Supermarkt, in der Bücherei, oder wenn ich nach Hause gehe. Aber ich habe dem nicht viel Beachtung geschenkt, ich habe es nur registriert.«

»Können Sie ihn beschreiben? Sein Gesicht, was für Kleidung trägt er?«

»Beschreiben? Nicht richtig. Er ist etwa einsfünfundsiebzig, einsachtzig, dunkle Brille, schlank, sehr schlank, und wenn ich mich nicht täusche, dann hat er das Gesicht voller Pickel.«

»Eine dunkle Brille, sagen Sie? Wie dunkel? Die Gläser oder nur das Gestell?«

»Das Gestell, ich glaube, es ist nur das Gestell, es ist ein schwarzes, ich denke viereckiges ...«

»Und er hat das Gesicht voller Pickel? Frau Siebeck, das ist doch schon eine ganze Menge! Was glauben Sie, wie viele junge Männer es in Waldstein und Umgebung gibt, auf die eine solche Beschreibung zutrifft?! Was Sie mir gesagt haben, muß aber vorerst unter uns bleiben: Überlassen Sie einfach alles, was jetzt noch kommt, mir. Bitte!«

»Natürlich.«

»Ich werde den Kerl finden, das verspreche ich Ihnen. Wissen Sie, ich habe einen Vater gehabt, der ... er war einfach nur ein übles Stinktier. Ich kann mich an kaum einen Tag erinnern, an dem er meine Mutter nicht verprügelt und Schlimmeres mit ihr gemacht hat.« Er seufzte. »Sie ist daran zerbrochen.«

»Das tut mir leid.«

»Es ist lange her.«

Brackmann leuchtete seine Armbanduhr an. Es war genau 2.00 Uhr.
»Ich werde nach oben gehen und mal einen Blick auf die Straße werfen. Warten Sie bitte hier auf mich, ich bin gleich zurück.«
»Ich komme mit.«
Sie verließen den Kellerraum, stiegen die Treppe hoch; die beiden anderen Männer blieben unten.
Brackmann ließ den Strahl der Taschenlampe über die Straße und die im Lichtkegel sichtbar werdenden Häuser wandern. Der Anblick übertraf seine schlimmsten Befürchtungen, der Ort war ein Bild der Verwüstung. Der Tornado hatte ganze Arbeit geleistet.
Auf der Straße schaukelten zerbeulte Autos mit noch sich drehenden Rädern nach oben, überall Bretter, Dachziegel und Steine, Balken, zerbrochenes Glas, Kühlschränke und Waschmaschinen, Fahrräder und Werkzeug, zerbrochene Lampen und auseinandergerissene Schränke, Sofas, Straßenlaternen, eine zerrissene Fahne flatterte laut knatternd an einem umgestürzten Mast im Wind. Nach und nach füllte sich die Straße mit Menschen, Taschenlampen flammten auf, Sturzbäche, die die ausgetrocknete harte Erde noch nicht aufzunehmen imstande war.
»Mein Gott!« sagte Angela Siebeck mit ungläubigem Blick. »Das ist ja wie Krieg!«
Brackmann antwortete nicht darauf, faßte Angela Siebeck unterm Arm, zusammen wateten sie durch die Wassermassen zu seinem Büro. Fensterrahmen und Türen wurden vom Wind gegen Wände geschlagen, immer wieder krachten Mauer- oder Dachteile zur Erde. Kinder weinten, Frauen weinten, Männer weinten, alle weinten, manche schrien, manche trauerten tränenlos.
Eine Hand zerrte von hinten an Brackmanns Schulter. »Haben Sie meine Frau gesehen? Mein Gott, sie wird doch

noch leben, oder?« Die Stimme gehörte zu Buchner, dem Leiter des Supermarktes. Sein grimassenhaft verzerrtes Gesicht suchte kurz nach einer Antwort in Brackmanns Augen, sein Blick irrte ziellos umher, gehetzt, verzweifelt, verwirrt. Dieser Hüne, mit Händen, so groß, als könnte er damit einen Baum umknicken, dieser Riesenkerl stand nun gebückt vor Brackmann, das Gesicht von Regen und Dreck verschmiert, sein rechter Arm hing unnatürlich verwinkelt vom Körper ab, das rechte Bein zog er nach, er war nicht in der Lage, aufrecht zu gehen, doch Buchner schien den Schmerz nicht zu spüren, stand unter Schock. Ohne eine Antwort abzuwarten, humpelte er gleich weiter, auf der Suche nach seiner Frau, sein Inneres wehrte sich verzweifelt gegen den Gedanken, daß sie vielleicht tot war, begraben unter dem zerstörten Haus.
Brackmann und Angela Siebeck sahen ihm wortlos nach, dann setzten sie ihren Weg schweigend fort. Ein paar Bewohner hatten die Scheinwerfer ihrer Autos angeschaltet, um wenigstens ein bißchen Licht zu haben. Und immer wieder hallten markerschütternde Schreie durch die Nacht.
»Sehen Sie sich das an, fast ganz Waldstein liegt in Schutt und Asche, nur mein Büro steht noch! Von mir aus hätte dieses verdammte Ding als erstes wegfliegen können«, sagte Brackmann sarkastisch. Er öffnete die Tür, leuchtete mit der Taschenlampe hinein, zuckte erschrocken zurück. Zwei Frauen und ein Mädchen standen nackt und dicht aneinandergedrängt an der Wand, die Blicke ängstlich und schamvoll zur Tür gerichtet.
»Wer sind Sie? Und was tun Sie hier?«
»Sarah Vandenberg«, sagte eine der Frauen zögernd, »und das sind meine Schwägerin Csilla und meine Tochter Josephine. Könnten Sie bitte ...«
Brackmann richtete den Strahl der Lampe in die entgegengesetzte Ecke des Raumes. »Was tun Sie hier, noch dazu

ohne Kleider? Hat Ihnen der Tornado etwa auch das Haus weggerissen?«
»Nein, nein, das ist es nicht. Wir sind hier, weil wir Ihre Hilfe brauchen. Aber ich bitte Sie inständig, keiner Menschenseele etwas davon zu sagen, daß wir … hier bei Ihnen sind. Bitte!«
»Woher wollen Sie wissen, daß Sie mir vertrauen können?«
»Wir wissen es nicht, wir hoffen es nur. Bitte! Sie werden uns doch nicht verraten, oder?«
»Nein, Sie brauchen keine Angst zu haben, Sie sind fürs erste sicher hier.« Und an Angela gewandt: »Frau Siebeck, ich schätze, es ist besser, wenn Sie sich um die Damen kümmern. Ich werde von hinten ein paar Decken holen, die sie sich umlegen können. Kochen Sie bitte Kaffee, Sie finden ihn unten in dem kleinen Schrank, dort müßten auch ein paar Kerzen liegen. Probieren Sie aber erst, ob der Gaskocher funktioniert. Ich werde mich jetzt erst mal im Ort umsehen. Ich weiß nicht, wie lange es dauern wird, aber sollten Schmidt oder Richter auftauchen, dann richten Sie ihnen das bitte aus.« Er wollte schon gehen, als er sich noch einmal umdrehte und zu den Frauen sagte: »Ach ja, ich denke, es wäre besser, wenn Richter oder Schmidt oder wer immer hier auftaucht, Sie nicht zu Gesicht bekommt. Warten Sie hinten im Zellentrakt, bis ich wiederkomme. Dann sehen wir weiter.«
Er verließ sein Büro. Während er über den nassen Asphalt lief, dachte er an den alten Willy, den Säufer, der jetzt auch ein Prophet war. Er kam am Haus von Bürgermeister Phillips vorbei, das dem ersten Augenschein nach keine gravierenden Schäden aufwies.
Er überquerte die Straße, glaubte einen Fuß auszumachen, der unter einem Stapel Holz hervorschaute. Er leuchtete genauer hin, es war tatsächlich ein Fuß. Er versuchte, die darüberliegenden Trümmerteile auf die Seite zu heben,

aber er hätte Hilfe gebraucht, allein konnte er es unmöglich schaffen. Er schrie in den Sturm hinein, seine Stimme verhallte ungehört. Wer immer in diesem Haus gelebt hatte und jetzt unter diesen Trümmern lag, es gab keine Hoffnung.
Wie viele wohl tot sind? fragte er sich, während er sich von dem Haus entfernte. Zehn, zwanzig, hundert oder mehr?
Ein junges Ehepaar stand im Regen, jeder ein Kind auf dem Arm, den Blick auf ihr ehemaliges Haus gerichtet, die Tränen vom Regen fortgeschwemmt. Brackmann sah sie nur kurz an, ging an ihnen vorbei; sie hatten Glück gehabt. Ein anderes Haus, ein Kartenhaus, dessen Wände auf dem Boden lagen, während ein Großteil des Inventars nahezu unberührt geblieben war. Und immer wieder dieser Gasgeruch! Solange es regnete, war nichts zu befürchten, doch wenn der Regen aufhörte, wenn jemand eine Zigarette anzündete ... Viele, vielleicht sogar die meisten Haushalte in Waldstein kochten mit Gas.
Reuters Praxis. Hier war das Dach beschädigt und die Fensterscheiben zerbrochen. Er wollte schon die Treppe hochlaufen, als Reuter wie aus dem Nichts vor ihm auftauchte. Die Haare und die Kleidung klebten an seinem Körper, die Tasche mit seinen Instrumenten und ein paar Medikamenten hielt er fest umklammert. Sein Blick war wirr, als er sagte: »Hier ist die Hölle gewesen. Weiß Gott, Brackmann, ich schwöre Ihnen, heute ist die Hölle mit all ihren Heerscharen durch Waldstein gezogen. Was sonst als die Hölle sollte das gewesen sein? Ich habe nie für möglich gehalten, daß es so etwas wirklich gibt. Irgendwo anders, vielleicht, aber hier? Haben Sie schon mal so viel Leid und Elend auf einem Haufen gesehen? Ich jedenfalls nicht. Berger und seine Frau sind tot, die kleine Anna Purucker, Anton Müller und noch einige andere. Und das dürfte erst die Spitze des Eisbergs sein. Und es gibt so verdammt viele,

die schwerverletzt sind und dringend ins Krankenhaus müßten. Wenn nur diese verfluchten Telefone funktionieren würden!«

»Sagen Sie mir, wo und wie ich helfen kann und ich tu's.«

»Rufen Sie über Funk Verstärkung.«

»Unsere Funkanlage reicht gerade noch aus, daß wir mit unseren Streifenwagen kommunizieren können. Wir haben auch nur die Telefone. Was kann ich sonst tun?«

»Mein Gott, gehen Sie die Straße entlang, Sie werden schon über die Leute stolpern! Verdammt noch mal, ich kann Ihnen auch nichts sagen«, sagte Reuter unwirsch. »Ich muß meine Tasche wieder auffüllen. Ich habe aber bei weitem nicht genügend Schmerzmittel und Verbandsmaterial. Wir können nur hoffen, daß bald Hilfe kommt. Wenn Sie mich jetzt bitte entschuldigen würden, ich muß weiter.« Er stieg die Treppe hinauf, auf der obersten Stufe drehte er sich noch einmal um. »Sollten Sie allzu müde werden, ich habe da ein paar Pillen ...«

»Danke, Doktor, im Augenblick geht's noch.«

Auch das Haus der Schneiders hatte der Tornado gefressen. Das für den Abend geplante gemeinsame Essen war damit abgesagt. Dic Wände waren, wie bei den meisten betroffenen Häusern, einfach umgekippt, vom Zaun, dem Schneider erst am vergangenen Wochenende so liebevoll angestrichen hatte, standen nur noch vereinzelte Latten, der kleine Garten war verwüstet. Es wäre ein Wunder gewesen, hätte er in diesem Trümmerhaufen Überlebende gefunden. Und in dieser Nacht glaubte Brackmann nicht an Wunder. Er versuchte es trotzdem, stieg über Holz und anderes Gerümpel, unter seinen Füßen knirschte es metallen.

Die erste, die er sah, war Frau Schneider. Sie lag auf dem Rücken in ihrem Bett, die Augen geschlossen, der Regen ließ ihr fahles Gesicht glänzen. Sie atmete nicht mehr. Brackmann fühlte ihren Puls – lebloses, nasses, kaltes

Fleisch. Ihr Mann lag neben dem Bett auf dem aufgeweichten Boden, das Gesicht voller Glassplitter, die sich tief in die Haut gebohrt hatten, zwei Holzlatten wie ein Kreuz über dem Oberkörper. Seine Augen waren einen Spalt geöffnet, er röchelte. Brackmann beugte sich zu ihm hinunter. Ihm war, als lächelte Schneider ihn an, sobald er ihn erkannte.
»Hallo, Herr Kommissar.« Schneider hustete, hob kurz den Kopf, ließ ihn wieder zurückfallen, »Sie kommen spät. Was ist passiert?« Er sprach so leise, daß Brackmann ihn kaum verstand.
»Ein Tornado.«
Schneider nahm Brackmanns Hand und drückte sie, als wollte er sie nie mehr loslassen. »Ellie schläft noch, nicht wahr?«
Brackmann nickte. »Ja, sie schläft.«
»Gut, dann lassen wir sie schlafen. Ich bin auch müde, ich denke, ich sollte auch besser schlafen. Wissen Sie, wovor ich Angst habe?«
Brackmann schüttelte den Kopf. »Nein. Ich wüßte auch nicht, wovor Sie Angst zu haben bräuchten.«
»Sie haben ja keine Ahnung«, stöhnte Schneider mit schmerzverzerrtem Gesicht auf. »Ich habe trotzdem Angst. Ich habe Angst, Ellie nicht wiederzusehen. Aber ich will sie doch wiedersehen.«
»Keine Sorge, Herr Schneider, Sie werden sie wiedersehen.«
»Wenn nur jemand diese Nadeln aus meiner Lunge nehmen könnte! Ich spüre auch meine Beine nicht mehr. Und diese merkwürdigen Stimmen. Hören Sie es auch? Hören Sie diese wunderbaren Stimmen? Tut mir leid, aber ich fürchte, das mit dem Essen heute abend wird nichts.«
Der Druck von Schneiders Hand ließ plötzlich nach. Die Pupillen brachen, die Atmung setzte aus. Brackmann fühlte den Puls, Schneider war tot. Er leuchtete ihn noch einmal

kurz an, danach seine Frau. Er erhob sich, drehte sich um und ging. Stemmte sich gegen den kalten Wind. Es tat ihm leid um die Schneiders, aber er wußte, daß es besser war, daß sie beide tot waren, für einen allein wäre das Leben kein Leben mehr gewesen.

Soweit er erkennen konnte, war bei den Oberts und den Merkels alles heil geblieben, zumindest konnte er keine gravierenden Schäden ausmachen. Aber wo einst hübsche, liebevoll angelegte Gärten waren, wo Rosensträucher ihren betörenden Duft verströmten und schneeweiße Zäune auf etliche hundert Meter hinweg die Straße säumten, war alles zerstört, vom Sturm entwurzelt, vom Regen fortgespült.

Ein kleines Mädchen, vielleicht fünf oder sechs Jahre alt, bekleidet mit nichts als einem auf der Haut klebenden Nachthemd, saß auf der Kante des Bürgersteigs, die nackten Füße von reißendem Wasser umspült, eine Puppe fest an die Brust gedrückt.

»Na, Kleine, wo sind denn deine Eltern?« fragte er, ging in die Hocke, streichelte über das lange braune Haar des Mädchens.

Sie reagierte nicht auf die Frage, der Blick aus ihren großen, dunklen Augen ging durch die dünnen, gläsernen Fäden des Regens ins Nichts. Brackmann drehte sich zu dem Haus um, in dem sie gewohnt hatte. Er stand auf, stolperte über Bretter und Trümmer, fiel hin, schrie auf, als ein Nagel durch die dicke Sohle seines rechten Schuhs drang und Holzsplitter sich in seine Hände bohrten; er hangelte sich weiter, bekam wieder festen Boden unter den Füßen, ließ den Strahl seiner Taschenlampe in die alptraumhafte Schwärze eindringen, verharrte, horchte in die Dunkelheit hinein, glaubte auf einmal, Stimmen zu hören, schwach nur, aber je weiter er sich durch den Schutt wühlte, desto klarer wurden sie. Er räumte alles, was ihn behinderte, zur Seite, Nägel, Holz-, Glas- und Metallsplitter rissen die Haut an seinen Händen und Ar-

men, selbst an seinen Beinen auf. Er betete, fluchte, hoffte, alles auf einmal, war der Verzweiflung nahe, denn was er vorhatte, war eigentlich unmöglich, aber warum nicht einmal das Unmögliche schaffen?
Sie lagen beide auf dem Boden, eine junge Frau und ihr Mann. Die Frau hatte die Augen halb geschlossen, ihr Atem ging flach und schnell, sie wimmerte. Auch der Mann atmete noch, doch sein langsamer Puls setzte immer wieder aus. Brackmann kümmerte sich zuerst um die Frau, trug sie nach draußen, wo er sie neben ihre Tochter auf den Bürgersteig legte. Der Mann war viel schwerer, und Brackmann wußte nicht, ob er innere Verletzungen oder Brüche hatte, aber es gab keine andere Möglichkeit, er packte ihn sich über die Schulter, schleppte ihn ins Freie, legte auch ihn auf den Bürgersteig. Das Mädchen drehte sich zu seinen Eltern, sah sie an, streichelte erst der Mutter, dann dem Vater übers Gesicht, begann ein Schlaflied zu singen.
Brackmann rannte über die Straße zu den Merkels, weil sie die einzigen ihm bekannten Leute waren, die über eine Amateurfunkanlage verfügten.
Merkel stand vor dem Haus, Hilflosigkeit im Blick. Brackmann sah es, aber in seinem Innern verarbeitete er diese Hilflosigkeit nicht. »Merkel, mein Gott, Sie schickt der Himmel!«
»Sind Sie da wirklich sicher?« Merkel deutete bitter lachend um sich. »Von was für einem verfluchten Himmel sprechen Sie eigentlich?«
»Sie haben doch eine Funkanlage?! Oder haben Sie gar ein Handy? Hören Sie zu, wir müssen dringend Hilfe holen. Es gibt so viele Schwerverletzte, daß Dr. Reuter sie unmöglich alle allein versorgen kann. Ich weiß nicht, inwieweit schon anderweitig Hilfe angefordert worden ist, aber besser einmal zuviel als einmal zuwenig.«

Merkel machte ein gleichgültiges, apathisches Gesicht, zuckte nur mit den Schultern. Brackmann packte ihn mit beiden Händen, schüttelte ihn durch und schrie ihn an: »Hören Sie zu, Merkel, hier geht es nicht nur um Sie, hier geht es um den ganzen Ort! Um Menschenleben! Machen Sie, daß Sie an die Funkanlage kommen und holen Sie Hilfe, und zwar schnell!«

Merkel sah Brackmann aus großen Augen an, dann drehte er sich um und ging ins Haus, das nicht einmal eine Schramme abbekommen hatte. Frau Merkel saß in einem Sessel und schlief. Eine Kerze flackerte.

»Meine Frau schläft. Sie hatte vorhin einen Asthmaanfall, ich mußte ihr Valium geben«, sagte Merkel; Brackmann hörte ihm nicht zu. »Mein Handy ist übrigens in Hof, in meinem Büro.« Brackmann folgte ihm in einen Raum, der vollgestopft war mit technischem Gerät, vom Computer bis zur Funkanlage. Merkel zog sich einen Stuhl heran, setzte die Kopfhörer auf, drückte ein paar Schalter.

»Um diese Zeit ist es aber nicht ganz einfach, durchzukommen.« Er dreht an einigen Knöpfen, arbeitete sich durch die Frequenzen, bis er glaubte, eine Verbindung zu haben. Fehlanzeige. Es dauerte etwa fünf Minuten, bis Merkel durchkam. Ein kurzes Gespräch, dann drehte er sich um, sein Gesicht so ausdruckslos wie zuvor.

»Das war Nürnberg, die Polizeistation. Sie sind bereits informiert worden, ebenso die Krankenhäuser in Hof und Münchberg sowie einige Hilfsdienste. Es sind Hubschrauber der Bundeswehr mit Ärzten, Decken und Medikamenten unterwegs.«

»Okay und danke. Ich muß wieder los. Jede gesunde Hand wird gebraucht.« Brackmann drehte sich um und lief los, als die Stimme Merkels ihn zurückhielt.

»Warten Sie, ich komme mit. Was soll ich hier? Meine Frau schläft, und Andy ...«

»Bitte?«
»Ach, nichts weiter, es ist alles in Ordnung.«
»Wir werden als erstes schnell bei Ihren Nachbarn, den Oberts, vorbeischauen.«
»Wenn's unbedingt sein muß.«
Wie bei den Merkels war auch bei den Oberts Kerzenschein. Ernst, der älteste Sohn, kam, mit einer nur noch schwach brennenden Taschenlampe in der Hand, von einer Inspektionsrunde hinter dem Haus hervor, den unbeholfen hintendreintapsenden Jonathan im Schlepptau, als Brackmann vorsichtig an die schief in den Angeln hängende Tür klopfte. Merkel blieb an der Straße stehen, die Hände in den Hosentaschen vergraben.
»Seid ihr alle okay?«
Ernst nickte. »Uns geht's gut. Und das Haus, na ja, das Dach und ein paar Fenster sind hin, und das Gartenhaus«, er zuckte mit den Schultern, »weiß der Geier, wo das hingeflogen ist. Und vom Garten ist auch nicht mehr viel übrig. Und wie sieht es im Ort aus?«
»Deswegen bin ich hier. Wir brauchen jeden Mann und jede helfende Hand. Es gibt sehr viele Schwerverletzte. Wir müssen versuchen, wenigstens ein paar von ihnen zu retten. Wir könnten auch eure Hilfe brauchen.«
»Sicher. Mein Vater und Andy sind im Haus. Kommen Sie mit.«
Frau Obert und Caroline standen mit versteinerten Mienen in der Küche, während Obert und Andy durchnäßt die Treppe herunterkamen.
»Hallo«, murmelte Obert.
»Hallo. Ich habe eben schon mit Ernst gesprochen. Wir brauchen jetzt jeden gesunden Mann. Es gibt eine Menge zu tun, wie Sie sich denken können. Aber wir sollten uns nicht zu lange mit Reden aufhalten. Es sei denn, es gibt bei Ihnen im Augenblick irgendwelche Personenschäden.«

Obert schüttelte den Kopf, kam auf Brackmann zu und wollte wissen: »Wo sollen wir anfangen?«
»Gehen Sie auf die Straße; Sie werden es schon sehen und wahrscheinlich auch hören.« Dann wandte Brackmann sich an die beiden Frauen: »Und Sie bitte ich, sich in der Zwischenzeit um zwei Verletzte zu kümmern. Sie liegen auf dem Bürgersteig. Ich denke, das Mädchen, das neben ihnen sitzt, ist ihre Tochter. Ich kenne sie zwar vom Sehen, weiß aber nicht ihre Namen, doch es sind Nachbarn von Ihnen.«
»Bringen Sie sie herein. Ich werde sehen, was ich für sie tun kann«, sagte Frau Obert.
Brackmann und die Männer eilten auf die andere Straßenseite, trugen die Verletzten ins Haus.
»Das sind ja die Grönerts! Sie haben doch noch ein Baby!« rief Frau Obert aus.
Brackmann überlegte nicht lange, machte wortlos kehrt und rannte hinüber, um nach dem Baby zu suchen. Andy und Obert folgten ihm, während Merkel zusammen mit Ernst in die Dunkelheit eintauchte.
Andy hörte es als erster, trotz des heulenden Sturms. Es lag auf der anderen, der Straße abgewandten Seite des Hauses auf dem Rasen – und es schrie. Es schrie vor Müdigkeit und Hunger, es schrie, weil der Regen in einem fort auf seinen kleinen Körper prasselte, es schrie, weil es keine andere Möglichkeit hatte, seinen Unmut kundzutun, es schrie, weil im Moment für dieses kleine Bündel Mensch alles zum Schreien war. Andy hob es vom aufgeweichten Rasen hoch, ging, das Baby im Arm, zurück zum Haus, Obert und Brackmann hinterher. »Ich hab das Baby, ich hab's! Es lebt!«
»Der Tornado muß es herausgeschleudert haben«, sagte Brackmann und strich sich übers stoppelige Kinn, »wahrscheinlich hat es da schon geregnet, und der Boden war weich, und ... Ach was, egal, Hauptsache, es lebt. Hoffentlich überleben es auch seine Eltern. Kommen Sie, Herr

Obert, sehen wir nach, ob wir noch woanders helfen können. Andy, ich schlage vor, du bleibst bei den Frauen und hilfst ihnen.« Andy nickte.
Eine der längsten und schwärzesten Nächte in der Geschichte von Waldstein war noch nicht zu Ende.

25

Um 3.10 Uhr kamen sie, flogen mit dem Wind, der den Schall auf Waldstein zutrieb. Die Helikopter verhießen Hoffnung, Hilfe, Rettung. Das grelle Licht der Suchscheinwerfer machte die Nacht zum Tag, ein Hoffnungsstrahl, der größer wurde mit jedem Meter, den sie näher kamen. Die Scheinwerfer kreisten, um Stellen auszumachen, wo die Hubschrauber gefahrlos landen konnten. Ein paar Menschen liefen aufgeregt winkend über den Marktplatz auf die Hubschrauber zu. Die allmählich zum Stillstand kommenden Rotorblätter peitschten den entgegenkommenden Regenfontänen ins Gesicht.
Brackmann war einer der ersten am Landungsort, er hielt einen der mitgekommenen Soldaten an: »Ich bin Polizeiobermeister Brackmann. Ich würde gerne mit Ihrem Vorgesetzten sprechen.«
»Mein Gott, was ist denn hier passiert?!« sagte der junge Mann, fügte aber gleich hinzu: »Ich werde Sie natürlich sofort zu unserem Leutnant bringen.« Brackmann folgte dem hochgewachsenen, höchstens zwanzig Jahre alten Burschen. Er salutierte vor einem hageren mittelgroßen Mann mit kleinen stechenden Augen in einem undurchdringlichen kantigen Gesicht. »Leutnant Bürger, Herr Brackmann von der Polizei möchte Sie sprechen!« Der junge Soldat stand für einen Moment stramm, machte dann kehrt.
»Haben Sie schon einen Überblick über das Ausmaß der

Katastrophe?« fragte der Leutnant mit harter, schnarrender Stimme, offensichtlich gewohnt, Befehle zu erteilen, und gewohnt, daß diese widerspruchslos hingenommen wurden. Er musterte Brackmann kühl und abschätzend, einen lausigen Polizisten in einem noch lausigeren Nest, das seinem kalten Blick nach zu urteilen wahrscheinlich nichts anderes als dieses Unglück verdient hatte.
»Nein, Leutnant, um einen Überblick zu erhalten, müßte wenigstens die Elektrizität wieder funktionieren. Alles, was wir haben, sind Taschenlampen und Kerzen. Im Augenblick sind wir einzig und allein auf Vermutungen angewiesen. Ich gehe davon aus, daß einige Gasleitungen defekt sind und man sich darum kümmert. Und wie es aussieht, hat es zahlreiche Tote gegeben. Ich schlage daher vor, die Stadt systematisch nach Schwerverletzten abzusuchen.«
»Danke, daß Sie für mich denken wollen, aber das habe ich bereits veranlaßt. Wir haben drei Sanitätshubschrauber dabei sowie einige Sanitäter und Ärzte. Ein paar meiner Männer werden sich zunächst um das Gas und die Wiederinbetriebnahme der Stromversorgung kümmern. Wenn es weiter nichts gibt ...« Den Leutnant scherte die Situation einen Dreck, weder der Schlamm noch die Sturzfluten vom Himmel, die Zerstörung, das Leid der Menschen. Brackmann ließ ihn einfach stehen.

Um 3.25 Uhr kehrte Brackmann in sein Büro zurück. Der Wind hatte abgeflaut, es regnete nur noch leicht.
Sie saßen auf einer Pritsche in einer der hinteren Zellen, Angela Siebeck, die zwei Vandenberg-Frauen und das Mädchen. Sonst war niemand im Büro. Auch Angela hatte sich eine Decke umgelegt. Er ging zu ihnen und sagte: »Es tut mir leid, aber bevor ich mich Ihnen widmen kann, muß ich mich einen Moment ausruhen. Es sei denn, es gibt Probleme, die sofort gelöst werden müssen.«

»Nein, keine Probleme. Und es ist auch niemand in der Zwischenzeit hiergewesen«, sagte Angela. Brackmann begab sich wieder nach vorn, ließ sich auf den Stuhl fallen. Die Müdigkeit, der mangelnde Schlaf der vergangenen Tage machten sich bemerkbar. Seine zerschundenen Arme und Beine schmerzten, vor allem der rechte Fuß, in den sich der Nagel gebohrt hatte, ab und zu tanzten Funken vor seinen Augen. Angela Siebeck kam von den Zellen nach vorn, setzte sich auf die Schreibtischkante. Sie hielt eine Kerze in der Hand, das Licht ließ ihr Gesicht unnatürlich bleich erscheinen, sie hatte tiefe Ringe unter den Augen.

»Wie sieht es aus?« fragte sie mit gesenktem Blick. Brackmann hatte die Augen geschlossen und die Beine auf den Schreibtisch gelegt.

»Tod, Verwüstung, Elend«, murmelte er. »Wenn Sie die Leute sehen könnten! Sie kennen doch bestimmt die Schneiders, das ältere Ehepaar? Beide tot.« Er erzählte von dem kleinen Mädchen mit der Puppe. »Und dazu dieser Regen! Ich glaube, es gibt keinen, der sich nicht seit Wochen oder Monaten Regen gewünscht hat – aber so?! Was ist bloß heute nacht mit Waldstein passiert? Zum Glück sind die Soldaten gekommen. Sie werden hoffentlich die Stromversorgung bald wieder instand setzen können. Wollen Sie noch was wissen?« Er öffnete die Augen, sah Angela an, sie schüttelte den Kopf.

Er fragte: »Glauben Sie an ein Leben nach dem Tod?«

»Wieso?« fragte Angela Siebeck.

»Kam mir nur so in den Sinn, war 'ne blöde Frage von mir. Vergessen Sie's einfach. Mein Gott, bin ich müde. Ich könnte jetzt einen Kaffee gebrauchen. Ist noch eine Tasse da für mich?«

»Natürlich«, sagte Angela, holte die Kanne und einen Becher, schenkte ihm ein, stellte die Tasse auf den Tisch. »Was soll mit den Frauen geschehen?«

»Keine Ahnung, ich habe noch keine Zeit gehabt, darüber nachzudenken! Sie sollen in der Zelle bleiben, bis ich mich wieder einigermaßen gefangen habe. Ich muß mich nur ein paar Minuten ausruhen!«

Das Licht ging um 3.52 Uhr wieder an.
Brackmann wurde vom plötzlichen grellen Schein seiner Schreibtischlampe geblendet. Er quetschte einen Fluch durch die Lippen, stand auf, um nach hinten zu den Frauen zu gehen. Sie sahen so übernächtigt aus, wie er sich fühlte.
»Tut mir leid, wenn ich mich noch nicht um Sie gekümmert habe. Ich verspreche Ihnen aber, mich gleich morgen früh«, er machte eine Pause, verbesserte sich, »gleich nachher um Sie zu kümmern.«
»Natürlich«, sagte Sarah Vandenberg, »wenn Sie uns nur garantieren, daß wir nicht zurückmüssen.«
»Aber ich kann Sie doch unmöglich die ganze Zeit über hier in der Zelle behalten ...«
»Und warum nicht? Wir bitten Sie um Asyl. Zumindest um so was Ähnliches.«
»Nun ...«, Brackmann machte ein verlegenes Gesicht und kratzte sich im Nacken, »Ihre Kleider und ...«
»Hören Sie«, mischte sich Angela Siebeck ein, »die Damen sind doch ganz offensichtlich in Schwierigkeiten. Umsonst verkriecht sich niemand in einem ... Gefängnis! Schon gar keine Vandenberg. Wenn sie nicht hierbleiben können, ich meine, ich könnte sie für kurze Zeit bei mir unterbringen.«
»Hm, Sie haben wohl recht«, sagte Brackmann und fuhr sich übers Kinn. »Sollte man nach Ihnen suchen, schätze ich, daß man zuerst mich nach Ihnen fragen wird. Es wäre wirklich besser, wenn Sie dann nicht hier sind.«
Die Vordertür wurde aufgerissen, Brackmann ging nach vorn und war erleichtert, daß es nur ein Soldat war, der mitteilte, daß die Telefonleitungen wieder funktionierten.

Sofort nach dieser Meldung, und ohne eine Erwiderung abzuwarten, machte der Soldat kehrt.
Brackmann nickte, folgte ihm nach draußen. Es tröpfelte nur noch, es war fast windstill. Er drehte eine kleine Runde, überall war man damit beschäftigt, in den Überresten der Häuser und Wohnungen nach Angehörigen, Tieren und anderen liebgewonnenen Dingen zu suchen. Einigemal wurde er angehalten und gefragt, ob er diesen oder jenen gesehen hätte, doch fast immer mußte er bedauernd verneinen. Er half, wo er konnte; meist war es ein Kampf gegen die Zeit, ein ungerechter Kampf, denn die Zeit hatte einen gewaltigen Vorsprung.
Eine Mutter brach zusammen, als ihr toter Sohn unter einem Haufen Steine hervorgezogen wurde, der Kopf eine blutige, unkenntliche Masse, die fast vollständig vom Hals abgetrennt war. Sie warf sich auf ihn und schrie vor Entsetzen, preßte ihren Kopf auf die klaffende Halswunde, bis ihr Mann sie gewaltsam hochzog und sie an sich drückte, ihren Kopf festhielt, damit sie nicht länger auf ihren toten Sohn sah. Behutsam führte er sie weg.
Tonis Kneipe und das Rathaus sowie das Haus, in dem sich Angelas Wohnung befand, hatten, soweit Brackmann es überblicken konnte, der Schlacht mit nur geringen Blessuren getrotzt. Kurz bevor er sein Büro wieder erreichte, riß die Wolkendecke auf, Sternenlicht. Die Zellen waren leer. 4.45 Uhr.

Gerade als Brackmann sich auf den Weg nach Hause machen wollte, um eine Kleinigkeit zu essen und zu trinken, erschien Schmidt.
»Ich schwöre Ihnen«, stieß er keuchend hervor, »so etwas habe ich noch nicht erlebt . . .«
»Das hat noch keiner erlebt!« unterbrach ihn Brackmann. »Alles in Ordnung bei Ihnen?«

»Ja, denke schon. Wir haben nicht mal 'ne Schramme abgekriegt. Aber ich habe von unserem Fenster aus alles beobachten können. Und, ob Sie es glauben oder nicht, es waren höchstens zehn Meter, die zwischen ihm und unserem Haus lagen! Es war der blanke Wahnsinn! Der blanke, absolute Wahnsinn!«

»Was wollten Sie gerade tun?« fragte Brackmann.

»Im Büro nachschauen, und –«

»Gut, dann bleiben Sie hier und halten die Stellung. Das Büro muß jetzt ständig besetzt sein. Ich gehe schnell nach Hause, esse eine Kleinigkeit und ziehe mir etwas anderes an. Ich gehe davon aus, daß im Lauf der Nacht noch einige Anrufe eingehen werden. Haben Sie was von Richter gehört?«

»Nein, bis jetzt nicht.«

»Gut, wir sehen uns dann später.«

Brackmann mochte nicht glauben, daß seine Wohnung kaum etwas abbekommen hatte. Lediglich ein Fenster stand offen, das Glas war gebrochen, Scherben lagen verstreut im Raum, doch ihm fiel ein, daß er vergessen hatte, es abzuschließen, bevor er das Haus nach Reuters Anruf verließ. Der Regen war vom Sturm ins Zimmer gepeitscht worden, der Fußboden, der Schrank und das Fußende des Bettes waren naß.

Wie es aussah, hatte der Tornado etwa die Hälfte, vielleicht auch ein bißchen mehr, von Waldstein erwischt. Die Westseite, auf der unter anderem auch die Merkels, die Oberts, Toni und Angela Siebeck sowie er selbst wohnten, war weitgehend verschont geblieben. Vielleicht fehlten hier und da ein paar Dachziegel, vielleicht waren da und dort einige Fenster und Türen aus der Verankerung gerissen worden, doch dies war nichts im Vergleich zu jenen, die von einer Minute zur anderen obdachlos geworden waren. Und oft nicht nur das.

Brackmann aß ein trockenes, fade schmeckendes Stück Brot, trank einen Schluck kalte Milch. Er war übermüdet, mit seinen Kräften am Ende, er hätte gerne geschlafen. Er setzte sich für einen Moment auf das Bett, den Kopf geneigt, die Hände wie zum Gebet gefaltet. Er schloß die Augen und ließ sich zurückfallen. Er schlief ein.

26

Brackmann schlief nicht einmal zwei Stunden. Auf der Straße wurde gehämmert und gebohrt, Holz und Steine wurden auf Lastwagen geworfen, Häuserreste abgerissen, traurig anzusehende Relikte besserer Zeiten, die vor sechs Stunden geendet hatten.
Er fühlte sich miserabel, ausgekotzt, übernächtigt. Ihm war schwindlig, sein Mund war trocken, seine Beine schwer, er hatte Mühe beim Atmen, das Gefühl, ein Bleigewicht läge auf seiner Brust. Er stand auf und sah aus dem Fenster auf die Stadt, die kaum noch etwas mit der vom Vortag gemein hatte. Bis zu dieser Nacht hatte er sich die Gewalt eines Tornados nicht einmal annähernd vorstellen können, alles, was er bisher darüber gelesen oder gesehen hatte, hatte nicht im entferntesten das Desaster und die Angst und das Leid vermitteln, kein Fernsehbild die Not, den Krach und die Zerstörung wiedergeben können, die der Wirklichkeit entsprachen.
Er sah die Schneiders vor sich, Buchner und dessen abgrundtiefe Verzweiflung, das kleine Mädchen, das im Regen auf dem Bordstein gekauert hatte, die Puppe an sich gedrückt, das Baby, das im letzten Moment gefunden wurde.
Er nahm eine seiner Pillen, um den Druck auf seiner Brust loszuwerden, duschte kalt, rasierte sich, frühstückte eine kleine Schüssel Cornflakes, warf danach noch ein Pille gegen das schwarze Loch ein und verließ die Wohnung. Die

Tabletten begannen nach einer halben Stunde ihre Wirkung zu entfalten. Sieben Uhr, die Sonne schälte sich gerade aus dem Horizont, Dunstschwaden waberten über der mit Feuchtigkeit vollgesogenen Erde und wurden von der wieder mächtigen Sonne allmählich hochgezogen.
Auf seinem Schreibtisch fand er eine Nachricht von Leutnant Bürger vor: *Bin um zwölf in Ihrem Büro. Kurze Lagebesprechung. Erwarte, daß Sie dann anwesend sind. Ein unmißverständlicher Befehl.* Brackmann knüllte den Zettel fluchend zusammen, warf ihn in den Papierkorb. Daneben eine kurze Notiz von Schmidt, der losgefahren war, um ein paar Verrückte davon abzuhalten, den Laden von Maria Olsen zu plündern.
Brackmanns erster Weg führte ihn zu Angela Siebeck. Erst nach dem zweiten Klingeln wurde ihm geöffnet. Angela lugte verschlafen durch den Türschlitz, sie war blaß, hatte tiefe dunkle Ränder unter den Augen.
»Sie, so früh? Ich habe noch nicht mit Ihnen gerechnet. Die anderen schlafen auch noch.«
»Tut mir leid, aber mein Zeitsinn ist ziemlich durcheinander. Wenn ich störe, komme ich später wieder ...«
Sie zögerte einen Moment. »Ach was, kommen Sie ruhig rein. Ich kann ja schon mal Kaffee kochen. Aber schauen Sie sich um Himmels willen nicht zu genau um, es sieht chaotisch aus.« Sie machte die Tür frei, um Brackmann eintreten zu lassen. Es roch muffig nach Feuchtigkeit und den Ausdünstungen mehrerer Personen in einer zu kleinen Wohnung, zudem waren die Fenster noch geschlossen. Während Angela in der Küche verschwand und Wasser in den Kessel laufen ließ, öffnete Brackmann die Balkontür, um frische Luft hereinzulassen. Er setzte sich in einen der beiden großen weichen Sessel; kaum hatte er Platz genommen, erschienen Sarah und Csilla, auch ihre Gesichter von Übermüdung und Erschöpfung gezeichnet. Sarah, die in

etwa Angelas Figur hatte, trug eines von Angelas Kleidern, während die etwas fülligere, zwar nicht dicke, nur etwas aufgedunsene Csilla ein gestreiftes, bis über die Knie reichendes Baumwollnachthemd anhatte. Einen Moment blieben sie unentschlossen in der Mitte des Zimmer stehen, bis Sarah näher trat und sich auf die Couch setzte, die Beine übereinanderschlug. Csilla setzte sich dicht neben Sarah.
Csilla hatte dunkle Ringe unter den verquollenen Augen, ihre Hände zitterten leicht, Schweißperlen standen auf ihrer Stirn. Brackmann schätzte sie auf Ende Zwanzig, obwohl sie etwas älter wirkte, vielleicht wegen dem glanzlosen Ausdruck ihrer blaugrauen Augen und den bitter herunterhängenden Mundwinkel. Angela kam mit dem Kaffee aus der Küche, stellte das Tablett mit der Kanne und den Tassen auf den Tisch; der Duft erfüllte den Raum. Sie schenkte ein, setzte sich in den anderen Sessel.
Sarah nahm die Tasse, führte sie an die Lippen, nippte und sagte: »Vielen Dank, daß Sie so schnell gekommen sind. Und vor allem, daß Sie uns nicht – ausgeliefert – haben.«
»Nicht der Rede wert. Aber um Ihnen helfen zu können, müßte ich schon wissen, warum Sie fortgelaufen sind.«
»Es ist eine lange Geschichte, aber ich werde mich kurz fassen.« Sie versuchte es zumindest, zum Abschluß sagte sie: »Herr Brackmann, jetzt, wo Sie alles gehört haben, werden Sie verstehen, daß es für mich nur eine Lösung geben kann. Ich muß weg, allein schon wegen meiner Tochter. Können Sie mir dabei helfen?«
Brackmann lehnte sich zurück, hielt seine Tasse in der Hand, schüttelte den Kopf. »Wie stellen Sie sich das vor? Das würde Kampf mit Ihrer Familie bedeuten. Außerdem sind mir vom Gesetz her die Hände gebunden.« Er atmete kräftig ein und stieß die Luft hörbar durch die Nase wieder aus. »Wissen Sie, solange Sie nicht beweisen können, daß Sie mißhandelt oder vergewaltigt oder gar mit dem Tod

bedroht werden, so lange bin ich machtlos. Legen Sie ein ärztliches Attest vor, aus dem eindeutig hervorgeht ... Ach, Scheiße, aber das sind nun mal die Gesetze, und an die muß ich mich halten, ob ich will oder nicht! Glauben Sie mir, ich verstehe Ihre Lage, aber ich darf sie nicht verstehen.«
Sarah lachte sarkastisch auf. »Ich hätte es vorher wissen müssen! Es ist ein verdammtes Land! Die Gesetze hier sind für Männer gemacht! Von Männern für Männer! Wie konnte ich nur so blauäugig sein, anzunehmen, ich hätte eine Chance?! Aber ich schwöre Ihnen, jedes einzelne Wort, das ich Ihnen gesagt habe, ist wahr!« Sie machte eine beschwörende Geste. »Mein Gott, ich werde gehalten wie eine Gefangene, sie haben mir unmißverständlich gedroht, wenn ich mich scheiden ließe, würden sie mir Josephine wegnehmen. Mein Mann hat mich geschlagen, und das nicht nur einmal. Sogar meine Schwiegermutter hat mich schon geschlagen. Diese ehrenwerte Familie löst Probleme mit Gewalt. Denken Sie bloß nicht, die wären sich zu fein dafür! In dieser Familie leben lauter moralische Krüppel! Mein Schwager Jonas, der wahrscheinlich schon bald Ministerpräsident des Freistaates Bayern sein wird, hat mich nicht nur einmal sexuell belästigt, und ich könnte noch eine ganze Menge anderer Dinge auflisten. Aber ich weiß natürlich, diese Argumente zählen nicht für Sie!«
»Frau Vandenberg, bitte, ich glaube Ihnen jedes Wort! Aber ich kann nichts machen! Außerdem, was sollte ich Ihrer Meinung nach tun? Hingehen und mit Ihrem Mann oder Ihrem Schwager sprechen? Was glauben Sie, was die mit mir anstellen?! Ich kann Ihnen nur eines vorschlagen: Verlassen Sie so schnell und so heimlich wie möglich die Stadt. Tauchen Sie unter. Sie werden doch sicherlich irgendwo Freunde oder besser noch Eltern haben, bei denen Sie sich verstecken können. Wenn ich irgendwie kann, helfe ich Ihnen dabei, mehr kann ich aber nicht tun«, sagte

Brackmann eindringlich, trank den letzten Rest von seinem Kaffee und stellte die Tasse auf den Tisch.
Sarah holte eine Zigarette aus der Schachtel, zündete sie an, rauchte ein paar Züge, stieß den letzten durch die Nase wieder aus und sagte mit etwas ruhigerer Stimme: »Tut mir leid, es war auch nicht gegen Sie gerichtet. Es ist nur ... ich renne gegen Gummiwände. Das ist alles. Ich habe einfach Angst, meine Tochter zu verlieren, und natürlich habe ich auch Angst, zurückzumüssen. Wie es scheint, wird mir aber nichts anderes übrigbleiben. Aber Sie sollten sich trotzdem noch Csilla anhören. Vielleicht können Sie ja wenigstens für sie etwas tun. Komm, Csilla, du bist jetzt an der Reihe.«
»Könnte ich vielleicht einen Cognac oder etwas anderes in der Richtung haben?« fragte Csilla.
»So früh am Morgen?« fragte Angela Siebeck verwundert. »Möchten Sie nicht vorher etwas essen?«
»Nein. Es ist nur ... ich kann mich sonst nicht konzentrieren ... Tut mir leid.«
Angela holte eine fast volle Flasche Weinbrand aus dem Schrank und stellte sie zusammen mit einem Glas vor Csilla. Ihr war übel, das morgendliche Zittern der Hände, die geröteten Augen, die fahle Haut, das aufgedunsene Gesicht waren deutliche Zeichen für ihren Alkoholismus, ihr Körper verlangte danach, daß der über Nacht abgesackte Pegel wieder stieg. Csilla spürte die Blicke der anderen, aber sie ignorierte sie, auch wenn sie sich schämte. Mit gesenktem Blick füllte sie das Glas bis zur Hälfte. Sie trank in einem Zug aus. Das Zittern ihrer Hände hörte wenig später auf, ihre Stimme wurde fester.
Sie schilderte Brackmann in fast den gleichen Worten die gleiche Geschichte, die sie nachts zuvor Sarah erzählt hatte. Sie ließ nichts aus, fügte nichts hinzu, als hätte sie die Geschichte in der Einsamkeit ihres Zimmers in den endlosen Momenten des Alleinseins, der Depression und des

gleichzeitigen Hasses, mit spitzem Meißel in ihr Gehirn geschlagen.
Brackmann hörte zu, ohne sie auch nur einmal zu unterbrechen. Er war noch müde und doch mit einem Mal hellwach, wie elektrisiert. Alexander Höllerich. Csilla hatte den Namen des Mannes erwähnt, über den auch Maria Olsen geschrieben und von dem sie behauptet hatte, daß er hier in Waldstein getötet worden war. Trotzdem unterbrach er Csilla nicht, er wartete, bis sie ihre Geschichte zu Ende erzählt hatte, aber er spürte, wie sein Herzschlag sich beschleunigte, seine Handflächen feucht wurden.
Als sie geendet hatte, sagte er: »Sagen Sie, Frau Vandenberg, dieser Alexander Höllerich – Sie haben nie wieder etwas von ihm gehört?«
»Nein, aber das habe ich doch schon gesagt. Warum fragen Sie?«
»Es interessiert mich einfach nur. Es könnte doch schließlich sein, daß ihm etwas zugestoßen ist und das der Grund ist, daß er sich nicht mehr bei Ihnen gemeldet hat. Zumindest hätte er doch versucht, Kontakt mit Ihnen aufzunehmen, wenn es stimmt, was Sie sagen, daß Sie sich so sehr geliebt haben. Oder? Ich meine, er wußte, daß er Vater wurde, er hat sich doch auf das Kind gefreut. So jemand haut doch nicht einfach ab, oder?«
Csilla nahm die Flasche, schenkte sich erneut ein und leerte das Glas in einem Zug. »Daß ihm etwas zugestoßen sein könnte, daran habe ich auch schon gedacht. Aber ich habe diesen Gedanken immer wieder verworfen. Ich glaube es auch nicht«, sagte sie. »Er hat sich bestimmt kaufen lassen. Alex war arm wie eine Kirchenmaus, und ein Batzen Geld kann eine Menge bewirken. Wahrscheinlich hat er nur vorgegeben, sich auf das Baby zu freuen und mich zu lieben. Vielleicht sah er von Anfang an nur das Geld, er wußte ja schließlich, daß ich eine Vandenberg bin.«

»Frau Vandenberg«, sagte Brackmann ernst, »wenn Sie möchten, werde ich mich bemühen, etwas über den Verbleib von diesem Alex herauszufinden. Dazu werde ich aber aller Voraussicht nach mit Ihren Verwandten sprechen müssen, denn mir scheint, wenn jemand etwas über seinen Verbleib sagen kann, dann sie. Nur muß ich Sie natürlich fragen, ob Sie das überhaupt wollen?«
Csilla zuckte mit den Schultern. »Sie haben freie Hand. Tun Sie, was Sie für richtig halten. Allerdings möchte ich Ihnen gleich sagen, daß es sehr, sehr schwierig werden wird, mit denen zu reden. Die bringen es glatt fertig, zu behaupten, es hätte nie einen Alexander Höllerich gegeben und ich wäre nichts als ein verwirrtes Geschöpf, das dringend ärztlicher Hilfe bedarf. Sie werden behaupten, sie machten sich große Sorgen, und werden Sie bitten, ihnen meinen Aufenthaltsort zu verraten. Und das nur, weil sie mich unbedingt weiterhin vor der Öffentlichkeit verstecken wollen. Aber wenn Sie ihnen verraten, wo ich bin, dann werden sie mich für den Rest meines Lebens einsperren. Oder sie bringen mich um.« Sie stockte und sah Brackmann fest an. »Aber glauben Sie mir um Himmels willen – ich bin nicht verrückt! Ich war nie verrückt und bin es auch nicht geworden! Ich weiß, ich bin eine Alkoholikerin, und dieser verfluchte Alkohol wird mich noch ruinieren, aber ich bin nicht verrückt!« Sie hielt kurz inne, die Hände gefaltet, betrachtete ihre schlanken, wohlgeformten Finger. An der linken Hand trug sie einen Schlangenring. »Hier«, sagte sie und deutete auf den Ring, »den hat mir Alex zu unserer Verlobung geschenkt. Ich liebe Schlangen. Sie sind so anders als andere Tiere. Haben Sie schon einmal eine Schlange in der Hand gehalten? Sie fühlen sich weich und seidig an. Gar nicht schleimig oder glitschig.« Sie sah auf und lächelte. »Wissen Sie was, ich habe vorhin gelogen, ich glaube nämlich selbst nicht mehr daran, daß Alex noch lebt. Er hätte sonst Him-

mel und Hölle in Bewegung gesetzt, um mich aus meinem Gefängnis zu befreien. Er hatte sich doch so sehr auf sein Kind gefreut. Sie hätten ihn sehen sollen, als ich ihm sagte, daß er Vater würde! Und plötzlich, so aus heiterem Himmel, soll er sich nicht mehr für mich und das Kind interessiert haben?!«

»Frau Vandenberg, ich habe nicht gesagt, daß Alexander tot ist. Aber wir müssen einfach jede Möglichkeit in Betracht ziehen. Darf ich Ihnen eine andere Frage stellen?«

Csilla nickte nur.

»Ihrer Familie gehört doch der alte Steinbruch?«

»Ja, natürlich, warum fragen Sie?«

»Er ist geschlossen worden. Mich würde interessieren, warum. Haben Sie eine Ahnung?«

»Nein, ich höre heute zum ersten Mal, daß dort nicht mehr gearbeitet wird. Wann soll das denn gewesen sein?«

»Etwa vor sechs Jahren.«

»Hat das irgendwas mit Alex zu tun?«

»Nein. Es hat mich nur so interessiert«, log Brackmann und sprang sofort über auf das nächste, unverfänglichere Thema. »Wo werden Sie in den nächsten Tagen bleiben?«

»Sie bleiben selbstverständlich erst einmal hier«, sagte Angela. »Ich kann etwas Gesellschaft brauchen.«

»Danke«, sagte Sarah.

Brackmann wollte sich schon verabschieden, da fiel ihm noch etwas ein. »Frau Vandenberg, es gibt doch sicherlich einen Arzt, der Sie mit Medikamenten versorgt und der auch ein Attest ausgestellt hat, aus dem hervorgeht, daß Sie ...«

»Daß ich verrückt bin? Geistesgestört? Eine Psychopathin? Natürlich gibt es einen Arzt. Dieser Schweinehund würde jede Schmutzarbeit erledigen.«

»Sein Name, wie ist sein Name?«

»Dr. Reuter, warum?«

»Nur so, nur zur Information.« Er spürte, wie seine Knie weich wurden, ein Karussell sich in seinem Kopf zu drehen begann. Reuter, Reuter, Reuter!! Er war zornig – enttäuscht und zornig. Er wäre jetzt am liebsten zu ihm gerannt … Aber das wäre dumm gewesen. Er mußte einen kühlen Kopf bewahren. Dabei hatte er es fast geahnt, aber auch wieder nicht für möglich gehalten, daß Reuter für die Vandenbergs arbeitete! Und offenbar stellte er wissentlich falsche Atteste aus!

Brackmann ging zur Tür, blieb mit dem Rücken zu den Frauen stehen, drehte sich um und schluckte schwer. »Ich habe es mir überlegt«, sagte er, »Sie haben meine volle Unterstützung.« Er wartete keine Antwort ab, sondern ging hinunter und hinaus in die Hitze, die Waldstein zurückerobert hatte.

Auf dem Weg zurück ins Büro kreisten seine Gedanken um einen einzigen Namen – Reuter! Er hatte Reuter immer für integer und absolut unbestechlich gehalten. Als einen sich vor Liebe zu Maria Olsen verzehrenden Arzt. Einen Wohltäter, einen freundlichen, hilfsbereiten Mann. Und jetzt stellte sich heraus, daß dieser selbe Mann in Wirklichkeit in schmutzige Geschäfte verwickelt war.

Und Engler, der beste Freund von Reuter? Wie verhielt es sich mit Engler? Stand vielleicht auch er in Diensten der Vandenbergs? Nichts schien Brackmann plötzlich mehr unmöglich. Irgendwann, aber nicht sofort, würde er Engler nach seinem Verhältnis zu den Vandenbergs befragen. Gestern hatte er zwar behauptet, keinerlei Kontakt zu ihnen zu haben, aber schon da war ihm einiges am Verhalten des Pfarrers merkwürdig vorgekommen. Er mußte und würde versuchen, Engler dazu zu bringen, sich zu verraten. Irgendwie mußte er ihn unter Druck setzen. Obwohl, nein, er verwarf den Gedanken wieder, es war einfach unmöglich, daß Engler … nein, ein Priester machte so was nicht.

Schmidt wartete bereits auf Brackmann. Er hatte keine gute Nachricht. »Richter liegt im Krankenhaus, beide Beine gebrochen, ein paar Rippen gequetscht, innere Verletzungen. Soweit ich weiß, liegt er auf der Intensivstation, sein Zustand ist kritisch. Sein Vater ist tot, seine Mutter ist wie durch ein Wunder unverletzt geblieben. Sie haben ihn nach Nürnberg in die Klinik geflogen, weil in Hof kein Platz mehr war.«

»Scheiße! Aber ich habe jetzt Wichtigeres zu tun, als mich um Richter zu kümmern. Ich bin nur kurz hier, um die Schlüssel zu holen.«

Er ließ sich in seinen Streifenwagen fallen und fuhr los. Die Hauptstraße war wieder passierbar, am Straßenrand standen dicht an dicht Lastwagen, Kranwagen und Militärfahrzeuge. Zelte waren an freien Stellen errichtet worden, als erste Notunterkünfte für die Obdachlosen.

Fünf Minuten später hielt er vor dem Anwesen der Vandenbergs. Er legte sich Fragen zurecht, die er ihnen stellen wollte, ließ aber plötzlich den Vorsatz fallen, sie aufzusuchen. Er hatte erstens nicht genügend Material, und seine unergründlichen Ängste begannen sich zu melden. Er kannte die Vandenbergs nur von Erzählungen, und die waren wenig ermutigend. Er schalt sich einen Narren, hierhergekommen zu sein, er mußte erst hieb- und stichfeste Beweise in Händen halten. Er wußte, daß es nur die Müdigkeit war, die ihn nicht klar denken ließ.

Frustriert startete er den Motor wieder, fuhr an den Feldern und der Spinnerei vorbei zum Steinbruch. Er parkte den Wagen an derselben Stelle wie am Vortag. Vorsichtig ging er den vom Regen morastigen Weg hinunter, dessen tiefe, jahrealte Spuren von grobprofiligen Lastwagenreifen selbst diese Wolkenbrüche nicht wegzuwischen vermocht hatten. Mit den Augen suchte er den Steinbruch ab. Sinnlos, in diesem riesigen Areal eine sechs Jahre alte Leiche suchen

und finden zu wollen. Er brauchte dringend Hilfe. Aber wem konnte er vertrauen, wer außer Maria Olsen, Engler, (auch wenn dieser es leugnete, er wußte, er mußte einfach wissen, was vor sechs Jahren mit Alexander Höllerich geschehen war, und sei es nur aus den Berichten von Maria Olsen) und vielleicht sogar Reuter (dem Brackmann inzwischen alles zutraute) konnte mit dem Namen Höllerich etwas anfangen?
An seinen Schuhen klebte Lehm, der sich kaum abstreifen ließ. Er stieg wieder in den Wagen, drehte den Knopf des Radios. Sie meldeten zum hundertsten- oder tausendstenmal den Tornado der zurückliegenden Nacht, brachten Vorortberichte, sprachen von einem der verheerendsten und opferreichsten Tornados seit Beginn der offiziellen Wetteraufzeichnungen. Der Ministerpräsident von Bayern sowie der Bundeskanzler hatten umfangreiche und unbürokratische Hilfe zugesichert.
Hoffentlich haltet ihr eure Versprechen auch, dachte er, während er zurückfuhr und ihm Lastwagen nach Lastwagen, beladen mit Schutt und Müll, entgegenkam. Hoffentlich haltet ihr euch an eure Versprechen!

Georg Pickard hatte nicht geschlafen. Er hatte zum Ende der Nacht hin versucht einzuschlafen, aber er hatte nur wachgelegen. Die meisten Räume des Hauses standen unter Wasser, ein Großteil der Möbel, die Teppichböden, selbst der echte Perserteppich hatten nur noch Schrottwert, genau wie der Kühlschrank, die Kühltruhe und einige andere Elektrogeräte. Er wußte noch nicht, ob die Versicherung für den Schaden aufkommen würde, er machte sich im Moment auch keine Gedanken darüber. Sein Gesicht war eingefallen, seine Gedanken bei Esther im Krankenhaus, während er mit Bernd und Dieter das Haus aufräumte.
»Du solltest etwas essen«, sagte Dieter am Morgen. »Wenn

du schon nicht schläfst, dann mußt du wenigstens was in den Magen bekommen. Sonst können wir dich bald zu Mutter ins Krankenhaus legen.«
»Ach was! Denkt lieber an eure Mutter! Betet für sie ein paar Rosenkränze oder ... Ach, ich weiß auch nicht, es ist einfach zuviel auf einmal! Ich glaube, ich sollte jetzt mal im Krankenhaus anrufen, vielleicht gibt es ja Neuigkeiten.«
Esther, sie würde nie mehr dieselbe sein wie früher. Ein Krüppel, bewegungsunfähig ans Bett oder den Rollstuhl gefesselt. Er spürte es einfach. Er schlurfte zum Telefon, wählte das Krankenhaus an. Er hatte sich vorgenommen, seine Stimme so fest und beherrscht wie möglich klingen zu lassen, doch sie gehorchte ihm nicht. Er wurde dreimal weiterverbunden, bis er den zuständigen Arzt in der Leitung hatte. Esther war, schon kurz nachdem er gegangen war, aus ihrer Bewußtlosigkeit erwacht. Angeblich ging es ihr den Umständen entsprechend gut, aber man hätte noch keine Zeit für eine genauere Untersuchung gefunden. Im Laufe des Vormittags würde das jedoch noch geschehen. Und dann war das Gespräch auch schon vorbei.
»Was ist mit Mutter?« fragte Bernd.
»Sie ist aufgewacht, mehr konnte der Arzt nicht sagen. Kommt, laßt uns wieder an die Arbeit gehen.«
»Aber erst ißt du was, und dann legst du dich hin. Wir übernehmen deine Arbeit so lange mit. Klar?!«
»Unsinn, mir geht's prima!«
»Ach ja? Dann schau doch mal in den Spiegel und betrachte ein Gespenst! Wir kommen auch mal ein paar Stunden ohne dich zurecht.«
Pickard stand sekundenlang unschlüssig da. »Gut, wenn ihr meint. Aber nicht länger als drei oder vier Stunden.«
Er aß eine Scheibe Brot mit Honig, bevor er sich im Wohnzimmer, dem einzigen einigermaßen bewohnbaren Raum im Haus, schlafen legte. Er schlief ein, nachdem er ein

schweres Schlafmittel von Esther eingenommen hatte, er schlief bis zum Abend, bis die Sonne untergegangen war. Bis dahin hatten Dieter und Bernd so viele Aufträge für neue Dächer und Dachstühle angenommen, wie sie glaubten, in den nächsten vier Wochen bewältigen zu können. Die meisten der Geschädigten mußten jedoch an Werkstätten in den umliegenden Orten verwiesen werden. Und die Arbeit am eigenen Haus mußte auch noch erledigt werden.
»Der Tornado hat uns wenigstens ein gutes Geschäft beschert«, sagte Dieter grinsend.
»Blödes Arschloch!«
»Auch keinen Humor mehr, was?!«
»Halt endlich dein Maul!« brüllte Bernd ihn gereizt an. »Ich mach mir Sorgen um Mutter und um unser Haus, und du faselst hier was von Humor und gutem Geschäft! Wo war denn heute nacht dein Humor, alter Hosenscheißer!«
Dieter winkte ab, drehte sich um, setzte sich die Ohrenschützer auf und stellte die Sägemaschine an.

27

Engler stellte bei seinem morgendlichen Rundgang freudig fest, daß am Gotteshaus nichts Wesentliches oder von großem Wert beschädigt worden war. Eines der großen, bunten Fenster war in viele tausend Einzelstücke zerbrochen, und ein paar der erst im vergangenen Herbst gepflanzten Fichten waren aus dem Boden gerissen worden. Der größte Schaden war die aus ihrer Verankerung gerissene Glocke, die sich etwa zwanzig Meter von der Kirche entfernt tief in den Boden gebohrt hatte. Engler war zufrieden. Gott hatte Mitleid mit seinem Haus gehabt.
Nach der Inspektion machte er sich auf den Weg in die Stadt. Von Meter zu Meter wurde sein Gesicht besorgter.

Einige grüßten ihn, andere nahmen keinerlei Notiz von ihm. Einige begegneten ihm jedoch mit offener Feindseligkeit, als trüge er die Schuld an dem Geschehen der vergangenen Nacht. *Warum hat DEIN Gott dieses Unglück nicht verhindert? Wo war DEIN Gott? DEIN Gott ist ein verdammtes Hirngespinst! Wir haben keiner Fliege etwas zuleide getan! Wir haben jeden Sonntag die Kirche besucht! Wir sind gute Menschen!*
Der junge Pfeiffer versperrte ihm den Weg, hielt die geballten Fäuste gesenkt. Pfeiffer war bisweilen ein Hitzkopf, ansonsten jedoch ein liebenswürdiger, hilfsbereiter junger Mann, dessen Temperament nur manchmal mit ihm durchging. Er spuckte Engler direkt vor die Füße. »Na, Pfarrer, mal wieder mit dem lieben Gott unterwegs? Wo war denn Ihr lieber Gott letzte Nacht? Wo hat er sich denn versteckt?« Er schlug ihm die Worte wie Peitschenhiebe ins Gesicht. Engler versuchte, ruhig und besonnen zu bleiben und sich nicht aus der Fassung bringen zu lassen.
»Junger Mann, es ist nicht nur *mein* Gott. Und er hat sich auch nicht versteckt, und er wird sich niemals verstecken. Nur, manchmal prüft uns der Herr sehr schwer, und manchmal sind wir nicht in der Lage, diese Prüfungen auch zu verstehen. Sehen Sie die vergangene Nacht als Prüfung.«
»Prüfung, Prüfung! Glauben Sie vielleicht, mit Ihrem gottverdammten Geschwätz können Sie all jene beruhigen, deren Angehörige krepiert sind? Stellen Sie sich Ihren Gott doch in den Schrank! Er kann mich nämlich mal kreuzweise!« Und dann spuckte Pfeiffer ein zweitesmal aus und stampfte davon.
Engler sah ihm nach. Er vermochte ihm den Haß und die *schlechten Gefühle* nicht zu verdenken. Welcher einfache Mensch sah schon die Unergründlichkeit Gottes, wer sah schon einen Sinn in einem Unglück wie diesem? War die

zurückliegende Nacht eine Strafe Gottes? Hatten die Menschen den Tornado »verdient«? Oder war er wirklich nur eine Prüfung? Oder nichts als ein Naturereignis, das weder mit Gott noch mit den Menschen zu tun hatte? Aber wenn Gott alles geschaffen hatte, das Universum, die Erde, die Pflanzen, Tiere und Menschen, wenn die Naturgesetze seinen Befehlen gehorchten, dann konnte er Stürme entstehen und vergehen, Vulkane ausbrechen und erlöschen, die Erde beben und stillstehen, Menschen leben und sterben lassen. Und doch verstanden nur die wenigsten Menschen, am allerwenigsten nach einer solchen Nacht, die Hintergründigkeit und die geheimnisvollen Wege Gottes. Besonders dann nicht, wenn diese Hintergründigkeit so viele Opfer und viele Existenzen gekostet hat.
Toni stand vor seiner Kneipe, den Besen in der Hand, fegte er Glasscherben und Stücke ausgerissener Dachziegel zusammen. Dabei beobachtete er mit etwas besorgter Miene Engler und den jungen Pfeiffer. Vor Toni auf dem Bürgersteig lag ein riesiger Scherbenhaufen. Engler überquerte die Straße und ging auf Toni zu.
»Guten Morgen, Toni. Alles gut überstanden?«
»Es geht so. Die Schäden am Haus sind nicht weiter der Rede wert. Es läßt sich reparieren. Aber wenn ich mich so umsehe ...! Haben Sie schon von Buchner gehört?«
»Nein, was ...«
»Seine Frau ist vom Wohnzimmerschrank erschlagen worden. Sie haben sie erst vorhin gefunden. Ich fürchte, der Ärmste verkraftet das nicht. Ich meine, wir wissen, daß er Probleme mit dem Herzen hat ... Darf ich Ihnen ein Bier anbieten?«
»Nein, danke, nicht so früh am Morgen.«
»Haben Sie denn eine Antwort auf all das?« fragte Toni.
»So was Ähnliches bin ich eben schon gefragt worden.«
»Von Pfeiffer, ich habe es mitgekriegt«, sagte Toni. »Sie

dürfen es ihm nicht übelnehmen. Er ist noch jung, und vor allem, er hat seine Schwester verloren. Sie wissen selbst, wie nah sie sich gestanden haben. Ich kann ihn verstehen.«

»Das mit seiner Schwester wußte ich nicht. Aber ich habe keine Antwort auf Ihre Frage. Gottes Wege sind manchmal recht seltsam und für uns nur schwer verständlich. Ich muß zugeben, daß auch ich Mühe habe, sie zu verstehen. Gott ist und bleibt ein Geheimnis. Aber wir können versuchen, es zu entschlüsseln, wir müssen nur wollen. Und ein Schlüssel ist ganz sicherlich das Gebet.«

»Ihr Priester glaubt doch tatsächlich, auf alles eine Antwort zu haben. Aber ich stehe nicht so sehr auf Geheimnisse ...«

»... Und Ihr Atheisten glaubt nur das, was ihr seht. Es gibt aber mehr zwischen Himmel und Erde, als unser Auge zu sehen imstande ist. Denken Sie mal drüber nach.«

»Das weiß ich. Aber die Kirche – sie gibt mir keine Antworten auf meine Fragen.«

»Vielleicht sollten Sie einfach mal den Versuch wagen, die Antworten dort zu suchen. Das haben Sie doch, solange ich hier bin, noch gar nicht probiert, oder? Sie werden sich wundern, welche Schätze Sie dort finden werden.«

Engler klopfte Toni freundschaftlich auf die Schulter. Er nahm Toni seine Worte nicht übel, im Gegenteil, ihm war ein aufrichtiger Ungläubiger lieber als ein heuchlerischer Christ. Er lächelte zum erstenmal an diesem Morgen und setzte seinen Weg fort. Einige Soldaten legten gerade eine Frühstückspause ein. Sie steckten in schmutzigen Uniformen, die Gesichter und Hände der meisten waren dreckverschmiert. Das Radio, das einem der Helfer gehörte, spielte in voller Lautstärke Rockmusik, die über den Marktplatz hallte, es wurde leiser gestellt, als derjenige von einem Kameraden dazu aufgefordert wurde. Die Sonne brannte und saugte die Nässe gierig aus der Erde.

Brackmann kam Engler entgegengefahren, hielt neben ihm,

beugte sich aus dem Seitenfenster und bat ihn einzusteigen und ein Stück mit ihm zu fahren. Engler überlegte nicht lange und stieg zu Brackmann in den Wagen.
»Schlimm, was?« fragte Engler.
»Haben Sie Zeit?« fragte Brackmann, ohne auf die Frage einzugehen. Er nahm die Straße Richtung Münchberg.
»Ein bißchen schon, denke ich. Um was geht's?«
»Um Frau Olsen. Und um diesen Alexander Höllerich. Frau Olsen hat doch nicht nur mir, sondern auch Ihnen und Doktor Reuter einen Brief hinterlassen. Und außerdem war sie am Sonntag abend bei Ihnen und hat sich ausgeheult. Würde es Ihnen viel ausmachen, mich ein wenig näher darüber zu informieren? Ich brauche nämlich Ihre Hilfe.«
Engler wandte den Kopf, blickte aus dem Seitenfenster, legte den rechten Arm auf die Tür. »Sie wissen doch genau, daß es so etwas wie ein Beichtgeheimnis gibt. Und dieses gilt auch nach dem Ableben einer Person. Also, selbst wenn ich mehr wüßte, als in Ihrem Brief steht, ich könnte nicht mit Ihnen darüber reden. Das müssen Sie verstehen.«
»Ihr Beichtgeheimnis gilt also auch, wenn es um Mord geht? Was ist wichtiger, den Lebenden zu helfen oder den Toten gegenüber ein Versprechen zu halten, von dem die sich so und so nichts mehr kaufen können?« Die zweite Frage klang eine Spur schärfer als die erste.
»So kommen wir doch nicht weiter. Sie verstehen überhaupt nicht, um was es bei der Beichte geht! Die Menschen sehen mich als Mittler zwischen ihnen und Gott und vertrauen mir ihre intimsten Gedanken und Geheimnisse an. Und ich habe vor langen Jahren gelobt, nie auch nur ein Wort darüber einer dritten Person gegenüber zu verlieren. Ich habe noch niemals in meinem Leben ein Beichtgeheimnis gebrochen. Niemals!«
Brackmann trat unvermittelt auf die Bremse; Engler, der nicht angeschnallt und auf diese plötzliche Bremsung nicht

gefaßt war, wäre beinahe mit dem Kopf gegen die Windschutzscheibe geprallt. Er sah Brackmann erschrocken an. Brackmann gab sich gelassen, holte die Zigaretten aus der Brusttasche seines Hemdes, hielt Engler die Schachtel hin, der lehnte kopfschüttelnd ab. Brackmann zündete sich eine Zigarette an. Er inhalierte tief, hielt den Rauch eine Weile in seinen Lungen, bevor er ihn durch Mund und Nase wieder ausstieß. *Engler, du verdammter Pfaffe, mach endlich dein Maul auf und sag, was du weißt!*

»Ich weiß, daß Sie mehr wissen, als Sie zugeben. Vielleicht sogar mehr, als Maria Olsen mir geschrieben hat. Ich weiß, daß Sie seit Sonntag abend bestimmt das ganze Leben von Maria Olsen auswendig kennen. Und ich muß Ihnen gleichzeitig sagen, daß mir Ihr Beichtgeheimnis im Augenblick, gelinde gesagt, scheißegal ist! Bevor Sie jetzt weiterhin theologische Exkurse halten, werde ich Ihnen eine Geschichte erzählen, über die Sie einmal nachdenken sollten. Ich weiß nicht, wer dieser Alexander Höllerich ist und warum er sterben mußte, aber ich bin sicher, daß die Familie Vandenberg ganz tief in der Sache drinsteckt und demzufolge furchtbar schmutzige Finger hat. Wußten Sie zum Beispiel, daß Csilla Vandenberg von diesem Höllerich ein Kind erwartete? Wußten Sie, daß sie wie eine Gefangene gehalten wird? Die liebe Familie hat sie wie ein Tier eingesperrt; Panzerglas, Eisenstäbe vor dem Fenster, die Tür Tag und Nacht abgeschlossen. Nur damit sie nicht raus kann, um die Geschichte mit Alexander Höllerich und ihrer Schwangerschaft im Ort herumzuerzählen! Wußten Sie, daß sie das Baby ausgetragen hat und man es ihr direkt nach der Geburt weggenommen hat? Ich sage Ihnen auf den Kopf zu, daß Sie es wissen! Man sperrt diese junge Frau ein, damit niemand das wahre Gesicht dieser ehrenwerten Familie kennenlernt!« Er machte eine Pause, nahm einen letzten Zug an der Zigarette, schnippte sie aus dem Fenster und wendete an einem Feldweg. »Sie ist übrigens zur Alkoholikerin geworden. Sie werden sich vielleicht wundern, woher ich das alles weiß, aber ich habe vorhin mit ihr gesprochen. Und mit noch jemandem habe ich gesprochen, mit Sarah Vandenberg, der Frau von Martin. Sie ist letzte Nacht bei dem Unwetter zusammen mit ihrer kleinen Tochter und Csilla abgehauen. Und glauben Sie mir eines, die beiden Frauen fürchten nichts so sehr wie die Rückkehr nach Hause.«

Brackmann steckte sich eine weitere Zigarette an. »Und jetzt überlegen Sie gut, wem Sie helfen wollen – einer Toten, die ihre Ruhe gefunden hat, oder ein paar Lebenden, die vielleicht durch Ihre Aussage zu einem neuen Leben finden.« Brackmann beobachtete Engler aus den Augenwinkeln; dieser starrte reglos auf einen Punkt am Ende der Straße. »Ich frage Sie noch einmal – was wissen Sie vom Tod des Alexander Höllerich?«

»Nichts.«

»Verdammt noch mal, das stimmt nicht! Es würde absolut keinen Sinn machen, wenn Maria Olsen sich eine ganze Nacht lang bei Ihnen ausheult, aber ausgerechnet das Wichtigste aus ihrem Leben verschweigt. Warum, um alles in der Welt, machen Sie es mir so schwer?«

»Lassen Sie mir Zeit.« Engler schwitzte, das Wasser tropfte von seiner Stirn.

»Wie lange, ein Jahr, zwei Jahre oder mehr?« fragte Brackmann sarkastisch.

»Bis morgen oder besser übermorgen.«

»Bis heute abend, Pfarrer! Nur bis heute abend. Länger kann und will ich nicht warten. Und die Frauen auch nicht. Glauben Sie mir, ich tue es nicht gerne, aber was sich seit gestern hier ereignet hat, ich spreche weniger vom Tornado als von Maria Olsens Brief, ist purer Sprengstoff. Wenn hier wirklich ein Verbrechen verübt wurde, dann werde ich dafür sorgen, daß die Schuldigen ausfindig gemacht und vor Gericht gestellt werden. Und mir ist dabei egal, wer das Verbrechen begangen hat. Ich bin Polizist und dazu da, für Recht und Ordnung zu sorgen. Und ich kann mir beim besten Willen nicht vorstellen, daß dies nicht in Ihrem Sinne sein sollte. Oder sollte ich mich in Ihnen derart getäuscht haben? Ich hoffe nicht. Wie gesagt, ich will nur das Beste für Waldstein.«

»Sie wissen doch gar nicht, was das Beste für Waldstein ist! Lassen Sie mich hier aussteigen, ich lege den Rest zu Fuß zurück.« Brackmann bremste, diesmal vorsichtig, Engler öffnete die Tür und hievte seinen massigen Körper aus dem Auto. Bevor er ging, beugte er sich noch einmal durchs Fenster und fragte: »Wo sind übrigens die Frauen?«

Brackmann grinste Engler kopfschüttelnd an. »Das ist und bleibt vorläufig mein kleines Beichtgeheimnis.«

»Gut, wenn Sie kein Vertrauen haben ...«, gab sich Engler beleidigt.

»Ich habe Vertrauen, Herr Pfarrer. Aber im Moment habe ich dieses Vertrauen allein zu mir.«

»Ich habe verstanden.« Mit langsamen Schritten, die Hände hinter dem Rücken gefaltet, lief Engler die Straße zurück zu seiner Kirche.

Brackmann fragte sich, ob er zu hart gewesen war und verneinte die Frage sofort – hier ging es um Mord und um lebendige Menschen!

Er legte den Gang ein, fuhr in die Stadt zurück. Auf dem Schreibtisch fand er einen Zettel mit einer Aufstellung der bisher registrierten Toten und Verletzten, Stand 9.00 Uhr. 74 Tote, von denen Brackmann die meisten persönlich kannte, 134 Personen waren in Krankenhäuser eingeliefert worden, von denen 14 in Lebensgefahr schwebten, 32 Personen wurden noch immer vermißt. Erschreckend hohe Zahlen für einen kleinen Ort wie Waldstein. Er nahm auf seinem Stuhl Platz, legte die von zahllosen kleinen Wunden schmerzenden Beine auf den Schreibtisch. Kaum saß er, klingelte das Telefon.

»Hier Engler.« Er atmete schwer. »Hören Sie, ich habe es mir überlegt. Wenn Sie wirklich so sehr an der Sache interessiert sind, dann kommen Sie heute nachmittag vorbei.«

»Ich werde so gegen zwei bei Ihnen sein.« Brackmann ließ den Hörer auf die Gabel sinken und lehnte sich ein wenig zufriedener als noch vor einer Minute zurück, die Arme hinter dem Kopf verschränkt.

Wenn ihm überhaupt jemand helfen konnte, dann Engler. Er war die reinste Schatzkammer, davon war Brackmann überzeugt. Er hoffte nur inständig, Engler würde es sich nicht noch kurzfristig anders überlegen. Er schaute zur Uhr, kurz vor zwölf, Leutnant Bürger hatte sich für den Mittag angemeldet. Das unsympathische Geiergesicht würde hoffentlich nicht lange bleiben.

Bürger kam Schlag zwölf ins Büro gestürzt, ließ die Tür hinter sich ins Schloß krachen, kam mit harten, schweren Schritten auf Brackmann zu.

»Gut, daß Sie da sind«, bellte er unfreundlich. »Meine Männer und ich haben die Lage in der Stadt unter Kontrolle. Es wird noch ein oder zwei Tage dauern, bis die gröbsten Schäden beseitigt sind. Seuchengefahr besteht im übrigen keine, da die Wasserversorgung und die hygienischen Verhältnisse in Ordnung sind. Meinen Zettel mit der Aufstellung der bisher gefundenen Toten und Verletzten haben Sie sicherlich gefunden. Außerdem haben wir ein paar Plünderer geschnappt, die die Situation auf ihre Weise ausnutzen wollten. Sie werden sich vor Gericht zu verantworten haben und schwer bestraft werden, dafür werde ich sorgen. Waldstein ist zum Notstandsgebiet erklärt worden. Der Kanzler hat seine Hilfe zugesagt. Wenn Sie noch Fragen haben, dann finden Sie mich im Ort. Meine Männer wissen immer, wo ich mich aufhalte.« Nach den letzten Worten drehte er sich abrupt um und marschierte davon, ohne Brackmann die Möglichkeit zu geben, auch nur eine Frage zu stellen.

Was wollte er eigentlich von mir? Nur sehen, ob ich auch im Büro bin? Arschloch, blödes! Wir haben die Lage unter Kontrolle! Wir haben die Lage unter Kontrolle! Aber Brackmann beschloß, sich nicht länger über diesen Idioten aufzuregen. Er hatte Hunger. Er würde rüber zu Toni gehen und eine große Pfanne Rührei mit Schinken bestellen, dazu ein kühles Bier trinken.

Toni war bis auf zwei Soldaten allein in seiner Kneipe. Er langweilte sich. »Kein Willy?« fragte Brackmann und nahm Platz.

Toni zuckte nur mit den Schultern. »Keine Ahnung, er ist noch nicht aufgetaucht.«

»Der kommt doch sonst immer um die Mittagszeit.«

»Ich habe mich auch schon gefragt, wo er stecken könnte. Vielleicht ist ihm was passiert. Wäre ja kein Wunder.«

»Ich habe vorhin eine Liste mit den Opfern bekommen. Er steht jedenfalls nicht drauf. Wird wohl noch kommen, Willy, meine ich. Und wie ich sehe, ist der Kelch noch mal an Ihnen vorübergegangen. Nichts weiter kaputt, oder?«

»Kleinigkeiten. Wissen Sie noch, wie wir gestern über Willy gelästert haben? Scheint, als wäre der alte Säufer tatsächlich der einzige gewesen, der's gewußt hat. Aber zu Ihnen – was zu essen?«

»Rührei und Schinken, und ein Bier.«

»In Ordnung, kommt gleich.« Toni verschwand in der Küche und kehrte fünf Minuten später mit einer Riesenportion Ham and Eggs und Brot zurück. Eine Flasche Ketchup stellte er neben den Teller.

»Lassen Sie sich's schmecken«, sagte Toni, setzte sich auf

den Stuhl neben dem Fenster und sah hinaus. »Ich hätte mir wirklich nicht träumen lassen, daß wir eines Tages so ein Unwetter erleben würden. Ich dachte immer, so was passiert nur woanders. Und jetzt?! Ich habe ja noch mal Glück gehabt, aber man darf gar nicht zu sehr darüber nachdenken! Vorhin gab es eine brenzlige Situation, da hab ich fast gedacht, der junge Pfeiffer springt Engler an die Gurgel. Ich fürchte, unser Pfarrer und die Kirche sind nach der letzten Nacht bei einigen erst mal unten durch. Die Leute haben ihre Probleme, ein paar Dinge auf die Reihe zu kriegen.«

»Engler hat sich das mit Sicherheit sowenig gewünscht wie wir«, sagte Brackmann mit vollem Mund.

Toni erwiderte nichts darauf. Er starrte unverwandt aus dem Fenster. »Es ist schon wieder so verflucht heiß. Man möchte gar nicht glauben, daß es fast die halbe Nacht wie aus Kübeln geschüttet hat.«

»Wird wohl für längere Zeit auch der letzte Regen gewesen sein.«

»Hm«, war der einsilbige Kommentar von Toni. Brackmann aß den Teller leer, trank sein Bier und griff in seine Hosentasche, um zu bezahlen. Toni schüttelte nur den Kopf. »Lassen Sie stecken. Heute geht das auf meine Kosten«, sagte er, und auf Brackmanns fragenden Blick: »Ich habe letzte Nacht mehr Glück gehabt als die meisten. Schätze, ich bin irgendwie was schuldig. Weiß zwar nicht, wem, aber ...«

»Danke, Toni. Es hat auch wirklich gut geschmeckt. Und wenn unser Prophet Willy auftauchen sollte, geben Sie ihm ein Bier von mir. Ich bezahl's morgen mit.«

Brackmann trat auf die Straße. Es war heiß, aber anders als am Vortag. Nicht drückend und atembeklemmend, sondern gewohnt trocken-heiß. Die Luftfeuchtigkeit hatte sich auf knapp dreißig Prozent reduziert. Der Horizont flimmerte in der Hitze, das Innere des Streifenwagens hatte sich trotz der geöffneten Fenster aufgeheizt. Brackmann lehnte sich gegen den Wagen, zündete sich eine Zigarette an. Während er rauchte, versuchte er, sich die Fragen für Engler zurechtzulegen, aber es blieb bei Versuchen; eine Mauer in seinem Kopf blockierte klare konkrete Gedanken. Dazu die Übermüdung, dieses leichte Zittern in Armen und Beinen, der spürbare, etwas zu schnelle Herzschlag, der leichte Druck im Kopf. Die ersten Symptome einer Attacke. Die Wirkung der am Morgen eingenommenen Pillen ließ nach. Er schloß für einen Moment die Augen, befahl sich, die Nerven zu behalten, die Attacke diesmal nicht zuzulassen, Herr über sich zu sein, nur dieses eine Mal. Er konnte sich jetzt keinen Anfall leisten, nicht auszudenken, würde der Leutnant ihn so sehen!

Schmidt kam über die Straße auf Brackmann zu: »Ich hab eben drei Typen eingebuchtet. Sie wollten plündern. Was machen wir mit ihnen?«

»Wer ist es?« fragte Brackmann, den Blick zu Boden gerichtet; er hoffte, Schmidt würde seinen im Augenblick katastrophalen Zustand nicht bemerken. Schmidt war der letzte, der Verständnis dafür aufgebracht hätte

»Keine Ahnung, noch nie zuvor hier gesehen.«

»Haben sie gesagt, woher sie kommen?«

»Keiner von denen hat das Maul aufgemacht. Aber ich bin ja auch eben erst mit ihnen reingekommen. Vielleicht kriegen Sie was aus ihnen heraus.«

»Nein, danke, kein Bedarf. Übergeben Sie sie Leutnant Bürger. Ich habe keine Lust, mich jetzt auch noch mit diesem Gesindel abzugeben. Sie finden mich bei Engler.«

Er ließ die Zigarette auf die Straße fallen, drückte sie mit der Fußspitze aus, öffnete die Wagentür, setzte sich auf den heißen Sitz und fuhr nach Hause. Er nahm eine Pille und spülte sie mit einem Schluck Bier runter.

28

Engler war damit beschäftigt, den Altar zu schmücken, als Brackmann die Kirche betrat. »Ich fange schon mal an, die Kapelle für die Trauerfeier vorzubereiten. Ich will, daß es dem Rahmen entsprechend aussieht. Ich hoffe nur, daß das kaputte Fenster noch vorher ersetzt wird. Aber ich denke, wir sollten besser in mein Büro gehen.« Engler strich noch einmal über die weiße Decke mit Goldbrokatrand, die er, kurz bevor Brackmann erschienen war, auf den Altartisch gelegt hatte, prüfte ihren korrekten Sitz, ging dann vor Brackmann in sein Arbeitszimmer. Er blieb vor dem Schreibtisch stehen und deutete auf einen der Sessel. »Darf ich Ihnen etwas zu trinken anbieten?«

Brackmann schüttelte den Kopf. »Danke, aber ich komme gerade von Toni.« Er setzte sich, schlug die Beine übereinander, faltete die Hände und blickte genau auf die Nasenwurzel von Engler. Engler wich dem Blick aus, er war sichtlich nervös. Er ging zum Schrank und holte die Karaffe mit dem Sherry und ein Glas heraus.

Er hatte Brackmann den Rücken zugewandt und fragte, bevor er die Tür schloß: »Nicht doch einen?«

»Meinetwegen, aber nur einen kleinen.« Engler nahm ein weiteres Glas heraus, schenkte ein, prostete Brackmann zu, trank das Glas auf einen Zug leer, behielt es aber noch in der Hand und drehte es langsam zwischen den Fingern. Der Blick des Pfarrers war ruhelos, auch wenn er sich Mühe gab, seine Nervosität zu verbergen.

»Ich habe noch nie vor einer solchen Entscheidung gestanden, müssen Sie wissen. Ich sehe jedoch ein, daß es hier in der Tat um Wichtigeres geht als die verstorbene Frau Olsen. Und natürlich haben Sie recht, wenn Sie behaupten, daß die Lebenden Vorrang haben. Also, ich bin bereit. Stellen Sie mir Ihre Fragen.« Er stellte das Glas auf den Tisch, lehnte sich zurück, faltete die Hände und sah zur Decke.

»Sie kennen meine Fragen. Ich will nur wissen, was Sie von Maria Olsen erfahren haben.«

»Sie kam am Sonntag abend. Sie blieb fast sechs Stunden, es war so gegen halb drei Uhr morgens, als sie wieder ging. Und in dieser Zeit hat sie mir fast ihr gesamtes Leben anvertraut, von ihrer Kindheit bis jetzt. Als sie geendet hatte, war mir klar, daß ich nichts, aber auch gar nichts von ihr gewußt hatte.« Er seufzte, schenkte sich ein weiteres Glas ein, Brackmann hatte an seinem noch nicht einmal genippt. Er machte eine ausholende Handbewegung. »Sie hatte weiß Gott kein leichtes Leben, die arme Frau, auch wenn es ihr, zumindest in materieller Hinsicht, an nichts gemangelt hat. Sie besaß ein schönes Haus, konnte sich feine Kleider leisten, nein, nein, Geld hatte sie genug. Aber ehrlich, Brackmann, was ist schon Geld, wenn es hier drin nicht stimmt?« Er klopfte sich mit der Faust auf die Brust. »Sie hat viel geweint, die Ärmste, sie hat geweint, weil sie verzweifelt war, unzufrieden mit sich und ihrer Lebenssituation. Ich kann jetzt unmöglich ihr ganzes Leben vor Ihnen ausbreiten, dazu bin ich einfach nicht berechtigt, aber soviel steht fest – das Leben dieser Frau war nicht gerade von Sonnenschein erfüllt. Wissen Sie, als sie sich alles von der Seele redete, war es, als spürte sie ihr nahes Ende, aber das begriff ich wirklich erst, als Sie mir die Nachricht von ihrem Tod überbrachten. Wenn ich zurückdenke, dann saß sie vor mir wie eine Frau, die genau fühlte, daß die Zeit, die ihr auf dieser Erde noch blieb, sehr, sehr kurz sein würde. Es lag an der Art und Weise, wie sie sprach, man könnte sagen, es war wie ein gesprochenes Testament, eine allerletzte Beichte, verbunden mit der Hoffnung, daß ihr alles, was sie in ihrem Leben falsch gemacht hatte, dadurch vergeben würde ...« Er nahm einen Schluck, holte aus der Schublade seine Pfeife und Tabak, und während er sie stopfte, fuhr er fort: »Aber sie hat nicht viel falsch gemacht. Dazu war

Maria Olsen eine viel zu standhafte, moralisch einwandfreie Frau. Ich glaube, es gibt kaum einen Menschen in Waldstein, der so wenig zu beichten hätte.« Er hielt kurz inne, zündete ein Streichholz an, nahm ein paar Züge an der Pfeife, ein angenehmer Geruch breitete sich aus. Er trank aus, stellte das Glas vor sich, schenkte den Rest aus der Flasche ein, sein Blick war auf die rote Flüssigkeit gerichtet. »Sie hat mir natürlich von diesem Alexander Höllerich erzählt, und es tut mir leid, wenn ich mich in Ihren Augen da nicht ganz korrekt verhalten habe, aber ich mußte erst mal selbst damit klarkommen. Die Geschichte mit diesem Höllerich war für Maria Olsen eine geradezu unglaubliche Bürde. Wenn es stimmt, was sie mir anvertraute –, und ich habe keinen Grund, an ihren Worten zu zweifeln –, dann hat sich das Ganze vor gut sechs Jahren zugetragen. Maria hat einen ihrer häufigen Spaziergänge entlang des Steinbruchs und der Felder gemacht ... Dabei habe sie drei Männer bemerkt, die sich am Kofferraum eines Autos zu schaffen machten. Zwei von ihnen kannte sie nur vom Sehen, den dritten Mann jedoch persönlich. Seinen Namen hat sie mir jedoch leider nicht verraten, sie hat gemeint, er täte im Prinzip auch nichts zur Sache, denn der Mann habe mit dem Ereignis direkt ganz sicher nichts zu tun gehabt. Maria Olsen behauptete jedenfalls, gesehen zu haben, wie ein Teppich mit einem offensichtlich toten Körper ausgeladen wurde. Wobei sie sicher war, daß es sich dabei um diesen Höllerich handelte. Das war alles, mehr weiß ich auch nicht.«
Brackmann hatte aufmerksam zugehört, und als Engler plötzlich verstummte und keine Anstalten machte, weiterzureden, lehnte er sich vor und sah Engler sehr direkt ins Gesicht. »War das alles? Sie haben mich doch nicht wegen dem bißchen hierher bestellt! Also, Herr Pfarrer, bitte! Verraten Sie mir doch zum Beispiel, warum Maria Olsen

geschwiegen hat. Woher wußte sie denn überhaupt, daß in dem Teppich dieser Höllerich lag, und was für mich noch viel wichtiger ist, woher kannte sie ihn? Und wenn sie ihn kannte und auch erkannte, dann hätte sie doch nur zur Polizei gehen und Meldung zu machen brauchen! Warum also hat sie's nicht getan? Seien Sie mir nicht böse, aber die Geschichte hört sich zu glatt an, zu einstudiert – fast wie ein drittklassiger Kriminalroman. Tut mir leid, aber ich kann nicht anders, *ich glaube sie nicht.* Außerdem – ich habe doch vorhin im Auto schon ein bißchen von Csilla und Sarah Vandenberg berichtet und daß Csilla von Höllerich ein Kind erwartete, und außerdem fällt immer wieder der Name Vandenberg. Dazu haben Sie mir nichts zu sagen?«

Engler zeigte keine Reaktion auf Brackmanns unverblümte Anschuldigung, er habe erneut die Unwahrheit gesagt oder die Wahrheit verschwiegen oder beschönigt, er spreizte die Finger, legte die Fingerspitzen aufeinander und sagte kühl: »Ich weiß nicht, woher sie Höllerich kannte, sie hat es mir nicht erzählt. Aber irgendwer hatte sie in der Hand ...«

Brackmann stand auf, steckte die Hände in die Hosentaschen, sagte erregt: »Irgendwer, irgendwer! Herrgott noch mal, ich brauche Namen! Ihnen gegenüber hat sie doch auch nicht von *irgendwem* gesprochen, sondern hat konkrete Namen genannt, oder?! Nennen Sie mir nur einen, damit ich einen Ansatzpunkt habe. Hat sie Ihnen gegenüber den Namen Vandenberg erwähnt?«

»Sie hat keine Namen genannt«, antwortete Engler roboterhaft. »Maria Olsen war keine Denunziantin, sie hätte sich eher die Zunge abgebissen, bevor sie ohne konkrete Beweise jemanden eines Kapitalverbrechens beschuldigt hätte.«

Brackmann rollte mit den Augen, setzte sich wieder, ließ sich zurückfallen. »O Scheiße! Was für eine Scheißgeschichte wollen Sie mir da bloß auftischen? Aber gut, wenn Sie nicht wollen, ich schätze, ich werde auch ohne Ihre Hilfe zurechtkommen, auch wenn ich von einem Geistlichen etwas mehr Unterstützung erwartet hätte!«

»Sie haben Maria Olsen nicht so gut gekannt wie ich. Sie war eine Frau, die sehr auf ihren Ruf bedacht war. Haben Sie schon einmal ihre Wohnung gesehen?«

»Natürlich habe ich das!«

»Gut, dann wissen Sie, was für eine ordentliche Frau sie war. Kein Staubkrümel, weder in der Wohnung noch im Geschäft, noch auf ihrer Kleidung. Aber da waren Staubkrümel auf ihrer Seele. Und es gab jemanden, der davon wußte.« Engler machte eine Pause, trank sein Glas leer; er drehte es zwischen den Fingern und atmete schwer.

Brackmann zog die Schachtel Zigaretten aus seiner Brusttasche, zündete sich eine an. »Was für Staubkrümel?«

»Maria Olsen hat vor ziemlich genau sechsundzwanzig Jahren für fast ein ganzes Jahr die Stadt verlassen. Damals sagte sie allen, die es interessierte, sie würde eine Auslandsreise machen. Wir glaubten es natürlich, was sonst sollte eine Maria Olsen schon machen?! Aber sie ist nicht ins Ausland gefahren, wie sie uns allen weisgemacht hatte, sie ist nur bis Nürnberg gekommen. Maria Olsen war nämlich schwanger, und Nürnberg der Ort, wo sie die Schwangerschaft durchstehen und zu Ende bringen wollte. Mein Gott, die gute Frau! Irgendwann, zu irgendeiner Zeit muß es passiert sein, mit irgendeinem Fremden. Sie war doch, als ihr Mann starb, noch eine junge, attraktive Frau! Der Fremde war längst wieder weg, als sie von ihrer Schwangerschaft erfuhr. Und gerade für eine Frau wie sie muß es eine unüberwindbare Hürde gewesen sein, in einem erzkonservativen Nest wie Waldstein ein uneheliches Kind zur Welt zu bringen. Das hätte sich nun wahrhaftig nicht mit ihrer Vorstellung von einem ehrbaren Leben vertra-

gen. Nicht mit ihrer und auch nicht mit der einiger anderer sogenannter ehrenwerter Bürger! Also brachte sie das Kind in Nürnberg zur Welt und gab es dort auch gleich zur Adoption frei. Aber manche Menschen haben einfach Pech. Der Arzt, der das Kind holte, kannte leider auch andere Leute aus Waldstein. Als er hörte, woher Maria Olsen kam, fielen ihm natürlich sofort diese Leute ein. Und manche Ärzte nehmen es mit der Schweigepflicht nicht so genau. Also, Sie können sich denken, wie die Geschichte weitergeht ...«
»Nein, kann ich nicht.«
»Maria Olsen war ab diesem Zeitpunkt erpreßbar, das ist alles.«
»Und für wen war sie erpreßbar? Die Vandenbergs?« fragte Brackmann genervt. Engler erhob sich, stellte sich ans Fenster, schaute hinaus, die Arme hinter dem Rücken verschränkt.
»Und wenn, was könnten Sie schon damit anfangen?«
»Das überlassen Sie bitte mir! Die Vandenbergs?«
»Zumindest hat Maria Olsen das behauptet ...«
»Oh, das soll wohl heißen, daß Sie ihrem Wort auf einmal nicht mehr so viel Gewicht beimessen ...«
»Papperlapapp! Nein, wenn Frau Olsen das sagt, dann wird es wohl auch seine Richtigkeit haben. Aber die Vandenbergs schwiegen, was hätten sie auch schon damit anfangen können?! Aber dann, vor sechs Jahren – irgendwie ist sie auf einmal unter Druck geraten, aber fragen Sie mich um Himmels willen nicht, wie und was genau passierte. Sie hat am Sonntag abend zeitweise sehr wirr geredet, zusammenhanglos und, wie ich Ihnen bereits sagte, sie hat viel geweint und wahrscheinlich auch zwischendurch etwas durcheinandergebracht oder verwechselt, was weiß ich! Wenn es die Vandenbergs waren, mein Gott, was soll ich tun?« sagte er erregt. »Auf jeden Fall scheint Maria Olsen erpreßt worden

zu sein, und deswegen hielt sie ihren Mund. Sind Sie jetzt zufrieden, Brackmann?«

»Zufrieden? Um zufrieden zu sein, muß ich viel mehr wissen. Was ist mit den Hintergründen von Höllerichs Tod? Kannte sie die Hintergründe?«

»Nein!« antwortete Engler schnell, zu schnell für Brackmann. *Du bist ein verdammter Lügner!* dachte er.

»Und was soll ich jetzt tun?« fragte Brackmann.

»Sie sind das Gesetz hier.«

»Ich war bisher zumindest der Meinung, das Gesetz zu vertreten. Aber hier scheint das Gesetz eines anderen zu herrschen. Hat sie genaue Angaben gemacht, wo dieser Höllerich begraben liegt?«

»Nein! Der Steinbruch ...«

»Der Steinbruch ist groß, um nicht zu sagen riesig!«

»Himmel, ich weiß es nicht!«

»Und Sie haben keine Ahnung, warum Höllerich sterben mußte?«

»Ich sagte doch schon, nein! Ich weiß nur, daß Jon –« Er hielt erschrocken inne, kaute auf der Unterlippe, drehte sich langsam um. Brackmann grinste ihn herausfordernd an, zog die Augenbrauen hoch.

»Jonas? Jonas Vandenberg? Was ist mit ihm?«

»Brackmann, Sie bringen mich in Teufels Küche.«

»In der werden Sie drinstecken, wenn Sie die Wahrheit verschweigen, Herr Pfarrer! Was ist mit Jonas?«

Engler fuhr sich mit dem Taschentuch über die schweißnasse Stirn, behielt es in der rechten Hand. »Er soll ihr gegenüber geäußert haben, daß es ein bedauerlicher Unfall war. Er hätte diesen Höllerich nicht getötet.«

»Wenn es ein Unfall war, dann hätte er es doch ohne jedes Risiko melden können. Das hat er aber nicht getan. Stattdessen hat er die arme Maria erpreßt. Und warum hat er sie erpreßt? Nun, lassen Sie mich überlegen ... vielleicht weil sie genau wußte, daß es kein Unfall, sondern Mord war? Und weil er wußte, daß Maria Olsen es niemals überlebt hätte, wenn die Öffentlichkeit von Waldstein von ihrer Schwangerschaft erfahren hätte. Sie wußte, daß es Mord war, und sie hat es auch Ihnen erzählt. In meinem Brief nennt sie auch den Namen des wahrscheinlichen Mörders. Sie haben seinen Namen eben ausgesprochen. Aber lassen wir das fürs erste, sagen Sie mir lieber, was Sie von Csilla und Sarah Vandenberg wissen?«

»Nichts!«

»Sie kennen die Frauen nicht?«

»Nein. Vom Sehen vielleicht. Aber ich sagte Ihnen gestern bereits, daß die Vandenbergs keinen Kontakt zu den Menschen im Ort pflegen ...«

»Außer zu Maria Olsen!« sagte Brackmann böse grinsend. »Und eine weitere Person kenne ich auch noch.«

»Obert, ihr Notar ...«

»Gerade den, Herr Pfarrer, meine ich nicht. Aber ich verrate Ihnen den Namen nicht, noch nicht. Aber es ist jemand, der eine Menge Dreck am Stecken hat.«

Engler schüttelte verzweifelt den Kopf. »Ich weiß nicht, was Sie von mir wollen! Befinden Sie sich auf einem Vernichtungsfeldzug? Muß das ausgerechnet jetzt sein, nach dieser furchtbaren Nacht? Höllerich ist tot, Maria Olsen ist tot, die Stadt sollte erst einmal ihren Frieden wiederfinden! Warum also wollen Sie unbedingt ein Geschehen hochspielen, das längst Vergangenheit ist?«

Brackmann sprang auf, stützte beide Hände auf den Schreibtisch, blickte Engler zornig an. »Weil es sich verdammt noch mal um Mord handelt, und mir ist scheißegal, ob dieser Mord in Nürnberg, in Frankfurt oder Waldstein geschieht – Mord bleibt Mord, und daran werden auch Sie mit Ihren Sprüchen nichts ändern! Alexander Höllerich war ein junger Bursche, dem das Leben und die Zukunft noch offenstanden!« Er hob den Kopf, verdrehte die Augen, sagte: »O mein Gott, sind Sie sich eigentlich über Ihre eigene Einstellung in dieser Angelegenheit im klaren? Auf welcher Seite stehen Sie? Auf der des Gesetzes, oder verkriechen Sie sich lieber hinter irgendwelchen mittelalterlichen Kirchenvorschriften, die es Ihnen ja so einfach machen, alles und jeden zu decken? Denken Sie mal drüber nach, vielleicht fällt Ihnen ja – zufällig – noch das eine oder andere zu Höllerich und den Vandenbergs ein. Schönen Tag noch!« Brackmann machte einfach kehrt, ließ die Tür hinter sich ins Schloß krachen. Er würde Engler keine Ruhe lassen. Er würde ihm so lange zusetzen, bis er seine unbeugsame Haltung aufgab. Engler sollte auch nicht eine Minute lang denken, daß Brackmann die Sache irgendwann auf sich beruhen lassen würde.

Engler atmete tief durch, sobald die Tür hinter Brackmann ins Schloß gefallen war. Er schloß die Augen und lehnte sich zurück. Er hatte heftiges Herzklopfen, sein Kopf schmerzte, pulsierende spitze Stiche in der linken Schläfe, dazu leichte Übelkeit. Die ersten Anzeichen einer Migräne. Er bekam immer Migräne, wenn er unter Druck stand. Wie jetzt. Er legte Zeige- und Mittelfinger beider Hände auf die Schläfen und begann sie zu massieren. Manchmal half dies im Anfangsstadium, diesmal aber nicht.

29

Brackmann stieg um fünfzehn Uhr in den Opel. Beherrschendes Thema im Radio war der Tornado der vergangenen Nacht, die Sensation für alle, denen Politik- und Wirtschaftseinerlei der vergangenen Wochen und Monate zu eintönig geworden war. Für wenige Stunden war Waldstein der Nabel der Welt, Fernsehteams und Reporter

aus allen Teilen Deutschlands und des Auslands waren angereist, stürzten sich wie eine Meute Bluthunde auf die Menschen, interviewten Betroffene und Helfer, um schließlich das Ganze in reißerische oder tränenrührige Stories zu verpacken, wobei es nur den wenigsten dabei um echte Fakten zu gehen schien.
Aber Brackmann war das egal. Er zwang sich, für den Augenblick Engler und alles, was damit zusammenhing, in eine Schublade in seinem Kopf zu stecken und sich anderen Dingen zuzuwenden. Es gab noch etwas, das ihn beschäftigte – die Vergewaltigung von Angela Siebeck. Wer hatte sich gestern nacht kurz vor dem Unwetter an ihr vergangen? Sollte es sich bei dem Täter um denselben Mann handeln, von dem Angela sich über einen längeren Zeitraum beobachtet fühlte, dann wußte Brackmann, wenn er sich an ihre Beschreibung hielt, wo er denjenigen finden würde. In ganz Waldstein kannte er nur einen jungen Mann, der eine Brille wie die von Angela Siebeck beschriebene trug, dessen Gesicht voller Pickel war und der auch vom Alter her in Frage kam. Natürlich bestand die Möglichkeit, daß er sich täuschte, daß der Mann, von dem sie sich seit längerem beobachtet fühlte, nichts mit dem Verbrechen zu tun hatte. Aber er würde dieser Spur nachgehen, sehr behutsam und sehr vorsichtig.
Bürgermeister Phillips wohnte nur einen Steinwurf vom Rathaus entfernt in einem von einem prächtigen Garten umgebenen Haus. Phillips war nicht nur Bürgermeister, ihm gehörten auch der Supermarkt, die größte Nürnberger Zeitung sowie Anteile an einigen Unternehmen der Vandenbergs. Wer jedoch glaubte, Phillips würde vor Arbeit kaum noch Zeit für andere Dinge finden, irrte. Die meiste Zeit verbrachte Phillips damit, seinen Garten zu pflegen, nur ab und zu sah er im Rathaus nach dem rechten, Phillips war ein Meister im Delegieren, zudem war Waldstein viel

zu klein, um einen Bürgermeister wirklich auszulasten. Also gab Phillips sich viel lieber den nützlichen Dingen, wie er es nannte, hin.
Brackmann trat durch das Gartentor, das nicht wie bei den Vandenbergs von zwei Ausgeburten der Hölle bewacht wurde. Phillips hielt keine Hunde, er fürchtete, sie könnten seinen Garten ruinieren. Brackmann klingelte. Herta, das etwa fünfzigjährige »Hausmädchen«, öffnete ihm. Sie trug ein dunkelgraues Kleid, sah ihn mit regungsloser Miene an. »Ja?« fragte sie mit herber Stimme, die in vollkommener Harmonie zu ihrer kantigen Statur stand.
»Ich möchte bitte mit dem Bürgermeister sprechen.«
»Das tut mir leid, aber der Bürgermeister möchte im Augenblick nicht gestört werden.«
»Dann gehen Sie und teilen Sie ihm mit, es sei außerordentlich wichtig.«
»Wie Sie wünschen«, sagte Herta und verschwand um die Ecke. Als sie zurückkehrte, bat sie Brackmann mit einer Handbewegung, ihr ins Haus zu folgen.
Phillips' massiger, unförmiger Körper war in einen Sessel gezwängt. Schweiß rann in Bächen über sein feistes, rosig glänzendes Gesicht mit den dicken Tränensäcken. Auf dem Tisch stand in einer schmalen Vase eine tiefrote Rose, der Phillips seine ganze Aufmerksamkeit widmete. Brackmann kannte Phillips und wunderte sich deshalb nicht, daß der Bürgermeister bei dem Chaos, das in der Stadt herrschte, seine Zeit an Rosen verschwendete.
»Tag, Brackmann«, sagte er, ohne aufzublicken. »Was führt Sie zu mir?«
»Eine etwas delikate Angelegenheit. Wie mir scheint, haben Sie das Unwetter der vergangenen Nacht ganz gut überstanden, oder?« erkundigte er sich anzüglich.
»Wie man's nimmt! Mein Garten hat furchtbar gelitten. Ich werde viele der Pflanzen neu setzen müssen«, sagte Phillips

traurig, während er mit einer Pipette ein paar Tropfen einer zähen Flüssigkeit in die Blüte tropfen ließ. »Ich habe nicht viel Zeit, Brackmann, also schießen Sie los. Heute morgen war ein Fernsehteam hier, und in einer Stunde wollen mich schon wieder welche interviewen. Stressig, kann ich Ihnen sagen, sehr stressig! Nun, das ist eben der Preis dafür, daß man Bürgermeister ist und im Rampenlicht steht.«
Brackmann ignorierte Phillips' Wichtigtuerei. »Haben Sie geschlafen, als der Tornado losbrach?«
»Natürlich habe ich geschlafen, was denn sonst?! Die armen Leute, die alles verloren haben!«
»Für viele Bürger kam die Warnung gerade noch rechtzeitig. Ohne das schnelle Reagieren des Wetteramtes müßten wahrscheinlich noch viel mehr Tote beklagt werden. Meinen Sie nicht auch?«
»Hören Sie zu, Brackmann«, sagte Phillips ruhig, ohne aufzuschauen, »wenn Sie damit auf etwas ganz Bestimmtes anspielen wollen, gut. Ich habe einen Fehler gemacht, und ich entschuldige mich dafür. Ich habe das nicht so ernst genommen. Wissen Sie«, sagte er, kniff die Lippen zusammen und drehte die Rose ein klein wenig, »es war nicht die erste Unwetterwarnung, und bisher waren es allesamt Flops, wenn Sie verstehen, was ich meine. Sie wissen doch, Tornados sind nicht berechenbar. Außerdem stehen bald Wahlen an.«
»Von mir aus«, sagte Brackmann, »es ist nicht mein Problem. Und deswegen bin ich auch nicht gekommen. Letzte Nacht, kurz vor dem Tornado, ist in Waldstein ein Gewaltverbrechen verübt worden, eine junge Frau ist vergewaltigt worden. Überfallen und vergewaltigt, um genau zu sein.«
»Na und, was interessiert mich das?! Finden Sie den Täter, und sperren Sie ihn ein! Oder soll *ich* das vielleicht für Sie erledigen?« Phillips sah kurz auf, seine Schweinsaugen blitzten.

»Das habe ich auch vor. Vorab würde ich jedoch gerne Ihrem Sohn ein paar Fragen stellen. Ist er zu Hause?«
»Natürlich ist er zu Hause! Aber was wollen Sie ausgerechnet von ihm? Glauben Sie vielleicht, er ist der Täter? Der weiß doch nicht mal, wozu ein Schwanz zu gebrauchen ist!«
Phillips, dieser aufgeblasene, schmierige Fettsack, der nichts mehr liebte als seine beschissenen Rosen, gehörte zu den wenigen Menschen, die in Brackmann stärkste Aggressionen hervorriefen. Doch Brackmann schluckte seine Wut herunter.
»Ich möchte ihm nur ein paar Fragen stellen. Vielleicht kennt er ja jemanden ... Möglicherweise kennt er sogar den Täter selbst, vielleicht war es sogar ein Freund von ihm.«
»So, ich wußte gar nicht, daß Nathan irgendwelche Freunde hat! Mal ganz was was Neues. Aber bitte, gehen Sie nach oben, zweite Tür rechts. Und klopfen Sie an, er mag es nämlich nicht, wenn man unaufgefordert in sein Zimmer kommt. Weiß der Geier, was er dort immer heimlich macht!«
Brackmann passierte die weiträumige Eingangshalle, die, genau wie die Treppe, mit schweren Teppichen ausgelegt war. Das Haus behagte Brackmann nicht. Die Einrichtung hatte etwas Erdrückendes. Übergroße, düstere Bilder alter Meister an den Wänden, hochgewachsene Pflanzen neben jeder Tür und in jeder Ecke. Alles üppig, wulstig, in dunklen Farben gehalten, und über allem ein muffiger, abgestandener Geruch. Als wäre seit Ewigkeiten nicht gelüftet worden. Im ersten Stock wand sich Efeu quer über das große Flurfenster und verdeckte fast vollständig die Sicht nach draußen, Yukkapalmen reckten sich neben noch mehr dunklen Bildern in die Höhe, überall Hocker, kleine Tische und Teppiche in gräßlichen trüben, aber auch aufdringlichen Farben, die Tapetenmuster waren altmodischer, an das vorige Jahrhundert erinnernder Kitsch.

Brackmann stand einen Augenblick vor der Tür und legte sich Fragen zurecht. Er klopfte. Keine Antwort. Kein »Herein«. Er klopfte ein weiteres Mal, ein leises Räuspern von drinnen, schließlich, nach dem dritten Klopfen, ein zaghaftes »Ja«.

Brackmann drückte die Klinke. Das Zimmer war groß und so gar nicht wie das Zimmer eines Siebzehnjährigen eingerichtet. Auch hier dominierten dunkle Töne, vom Bodenbelag über die Möbel bis hin zu den Bildern an der Wand. Nirgends der Hinweis auf etwas, das einen Jugendlichen normalerweise interessierte. Nathanael Phillips kauerte auf seinem Bett, die Knie angezogen, die Arme darumgeschlungen, die großen dunklen Augen ängstlich auf Brackmann gerichtet.

»Hallo, Nathan.« Brackmann schloß die Tür. Weder die Musikanlage noch der Fernsehapparat liefen. Kein Krümel auf dem Boden, kein Staubkorn auf den Möbeln, keine Süßigkeiten, nichts zu trinken, dieses Zimmer war so steril, als hätte Maria Olsen hier saubergemacht. Das einzige Geräusch drang durch das einen Spaltbreit geöffnete Fenster, Vogelgezwitscher aus der Eiche davor.

»Was wollen Sie?« flüsterte er, steckte die Nase zwischen die Knie, verbarg seinen Blick.

»Darf ich mich setzen?« Brackmann, der eben noch mit aller Härte hatte vorgehen wollen, schaffte es plötzlich nicht mehr. Dieser Junge schien aus feinstem Glas zu bestehen, so fragil, daß es bei der geringsten Berührung in Tausende kleiner Stücke zerbrechen würde. Er würde, entgegen seiner Vorsätze, behutsam mit ihm umgehen müssen, ihn nicht anschreien, nicht beschuldigen, ihn nur befragen.

»Du kannst dir denken, warum ich gekommen bin?«

Nathanaels Ohren glühten, er versteckte sein Gesicht noch tiefer zwischen den Knien. »Nein, warum?«

»Nun, laß es mich so formulieren. Heute nacht erlebte Waldstein die schlimmste und verheerendste Naturkatastrophe seiner Geschichte. Nie zuvor hat es ein solches Unwetter hier gegeben. Unsere und somit auch deine Stadt ist an vielen Stellen quasi dem Erdboden gleichgemacht worden, und ...«

»Es ist nicht meine Stadt! Es ist vielleicht die Stadt meines Vaters oder meiner Mutter oder der Vandenbergs, aber es ist nicht meine Stadt!« Bitterkeit und Aufsässigkeit.

»Gut, du sagst, es ist nicht deine Stadt. Aber du bist hier geboren und aufgewachsen. Vielleicht ist es doch ein wenig deine Stadt?«

»Nein.« Nathanael veränderte seine Körperhaltung nicht.

»Laß mich fortfahren. Du weißt, daß hier bei uns so gut wie nie ein Verbrechen geschieht. Genaugenommen ist, solange ich hier Polizist bin, nie etwas wirklich Erwähnenswertes passiert, höchstens mal ein harmloser Einbruch oder ein paar Betrunkene, die randaliert haben, aber das sind Lappalien. Jetzt ist gestern abend aber etwas geschehen, das schlimmer ist als alles vorher Dagewesene. Hast du zufällig eine Ahnung, wovon ich sprechen könnte?«

»Nein.«

»Wirklich nicht?«

Nathan schüttelte den Kopf, ohne Brackmann anzuschauen.

»Dann werde ich es dir sagen. Gestern nacht, so gegen elf, also kurz vor dem Unwetter, hat jemand etwas getan, das für eine junge Frau schrecklicher war als dieser Tornado. Diese junge Frau ist nämlich in ihrer Wohnung überfallen und vergewaltigt worden. Der Mann hat sie in ihrer Wohnung dazu gezwungen, mit ihm sexuell zu verkehren. Was meinst du dazu?«

Schulterzucken.

»Findest du das nicht genauso schrecklich wie ich?«

»Denke schon.«

»Nehmen wir einmal an, du hättest so etwas getan, was würdest du dann als gerechte Strafe ansehen?«

»Weiß nicht.«

»Es würde mich ganz einfach nur von dir als Heranwachsendem interessieren, wie so jemand bestraft werden sollte. Ich meine, wir wissen inzwischen, daß es sich bei dem Täter um jemanden in deinem Alter gehandelt haben muß. Wie ist also deine Meinung dazu?«

»Weiß nicht.«

»Sollte er ins Gefängnis gesteckt werden? Oder ausgepeitscht? Oder sollte man ihm die Eier abschneiden? Oder was sonst?«

»Weiß nicht, ins Gefängnis vielleicht. Ist mir auch egal.«

»Ich hab noch gar nicht erwähnt, wer vergewaltigt worden ist, oder?«

Schulterzucken.

»Interessiert es dich denn gar nicht?«

Schulterzucken.

»Sie heißt Angela Siebeck. Sie arbeitet in der Bücherei. Eine sehr hübsche und vor allem sehr nette Frau, findest du nicht?«

Schulterzucken.

»Wo warst du eigentlich gestern abend?«

»Ich hab geschlafen oder so.«

»Oder so?«

»Weiß nicht.« Nathanael hob jetzt zum ersten Mal, seit Brackmann eingetreten war, sein Gesicht. Brackmann betrachtete ihn. Seine Wangen, das Kinn und dic Stirn waren pickelübersät. Die Lippen wulstig und dunkelrot. Das Haar schwarz und kraus. Doch die Haut war weiß, ein blasses, gräuliches, ungesundes Weiß, wie bei jemandem, der nur selten sein Zimmer verläßt. Wie bei jemandem, der keine Freunde hat, mit denen er Ausflüge unternimmt oder die ihn nach Nürnberg oder Hof in die Disko mitnehmen.

Große dunkle Augen hinter einer dunkel umrahmten viereckigen Brille. Traurige, einsame Augen.
»Kannst du beweisen, daß du allein auf deinem Zimmer warst und geschlafen hast? Hat dich irgend jemand hier gesehen?«
Schulterzucken.
»Keiner hat dich gesehen?«
Wieder Schulterzucken. Er vergrub erneut sein Gesicht zwischen den Knien, murmelte kaum verständlich: »Sie sehen ja nie nach mir! Ihnen ist sowieso egal, was ich den ganzen Tag mache! Ich war ihnen immer egal!«
»Meinst du damit deine Eltern?«
»Wen denn sonst?!«
Brackmann hielt kurz inne, fragte dann: »Du hast Frau Siebeck vergewaltigt, hab ich recht?«
Nathanael wandte seinen Kopf zum Fenster hin, vor dem schwere Gardinen hingen, die viel von dem einfallenden Licht schluckten. Neben dem Fenster klebten drei Bilder längst verstorbener oder sehr alter Filmschauspieler, als hätte dieses Zimmer vor dem Jungen dessen Mutter oder Großmutter bewohnt. Kein Bild eines Rockstars, einer jungen Schauspielerin, nichts von dem, womit Siebzehnjährige normalerweise ihr Zimmer ausstaffierten.
»Kennst du Frau Siebeck denn?«
»Kann schon sein«, sagte er.
»Hast du es getan?«
Schweigen.
Brackmann wiederholte die Frage: »Hast du es getan?«
Schweigen.
»Nathanael, ich frage dich zum letzten Mal – hast du gestern nacht Frau Angela Siebeck in ihrer Wohnung überfallen und vergewaltigt?«
Nathanael nickte fast unmerklich, fiel in sich zusammen. Er weinte leise, sein Körper bebte, Speichel lief aus seinen

Mundwinkeln, tropfte auf die Brust. Brackmann ging zu dem Jungen, legte einen Arm um seine Schultern.

»Du weißt, daß ich dich jetzt mitnehmen muß.«

»Ich habe es doch gar nicht gewollt! Nicht wirklich. Ich weiß nicht, wie es passieren konnte!« sagte er kaum hörbar, dicke Tränen liefen über seine Wangen. »Ich habe mich betrunken ...«

»Ich weiß, Frau Siebeck hat es mir gesagt ... Wir werden jetzt in mein Büro fahren. Dort nehmen wir ein Protokoll auf. Ich werde dir natürlich nicht ersparen können, Frau Siebeck gegenübergestellt zu werden. Mein Gott, Junge, warum hast du das bloß gemacht? Du bist doch keiner von diesen Rowdies, von denen man immer wieder hört oder liest, die Schlägereien anzetteln und denen ein Menschenleben nichts oder zumindest nur wenig bedeutet. Ich habe viele von ihnen in Frankfurt gesehen, und ich würde dich nie mit ihnen vergleichen. Und trotzdem hast du einem Menschen sehr weh getan. Ich meine, es gibt doch andere Möglichkeiten, ich meine ...«

»Die andern haben alle schon längst was mit Mädchen! Ich werde aber nie eine finden! Jetzt erst recht nicht mehr.«

»Wieso glaubst du, du wirst kein Mädchen finden?«

»Weil sie es sagen.«

»Wer sagt es?«

»Die da unten ... und überhaupt alle. Sie sagen, ich bin viel zu häßlich.«

»Das haben dein Vater und deine Mutter gesagt?«

»Nicht direkt, aber ich habe immer gewußt, daß sie so denken.«

»Jeder Mensch findet irgendwann einen Partner, wenn er möchte. Aber so, wie du es gemacht hast, war es natürlich der denkbar schlechteste und ungeschickteste Weg. Und noch was – auch wenn deine Schulkameraden behaupten, sie hätten alle schon was mit Mädchen gehabt, so solltest du auf ein solches Geschwätz nicht allzuviel geben. In dem Alter spinnt man gerne rum. Jeder möchte dem andern beweisen, was für ein toller Hecht er ist, in Wirklichkeit ist das alles nur heiße Luft. Das war zu meiner Zeit so und ist heute nicht viel anders. Aber komm jetzt, wir werden es deinen Eltern sagen müssen.«

Schwerfällig, ein alter, gebrochener Mann von gerade erst siebzehn Jahren, kroch Nathan von seinem Bett. Die schmalen Schultern hingen leicht nach vorn, über seine langen dünnen Beine hatte er eine schwarze Hose gestreift, die mindestens zwei Nummern zu groß war und mit einem breiten Gürtel zusammengehalten wurde. Nathanael war fast so groß wie Brackmann.

»Vater bringt mich um«, stammelte er leise.

»Keine Angst, solange ich bei dir bin, bringt dich keiner um. Schon gar nicht dein Vater.«

»Darf ich mir was mitnehmen? Zum Lesen?«

»Natürlich.«

Phillips saß noch immer über seiner Rose. Wieder verschwendete er keinen Blick, als Brackmann und Nathanael eintraten.

»Bürgermeister ...«

»Sie sind ja immer noch da!«

»Ich will Ihnen nur sagen, daß ich Ihren Sohn mitnehmen werde.«

»So? Wohin werden Sie ihn mitnehmen? Kann er Ihnen etwa helfen?«

»Nun, wie soll ich es sagen ... er hat die Tat gestanden.« Brackmann sprach sehr betont und deutlich. Phillips verharrte einen Augenblick in der Bewegung, die Hand mit der Pinzette begann zu zittern, ein wenig nur, dann hob Phillips den Kopf, den Mund sprachlos geöffnet, schließlich entglitt die Pinzette seiner Hand und fiel zu Boden.

»Was sagen Sie da?« fragte er, seine Stimme bebte, sein fetter Schädel schwoll an, als wollte er gleich in Millionen Stücke explodieren, und nahm die Farbe einer überreifen Tomate an. Seine Stimme wurde lauter. »Würden Sie bitte wiederholen, was Sie da eben gesagt haben?«
»Ich glaube, Sie haben mich richtig verstanden. Ihr Sohn hat Frau Siebeck vergewaltigt. Er hat die Tat gestanden.«
»Du elender, gottverdammter Hurensohn! Nichtsnutz, verfluchter Bastard!« zischte Phillips leise, plötzlich wurde seine Stimme zu einem Brüllen. »Ersaufen hätte man dich sollen, als du zur Welt gekommen bist, an einen Mühlstein binden und an der tiefsten Stelle des Ozeans ins Wasser werfen!« Er sprang auf, um sich auf seinen Sohn zu stürzen, Brackmann ging dazwischen; er mußte ihn gewaltsam zurückhalten, um zu verhindern, daß er Nathanael etwas antat.
»Lassen Sie mich los! Ich werde es diesem gottverdammten Dreckstück zeigen! *Ich* bin der Bürgermeister, die Leute hier haben *mich* schon zum zweiten Mal gewählt, und dann kommt dieser gottverdammte Bastard daher und vernichtet alles, was *ich* mir mühsam aufgebaut habe! Vergewaltigt Frauen!! Ein Verbrecher!!«
»Sicher, Sie sind der Bürgermeister. Aber Sie haben auch einen Sohn.«
»Wissen Sie eigentlich, daß mich das meinen Posten kosten kann?! Die Leute werden mit Fingern auf mich zeigen, mein Ansehen ist dahin, niemand wird mehr in meinem Geschäft einkaufen wollen, und das alles nur wegen diesem, diesem, diesem ...! Schaffen Sie ihn mir aus den Augen! Sperren Sie ihn ein, von mir aus für immer! Ich will ihn jedenfalls nie mehr sehen!«
»Er ist Ihr Sohn, Herr Phillips! Sie scheinen das vergessen zu haben.«
Die Tür ging auf. »Was ist das für ein Lärm? Ich sitze mit

Margot und Johanna, um einen Plan zu machen, wie wir den armen Menschen hier helfen können, aber wir können uns nicht konzentrieren, wenn ihr hier so laut seid! Ach, die Polizei! Nett, Sie zu sehen. Was führt Sie in unser Haus?«
Frau Phillips, eine schlanke, mittelgroße attraktive Frau, trat herein, das ovale Gesicht von dunkelbraunen, glatten schulterlangen Haaren umrahmt, die Augen große glühende Kohlen, der Mund voll und sinnlich, die Haut seidig glatt; die Figur mit den vollen, festen Brüsten, die sie nie in einen BH zwängte, und die schlanke Taille hätten nie vermuten lassen, daß sie die Vierzig längst überschritten hatte. Sie war wie stets schlicht, aber elegant gekleidet, das Gesicht vielleicht eine Spur zu auffällig geschminkt, die Fingernägel leuchteten in tiefem Rot. Und obgleich sie wahrscheinlich älter war als Brackmann und er sie als kalt bis ins Zentrum ihrer Seele einschätzte, hatte er schon einigemal davon geträumt, es mit diesem Vollblutweib zu treiben, auf seinem Schreibtisch oder in einer seiner Zellen oder auf seinem Zimmer oder irgendwo, und er hatte sich schon öfter als nur einmal gefragt, was sie veranlaßt haben mochte, einen derart unattraktiven Mann wie Phillips, feist, fett und langweilig bis ins Mark, zu heiraten.
Brackmann war nicht verliebt in sie, weiß Gott nicht, ein Leben an der Seite dieser Frau würde er wahrscheinlich nur wenige Tage aushalten, sie verfügte aber über jene sinnliche Ausstrahlung, die sie für ihn physisch so begehrenswert machte.
»Da«, sagte Phillips aufgebracht und deutete mit seinen wulstigen Fingern auf Nathan, »da, schau ihn dir an, deinen lieben Sohn! Er hat eine Frau überfallen und vergewaltigt! Ausgerechnet er und ausgerechnet in Waldstein! Gestern nacht!«
»Oh!« entfuhr es ihr, sie zog für einen Moment die Stirn in Falten und trat näher. Dann sah sie ihren Mann zurecht-

weisend an. »Er ist auch dein Sohn, und wenn das stimmt, was unser Herr ...«
»Brackmann.«
»... Brackmann behauptet, dann hat er das eher von dir.« Frau Phillips kam mit kleinen eleganten Schritten auf Nathan zu. Ihr Gesicht war ernst, und doch huschte für den Bruchteil einer Sekunde ein Lächeln über ihre Lippen, das Brackmann nicht so recht deuten konnte. »Ist das wahr, Nathan?« fragte sie sanft und streichelte ihm zärtlich übers Haar. Nathan nickte verängstigt, entzog sich dieser Berührung.
»Warum hast du das getan? Warum nur?« Engelstöne. »Oh, ich weiß, warum du es getan hast, ich weiß es genau. Mein Gott, armer kleiner Nathan!« Und dann, ohne Brackmann anzusehen: »Wenn Sie ihn schon mitnehmen müssen, dann behandeln Sie ihn wenigstens gut. Bitte!«
Brackmann wußte nicht, wie er ihre Sanftheit verstehen sollte. Bislang hatte er Frau Phillips nur als durchsetzungsfähige, resolute Frau kennengelernt. Etwas warnte ihn, ihr Verhalten überzubewerten. Er traute weder ihrem Lächeln noch ihren Worten, das lodernde Feuer in ihren Augen sprach eine andere Sprache. Ihren zweifellosen körperlichen Vorzügen stand eine kalte und berechnende Seele gegenüber. Wer sie näher kannte, wußte, daß sie ausschließlich auf ihren eigenen Vorteil bedacht war, selbst wenn sie als Wohltäterin auftrat. Nichts, was sie tat, tat sie uneigennützig.
»Natürlich werde ich mich um Ihren Sohn kümmern, und ich verspreche Ihnen, daß wir es ihm so angenehm wie möglich machen werden. Doch eine Vergewaltigung, Frau Phillips, ist nun mal kein läppischer Ladendiebstahl. Schon gar kein Kavaliersdelikt.«
»Natürlich, natürlich. Aber sagen Sie mir, was wir tun können, und wir werden sofort alles in die Wege leiten, was

Nathan helfen könnte. Doch vorher möchte ich Sie gerne noch kurz allein sprechen, unter vier Augen.« Diesmal klangen ihre Worte sehr nachdrücklich, fast wie ein Befehl. Brackmann zögerte; er fürchtete, Phillips würde Nathan an die Kehle springen, sobald er mit ihm allein war. Phillips schien diese Besorgnis zu spüren, er winkte müde ab. »Keine Angst, ich werde mir nicht die Hände an ihm schmutzig machen.«

Brackmann folgte ihr nach nebenan, in ein im Vergleich zu den anderen Räumen kleines Zimmer, an dessen Wänden rundum deckenhohe, aus dunkler Eiche gefertigte und mit Büchern vollgepackte Regalwände standen, das weitere Inventar bestand aus einem Schreibtisch, einem Stuhl und zwei Sesseln, durch ein kleines Fenster fiel nur spärliches Licht. Frau Phillips ging vor ihm hinein; ein Schleier Chanel No. 5 schwebte hinter ihr her. Er schloß die Tür.

Sie stellte sich ans Fenster und schaute auf den Garten, dessen Pracht größtenteils vernichtet und nur noch zu erahnen war. Mit den Augen tastete Brackmann ihren ebenmäßigen Körper ab, selbst in diesem Augenblick hätte er sich vorstellen können, sie zu nehmen, sie auf den Tisch zu werfen, es mit ihr zu treiben. Einfach so, ohne viele Worte. Das Kleid hochschieben, den Slip runterreißen ... Doch zwischen seinen Träumen und der Realität klaffte eine tiefe Schlucht, er war nicht Scherer, der angeblich schon bei ihr gelandet war. Brackmann blieb in der Mitte des Zimmers stehen, sie drehte sich zu ihm um, bemerkte seine sie abtastenden Blicke; sie lächelte kurz und spöttisch, sagte dann ernst: »Mein Sohn hat ein Unrecht begangen, gut, daran läßt sich jetzt nichts mehr ändern. Aber wenn ich eines hasse, dann wegen einer solchen Lappalie gleich die Pferde scheu zu machen. Haben Sie schon die Zeitung informiert?«

»Nein, noch nicht, aber ...«

»Nun, ich denke«, fuhr sie ihm jetzt eisig dazwischen, »Waldstein hat im Moment sowieso andere Probleme.« Die echte Frau Phillips kam zum Vorschein. Die Temperatur im Raum sank schlagartig auf den Gefrierpunkt.
Brackmann blieb unbeeindruckt. »Erstens, Frau Phillips, ist das, was Nathanael getan hat, keine Lappalie, und zweitens, auch wenn ich die Zeitung noch nicht informiert habe, wird es sich kaum vermeiden lassen, daß die Öffentlichkeit davon erfährt.«
Sie schaute wieder aus dem Fenster, ihre Finger klopften unruhig auf das marmorne Fensterbrett. »Es läßt sich vermeiden. Ich wünsche, daß nichts davon an die Öffentlichkeit dringt! Es ist mir egal, wie Sie das anstellen, aber Sie sind mir dafür verantwortlich. Der Fehltritt meines Sohnes geht niemanden etwas an. Haben Sie das verstanden?« Ihre Stimme hatte einen schneidenden Unterton bekommen.
»Nun, Frau Phillips, ich würde natürlich auch gern verhindern, daß die Geschichte sich wie ein Lauffeuer in Waldstein ausbreitet, aber ob ich es tatsächlich kann, ist eine andere Frage. Es hängt nämlich auch vom Opfer ab.«
»Ach ja, stimmt. Das Opfer – wer ist sie eigentlich? Meinen Sie nicht, daß es endlich an der Zeit wäre, mir ihren Namen zu verraten? Ich werde mich mit ihr in Verbindung setzen. Wahrscheinlich ist sie sogar eines von den Mädchen, die es nur darauf anlegen ... Oder etwa nicht?« Sie hatte sich abrupt umgedreht, Spott um die Mundwinkel, ihre Augen funkelten siegessicher.
»Hören Sie zu, Frau Phillips, ich möchte Ihnen raten ...«
»Was möchten Sie mir raten?«
»Eine solche Frau ist sie ganz sicher nicht, dafür lege ich meine Hand ins Feuer. Ich kenne sie persönlich recht gut. Sollte sie auf eine größere Publikmachung verzichten, dann wirklich nur, weil sie ... gutmütig ist.«
»Ach, kommen Sie«, sagte sie und winkte abfällig lachend

ab, »es gibt keinen Menschen auf der Welt, für den man seine Hand ins Feuer legen sollte. Für niemanden! Sie sehen ja, was dabei herauskommt, selbst bei den eigenen Kindern! Also, wer ist es?«

»Was wollen Sie von ihr?«

»Mich mit ihr unterhalten. Nichts anderes als mit ihr reden. Und es gibt sicher Mittel und Wege, sie auf eine – sagen wir – angenehme Art zu beeinflussen.«

»Wenn das, was Sie unter angenehm verstehen, das ist, was ich denke, dann sehe ich schwarz für Sie. Und es ist meine Pflicht, Sie natürlich auch vor ungesetzlichen Schritten zu warnen.«

»Ihren Namen bitte! Ich brauche sonst doch nur rauszugehen und Nathanael zu fragen.«

»Angela Siebeck.«

»Ach die! Ich glaube, ich kenne sie. Das ist doch die junge Frau aus der Bücherei? Na ja, vielleicht haben Sie sogar recht mit Ihrer Einschätzung. Trotzdem, ich werde sie aufsuchen.« Sie ging auf Brackmann zu, blieb dicht vor ihm stehen, ihr Duft war atemberaubend, sie schaute zu ihm auf, als böte sie sich ihm an, und sagte mit einem Hauch Laszivität in der Stimme: »Eines müssen Sie doch wohl zugeben – mein Sohn hat Geschmack bewiesen.«

Er trat einen Schritt zurück. »Sie sind zynisch, Frau Phillips! Beantworten Sie mir eine Frage – lieben Sie Ihren Sohn?«

»Nathanael?« Sie starrte Brackmann erstaunt an und sagte verkniffen lächelnd: »Was erlauben Sie sich eigentlich? Natürlich liebe ich meinen Sohn! Ich liebe ihn genau wie meine Tochter. Was glauben Sie, weshalb ich mich wie eine Löwin für ihn einsetze?!«

Brackmann nahm seinen ganzen Mut zusammen, um das auszusprechen, was er sonst nur zu denken gewagt hätte: »Ich glaube, Sie tun es nicht, weil Sie ihn lieben. Alles, was

Sie wollen, ist Schadensbegrenzung zu betreiben. Ihr Sohn ist nur zweitrangig. Sie fürchten um Ihren guten Ruf, genau wie Ihr Mann. Sie fürchten, diese kleine Stadt könnte Sie in der Luft zerreißen. O ja, ich weiß, kleine Städte können grausam sein, nichts bleibt verborgen, jeder kennt jeden, Geheimnisse bleiben nie lange Geheimnisse, überall brodelt die Gerüchteküche, und an jeder Ecke wird getuschelt. Waldstein ist keine Großstadt, in der man anonym bleibt, in der jeder sein kleines Mauseloch hat, in das er sich verkriechen kann. Hier hört jeder jederzeit mit. Sie haben Angst, Frau Phillips, nichts als Angst!«
Ihre Nasenflügel bebten, Zornesröte überzog ihr Gesicht, ihre Augen waren nur noch schmale, messerscharfe Schlitze. Als überlegte sie, wie sie Brackmann am einfachsten und schnellsten einen Todesstoß versetzen konnte. Doch mit einem Mal hatte sie sich wieder unter Kontrolle, ihr Körper entspannte sich, sie lächelte sogar. Ein berechnendes Lächeln, das ihre Gedanken verriet.
»Vielleicht haben Sie sogar recht. Doch was soll's, Ihnen kann doch egal sein, mit welchen Intentionen ich meine Ziele verfolge. Natürlich ist Waldstein, wie jede andere Stadt, ein schlummernder Vulkan, der nur einen winzigen Anstoß braucht, um zu explodieren. Aber gerade das will ich verhindern. Ich will verhindern, daß Waldstein auf *unsere* Kosten explodiert. Ich will nicht, daß wegen einer Angelegenheit, die es nicht wert ist ...«
»Sie ist es wert!«
»... unnötig viel Staub aufgewirbelt wird. Waldstein soll einfach weiterschlafen, so wie es das all die vergangenen Jahre getan hat. Ist dieser Wunsch denn so verwerflich?«
»Nein, im Prinzip nicht ...«
»Aber?«
»Er wird auf dem Rücken Ihres Sohnes ausgetragen.«
»Ich werde nichts auf den schmalen, zerbrechlichen Schul-

tern meines armen Nathan austragen! Aber es geht hier nicht nur um Nathan ...« Sie blickte zur Uhr. »Herr Brackmann, ich will Sie jetzt nicht länger aufhalten. Wenn es also weiter nichts gibt ... Behandeln Sie Nathan gut. Ich werde mich bald bei Ihnen melden.« Sie war bereits auf dem Weg zur Tür, als sie stehenblieb, sich nachdenklich mit Daumen und Zeigefinger über die Lippen fuhr und Brackmann ansah. »Mir ist da gerade etwas eingefallen – was spricht eigentlich dagegen, Nathan gegen Kaution auf freien Fuß zu setzen?«

»Das kann nur der Staatsanwalt entscheiden. Ich werde mich mit ihm in Verbindung setzen.«

»Wann?«

»Nachher.«

»Und warum nicht gleich? Dr. Kerber und ich sind alte Freunde.«

»Bitte, versuchen Sie's.«

»Dann lassen Sie es uns gleich tun. Dann bräuchten Sie Nathan vielleicht gar nicht erst mitzunehmen. Warten Sie einen Augenblick, ich hole schnell mein Telefonbuch.« Sie huschte nach draußen, holte ihr privates Telefonbuch, schlug die Seite auf, unter der die Nummer von Staatsanwalt Kerber verzeichnet war, nahm den Hörer vom Apparat und wählte die Nummer. Kerbers Frau meldete sich. Die Nachricht für Frau Phillips war unerfreulich und auf ihrem Gesicht abzulesen. Der Staatsanwalt war unterwegs und würde nicht vor morgen abend zurücksein. Und seine Frau konnte auch nicht sagen, wo er zu erreichen war. Enttäuscht legte Frau Phillips wieder auf.

»Tut mir leid, aber ich werde Nathanael nun wohl doch mitnehmen müssen. Versuchen wir's morgen abend noch einmal.«

»Sicher, morgen abend«, sagte Frau Phillips nachdenklich. »Und passen Sie auf ihn auf.«

Frau Phillips hauchte Nathan zum Abschied einen Kuß auf die Stirn, streichelte ihm übers Gesicht, er wich ihrem Blick aus. Schweigend gingen Brackmann und Nathanael zum Streifenwagen, Phillips fluchte hinter ihnen her. Auf eine gewisse Weise tat der Junge Brackmann leid. Das Leben war ganz offensichtlich nicht sehr freundlich mit ihm umgegangen, aber das rechtfertigte noch längst kein Verbrechen. Auch wenn dieses Verbrechen ein Hilfeschrei war.
»Du brauchst keine Angst zu haben«, sagte Brackmann, als er den Motor anließ und losfuhr. »Du wirst sicher schon morgen gegen Kaution freikommen. Alles Weitere wird sich dann ergeben. Aber bis dahin mußt du leider mit einer Zelle vorliebnehmen.«
Nathanael saß regungslos neben Brackmann, seine Unterlippe zuckte, er weinte stumm.
Schmidt hockte hinter dem Schreibtisch, die Beine auf der Tischplatte, sein Atem ging ruhig und gleichmäßig, er schlief. Die vergangene Nacht hatte auch bei Schmidt Spuren hinterlassen. Brackmann ließ die Tür einfach ins Schloß fallen, Schmidt schoß von seinem Stuhl hoch, blickte verstört um sich.
»Tut mir leid. Aber letzte Nacht war einfach ein bißchen viel, und heute konnte ich auch nicht ... Sie wissen ja ...« Er hob entschuldigend die Hände.
»Hab ich vielleicht was gesagt?«
»Was ist mit dem da?« fragte Schmidt und deutete auf Nathan.
»Die Vergewaltigung.«
»Hä? Ich versteh nicht ...« Er kratzte sich am Kopf.
»Er war's. Jetzt kapiert?«
»Was?« stieß Schmidt hervor. »Dieser Grünschnabel soll ...« Er schüttelte ungläubig den Kopf. »Nein, das kann ich nicht glauben.«
»Schmidt, er hat es zugegeben! Alles andere ist nicht mehr

Ihr Problem. Und was ich Ihnen jetzt zu sagen habe, ist kein Rat, sondern eine Anweisung – Sie werden keiner Menschenseele gegenüber auch nur ein Sterbenswörtchen erwähnen. Sie haben nie etwas von einer Vergewaltigung gehört, und Sie kennen Nathanael Phillips nur vom Sehen. Kapiert?«

Brackmann war gereizt. Er war selten so gereizt wie gerade eben. Er hätte vor Wut das Büro zertrümmern oder sich auch mit Scherer prügeln können. Er haßte auf einmal Waldstein und alle, die etwas damit zu tun hatten, außer Angela vielleicht. Diese Stadt, die so lange in einem wohlbehüteten Dornröschenschlaf vor sich hin gedöst und dabei offenbar die ganze Zeit über unmerklich, aber stetig eine Unmenge an Dreck angesammelt hatte, diese Stadt begann von einem Tag auf den anderen ihren ganzen Unrat auszukotzen. Und eine Menge davon auf seinen Teller.

»Schnappen Sie sich jetzt den Wagen und schauen Sie, was im Ort los ist, oder machen Sie, was Sie glauben, tun zu müssen. Und vergessen Sie vorläufig alles, was mit Angela Siebeck und den Phillips' zu tun hat.«

»Warum bloß?«

»Weil ich es sage. Schadensbegrenzung.«

Schmidt nickte, sein Blick drückte Verständnislosigkeit aus. Warum, zum Teufel, wollte Brackmann ausgerechnet dieses kleine Arschloch von Phillips schützen? Stinken vor Geld und können sich alles rausnehmen, und am Ende wird dieser Mistkerl auch noch, wie es aussieht, freigelassen! Ohne ein Wort zu sagen, erhob sich Schmidt und verließ das Büro. Brackmann setzte sich auf den frei gewordenen Stuhl, Nathan ihm gegenüber.

»So, und jetzt erzähl mir, wie du in diese Scheiße reingeraten konntest. Aber bitte jedes Detail. Nur dann kann ich eventuell ein gutes Wort für dich einlegen.«

Brackmann wartete, doch Nathan stierte nur auf seine

Finger, deren Nägel ungewöhnlich lang und schmutzig waren.
»Willst du mir nichts sagen?«
Nathan schüttelte den Kopf.
»Warum nicht? Es wäre besser für dich, wenn du reden würdest. Auf Vergewaltigung steht normalerweise eine hohe Strafe. Sie machen dabei auch bei Minderjährigen keine Ausnahme, darüber solltest du dir im klaren sein. Nur wenn du redest und deine Gründe einigermaßen plausibel klingen, kannst du mit einer geringen Strafe davonkommen.«
»Bringen Sie mich bitte in meine Zelle.«
»Warum?«
»Ich möchte erst in aller Ruhe über alles nachdenken.«
»Gut, wie du willst.« Brackmann stand auf und ging vor Nathan zu den Zellen. »Hier, mach es dir so bequem wie möglich, und wenn du irgendwas brauchst, dann ruf einfach. Okay?«
Nathanael nickte wieder nur. Stumm und in dumpfe Gedanken versunken, betrat er die kleine Zelle. Es war heiß im Zellentrakt. Er setzte sich auf die mit einer braunen Decke belegte Pritsche, die unter dem kleinen Fenster stand. Sonst gab es nur noch einen Stuhl, einen alten, wackligen Tisch, eine Toilettenschüssel und ein kleines, leicht verschmutztes Waschbecken.
»Hätten Sie vielleicht etwas Papier und einen Stift für mich? Ich würde gerne etwas aufschreiben. Und lassen Sie mich bitte allein. Ich rufe Sie, wenn ich fertig bin.«
»Natürlich. Einen Augenblick, ich hole nur was zum Schreiben.« Brackmann schloß die Zellentür ab, holte Stift und Papier, reichte beides Nathanael durch die Gitterstäbe. Nathan wartete mit dem Schreiben, bis Brackmann die Tür zum Büro hinter sich geschlossen hatte.
Brackmanns Augen wurden schwer. Der Schlafmangel

machte sich bemerkbar, dazu die Pillen und der Alkohol, die Hitze, das surrende einschläfernde Geräusch des Ventilators. Vor ihm auf dem Schreibtisch lag die neueste Statistik der Toten und Verletzten und noch Vermißten, Brackmann sah auf die Liste, die Buchstaben begannen vor seinen Augen zu flimmern und zu verschwimmen. Er schlief ein. Drei fette Fliegen kreisten in stupider Monotonie laut brummend um die Lampe.

30

Jonas Vandenberg tigerte unruhig im Zimmer auf und ab. In dem Sessel neben dem Fenster saß sein Bruder Victor, der nervös an seinen Fingernägeln knabberte, Martin lehnte mit düsterem Blick am Schrank.
»Wie, zum Teufel, konnte das passieren? Ist denn keiner von euch auf die Idee gekommen, sie würden bei jeder sich bietenden Gelegenheit versuchen abzuhauen?!« Martin schäumte vor Wut, in ihm brodelte es, doch im Gegensatz zu dem impulsiven Jonas blieb er meist beherrscht. »Schließlich bin ich es, der die meiste Zeit unterwegs ist...!«
»Reg dich ab, Idiot!« schrie Jonas mit hochrotem Kopf, blieb einen Moment mitten im Raum stehen und sah Martin aufgebracht an, seine Kiefer mahlten aufeinander. »Wir sitzen alle im selben Boot! Keiner konnte damit rechnen, daß die blöden Weiber ausgerechnet diesen Scheißtornado zur Flucht benutzen würden! Du wärst doch selber nie auf die Idee...«
»Ich war nicht hier! Aber...«
»Aber was? Ich war auch nicht hier! Und du glaubst doch wohl nicht allen Ernstes, Supermann, daß das bei deiner Anwesenheit nicht passiert wäre, oder?! Du hättest es genausowenig verhindern können.«

»Mein Gott«, schaltete sich Victor mit nervöser Stimme ein, »jetzt macht doch um Himmels willen nicht ein solches Theater! Es ist richtig, wir sitzen im selben Boot. Wenn es untergeht, saufen wir alle ab. Aber anstatt rumzuschreien, müssen wir versuchen, das Leck abzudichten. Und für mich bedeutet das, eine Lösung zu suchen, die allen gerecht wird.« Er hielt inne und setzte sich gerade hin. Mit leidender Stimme meinte er: »Ich hätte eben besser aufpassen müssen.«
»Da hast du allerdings recht, Bruderherz. Auch wenn du dich im Augenblick mal wieder in Selbstmitleid suhlst! Aber tröste dich, keiner gibt dir die alleinige Schuld. Bis auf die Tatsache, daß du uns früher hättest benachrichtigen müssen ...«
»Was ich versucht habe, die ganze Nacht und den ganzen Morgen über.«
»Ja, ja, schon gut!« winkte Jonas ab. »Diese Scheißköter, möchte nur zu gerne wissen, wozu die taugen, wenn sie im entscheidenden Moment versagen?! Und das alles nur wegen diesem ...!« Er ballte die Fäuste in ohnmächtiger Wut. »Mir wird schlecht, wenn ich daran denke, daß Csilla anfängt zu quatschen! Ich hoffe nur, sie hat ihr Hirn inzwischen so kaputtgesoffen, daß sie nicht mehr für voll genommen wird.«
»Die alte Olsen ist übrigens gestern gestorben. Wenigstens eine, die die Klappe nicht mehr aufmachen kann«, sagte Victor.
»Und wenn schon, im Grunde leben noch viel zu viele! Wißt ihr, mir wird immer klarer, daß wir damals einen gewaltigen Fehler gemacht haben. Wir haben nämlich zu viele eingeweiht«, sagte Martin.
»Was blieb uns denn anderes übrig?« widersprach Jonas. »Wenn dieser Höllerich nicht den halben Ort zusammengeschrien hätte ...«
»Das ist die Strafe«, sagte Victor ruhig, schloß kurz die

Augen, den Kopf in den Nacken gelegt. Sein Gesicht war blaß, er wirkte übernächtigt, war unrasiert, mit einer Hand fuhr er sich übers Kinn.

»Was ist das jetzt schon wieder für ein Gefasel?« blaffte Martin ihn verständnislos an. »Von was für einer verdammten Strafe redest du da?«

»Die Strafe für das, was wir getan haben. Und ich habe nur mitgemacht, weil ihr mich dazu gezwungen habt. Einen Monat, höchstens zwei wolltet ihr Csilla unter Verschluß halten, so lange, bis dieser Höllerich sein Geld genommen und irgendwo untergetaucht war. Und was ist daraus geworden? Sie wird sich rächen, und Sarah wird das gleiche tun, denn das, was wir mit ihr gemacht haben, war keinen Deut besser. Ich habe meine eigene Tochter verraten! Mein eigenes Fleisch und Blut!«

»O mein Gott, jetzt geht das schon wieder los! Wenn's hart auf hart kommt, ziehst du den Schwanz ein, lieber Bruder«, höhnte Jonas. »Aber das ist bei dir ja nichts Neues. Du ziehst nämlich immer den Schwanz ein, wenn's drauf ankommt. Deswegen bist du auch gescheitert, während Martin und ich es zu was gebracht haben!«

»Gut, ich gebe zu, ich hatte nicht immer Erfolg ...«

»Nicht immer Erfolg, nicht immer Erfolg!« Jonas lachte dämonisch auf. »Wenn ich das höre, dreht sich mir ja fast der Magen um! Du hattest nie auch nur den Funken von Erfolg. Du kannst das Wort doch nicht mal buchstabieren! Dabei hättest gerade du es zu was bringen können, schließlich bist du der älteste von uns dreien!«

»Im Gegensatz zu euch hatte ich Vater vor mir! Er hat mich gehindert ...«

»Keiner hat dich gehindert! Das warst du ganz allein. Du bist für dein Scheitern verantwortlich. Keiner, außer dir selbst, erst recht nicht Vater. Aber du suchst ja immer einen Schuldigen für dein verkorkstes Leben!«

»Es ist gut, Jonas!« herrschte Martin ihn an. »Es bringt uns nicht weiter, wenn wir uns jetzt auch noch gegenseitig zerfleischen! Laßt uns lieber überlegen, wie wir mit heiler Haut aus der Sache rauskommen. Und, vor allem«, er stellte sich ans Fenster, preßte die Lippen aufeinander, drehte sich abrupt um und schaute erst Jonas, dann Victor an, »wo können sie sein?«
»Woher soll ich das wissen?« maulte Victor.
»Er ist beleidigt«, spottete Jonas. »Na so was, unser lieber großer Bruder spielt die beleidigte Leberwurst, weil er die Wahrheit nicht ertragen kann.«
»Halt endlich dein verdammtes Maul!« zischte Martin.
»Schon gut, schon gut, kein Wort mehr. Aber ich sage nur eines – ich stehe ganz kurz davor, den größten Erfolg in meinem Leben zu erringen, und ich lasse mir diese einmalige Chance nicht wegen einer solch beschissenen Angelegenheit versauen!«
»Keine Angst, du wirst schon bekommen, was du willst! Ich werde dafür sorgen, wie ich bis jetzt für alles gesorgt habe, was mit deiner Karriere zusammenhängt. Denn auch du hast bis jetzt kaum etwas aus eigener Kraft geschafft«, bemerkte Martin abfällig. »Ich habe deine Sachen erledigt, während du in irgendwelchen Betten rumgehurt oder dein strahlendes Lächeln für irgendwelche Kameras zur Schau getragen hast! Aber um dich zu beruhigen, was glaubst du wohl, wem wird im Ernstfall eher geglaubt werden, uns oder zwei offensichtlich verwirrten Frauen? Auch du, mein lieber Jonas, zweifelst noch immer an den Spielregeln in diesem Leben, nämlich daß Macht und Geld alles vermögen. Und wenn ich sage *alles,* dann meine ich auch *alles!*« Er drehte sich um, stützte die Hände auf das Fensterbrett. »Wir werden sie finden. Sie können nicht auf ewig untertauchen und sich vor uns verstecken. Sollten Sie noch in Waldstein sein, was ich allerdings bezweifle, dann haben

wir sie spätestens bis heute abend. Wenn nicht, dann dauert es nur ein paar Tage, bis unsere Leute sie ausfindig gemacht haben. Und was immer sie wem immer sagen, wir werden es dementieren. Bis jetzt hat uns noch jeder aus der Hand gefressen. Außerdem – weder Sarah noch Csilla haben die geringste Ahnung, daß Höllerich nicht mehr lebt. Sarah kennt ihn ja nicht einmal, höchstens, wenn Csilla von ihm geredet hat. Er ist verschwunden, mehr nicht. Und Maria Olsen kann nichts mehr ausplaudern. Also, ihr seht, es besteht absolut kein Grund zur Panik.«
Jonas beruhigte sich allmählich, in Victors versteinertem Gesicht rührte sich keine Miene. Es klopfte an der Tür. Victors Frau Margrit stand zwischen Tür und Angel und fragte: »Störe ich?«
»Du störst immer, aber du darfst trotzdem reinkommen«, sagte Jonas kalt. »Letztendlich geht es auch um deine Tochter.«
Margrit, eine große, schlanke schwarzhaarige Frau, die täglich aufs neue versuchte, ihre tief eingegrabenen Falten durch ein Übermaß an Make-up zu vertuschen, trat ins Zimmer. Sie mußte einmal eine schöne Frau gewesen sein, jetzt war ihr Blick trübe, die Bewegungen leicht schwankend, die Lippen viel zu grell geschminkt, die vom vielen Trinken mit lauter feinen roten Äderchen durchzogene Gesichtshaut mit zuviel Puder bedeckt. Dazu dunkler, dikker Lidschatten, der ihren Augen etwas Aufdringliches, fast Dämonisches verlieh. Ihre knöchernen Finger zitterten, ihre Augen irrten nervös durch das Zimmer.
»Du hast wieder getrunken!« schnauzte Jonas sie an.
»Es wäre besser, wenn ich etwas zu trinken bekäme, als daß ich das alles mit klarem Verstand erleben muß. Mein Gott, was wird bloß noch alles passieren?!«
»Komm, hör doch auf! Als wenn du während der letzten zwanzig Jahre auch nur einen einzigen Tag bei klarem

Verstand gewesen wärst! Also tu nicht so, als würdest du die Bedeutung von nüchtern kennen!«
»Du wirst schon wieder ausfällig, Jonas!« ermahnte ihn Martin. »Für einen Mann, der in Zukunft dieses Land würdevoll regieren und repräsentieren will, bist du noch viel zu impulsiv. Du hast noch eine Menge zu lernen, aber du hast nicht mehr viel Zeit dazu. Also beherrsch dich und fang am besten gleich damit an. Legst du eigentlich bei deiner Bald-Ehefrau auch diese Unbeherrschtheit an den Tag? Du weißt, Skandale können wir oder besser du uns nicht mehr leisten.«
»Arschloch!«
Martin reagierte nicht darauf.
»Daß mich dieses gottverdammte Nest eines Tages in solche Schwierigkeiten bringen würde, hätte ich nie für möglich gehalten!«
»Sag mal, du hast doch nicht etwa Angst?« fragte Martin anzüglich.
»Ich und Angst?« Jonas lachte übertrieben laut. »Nein, ich habe keine Angst. Ich hatte noch nie welche.«
»Na also. Dann kannst du ja auch kühl und systematisch überlegen, wo sie sein könnten. Kennt ihr irgend jemanden, der ihnen Unterschlupf gewähren würde?«
»Nein.«
»Nein.«
»Nein.«
»Wenn sie bei Engler oder Reuter oder Phillips wären, wüßten wir das längst. Auch Obert oder Pickard hätten uns sofort benachrichtigt.«
»Und was ist mit Buchner und Charlie?«
»Vergiß es! Bei Charlie würde ich nicht mal das Gartentor anfassen, und Buchner, mein Gott, der würde sofort angerannt kommen. Aber soweit ich mitbekommen habe, hat es ihn letzte Nacht schwer erwischt. Der hat mit Sicherheit

andere Sorgen. Zudem ist mehr als die Hälfte der Stadt zerstört, womit sich der Kreis der in Frage kommenden Personen doch um einiges eingrenzt.« Martin ging an die Bar, holte ein Glas aus dem Schrank, schenkte sich einen Southern Comfort ein, gab ein paar Eiswürfel dazu, leerte das Glas in einem Zug.

»Ich kenne jemanden, und ihr kennt ihn auch«, sagte Margrit, während sie nervös am Saum ihres Kleides nestelte. Sie ging ebenfalls an die Bar, um sich einen Drink zu holen. Sie trank, dann sagte sie: »Wo würdet ihr euch denn verstecken, wenn ihr weiter keine Freunde hättet, aber jemanden bräuchtet, der allgemeines Vertrauen genießt?«

Ratlosigkeit, Schulterzucken, fragende Blicke auf Margrit, die noch immer das Glas in der Hand hielt und für einen winzigen Moment, einen Lidschlag lang, zum ersten Mal seit einer Ewigkeit, nein, seit vielen Ewigkeiten, das Gefühl hatte, der Mittelpunkt und damit ungeheuer wichtig zu sein.

»Brackmann, unser guter, unauffälliger Polizist«, sagte sie und ließ ihre Worte wirken. »Vielleicht solltet ihr ihn mal fragen. Nachdrücklich fragen ...«

Ein breites ungläubiges Grinsen überzog Jonas' Gesicht. »Du verblüffst mich, Margrit!« sagte er grinsend, konnte aber selbst jetzt eine spitze Bemerkung nicht unterlassen: »Da dachte ich, der Schnaps hätte deinen Verstand längst fortgespült – und dann so was! Schenk dir noch einen ein, liebste Schwägerin, du hast ihn dir redlich verdient.«

»Gottverdammter Hurensohn!« stieß sie leise hervor.

»Wie gehen wir jetzt vor?« fragte Jonas. »Soll ich mal bei Phillips anrufen?«

Martin nickte, Victor rührte sich nicht, Margrit trank Bourbon, Jonas lief zum Telefon, wählte die Nummer von Phillips, der selbst am Apparat war.

»Hier Jonas. Martin und ich sind eben heimgekommen und haben von dem furchtbaren Unglück gehört. Wir wollten uns erkundigen, wie es euch geht. Ich hoffe doch, ihr habt alles gut überstanden, oder?«

»Was willst du wirklich? Du rufst doch nicht einfach nur an, um dich nach unserem Befinden zu erkundigen!«

»Nein, nein, glaub mir, ich will wirklich nur wissen, ob dir und deiner Familie gestern nacht auch nichts passiert ist, es geht ja schließlich auch um unsere Schwester.«

»Bei uns ist alles in Ordnung. Noch was?«

»Hast du irgendwas sonst gehört? Wie geht es den andern? Den Oberts zum Beispiel?«

»Keine Ahnung, hab sie nicht gesehen.«

»Hm – und auch nichts gehört?«

»Warum willst du das wissen?«

»Einfach so, interessiert mich eben.«

»Dich interessiert nie was nur einfach so!«

»Schon gut, vergiß es! Und die Polizei, hast du was von ihr gehört?«

»Allerdings hab ich das! Brackmann hat vor ein paar Minuten Nathan abgeholt ...«

»Nathan? Was will er denn mit dem?«

»Er soll angeblich gestern nacht eine Frau vergewaltigt haben.«

»Euch fällt auch nichts Besseres ein, was? Aber wenn ihr Hilfe braucht, sagt Bescheid. Um wen handelt sich's denn?«

»Tut nichts zur Sache. Außerdem kommen wir allein damit zurecht. Du mußt es ja nicht gleich in der Welt rumposaunen.«

»Wenn hier jemals einer was rumposaunt hat, dann warst du das, Schwager! Grüß meine Schwester von mir. Ach so, sie wird ja nachher noch kommen ...« Jonas legte auf, ohne eine Erwiderung abzuwarten, die Stirn in Falten.

»Ich weiß nicht, ob das mit Brackmann hinhaut. Er hat eben Nathanael verhaftet. Das Bürschchen hat gestern nacht seinen Schwanz nicht unter Kontrolle gehabt. Hat ihn in ein

Mädchen gesteckt, ohne vorher um Erlaubnis gefragt zu haben. Brackmann hat ihn eingebuchtet. Ich glaube, Brackmann können wir, was Sarah und Csilla angeht, abhaken, der hat sich mit anderen Problemen rumzuschlagen.« Er schaute zur Uhr. »Eigentlich ist meine Zeit begrenzt, um sechs steht eine Pressekonferenz an, aber vorher werde ich zunächst mal Engler einen kurzen Freundschaftsbesuch abstatten. Sollten sie wider Erwarten bei ihm untergekrochen sein, dann kriege ich das sofort raus. Außerdem werde ich nicht gleich mit der Tür ins Haus fallen, sondern es in eine ... sagen wir, Geste der Nächstenliebe verpacken; eine großzügige Spende für in Not geratene Mitbürger, und ganz beiläufig spreche ich ihn auf Sarah und Csilla an. Er kann es sich eigentlich nicht leisten, uns anzulügen. Was haltet ihr von meinem Vorschlag? Eine Spende ist zudem eine sehr wirkungsvolle PR. Die Leute werden uns die Füße küssen.«
»Einverstanden«, sagte Martin und holte aus einer Box auf dem Tisch eine Zigarre. Er schnitt das Endstück ab, steckte sie in den Mund, zündete sie an. Paffte ein paarmal kräftig, stieß dicke Rauchwolken aus. »Wir müssen sie herbringen, egal wie, und dann garantiere ich, werden sie dieses Grundstück nie wieder verlassen!« Er kniff die Augen zusammen und stellte sich wieder ans Fenster. »Ganz gleich, was ihr denkt, ich will, daß alle befragt werden – Pickard, Obert, Reuter, Engler, Merkel, selbst Charlie und sein Saufkumpan, dieser ... egal, ihr wißt, wen ich meine, und all die anderen. Die Frauen können sich nicht in Luft aufgelöst haben, sie stecken irgendwo hier.«
»Wir haben Unrecht getan«, sagte Margrit, während sie in ihr wieder gefülltes Glas schaute. »Und das Unrecht wird sich rächen.«
»Du faselst den gleichen Scheißdreck wie dein Mann! Trink deinen Bourbon und halt die Schnauze«, sagte Jonas.
»Eines Tages bring ich dich um!« lallte sie.

»Ja, ja, schon gut! Aber vorher darf ich doch noch Engler besuchen?« sagte er grinsend, blieb vor Margrit stehen, legte ihr eine Hand auf die Schulter. »Nimm's nicht so tragisch, Margrit, es gibt zwei Sorten von Menschen, Gewinner und Verlierer. Du gehörst leider der zweiten Gruppe an. Ciao!« An der Tür drehte Jonas sich noch mal um, grinsend hielt er den Daumen hoch: »Wir kriegen sie.«

31

Engler saß, seit Brackmann gegangen war, in seinem Büro, hinter seinem Schreibtisch, den Kopf auf die Hände gestützt. Elend und Hilflosigkeit hatten von ihm Besitz ergriffen. Genau das Gegenteil von allem, wofür er letzte Nacht gebetet hatte, war eingetroffen. Seine innere Stimme sagte ihm, daß geschehen mußte, was geschehen war. Vielleicht war es aber auch nur das Gefühl eines Priesters, der sich die eine Hälfte seines Lebens mit Gott und die andere Hälfte mit den Menschen beschäftigt hatte. Der dabei nach und nach den Blick für die Realität verloren hatte. Der, was immer geschah, alles mit übernatürlichen Mächten und Kräften in Verbindung brachte und dabei übersah, daß alles einen natürlichen Ursprung hatte. Ihn sorgte die Feindseligkeit, die ihm mehr als einmal an diesem Morgen recht derb und unverhohlen entgegengeschlagen war. Natürlich verstand er die Leute, vor allem jene, die Sonntag für Sonntag treu und ergeben in die Kirche kamen, um das Wort Gottes zu hören, von Liebe und Vergebung gepredigt zu bekommen und davon, daß Gott all jenen zur Seite steht, die in Not sind. Daß, wer die Gebote Gottes hält, seines Schutzes sicher sein kann. Wie aber vertrug sich das mit diesem Tornado, der wie ein strafendes Fegefeuer über sie hereingebrochen war? Wo hatte Gott sich in jenem Augenblick versteckt?

Aber hatte er nicht auch oft genug von der Strafe Gottes gesprochen, die all jene traf, die sich gegen Gott wandten und sich dem Bösen hingaben? Doch wer dachte schon über eigene Schuld nach, wenn ihm all sein Hab und Gut genommen worden war? Irgendein anderer mußte in den Augen der Menschen in diesem bigotten, kleinbürgerlichen Nest die Verantwortung für das Desaster übernehmen, und da wahrer Glaube immer mehr abnahm, war dieser Jemand natürlich am besten Gott selbst – und weil man ihn nicht persönlich anklagen konnte, mußte sein Stellvertreter auf Erden dafür herhalten, und dieser Stellvertreter war nun mal Engler. An diesem Punkt der Erkenntnis angelangt, wollte Pfarrer Engler nicht weiter über dieses viel zu große Problem nachsinnen, zumindest vorläufig nicht. Morgen vielleicht oder übermorgen.

Der Lärm der Aufräumungsarbeiten aus dem Ort drang bis zu ihm. Er hatte sein Büro bis auf einen kurzen Ausflug in die Stadt am Morgen nicht verlassen, weil er damit rechnete, von einer Vielzahl Hilfesuchender um Beistand gebeten zu werden. Bis jetzt hatte sich aber nicht einer an ihn gewandt, keiner ihn um Hilfe gebeten, keiner Rat oder Trost gesucht, und das war die für Engler ernüchterndste Erkenntnis am Tag danach. War er doch immer überzeugt gewesen, gerade in Notfällen die erste Anlaufstation zu sein. Er drehte sich mit dem Sessel und sah hinaus, er blickte auf die Bäume vor seinem Fenster, hochaufgereckt standen sie da, stolz, dem Sturm die Stirn geboten und gesiegt zu haben.

Und dann zu allem Überfluß noch die Sache mit Brackmann und den Vandenbergs! Er fühlte sich miserabel, wie kurz vor seinem ureigenen Jüngsten Gericht. Er hatte versagt, vor den Menschen und vor Gott. Er hatte sich in Unrecht verstricken lassen. Er hätte widerstehen müssen.

Engler bemerkte in seiner Versunkenheit nicht, wie Mathilde ins Zimmer trat. »Herr Pfarrer«, sagte sie leise, und er fuhr erschrocken herum, »tut mir leid, aber ich habe angeklopft. Draußen ist jemand für Sie – Herr Vandenberg. Er möchte Sie unbedingt sprechen.«

»Hat er gesagt, was er will?«

Mathilde schüttelte den Kopf.

»Dann bitten Sie ihn herein.«

Jonas Vandenberg kam freundlich lächelnd auf Engler zu, aber Engler ließ sich nicht täuschen. Der maliziöse Zug um den Mund, das spöttische Funkeln in seinen Augen verrieten Engler mehr über den wahren Jonas Vandenberg, als Worte es je vermocht hätten. Dieser Mann mußte wie eine Klapperschlange hinter dem Kopf gepackt werden, damit sie nicht zubiß.

»Guten Tag, Pfarrer Engler. Darf ich mich setzen?«

»Bitte«, sagte er und deutete auf einen Stuhl. »Was verschafft mir die Ehre Ihres Besuchs, Herr Vandenberg?«

Jonas Vandenberg setzte sich Engler gegenüber, schlug die Beine übereinander, die Fingerspitzen seiner Hände berührten sich. »Nun, der Grund dürfte auf der Hand liegen. Es geht um den Tornado. Ich, das heißt meine Familie und ich, fühlen uns verpflichtet, den armen Leuten hier zu helfen, denn wir sind überzeugt, daß es viele liebe Mitmenschen gibt, die nicht nur ihre Angehörigen, sondern auch all ihr Hab und Gut verloren haben. Denen möchten wir gerne selbstlos unter die Arme greifen, natürlich in einem angemessenen Rahmen. Wenn Sie verstehen, was ich meine?!«

Engler hatte sich nach vorn gebeugt, die Arme auf den Tisch gelegt, die Hände gefaltet. »Das ist sehr nobel von Ihnen. Aber wenn ich ehrlich bin, so kann ich im Moment selbst noch nicht abschätzen, wer tatsächlich bedürftig ist.«

»Wissen Sie schon etwas über die Zahl der Toten und Verletzten?«

»Nein, genaue Zahlen gibt es noch nicht. Wie ich hörte, soll es weit über hundert Todesopfer gegeben haben und noch viel mehr Verletzte. Und noch werden einige vermißt.« Engler lehnte sich wieder zurück. »Aber um konkret zu werden, wie haben Sie sich eine Hilfe denn vorgestellt?«
»Oh, das ist ganz einfach. Sie sind ein bekannter, ein beliebter und ein sehr einflußreicher Mann in dieser Stadt. Wir schlagen vor, Ihnen einen gewissen Betrag in die Hand zu geben ... Wie Sie damit verfahren, bleibt dabei ganz Ihnen überlassen. Teilen Sie ihn nach Ihrem Ermessen auf, oder lassen Sie sich inspirieren. Wir vertrauen auf Ihr untrügliches Gespür, und schließlich haben Sie ja auch Anspruch auf Hilfe von anderer Seite.« Dabei blickte Vandenberg nach oben und grinste.
»Ihr Vertrauen ehrt mich. Ich werde mich bemühen, dieses Vertrauen auch zu rechtfertigen. Selbstverständlich werde ich über alle Ausgaben genauestens Buch führen und Ihnen am Ende eine exakte Aufstellung über die verwendeten Beträge geben.«
»Ja, ja, schon gut«, sagte Jonas Vandenberg und winkte ab; er veränderte seine Haltung und wurde schlagartig ernst. »Das wäre die eine, sozusagen offizielle Seite meines Besuchs. Es gibt da noch ein kleines Problem ... Eigentlich eher eine Familienangelegenheit, die mich im Grunde gar nichts angeht, aber da ich schon mal hier bin, will ich auch kurz mit Ihnen darüber reden. Tja, wie soll ich's sagen«, er trommelte mit den Fingern auf der Sessellehne, sah Engler scharf an, »Sarah, die Frau von Martin ist seit gestern nacht verschwunden, nach einem Streit, einer Lappalie; aber Sie wissen ja, wie die Frauen sind, sie reagieren immer gleich so übertrieben. Manchmal glaube ich fast, das Leben wäre einfacher ohne Frauen. Na ja, Spaß beiseite. Ähm, sie hat auch ihre Tochter mitgenommen, und wir nehmen an, daß sie sich irgendwo hier im Ort versteckt hält. Haben Sie eine

Ahnung, wo sie sein könnte, oder haben Sie etwas von ihr gehört?«
Engler zuckte mit den Schultern, wich aber dem Blick seines Gegenübers aus. »Leider nein; auch wenn ich es gern täte, ich kann Ihnen nicht helfen.«
»Da ist übrigens noch ein Problem. Sie ist nicht allein abgehauen. Sie hat noch jemanden mitgenommen ...«
Vandenbergs Stimme war plötzlich messerscharf, sein Blick eisig. Er musterte Engler durchdringend. Das Zuschlagen der Giftzähne war nur mehr eine Frage der Zeit. »Sie kennen doch Csilla, meine liebe Nichte? Sie ist zusammen mit Sarah abgehauen. Und was das bedeutet, brauche ich Ihnen ja wohl nicht groß zu erklären? Oder?«
»Was wollen Sie?« fragte Engler mit kehliger Stimme.
»Was ich will? Das fragen Sie im Ernst? Sie wissen, was passiert, wenn Csilla den Mund aufmacht!«
»Die Sache ist lange her ...«
»Nicht lange genug, Engler! Also, sollten Sie wissen, wo meine Nichte und Schwägerin sich aufhalten, dann raus damit. Es ist auch zu *Ihrem* Besten, und das wissen Sie. Ein falsches Wort von Csilla, irgendein gewiefter Journalist, der nachhakt, und wir sind alle geliefert. Also, strengen Sie sich an!«
»Nein, ich weiß nichts«, log Engler. Auf seiner Stirn und in seinen Handflächen hatte sich wieder kalter Schweiß gebildet. Dabei hätte er Jonas nur zu sagen brauchen, daß er sich an Brackmann wenden sollte. Er tat es nicht, er behielt diese Information für sich. Ein erster Schritt der Umkehr?
»Also gut, Sie wissen, wo Sie mich erreichen können. Das mit dem Geld werde ich noch heute veranlassen. Wie heißt es doch so schön – wir sollen die Hungernden speisen und die Nackten kleiden. Sie sehen, diesen Grundsatz haben sich auch die Vandenbergs zu eigen gemacht. Auch wir leben nach christlichen Grundsätzen, Engler. Und Nächstenliebe

ist doch, soweit ich weiß, einer der wichtigsten Grundsätze. Helfen Sie mit, Csilla und Sarah zurückzubringen. Das wäre dann Ihr Beitrag zur Nächstenliebe. Csilla ist krank, das wissen Sie doch. Sie wird sich in dieser grausamen Welt allein nicht zurechtfinden.« Bei den letzten beiden Sätzen grinste Jonas Vandenberg wieder, stand dann auf. »Ich lasse bald von mir hören. Und Sie finden inzwischen heraus, wo die beiden sind.«
Vandenberg verließ Engler grußlos, ließ die Tür offenstehen. Engler schloß die Augen, sein Herz klopfte in schnellem Stakkato. Er hatte Angst. Die Vergangenheit setzte zum Überholen an, und Engler hatte keine Kraftreserven mehr. Einen schweren Fehler hatte er in seinem Leben begangen, einen einzigen, verdammten Fehler! Er wußte nicht, warum er es tat, aber er griff zum Telefon, wählte die Nummer der Polizei. Engler bat Brackmann zu kommen.
Brackmann funkte Schmidt an, beorderte ihn ins Büro zurück. Dann fuhr er zu Engler.

»Also, was wollte Herr Vandenberg?« fragte Brackmann.
»Ich kann es Ihnen nicht einmal genau sagen. Wenn ich von dem ausgehe, was angeblich seine Absichten sind, dann würde ich sagen, er meint es nur gut mit Waldstein. Aber ein Jonas Vandenberg tut nie etwas uneigennützig. Er will den Menschen hier finanziell unter die Arme greifen. In Wirklichkeit aber sucht er seine Schwägerin und seine Nichte. Wo sind sie?«
»Gut, wenn er Geld spenden will, dann wollen wir ihn auch nicht daran hindern. Deshalb wird er noch längst nicht seine Schwägerin und Nichte bekommen.«
»Sagen Sie mir, wo die Frauen sich aufhalten. Er hat mich gefragt, und ich hätte ihm leicht sagen können, er solle sich an Sie wenden. Ich habe es nicht getan. Finden Sie nicht, daß Sie mir etwas schuldig sind?«

»Ich bin Ihnen gar nichts, aber auch rein gar nichts schuldig! Außerdem, warum sollte ich Ihnen glauben? Und warum wollen Sie unbedingt wissen, wo die Frauen sind? Was wollen Sie von ihnen?«
»Weil ich helfen will. Weiter nichts.«
»Wem wollen Sie helfen, mir oder den Frauen?«
»Ihnen, Brackmann.«
Brackmann schüttelte den Kopf. »Ich halte es nicht für gut, wenn zu viele ihren Aufenthaltsort kennen. Auch wenn Sie jetzt eingeschnappt sind – ich möchte es Ihnen nicht sagen. Das hat nichts mit Ihnen persönlich zu tun, es ist einfach nur eine Vorsichtsmaßnahme.«
»Schön«, stieß Engler sichtlich enttäuscht hervor, »dann lassen wir's. Ich hätte Ihnen gerne geholfen.«
»Wenn Sie mir wirklich helfen wollen, wenn Sie den Frauen helfen wollen, dann sollten Sie endlich mit der ganzen Wahrheit rausrücken! Sind Sie denn nun Priester, oder stehen Sie auf der anderen Seite? Behaupten Sie nicht einfach nur, helfen zu wollen, sondern tun Sie was! In dieser Stadt ist ein Verbrechen begangen worden, und allem Anschein nach sind mehrere Menschen darin verwickelt. Und wenn einer darüber Bescheid weiß, dann Sie! Wenn Sie also mit mir an einem Strang ziehen möchten, wenn Sie die Wahrheit ans Licht bringen wollen, dann arbeiten Sie mit mir zusammen! Die Vandenbergs haben Dreck am Stecken, und Sie wissen das.«
»Warum sind Sie so erpicht darauf, den Vandenbergs eins auszuwischen? Was haben Sie gegen diese Familie? Schließlich haben sie eine Menge für diese Stadt getan, die meisten Bürger sind ihnen auf die eine oder andere Weise verpflichtet.«
»Und das berechtigt natürlich dazu, ein Verbrechen zu begehen oder zu vertuschen! Mein Gott, ich komme mir vor wie in einem Irrenhaus! Warum, um alles in der Welt,

nehmen Sie sie in Schutz? Stehen Sie etwa auch in ihrer Schuld? Haben die Sie in der Hand? Was, zum Teufel, ist hier eigentlich los?! Sie bestellen mich hierher, und ich Idiot denke, Sie würden mir helfen, und dann dreschen Sie doch wieder nur leere Phrasen, von wegen wie gut es die Vandenbergs doch meinen ...«

»Ich möchte nur nicht, daß unnötig viel Staub wegen einer Sache aufgewirbelt wird, die es vielleicht gar nicht wert ist. Das ist alles.«

»Fast genau den gleichen Satz habe ich vor ein paar Minuten schon einmal aus einem anderen Mund gehört! Aber es geht hier um Mord! Und dafür ist es allemal wert, verdammt viel Staub aufzuwirbeln, merken Sie sich das!«

»Ich lebe seit mehr als dreißig Jahren in Waldstein. Ich hatte nie Schwierigkeiten mit den Vandenbergs.«

»Und ich hatte nie etwas mit ihnen zu tun«, erwiderte Brackmann kalt. »Sie sind für mich Leute wie alle anderen auch. Mir ist auch scheißegal, ob sie in Geld schwimmen oder nicht! Mir geht es um Gerechtigkeit. Sonst hätte ich auch einen anderen Beruf wählen können.«

»Schon gut, schon gut. Tun Sie, was Sie glauben, tun zu müssen. Aber ich bitte Sie darum, ein wenig Rücksicht auf die Menschen hier zu nehmen. Die meisten sind nach der letzten Nacht schon gebeutelt genug.«

Brackmann stand auf und stützte sich mit beiden Händen auf den Schreibtisch. Seine nächsten Worte kamen sehr leise, fast flüsternd, doch mit einem drohenden Unterton: »Ich weiß nicht, warum Sie versuchen, mich zu beeinflussen. Aber ich werde immer sicherer, daß der Sumpf in dieser Stadt viel tiefer und dreckiger ist, als ich bis eben noch angenommen habe. Wenn ich nur wüßte, was in dieser niedlichen kleinen Stadt vor sich geht. Nach welchen Spielregeln wird hier gespielt? Vielleicht erklären Sie sie mir einmal, ich kenne sie nämlich nicht! Aber ich würde gerne versuchen, sie zu lernen.«

»Seien Sie vorsichtig, Brackmann«, sagte Engler eindringlich. »Bohren Sie nicht zu tief. Ich möchte nicht, daß Ihnen etwas geschieht. Und bedenken Sie, Jonas Vandenberg steht kurz vor einer großen politischen Karriere. Wägen Sie die Verhältnismäßigkeit Ihres Vorgehens ab. Manchmal geht es auch um das Wohl der Masse.«

»Haben Sie schon mal was vom Zug der Lemminge gehört? Sie laufen und laufen, und einer nach dem andern stürzt ins Meer, und alle ersaufen. Die Masse verhält sich oft ebenso, vor allem, wenn einer mit schönen, schmeichlerischen Worten daherkommt. Schönen Tag noch«, sagte Brackmann und wollte sich gerade zum Gehen wenden, sah aber Engler noch einmal an, hob die rechte Hand und deutete mit ausgestrecktem Zeigefinger auf ihn. »Wissen Sie, ich glaube, es gibt eine ganze Menge Jonas Vandenbergs. Wahrscheinlich ist seine Sorte über die ganze Welt verteilt. Und manche sitzen in gefährlichen Positionen. Und irgendwann drückt vielleicht mal einer den falschen Knopf und jagt uns alle in die Luft. Tut mir leid, ich gehöre nicht zu den Opportunisten, die ihr Fähnlein in den Wind hängen und sich von einem Haufen Geld blenden lassen.«

»Worauf wollen Sie damit anspielen?«

»Das wissen Sie ebensogut wie ich – *Herr Pfarrer!*«

Engler erwiderte nichts, fragte nur: »Hat sich übrigens in der Vergewaltigungssache etwas ergeben?«

»Der Fall ist geklärt.«

»Oh, so schnell? Und darf man erfahren, wer der Täter ist? Oder bleibt auch dies eines Ihrer Geheimnisse?«

»Eigentlich sollte es dies tatsächlich bleiben. Wenigstens vorläufig. Aber gut, ich nenne Ihnen den Namen – Nathanael Phillips. Ich gehe davon aus, daß Sie Ihre Schweigepflicht in diesem Fall genauso ernst nehmen wie bei Frau Olsen.«

Englers Gesichtsausdruck ging weit über normales Entset-

zen hinaus. Er erhob sich, ging zum Fenster, seine massige Gestalt bebte. »Nathanael?« fragte er fassungslos. »Dieser Junge soll so etwas Schreckliches getan haben? Es klingt so irreal, so unwahrscheinlich. Sie täuschen sich auch nicht?«
»Er hat es zugegeben. Auch mir erschien es anfangs unwahrscheinlich. Bis ich mit ihm gesprochen habe. Er ist ein armer Kerl.«
»Die Phillips sind eine recht gute Familie.«
»Ja, eine sehr gute Familie«, sagte Brackmann höhnisch. »Dazu paßt vielleicht, daß sein Vater ihn am liebsten gleich totgeschlagen hätte und seine Mutter versuchen will, die Sache mit Geld aus der Welt zu schaffen. Reizend, nicht? Doch was immer geschieht, der Junge wird sich verantworten müssen.«
»Gehen Sie behutsam mit ihm um.«
»Ich soll immer mit allen behutsam umgehen! Ich mache Ihnen einen Vorschlag – Sie kümmern sich weiter um die geistigen Belange Ihrer Schäfchen und ich mich um die sonstigen!«
»Natürlich, tut mir leid. Kann ich mit dem Jungen sprechen?«
»Selbstverständlich, wann immer Sie wollen. Er wird noch bis mindestens morgen abend mein Gast sein, erst dann kommt der Staatsanwalt zurück. Frau Phillips will nämlich ihren Sohn auf Kaution aus dem Gefängnis holen.«
»Gut, ich werde morgen im Laufe des Vormittags vorbeikommen.«
Mathilde stand unbemerkt von Brackmann und Engler in der Tür. »Herr Pfarrer, da draußen sind ein paar Leute, die Sie unbedingt sprechen möchten. Die Grünerts und Frau Hahne. Sie machen einen sehr niedergeschlagenen Eindruck.«
»Führen Sie sie in die Kapelle, ich komme sofort.« Engler kam auf Brackmann zu, blieb vor ihm stehen. »Die ersten,

die um Hilfe ersuchen. Ich dachte schon, es kommt gar keiner mehr. Aber ich denke, es werden doch noch die einen oder andern in den nächsten Tagen kommen. Sie werden erwarten, daß ich ihnen helfe. Ich hoffe, die Vandenbergs stehen zu ihrem Wort, was die finanzielle Unterstützung anbelangt. Wissen Sie, die Vandenbergs sind und bleiben die einzigen, die auch in einer solchen Katastrophe helfen können. Richtig helfen, wenn Sie verstehen. Wir sehen uns dann morgen.«

Brackmann ging durch die Kapelle, wo die Menschen auf Hilfe oder Beistand warteten. Ihre Gesichter drückten Leid und Erwartung aus. Brackmann sagte nichts, nickte ihnen nur zu. Hier war Engler gefordert. Er watete durch einen Sumpf voll Morast, und er hatte keine Ahnung, wie tief dieser Sumpf sein würde, ob er nicht vielleicht sogar darin versank.

32

Sie hatten geschuftet wie lange nicht mehr. Einige waren kraftlos zusammengebrochen, nachdem sie über viele Stunden hinweg Trümmer, umgestürzte Autos, Bäume, Dächer, Zäune, Steine, Äste und anderes, was vom Sturm herumgewirbelt oder ausgerissen worden war, weggetragen hatten. Manch einer hätte gerne noch mehr getan, wäre da nicht diese Barriere in seinem Körper gewesen, die verhinderte, daß er mehr tat, als seine Kräfte zuließen.

Auch die Merkels und die Oberts arbeiteten bis zum Nachmittag. Waldstein glich einer Stadt, auf die ein Bombenhagel niedergeprasselt war. Das sich eigentlich Einprägende in den ersten Stunden nach der Katastrophe waren aber nicht so sehr das von Ruinen geprägte Stadtbild als die vielen zum Teil Schwerverletzten, ihr schmerzvolles Stöhnen, ihre Schreie; Verletzte, die unter Holz, unter Steinen, manchmal auch unter Autos oder Bäumen, ganzen Wänden oder Schutt begraben waren, und für deren Rettung die letzten Kraftreserven mobilisiert wurden. Der Anblick manch einer der gräßlich zugerichteten Verletzten oder Toten würde sich bei vielen der Helfer für den Rest ihres Lebens in die Erinnerung eingemeißelt haben. Irgendwann kam bei jedem der unermüdlich Schuftenden der Punkt, an dem die Schuhe mit Schlamm gefüllt zu sein schienen, an dem die Knie immer öfter nachgaben, die Arme selbst bei der geringsten Anstrengung zitterten, die Augen alles nur noch verschwommen wahrnahmen.

Obert, Merkel, Ernst und Andy waren nur vier von vielen Helfern.

»Mein Gott«, stöhnte Merkel, »für mich ist der Zeitpunkt gekommen, wo ich lieber nach Hause gehen sollte. Sonst könnt ihr gleich noch einen ins Krankenhaus bringen.« Er hatte sich keuchend auf einen aus dem Boden gerissenen, auf dem Bürgersteig liegenden Hydranten gesetzt, die Haltung leicht gekrümmt, die Hände ineinander verkrampft. Andy saß auf dem Boden, etwa drei Meter von seinem Vater entfernt. Merkel sah ihn an, dann auf seine Hände, an denen getrockneter Dreck klebte.

»Kommst du mit?« fragte er Andy nach einer Weile des Schweigens.

»Weiß nicht«, erwiderte Andy schulterzuckend. »Willst du das denn?«

»Würde ich dich sonst fragen? Du meine Güte, es tut mir leid wegen gestern abend. Aber laß uns nicht jetzt darüber reden. Ich will nur eines – schlafen. Morgen oder übermorgen besprechen wir alles. Deine Mutter wird bestimmt warten.«

Obert saß in einiger Entfernung von beiden.

»Und was ist mit dir?« fragte Merkel und sah Obert an. »Willst du nicht auch endlich zur Ruhe kommen und dich

hinlegen?« Merkel stand vom Hydranten auf und ging auf Obert zu. Er sah zu ihm herab und streckte ihm die Hand entgegen. »Frieden?«
Obert lächelte müde, nahm Merkels Hand und drückte sie. »Klar, Blödmann. Frieden.«

Charlie wachte um kurz vor fünf am Nachmittag auf. Er wachte meist erst am Nachmittag auf, wenn er am Abend zuvor sturzbesoffen ins Bett gefallen war. Üblicherweise wachte er immer von allein auf, doch diesmal riß ihn dröhnender Lärm von der Straße aus dem Schlaf.
»Welches gottverdammte Arschloch macht mitten in der Nacht einen solchen Höllenlärm?!« fluchte er in sein Kopfkissen. Er lag in der gleichen Stellung in seinem Bett, wie er nachts zuvor hineingefallen war. Sein Schädel brummte, er hatte Mühe, die Augen zu öffnen. Sein Mund war trocken, wie immer, wenn er gesoffen hatte. Seine Blase schmerzte von der Menge Urin, der sich im Laufe der Nacht und des Tages angesammelt hatte. Sein rechter Arm war eingeschlafen, und als er ihn bewegen wollte, glaubte er, ein Termitenschwarm krabbelte durch ihn hindurch. Das grelle Licht der Sonne fiel direkt durchs Fenster, und selbst wenn er die Augen öffnen wollte, so konnte er es im Moment noch nicht, denn das Licht stach mit tausend Nadeln auf einmal mitten in sein Hirn.
Charlie hustete, würgte, sein Kopf lief dunkelrot an, er spuckte zähen Schleim neben das Bett auf den Boden. Er verfluchte dieses Brennen in der Brust, denn wenn es brannte, mußte er jedesmal husten, und wenn er hustete, schmerzte sein Schädel noch mehr.
»Verfluchte Sauferei!« brummte er und hustete gleich wieder. Er drehte seinen Kopf auf die Seite, weg von der Sonne, die es nicht gut mit ihm meinte. Der Boden war übersät von Unrat, überall ungespültes Geschirr, neben dem Bett ange-

brochene, zum Teil noch halbvolle Milchtüten, Bier- und Schnapsflaschen standen oder lagen über den ganzen Raum verteilt. Es roch streng und durchdringend nach Schweiß, nach saurer Milch und verschimmeltem Chili, nach wochen- oder monate- oder gar jahrealtem Müll.
Langsam und stöhnend kroch Charlie aus seinem Bett. Er versuchte, seine Gedanken zu ordnen, aber sein Gedächtnis war irgendwann gestern nachmittag bei Toni stehengeblieben. Filmriß. Ein Zustand, an den Charlie seit vielen Jahren gewöhnt war, weshalb eine Erinnerungslücke von mehreren Stunden ihn nicht weiter beunruhigte. Ihm war klar, der Suff würde eines Tages einen ganz langen Filmriß verursachen.
Er schlurfte zur Tür, hinter der das Badezimmer lag – wenn diese Bezeichnung überhaupt zu gebrauchen war für eine Kammer mit einer verrosteten, seit Jahren nicht mehr benutzten Badewanne, einem halbverfallenen rissigen Waschbecken und einem Klosett, aus dem es erbärmlich stank.
Charlie stand lange vor der Kloschüssel, um seine Blase bis auf den letzten Tropfen zu entleeren. Ohne nachzuspülen, schlurfte er wieder nach draußen, um zu sehen, was dort vorging.
»Verflucht«, stieß er hervor, »was ist denn hier passiert?« Er rieb sich verwundert die Augen, schaute auf die Soldaten, die nicht mehr existierenden Häuser, die Ruinen, die sich vor ihm ausbreiteten. »Ich sollte endlich aufhören zu saufen«, sagte er zu sich selbst, kratzte sich im fettigen Gestrüpp seiner Haare und wollte gerade wieder ins Haus zurückgehen, als ihn eine Stimme zurückhielt.
»He, Sie da, ist bei Ihnen alles in Ordnung?«
»Hä? Meinen Sie mich?« fragte er und deutete auf sich.
»Ja, Sie! Alles Roger?«
»Denke schon, warum?«
»Schon gut, schon gut!« antwortete der unbekannte uniformierte Fremde auf der Straße.

»Was is'n hier passiert?« fragte Charlie.
»Wollen Sie mich verscheißern?«
»Nee, Mann, würd ich sonst fragen? Sagen Sie schon!«
»Mann, o Mann, so einen Schlaf möchte ich auch haben! Hier hat's gestern nacht einen Tornado gegeben. Sie können von Glück sagen, daß bei Ihnen noch alles ganz geblieben ist.« Der Fremde setzte seinen Weg fort, bevor Charlie etwas erwidern konnte.
»Leck mich am Arsch«, murmelte Charlie. »Jetzt brauch ich erst mal 'nen Schnaps!«
Er fand keinen im Haus, nur leere Flaschen. Er mußte zu Toni gehen. Bei jedem Schritt dröhnte sein Schädel etwas mehr, seine Knie schmerzten, als er die Stufen zur Straße hinunterging. Er kam an vielen fremden Menschen vorbei, keiner beachtete ihn.
Toni saß auf seiner kleinen Bank vor der Kneipe. »Tag, Charlie. Ordentlich was losgewesen, was?«
»Keine Ahnung. Hab eben erst davon gehört.«
»Was, soll das etwa heißen, du hast ...? Na ja, so voll wie du gestern warst, wundert mich das eigentlich gar nicht.«
»Ach, halt die Klappe! Einen dreistöckigen. Und wo is' Willy? Is' doch schon später Nachmittag!«
»Keine Ahnung«, antwortete Toni schulterzuckend. »Vielleicht hat's ihn erwischt. Aber malen wir nicht gleich den Teufel an die Wand. Vielleicht hat er ja auch in der Scheune übernachtet.«
»Welche Scheune?«
»Du mußt aber wirklich besoffen gewesen sein! Willy ist doch gestern nacht zum Kampf gegangen. Du wolltest sogar mitgehen, aber als Willy ging, warst du schon so sternhagelvoll, na ja, mehr brauche ich ja wohl nicht zu sagen.«
»Was soll's«, sagte Charlie und winkte ab und folgte Toni in die Kneipe.

33 Brackmann kehrte nachdenklich in sein Büro zurück. Englers immer seltsameres Verhalten beunruhigte ihn. Als wollte er die Wahrheit sagen, um dann doch nicht den Mut dazu aufzubringen. Eines stand fest, Engler verbarg etwas, oder er deckte jemanden. Und wenn er jemanden deckte, dann die Vandenbergs. Aber warum?
Auf dem Schreibtisch lag eine Notiz von Schmidt, der sich auf den Weg zum Müllerhof gemacht hatte, um sich dort umzusehen. Brackmann knüllte das Papier zusammen und warf es in den Papierkorb. Er spürte, wie er wütend wurde; er mochte es nicht, wenn das Büro nicht besetzt war, schon gar nicht an einem Tag wie diesem, wo ständig mit Idioten wie diesem Leutnant gerechnet werden mußte. Er dachte an Nathanael, der doch längst mit dem Schreiben fertig sein mußte.
»Nathanael!« rief er. Keine Antwort. »Nathanael, schreibst du noch?« Wieder keine Antwort. In seiner Brust breitete sich allmählich ein merkwürdiges Gefühl aus. Eine nicht definierbare unheilvolle Ahnung beschlich ihn. Er atmete ein paarmal tief ein, stieß die Luft hörbar wieder aus. Er schnellte von seinem Stuhl hoch, riß die Tür zum Zellentrakt auf – und erstarrte.
Nathanael hatte ganze Arbeit geleistet. Seine Augen quollen aus den Höhlen, die Brille saß fast grotesk auf dem vorderen Teil seiner Nase. Das Gesicht war bläulich verfärbt, die Zunge hing seitlich aus dem Mundwinkel. Das schräg einfallende Sonnenlicht verlieh ihm eine geradezu mystische Aura. Ein Bild wie aus einem schlechten Film.
Zwischen seinen Füßen und dem Boden war eine Lücke von höchstens zehn Zentimetern. Zehn gottverdammte Zentimeter, die den Jungen hatten krepieren lassen! Zehn Zentimeter vom Leben zum Tod! Brackmann ballte die Hände zu Fäusten, Schweiß brach ihm aus, sein Herz begann gegen seinen Brustkorb zu trommeln, aus seinen Beinen wich

jedes Gefühl. Ein Kloß in seinem Hals blähte sich immer weiter auf, wollte ihn zersprengen, die Gedanken jagten wie ein Kettenkarussell in seinem Kopf. Mit zittrigen Fingern sperrte er die Zellentür auf, trat an den Jungen heran, fühlte seinen Puls, obwohl der Anblick genügte, um sicher zu sein, daß keine Spur von Leben mehr in Nathan war.
Er holte aus dem Büro ein Messer und schnitt den Gürtel ab; er legte den Jungen vorsichtig auf die Pritsche. Nathans Hand war schlaff und kalt. Wann und vor allem warum, zum Teufel, hatte er das getan? Und warum kutschierte Schmidt bei dem gottverlassenen Müllerhof herum, anstatt hier die Stellung zu halten, solange er nicht da war? Was, um alles in der Welt, hatte Nathan nur dazu getrieben, sein Leben in diesem jungen Alter wegzuwerfen? Er war doch kein Mörder, er hätte doch, wenn überhaupt, nur mit einer relativ kurzen Strafe rechnen müssen!
Der Gesichtsausdruck des Jungen wirkte jetzt entspannter. Ein süßlicher und doch beißender Geruch hing in der Zelle, Blase und Darm von Nathan hatten sich im Todeskampf entleert.
Brackmann lief wie durch eine Nebelwand zum Telefon, wählte die Nummer von Reuter. Danach die von Engler. Kaum hatte Brackmann wieder aufgelegt, kam auch schon Reuter ins Büro gestürzt, wenig später gefolgt von Engler, der völlig außer Atem war. Wortlos hörte Reuter mit dem Stethoskop die Brust des Toten ab, fühlte seinen Puls, hielt ihm zuletzt einen Taschenspiegel vor den Mund. Schließlich schüttelte er den Kopf, holte einen Block und einen Stift aus seiner Tasche und stellte den Totenschein aus.
Als er damit fertig war, sah er Engler und Brackmann an, die stumm an das Zellengitter gelehnt dastanden. Er packte wortlos seine Tasche zusammen, zündete sich eine Zigarette an, sog den Rauch tief ein, wobei er die Augen schloß; es wirkte, als dächte er intensiv nach, dabei war es nur eine Art

von Abschalten von dem, was während der letzten vierundzwanzig Stunden auf ihn eingestürzt war.
Engler machte den gleichen hilflosen Eindruck wie Brackmann, der sich ebenfalls eine Zigarette ansteckte. »Geben Sie mir bitte auch eine«, sagte Engler, worauf Brackmann ihm die Schachtel hinhielt.
»Kann mir mal einer sagen, was seit gestern hier los ist?« fragte Reuter mit tonloser Stimme.
»Was haben Sie gesagt?« fragte Brackmann.
»Kann mir, verdammt noch mal, einer sagen, was seit gestern mit dieser verdammten Stadt los ist? Sind wir denn alle verflucht?« schrie er aufgebracht und hieb mit der linken Hand auf die Pritsche. »Was passiert hier eigentlich? Innerhalb von vierundzwanzig Stunden Maria Olsen, ein Tornado, und jetzt auch noch ... Mein Gott, wer soll denn das noch begreifen? Warum ist dieser Junge überhaupt hier?«
»Ich muß die Eltern benachrichtigen«, meinte Brackmann, ohne die Frage von Reuter zu beantworten. »Wenn mir nur jemand diese Aufgabe abnehmen könnte! Wissen Sie, was Frau Phillips mir gesagt hat, bevor ich mit Nathan das Haus verlassen habe?« Er seufzte auf, hob verzweifelt die Arme. »Sie hat gesagt, ich sei für ihren Sohn verantwortlich. Und jetzt soll ich ihr sagen, daß er sich in meiner Zelle erhängt hat? Sie wird mich eigenhändig umbringen!«
»Möchten Sie, daß ich mitkomme?« fragte Engler. »Manches fällt leichter, wenn man es nicht allein tun muß. Und noch was – es ist nicht Ihre Schuld. Das hätte jedem passieren können.«
»Vielleicht hätte es das. Aber es ist *mir* passiert! Wenn ich bloß geahnt hätte ... Er bat mich um ein Blatt Papier und einen Stift, weil er nicht mit mir reden wollte. Und ich Idiot war überzeugt, er will nicht reden, sondern sich alles von der Seele schreiben! Ich dachte mir auch nichts dabei,

als er mich bat, ihn allein zu lassen, und ich sollte erst wieder reinkommen, wenn er mich rufen würde!« Er stellte sich unter das Fenster, umklammerte mit beiden Händen die Gitterstäbe, versuchte daran zu rütteln, stieß hervor: »Was habe ich bloß getan?! Ich begreife das alles nicht, ich hätte ihm den Gürtel wegnehmen müssen, jeder anständige, pflichtbewußte Polizist macht das, bevor er jemanden einsperrt. Aber ich habe meine Hausaufgaben nicht erledigt, ich habe einfach meine Pflicht versäumt!« Er ließ die Gitterstäbe los, tigerte in der Zelle auf und ab, die Hände zu Fäusten geballt, den Kopf gesenkt, plötzlich blieb er in der Zellenmitte stehen und breitete die Arme fragend aus. »Aber ehrlich, hätten Sie für möglich gehalten, daß ...«

»Hören Sie zu«, sagte Engler und ging zu Brackmann, legte einen Arm um seine Schulter, für den Moment waren Vorbehalte und Mißtrauen zwischen den beiden Männern ohne Bedeutung. »Sie sollten nicht zu hart mit sich ins Gericht gehen. Sie trifft keine Schuld. Er hat Ihnen gegenüber zugegeben, Frau Siebeck vergewaltigt zu haben, und es war somit Ihre Pflicht, ihn einzusperren. Und es war mit Sicherheit nicht diese Zelle hier, die ihn zu diesem Schritt getrieben hat, sondern das Wissen um eine Tat, über deren Tragweite er sich womöglich erst jetzt richtig klar wurde. Er hätte es wahrscheinlich auch getan, wenn Sie die ganze Zeit über im Büro gewesen wären. Ich kenne Sie jetzt, seit Sie hier angekommen sind, und Sie haben sich nie auch nur das geringste zuschulden kommen lassen. Machen Sie sich also keine Vorwürfe. Wie gesagt, mein Angebot gilt noch.«

»Danke. Aber warum wollen auch Sie noch Spießruten laufen, wenn Sie es nicht unbedingt müssen?«

»Nathan hat Frau Siebeck vergewaltigt? Moment, damit ich's auch auf die Reihe kriege ... Frau Siebeck ist also vergewaltigt worden, und dieser Bengel soll ...?« fragte

Reuter ungläubig, die Hände hinter dem Kopf verschränkt, die Zigarette lose im Mundwinkel. »Der Grünschnabel?«
»Ja, dieser Grünschnabel. Keiner von uns hätte es für möglich gehalten.«
Engler hob den Block vom Boden auf, auf den Nathanael nur einen einzigen Satz geschrieben hatte.
»Was hat er geschrieben?« fragte Brackmann.
»Nicht viel. Hier, lesen Sie selbst.« Er hielt Brackmann den Block hin.
Seid Ihr jetzt zufrieden? Mehr stand nicht darauf. Keine Unterschrift, nichts.
»Warum hat er es getan? Ein junger Mann, der das Leben noch vor sich hatte!«
»Er scheint da anderer Meinung gewesen zu sein. Wahrscheinlich hat das Leben ihm noch nie sonderlich viel bieten können.«
»Seltsam, ich erinnere mich plötzlich daran, wie er mir einmal gesagt hat, er würde gerne Priester werden wie ich. Ich habe das damals als die Spinnerei eines Jugendlichen abgetan. Wenn Sie sich also Vorwürfe machen, dann muß ich das erst recht. Ich hätte die Ernsthaftigkeit seines Wunsches bemerken müssen. Vielleicht war es so was wie ein Hilferuf.«
»Wir können nicht jeden Wunsch als Hilferuf sehen!«
»Ich hätte ihn zumindest ernster nehmen müssen! Nathan hat ganz offensichtlich gelitten, und ich war nicht da! Und das ist eine Tatsache.«
»Nicht Sie tragen die Verantwortung, höchstens ...«
»Die Eltern? Vielleicht. Aber ich war lange Zeit fast wie ein Vater für ihn.«
Schmidt stand wie aus dem Nichts aufgetaucht auf einmal im Gang. »Was ist denn hier los?« fragte er.
»Schön, Sie auch mal wieder zu Gesicht zu bekommen!« fuhr Brackmann ihn wütend an. »Wo haben Sie eigentlich die ganze Zeit über gesteckt?«

»Äh, ich hatte Ihnen doch eine Nachricht dagelassen. Ich war unter anderem draußen auf dem alten Müllerhof. Er steht nicht mehr.«
»Na und?! Was geht uns das an? Dort lebt schon seit Jahren kein Mensch mehr! Was hatten Sie dort verloren?«
»Nun, ich habe dort unter anderem neun Tote und etliche sehr schwer Verletzte gefunden. Außerdem ist die Scheune zusammengestürzt, und ich vermute, es liegen noch mehr Tote und Verletzte unter den Trümmern.«
»Was? Auf dem alten Müllerhof? Was haben denn all die Leute dort zu suchen gehabt?« fragte Brackmann entgeistert.
»Keine Ahnung. Es sieht auf jeden Fall furchtbar aus. Und was ist hier los?«
»Nathan Phillips hat sich aufgehängt.«
Schmidt schien einen Moment lang seine Fassung zu verlieren. »Verdammte Scheiße! Ausgerechnet er! Das gibt verdammt viel Ärger. Ich brauch jetzt was zur Stärkung.«
Brackmann sah Reuter an. »Haben Sie was für ihn?«
Reuter kramte in seiner Tasche, fand ein Päckchen Beruhigungspillen, reichte Schmidt zwei davon. »Hier, nehmen Sie die. Sie helfen schnell.«
»Nein, nein, keine Pillen. Ich mach das mit 'nem doppelten Korn. Da weiß ich wenigstens, was ich einnehme.«
Brackmann stand auf, zog seine Hose gerade, seine Schultern hingen nach vorn. »So, ich werde mich dann mal auf den Weg machen. Gilt Ihr Angebot noch?«
»Natürlich. Das bin ich Ihnen und auch dem Jungen schuldig.«
»Wieso mir?«
»Weiß ich nicht, einfach so.«
»Ich sollte besser erst anrufen und sehen, ob die Eltern auch zu Hause sind.« Brackmann nahm den Hörer und wählte die Nummer von Phillips. Er hätte heulen können. So ein

verdammter Kardinalfehler! So ein verdammtes Leben! Das Hausmädchen meldete sich. Sie sagte, Phillips sei vor wenigen Minuten nach Hof gefahren und Frau Phillips habe eine Besprechung bei den Vandenbergs.
»Er ist nicht da, und sie ist bei den Vandenbergs. Mir behagt der Gedanke, sie dort aufzusuchen, ganz und gar nicht. Aber es nützt wohl nichts. Ich muß es hinter mich bringen. Doktor, würden Sie bitte bei Pickard anrufen? Er soll den Jungen abholen. Und sagen Sie ihm oder wer immer ihn holt, daß kein Mensch, ich wiederhole, kein Mensch vorläufig davon erfahren darf. Wenn jemand redet, werde ich ihn persönlich zur Rechenschaft ziehen.«
Schweigend fuhren Brackmann und Engler zu dem Anwesen. Sobald sie vor dem Tor hielten, kamen die Doggen ans Tor geschossen. Sie bellten nicht, hatten nur wieder diesen feindseligen, hungrigen Ausdruck in den Augen.
Die beiden Männer stiegen aus. Nicht mehr lange und die Dämmerung würde hereinbrechen, noch war es trockenheiß. Von Horizont zu Horizont bedeckte keine Wolke den jetzt azurblauen Himmel, der sich im Westen in zahlreichen Orange- und Rottönen präsentierte. Der Boden war fast überall wieder getrocknet, nur an einigen, der Sonne weniger zugänglichen Stellen noch weich.
Brackmann drückte den Klingelknopf. Eine weibliche schnarrende Stimme meldete sich. Brackmann bat, Frau Phillips sprechen zu dürfen. Die Stimme versprach, jemanden zu schicken, der ihn und Engler vom Tor abholte. Dann wurde mit einem Knacken die Verbindung unterbrochen. Sie warteten etwa drei Minuten, bis ein uniformierter Diener von etwa sechzig Jahren den Hunden befahl, sich auf den Rasen zu legen, erst dann öffnete er das Tor. Seine Miene war ausdrucks- und illusionslos, seine Stimme leise, als er Brackmann und Engler bat, ihm zu folgen.
Der etwa vierhundert Meter lange Kiesweg führte in einem

Halbkreis zum Haus. Zu beiden Seiten war er mit dicht aneinanderstehenden, riesigen Eichen bewachsen, die erst zum Ende des Weges den Blick auf das Haus freigaben. Es war ein gepflegtes Anwesen mit prachtvollen Blumenbeeten und sauber geschnittenen Sträuchern und Büschen, und über allem lag der schwere Duft blühender Pflanzen. Doch auch hier hatte der Sturm gewütet und viele der liebevoll angelegten Blumenbeete zerstört, waren Äste abgeknickt und Büsche ausgerissen.
Und dann stand es vor ihnen, angeleuchtet von in den Boden eingelassenen Scheinwerfern, ein mehr als hundertfünfzig Jahre altes Monument. Brackmann schätzte das Haus auf etwa dreißig Meter Länge an der Vorderfront und ungefähr zwanzig Meter an den Seiten. Es hatte zwei Stockwerke, eine Veranda zog sich über die gesamte Eingangsseite, mit einer breiten, fünfstufigen marmornen Treppe und drei Säulen, die sich nach oben streckten und einen Balkon abstützten, der sich wie die Veranda entlang der ganzen Vorderfront zog; und am rechten und linken Rand befand noch jeweils eine Säule.
Der feine Kies knirschte unter ihren Füßen, Reifenspuren waren als deutliche Abdrücke zu erkennen. Hier war der durchdringende, schwere Duft der Pflanzen besonders intensiv.
Dieser Park und das Haus erstrahlten in unvergleichlichem Glanz. Brackmann und Engler folgten dem Diener ins Haus. Der Fußboden der Eingangshalle bestand aus feinstem Marmor, Pflanzen und Bilder zierten in reicher, aber nicht erdrückender Weise Boden und Wände, ein weit ausladender Kristallüster aus Tausenden glitzernder Einzelteile hing exakt in der Mitte der Halle. Eine breite, mit purpurrotem Teppich belegte Treppe führte in zwei Halbkreisen in den ersten Stock, wo sie in einer Art Aussichtsplattform zusammenlief. Das Geländer bestand aus dem

gleichen weißen Stein, die Oberfläche war polierter Marmor. Zwischen den Halbkreisen der Treppe stand je ein in hellem Rot gehaltenes zweisitziges Sofa mit feingedrechselten Füßen. Unter der Plattform befand sich eine dunkle, schwere, mächtige Doppeltür, die in den hinteren Teil des Erdgeschosses führte. Hier und da lagen scheinbar wahllos und doch nicht unordentlich Teppiche, deren feine Muster und zarte Farben erlesene Eleganz ausdrückten.
Brackmann sah den Glanz, doch er nahm ihn nicht bewußt wahr. Ihm war speiübel, er zitterte leicht, sein Herz jagte. Furcht! Vor den Vandenbergs, vor der Konfrontation mit Frau Phillips, davor, die falschen Worte zu wählen, vor Mißverständnissen. Doch welche Mißverständnisse konnten schon noch entstehen, angesichts des Todes eines Siebzehnjährigen?
Er hatte den Gang zum Schafott angetreten, und nun stand er darunter und fühlte sich miserabler denn je zuvor. Und die Scharfrichterin war auf dem Weg, die Vollstreckung zu vollziehen.
Sie standen eine Weile schweigend in der Mitte der großen Halle, als Frau Phillips aus der Tür trat, die genau gegenüber der Eingangstür lag, und ihnen mit schnellen, ausgreifenden Schritten entgegeneilte. Sie schien sichtlich verärgert über die Störung, ihre Nasenflügel bebten, ihre Augen sprühten, winzige Falten bildeten sich auf ihrer Stirn, ihr Busen wippte bei jedem Schritt.
»Nun«, sagte sie kühl, »es scheint ja enorm wichtige Dinge zu geben, wenn Sie sich hierherbemühen, um mich mitten in meiner Arbeit stören.« Dann ein kurzer, nicht minder kühler Blick zu Engler, ein kaum merkliches Nicken. Dann wandte sie wieder ihre ganze Aufmerksamkeit Brackmann zu. »Sollten Sie mir nur mitteilen wollen, daß Nathanael wieder frei ist, so hätte ich dies spätestens zu Hause bemerkt.«

»Nun, Frau Phillips«, druckste Brackmann herum, der Angst hatte vor einer Frau, die anderthalb Köpfe kleiner war als er, doch ihr seine Seele durchdringender Blick, ihre Ungeduld, die vorhersehbare Eruption des Vulkans, dazu die Erkenntnis, einen entscheidenden Fehler begangen zu haben, all dies machte Frau Phillips für ihn so gefährlich.
»Ich, wir ...« stammelte er.
»Ich, wir! Was ist?« fuhr sie ihn an. »Ist er noch im Gefängnis? Gut, dann kommt er eben morgen raus!«
»Frau Phillips, es tut mir leid, aber Ihr Sohn wird ...«
»Mein Sohn wird was?«
»Nathanael ist tot.« Er hatte es ausgesprochen, ausgewürgt, hervorgequetscht. Und Frau Phillips stand da wie vom Schlag gerührt. Nur ihre Wangenknochen bewegten sich leicht. Das Magma im Innern des Vulkans kam in Bewegung.
»Bitte?« fragte sie sehr leise, den Kopf leicht zur Seite geneigt, die Augen messerscharfe Schlitze in einem weißen, fast makellosen Gesicht. »Nathan ist was? Tot? Was ist passiert?«
»Er hat sich in der Zelle erhängt. Er ...«
»Mein Gott!« flüsterte sie erneut. »Nathan ist tot?« wiederholte sie die Frage und schüttelte ungläubig den Kopf. »Das darf nicht sein, nicht Nathan!«
»Frau Phillips«, sagte Brackmann, »es tut mir leid, aber ich konnte nicht ...«
»Sie konnten was nicht?« schrie sie ihn wie eine Furie an. »Wollen Sie mir jetzt vielleicht weismachen, daß Sie nichts dafür können, daß Sie keine Schuld an seinem Tod trifft? Sparen Sie sich die Mühe, Sie, Sie ... Sie Provinzbulle!« Sie hielt inne, schloß die Augen für eine Sekunde, atmete schnell und flach, sprach auf einmal sehr leise weiter: »Brackmann, diese Sache wird Sie den Kopf kosten! Bei Gott, ich schwöre Ihnen, das wird Sie den Kopf kosten!«

»Frau Phillips, ich kann verstehen, daß Sie ...«

»So? Verstehen können Sie? Gar nichts können Sie, Sie mieses kleines Stück Dreck! Ist vielleicht Ihr Sohn tot? Haben Sie überhaupt Kinder? Nein, natürlich nicht, Sie haben ja nicht einmal eine Frau. Und Sie wollen verstehen, was in mir vorgeht? Ich rate Ihnen eines, verschwinden Sie, hauen Sie ab, gehen Sie mir aus den Augen! Sie können sich überhaupt kein Bild davon machen, welche Konsequenzen das für Sie haben wird!«

»Nathan hat Selbstmord verübt. Er hat sich an seinem Gürtel erhängt. Und vorher hat er mich ausdrücklich gebeten, allein gelassen zu werden. Ich konnte nicht ahnen, daß er sich umbringen wollte. Niemand hätte so etwas ahnen können.«

»Sie trugen die Verantwortung für ihn. In jedem billigen Film sieht man, daß Gefangenen alles weggenommen wird, womit sie sich selbst Schaden zufügen könnten. Sie haben das unterlassen. Und deswegen werde ich Sie zerquetschen wie eine Kakerlake.«

Engler hatte die ganze Zeit nur aufmerksam zuhörend dagestanden. Jetzt mischte er sich ein. »Frau Phillips, ich ...«

»Sie halten sich da gefälligst raus! Das ist eine Sache zwischen mir und diesem – Polizisten – hier!« Sie lachte schrill auf. »Ach, ich verstehe, er hat Sie als Verstärkung und Schutz mitgebracht! Er hat Angst, und wissen Sie was – er hat allen Grund, Angst zu haben!« Sie hielt inne, drehte sich um, holte eine Zigarette aus einem kleinen Schränkchen, zündete sie sich an, blies den Rauch Brackmann direkt ins Gesicht.

»Wissen Sie, Brackmann, die sind nicht nur ein mieser kleiner Bulle, Sie haben auch einen Riesenfehler begangen – Sie haben sich nämlich soeben mit einer Vandenberg angelegt. Und was das heißt, können Sie sich nicht einmal

in ihren schlimmsten Alpträumen ausmalen. Sie werden es büßen, Sie werden sich wünschen, nie geboren worden zu sein!«
Brackmanns Haltung straffte sich, er sagte klar und verständlich: »Frau Phillips, es tut mir leid. Und Sie tun mir leid. Sie haben ja nicht einmal Trauer für Ihren Sohn übrig! Sie tun mir wirklich nur leid.« Brackmann wandte sich zum Gehen, faßte Engler am Arm. »Kommen Sie, wir haben hier nichts mehr verloren.«
Die Tür war schon hinter ihnen zugefallen, sie befanden sich auf dem Weg zum Tor, als Frau Phillips ihnen nachgerannt kam. »Bitte warten Sie«, rief sie, preßte für einen Moment die Lippen aufeinander, die Schultern gestreckt, ihre Brustwarzen waren erigiert, sie trug keinen BH unter dem Kleid, es schien fast über ihre Kraft oder ihren Stolz zu gehen, die folgenden Worte auszusprechen: »Ich, ich, ich, habe ... es nicht so gemeint. Ich weiß nicht, warum ich das alles gesagt habe. Es war der erste Schock. Verzeihen Sie, es war wirklich nur ... ich meine, eine solche Nachricht ... Ich habe es bestimmt nicht so gemeint ... Ich möchte Sie jedoch um einen Gefallen bitten – machen Sie kein allzu großes Aufhebens deswegen. Bitte! Es wäre für alle Beteiligten besser, wenn wir die Sache stillschweigend hinter uns bringen könnten. Die Öffentlichkeit muß doch nichts davon erfahren, oder?«
»Nein, Frau Phillips«, erwiderte Brackmann kühl, »das muß sie nicht. Auf Wiedersehen.«
Die Doggen lagen auf dem Rasen, die Ohren gespitzt, mißtrauisch die Schritte der Fremden verfolgend. Auf halber Strecke zwischen Haus und Tor blieb Brackmann stehen, hob den Kopf, schaute zum Himmel hinauf, dessen Blau von Minute zu Minute eine Nuance dunkler wurde.
»Diese Frau ist kalt bis ins Mark. Ich habe noch nie einen so eiskalten Menschen erlebt. Was glauben Sie, warum sie uns

nachgekommen ist? Weil sie selbst Angst hat, sie hat so verfluchte Angst davor, daß Nathans Tat und sein Selbstmord bekannt werden könnte, daß sie bereit ist, alles und jede Lüge auf sich zu nehmen. Aber wissen Sie was, das soll nicht mehr mein Problem sein. Wegen mir soll Reuter einen falschen Totenschein ausstellen oder was immer ... Mir ist das so egal.«

Engler legte eine Hand auf Brackmanns Schulter. »Ich werde Ihnen jetzt etwas sagen. Frau Phillips ist eine Vandenberg. Alle Vandenbergs sind so. Ihr Verhalten wurde seit Generationen weitergegeben oder vererbt. Sie hat es nie anders gelernt. Und wir sollten bei allen negativen Gefühlen nicht vergessen, daß die Vandenbergs unendlich viel für Waldstein getan haben. Diese Stadt ist auf die Vandenbergs angewiesen. Gehen die Vandenbergs, geht die Stadt zugrunde. Ich glaube, ich habe es Ihnen schon einmal gesagt, hier gilt es, die Verhältnismäßigkeit der Dinge abzuwägen. Frau Phillips ist nicht schlecht, sie ist sowenig schlecht, wie die Vandenbergs an sich es sind. Sie sind lediglich anders. Ihre Moralvorstellungen setzen an erste Stelle das Geld, und dann erst kommt der Mensch.«

»Verdammte Scheiße, Herr Pfarrer! Das ist wirklich ein großer Haufen höllisch stinkender Scheiße!«

»Ja, ich weiß. Aber es ist nicht zu ändern.«

Brackmann brachte Engler nach Hause, begab sich danach ins Büro. Schmidt hielt sich krampfhaft wach, auch Brackmann hätte jetzt alles für ein paar Stunden Schlaf gegeben. Davor ein Bad, ein gutes Essen, ein Bier, doch wie es aussah, würde dieser Wunsch frühestens gegen Mitternacht erfüllt werden. Er mußte unbedingt noch einmal bei Angela Siebeck vorbeischauen und dann, wenn noch Zeit war, einen Abstecher zu Reuter machen. Brackmann ging nach hinten zu den Zellen, der Fußboden war noch etwas feucht,

Schmidt hatte gewischt, der beißende süßliche Geruch hing noch immer in der Luft.
Als er wieder nach vorne kam, fragte er: »Hat Frau Siebeck angerufen?«
Schmidt gähnte laut und streckte sich, holte sich ein belegtes Brot aus der Schublade, packte es aus. »Sie hat angerufen«, sagte er, während er das Papier herunterschob, »Sie sollen sie zurückrufen. Und hier«, fügte er noch hinzu und deutete auf einen Umschlag auf dem Tisch, »das ist die neueste Aufstellung über die Opfer. Die Toten vom Müllerhof sind aber noch nicht darunter ...«
»Ach ja, der Müllerhof«, sagte Brackmann und setzte sich Schmidt gegenüber. »Haben Sie Näheres in Erfahrung bringen können, was sich dort abgespielt hat?«
»Sie haben dort letzte Nacht einen Hundekampf abgehalten. Mehr kann ich noch nicht sagen, denn die Verletzten, die was sagen könnten, schweigen wie ein Grab.«
»Hundekampf? Hier in Waldstein? Wer war der Organisator?«
»Ich sag doch schon, keine Ahnung! Die alte Kramer ist übrigens durchgedreht.«
»Kramer?« fragte Brackmann und schüttelte den Kopf. »Ich kenne keine alte Kramer. Interessiert mich auch nicht.«
»Klar kennen Sie die! Jeder kennt die alte Kramer. Sie war auch schon oft hier und hat gebettelt, für sich und ihren Mann, der angeblich krank im Bett liegt. Aber noch nie hat ihn einer zu Gesicht bekommen. Die Alte hat schon immer gesponnen, aber seit es ihr gestern nacht die Hütte überm Haupt weggerissen hat, ist sie endgültig durchgedreht.«
»Und keiner der Überlebenden hat etwas von dem Unglück auf dem Müllerhof gemeldet, weil sie alle die Hosen gestrichen voll haben! Feine Leute!« Brackmann rieb sich über das rauhe unrasierte Kinn. Sein Hemd und seine Hose waren wieder einmal durchgeschwitzt, er hatte Durst und

Hunger, war erschöpft, wollte nur, daß dieser Tag zu Ende ging und er endlich einmal ausschlafen konnte.
Er ging zu Fuß zu Angela Siebeck. Dämmerung hatte sich über dem Ort ausgebreitet, der Himmel war von dunklem Blau, der Abendstern funkelte im Westen. Ein friedlicher Abend, wäre da nicht der unvermindert anhaltende Lärm der Bautrupps gewesen. Armeelastwagen mit Schutt donnerten weiter über die Hauptstraße in Richtung Steinbruch, Ruinen wurden von den Grundstücken geräumt, es wurde bereits wieder mit dem Bau neuer Häuser begonnen, Motorsägen zerschnitten Bäume, die auf Laster geladen wurden, die ersten Dächer wurden notdürftig geflickt, Fenster repariert. Doch es gab Spuren, die würden nie beseitigt werden können. Die Schneiders, Frau Buchner und all die andern über hundertfünfzig Toten, die Schwerverletzten, von denen manche den Rest ihres Lebens Krüppel bleiben würden, die Erinnerung. Wer sie erlebt hatte, würde diese Nacht nie vergessen.

34

Die ersten Momente des Erwachens waren eine Art Orientierungszustand. Georg Pickard brauchte eine Weile, bis seine Erinnerung das Erlebte in die richtige Reihenfolge gebracht hatte. Die Zeiger seiner Armbanduhr standen auf kurz vor halb sieben. Das entfernte schrille Kreischen der Sägemaschine verriet ihm, daß Bernd und Dieter bei der Arbeit waren. Er hatte Kopfschmerzen, ihm war übel, seine Arme und Beine schmerzten, in seinem Mund ein pappiger, schaler Geschmack. Die Luft im Zimmer war muffig und abgestanden.
Er stand auf, öffnete das Fenster und sog die allmählich kühler werdende, frische Luft tief in sich ein. An seinem Kinn waren seit gestern morgen borstige schwarze Bart-

stoppeln gewachsen. Esther hatte es nie leiden können, wenn er unrasiert und ungekämmt war und wie ein Vagabund aussah.
Er ließ das Fenster offenstehen und ging hinaus in den Flur zum Telefon. Er verwählte sich vor Nervosität zweimal, bis er endlich mit dem Krankenhaus verbunden war. Der Arzt, mit dem er diesmal sprach, war freundlicher und zugänglicher als der vom Vormittag. Esther war bei Bewußtsein, sie konnte sprechen, sehen, hören, die Finger und Arme leicht bewegen, nur die Beine waren gefühllos. Zwei Lendenwirbel gebrochen. Was das hieß, war klar. Aller Wahrscheinlichkeit nach würde Esther den Rest ihres Lebens auf einen Rollstuhl angewiesen sein. Auch wenn der Arzt über die Zukunft von Esther weder etwas sagen wollte noch konnte. Es seien noch zahlreiche Untersuchungen notwendig, um eine endgültige Diagnose abgeben zu können.
Nach dem deprimierenden Telefonat setzte er sich auf den Hocker neben dem Telefon und vergrub seinen Kopf zwischen den Händen. Noch gestern um diese Zeit war Esther durch die Wohnung gewirbelt. Noch gestern hatte Esthers Schandmaul nicht stillgestanden. Noch gestern war er überzeugt gewesen, daß sie ihn irgendwann mit Scherer betrogen hatte. Noch gestern hatten sie sich geliebt. Und jetzt? Auf einmal zählte nichts mehr. Er wollte sie nicht allein lassen. Er merkte, wie sehr er sie brauchte. Er würde alles tun, um ihr Leben so angenehm wie möglich zu gestalten. Er würde das Haus umbauen, einen Treppenaufzug einbauen. Er würde Reisen mit ihr unternehmen, Bernd und Dieter waren alt genug, das Geschäft für eine Weile allein zu führen.
Allmählich beruhigte er sich, wischte die Tränen aus den Augen und trank einen Schluck Wasser. Dann ging er hinüber in die Werkstatt zu Bernd und Dieter. Die beiden

waren so sehr in ihre Arbeit vertieft, der Lärm so stark, daß sie ihn nicht kommen hörten. Um die grellen Lampen kreisten unzählige Mücken. Bernd schnitt Holz zu, während Dieter, drei Nägel zwischen den Zähnen, einen schlichten Sarg aus Kiefernholz zusammenzimmerte.
»Ich habe eben mit dem Krankenhaus telefoniert«, schrie Pickard in den Krach der Säge hinein. Bernd sah kurz auf, nickte. Dieter, der etwa drei Meter entfernt stand, hörte ihn nicht. »Mutter geht es wieder besser! Sie kann nur ihre Beine noch nicht bewegen! Ob sie gelähmt bleibt, können die Ärzte erst in ein paar Tagen genau sagen! Bis dahin können wir nur hoffen und beten!«
Bernd schaltete die Säge ab, kam auf seinen Vater zu und nahm ihn in den Arm. »Du solltest dich jetzt erst mal unter die Dusche stellen und was essen. Es wäre nicht gut, wenn du auch noch schlappmachen würdest. Und selbst wenn Mutter im Rollstuhl nach Hause gefahren wird, dann ist sie ja immer noch da. Wir sehen sie, sprechen mit ihr, sie wird irgendwann wieder lernen zu lachen, und irgendwie wird das Leben weitergehen. Sie wird leben, und das ist doch die Hauptsache, oder? Und bevor ich's vergesse – Nathanael Phillips ist tot. Er liegt in der Kühlhalle. Der Doktor hat mir nicht verraten, was passiert ist, und wir dürfen auch vorläufig unter keinen Umständen darüber reden, daß Nathan tot ist. Ich hab ihn mir aber mal angesehen, ich finde, er sieht genauso aus wie jemand, der sich aufgehängt hat.«
»Scheiße!« sagte Pickard nur und löste sich aus Bernds Umarmung. Einen Moment lang dachte er über Nathan nach. Dann wurden diese Gedanken von Esther verdrängt. Er hätte jetzt jemanden gebraucht, dem er seine momentanen Gefühle anvertrauen konnte. Was letzte Nacht vor dem Unwetter zwischen ihm und Esther gewesen war. So etwas würde es nie wieder geben. Er hatte keine Lust zum Du-

schen, keine Lust sich zu rasieren. War es denn nicht egal, wie er aussah?
Er duschte doch, er rasierte sich, er aß. Und er fühlte sich tatsächlich eine winzige Spur besser.

Die Hofer Zeitung erschien diesmal ausnahmsweise mit einer Spätausgabe. Es gab nur ein Thema – den Tornado.
Ein vielleicht vierzehnjähriger Junge in Turnschuhen, Jeans und T-Shirt stand auf dem Marktplatz, einen Stapel Zeitungen über den Arm gelegt, auf einem kleinen Handwagen lag noch mal die gleiche Menge. Brackmann kannte den Jungen vom Sehen, er lebte mit seiner Familie auf einem Bauernhof knapp einen Kilometer südlich von Waldstein.
»Gib mir bitte eine«, sagte Brackmann zu dem Jungen, der aus nichts als Haut und Knochen zu bestehen schien.
»Bitte.«
»Ist bei euch zu Hause alles in Ordnung?«
Der Junge sah Brackmann verdutzt an. »Wie meinen Sie das?«
»Na ja, hat der Tornado alles stehengelassen?«
»Ach so«, meinte der Junge, während er wieder eine Zeitung an einen vorbeikommenden Mann ausgab, »nicht alles, aber das meiste. Mein Vater sagte, wir kriegen das schon wieder hin. Und wenn mein Vater das sagt, dann stimmt das auch. Wir müssen eben alle mithelfen.«
»Wie viele seid ihr denn zu Hause?«
»Neun, aber ich bin der Jüngste«, sagte er nicht ohne Stolz.
»Und was ist bei euch kaputtgegangen?«
»Mann, Sie wollen aber viel wissen! Weiß nicht so genau, das Dach und ein Fenster und unser Auto. Aber wir sind alle heil geblieben. Mein Vater sagt, Gott hat es gut mit uns gemeint. Ich habe immer schon gewußt, daß Gott auf uns aufpaßt.«

»Das freut mich. Und ich glaube, dein Vater hat sogar recht.«
Beim Gehen blätterte Brackmann in der Zeitung. Bei dem spärlichen Licht der Straßenbeleuchtung konnte er nicht viel lesen. Er schlug die Zeitung wieder zu.

35

Angela Siebeck erwartete ihn bereits. Ihre Bewegungen wirkten steif und gleichzeitig fahrig, unter ihren Augen lagen tiefe Ränder, ihr Gesicht war grau, die Lippen blutleer, das Haar ungekämmt, ihre rechte Hand, die eine Zigarette hielt, zitterte.
»Frau Siebeck«, sagte Brackmann, »ich würde Sie gerne allein sprechen.«
»Sarah und Csilla sind auf dem Balkon, und die Kleine sieht sich irgendwas im Fernsehen an. Gehen wir ins Schlafzimmer, dort sind wir ungestört.«
»Darf ich mich setzen?«
»Bitte«, sagte sie und deutete auf das ungemachte Bett. Brackmann setzte sich, sein ganzer Körper war ein einziger Schmerz. Angela blieb an die Tür gelehnt stehen, in der einen Hand die Zigarette, mit der anderen fuhr sie sich kurz durchs Haar. Durch den Rauch hindurch sah sie Brackmann an und irgendwie durch ihn hindurch.
»Ich bin gekommen, um mit Ihnen wegen gestern nacht zu sprechen ...«
»Und?«
»Sie wollten mich doch sprechen. Etwa nicht darüber?«
»Ach was«, sagte sie und nahm etwa einen Meter von Brackmann entfernt auf dem Bett Platz, »es ist schon gut. Ich bin nur fix und fertig. Es ist einfach zuviel in zu kurzer Zeit geschehen. Und ich habe seit zwei Tagen fast kein Auge zugemacht. Ich würde mich am liebsten in ein Mau-

seloch verkriechen. Aber das wird wohl im Moment nicht ganz einfach sein, das Verkriechen«, sagte sie gequält lächelnd. »Na ja, andererseits ist es vielleicht ganz gut, wenn ich nicht allein bin. So komme ich wenigstens nicht auf dumme Gedanken.«
Brackmann betrachtete sie. Sie führte die Zigarette zum Mund und inhalierte. Der Rauch, den sie kurz darauf ausstieß, verteilte sich allmählich im Zimmer. Sie war eine schöne Frau, elegant, und zwar von einer natürlichen, in die Wiege gelegten Eleganz. Eine Frau, die wirklich nicht in diese Stadt paßte. Bis auf Frau Phillips und die Frauen der Vandenbergs gab es kaum jemanden, den man als elegant hätte bezeichnen können. Aber diese Frauen waren, vielleicht mit Ausnahme von Sarah und Csilla, nur äußerlich elegant, eingehüllt in teures Tuch und umgeben von schweren Duftwolken. Angela Siebeck war anders, und weiß der Geier, was sie von Boston nach Waldstein gebracht hatte, sie gehörte nicht hierher. Während dieses kurzen Momentes, in dem sie die Auge geschlossen hatte, studierte er ihre Gesichtszüge. Sie hatte etwas Zartes, Fragiles, er hätte sie jetzt gerne in den Arm genommen. Statt dessen sagte er, nachdem sie seine Blicke bemerkte und es ihm peinlich war:
»Ich habe den Täter, den Mann . . .«
»Ich weiß.«
»Woher?«
»Ich habe vorhin einen Anruf erhalten.«
»So schnell? Na ja, seine Mutter wollte sich mit Ihnen in Verbindung setzen. Sie war schneller, als ich vermutet habe.«
»Sie hat mich nur angerufen, um mir mitzuteilen, daß sie mich morgen früh in der Bücherei sprechen will. Sie hat allerdings nicht gesagt, was sie will.«
»Die Sache mit Geld aus der Welt schaffen, nehme ich an. Das wird sie trotz allem noch immer versuchen«, sagte Brackmann und machte wieder eine Pause.

»Trotz allem?« fragte Angela, stand auf, ging um das Bett herum zu ihrem Nachtschrank, wo ein Aschenbecher stand. Bevor sie ihn erreichte, fiel ein langes Stück Asche zu Boden, es kümmerte sie nicht. »Was – trotz allem?«
»Nun, Frau Siebeck, da ist ein Haken an der Sache. Nathanael Phillips ... nun, wie soll ich sagen ... es ist etwas passiert, das nicht hätte passieren sollen oder dürfen ... Nathan hat die Konsequenzen aus seiner Tat gezogen. Mein Gott, Sie müssen verstehen, auch für mich ist das alles nicht leicht ...«, stotterte Brackmann.
»Was ist nicht leicht?«
»Nathanael Phillips hat sich in seiner Zelle erhängt.«
Angela Siebeck drückte ihre Zigarette aus, setzte sich mit dem Rücken zu Brackmann auf die andere Seite des Bettes, öffnete die Nachttischschublade, holte eine unangebrochene Zigarettenschachtel heraus. »Das ist schrecklich«, sagte sie leise, während sie das Papier löste und die Packung aufriß. Brackmann hatte den Eindruck, als spräche sie dieses *Das ist schrecklich* nur so dahin, als berührte es sie nur oberflächlich. Als empfände sie es vielleicht sogar als gerechte, angemessene Strafe für das ihr zugefügte Unrecht.
»Es ist mehr als schrecklich. Der Junge war gerade siebzehn. Und er hatte verdammt riesige Probleme. Ich glaube, das, was er Ihnen angetan hat, hat er nicht wirklich gewollt. Aber wir werden nie herausfinden, was in ihm vorging. Er tut mir leid.«
»Hat er irgendwas hinterlassen?« fragte sie und rauchte wieder.
»Ja, hat er. Aber es ist unwichtig.«
»Und Sie glauben wirklich, seine Mutter wird versuchen, mir Geld anzubieten? Auch wenn ihr Sohn bereits tot ist?«
»Ich bin ziemlich sicher. Sie will unter allen Umständen verhindern, daß die Sache an die Öffentlichkeit gelangt. Frau Phillips ist eine geborene Vandenberg, wenn Ihnen das

etwas sagt. Sie kaufen mit Geld alles. Ihr Lebensmotto ist ganz simpel – Geld gleich Macht gleich Einfluß. Sie kaufen wirklich alles. Kleider, Autos, Flugzeuge, Schweigen.«

»Ich pfeife auf ihr verfluchtes Geld! Die soll nur kommen! Ich werde sie in ihre Einzelteile zerlegen! Ich kann diese verdammte Stadt nicht mehr sehen! Ich hasse diese Stadt einfach nur noch!«

»Frau Siebeck, Sie kennen doch Pfarrer Engler. Vielleicht hilft es Ihnen, wenn Sie sich ihm anvertrauen?«

Sie lachte höhnisch auf. »Priester!! Priester denken etwas zu eingleisig. Und Engler ist Priester. Ich kenne ihn und ich habe keine Lust, mit ihm zu reden.«

Brackmann war aufgestanden. »Auch wenn Sie verbittert sind ...«

»Verbittert? Wie kommen Sie denn darauf? Ich kann nur dieses Waldstein nicht mehr sehen! Ich hasse es, genauso wie ich mich dafür hasse, überhaupt jemals hergekommen zu sein. Es hat nichts mit Ihnen persönlich zu tun, wirklich nicht.«

»Warum versuchen Sie nicht wenigstens einmal, mit jemandem zu sprechen ...?«

Sie unterbrach ihn schroff: »Im Augenblick nicht! Ich möchte nur schlafen, und ich weiß nicht, wie ich das machen soll. Mit noch zwei Frauen und einem Kind in dieser kleinen Wohnung.«

»Deswegen bin ich auch hier. Ich muß die Frauen und das Kind dringend woanders unterbringen. Sie dürfen keine Stunde länger hier bleiben, denn sie sind in Waldstein nicht mehr sicher genug. Die Vandenbergs haben sich bereits nach ihnen erkundigt. Aber darüber muß ich gleich mit den Damen selber sprechen.«

»Was ich eben gesagt habe, war nicht so gemeint, als wollte ich hier jemanden rausschmeißen ...«

»Das habe ich auch nicht so verstanden, Frau Siebeck. Ich werde die Frauen gleich aus Waldstein fortbringen.«

Das einzige Licht im Zimmer neben dem fahlen Dämmerschein war der Fernsehapparat, vor dem Josephine auf dem Boden lag, um sich Bugs Bunny anzusehen. Csilla und Sarah saßen auf dem dunklen Balkon, ab und zu drangen leise Worte in die Wohnung. Brackmann stellte sich zu ihnen.
»Sie werden gesucht«, sagte er. »Aber damit mußten Sie ja sowieso rechnen.«
»Natürlich«, meinte Sarah. »Sie werden Himmel und Hölle in Bewegung setzen, um uns zu finden und zurückzuholen. Aber keine Sorge, ich habe bereits mit meiner Schwester in Salzburg gesprochen, die in den nächsten Tagen vorbeikommen will, um uns abzuholen. Dort sind wir dann erst mal in Sicherheit. Solange wir hier sind, können wir sowieso keinen klaren Gedanken fassen. Nicht wahr, Csilla?«
Csilla nickte nur. Ihre Haut war blaß, die ausdruckslosen Augen lagen in tiefen Höhlen. Ihre Hände vibrierten ganz leicht, ein nervöses Muskelzucken um den rechten Mundwinkel. Ihr Blick war auf die ausladenden Äste des vor dem Balkon stehenden Baumes gerichtet, der Nathan lange Zeit als geheimer Beobachtungsposten gedient hatte.
»Das freut mich, das mit Ihrer Schwester. Dennoch muß ich Sie zu Ihrer eigenen Sicherheit sofort woanders unterbringen. Ich kenne ein Ehepaar in Hof, wo Sie unter Umständen für einige Zeit unterkommen können. Heute nachmittag habe ich sie leider nicht erreicht, aber ich werde es gleich noch einmal probieren. Ihr Schwager Jonas war nämlich vorhin bei Pfarrer Engler und …«
»Engler?« unterbrach ihn Sarah stirnrunzelnd. »Was wollte er bei Engler? Warum hat er ihn nicht wie sonst zu sich bestellt? Das wundert mich.«
»Augenblick, heißt das etwa, Engler hat regelmäßig Kontakt zu …?«
»Natürlich! Wenn überhaupt einer aus dem Ort Kontakt zu

uns hat, dann er. Was glauben Sie wohl, warum wir uns nicht bei ihm versteckt haben?!«

Brackmann war zutiefst irritiert. Und angespannt. In seinem Kopf begann etwas zu kreisen und kam nicht zum Stillstand. Er hatte es nicht wahrhaben wollen, doch plötzlich fiel es ihm wie Schuppen von den Augen, konnte er sich einen Reim auf das seltsame Verhalten von Engler machen. Auf einmal machte es Sinn, dieses ständige Ausweichen auf konkrete Fragen, der stets gesenkte Blick und dieses *Denken Sie dran, was die Vandenbergs alles für Waldstein getan haben!*

Die Taktzahl seiner Herzschläge verdoppelte sich für Sekunden, als er sich vorstellte, was passiert wäre, hätte er Engler den Aufenthaltsort der Frauen verraten!

Ihn fröstelte trotz der abendlichen Wärme. Er versuchte, sich seine Irritation nicht anmerken zu lassen. »Warum ich frage?« Er schien immer noch in Gedanken versunken. »Nur so. Ich hatte gedacht, die Vandenbergs würden sich generell von den Leuten im Ort fernhalten. Aber auf der anderen Seite ist es auch verständlich, wenn wenigstens zur Kirche Kontakt gehalten wird. Ist er der einzige?«

»Soweit ich weiß, ja«, sagte Sarah. »Reuter noch, aber das wissen Sie ja schon. Und früher Ihr Vorgänger ... ich habe seinen Namen vergessen. Ansonsten fällt mir keiner ein.« Sie überlegte, dann hob sie die rechte Hand, ihr war noch etwas eingefallen. »Natürlich, Obert, er ist ihr Notar.« Sie sagte *ihr* und nicht *unser* Notar. »Und Pickard, er hat gerade im letzten Jahr zusammen mit seinen Söhnen das gesamte Dachgeschoß bei uns renoviert. Wenn ich es recht überlege, gibt es schon den einen oder anderen, zu denen Kontakt besteht.«

Engler, dachte er, du verdammter, scheinheiliger Schweinehund! Er würde ihn sich vorknöpfen, bei passender Gelegenheit! Bei Reuter lag die Sache etwas klarer, er stellte

offenbar Atteste auf Wunsch aus, was und ob er außerdem etwas mit den Vandenbergs zu schaffen hatte, mußte noch geklärt werden.
Diese Stadt und ihre Bewohner enthüllten mit jeder Stunde mehr ein Gesicht, das Brackmann zutiefst erschreckte, ihm angst machte. Was, wenn sie ihn bereits observierten? Unten im Schatten der Bäume, unsichtbar für ihn, während sie jede seiner Bewegungen verfolgten, jedes seiner Worte belauschten. Engler hätte den Vandenbergs nur zu sagen brauchen, daß er derjenige war, der den Aufenthaltsort der Frauen kannte! Wenn Engler das getan hatte, dann stand er bereits auf ihrer Liste, wurde überwacht. Er mußte jetzt schnell und überlegt handeln.
»Wann werden Sie uns nach Hof bringen?«
»Noch heute abend, wenn alles glattgeht. Spätestens aber morgen früh. Wir dürfen nicht zu lange warten.«
»Warum tun Sie das für uns? Sie kennen uns doch kaum«, wollte Sarah wissen.
»Ich habe meine Gründe, Frau Vandenberg. Vielleicht werde ich sie Ihnen irgendwann nennen. Aber nicht jetzt. Ich möchte Sie statt dessen jetzt bitten, mir ein paar Informationen zu Ihrer Familie zu geben. Worauf ich zum Beispiel besonders achten muß, wenn ich mit ihnen spreche. Vor wem ich mich besonders in acht nehmen muß und so weiter.«
»Natürlich.«
Sarah faltete die Hände über dem Schoß, legte den Kopf zurück, das lange blonde Haar fiel bis weit über ihre Schultern. »Hüten Sie sich vor Martin und Jonas. Besonders vor Martin, auch wenn er mein Mann ist. Er ist gemein und hinterhältig und vor allem derjenige, der die meiste Macht in der Familie hat. Jeder denkt, daß Jonas das große Sagen hat, aber das stimmt nicht. Er steht nur immer im Mittelpunkt; der Grund liegt ganz einfach darin, daß er medien-

wirksamer ist. Er ist äußerlich das Abbild eines erfolgreichen Mannes, auf seinen Charme fliegen die Frauen reihenweise, und die Wahlversprechungen, die er macht, ziehen. Es müßte schon mit dem Teufel zugehen, wenn er die nächsten Wahlen nicht gewinnt. Sie dürfen sich aber niemals von Martins oder Jonas' Freundlichkeit blenden lassen, die ist garantiert nur gespielt. Beide beherrschen jeden noch so miesen Trick. Aber Martin ist extrem gefährlich. In Momenten, in denen er besonders freundlich scheint, können Sie sichergehen, daß er bereits das gewetzte Messer in der Hand hält. Der Unterschied zwischen Martin und Jonas liegt lediglich darin, daß Jonas leichter zu durchschauen ist. Wenn er Sie nicht leiden kann, wird er Ihnen das offen ins Gesicht sagen. Und dann ist da noch Victor, Csillas Vater. Er ist eigentlich harmlos. Er hat es nicht geschafft, etwas aus seinem Leben zu machen, und die anderen zeigen ihm, wann immer sie eine Gelegenheit dazu finden, was für ein Versager er ist. Er ist Trinker, genau wie seine Frau Margrit. Von den beiden haben Sie am wenigsten zu befürchten.«

»Was, wenn man Sie trotz aller Vorsichtsmaßnahmen finden würde?«

»Ich weiß es nicht. Ich vermute, daß sie Josephine als Druckmittel gegen mich einsetzen würden. Wobei in dem Fall Jonas die Triebfeder wäre, denn er kann sich im Moment am allerwenigsten einen Skandal leisten, nicht jetzt, so kurz vor den Wahlen. Mein Gott, wenn ich mir vorstelle, Bayern wird von Jonas Vandenberg regiert – mir wird speiübel! Dieses verdammte Schwein soll über das Wohl und Wehe der Leute hier bestimmen?! Ich bete inständig, daß er es nicht schafft, aber ich fürchte, meine Gebete werden nicht erhört.«

»Werden sie Privatdetektive auf Ihre Spur hetzen?«

»Martin wäre nicht Martin und Jonas nicht Jonas, wenn

sie's nicht täten! Jonas hat sogar schon mal einen hinter seinen eigenen Brüdern hergejagt. Jonas ist für mich das klassische Abbild eines Psychopathen. Wenn Sie an etwas Mieses denken, dann können Sie davon ausgehen, daß er's bereits gemacht hat. In dieser Familie ist nichts unmöglich.«

Brackmann stand auf, lehnte sich auf die Balkonbrüstung und sah hinunter auf den Weg, der am Haus entlangführte. Er zündete sich die letzte Zigarette aus der Packung an. Nach sekundenlangem Schweigen drehte er sich zu Sarah und Csilla um.

»Ich habe es mir überlegt, Frau Vandenberg. Ich habe ein paar Informationen, die ich Ihnen nicht länger vorenthalten möchte. Nicht sehr angenehme Informationen, zugegeben, vor allem für Csilla ...«

Csilla erwachte aus ihrer Lethargie und hob den Kopf. »Es geht um Alexander, nicht? Sie werden mir jetzt sicher sagen, daß er tot ist? Machen Sie sich keine Mühe, ich weiß es schon lange, auch wenn es mir keiner gesagt hat. Ich habe es nur gefühlt. Es wäre auch überhaupt nicht seine Art gewesen, einfach alles stehen- und liegenzulassen und abzuhauen. Ich habe es nur nicht wahrhaben wollen und mir immer wieder gesagt, er ist nur abgehauen.« Sie wischte sich den Schweiß von der Stirn und fragte: »Habe ich recht?«

»Ja, wie es aussieht, ist Alexander tot. Bis gestern kannte ich nicht einmal seinen Namen. Ich habe ihn mehr zufällig erfahren ...«

»Von wem?«

»Das tut nichts zur Sache. Eine eher unbeteiligte Person.«

»Und meine Familie hat etwas mit seinem Tod zu tun?«

»Wie es aussieht ...«

»Jonas oder Martin?«

»Das kann ich noch nicht sagen. Dazu sind aufwendige

Recherchen notwendig. Es wird nicht einfach sein, irgend jemandem nach dieser langen Zeit ein Kapitalverbrechen nachzuweisen.«
»Wahrscheinlich waren es beide!« Csilla lachte bitter auf. »Seit wann ist er tot?«
Brackmann legte einen Zeigefinger auf die Lippen, beugte sich zu ihr hinunter und flüsterte: »Psst, Frau Csilla, nicht so laut! Es wäre nicht gut, wenn jemand herausfinden würde, daß Sie hier sind. Das wollen Sie doch nicht, oder?«
»Mir ist das alles scheißegal!«
»Csilla!!« herrschte Sarah sie an und faßte sie grob an beiden Armen und schüttelte sie. »Es geht nicht nur um dich, denk dran!« zischte sie.
»Okay, okay, beruhig dich wieder! Seit wann also ist Alex tot?«
»Es muß wohl kurz nach Ihrem gemeinsamen Antrittsbesuch hier gewesen sein.«
»Und seine Leiche, wo ist die?«
»Keine Ahnung. Wirklich. Es könnte sein, aber es ist nur eine Annahme, daß er in den Steinbruch geschafft wurde. Doch wie gesagt, es ist nicht sicher. Ich werde jedoch mein Bestes tun, auch das herauszubekommen. Und sollte Jonas tatsächlich die Verantwortung tragen oder zumindest in die Sache verwickelt sein, wird er nicht Ministerpräsident werden, das verspreche ich Ihnen. Niemals!«
Sarah war kurz im Wohnzimmer verschwunden; sie hatte sich ein Glas Cognac eingeschenkt, kam zurück und setzte sich wieder, das Glas hielt sie in der Hand und betrachtete es. »Jonas ist verrückt. Ich meine damit verrückt im wahrsten Sinne des Wortes. Geisteskrank. Er hat so viele seltsame Dinge getan ... nein, Jonas dürfte der Menschheit eigentlich nicht länger zugemutet werden. Sie kennen ihn nicht, aber ich hatte schon viel zu oft das *Vergnügen* mit ihm. Manchmal war es, als hätte ein Dämon von ihm Besitz

ergriffen. Ich traue ihm alles zu. Sogar einen Mord. Aber wenn man in der richtigen Position ist, gibt es eine Unzahl von Parasiten, die einem den Hintern ablecken. Ich kenne nicht wenige, die halten Jonas für einen Halbgott oder geben ihm zumindest das Gefühl, einer zu sein. Und er genießt es.«

»Und was ist mit den andern? Trauen Sie denen auch einen Mord oder Totschlag zu?«

»Bis auf Victor und Margrit und den einfachen Hausangestellten natürlich fast jedem, vor allem den Bodyguards. Wobei natürlich weder Jonas noch Martin sich die Hände je selbst schmutzig machen würden, das besorgen schon die entsprechenden Leute. Ich rate Ihnen aber eines – seien Sie um Himmels willen vorsichtig. Jonas und Martin sind mit allen Wassern gewaschen, und ich sage es Ihnen noch mal – sie kaufen mit Geld alles, und wenn's sein muß, auch einen Freispruch vor Gericht.«

Brackmanns Miene war ernst, seine Kiefer mahlten aufeinander, seine Backenknochen traten hervor, er machte ein zu allem entschlossenes Gesicht. »Nein, mit Geld kann man nicht alles kaufen! Mich zum Beispiel nicht! Und man kann damit auch keine Toten wieder lebendig machen.«

Sarah lachte erneut. »Es tut mir leid, Ihnen das sagen zu müssen, aber Martin ist ein Teufel in Menschengestalt. Er weiß nicht, was Gefühle sind. Er spielt mit jedem und benutzt jeden. Und er findet nichts Schlimmes dabei. Wenn Sie versuchen, ihm die Sache mit Alexander anzuhängen, wird er Sie zerquetschen. Erst wird er vermutlich im Guten mit Ihnen verhandeln, und wenn das nichts nützt, wird er bis zum Äußersten gehen. Und wie das aussieht, das können Sie sich leicht vorstellen. Denken Sie immer an Alexander Höllerich!«

»Sie machen mir nicht gerade Mut, Frau Vandenberg. Doch

ich vertrete hier das Gesetz, und solange ich das tue, werden sich auch die Vandenbergs dem beugen müssen.«
»Ich hätte tatsächlich nicht für möglich gehalten, daß es jemals jemanden geben würde, der den Mut aufbringt, sich ihnen entgegenzustellen. Ich werde Ihnen das nicht vergessen.«
»Bedanken Sie sich erst, wenn Sie von hier fort sind. Vielleicht klappt es ja heute abend schon. Ich werde gleich noch mal mit meinen Bekannten telefonieren. Ich hoffe, Sie schon in einer halben oder spätestens einer Stunde von hier wegbringen zu können«, sagte er. Und an Angela gewandt: »Sagen Sie, Sie haben doch einen Wagen. Könnten Sie mir den leihen, nur für ein paar Stunden? Mit dem Streifenwagen nach Hof – das wäre vielleicht etwas zu auffällig und zu riskant.«
Angela Siebeck nahm die Schlüssel vom Wandhaken im Flur und reichte sie ihm.
Im Treppenhaus blieb er stehen und lehnte sich an die Wand. Engler, dieser verlogene Pfaffe! Die Verlogenheit eines ehrbaren Mannes! Was verbarg dieser Mistkerl? Ihm fiel keine Antwort ein. Aber es mußte eine geben.

Trotz der abendlichen Stunde gingen die Aufräumungsarbeiten weiter, wenn auch leiser als während des Tages. Von irgendwoher zog der Duft gegrillten Fleisches durch die Luft, und Brackmann verspürte auf einmal Hunger, er hatte seit Mittag nichts gegessen. Trotz des katastrophalen Zustands, in dem der Ort sich befand, hatten sich einige junge Leute auf dem Marktplatz eingefunden, wie fast jeden Abend, sie unterhielten sich, aber sie sprachen leise und keiner lachte. Selbst bei Toni waren Gäste, der Lärm vieler Stimmen drang durch die geöffnete Tür nach draußen.
Brackmann zog sich aus dem Automaten vor Tonis Kneipe

eine Schachtel Rothhändle und rauchte auf dem Weg ins Büro eine Zigarette. Vor der Tür schnippte er sie weg. Schmidt befand sich im Dämmerschlaf. Brackmann, der nicht wollte, daß Schmidt von dem folgenden Telefonat etwas mitbekam – er traute keinem mehr über den Weg –, gab ihm den Auftrag, sich für eine halbe Stunde im Ort umzusehen. Mit einem dahingemurmelten »Okay« machte Schmidt sich davon.

Brackmann nahm, sobald die Tür hinter Schmidt ins Schloß geschnappt war, den Hörer vom Telefon und wählte eine Nummer in Hof. Diesmal bekam er eine Verbindung. Brackmann atmete erleichtert auf. Eine bekannte Frauenstimme am anderen Ende. Brackmann erklärte in knappen Worten die Situation und wie dringend es sei, Csilla, Sarah und Josephine für kurze Zeit aufzunehmen, so lange, bis jemand aus Salzburg kam, um sie abzuholen. Die Frau sagte, Brackmann solle die Frauen noch am Abend nach Hof bringen.

Er schloß für einen Moment die Augen, fühlte Dankbarkeit, er hatte einen winzigen Sieg errungen. Nicht alles war trostlos. Es war eben gut, wenigstens ein paar Freunde zu haben, auf die er sich verlassen konnte.

Der Ventilator drehte sich, verteilte die warme Luft in gleichmäßigen, monotonen Drehungen im Raum. Mücken tanzten um die Lampe. Er würde, sobald Schmidt zurückkehrte, zu Angela gehen und im Schutz der Dunkelheit die Frauen nach Hof bringen. Das war das mindeste, was er tun konnte. Er hoffte nur, daß sie ihn nicht bereits im Visier hatten; damit wäre sein Plan zum Scheitern verurteilt, bevor die ersten Schritte getan waren.

36

Brackmann achtete sorgfältig darauf, daß ihm vom Büro aus niemand folgte. Er ging zuerst zu seiner Wohnung, wo er sich etwa eine halbe Stunde lang aufhielt, zwei belegte Brote aß und eine Tablette nahm und diese mit einer Dose Bier runterspülte. Ein paarmal warf er einen Blick aus dem Fenster, doch er sah weder ein verdächtiges Fahrzeug noch auffällige Personen. Mit der gleichen Vorsicht machte er sich dann auf den Weg zu Angela, holte die Frauen und ging mit ihnen in die Tiefgarage. Er bat sie, solange sie Waldstein nicht verlassen hatten, sich in den Kofferraum zu legen, erst auf freier Strecke sollten sie zu ihm nach vorne kommen.

Die Fahrt nach Hof dauerte genau fünfundzwanzig Minuten. Als die Frauen ausgestiegen waren und gerade ins Haus gehen wollten, drehte Sarah sich noch einmal um und kam auf Brackmann zu. Sie stellte sich auf die Zehenspitzen und küßte ihn auf die Wange. »Danke, vielen, vielen Dank für alles. Ich werde Ihnen das niemals vergessen. Vielleicht sehen wir uns eines Tages wieder.«

Gegen dreiundzwanzig Uhr kehrte Brackmann so unbemerkt, wie er gegangen war, zurück. Die Frauen befanden sich in Sicherheit. Er händigte Angela den Schlüssel wieder aus, verabschiedete sich von ihr.

Er atmete die frische Nachtluft tief ein. Ein erster kleiner Sieg war errungen. Auf dem Nachhauseweg kam er an Reuters Praxis vorbei, wo noch Licht brannte. Die Tür war unverschlossen. Eine alte Frau, deren Gesicht ihm bekannt vorkam, saß auf einem der acht Stühle im Wartezimmer, das graue fettschimmernde Haar fiel ungekämmt über ihre Ohren, über dem schmutzigen Kleid trug sie eine noch schmutzigere Schürze. Ihr Blick glitt ins Leere, auf Brackmanns Eintreten reagierte sie lediglich mit einem kurzen Wenden ihres Kopfes in seine Richtung, völlig geistesabwesend, eine alte Frau durch deren Adern noch Blut floß,

deren Herz noch schlug und die sich doch innerlich vom Leben verabschiedet zu haben schien.
Reuter, bleich und übernächtigt, kam aus seinem Sprechzimmer, gefolgt von einer mit Jeans und einem weißen T-Shirt bekleideten jungen Frau von vielleicht dreißig, klein, zierlich, das ovale Gesicht von dichtem, wie Ebenholz schimmerndem Haar umrahmt; ihre Augen glänzten dunkel, ihre Haut hatte einen seidigen, bronzenen Ton. Eine aparte, anziehende Erscheinung. Sie lächelte Brackmann kurz, doch verhalten zu. Brackmann hatte sie im Gegensatz zu der Alten noch nie in Waldstein gesehen.
Reuter ging auf die alte Frau zu und reichte ihr die Hand, doch die Frau zeigte keine Reaktion. »Würden Sie bitte mit ins Sprechzimmer kommen, Frau Spittler, ich möchte Ihnen gerne helfen.« Er sprach leise, beugte sich zu ihr nach unten, legte behutsam den linken Arm um ihre Schulter. Mühsam, das Gesicht schmerzhaft verzogen, erhob sie sich und folgte dem Doktor mit schweren, schlurfenden Schritten, es schien, als wären ihre dicken, von Wasser aufgeschwemmten Beine kaum in der Lage, sie zu tragen.
Reuter drehte sich kurz zu Brackmann um und sagte: »Es wird noch eine Weile dauern.«
»Ich habe Zeit«, erwiderte Brackmann und setzte sich, nahm eine der Illustrierten und blätterte darin, ohne auch nur eine einzige Zeile zu lesen; seine Gedanken waren woanders, bei Engler, Reuter, Pickard, Obert – und was um alles in der Welt hatte sein Vorgänger mit den Vandenbergs zu schaffen gehabt? Er würde ihn nicht mehr fragen können, der Mann lag seit sechs Jahren auf dem Friedhof neben der Kirche.
Die Tür zu Reuters Praxis ging nach einer Viertelstunde wieder auf. Die alte Frau wurde von der jüngeren geführt. Reuter schaute zur Uhr, dann zu Brackmann. »Kommen Sie«, sagte er und deutete auf sein Behandlungszimmer.

»Ich weiß, es ist spät«, sagte Brackmann und legte die Illustrierte auf den Tisch, »aber ich habe nur ein paar Fragen. Übrigens, wer war das eben?«
»Das waren Frau Spittler und ihre Tochter. Ihre Tochter ist extra in aller Herrgottsfrühe aus Nürnberg gekommen, als sie von dem Unglück hörte. Ich sehe allerdings keine große Hoffnung für die alte Frau, vermutlich wird sie nie wieder richtig zu sich kommen. Sie hat letzte Nacht ihren Mann verloren. Sie hat ihn die halbe Nacht und den ganzen Tag über gesucht. Vorhin haben sie ihn gefunden. Auf dem Müllerhof. Dort hat man noch einige andere Toten gefunden. Aber das wissen Sie ja längst.«
»Ja, das weiß ich. Aber was hat diese vielen Menschen dort hingetrieben?« fragte Brackmann und tat ahnungslos, er wollte herausfinden, ob und was Reuter von dem Hundekampf wußte.
»Hundekampf«, sagte Reuter ungerührt und setzte sich hinter seinen Schreibtisch; er deutete auf den Stuhl ihm gegenüber. »Aber das ist Ihnen ja wohl nicht neu, oder?! Na ja, die Scheune muß den Leuten jedenfalls mittendrin auf den Kopf gefallen sein. Und wer sich mit einigermaßen heiler Haut retten konnte, hat sich natürlich gleich auf und davon gemacht. Kein Wunder, sonst hätten sie ja mit einer saftigen Strafe rechnen müssen. Ach ja, falls Sie's noch nicht wissen sollten, den alten Willy hat's auch erwischt. Und angeblich, aber das ist bis jetzt nur ein Gerücht, soll Scherer das ganze Spektakel organisiert haben.«
»Haben Sie davon gewußt?«
»Wovon?«
»Von dem Kampf.«
»Was wollen Sie jetzt wissen? Ob ich davon gewußt habe, oder ob ich an so was teilnehme?«
»Beantworten Sie nur meine Frage.«
»Ja, ich habe davon gewußt. Aber ich habe nicht daran

teilgenommen. Das müßten Sie eigentlich wissen, schließlich war ich die ganze Nacht im Einsatz.«

»Was soll's, mir ist im Prinzip völlig egal, ob da gestern nacht ein Hundekampf war oder nicht. Und auch ob Sie dabei waren oder nicht, interessiert mich einen ... Im Moment machen mir ganz andere Sachen Sorgen.« Brackmann sah Reuter an, der das gleiche graue und eingefallene Gesicht hatte, wie so viele Menschen, denen er im Laufe des Tages begegnet war.

Reuter erhob sich, ging zu einem niedrigen schmalen Schrank, öffnete eine Tür, das Licht des Barfachs schaltete sich automatisch ein. Im Fach standen Flaschen und Gläser.

»Möchten Sie auch was?«

»Haben Sie Whisky?«

»Eis, Soda?«

»Eis.«

Reuter kam mit den gefüllten Gläsern zurück, reichte eines davon Brackmann, setzte sich wieder. »Und was ist der eigentliche Grund Ihres Besuchs?«

Brackmann nippte an seinem Glas. »Oh, es gibt eine Menge offener Fragen zu einer Menge Ereignisse. Was mir absolut nicht in den Kopf will – weshalb eine solche Anhäufung von Ereignissen an einem einzigen Tag? Haben Sie eine Erklärung dafür? Ich meine, es hat doch schon angefangen, bevor der Tornado kam, erst Frau Olsen, dann Scherer, die Vergewaltigung ...«

»Alles kann man wohl nicht erklären. Aber Scherer hat auf nüchternen Magen einfach zu viel gesoffen, und Maria Olsen – bei ihr war wohl die extreme Wetterlage schuld. Bei Maria hat ohnehin etwas im Körper geschwelt, und Krankheiten ... vor allem aber auch psychische Defekte können dadurch stark beeinflußt werden. Wir sollten den Einfluß des Wetters auf den Menschen keinesfalls unterschätzen. Wer zum Beispiel unter starken Depressionen

leidet, bei dem können bestimmte Wetterlagen durchaus Suizidabsichten verstärken. Es gibt darüber empirische Untersuchungen, die das eindeutig belegen. Wer unter Rheuma, Arthritis, Kreislaufstörungen, Gallen- oder Nierensteinen leidet, wird ein Lied davon singen können, welche Einflüsse das Wetter haben kann. Kopfschmerzen, Blutdrucksteigerung oder -senkung, Gallen- und Nierenkoliken sind da nur kleinere Übel.« Reuter hielt inne, trank seinen Whisky, hielt dann das Glas, in dem sich noch kühlendes Eis befand, in der Hand und schien es zu betrachten. Dann fuhr er fort: »Ich möchte sogar behaupten, daß Nathan die Vergewaltigung bei normaler Wetterlage nicht begangen hätte. Aber das ist nur meine ureigene Vermutung, ich kenne Nathan und seine Vorgeschichte nicht gut genug. Es sind aber meiner Meinung nach Reaktionen ausgelöst worden, die unter normalen Umständen nicht vorkommen würden ...
Mein Gott, wir hatten gestern über vierzig Grad und dazu eine Luftfeuchtigkeit von etwa achtzig Prozent. Das reinste Killerwetter und zwar im wahrsten Sinne des Wortes.« Er stand auf, schenkte nach, hielt die Flasche Brackmann hin, der nickte. Eine Weile saßen sie sich schweigend gegenüber und tranken ihren Whisky, Brackmann stellte sein Glas auf den Tisch.
Reuter sagte: »Nun, ich will nicht unhöflich erscheinen, aber ich bin müde, wie Sie sich vorstellen können. Wenn es sonst nichts weiter gibt?«
»Nur eine Frage. Wie gut kennen Sie die Vandenbergs?«
»Haben Sie mir diese Frage nicht erst gestern gestellt?«
»Kann sein, kann mich nicht erinnern«, log Brackmann.
»Nicht gut.«
»Was heißt, nicht gut?«
»Nicht gut heißt nicht gut. Es gibt sicherlich andere, die intimer mit ihnen sind. Warum fragen Sie?«

»Und Sie behandeln sie auch nicht, wenn einmal ein Krankheitsfall auftritt?«

Reuter schüttelte den Kopf, wandte seinen Blick aber von Brackmann ab.

»Und wer behandelt sie dann?«

»Woher soll ich das wissen? Wahrscheinlich irgendwer aus Nürnberg oder München oder Bayreuth«, sagte Reuter etwas gereizt und stand auf. »Was wollen Sie eigentlich von mir? Warum interessieren Sie sich so sehr für die Vandenbergs?«

»Reine Neugier, nichts als Neugier. Vielen Dank, Doktor. Sie haben übrigens einen hervorragenden Whisky. Gute Nacht – und schlafen Sie gut.«

Reuter erwiderte nichts. Er schenkte sich ein weiteres Glas Whisky ein und sah Brackmann mit nachdenklichem Blick nach. Er sortierte die Zeitungen auf dem Tisch, bevor er das Licht löschte und sich nach oben in sein Schlafzimmer begab, dessen Teppichboden durchweicht war und bereits zu stinken begann. Er würde in den nächsten Tagen, wenn die Lage sich einigermaßen beruhigt hatte, nach Hof fahren und einen neuen bestellen und so schnell wie möglich verlegen lassen.

Er stellte das Glas auf den Nachtschrank, nahm zwei kleine, blaue Pillen aus einer Dose und legte sie neben das Glas. Mit dem letzten Rest Whisky schluckte er sie, nicht lange danach fiel er in einen tiefen, traumlosen Schlaf.

Auf der Straße blieb Brackmann einen Moment an ein Straßenschild gelehnt stehen. Er zündete sich eine Zigarette an – er hatte seit gestern vier Schachteln geraucht – und versuchte hinter das ihm immer unheimlicher werdende Geheimnis dieser Stadt zu kommen. Was war mit den Menschen los, die zu kennen er geglaubt hatte? Warum belogen ihn so viele oder wichen ihm aus, sobald die Spra-

che auf die Vandenbergs kam? Reuter, Engler, alle diese ehrenwerten Bürger hatten Angst. Oder war es etwas anderes als Angst? War es vielleicht so etwas wie Glorifizierung, Ehrfurcht? Ehrfurcht vor den Vandenbergs?
Er war sicher, wen immer er fragen würde, keiner würde zugeben, näheren Kontakt zu dieser fetten Made im großen weißen Haus zu haben. War die Ursache allein dieser Alexander Höllerich, dieses Phantom, von dem nur der Name existierte, aber keine Leiche, kein Foto, nichts? Von dem Maria Olsen zwar berichtete, doch konnte es nicht sein, daß die Geschichte um die Ermordung Höllerichs nur die Erfindung einer ältlichen, wunderlich gewordenen Dame war? Lebte dieser Höllerich vielleicht sogar noch? Oder reichten die Wurzeln für die Ergebenheit den Vandenbergs gegenüber viel tiefer in die Vergangenheit hinein, als er sich vorstellen konnte, Jahre, Jahrzehnte oder noch länger? Das Puzzle paßte nicht zusammen. Wenn aber alles nur eine Erfindung war, warum logen dann Männer wie Reuter und Engler?
Ihn fröstelte erneut, doch diesmal lag es an dem kühlen Nordwind, der aufgekommen war. Brackmann rauchte die Zigarette zu Ende, ließ den Stummel auf den Bürgersteig fallen, drückte den glimmenden Rest mit der Schuhspitze aus. Die Zeiger der Uhr bewegten sich unaufhaltsam auf Mitternacht zu. Doch Ruhe war in der Stadt noch nicht eingekehrt.

37

Gegen zweiundzwanzig Uhr klingelte bei Engler das Telefon. Er fühlte sich wie gerädert, ausgelaugt, niedergeschlagen. Seit dem späten Nachmittag hatte es jetzt doch viele Tornadogeschädigte zu ihm getrieben, die ihn baten, irgendwie zu helfen. Er versprach jedem seine

Hilfe, er hatte ja die Zusage von Jonas Vandenberg, daß die Familie auf jeden Fall den Notleidenden finanziell unter die Arme greifen würde. Er hatte es sich in seinem Sessel bequem gemacht, ein Glas Sherry in der einen, die Pfeife in der andern Hand, im Hintergrund lief Beethoven, die sechste Sinfonie, die Pastorale, die Engler immer auflegte, wenn er das Gefühl hatte, seine Kräfte nicht richtig eingeteilt zu haben. Das Telefon stand neben ihm auf dem Boden, er nahm den Hörer ab.

»Engler.«

»Vandenberg! Tut mir leid, wenn ich so spät noch störe, aber ich möchte Ihnen kurz mitteilen, daß ab morgen früh ein Sonderkonto bei der Bank eingerichtet sein wird. Die Kontonummer erfahren Sie, wenn Sie hingehen. Sie haben selbstverständlich volle Verfügungsgewalt.«

»Ich bedanke mich im Namen der in Not Geratenen dafür.«

»Haben Sie übrigens etwas von meiner Schwägerin und meiner Nichte gehört?«

»Leider nein, Herr Vandenberg. Ich habe mich umgehört, diskret, versteht sich, doch keiner will sie gesehen haben.«

»Schade. Ich kann nur hoffen, daß dies keine Nachteile für ... *uns* ... bedeutet. Wenn Sie also etwas hören sollten, lassen Sie es mich umgehend wissen. Gute Nacht.«

»Gute Nacht, Herr Vandenberg, und nochmals vielen Dank für Ihre großzügige Hilfe.«

Herzrasen, Stiche im Hinterkopf. Er kippte den Sherry in sich hinein, stand dann auf, nahm die Bourbonflasche, schenkte sich ein großes Glas voll ein und trank es in einem Zug leer. Die brennende Wärme breitete sich schnell in seinem Körper aus. Er mußte einmal husten. Der Herzschlag beruhigte sich. Die Schlußakkorde der Pastorale. Er stellte sich an den Kamin, schaute in das dunkle Loch. Er heizte ihn nur während der Wintermonate, wenn das Thermometer durchaus bis auf zwanzig Grad unter Null fallen konnte. Bis auf die letzten fünf Jahre waren die Winter hier immer kalt und schneereich gewesen. Er nahm den Feuerhaken aus dem Messingständer, den Pickard ihm vor Jahren zu Weihnachten geschenkt hatte, und kratzte damit an der rußigen Kamininnenseite. Er tat dies eine Weile, stellte den Haken gedankenverloren zurück in den Ständer, starrte auf die van-Gogh-Kopie über dem Kamin. Er verschränkte die Hände hinter dem Rücken.

Er hatte Angst. Vor Entdeckung, vor Brackmann, vor den Leuten und ihrem Getratsche – und vor Gott. Er hatte auch Angst vor Schmerzen, sollte Jonas auf die absurde Idee kommen, ihm im Falle des Falles einen seiner Schlägertrupps vorbeizuschicken. Aber die Angst vor Gott hatte andere Dimensionen. Er glaubte an ein Leben nach dem Tod, er glaubte an ein Jüngstes Gericht, er glaubte an Verdammnis. Und die Angst davor war auf einmal größer als die vor Schmach, Ehrentzug, Schmerzen. Er wollte seinen Fehler wiedergutmachen, das Wie war es, das ihm Schwierigkeiten bereitete.

Einen Anfang hatte er gemacht. Er hätte Jonas Vandenberg verraten können, daß Brackmann über den Verbleib der Damen Bescheid wußte. Das Lügen und der Betrug mußten endlich ein Ende haben!

Höllerich! Dieser verdammte Höllerich hätte niemals herkommen, niemals die Ruhe dieser Stadt stören dürfen. Sechs Jahre lang war alles gutgegangen, hatte keiner Fragen gestellt, keiner sich nach dem Mann erkundigt. Wer hätte schon ahnen können, daß ausgerechnet Maria Olsen, diese treue Seele, von der Sache gewußt hatte?! Hätte er doch nur die Briefe weggeworfen! Doch wer hätte schon mit einem derart baldigen Ableben der Maria Olsen rechnen können?!

Er trank einen weiteren Bourbon und noch einen, bis die Flasche zur Hälfte geleert war, und mit jedem Glas schwanden die bedrückenden Gedanken. Er stand schwankend da, und vor dem letzten Schluck prostete er dem Bild zu, dann warf er das Glas mit aller Wucht in den Kamin, wo es in Tausende winziger Scherben zersplitterte. Er hielt die Hände vors Gesicht; er weinte.

38

Schmidt hielt einen Zettel hoch. »Hier, hab ich vorhin vergessen, Ihnen zu sagen. Jonas Vandenberg höchstpersönlich war hier und wollte mit Ihnen sprechen.«
Brackmann zuckte zusammen. »Was wollte er?«
»Weil Sie nicht da waren, hat er mich gefragt, ob ich was von seiner Nichte und seiner Schwägerin wüßte. Die sollen angeblich seit gestern nacht verschwunden sein. Die werte Familie macht sich anscheinend Sorgen«, sagte Schmidt abfällig.
»Und, was haben Sie gesagt?«
»Was hätte ich schon sagen sollen? Ich kenn die doch überhaupt nicht! Der Typ sollte vielleicht mal in München oder sonstwo suchen. Seit wann lassen die sich hier im Ort blicken?!«
»Jonas Vandenberg«, sagte Brackmann und fuhr sich mit der linken Hand übers Kinn. »Ich bin ihm noch nie begegnet. Ich kenne ihn nur von Fotos und aus dem Fernsehen.«
»Hab mich auch gewundert, warum er das selbst besorgt und nicht einen seiner Lakaien geschickt hat. Was soll's, ist nicht mein Problem.«
»Und, hat er sonst noch was gesagt?«
»Er bittet Sie, morgen früh bei ihm vorbeizuschauen. Sie sollen aber vorher anrufen.«
Brackmann nahm den Zettel und steckte ihn in die Tasche. Eine Nacht noch und dann ... Er seufzte auf. Es war ein

ungerechtes und hartes Scheißspiel. Er hatte keine Chance. Sarah hatte recht, sie würden ihn in der Luft zerreißen, ihn den Kötern zum Fraß vorwerfen, oder ihn einfach verschwinden lassen, so wie diesen Alexander Höllerich. Mit einem Mal wurde alles so sinnlos, von einer Sekunde zur anderen fiel Brackmann in das ihm so vertraute tiefe schwarze Loch.

Er verabschiedete sich von Schmidt und versprach, ihn um sieben Uhr morgens abzulösen. Er mußte dringend nach Hause. Schmidts Stimme hielt ihn zurück: »Übrigens, haben Sie schon die irre Story gehört? Da haben sich ein Ehepaar und ihre beiden Kinder im Kleiderschrank versteckt, und um sie herum ist alles weggeflogen, nur der Schrank blieb stehen. Sie haben zwar kein Haus mehr, aber sie leben.«

»Nein, hab ich noch nicht gehört. Klingt aber gut«, sagte Brackmann und ging.

Die Nacht dauerte für Brackmann bis halb vier. Er wachte auf, als er zwischen den Schienen stand und die grellen Scheinwerfer eines rasch näherkommenden, laut pfeifenden Zuges ihn blendeten. Er wollte die Gleise verlassen, doch seine Beine schienen wie festgeklebt an den Holzbohlen, er fühlte, wie mit dem Näherrasen des Zuges sein Herz ein immer schnelleres Stakkato anschlug, wie er schreien wollte und doch nicht schreien konnte, wie seine Kehle sich zuschnürte und er glaubte, ersticken zu müssen. Starr vor Entsetzen sah er die Lok mit den riesigen Lampen auf sich zurasen – und wachte auf.

Bis auf einen dünnen Streifen Mondlicht war es dunkel im Zimmer. Er saß in seinem Bett, hatte Mühe beim Luftholen, sein Hals kratzte, als hätte er lange und laut geschrien, er war schweißgebadet. Er brauchte mehrere Sekunden, um sich zu orientieren und herauszufinden, daß er noch lebte. Sein Herzschlag reduzierte sich wieder auf Normalwerte, das Atmen wurde leichter. Nur das Kratzen blieb; er stand auf, um sich aus dem Kühlschrank eine Tüte Milch zu holen. Er nahm einen Schluck aus der erst letzte Nacht angebrochenen Tüte und spuckte gleich darauf die saure Milch in das Waschbecken, das Gewitter hatte die Milch sauer werden lassen. Er kippte den Rest hinterher, griff sich eine Dose Bier, riß den Verschluß auf, trank sie in einem Zug leer.

Er schaute auf die Uhr, halb vier. »Verdammte Scheiße!« fluchte er. »Noch nicht einmal vier Stunden Schlaf! Wie soll ich diesen Tag überstehen?«

Er stellte sich einen kurzen Moment ans Fenster und schaute hinaus; Waldstein schlief. Die einen in ihren Wohnungen und Häusern, die anderen in der eilends errichteten Zeltstadt. Er legte sich wieder hin, wollte einschlafen, doch sobald er die Augen schloß, war der Traum gegenwärtig. Warum konnte er nicht schlafen? Er war hundemüde und sollte in ein paar Stunden zu Jonas Vandenberg. Ein bißchen Schlaf, nur ein bißchen Schlaf! Er wälzte sich von einer Seite auf die andere, setzte sich auf, die Augen geschlossen, ein Eisenpanzer um die Brust. Die Kohlensäure vom Bier drückte in seinem Magen, und erst nach einem langgezogenen Rülpser löste sich der Druck. Sobald sich das alles hier beruhigt haben würde, wollte er einfach ein paar Tage frei nehmen und wegfahren. Am besten irgendwo in die Berge, einen kleinen See suchen und angeln.

Der Gedanke an Urlaub stimmte ihn etwas zufriedener. Er würde die dreißig Tage auf einmal nehmen und sich eine schöne Zeit machen. Er war ewig nicht Angeln gewesen, und es wurde höchste Zeit, diesem Ort einmal den Rücken zu kehren und vollkommen abzuschalten. Die Trauerfeier noch verstreichen lassen, die Sache mit den Vandenbergs hinter sich bringen, soweit dies möglich war, und dann weg.

Er schlief wieder ein. Sein Wecker klingelte genau drei Stunden später, um Viertel vor sieben.
Nachdem er geduscht, sich rasiert, ein paar Kekse gegessen und eine Tasse schwarzen Kaffee getrunken hatte, lief er zum Büro. Auf dem Weg dorthin nahm er zwei von seinen Tabletten. Das Gefühl bleierner Schwere war bereits während der Nacht durch seinen Körper gekrochen, und als er vorhin aufstehen wollte, spürte er die unsichtbaren Fesseln um seine Arme, Beine und den Leib. Natürlich lag es an den vergangenen aufreibenden Tagen, dem wenigen Schlaf, der ungeheuren Aufregung, die wie ein gewaltiger Donnerschlag diese malerische Idylle zerrissen hatte. Aber noch mehr lastete die Ungewißheit vor den kommenden Stunden, vielleicht sogar Tagen, auf ihm. Deswegen mußten es auch diesmal zwei Pillen sein.
Die Luft war klar und noch kühl, der Horizont im Osten eine dunstige Wand, aus dem sich ganz langsam ein gelber Ball immer weiter nach oben schälte. Zwei schwarze streunende Katzen huschten vor ihm über die Straße, verschwanden auf einem verwüsteten Grundstück unter Gerümpel.
Schmidt sah ihn müde an. »Morgen, Chef.«
»Morgen. Irgendwas los gewesen?«
»Nein, gar nichts. Zum Glück. Noch so 'ne Nacht hätt ich nicht überstanden. Ich hau mich jetzt in mein Bett, wenn Sie nichts dagegen haben.«
»Warten Sie, ich fahre Sie.«
»Danke.«
Er setzte Schmidt zu Hause ab, fuhr noch eine Inspektionsrunde durch Waldstein. Die Bau- und Aufräumtrupps hatten ihre Arbeit wieder aufgenommen, die ersten Laster fuhren durch die staubigen Straßen. Brackmann stellte das Radio an, Musik. Doch er hörte nicht hin. Die Begegnung mit Jonas Vandenberg. Er hatte ein ungutes Gefühl, ihm

war übel. Es konnte für Jonas, wenn Brackmann das Gespräch auf Höllerich brachte, nichts anderes geben, als ihn auszuschalten. Aus diesem Grund und um überhaupt eine Chance zu haben, mußte er von Anfang an taktisch klug vorgehen und Jonas in die Enge treiben. Ihn mit Maria Olsens Brief konfrontieren, ihn dazu bringen, sich in seiner eigenen Schlinge zu verheddern. Und vor allem, Brackmann durfte zu keiner Sekunde auch nur den Hauch von Unsicherheit oder gar Angst zeigen. Er mußte hier genau wie bei einem wilden Tier verfahren, bei dem man auch nur eine Chance hatte, wenn man Stärke demonstrierte.
Andererseits – welche Trümpfe hatte Jonas in der Hand? Was wußte er bereits? Hatte Engler ihm etwas verraten? Oder hatte Jonas gar ein As im Ärmel versteckt, von dem er nicht einmal etwas ahnte?
Er spielte ein ungemein gefährliches Spiel mit ungewissem Ausgang. Er war dabei, in ein Wespennest zu stechen, ohne zu wissen, wie viele dieser Biester sich auf ihn stürzen würden. Und er war ungeschützt. Er hatte nichts als den Brief von Maria Olsen und die Aussagen von Csilla und Sarah. Doch wenn er erst einmal in das Nest gestochen hatte, gab es kein Zurück mehr. Er hätte noch stoppen, auf die Fragen von Jonas nach Sarah und Csilla den Ahnungslosen spielen können, vorausgesetzt, Engler hatte noch nicht mit ihm gesprochen; aber das hielt Brackmann für höchst unwahrscheinlich. Ein Rückzug war praktisch unmöglich.
Er fuhr zurück zum Büro. Es gab einige Schreibarbeiten zu erledigen, Berichte waren auszufertigen. Und diese Arbeit wollte er so schnell wie möglich hinter sich bringen.

39

Pickard stand schon um kurz nach sechs fertig angezogen im Bad, hatte extra für den Besuch bei Esther seinen Sonntagsanzug aus dem Schrank geholt. Bernd und Dieter schliefen noch, er wollte sie auch nicht wecken, vor ihnen lag ein harter und langer Arbeitstag. Er hatte Hunger, aber keinen Appetit, trank eine Tasse schalen abgestandenen Kaffee vom Vortag.

Bevor er das Haus verließ, warf er noch einen kurzen Blick in die Kühlhalle, wo die tote Frau Olsen, der junge Phillips und fünfundvierzig Todesopfer lagen. Es war ein schrecklicher Anblick, die wächsernen, starren, zum Teil entstellten Gesichter zu sehen, von denen er die meisten kannte; mit mehreren von ihnen hatte er noch vor weniger als achtundvierzig Stunden gesprochen. Unter den Opfern befanden sich Kinder und Jugendliche, Väter, Mütter, alte Menschen. Ein junges Ehepaar, das drei Kinder zurückließ. Ein kleines Mädchen, das, seit der Vater die Familie wegen einer anderen verlassen hatte, der einzige Halt seiner Mutter war; deren Welt würde jetzt vermutlich völlig zusammenbrechen. Ein alter Mann, der seit Jahren seine kranke Frau versorgt hatte. Wenn er all die Toten sah, war er froh, daß Esther noch lebte.

Er nahm die große Tasche, in die er Nachthemden und Unterwäsche für Esther gepackt hatte, Zahnputzzeug und ein paar Kleinigkeiten mehr, stieg in sein Auto und fuhr los. Er wollte spätestens um acht in Münchberg sein. Wie würde sie ihn empfangen? Er hoffte, mit einem Lächeln. Mehr verlangte er nicht. Nur ein Lächeln.

Er machte am Polizeirevier halt, um ein paar Worte mit Brackmann zu wechseln, wenn er denn da war. Mit Schmidt oder Richter würde er nicht sprechen, nur mit Brackmann, ihn mochte er.

»Guten Morgen«, sagte er und steckte den Kopf durch die Tür. »Darf ich reinkommen?«

»Guten Morgen, Herr Pickard. Kommen Sie rein«, sagte Brackmann lächelnd. »Kommen Sie und setzen Sie sich. Was kann ich für Sie tun?«

»Ach, nichts weiter«, antwortete er leise und setzte sich, die Hände vor dem Bauch gefaltet. »Wollte nur mal sehen, wie es so geht. Bißchen lächerlich, mein Aufzug, nicht?«

»Nein, lächerlich nicht, nur ungewohnt. Und wie soll's schon gehen nach einer solchen Katastrophe und viel zuwenig Schlaf. Wie sieht's bei Ihnen und ihrer Familie aus? Alles in Ordnung?«

»Sie wissen es noch nicht? Scheiße! Esther liegt im Krankenhaus. Ich will sie gerade besuchen gehen.«

»Ist sie schwer verletzt?« fragte Brackmann ernst und legte den Stift beiseite. Pickard wirkte traurig, angeschlagen, das Verschmitzte war aus seinen Augen verschwunden.

»Sie wird wahrscheinlich nie mehr laufen können. Irgendwas hat ihr das Kreuz zerschmettert. Zwei Lendenwirbel sind gebrochen.«

»Das tut mir leid, ehrlich. Aber ich weiß nicht, was ich sagen soll, denn alles, was mir einfällt, hört sich bestimmt dumm an.«

Pickard winkte ab. »Ich will auch gar keine Mitleidsbekundungen hören. Ich wollte es Ihnen nur sagen, mehr nicht.«

»Auch wenn es abgedroschen klingt, Ihre Frau lebt. Viele der Toten liegen doch in Ihrer Leichenhalle, oder? Und es sind leider viele Kinder unter den Opfern. Das ist besonders traurig.«

»Sie haben recht, ich weiß ja selbst, wie schwer es manche getroffen hat, und trotzdem muß ich mit meiner neuen Situation irgendwie fertigwerden.« Er erhob sich von seinem Stuhl und schaute Brackmann an. »Ich mach mich dann mal auf die Socken und schau nach, was Esther so macht.«

»Alles Gute, und grüßen Sie sie von mir.«

Pickard nickte nur. Kurz bevor er durch die Tür trat, hielt ihn Brackmanns Stimme zurück. »Ich hätte da noch eine kurze Frage ... Wie gut kennen Sie die Vandenbergs?«
Pickard drehte sich nicht um, zuckte nur mit den Schultern und meinte mit schleppender Stimme: »Nicht besonders gut, warum?«
»Was meinen Sie mit – nicht besonders gut?«
»Eben nicht besonders gut.«
»Aber Sie kennen sie?«
»Nun, ich erledige dann und wann ein paar kleinere Arbeiten für sie. Warum fragen Sie?«
»Nur so. Es hat mich nur so interessiert.«
»Ich verstehe nicht ...?«
»Vergessen Sie's. Lassen Sie sich nicht aufhalten. Und grüßen Sie Ihre Frau von mir.«
Pickard schloß leise die Tür hinter sich. Pickard gab wenigstens zu, ab und zu für sie zu arbeiten. Und doch war es nicht die ganze Wahrheit, sonst hätte er ihn dabei angesehen. Wer in diesem Ort log eigentlich nicht?

Im Krankenhaus ging es zu wie in einem Termitenbau, in den Gängen Bett an Bett, viele der Verletzten und Kranken hingen an Infusionsschläuchen, manche schliefen, manche waren bewußtlos. Viele hatten Verbände am Kopf, an Armen oder Beinen oder um den Leib, die wenigsten stöhnten vor Schmerzen, nur ihre Blicke zeigten, was sie fühlten; wer schlief, hatte Glück, doch viele konnten nicht schlafen, entweder wegen der Schmerzen oder wegen des hektischen Treibens um sie herum. Einen Teil der Patienten kannte Pickard persönlich, wie die fünfzehnjährige Judith Weiß, beide Arme und ein Bein in Gips, der Kopf um die Stirn herum dick bandagiert. Er war nicht sicher, ob sie vom Tod ihrer Eltern wußte, vermied es, zu ihr zu gehen; er wollte nicht gefragt werden.

Angehörige versuchten, Trost zu spenden, Schwestern, Pfleger und Ärzte hetzten durch die dichtbevölkerten Gänge, ständig ertönten aus Lautsprechern Durchsagen, die Luft war heiß und stickig.
Er hielt eine Schwester an. Sie war abgehetzt, wirkte gereizt. »Eine Frage nur«, sagte er. »Ich suche meine Frau, Frau Pickard. Wissen Sie zufällig, wo sie liegt?«
»Hören Sie, guter Mann, seit gestern liegen hier zehn- oder zwanzigmal so viel Patienten wie sonst! Fragen Sie bei der Anmeldung, die sind dafür zuständig. Tut mir leid, ich habe keine Zeit.« Sie rauschte davon, verschwand hinter einer Tür, über der das Schild »Operation, nicht stören« leuchtete.
Pickard reihte sich in die Schlange derer ein, die beim Pförtner um Auskunft anstanden.
»Pickard, sagen Sie? Moment.« Der Mann ließ den Finger über die Liste gleiten, bis er den Namen fand.
»Hier ist sie. Sie liegt im zweiten Stock, Zimmer sechsundzwanzig. Gehen Sie am besten über die Treppe, mit dem Aufzug werden Sie im Augenblick wenig Glück haben.«
»Danke«, sagte Pickard und schob die Tür zum Treppenhaus auf. Wie in Trance nahm er je zwei Stufen auf einmal, sein Herz begann zu rasen. Im zweiten Stock das gleiche Bild wie unten, Bett an Bett, von Schmerz gezeichnete Gesichter, hilfesuchende Blicke.
Was sollte er sagen, wenn er in ihr Zimmer trat? Du meine Güte! dachte er, ich habe ganz vergessen, Blumen zu besorgen! Jetzt war es zu spät, sie würde ihm hoffentlich verzeihen.
Einen Moment blieb er vor der Tür stehen. Kalter Schweiß hatte sich in seinen Handflächen gebildet, sein Herz raste noch immer. Er klopfte an, keine Antwort. Er trat einfach ein. Sie lag mit drei anderen Frauen im Zimmer. Zwei schliefen, die dritte las in einem Buch, und Esther ... sie

hatte den Kopf zum Fenster hin gedreht, bemerkte nicht, wie er auf ihr Bett zukam und sich auf den Stuhl setzte.

»Hallo, Esther«, flüsterte er und berührte vorsichtig ihren linken Arm. Dann stellte er die Tasche auf den Boden.

Sie wandte den Kopf langsam in seine Richtung, ein kurzes Aufleuchten in ihren Augen.

»Hallo«, kam es zurück, kaum hörbar, das Aufleuchten war schon wieder dieser traurigen Leere gewichen. »Den hast du lange nicht angehabt«, sagte sie und meinte seinen Anzug.

»Nur für dich.« Ihre Hand lebte, sie war warm.

»Wie geht es dir?«

»Als wenn du es nicht längst wüßtest!«

»Ich habe heute noch mit keinem Arzt gesprochen.«

»Ich kann nicht mehr laufen. Wahrscheinlich werde ich es nie wieder können. Auch wenn der Arzt gesagt hat, ich solle die Hoffnung nicht aufgeben.«

»Nein, du darfst die Hoffnung nicht aufgeben. Für dich nicht, für mich nicht, schon gar nicht für Bernd und Dieter. Wir werden alles tun, damit es dir gutgeht.«

Sie drückte seine Hand. »Ich will wieder laufen können, mehr will ich nicht. Weißt du, ich kann mir auf einmal gar nicht mehr vorstellen, daß sie mich all die Jahre über getragen haben sollen. Ich weiß nicht einmal mehr, was vorgestern nacht passiert ist.«

»Ein Tornado, sagen die Leute ...«

Esther lachte kurz auf. »Weißt du noch, vorgestern, als wir zu Abend gegessen haben ... ich habe dich gefragt, ob ein Tornado auch bei uns durchkommen könnte ... Und weißt du noch, was du darauf geantwortet hast?«

Pickard nickte. »Es war eine Katastrophe, keiner hat damit gerechnet. Sie sagen, daß es Tornados normalerweise bei uns nicht gibt, aber ... sie haben sich getäuscht. Leider.«

»Wie sieht es in Waldstein aus?«

»Eine einzige Katastrophe. Ich weiß nicht genau, wie viele

tot sind, aber es sind, soviel ich weiß, weit über hundert und natürlich sind viele verletzt. Ich bin so froh, daß du am Leben bist. Und morgen werde ich dir auch Blumen mitbringen. Ich hab sie in der Aufregung ganz vergessen. Und wenn du irgendwelche Wünsche hast ... Welcher Schrank ist deiner?«
»Der ganz linke, warum?«
»Ich habe dir Unterwäsche und Nachthemden mitgebracht. Ich sortier sie ein, bevor ich gehe.«
»Danke. Wie geht es den Jungs?«
»Gut. Wenn sie nicht gewesen wären ...«
»Was dann?«
»Nun, dann hätten wir es womöglich nicht rechtzeitig bis zum Krankenhaus geschafft.«
Esther wollte gerade etwas erwidern, als die Tür aufging. Ein Arzt, ein Pfleger und eine Schwester kamen herein.
»Wer sind Sie?« fragte der Arzt unfreundlich.
»Georg Pickard.«
»Besuchszeit ist eigentlich erst ab zwei. Aber gut, wenn Sie schon hier sind, können wir auch gleich miteinander reden. Ihre Frau hat Ihnen schon berichtet?«
»Nein«, Pickard schüttelte den Kopf.
»Nun, wir haben vorhin mit Ihrer Gattin gesprochen und ihr gesagt, daß es vorerst keine Möglichkeit gibt, ihr zu helfen. Wir haben noch einmal Aufnahmen des Rückens gemacht, müssen jetzt aber Ihre Frau von Spezialisten in München untersuchen lassen. Wir haben hier einfach nicht die Untersuchungsmöglichkeiten, die sie dort haben. Die Ärzte dort können sicher auch besser entscheiden, ob eine Operation in Frage kommt und wie die Heilungsaussichten sind. Ihre Frau wird noch morgen nach München gebracht. Sie können sich im Arztzimmer die Telefonnummer und Adresse geben lassen.«
»Wie sehen Sie die Chancen für meine Frau –«

»Tut mir leid, aber ich sagte doch schon, ich bin kein Spezialist für Wirbelsäulen, ich bin ein ganz normaler Stationsarzt. Und weil wir hier in Münchberg Ihre Frau nicht behandeln können und jedes verfügbare Bett brauchen ... ich brauche Ihnen wohl nicht mehr zu erklären. Sie sehen ja selbst, was auf den Fluren los ist. Außerdem, je früher eine richtige Untersuchung und eine eventuelle Operation durchgeführt werden, desto erfolgversprechender sind die Aussichten.«
»Das heißt, es besteht Hoffnung?«
»Guter Mann, ich bin der falsche Mann für Prognosen! Verstehen Sie das doch bitte!«
Danach wandte der Arzt sich Esther zu. »Ich möchte Sie noch einmal kurz untersuchen.« Er schlug die Bettdecke hoch, fuhr mit einem Stift über die Fußsohle erst des rechten, dann des linken Fußes. Keine Reaktion. »Haben Sie etwas gespürt?«
Esther schüttelte den Kopf.
»Was ist mit Ihrem Rücken? Haben Sie Schmerzen?«
»Ja, starke, ziehende Schmerzen.«
»Das könnte ein gutes Zeichen sein. Blase und Darm sind normal, wie ich sehe.« Er sah Georg an. »Vielleicht kann ihr geholfen werden. Aber nicht hier, sondern in München.« Schnell wandte er sich dann der nächsten Patientin zu.
»Siehst du, Esther, man soll die Hoffnung nie aufgeben.«
»Man soll aber auch nicht zuviel hoffen. Wer zu hoch fliegt, kann sehr tief abstürzen. Ich glaube, Georg, das ist die Strafe.«
»Was meinst du damit?«
»Es ist die Strafe für vieles, was ich gemacht habe und nicht hätte tun sollen.«
»Und was zum Beispiel?«
»Irgendwann werde ich es dir vielleicht sagen. Irgendwann.«

»Nein, kein Mensch wird so bestraft. Ich glaube es nicht.« Er beugte sich zu ihr hinunter, umarmte sie, küßte sie kurz auf den Mund. Sie hatte Tränen in den Augen. Und er auf einmal auch.
»Ich gehe jetzt, aber ich komme bald wieder. In München gibt es gute Ärzte. Mach's gut.«
»Ich liebe dich«, flüsterte sie.
»Ich dich auch.«
Pickard fuhr zurück nach Waldstein. Was hatte Esther gemeint, als sie von Strafe sprach? Etwa doch Scherer, diesen verdammten Dreckskerl?

40

Als Brackmann mit seiner Schreibarbeit fertig war, lehnte er sich zurück, zündete eine Zigarette an und machte sich einen Plan für den Tag. Jonas Vandenberg stand als erster auf seiner Liste, außerdem interessierte ihn Scherer und dessen Beteiligung beim Hundekampf auf dem Müllerhof.
Der Zettel mit der Telefonnummer der Vandenbergs lag auf dem Schreibtisch, er starrte darauf, nahm etwas unsicher den Hörer in die Hand. Angst. Trotz der Tabletten. Er wurde verbunden. Das Gespräch dauerte dreißig Sekunden. Jonas Vandenberg bat ihn, auf das Anwesen zu kommen. Um elf Uhr. Eine Bitte wie ein Befehl. Brackmann blieben noch zwei Stunden.
Die Zeit davor wollte er nutzen, um sich Scherer vorzuknöpfen. Scherers Werkstatt und Wohnung lagen am Stadtausgang von Waldstein, an der nach Hof führenden Straße. Ein kräftiger warmer Wind kam auf, das große Windrad hinter der Tankstelle drehte sich schnell und quietschend. Er parkte den Wagen neben der Straße, zog seine Hose gerade, ging zum Haus.

Scherers Frau öffnete die Tür. Hinter ihr stand ein kleines, etwa vier Jahre altes Mädchen, das ihn neugierig und ängstlich zugleich aus großen braunen Augen beobachtete. Sie hatte langes, dunkelbraunes lockiges Haar, ihre schmutzigen Füße waren nackt, ihr Gesicht war wie das Gesicht eines dieser vielen bitterarmen Straßenkinder in Mexiko oder Brasilien oder Indien, von denen er schon Fotos in Magazinen oder im Fernsehen gesehen hatte. Das Mädchen hatte strähniges Haar, überhaupt wirkte die Kleine, als wäre sie seit Tagen oder Wochen nicht gewaschen worden. Im linken Arm hielt sie eine große Puppe, mit der rechten Hand hielt sie sich am fleckigen Rock ihrer Mutter fest, deren Haar ebenso strähnig und ungekämmt in die Stirn hing; die Augen schauten ihn völlig ausdruckslos an, die Arme hingen kraftlos an den Seiten herunter.

»Ja?« fragte Frau Scherer; diese kleine, zierliche, noch nicht einmal dreißig Jahre alte Frau, um deren Mund und Nase sich doch schon tiefe Falten gegraben hatten. Ihre Stimme klang leise und gleichgültig.

»Frau Scherer, ich müßte mit Ihrem Mann sprechen. Ist er zu Hause?«

»Nein, ich habe keine Ahnung, wo er ist.«

»Ich muß ihn aber dringend sprechen.«

»Dann suchen Sie ihn! Ich kann Ihnen nicht helfen.«

»Könnte ich vielleicht kurz mit Ihnen sprechen?«

Sie sah ihn verständnislos an.

»Was wollen Sie von mir?«

»Es geht um Ihren Mann. Bitte, Frau Scherer, ich werde Sie auch nicht lange aufhalten.«

Sie gab die Tür frei, ließ ihn wortlos an sich vorbei eintreten. Das Zimmer, in das er geführt wurde, machte den gleichen schmuddeligen Eindruck wie das Mädchen und die Frau. Der Teppichboden war ausgetreten und mit Krümeln und zahllosen Flecken übersät, er hatte längst die Farbe verloren, die Tapeten waren verschmiert und an vielen Stellen eingerissen, tiefe Schrammen an den spärlichen Möbeln. Nirgends ein Buch, es gab nicht einmal eine Zeitung. In die fünfstrahlige Lampe an der Decke war nur eine einzige Birne eingedreht. Frau Scherer deutete auf einen Sessel, dessen Stoffbezug viele Risse, Löcher und Flecken aufwies. Brackmann winkte ab.

»Ich will Ihre Zeit nicht lange in Anspruch nehmen. Deshalb gleich meine Frage – besitzt Ihr Mann Hunde?«

»Ist das neuerdings verboten?«

»Nein, natürlich nicht. Aber ich würde sie gerne sehen, wenn Sie gestatten.«

»Sie sind nicht hier im Haus, sondern draußen auf dem Müllerhof, wo auch das Unglück geschehen ist.«

»Sie wissen also, was sich auf dem Müllerhof abgespielt hat?«

»Ich habe es nur gehört ...«

»Was haben Sie gehört?«

»Es sollen dort Hundekämpfe stattgefunden haben. Aber ich weiß es nicht.«

»Was wissen Sie überhaupt von den Hundekämpfen?«

»Nichts!«

»Und Ihr Mann?«

»Fragen Sie ihn selbst.«

»Nun, ich denke, Sie wissen ganz genau, daß Ihr Mann aktiv an solchen Kämpfen beteiligt war. Wenn das stimmt, wird er sich dafür verantworten müssen.«

»Das ist nicht mein Problem. Sprechen Sie mit ihm darüber, und lassen Sie uns jetzt in Ruhe.«

»Ich werde mit ihm sprechen.« Brackmann sah mitleidig auf die kleine Frau. »Frau Scherer, ich würde Ihnen gerne noch eine persönliche Frage stellen. Sie müssen sie selbstverständlich nicht beantworten, wenn Sie nicht wollen.«

»Wenn es um meinen Mann und mich geht, werde ich nichts sagen.«

»Ich werde Sie trotzdem fragen. Wie ist Ihr Verhältnis zu Ihrem Mann momentan? Sie wissen, warum ich frage?«
Sie zeigte keine Regung, als sie antwortete.
»Wie soll es schon sein! Man gewöhnt sich an alles.«
Brackmann wandte sich zum Gehen. In der Tür blieb er stehen und sagte noch: »Ich möchte Sie übrigens bitten, mit Ihrem Mann nicht über meinen Besuch zu sprechen. Ich möchte das gerne selbst erledigen.«
»Wie Sie wollen.«
Sie begleitete ihn zur Tür. Diesmal würde er Scherer kriegen. Aber das hatte Zeit; er würde ihm nicht weglaufen.

Um kurz nach halb zehn machte Brackmann noch einen kurzen Abstecher ins Büro, rief von dort aus Engler an und bat ihn um ein kurzes Gespräch.
Als Brackmann nur fünf Minuten nach dem Anruf bei Engler erschien, stellte dieser gerade frische Kerzen auf den Altar. Er hatte Brackmann den Rücken zugewandt.
»Guten Morgen.«
»Hallo.« Er bewegte sich langsam um den Altar, um weitere Kerzen auszutauschen.
Brackmann stellte sich neben Engler, der eine abgebrannte Kerze aus der Halterung schnitt und eine neue weiße hineinsteckte.
»Ich habe um elf einen Termin mit Jonas Vandenberg. Bevor ich hinfahre, möchte ich Sie noch einmal fragen, ob Sie mir nicht doch helfen möchten.«
»Ich weiß nicht, wovon Sie sprechen«, erwiderte Engler kühl, ohne Brackmann anzusehen.
»Ich weiß nicht, wovon Sie sprechen! Ich höre von Ihnen immer nur das gleiche! Mein Gott, Engler, jetzt machen Sie es mir doch nicht so schwer! Es gibt für mich da noch eine Menge ungeheuer wichtiger Fragen, und Sie sind wahrscheinlich der einzige, der sie mir beantworten kann.«

»Ich bin der falsche Mann dafür.«
»Sie sind nicht der falsche Mann, das wissen Sie so gut wie ich!« brauste Brackmann auf. »Aber Sie haben Angst! Sie haben die gleiche verfluchte Angst vor den Vandenbergs wie anscheinend alle hier in diesem verdammten Waldstein! Aber gerade von Ihnen hätte ich ein wenig mehr Zivilcourage erwartet!«
Engler blickte Brackmann jetzt direkt in die Augen, die Mundwinkel nach unten gezogen, und sagte laut: »Zivilcourage! Was wissen Sie schon vom Leben und von Waldstein?! Es ist leicht, von Zivilcourage zu reden, wenn einen mit diesem Ort nichts verbindet als sechs lausige Jahre als Dorfpolizist!« Er hielt abrupt inne, preßte die Lippen aufeinander, fuhr in gemäßigterem Tonfall fort: »Tut mir leid, Brackmann, ich wollte das so nicht sagen, aber ... Sie haben nicht die leiseste Ahnung von dem, was hier wirklich vorgeht. Ich kann Ihnen nicht helfen und ich habe Ihnen auch nichts weiter zu sagen ...«
Brackmann packte Engler, der sich wieder abgewandt hatte, bei den Schultern, sah ihn verächtlich an. »Sie sind tatsächlich nur ein elender Heuchler! Und ich war der festen Überzeugung, gerade Sie als Priester hätten so etwas wie Ehrgefühl. Nein, bitte, unterbrechen Sie mich jetzt nicht, ich bin noch nicht fertig. Wissen Sie, was mich letzte Nacht unter anderem um meinen Schlaf gebracht hat? Wahrscheinlich wissen Sie's nicht, aber ich werd's Ihnen sagen. Sie behaupten ständig, die Vandenbergs nur sehr flüchtig zu kennen, stimmt doch, oder? Aber zufälligerweise und aus äußerst zuverlässiger Quelle habe ich erfahren, daß Sie in Wirklichkeit regelmäßig bei ihnen verkehren. Ich weiß nicht, warum Sie mich angelogen haben, doch was immer in dieser Stadt vorgeht und wovon ich noch, ich betone *noch,* keine Ahnung habe, ich werde es herausfinden. Und wenn es sein muß, ohne Ihre Hilfe!«

»Woher«, unterbrach ihn Engler nervös, »woher wissen Sie, daß ich ...«
»Ich sagte Ihnen doch, daß Sarah und Csilla Vandenberg sich unter meinen Schutz gestellt haben. Sie haben kein Blatt vor den Mund genommen. Sie sind übrigens nicht der einzige, der behauptet, die Vandenbergs kaum zu kennen. Es gibt noch einige andere hier ... Engler, ich will jetzt nicht zu persönlich werden, aber ich bitte Sie noch einmal inständig, sagen Sie mir, was geht hier vor?!«
Engler löste sich aus Brackmanns Griff, stellte die letzte Kerze auf, lehnte sich an den Altar, kaute auf der Unterlippe und sah Brackmann wie entschuldigend an; er atmete schwer, er schwitzte.
»Warum, um alles in der Welt, sind Sie so hartnäckig? Warum verbeißen Sie sich in etwas, das Ihnen letztendlich nur schaden kann? Hängen Sie denn nicht an Ihrem Leben?«
»Jeder hängt an seinem Leben, auch Sie. Aber wenn mein Leben in Gefahr sein sollte, dann ist es das schon längst, denn warum sonst sollte mich Jonas Vandenberg zu sich bestellen? Bestimmt nicht, um mit mir einen Kaffee zu trinken!«
»Sie wollen also wirklich, daß ich ... auspacke?« Er lachte kurz auf, schüttelte den Kopf, als amüsierte er sich über Brackmanns Naivität. »Sie wissen doch gar nicht, auf was Sie sich da einlassen! Ich muß zugeben, ich habe es bis jetzt nicht glauben wollen, aber Sie haben ganz offensichtlich nicht die geringste Ahnung, wer die Vandenbergs wirklich sind.« Er zögerte, seine Kiefer mahlten aufeinander, schließlich sagte er: »Also gut, ich werde Ihrem Drängen nachgeben. Aber es ist Ihr Leben und Ihr Schicksal und nicht meines, daran sollten Sie denken ... Doch wozu Sie belehren – Sie sind alt genug, die möglichen Folgen Ihres Handelns selbst abzuschätzen. Vielleicht haben Sie auch

recht mit Ihrer Hartnäckigkeit, vielleicht bin ich auch nur an einem Punkt angelangt, wo ich mit Ihnen sprechen muß. Ich wußte, eines Tages würde es soweit sein. Man kann schließlich nicht ewig davonlaufen. Ich hoffe nur inständig, Sie werden es am Ende nicht bereuen.«

»Das ist dann allein meine Angelegenheit.«

»Setzen wir uns doch. Wann haben Sie den Termin?«

»Um elf.«

»Dann werde ich mich bemühen, mich so kurz wie möglich zu fassen.« Engler hielt inne, beugte sich nach vorn, legte die Arme auf die Lehne der Bank.

»Wie Ihnen inzwischen bekannt ist, lebe ich seit über dreißig Jahren in Waldstein. Und ob Sie es glauben oder nicht – bis vor gar nicht allzu langer Zeit hätte ich selbst nicht gedacht, daß das, was geschehen ist, hier möglich wäre. Eines habe ich jedenfalls festgestellt, Waldstein ist eine Stadt wie jede andere auch. Die Menschen hier unterscheiden sich in keiner Weise von denen anderer Städte. Waldstein ist kein Paradies, es war nie eines, es wird nie eines sein. Das Problem ist, daß, wer hierherkommt, lange Zeit glaubt, in einer Art Paradies zu leben, und mit Paradies meine ich einen Ort, wo es keine Verbrechen gibt, wo alle genügend zum Leben haben, ja, wo es keine Schlechtigkeit gibt. Man gewöhnt sich an das launische Klima, an die eintönigen Felder, das eintönige Stadtbild, die langweiligen Menschen, daran, daß man nachts bedenkenlos sein Auto unverschlossen vor dem Haus stehenlassen kann, alles und jeder wird einem so vertraut ... Und weil man jeden kennt und von keinem etwas Böses erwartet, glaubt man sich tatsächlich in einer Art Paradies ... Aber ich schweife ab, tut mir leid. Sie wollen natürlich etwas über Alexander Höllerich erfahren ...« Engler stockte, faltete die Hände, sah zu Boden.

»Genau das will ich.«

Engler seufzte auf, begann leicht zu zittern. »Hätten Sie vielleicht eine Zigarette für mich?«
»Hier in der Kapelle?« fragte Brackmann überrascht.
»Egal, es ist im Moment doch alles egal ...« Er holte unter dem Altar einen Becher hervor, hielt ihn in der Hand. Brackmann hielt Engler die Schachtel hin, nahm sich auch eine Zigarette, gab Feuer. Engler nahm zwei tiefe Züge, hustete einmal langgezogen, schnippte Asche in den Becher, in dem normalerweise sonntags Wein gereicht wurde. »Höllerich war ein junger Mann, der vielleicht ehrenwerte Ziele hatte, doch er hat sich leider zu weit vorgewagt. Was genau vorgefallen ist, entzieht sich meiner Kenntnis. Tatsache ist, daß er vor etwas über sechs Jahren hier in Waldstein getötet wurde. Es war die Nacht vom elften auf den zwölften April. Ich weiß nicht, und das müssen Sie mir glauben, wer Höllerich tötete; ich erinnere mich nur mit Schrecken daran, daß in jener Nacht drei Männer, darunter Jonas Vandenberg höchstpersönlich, gegen Mitternacht vor meiner Tür standen und mich zu sprechen verlangten. Sie sprachen von einem Unglücksfall, der unter gar keinen Umständen publik werden durfte. Ich stellte klare Fragen, aber sie gaben mir keinerlei Erklärung über das Geschehene, sie forderten nur, Höllerich solle ... sie wollten, daß Höllerich ...« Engler inhalierte, blies den Rauch zur Seite, drückte die Zigarette im Becher aus, holte ein Taschentuch aus der Hosentasche, schneuzte sich geräuschvoll die Nase. Brackmann schwieg; er wartete äußerlich gelassen und innerlich zum Zerreißen gespannt, bis Engler sich so weit beruhigt hatte, daß er fortfahren konnte.
»Sie verlangten, daß Höllerich ....« Er sah zur Decke mit den »paradiesischen« Motiven, zu dem Fenster, das beim Sturm zersplittert war, Schweiß auf seiner Stirn, in den Handflächen. »Sie verlangten tatsächlich, daß der Junge ... er war da ja schon tot ... daß er ... auf unserem Friedhof

beigesetzt wird. In aller Stille versteht sich. Bei Nacht. Ich bin auf ihre Forderung eingegangen und habe ihn hier beisetzen lassen«, fügte er sehr leise hinzu und schneuzte sich erneut.

»Höllerich, hier, auf dem Friedhof?!« fragte Brackmann wie vom Schlag gerührt. »Du meine Güte, warum haben Sie das zugelassen? Warum haben Sie der Forderung nachgegeben?«

»Es gibt Gründe, die sehr persönlich sind. Ich werde nicht auch noch *mein* Leben vor Ihnen ausbreiten.«

»Bitte, dann lasse ich das Grab öffnen und die Leiche exhumieren, und dann sieht es schlecht für Sie aus.«

Engler winkte unwirsch ab und sagte ärgerlich: »Ach kommen Sie, Brackmann, Sie wissen doch gar nicht, wo er begraben liegt! Wir haben an die tausend Gräber auf dem Friedhof, von denen das älteste dreihundertfünfzig Jahre alt ist! Wollen Sie die vielleicht alle öffnen lassen? Vergessen Sie's!«

»Soll das etwa heißen, daß Höllerich in ein – belegtes – Grab gelegt wurde?«, fragte Brackmann fassungslos und schüttelte ungläubig den Kopf.

»Natürlich, was denken Sie denn! Es mußte unauffällig geschehen, wie ich schon sagte. Es war eine sogenannte Nacht-und-Nebel-Aktion.«

»Engler, womit haben die Vandenbergs Sie in der Hand?«

»Verdammt noch mal, reicht Ihnen nicht, was ich gesagt habe?! Muß ich auch noch für meine Fehler Rechenschaft vor Ihnen ablegen?!!«

»Ich möchte in einer anständigen Stadt leben, und ich glaube, Sie möchten das auch. Warum sagen Sie's mir nicht? Haben Sie Angst vor mir oder den Vandenbergs oder schämen Sie sich?«

»Vielleicht von allem etwas«, erwiderte Engler schulterzuckend. »Ich weiß, es sieht schlecht für mich aus, ich brauche Ihre Vorwürfe nicht! Sie haben gehört, was ich gesagt habe, es muß Ihnen reichen. *Ich* habe einen Fehler gemacht, nicht Sie! Und ich bereue diesen Fehler zutiefst, wenn Ihnen das genügt! Verdammt, Brackmann, es tut mir leid, leid, leid! Zufrieden?«

»Zufrieden? Womit? Daß ich weiß, daß Höllerich hier auf dem Friedhof liegt? Daß Sie von Schuld zerfressen werden? Daß es Ihnen leid tut? Alles das beantwortet mir nicht die Frage, warum der Junge getötet wurde und vor allem, von wem! Darauf brauche ich Antworten! Wie Sie mit Ihrem Gewissen zurechtkommen, ist Ihre Angelegenheit. Vielleicht versuchen Sie's mal mit dem da oben, zu dem Sie doch eigentlich einen guten Draht haben oder zumindest haben sollten, oder?!« bemerkte Brackmann sarkastisch.

Eine kurze Pause entstand; Brackmann zündete sich eine weitere Zigarette an, hielt Engler die Schachtel hin, der winkte ab. »Warum haben Sie es zugelassen? Warum um alles in der Welt haben Sie zugelassen, daß Ihr *heiliger* Grund und Boden dazu mißbraucht wurde, ein Verbrechen zu vertuschen?«

Schweigen.

»Warum? Nennen Sie mir einen Grund, bitte!«

»Die Vandenbergs haben mich in der Hand«, quetschte Engler mühsam durch die Zähne.

»Sie? Die Vandenbergs haben *Sie* in der Hand? Das heißt ja wohl nichts anderes, als daß Sie erpreßbar sind. Seltsam, ein erpreßbarer Priester!« Brackmann hielt inne, schüttelte ungläubig den Kopf. »Ist schon komisch, was hier seit gestern alles so ans Tageslicht kommt. Maria Olsen war erpreßbar, Sie sind es, ich wette, es gibt noch einige mehr, die von den Vandenbergs etwas zu befürchten haben. Aber Sie ...«

»Ja, ich!! Glauben Sie etwa, ein Priester hätte nicht auch irgendwo einen wunden Punkt?! Ich bin nicht Gott, ich bin nur ein Mensch, ein lausiger Mensch, vergessen Sie das nicht!«

»Und womit hat man Sie erpreßt?«

»Das kann und will ich nicht sagen.«

»Wenn es etwas Ungesetzliches ist . . .«

»Brackmann, warum denken Sie immer nur in die eine Richtung? Ungesetzlich war höchstens das mit Höllerich. Mein Problem hat lediglich etwas mit mir ganz persönlich und mit meiner Reputation zu tun. Und die ist das Wichtigste für einen Priester. Ein Priester ohne Reputation ist das gleiche, wie ein Polizist ohne Dienstausweis oder Waffe. Er ist ein Nichts, ein Niemand. Und die Vandenbergs wissen das. Und ich bin außerdem zu alt, um öffentliche Anfeindungen zu ertragen. Ich war auch schon vor sechs Jahren zu alt dafür, mich öffentlichem Spott oder Häme oder was immer auszusetzen.«

»Das ist für mich kein Grund! Das rechtfertigt nicht das Decken oder Vertuschen einer Straftat! Was ist wichtiger, Ihre Reputation oder das Sühnen eines Verbrechens?«

»Schauen Sie, Brackmann«, sagte Engler schwitzend. »Die Vandenbergs haben in den letzten hundert oder hundertfünfzig oder mehr Jahren unendlich viel für Waldstein getan, mehr als Ihr kleiner Verstand sich vorstellen kann. Ohne die Vandenbergs gäbe es kein Waldstein. Sobald sie keine Unterstützung mehr leisten, stirbt der Ort. Wenn Obert nicht mehr ihr Anwalt ist, muß er wegziehen und sich woanders ein Auskommen suchen. Das gleiche gilt für Pickard, der bei ihnen mit einer sechsstelligen Summe in der Kreide steht. Und ich könnte Ihnen mindestens zwei oder drei Dutzend Personen und Familien nennen, die mindestens ebenso abhängig von den Vandenbergs sind – wie ich zum Beispiel. Sie haben großzügige Spenden für die Kirche gegeben . . .«

»Absolutionsspenden?« fragte Brackmann mit beißendem Spott.

»Werden Sie nicht zynisch, Brackmann! Sie sind kein Waldsteiner. Dies hier ist eine eigene kleine Welt, mit eigenen ungeschriebenen Gesetzen. Sie werden nie wirklich hierhergehören. Sie hätten gar nicht erst herkommen dürfen. Hier hat sich nicht viel verändert während der letzten hundert oder zweihundert Jahre. Sicher, es gibt Autos und modernen technischen Schnickschnack, aber die Menschen, sie sind freundlich, wenn auch auf eine besondere Weise immer noch verschlossen und eigenbrötlerisch. Sie sind eben anders. Aber ich kenne sie, ich kenne fast alle. Fragen Sie die Älteren, ob sie jemals wegziehen würden, und Sie werden ein klares Nein als Antwort bekommen! Die Jungen vielleicht aber ... Stellen Sie sich ruhig gegen die Stadt. Sie werden schon sehen, was Sie davon haben!«

»Sie bringen mich in Schwierigkeiten. Was soll ich tun?«

»Ihre Schwierigkeiten sind nicht meine. Sie wollten die Wahrheit von mir wissen, und ich habe sie Ihnen gesagt. Und was Sie tun sollen ... kein Kommentar. Es kann alles falsch sein.«

»Wer weiß noch von Höllerich, außer Maria Olsen? Reuter? Obert? Pickard? Toni? Wer?«

»Bingo, der Kandidat hat neunundneunzig Punkte! Sie sollten Quizkandidat werden, Brackmann. Reuter, Pickard, Obert, ja. Es fehlen noch ein paar. Toni gehört übrigens nicht dazu.«

»Und wer? Ich meine, was macht es denn schon noch, wenn Sie mir die Namen nennen?«

»Phillips, Merkel, Büchner, Charlie. Und natürlich Ihr Vorgänger. Alle wußten davon. Weil alle auf die eine oder andere Weise erpreßbar sind oder waren, bis auf Charlie, der für Geld sowieso alles tun würde. Und die Vandenbergs konnten absolut sicher sein, daß keiner quatschen würde, das garantiere ich Ihnen, denn ich bin auch über so manches Geheimnis dieser Leute informiert. Sie brauchten sich nicht

einmal vor Maria Olsen zu fürchten, sie wußten ja von ihrer Schwangerschaft, und was das für die Ärmste bedeuten konnte. Die gute Maria, sie hatte wirklich ein schlechtes Gewissen. Und sie wußte nicht, daß außer ihr noch so einige eingeweiht waren ... Am Sonntag, als Maria Olsen zu mir kam, sagte mir eine innere Stimme, daß bald eine Bombe explodieren würde. Ich weiß nicht, ob Sie das kennen, aber es gibt eine innere Stimme, die zu einem spricht, man muß nur zuhören können. Nur, idiotisch wie ich bin, ignorierte ich sie und hoffte, Maria Olsen würde noch mindestens zwanzig Jahre leben, und wer weiß schon, was in zwanzig Jahren sein wird! Wer konnte schon voraussehen, daß ihr nur noch zwei Tage vergönnt waren?!« Er faltete die Hände, sah Brackmann mit gerunzelter Stirn an. »Und dann kamen Sie und haben mich total überrumpelt, und ich konnte gar nicht anders, als Ihnen den Brief zu geben.«
Brackmann stand auf, ging zum Altar, die Hände hinter dem Rücken gefaltet, betrachtete erst das Kruzifix an der Wand, schloß dann für einen Moment die Augen und sagte: »Ich hätte nie für möglich gehalten, in einem solchen Sumpf aus Scheiße zu ertrinken! In Frankfurt war das etwas anderes, da wurde mit offenen Waffen gekämpft, da erschlagen sich irgendwelche Typen gegenseitig auf der Straße, oder die Junkies setzen sich in irgendeinem Hauseingang oder an den Rolltreppen zum Hauptbahnhof einen Schuß, die Huren laufen auf der Straße herum ... Aber das hier, das grenzt schon fast an Teufelei. Eine Familie, eine einzige, stinkende Familie hat einen ganzen Ort in ihrer Gewalt!« Er lachte gequält auf, drehte sich um, sah Engler an, stieß sarkastisch hervor: »Die Vandenbergs wissen alles von jedem – woher? Werden hier vielleicht alle überwacht? George Orwell läßt grüßen!« Brackmann holte tief Luft, stieß sie langgezogen wieder aus. »Wenn Alexander Hölle-

rich auf dem Friedhof begraben liegt, wie kam Maria Olsen dann auf die Sache mit dem Steinbruch?«

»Es war eine bloße Vermutung von ihr, da nur wenige Tage später der Steinbruch aus ihr wenig plausiblen Gründen geschlossen wurde. In Wirklichkeit hatte sie keine Ahnung, was mit Höllerichs Leichnam geschehen ist.«

»Und warum dann die Geschichte mit dem Teppich und der darin eingerollten Leiche?«

Engler zuckte gequält lächelnd die Schultern. »Eine kleine Notlüge.«

»Scheiße, Herr Pfarrer! Aber gut, kommen wir zu Ihnen zurück – was haben die Vandenbergs gegen Sie in der Hand?«

»Das könnte Ihnen so passen!«

»Ich will die Hintergründe kennen, und zwar alle!« fuhr Brackmann ihn laut an, es hallte von den Wänden wider.

»Sie sind unfair und ungerecht!« schrie Engler zurück. »Habe ich Ihnen nicht schon genug geholfen?!«

»Ich will einen Mord aufklären!«

Eine Pause trat ein. Dann hob Engler den Kopf und sah Brackmann an. »Sie werden Stillschweigen bewahren?«

»Mein Gott, für was oder für wen halten Sie mich eigentlich? Für einen miesen kleinen Denunzianten?! Ich sage Ihnen, ich kann der verschwiegenste Mann in Waldstein sein – vorausgesetzt, Sie lügen mich nicht wieder an.«

»Dann verlasse ich mich auf Ihre Verschwiegenheit. Ich verlange von ihnen absolute Diskretion! Wenn nur eine Menschenseele von dem erfährt, was ich Ihnen jetzt sage ...«

»Also?« hakte Brackmann kühl nach.

Engler ließ sich mit der Antwort Zeit. Er zögerte, quetschte schließlich gequält durch seine blassen Lippen: »Ich fühle mich nicht zu Frauen hingezogen.«

»Na und, Sie sind katholischer Priester und somit nicht ...«

»Sie verstehen nicht, Brackmann! Ich fühle mich nicht nur nicht zu Frauen hingezogen ...« Er hielt inne und senkte den Blick. »Ich bin auf Männer fixiert. Ich dachte, ich könnte das Übel loswerden, wenn ich erst Priester würde, aber ...«

»Und? Es ist kein Drama, homosexuell zu sein.«

»Sagen Sie mal, haben Sie eigentlich zugehört, was ich die ganze Zeit versucht habe, Ihnen zu erklären? Ich bin Priester, ich versauere in einem entsetzlich öden Loch, hier wird getratscht auf Teufel komm raus! Wir leben nicht in Frankfurt oder Hamburg oder San Francisco ... das hier ist Waldstein, das engstirnigste Fleckchen Erde unter Gottes großem, weitem Himmel! In Frankfurt oder Hamburg oder besser noch in San Francisco würde es die Leute einen Teufel scheren, ob sie es mit einem schwulen Priester zu tun haben, im Gegenteil, dort könnte ich mir womöglich noch eine Lobby aufbauen! Aber nicht hier! In dem Moment, wo zum Beispiel eine Esther Pickard oder eine Fleischer oder eine Merkel von meiner geschlechtlichen Verirrung erfahren, werden sie mich teeren und federn und zur Stadt hinausjagen! Das sind die Gesetze hier!« Pause, er faltete die Hände, blickte Brackmann geradeheraus an. »Aber wissen Sie was, ich mag die Leute trotzdem, ich mag sie, weil ich in all den Jahren ihre großen und kleinen Eigenheiten kennengelernt habe. Und weil ich sie kenne, in all ihrer Kleingläubigkeit, wie so viele von ihnen in ihrem Aberglauben verstrickt sind, weil ich weiß, was für ein kleines, scheinheiliges und doch auf eine gewisse Weise liebenswertes Völkchen hier lebt, könnte ich ihnen ihre Haltung mir gegenüber nicht einmal verübeln.« Er lächelte auf einmal, hielt inne, stand auf, stellte sich mit dem Gesicht zur Wand, direkt unter das Kruzifix.

»Ob Sie es glauben oder nicht, Brackmann, ich war überzeugt, meine Neigung geheimhalten zu können bis zu meinem Tod. Ich habe die Sechzig überschritten, die fleischliche Lust hört allmählich auf mich zu quälen, und ich erhoffte mir inneren Frieden ... Aber vielleicht kann man eher etwas vor Gott geheimhalten als vor den Vandenbergs. Sie wußten es schon lange. Sie wissen alles, wenn sie alles wissen wollen! Weiß der Geier, wie sie es erfahren haben und von wem! Brackmann, die Vandenbergs kennen die intimsten Details von jedem hier, davon bin ich jedenfalls seit damals überzeugt.« Er drehte sich wieder um. »Wie bei Reuter; soll ich Ihnen sagen, was mit ihm ist?« Engler hob entschuldigend beide Hände, fuhr grinsend fort: »O ja, ich weiß, erst schweige ich wie ein Grab und dann fange ich an, wie ein Waschweib zu tratschen! Was soll's, ich sage Ihnen, was mit Reuter ist; er hat seinen Beruf mißbraucht. Es gibt einige Damen im Ort, die schwanger wurden, es aber nicht sein wollten. Reuter war die erste und auch einzige Adresse dafür, und das noch zu Zeiten, als Abtreibung unter schwere Strafe gestellt war. Selbst aus Hof, sogar von noch weiter her sind die werten Damen angereist. Mir ist sogar eine Dame der Familie Vandenberg bekannt, die zu ihm gegangen ist. Jetzt wissen Sie, worauf Reuters hervorragender Ruf begründet ist. Bestimmt nicht auf seinen außergewöhnlichen medizinischen Kenntnissen. Außerdem hat er Medikamente verschrieben, die er niemals hätte verschreiben dürfen, zumindest nicht bestimmten Personen. Kommen wir zu Obert; er ist bis zu einem gewissen Grad ein integrer Mann, zumindest was seine Familie anbetrifft. Im Beruf ist er ein anderer Mensch. Aber Rechtsanwälte bewegen sich ja immer auf dem schmalen Grat zwischen Recht und Unrecht, mit einem Bein stehen sie ständig im Gefängnis. Obert hat alles, aber auch alles notariell abgesegnet, was die Vandenbergs abgesegnet haben wollten, selbst wenn es sich dabei um höchst dubiose Geschäfte oder Verträge handelte. Und warum das alles, werden Sie fragen?

Weil Obert wahrscheinlich nirgendwo anders ein Bein mehr auf den Boden bekommen würde, würde er sich denn entschließen, zu gehen. Dafür würden die Vandenbergs schon sorgen. Merkel steht in ihrer Schuld, weil er vor Jahren, als er schwer erkrankt war, nicht die Mittel besaß, die Krankenhausrechnungen zu begleichen, und die Vandenbergs ihm aus der Patsche geholfen haben. Merkel ist, als Unternehmer, privatversichert, hat aber damals wegen geschäftlicher Probleme drei Monate hintereinander seine Beiträge nicht entrichtet. Reicht Ihnen das?«
»Charlie?«
»Charlie ist nur ein Handlanger. Ein einfacher, aber williger Arbeiter. Sie zahlen ihm einmal im Monat eine Art Schweigegeld, von dem er recht gut leben kann. Die Vandenbergs tun aber auch das nicht nur aus Gutmütigkeit. Sie wissen, daß sie sich jederzeit an ihn wenden können. Zufrieden, Brackmann?«
»Noch nicht ganz. Sie haben mir jetzt alles über die andern erzählt. Doch wenn Sie deren Geschichte kennen, dann wird es doch umgekehrt genauso sein. Oder?«
Engler lächelte geheimnisvoll, setzte sich auf die Banklehne, zog einen Bleistift aus seiner Hemdtasche und drehte ihn zwischen den Fingern. »Ich bin der Pfarrer, vergessen Sie das nicht. Dreimal in der Woche steht mein Beichtstuhl zur Verfügung. Ich sehe die Büßer nicht, sie sehen mich nicht, weil diese Wand uns trennt. Sie glauben gar nicht, wie diese Anonymität die Leute zum Reden bringt. Und in einem gottesfürchtigen Kaff wie diesem kommen die Leute scharenweise, um ihre Sünden zu bekennen. Sie wissen zwar, wer auf der andern Seite sitzt, doch wenn man es ihnen nur gut genug verkauft, meinen sie, mit Gott persönlich zu sprechen. Sie beichten ihre Verfehlungen, und ich mache ihnen zur Auflage, ein paar Rosenkränze zu beten, ein paar Kerzen aufzustellen, einen sozialen Dienst zu

leisten, den Klingelbeutel etwas reichlicher als gewöhnlich zu füllen. Die Leute tun das, erleichtert es doch ihr Gewissen, und dann verlassen sie die Kirche, befreit von Sünden … und begehen diese Sünden wieder. Und irgendwann kommen sie wieder zu mir, beichten, und alles geht von vorn los. Es ist ein ewiger Kreislauf. Die meisten Menschen hier sind wie Kinder, unbedarft und naiv. Sie zahlen, und ich erteile die Absolution. Sie sehen, ich weiß alles von den andern, weil in ihren Augen nur ich ihnen ihre Sünden vergeben kann. Was natürlich nicht stimmt, denn Gott allein vergibt Sünden, aber Gott sehen sie nicht. So einfach ist das. Ich glaube also nicht, daß auch nur einer weiß, daß ein schwuler Priester auf der andern Seite des Beichtstuhls sitzt … Mit Ausnahme der Vandenbergs, aber die kommen nie zur Beichte. Zufrieden, Brackmann?«

Brackmann holte tief Luft, er fühlte sich hundeelend. Hilflos, kraftlos, und doch hätte er am liebsten mit seinen eigenen Händen die Kirche dem Erdboden gleichgemacht, am liebsten hätte er Engler gepackt und ihn zusammengeschlagen, gleichzeitig aber wurde ihm bewußt, auf welch verlorenem Posten er stand, und daß Engler letztendlich auch nur eine bemitleidenswerte Kreatur war, eine, die von Waldstein mit Haut und Haaren gefressen worden war.

Da war eine ganze Stadt, die den Vandenbergs, dieser fetten Made, jeden noch so schmutzigen Dienst erwies, ihr den Speichel, der ihr aus dem Maul triefte, gierig aufleckte, selbst in den Arsch dieser fetten Made hätten sie ihre Zunge gesteckt. Eher würden sie sich gegen ihn, Brackmann, stellen, ihn vierteilen oder hängen, als auch nur ein Wort gegen dieses nimmersatte, vollgefressene Ungetüm zu erheben.

»Zufrieden? Sind *Sie* denn zufrieden?« fragte er mit Resignation in der Stimme.

»Um Himmels willen, glauben Sie mir eines, ich war nie zufrieden. Man kann Unrecht eine Weile verdrängen, man kann sich selbst, ja sogar Gott belügen, zumindest glaubt man das zu können. Aber das stimmt nicht, Gott läßt sich nicht belügen, nicht einmal in Gedanken, denn Gott kennt selbst diese. Ich für meinen Teil werde eines Tages meine Schuld abtragen müssen. Nicht hier, an anderer Stelle. Denn Gott läßt sich nicht verspotten. Schon gar nicht von mir. Ich habe einst ein Gelübde abgelegt, das ich gebrochen habe.« Er machte eine Pause, sah Brackmann verzweifelt an. »Vielleicht, aber auch nur vielleicht, wird Gott mir meine geschlechtliche Verirrung vergeben – doch«, er kämpfte mit den Tränen, hatte sich jedoch erstaunlich schnell wieder in der Gewalt, »er wird mir das mit Höllerich nicht vergeben! Er wird mir niemals vergeben, daß ich einen Mord gedeckt habe. Daß ich nicht den Mut aufbrachte, mich zu wehren. Daß ich das Ansehen der Menschen höher einstufte als das Gottes. Und das Schlimme ist, ich werde diesen Fehler niemals wiedergutmachen können.«

»Sie haben Höllerich nicht umgebracht.«

»Sie verstehen nicht, Brackmann! Es gibt göttliche Gesetze, die weit über den weltlichen stehen! Ich hätte eher mein Leben hingeben als mich auf einen solchen Handel einlassen sollen. Ich war zu sehr auf das Ansehen der Menschen bedacht und habe darüber vergessen, daß es viel wichtiger ist, einen guten Stand bei Gott zu haben.«

»Und wenn Sie sich damals geweigert hätten, Höllerich hier auf dem Friedhof ...«

»Dann hätten sie ihn irgendwo anders verscharrt, aber jeder hätte von meiner Neigung erfahren. So wäre es gewesen. Und ich, ich hätte trotzdem nicht über Höllerich sprechen dürfen, Sie wissen ja, das Gelübde ...«

Brackmann stand auf, steckte die Hände in die Hosentaschen. »Okay, Engler, vielleicht verstehe ich Ihre Gefühle tatsächlich nicht. Doch hören Sie jetzt gut zu! Ich habe in wenigen Minuten einen Termin mit Jonas Vandenberg. Er

wird versuchen, alles aus mir herauszukitzeln, was möglich ist. Er wird mich wegen seiner Nichte und Schwägerin ausquetschen. Ich habe die Frauen jedoch in Sicherheit gebracht, sie sind nicht mehr in Waldstein. Ach ja, ich kann doch wohl hoffentlich davon ausgehen, daß Sie den Vandenbergs nichts davon erzählt haben, daß ich die Frauen versteckt hatte?«
Engler schüttelte energisch den Kopf.
»Gut, ich glaube und vertraue Ihnen. Ich werde, trotz aller Angst, die ich zugegebenermaßen habe, den lieben Herrn Vandenberg mit all dem konfrontieren, was Sie mir erzählt haben, allerdings – und das zu Ihrer Beruhigung –, ohne Ihren Namen zu nennen. Jetzt sagen Sie mir, Sie, der Sie die Vandenbergs so gut kennen – wie muß ich mich verhalten?«
»Wie Sie sich verhalten sollen? Ich habe keine Antwort darauf. Ich würde sagen, so vorsichtig wie noch nie in Ihrem Leben! Kein unbedachtes Wort, denn Jonas ist gerissen. Sie kennen seine politischen Ziele. Und diese wird er sich nicht von einem Dorfpolizisten vermasseln lassen. Wenn Sie ihn in die Enge treiben«, Engler sah Brackmann mit festem Blick in die Augen, »wird er zu einer reißenden Bestie. Ich kann Ihnen keinen Tip geben, verlassen Sie sich einfach auf Ihren Instinkt. Und achten Sie auf noch etwas – fügen Sie dieser Stadt durch unbedachte Äußerungen keinen Schaden zu! Wie ich schon sagte, hier herrschen tatsächlich etwas andere Gesetze. Tja, ich schätze, jetzt bleibt mir nicht viel mehr, als Ihnen Glück zu wünschen.«
Brackmann nickte nur gedankenverloren, stand wortlos auf, an der Tür drehte er sich noch einmal um und sagte leise, aber mit allem Zynismus dieser Welt: »Sie brauchen keine Sorge zu haben, Herr Pfarrer, ich werde diese Stadt nicht anrühren. Das hat vorgestern nacht schon eine andere Macht getan.«
Dann verließ er die Kapelle.

41

Die Doggen patrouillierten über den Rasen des Anwesens. Brackmann stoppte den Wagen am Tor, stieg aus, zog die Hose gerade, drückte die Klingel. Die gleiche schnarrende Stimme wie am Vortag. Er wurde bereits erwartet und gebeten, mit dem Wagen bis vors Haus zu fahren. Beide Flügel des Tores öffneten sich lautlos wie von Geisterhand. Brackmann lenkte den Streifenwagen über den unter den Reifen knirschenden Kiesweg bis vor die Veranda.

Auf der obersten Treppenstufe stand ein Butler undefinierbaren Alters und bedeutete Brackmann mit unbewegter Miene, als hätte man ihm angedroht, ihn aufzuhängen, wenn er auch nur den Mund verzog, ihm ins Haus zu folgen. Er wurde in einen Raum geführt, der gleich links neben der Eingangshalle lag. Ein hoher, mit hellen Möbeln eingerichteter Raum, mit einem Schreibtisch schräg zum Fenster, einer weißen Ledergarnitur und einem klobigen Bücherschrank.

Jonas Vandenberg ließ ihn fünf Minuten warten. Brackmann vermutete dahinter eine Taktik, die ihn verunsichern sollte. Jonas trug eine dunkelblaue Sommerhose, ein hellblaues kurzärmeliges Hemd und eine rote Krawatte. Er hatte schwarzes, mit grauen Strähnen durchzogenes Haar und kräftige, sonnengebräunte, dichtbehaarte Arme, am linken Handgelenk trug er eine schlichte, dafür um so teurere Uhr von Patek Philippe. Sein Gesicht war ernst, auch wenn er beim Händedruck lächelte, doch er hatte einen kalten, stechenden Blick; Brackmann fand, er hatte eine frappierende Ähnlichkeit mit Frau Phillips, seiner Schwester. Er war eine Spur kleiner als Brackmann, hatte einen durchtrainierten Körper – das Abbild eines erfolgreichen, zielstrebigen Mannes.

»Guten Morgen, Herr Brackmann. Ich glaube, wir kennen uns noch nicht, oder?« Er setzte sich hinter den Schreibtisch

und bot Brackmann mit einer Handbewegung an, ebenfalls Platz zu nehmen.
»Nein«, sagte Brackmann und nahm Platz, »wir hatten bis jetzt noch nichts miteinander zu tun. Weshalb möchten Sie mich sprechen?«
»Eine sehr persönliche und gleichzeitig delikate Angelegenheit. Ich will ohne Umschweife darauf zu sprechen kommen, denn ich nehme an, Ihre Zeit ist momentan sehr kostbar, genau wie meine übrigens.« Er lehnte sich zurück, die Arme auf dem Ledersessel, kniff die Lippen zusammen, dann lächelte er wieder. »Darf ich Ihnen etwas zu trinken anbieten?«
»Nein, danke.«
»Gut, kommen wir also zum Wesentlichen. Seit vorgestern nacht, genaugenommen seit diesem unglückseligen Tornado, sind meine Schwägerin Sarah und deren Tochter Josephine sowie meine Nichte Csilla verschwunden. Wir, das heißt meine Familie und ich, machen uns natürlich Sorgen, ob ihnen vielleicht etwas zugestoßen ist, na ja, Sie können sich denken ... Wenn ihnen aber nichts passiert sein sollte, dann würden wir gerne etwas über ihren Verbleib erfahren und vor allem über die Gründe, die sie bewogen haben könnten, einfach wegzugehen. Wir hoffen nur, daß kein Verbrechen dahintersteckt. Schließlich ist meine Familie zu keiner Zeit erpreßbarer gewesen als gerade jetzt, wenn Sie verstehen, was ich meine. Im Augenblick dürfen wir keine Möglichkeit außer acht lassen. Ich wollte Sie nun fragen, ob ...«
»... ob ich weiß, wo ...«
»Genau. Aber ich habe ja auch schon mit Ihrem Kollegen gesprochen, und der hat Sie ja, wie ich sehe, informiert –«
»– daß Sie von mir wissen möchten, wo Ihre Nichte und Ihre Schwägerin sich aufhalten, richtig?« unterbrach ihn Brackmann.

»Wenn Sie etwas wissen, dann sagen Sie's bitte. Wir sind in größter Sorge.«
»Kann ich verstehen, doch hat sich bis jetzt schon ein Entführer gemeldet, oder haben die Damen vielleicht angerufen?«
»Quatsch! Warum sollten sie anrufen? Und ein Entführer hat sich auch nicht gemeldet! Wenn Sie etwas wissen, dann sagen Sie's, wenn nicht, dann hat sich unser Gespräch erledigt.«
Brackmanns Angst hatte sich gelegt, er fühlte sich sogar sicher. Er glaubte Engler, daß er den Mund gehalten hatte. Er hätte jetzt aufstehen und das Haus verlassen können, und wahrscheinlich hätten die Vandenbergs nie etwas über den Aufenthaltsort der Frauen in Erfahrung gebracht, und er hätte seine Ruhe gehabt, hätte sich nicht vor den Vandenbergs zu fürchten brauchen, aber etwas drängte ihn, zu bleiben und zu sagen: »Ich hatte sie bis gestern bei mir versteckt und dann in Sicherheit gebracht. Wenn Sie so wollen, ich habe sie Ihrem Zugriff entzogen.«
»Augenblick, Augenblick, ich weiß nicht, ob ich Sie richtig verstehe, Brackmann, aber vielleicht geben Sie mir eine Erklärung, damit ich begreife?« Jonas Vandenbergs Augen hatten sich zu Schlitzen verengt; sein Oberkörper schoß ruckartig nach vorn.
»Nun, die beiden Damen haben bei mir um Hilfe nachgesucht, und ich habe sie ihnen gewährt. Als Polizist ist es meine Aufgabe, Verfolgten Schutz zu bieten.«
»Verfolgten? Wieso Verfolgten?! Was zum Teufel soll das bedeuten?!« zischte Jonas erregt. »Was ist eigentlich los? Bin ich hier in einem Irrenhaus? Brackmann, was ist mit Csilla und Sarah? Und wo sind sie?«
»Was mit ihnen ist, können Sie vielleicht am ehesten beantworten. Und über das ›wo‹ kann ich Ihnen keine Auskunft geben. Tut mir leid.«

»Es wird Ihnen erst recht leid tun, wenn ich nicht auf der Stelle etwas über den Verbleib von Csilla und Sarah erfahre! Also, ich warte!«
Brackmann veränderte seine Haltung, indem er die Beine übereinanderschlug, seine Schachtel Rothhändle aus der Hemdtasche zog, sie Jonas Vandenberg hinhielt und aufreizend lässig fragte: »Macht es Ihnen etwas aus, wenn ich rauche?«
Jonas schüttelte den Kopf. Brackmann zündete sich eine Zigarette an, musterte sein Gegenüber durch den ausgeblasenen Rauch hindurch.
»Also gut, Herr Vandenberg, unterhalten wir uns ein wenig über Ihre Nichte und Ihre Schwägerin. Weshalb sind Sie so versessen darauf, die beiden Damen wiederzusehen? Wenn ich die Schilderungen von den beiden Damen richtig verstanden habe, dann hat ihnen das Leben hier nicht sonderlich viel ... Freude ... bereitet. Sie empfanden dieses Haus als eine Art Gefängnis, was für Csilla wohl noch eher zutrifft als für Sarah. Und es gibt offenbar mehrere Gründe, warum dies so war. Warum also wollen Sie sie wiederhaben? Nur um sie weiter einzusperren?«
»Das, Brackmann, geht Sie wohl einen feuchten Dreck an! Aber wenn es Sie interessiert, Csilla ist meine Nichte, das heißt, Victor ist mein Bruder und gleichzeitig ihr Vater, und der möchte seine Tochter gerne wieder im Haus haben! Und Sarah ist die Frau von Martin, und Martin macht sich große Sorgen um sie! Und noch mehr Sorgen um seine Tochter. Genügt Ihnen das als Antwort? Und außerdem kennen Sie nur die Meinung der Frauen. Glauben Sie etwa jedes Wort? Csilla zum Beispiel ist krank. Ich kann Ihnen eine Vielzahl ärztlicher Atteste vorlegen, die ihre psychische Labilität beweisen. Und Sarah, mein Gott, sie hat sicher Probleme in ihrer Ehe, aber ehrlich«, sagte er grinsend, »welche Ehe ist schon vollkommen? Wo sind sie also?«

»Vielleicht können wir uns über Csilla und Sarah unterhalten, nachdem Sie mir ein paar Fragen zu ein paar Dingen beantwortet haben, die mir noch unklar sind.«
Es klopfte an die Tür, ein junger Mann trat ein, ohne eine Aufforderung abgewartet zu haben. Jonas Vandenberg machte eine ungehaltene Handbewegung, bellte: »Jetzt nicht«, worauf der Mann wortlos verschwand. »Was für Unklarheiten?«
»Nun, mir sind ein paar unerfreuliche – nennen wir es Mitteilungen – zugespielt worden. Herr Vandenberg, ich will Sie nicht lange aufhalten, denn ich weiß, auch Ihre Zeit ist sehr begrenzt, vor allem für einen Mann, der sicher schon bald ein sehr bedeutendes Amt innehaben wird ...«
»Blablabla, sparen Sie sich dieses Geschwafel und rücken Sie schon raus damit, was wollen Sie?«
»Wenn Sie meine Fragen beantworten, bin ich gleich wieder verschwunden ...«
»Also, schießen Sie los, auch wenn ich bezweifle, daß ich Ihnen weiterhelfen kann«, sagte Jonas geschäftsmäßig kühl, lehnte sich wieder zurück, seine Haltung entspannte sich.
»Sie kennen Maria Olsen?«
»Flüchtig!« sagte er gelangweilt. »Ich habe lediglich vernommen, daß sie tot sein soll.«
»Das stimmt. Ich gehe einmal davon aus, daß Sie Maria Olsen näher als nur flüchtig kannten. Habe ich recht?«
»Es gibt eine Handvoll Personen in Waldstein, die ich näher kenne. Aber was hat das mit Csilla und Sarah zu tun?«
»Wie gut kannten Sie Maria Olsen?«
»Zum Teufel, Brackmann, das geht Sie nichts an!« Jonas atmete tief ein, dann stieß er die Luft wutschnaubend wieder aus. Er schnellte nach vorn, funkelte Brackmann giftig an, mit der rechten Hand trommelte er rhythmisch monoton auf das Holz. »Brackmann, ich weiß nicht, was für

ein Spiel das ist. Aber passen Sie auf, daß es nicht ein Spiel mit dem Feuer wird. Sie würden sich sonst gewaltig die Finger verbrennen!«

Nach außen hin unberührt von der Drohung, innerlich jedoch aufs äußerste angespannt und wachsam, fuhr Brackmann fort: »Bevor Maria Olsen starb, hat sie einen Brief verfaßt, den sie an mich adressierte. Können Sie sich ungefähr vorstellen, was in diesem Brief steht?«

»Bin ich hier vielleicht in einer Quizshow? Woher soll ich das denn wissen?! Alte Frauen schreiben oft Briefe, weil sie in ihrer Einsamkeit nichts Besseres mit ihrer Zeit anzufangen wissen. Sinnloses, wertloses Zeugs!«

»Nun, Herr Vandenberg, so sinnlos und wertlos war der Inhalt dieses Briefes nicht. Und vielleicht lassen Sie Ihre Erinnerung sechs Jahre zurückgehen. Frau Olsen hat das nämlich getan.«

Jonas Vandenberg legte die Finger aneinander, führte die Spitzen an die Nase, sah Brackmann an. Kalt und berechnend. Dabei lächelte er abschätzend, und Brackmann war sicher, daß hinter der hohen Stirn eine Menge Räder in Bewegung geraten waren.

»Zeigen Sie mir den Brief.«

»Heißt das, Sie wissen ...«

»Um Himmels willen, Brackmann, was sind Sie denn für ein Polizist?! Sie ziehen Schlüsse, für die es keine Voraussetzungen gibt! Zeigen Sie mir den Brief, damit ich mich von dessen Inhalt überzeugen kann! Und dann reden wir weiter!«

»Herr Vandenberg, Sie nehmen doch nicht an, daß ich in die Höhle des Löwen gehe und alles, was den Löwen belastet, mitbringe!«

»Höhle des Löwen, ist ja toll, wie sich das anhört!« sagte er lachend. »Aber um ernst zu bleiben, inwiefern belastet mich dieser ominöse Brief?«

»Was sagt Ihnen der Name Alexander Höllerich?«
»Höllerich! Brackmann, kommen Sie, was wollen Sie mit dem kleinen Scheißer? Diese Kreatur interessiert mich nicht!«
Brackmann wurde, und das war ihm selbst unerklärlich, von einer Sekunde zur anderen vollkommen ruhig. Er blieb unbeeindruckt von Vandenbergs Worten, seiner Haltung, seiner Gestik; er sagte: »Da war Frau Olsen aber völlig anderer Meinung. Sie erklärt, daß Sie ganz scharf auf den jungen Mann waren, sie geht sogar so weit, zu behaupten, daß Sie ihn umgebracht haben, oder zumindest etwas mit seinem Tod zu tun haben.«
Jonas Vandenberg schwieg erst einmal, erhob sich langsam, ohne Brackmann dabei aus den Augen zu lassen, begab sich an den wuchtigen Eichenschrank, öffnete eine Klappe, wohinter sich eine ganze Batterie hochprozentiger Getränke befand. Er nahm eine Flasche heraus, schenkte sich ein. Schraubte in aller Ruhe die Flasche wieder zu, stellte sie zurück in den Schrank. Dann wandte er sich wieder Brackmann zu und deutete mit dem Zeigefinger der Hand, die das Glas hielt, auf ihn, sprach ruhig und langsam, es klang gefährlich: »Hören Sie zu, Brackmann, es gibt eine Grenze, bis zu der ein Mensch bei mir gehen darf. Sie sind gerade dabei, diese Grenze zu überschreiten. Einen Schritt weiter, und Sie werden sehr, sehr tief fallen, denn hinter dieser Grenze ist ein verdammt tiefer Abgrund. Sie werden in Millionen Teile zerplatzen und ihre Eingeweide von den Geiern aufgefressen. Mein Wort drauf.« Er trank sein Glas leer, füllte nach. Mit der Zunge fuhr er sich über die Lippen, ein dämonisches Lächeln. Er stellte sich mit dem Rücken zu Brackmann ans Fenster. »Mir ist scheißegal, was für Schauermärchen eine alte, vertrocknete Jungfer erzählt, aber eines sage ich Ihnen, was immer wann immer mit diesem Höllerich geschehen

ist, weder ich noch irgendwer sonst in diesem Haus hat irgend etwas damit zu tun!«

»Und wie kommt Frau Olsen dann darauf?«

»Ich sagte doch, das Geschreibsel einer überspannten alten Frau, an der die Einsamkeit genagt hat. Scheinbar ist seit dem Tod ihres Mannes ihr Hirn ... und wohl nicht nur das, ganz langsam, aber sicher ausgetrocknet.«

»Mag sein. Nur hat mir noch jemand eine Information zu Höllerich gegeben. Und diese ist seltsamerweise vollkommen identisch mit der von Frau Olsen. Was sagen Sie dazu?«

»Wer?« Jonas drehte sich abrupt um, die Augen zu Schlitzen verengt.

»Ich fürchte, mit Namen kann ich nicht dienen.«

»Es wäre ein leichtes für mich, den Namen herauszufinden. Aber warum sollte ich? Alle Anschuldigungen sind aus der Luft gegriffen. Sind Sie etwa nur hier, um meiner Familie und mir eins auszuwischen?«

»Herr Vandenberg, warum sollte ich? Und außerdem, Sie würden den Namen meines anderen Informanten nicht herausfinden ...«

»Machen Sie weiter.«

»Ich verstehe natürlich Ihre Erregung. Doch als Polizist bin ich quasi gezwungen, Anschuldigungen nachzugehen ...«

»Und dazu ist Ihnen jedes noch so schmutzige Mittel recht ...«

»Nein, Herr Vandenberg, ganz sicher nicht! Ich habe auch überhaupt keine Veranlassung, so zu denken und zu handeln, denn ich hatte, solange ich in Waldstein bin, noch nie etwas mit Ihnen zu tun, weder positiv noch negativ. Ich habe keine Vorurteile gegen Sie. Ich will nur wissen, wie gut Sie diesen Höllerich kennen oder kannten.«

»Auch einen?« fragte Jonas, während er wieder zur Bar ging und sich das Glas erneut halb voll schenkte.

»Nein, danke, nicht am Vormittag.«
Jonas Vandenberg blieb mit dem Glas etwa drei Meter von Brackmann entfernt stehen. »Also gut, Brackmann, bringen wir's zu Ende. Was genau wollen Sie wissen?«
»Wo ist Höllerich?«
»Woher soll ich das wissen?! Es ist Jahre her, seit ich ihn das letzte Mal gesehen habe. Er ist verschwunden. Er ist gekommen und wieder gegangen! Einfach so, peng, weg war er. Ich weiß nicht, woher die alte Frau ihre Informationen hatte, aber sie spinnt. Ich sagte doch schon, alte Frauen schreiben oft wirres Zeugs.«
»Ich müßte Ihnen sicherlich glauben, wenn ich nicht auch mit Sarah und Csilla gesprochen hätte.«
Vandenberg lachte auf, zeigte dabei ein paar weiße gerade Zähne. »Sarah und Csilla? Sie wollen doch wohl nicht auf das Gefasel einer geisteskranken Alkoholikerin und einer frustrierten Ehefrau hören?! Mein Gott, Csilla ist krank, sie ist so schwer krank, daß sie eigentlich niemals mehr dieses Haus verlassen dürfte! Sie hätte schon längst in eine geschlossene Anstalt gehört, wie Ihnen unsere Ärzte nur allzu leicht bestätigen können. Wir haben es aber vorgezogen, sie hier im Haus zu versorgen, sie nicht der Geborgenheit der Familie zu entreißen, wenn Sie verstehen, was ich meine. Krankenhäuser, psychiatrische Anstalten, na, das ist doch wie Gefängnis. Man würde sie dort unter irgendwelche dubiosen Drogen setzen, ihren Willen brechen. Aber das ist nicht das, was wir uns vorstellen. Vielleicht wird sie ja eines Tages wieder die gute alte Csilla, die wir von früher kennen, wer weiß? Wissen Sie, die Vandenbergs sind ein starker Familienverband, wir haben seit jeher wie Pech und Schwefel zusammengehalten. Nur dadurch konnten wir es so weit bringen. Und Sarah, ich weiß nicht, was sie Ihnen erzählt hat, aber sie hat, soweit ich weiß, Höllerich nie zu Gesicht bekommen. Also können

Sie von ihr keine glaubhaften Informationen haben. Was noch?«

»Frau Olsen hat außerdem geschrieben, daß Höllerich im Steinbruch begraben liegt. Anfangs habe ich das auch geglaubt, mittlerweile bin ich eines Besseren belehrt worden. Es heißt, Höllerich wurde auf dem Friedhof verscharrt, in einem der tausend Gräber.«

Vandenbergs Gesicht verwandelte sich mit einem Schlag in eine starre Maske. Brackmann hatte ins Schwarze getroffen, er meinte, bei Jonas ein leichtes Zittern der Hände und der Mundwinkel auszumachen.

Jonas Vandenberg sagte: »Na und, schauen Sie nach, ob's stimmt! Lassen Sie tausend Gräber öffnen und forschen Sie nach. Vielleicht liegt ja tatsächlich in einem davon eine Leiche zuviel. Man kann nie wissen! Aber Brackmann, soll ich Ihnen sagen, was für einen Eindruck ich von Ihnen habe? Ich glaube, Sie sind hier, weil sich Ihnen die Eintönigkeit und Langeweile von Waldstein aufs Hirn geschlagen haben. Oder, was auch eine Erklärung wäre, Sie wollen mich erpressen. Hab ich recht?«

»Herr Vandenberg, ich bin Polizist und kein Krimineller! Warum sollte ich Sie erpressen wollen? Außerdem, könnte ich Sie denn erpressen?«

Vandenberg grinste wieder, setzte sich, schlug die Beine übereinander. »Sie sind cleverer, als ich gedacht habe ...«

»Herr Vandenberg, machen wir's einfach, ich stelle ein paar Fragen, und Sie geben mir die Antworten – oder auch nicht. Ich will wissen, ob Höllerich noch lebt, wo er lebt oder ob die Angaben von Frau Olsen richtig sind. Und ich wäre Ihnen zutiefst dankbar, wenn Sie mich bei der Klärung dieses mysteriösen Falles unterstützen könnten.«

»Was wollen Sie tun, wenn Sie alle Informationen haben?«

»Das weiß ich noch nicht. Es liegt vielleicht auch bei Ihnen.«

Jonas Vandenberg schüttete den letzten Rest Whisky in sich hinein, stellte das Glas auf den Tisch. »Brackmann, ich habe jetzt nicht die Zeit und die Ruhe, das auszudiskutieren. Ich mache Ihnen deshalb einen Vorschlag. Kommen Sie heute abend um acht wieder, dann unterhalten wir uns weiter. Dann werden auch meine Brüder Martin und Victor da sein. Ich bin sicher, wir werden eine Lösung finden.«
»Heißt das, ich soll jetzt gehen?«
»Natürlich, wenn Sie nicht noch etwas Außergewöhnliches auf dem Herzen haben? Ach, da fällt mir noch was ein – ist in Ihrer Zelle gestern nachmittag nicht mein Neffe Nathanael Phillips auf tragische Weise ums Leben gekommen? Vielleicht sollten wir uns auch darüber einmal heute abend unterhalten!«
Vandenberg grinste Brackmann an. Der war aufgestanden, Jonas Vandenberg registrierte mit Genugtuung die Wirkung seiner Worte, die Blässe, die Brackmanns Gesicht überzog.

42

Sobald Brackmann außer Sichtweite des Vandenberg-Anwesens war, aber noch vor dem Ort, hielt er auf der beiderseits von Platanen gesäumten Allee an und stieg aus. Er zündete sich eine Zigarette an. Das Gespräch war schnell vorüber gewesen, kaum zehn Minuten hatte es gedauert. Was hatte der Fuchs Jonas vor? Was brütete er aus? Warum bestellte er ihn für den Abend noch einmal? Mit wem besprach er sich jetzt? Nur mit seinen Brüdern? Und was sollte die Anspielung auf Nathanael?
Er stand auf einer leichten Anhöhe und blickte in Richtung Westen, wo die sanften Erhebungen des Frankenwaldes sich silhouettenhaft aus dem Dunst schälten. Das in gleißendheißes, und, wie es im Moment schien, lebensfeindliches

Licht getauchte Land besaß für ihn auf einmal einen unerklärlichen Reiz, eine beinahe faszinierende Anziehungskraft. Vielleicht würde er dieses Land sogar eines Tages lieben. Wenn ihm denn überhaupt noch genügend Zeit dazu verblieb.
Bei Jonas Vandenberg war er ruhig und überlegt gewesen, eine Erklärung dafür hatte er nicht. Möglicherweise spielte der Zorn eine Rolle, möglicherweise lag es aber auch nur an den Tabletten. Doch jetzt begann sich die Anspannung der vergangenen Minuten zu lösen, sein Magen schmerzte, in regelmäßigen Abständen zuckten Nadelstiche durch den Hinterkopf, eine leichte Übelkeit breitete sich aus.
Er ließ die Zigarette fallen, trat sie aus, atmete noch einmal tief durch und entschloß sich, Engler einen weiteren Besuch abzustatten.

Er ging durch die tagsüber nie abgeschlossene Tür, durchschritt die Kapelle, wandte sich dann nach links, durchquerte einen engen kurzen Flur und öffnete, ohne anzuklopfen die Tür zu Englers Büro. Engler saß hinter seinem Schreibtisch und machte sich Notizen auf einem Blatt Papier, die abgegriffene, so oft benutzte Heilige Schrift lag aufgeschlagen daneben. Engler blickte kurz auf, er schien nicht einmal erstaunt über Brackmanns unerwartetes Eintreten.
»Kann ich kurz noch einmal mit Ihnen sprechen?« bat Brackmann.
»Bitte schön, jederzeit. Lassen Sie mich nur noch den Satz zu Ende bringen.« Er deutete mit einem Nicken auf den Sessel. Kurz darauf legte er den Stift beiseite und faltete die Hände über dem Bauch.
»Sie kommen von Jonas Vandenberg?«
»Ja, und deswegen bin ich hier.«
»Und, hatten Sie Erfolg?«
Brackmann seufzte auf. »Ich weiß nicht, was Sie unter

Erfolg verstehen. Ich soll heute abend wiederkommen. Ich habe offen gestanden ein mulmiges Gefühl, wenn ich an heute abend denke.«

»Er hat Sie für heute abend bestellt?« sagte Engler nachdenklich und fuhr sich mit einer Hand übers Kinn. »Hm, das bedeutet nichts Gutes, das bedeutet wahrhaft nichts Gutes.«

»Sie werden mich nicht gleich umbringen. So etwas kann sich auch ein Vandenberg nicht leisten. Mich kennt schließlich jeder.«

»Die können sich sogar noch mehr leisten. Ich an Ihrer Stelle würde nicht hingehen. Aber ich schätze, Sie lassen sich von mir keinen Rat geben! Warum rufen Sie nicht an und vereinbaren einen Termin in Ihrem Büro? Und lassen Sie Schmidt dabeisein oder irgendeine andere Person Ihres Vertrauens. Aber gehen Sie nicht allein dorthin. Er will nur Zeit schinden. Hören Sie, ich habe einen Fehler gemacht, und ich will unter gar keinen Umständen, daß Ihnen etwas passiert.«

»Ihre Anteilnahme ehrt mich. Aber ich habe einen Kampf begonnen, und ich werde ihn zu Ende führen. Und das gleiche werden Sie auch tun. Es ist trotzdem nett, daß Sie sich um mich sorgen.«

»Sie reden wie ein Priester, Brackmann. Dabei habe ich Sie noch nie in der Kirche gesehen.«

»Man muß nicht unbedingt zur Kirche gehen, um ein guter Mensch zu sein. Und nicht jeder, der zur Kirche geht, ist ein guter Mensch.«

»Wenn das eine Anspielung sein soll, bitte schön! Sie mögen sogar recht haben. Denn es wird ab sofort viele geben, die nicht mehr zur Kirche kommen. Weil sie den Glauben an Gott verloren haben, ein Glaube, der vielleicht nie richtig vorhanden war. Wissen Sie, bei den meisten ist das mit dem Glauben so eine Sache. In sich drin spüren

viele, daß es etwas gibt, das größer, mächtiger, geheimnisvoller und besser ist als alles, was die Welt zu bieten hat. Aber die wenigsten versuchen, diese Größe, diese Macht, dieses Gute in ihr Leben einzubeziehen oder dieses Geheimnisvolle zu ergründen. Ich dachte selbst einmal, ich hätte Gott in mein Leben integriert. Ich war tatsächlich überzeugt, das Mysterium Gott entschlüsselt zu haben. Ich wünschte, ich könnte Gott gefallen. Doch im Prinzip bin ich nicht anders als all die anderen Heuchler. Frau Merkel hat kürzlich gesagt, wir seien alle Heuchler. Sie hat recht.«
Engler blickte zur Wand. Brackmann war aufgestanden und legte ihm eine Hand auf die Schulter. »Wünschen Sie mir Glück für heute abend.«
»Ach ja, Brackmann, noch was. Wenn es in Ihrem Leben auch nur eine Schwachstelle gibt, dann können Sie sicher sein, daß die Vandenbergs diese längst kennen. Ich wünsche für Sie, daß es keine gibt. Sonst werden Sie möglicherweise schon bald zu all den anderen gehören.«
Brackmann erwiderte nichts darauf. Daran hatte er noch nicht gedacht, aber jetzt, wo Engler es aussprach …

Am Mittag waren die gröbsten Aufräumungsarbeiten beendet, fast alle Wege von Schutt und Gebäudeteilen geräumt. Jetzt konnte, wie schon vereinzelt am Tag zuvor, mit dem Bau neuer Häuser, dem Ausbessern von Schäden, dem Reparieren und Decken von Dächern, dem Errichten von Zäunen begonnen werden. In den Nachrichten war der Tornado nicht mehr das alles beherrschende Thema, Waldstein nahm allmählich wieder seinen Platz in den nichtssagenden, geschichts- und gesichtslosen Orten ein. Der einzige Unterschied zu bisher bestand vielleicht darin, in Zukunft in den Statistiken der Wetterämter geführt zu werden, unter der Rubrik »Große Naturkatastrophen«.

Engler machte sich, nachdem Brackmann ihm von seinem kurzen Besuch bei den Vandenbergs berichtet hatte, gegen Mittag auf den Weg in den Ort. Er wollte sich nicht verstecken, er wollte zeigen, daß er für die Leute da war und daß sich jeder jederzeit an ihn wenden konnte. Er fand viele, die über Nacht obdachlos und mittellos geworden waren, die ihr Heim, ihr Hab und Gut oder sogar die ganze Existenz verloren hatten und denen er jetzt mit der großzügigen Spende der Vandenbergs helfend unter die Arme greifen konnte.
Doch seine Angst vor der Trauerfeier blieb. Die Angst vor den Tränen der Hinterbliebenen, vor den Mikrofonen und Kameras der Journalisten, den klagevollen, anklagenden Blicken Überlebender. Dafür die richtigen Worte zu finden, war eine Aufgabe, die alles, was Engler bisher als Pfarrer getan hatte, weit in den Schatten stellte. Er sah im Geiste das Bild der langen Reihen von Särgen vor sich, die unzähligen Menschen aus allen Teilen des Landes, die Reporter, die, getrieben von geiler Sensationsgier, angereist waren, damit ganz Deutschland, vielleicht sogar die ganze Welt von dem Drama erfuhr, das sich in Waldstein abgespielt hatte und das seinen vorläufigen Schlußpunkt am Tag der großen Trauerfeier erleben würde.
Engler schauderte bei diesen Gedanken. Am liebsten hätte er die Trauerfeier in aller Stille im Kreis der Betroffenen abgehalten. Nein, am liebsten wäre er jetzt weit weg. Am liebsten wäre er kein Priester. Aber seine Wünsche waren hier nicht gefragt; und der Gedanke daran, Nathanael Phillips am Tag nach der Massentrauerfeier beisetzen zu müssen, drückte ihn noch mehr nieder.

43 Je weiter die Zeiger der Uhr sich dem zweiten Gesprächstermin näherten, desto ärger wurde Brackmann von Zweifeln und Angst zermürbt. Er hatte noch einmal zwei Tabletten, insgesamt bis jetzt acht an diesem Tag, eingeworfen, um ruhiger zu werden. Doch die Zeiger rückten in gnadenloser Gleichmäßigkeit voran, Brackmann schalt sich einen Narren, eine Konfrontation heraufbeschworen zu haben; wußte er doch und war gewarnt worden, daß der Ausgang des Dramas längst bestimmt war. Er mußte in einem Anfall von Größenwahn gehandelt haben! Er hatte blind und ungeschützt in eine Schlangengrube gegriffen, ohne zu wissen, ob und wie viele Giftschlangen sich darin befanden.

Hatte er vielleicht zu viele Kriminalfilme mit heldenhaften Kleinstadtbullen gesehen, die im Alleingang ganze Räuberhöhlen aushoben, ohne den geringsten Schaden davonzutragen? Oder war er einfach nur verrückt? Er war doch nichts als ein kleiner, unbedeutender Beamter, sein Leben hatte sich bislang in sehr gleichmäßigen Bahnen abgespielt. Er war nie reich gewesen, hatte nie mit den Mächtigen dieser Welt an einem Tisch gesessen, interessierte sich nicht weiter für Politik, lebte ein stilles, zurückgezogenes Leben in einer stillen kleinen Stadt.

Trotz der Tabletten schien sein Körper aus Blei zu bestehen. Er hatte einen Fehler begangen. Und fatalerweise gab es auch kein Zurück mehr. Er hätte auf Engler hören und die ganze Angelegenheit vergessen sollen.

Er holte eine Dose Bier aus dem Kühlschrank, riß mit nervösen Fingern den Verschluß auf, leerte die Dose in einem Zug. Er rülpste, wischte sich mit dem Handrücken über den Mund.

Um kurz vor acht startete er. Er hatte den ganzen Nachmittag gegrübelt, ob er jemanden einweihen sollte, die Kriminalpolizei in Hof, vielleicht sogar das LKA, doch er hatte alle derartigen Überlegungen verworfen, man hätte ihn doch nur ausgelacht, wegen des Briefes einer seltsamen ältlichen Dame ein solches Aufhebens zu machen. Allein bei Nennung des Namens Vandenberg hätte man ihn für verrückt erklärt, diese Familie mit einem Mord in Verbindung zu bringen, ohne schlüssige Beweise vorlegen zu können.

Doch er hatte nun mal nichts in Händen außer dem Brief von Maria und der Aussage von Engler, auf den aber kein Verlaß war; Engler würde, davon war Brackmann überzeugt, einem Druck der Vandenbergs nicht standhalten. Natürlich gab es den Hinweis auf den Friedhof, auf dem Höllerich begraben sein sollte, aber selbst wenn man seine Leiche dort fände, was bedeutet hätte, unter Umständen den gesamten Friedhof umzupflügen, selbst wenn man feststellen sollte, daß er auf unnatürliche Weise zu Tode gekommen war, auch dann war den Vandenbergs noch nichts nachzuweisen, denn konkrete Beweise gab es nicht. Selbst die Aussage von Csilla, Höllerich sei ihr Verlobter gewesen, konnte durch ein ärztliches Attest, mit dem ihr verminderte Zurechnungsfähigkeit bescheinigt wurde, als pure Erfindung abgetan werden. All dies waren Gründe, weshalb er es unterlassen hatte, weitere, höhere Dienststellen einzuschalten.

Er war und blieb auf sich allein gestellt, die einzige Rückendeckung waren Sarah und Csilla, die er am Mittag kurz angerufen hatte, um von seinem Treffen mit Jonas Vandenberg zu berichten. Eine Rückendeckung wie ein riesiges Blatt Papier, das zwischen zwei Pfosten gespannt war und das schon von einem leichten Windstoß in tausend Schnipsel zerfetzt werden konnte.

Er fuhr bis vor das hellerleuchtete Haus. Derselbe Diener wie am Vormittag geleitete ihn mit derselben reglosen Miene stumm in dasselbe Zimmer.

Er wurde bereits erwartet. Jonas Vandenberg war nicht allein, mit im Zimmer standen und saßen seine Brüder Martin und Victor sowie eine alte Frau; Brackmann nahm an, daß es sich um die Hausherrin handelte.
»Guten Abend, Herr Brackmann«, sagte einer der Männer lächelnd und zeigte auf einen Sessel. »Nehmen Sie doch bitte Platz. Ich bin Martin Vandenberg. Meinen Bruder kennen Sie ja bereits, drüben am Fenster sitzt mein anderer Bruder Victor, und die Dame ist die Herrin des Hauses, unsere Mutter.«
Brackmann nickte nur und setzte sich wortlos. In seinen Handflächen hatte sich kalter Schweiß gebildet, sein Mund und seine Kehle waren trocken. Als spürte Martin Vandenberg seine innere Erregung, fragte er mit einladendem Lächeln: »Darf ich Ihnen etwas zu trinken anbieten? Scotch, Bourbon, Bier oder etwas Alkoholfreies vielleicht?«
»Einen Scotch mit Eis bitte«, sagte Brackmann mit tonloser Stimme. Hatte er sich nicht vorgenommen, nicht einmal ein Getränk anzunehmen? Und jetzt trank er Whisky, der gejagte Hase, der nur noch sein jämmerliches Leben retten wollte. Haken schlagen, der ihn wild hetzenden Meute entwischen, in ein Erdloch verschwinden und warten, bis die gierigen Bestien ihre Lust auf ihn verloren hatten. Ein Scotch würde seine Gedanken lockern, ihn klarer denken lassen, ein Scotch würde die Angst zügeln helfen.
Martin Vandenberg ging zur Bar, füllte vier Gläser mit Scotch und Eis. Nur die alte Frau, die Brackmann unentwegt aus eisgrauen Augen und reglos wie eine Mumie anstarrte, dabei aufrecht auf ihrem Stuhl saß und mit ihren alten, wie von Pergament überzogenen, knöchernen Händen den Stock umklammert hielt, sie trank nichts. Trotz der angenehmen Wärme im Zimmer hatte sie eine dunkelblaue Strickstola um ihre Schultern. Martin reichte erst Brackmann und Jonas, dann Victor das Glas. Während die andern

saßen, lehnte er sich an die Fensterbank, trank einen Schluck, behielt das Glas in der Hand und musterte Brackmann eingehend.
»Nun, Herr Brackmann, lassen Sie uns doch gleich in medias res gehen. Mein Bruder Jonas hat mir vorhin berichtet, daß Sie im Besitz eines Briefes und weiterer Informationen zu einem Alexander Höllerich sind, die uns als angebliche ...« Er zog die Augenbrauen hoch, visierte Brackmann, fuhr fort: »Mörder? ... des jungen Mannes beschuldigen. Würden Sie bitte der Klarheit halber Ihre vorgebrachten Anschuldigungen noch einmal darlegen, da wir ja anscheinend alle in diesem Haus darin verwickelt sein sollen?«
Brackmann trank sein Glas auf einen Zug leer. Auch er behielt es in der Hand, es gab ihm eine Spur von Sicherheit, er hätte sonst nicht gewußt, was er mit seinen Händen hätte tun sollen.
»Herr Vandenberg, wie Sie bereits wissen, steht in diesem Brief, daß Alexander Höllerich gewaltsam zu Tode gekommen sein soll. Außerdem behauptet Frau Olsen, daß Sie für seinen Tod verantwortlich sind. Und ich als Polizist bin verpflichtet, diese Anschuldigungen auf ihren Wahrheitsgehalt hin zu überprüfen. Was ich bereits heute vormittag versucht habe und hiermit noch einmal tue.«
»Frau Olsen hat also den Brief geschrieben.« Martin Vandenberg nickte und nahm einen Schluck. »Könnte es nicht sein, daß die alte, einsame Frau etwas – übertrieben hat?«
»Nun, äh, das glaube ich kaum, denn ihre Aussage deckt sich mit der einer anderen Person, deren Namen ich allerdings, wie ich bereits heute vormittag sagte, nicht nennen möchte. Außerdem, und auch das sagte ich bereits, soll Höllerich auf dem Friedhof von Waldstein begraben sein. Ich brauche das Grab nur öffnen und die Leiche exhumieren zu lassen, um den Beweis für die Behauptung anzutreten.«

Martin lächelte. Nicht böse, fast verzeihend, wäre da nicht dieser maliziöse Zug um seinen Mund gewesen. Brackmann wußte nicht, wie er dieses Lächeln deuten sollte. »Gut, Herr Brackmann, sparen wir uns dieses unnötige Brimborium. Außerdem glaube ich kaum, daß Sie den ganzen Friedhof umpflügen lassen würden, nur um eine sechs Jahre alte Leiche dort zu finden. Höllerich ist tot. Und was können Sie mit diesem Tod anfangen? Nichts, wenn Sie ehrlich sind. Wir waren nicht daran beteiligt. Und wenn ich Ihnen das sage, dann müssen Sie es glauben, denn einen Beweis für das Gegenteil haben Sie nicht. Kommen Sie, trinken Sie noch einen mit uns.« Martin Vandenberg holte die Flasche von der Bar, stellte sie auf den Tisch. »Bedienen Sie sich.«
Brackmann zündete sich eine Zigarette an, kippte etwas Scotch ins Glas, trank aus, der Alkohol entfaltete seine beruhigende Wirkung. »Ich weiß, daß ich Ihnen nichts nachweisen kann. Die Stadt ist fest in Ihrer Hand, die Menschen vertrauen auf Sie, Sie sind wie Götter in ihren Augen ...«
»Brackmann, um Himmels willen, jetzt seien Sie doch nicht so dramatisch.«
»... aber ich bin immer noch im Besitz des Briefes, ich habe zwei Frauen, die gegen Sie aussagen würden und eventuell sogar eine weitere Person.«
»Brackmann, nennen Sie mir nur einen Grund, weshalb Sie so aggressiv sind. Haben wir Ihnen irgend etwas getan? Schauen Sie«, Martin bewegte sich langsam auf Brackmann zu, blieb etwa einen Meter vor ihm stehen, eine imposante Erscheinung, großgewachsen, wie Jonas durchtrainiert – im Gegensatz zu dem etwas rundlichen Victor –, stechender Blick, doch er machte eine freundschaftliche Geste, die seine Perfidie übertünchen sollte, »wir wollen nichts Böses von Ihnen. Es ehrt Sie natürlich, wenn Sie Ihr Amt ernst neh-

men und Verdächtigungen nachgehen, doch – und ich halte Sie für einen klugen und weltoffenen Mann – Sie sollten immer die Art und Weise Ihres Vorgehens abwägen. Ich bin gerne bereit, Ihnen die Hintergründe des Falles darzulegen, vorausgesetzt, Sie wollen diese auch hören. Sie wollen doch, oder?«

»Deshalb bin ich hier.«

»Gut«, sagte Martin Vandenberg, drehte sich wieder um und leerte sein Glas. »Dann lassen Sie mich Ihnen eine Geschichte erzählen, eine Geschichte, die es Ihnen vielleicht etwas klarer macht, was es mit dieser Stadt, diesen Menschen und meiner Familie auf sich hat.« Er ging zurück zum Fenster, lehnte sich mit dem Rücken dagegen, kniff die Lippen aufeinander, sagte dann: »Dieser Höllerich war ein Stinktier. Ein junger Mann, der offensichtlich nie gelernt hatte, sich manierlich zu benehmen. Erst hat er sich an meine Nichte Csilla herangemacht, dann hat er zu allem Überfluß auch noch angefangen, sich als Superman aufzuspielen. Csilla war immer unser Sorgenkind, sie war nie bereit, sich an die Familienregeln zu halten. Als sie nach München ging und diesen Typen kennenlernte, geriet sie in schlechte Kreise. Drogen, Alkohol, Exzesse, Sie wissen, was in einer Großstadt wie München so alles abgeht, Sie kommen ja selbst aus solch einem – Sündenpfuhl. Die gute Csilla, sie war schon immer labil und dazu sehr impulsiv.« Er hielt inne, fuhr aber gleich fort: »Leider ist bei einem dieser – Exzesse – etwas Schlimmes passiert, Csilla wurde von einer Horde bekiffter und besoffener Typen vergewaltigt. Ob und inwieweit dieser Höllerich dabei seine Finger mit im Spiel hatte«, er zuckte mit den Schultern, »das entzieht sich unserer Kenntnis. Nun, um es kurz zu machen, als sie an einem Wochenende herkamen, sagte sie, sie und dieser Höllerich hätten beschlossen zu heiraten. Schluß, Punkt, Ende! Sie knallten es uns einfach vor die

Füße, ohne daß wir auch nur die geringste Ahnung gehabt hatten. Doch wir kannten Csilla und wußten, daß wir das unter gar keinen Umständen zulassen durften. Sie konnte gar nicht mehr klar denken, sie war nicht mehr sie selber. Wenn sie bei Sinnen gewesen wäre und Höllerich nicht so ein dubioser Typ, kein Problem. Wir mußten also handeln, entweder sie in ihr Unglück rennen lassen oder ... Wir beschlossen also, sie erst einmal hier bei uns ärztlich betreuen zu lassen. Und Höllerich schickten wir nach Hause. Aber dieser Idiot führte sich auf wie ein Verrückter. Er würde nicht zulassen, daß man ihm seine Frau nähme, und er würde zurückkommen, notfalls mit der Polizei, und sie herausholen, na ja, Sie können sich vorstellen, was für Worte in dieser Situation gefallen sind. Wir mußten ihn rauswerfen, um des lieben Friedens willen. Doch der Verrückte gab nicht auf, wenige Tage später kehrte er unter fadenscheinigen Vorwänden zurück, nur diesmal bedrohte er uns mit einer Pistole. Er hätte uns wahrscheinlich alle abgeknallt, wenn ... Nun, Herr Brackmann, auf einem Besitz wie diesem hält man sich natürlich Leibwächter. Einer von ihnen hat in Ausübung seiner Pflicht Alexander Höllerich erschossen. Das ist alles.«

Die Geschichte klang plausibel. Glatt, zurechtgelegt. Zu verdammt glatt. Trotz der zwei Scotch war es für Brackmann klar, daß etwas nicht stimmte, nur fehlte ihm die innere Ruhe, den Fehler zu finden.

»Und warum haben Sie nicht die Polizei benachrichtigt? Sie hätten sich den ganzen Ärger sparen können.«

»Brackmann, was denken Sie denn?!« Martin Vandenberg lachte. »Natürlich haben wir die Polizei informiert. Sie kam nur wenige Minuten später. Man hat uns geraten, kein Aufhebens zu machen. Ihr Vorgänger war ein fähiger Mann, ein Mann mit Durchblick und Weitblick. Haben Sie eigentlich eine Ahnung, Brackmann, was für Kreise eine

Publikmachung gezogen hätte?« Er machte eine ausholende Handbewegung und ein theatralisches Gesicht. »Die Vandenbergs erschießen einen jungen Mann! Die Presse hätte sich die Finger wundgeschrieben und versucht, alles nur erdenklich Schmutzige über uns an die Oberfläche zu befördern, und wenn es auch nichts als Lügen gewesen wären. Nein, nein, Brackmann, das wäre alles andere als gut für uns gewesen. Wir hatten und haben glücklicherweise unsere Leute, denen wir vertrauen können und die das in sie gesetzte Vertrauen auch stets gerechtfertigt haben. Und wie Sie sehen, hat dieses Aas Höllerich bis heute kein Mensch vermißt.«

»Und wer waren beziehungsweise sind diese Leute, denen Sie so vertrauen?«

»Brackmann, jeder Mensch hat ... Freunde, mit denen man ein Geheimnis teilt. Sie haben so jemanden, wir haben auch welche. Die Namen tun nichts zur Sache. Schon gar nicht in einer Angelegenheit wie dieser.«

»Und wenn ich trotzdem Meldung machen würde?«

»Meldung? Wohin? Wenn Sie sich unbedingt lächerlich machen wollen, bitte, tun Sie's. Wir werden Sie nicht daran hindern, in ihr eigenes Unglück zu rennen. Sie wären nämlich innerhalb allerkürzester Zeit Ihren Posten los, und ich garantiere Ihnen, Sie werden nirgends wieder eine Anstellung im Polizeidienst finden. Und ich bezweifle, ob Sie die Eignung für einen andern Beruf mitbringen ... Aber warum geben wir uns mit der Vergangenheit lange ab, lassen Sie uns einfach für jetzt eine Lösung finden!« Martin Vandenberg, dessen Brüder sich bis jetzt im Hintergrund gehalten und kein Wort gesagt hatten, setzte sich auf die Schreibtischkante und wippte mit dem rechten Bein. Sarah hatte recht gehabt, Martin war der Herrscher in der Familie. Eiskalt, clever und absolut undurchschaubar. Brackmann hätte zu gern hinter seine hohe Stirn geschaut, um zu sehen, welche Mechanismen da in Gang gesetzt worden waren.

»Ich mache Ihnen einen Vorschlag, Brackmann, einen gütlichen Vorschlag. Sie halten den Mund, denn Sie wissen, wenn Sie das nicht tun, könnte es zwar unter Umständen etwas unangenehm für uns werden, doch nicht auch nur einen Hauch so unangenehm wie für Sie. Bedenken Sie das! Andererseits würden wir uns für Ihr Schweigen erkenntlich zeigen. Höllerich, das war ein sehr bedauerlicher Unglücksfall, aber es war Notwehr. Und wenn Sie ehrlich sind, Sie haben doch absolut nichts in der Hand, um das Gegenteil zu beweisen. Nun, Brackmann, wie stehen Sie zu meinem Vorschlag?«

»Und wie soll Ihre *Erkenntlichkeit* aussehen?« fragte Brackmann spöttisch.

»Nun, ein Mann in Ihrer Position verdient beileibe nicht genug, um sich auch Herzenswünsche erfüllen zu können. Wir würden Ihnen ein wenig unter die Arme greifen. Sie sozusagen nachträglich, wenn auch mit sechsjähriger Verspätung, recht herzlich in Waldstein willkommen heißen.«

»Was ist mit Sarah und Csilla?«

»Wir erwarten, daß sie bald wieder hier wohnen.«

Ein Schnellzug raste durch Brackmanns Kopf. Er hatte den Kampf verloren, und wenn er es recht bedachte, es war von Anfang an kein richtiger Kampf gewesen. Maria Olsens hehre Absicht, die Sache noch einmal aufzurollen, ehrte sie, doch ein Scheitern war vorprogrammiert. Und er war derjenige, der hier auf der Strecke blieb, er ganz allein. Dennoch wollte er einen letzten zaghaften Versuch wagen, wenigstens Csilla und Sarah zu retten.

»Also, Herr Vandenberg, falls ich überhaupt einverstanden wäre, dann mit einer Einschränkung – Sarah und Csilla bleiben frei. Sie geben mir das schriftlich und lassen es notariell von Ihrem Anwalt, Herrn Obert, beglaubigen.«

Martin Vandenberg stand auf, stellte sein Glas auf den Tisch, beugte sich dicht zu Brackmann nach unten, Brackmann spürte seinen Atem, sah, wie er die Augenbrauen hochzog; er spürte fast körperlich die Bedrohung, die von Martin ausging. »Herr Brackmann«, sagte er und schüttelte leicht den Kopf, »wir spielen hier nicht entweder oder. Zumindest bestimmen nicht Sie die Regeln. Sie brauchen uns den Aufenthaltsort der beiden nicht zu sagen, es genügt, wenn Sie ihn aufschreiben. Ich verspreche Ihnen, es wird den Damen nichts geschehen«, sagte er mit sanftem Nachdruck. Plötzlich wurde seine Stimme härter: »Selbstverständlich will ich den Originalbrief! Es wäre nicht gut, wenn er in falsche Hände geriete. Lassen wir Höllerich in Frieden ruhen. Wir haben bereits einen Scheck in Höhe von einhunderttausend Mark ausstellen lassen, den Sie nur zu quittieren brauchen. Wenn Sie dies tun, können Sie dieses Haus verlassen und so lange Polizist in Waldstein bleiben, wie Sie sich nichts Gravierendes zuschulden kommen lassen. Was halten Sie von meinem Vorschlag?«
»Ich wußte, Sie würden versuchen, mich zu kaufen . . .«
»Kaufen, kaufen, kaufen! Brackmann, in dieser Welt ist die Macht des Geldes nicht zu unterschätzen! Irgendwann einmal mag es eine Zeit gegeben haben, in der man Menschen vielleicht nicht kaufen konnte. Diese Zeiten sind seit einer Ewigkeit vorbei. Sie existieren nicht mehr. Außerdem kaufen wir Sie nicht! Wir zeigen uns erkenntlich, das ist alles. Eine Gratifikation für sechs Jahre treue Dienste für Waldstein. Ich sehe nichts Verwerfliches daran.« Er hielt kurz inne, fuhr sich mit einer Hand übers Kinn und meinte dann: »Ach ja, da fällt mir noch ein, Ihr Dienst für Waldstein ist überhaupt etwas ganz Besonderes. Ein Mann mit einer solchen Krankheit – oder sagt man dazu Behinderung? –, und dann noch bei der Polizei! Alle Achtung . . . Sie haben damals verschwiegen, daß Sie – depressiv – sind.«

»Was wollen Sie damit sagen?« Brackmann schoß hoch, das Gesicht glutrot angelaufen.
»Beruhigen Sie sich, Brackmann. Ich, das heißt wir finden, ein Mann, der unter Depressionen leidet und dennoch in der Lage ist, ein solch schweres Amt auszuüben, hat es verdient, angemessen behandelt zu werden. Bestimmt trägt Ihre Krankheit auch ein wenig Schuld am Tod von Nathanael. Man kann sicherlich, wenn man unter Depressionen leidet, nicht immer klar denken. Habe ich recht? Ist es nicht so, daß man bisweilen meint, in ein schwarzes Loch zu fallen oder zu ersticken oder einfach tot umzufallen? Haben Sie oft Angst? ... Nun, Sie brauchen nicht darauf zu antworten, ich kenne die Symptome von Csilla. Machen Sie Urlaub, Brackmann, von mir aus sechs oder acht Wochen am Stück, Schmidt wird solange Ihre Position einnehmen. Sie wissen ja, eine Anstellung im Polizeidienst bekommt ein seelisch labiler Mensch nirgendwo anders. Auch wenn dabei mal ein Lapsus wie Nathans Tod vorkommt. Doch uns liegt nichts an viel Wind. Wir betrachten Nathans Tod als einen Unfall. Einen tragischen, grausamen Unfall. Wir geben Ihnen keine Schuld.«
Auch wenn es ein leichtes wäre, dies zu tun! Ein guter Anwalt könnte Ihnen leicht einen Strick drehen! dachte Brackmann die Gedanken von Martin Vandenberg weiter.
Das war also der Schwachpunkt, von dem Engler gesprochen hatte. Seine Depressionen. Seine psychische Verfassung. Nathans Tod. Und die Verbindung, die man zwischen beidem herstellen konnte. Wie hatte er nur so blind sein können zu glauben, es gäbe keine Schwachstelle in seinem Leben?! Engler hatte recht, jeder Mensch hatte eine. Und wenn es eine verdammte Krankheit war, für die er nichts konnte.
»Woher wissen Sie das mit meinen ...?«
»Depressionen«, Martin Vandenberg lachte spöttisch auf.

Er legte die Stirn in Falten und grinste Brackmann mit diabolischer Häme an. »Vor uns bleibt nichts verborgen. Damit sollten Sie sich vertraut machen, um so besser wird unsere zukünftige Zusammenarbeit sein. Ihr Leiden war uns von Anfang an nicht unbekannt. Aber wie Sie sehen, haben wir trotzdem auf Sie gebaut.«
»Sie haben mich ausspioniert, mein Leben durchforstet?«
»Nein, wir haben lediglich Erkundigungen über Sie eingeholt. Das Amt des Leiters einer Polizeidienststelle ist eine Vertrauensstellung, bedenken Sie das.«
»Ich habe verstanden«, sagte Brackmann und setzte sich wieder. »Gestatten Sie mir bitte noch eine andere Frage; wenn Höllerich hier auf Ihrem Grund und Boden erschossen wurde, wieso wußte dann Frau Olsen davon? War sie dabei?«
Martin Vandenberg schaute zur Uhr und meinte kühl: »Herr Brackmann, unsere Zeit ist sehr knapp bemessen. Ich glaube, wir haben alles Wesentliche besprochen. Gönnen Sie sich ein paar freie Tage. Unser Gespräch ist beendet.«
»Nur noch eine Frage bitte: Warum mußte Höllerich wirklich sterben? Doch nicht, weil er Ihre Nichte heiraten wollte?!«
»Es gibt nichts mehr zu besprechen!«
»Ich möchte aber wissen, für welches Schweigen ich honoriert werde!«
»Hören Sie gut zu, Brackmann! Höllerich war ein lästiger Mensch – wie Sie! Ohne Anstand und Manieren! Er wußte nicht, wann ein Spiel beendet ist! Er hätte ein ruhiges Leben führen können, doch er zog es vor, Unruhe und Unfrieden zu stiften! Er hatte nur eines im Sinn – Waldstein zu vernichten, denn er wollte uns vernichten! Und Sie wissen so gut wie ich, daß Waldstein und die Vandenbergs zusammengehören wie siamesische Zwillinge! Das war der Grund für sein vorzeitiges Ableben! . . . Und jetzt unterschreiben

Sie die Quittung! Dr. Obert wartet draußen und wird Ihre Unterschrift notariell beglaubigen. Ich gehe davon aus, daß die Angelegenheit damit ein für allemal aus der Welt geschafft ist. Zwei Männer werden Sie dann nach Hause oder in Ihr Büro begleiten, wo Sie Ihnen den Brief von Frau Olsen aushändigen werden. Gute Nacht, Herr Brackmann!«
Brackmann stand auf und fing an zu lachen. »Sie gehen ganz auf Nummer Sicher, was?«
»Wer das nicht tut, riskiert sein Leben. Die meisten Menschen sind käuflich, wir nicht. Wir kaufen! Und Sie sollten Gott danken, daß wir auch Sie *nur* gekauft haben.«
»Wer sagt Ihnen, daß ich nicht das LKA oder gar das BKA eingeschaltet habe?«
Martin Vandenberg lächelte wieder verzeihend. »So dämlich wären Sie nie gewesen! Welchen Beweis hätten Sie denn gehabt? Aber Sie scheinen tatsächlich etwas blauäugig zu sein. Was glauben Sie denn, was für Männer in diesen Ämtern sitzen?«
Brackmann blieb stehen, sah Vandenberg angewidert an. »Eine kleine Frage bitte noch – warum wurde der Steinbruch von einem Tag auf den andern geschlossen?«
»Ich weiß zwar nicht, was das mit Höllerich zu tun haben soll, aber bitte, wenn es Sie interessiert: Wir haben ihn nicht von einem Tag auf den andern geschlossen, die Schließung war von langer Hand vorbereitet. Die Vorarbeiter wußten das schon eine ganze Weile. Die Arbeit war unrentabel geworden, das ist alles. Zufrieden?«
»Natürlich, es war nur eine Frage.«
Obert hielt einen Füller in der Hand und reichte ihn Brackmann. Der nahm den Füller wortlos und setzte seine Unterschrift unter ein bereits aufgesetztes Dokument, das er nicht einmal mehr durchlas. Obert sprach kein Wort, sah Brackmann nur kurz und mit einer Spur Verlegenheit an und legte das Papier in eine Aktenmappe.

Danach unterschrieb Brackmann die Quittung. Er steckte den Scheck ein und wollte gehen. Martin schüttelte den Kopf und versperrte ihm den Weg. »Sie haben etwas vergessen. Schreiben Sie es auf, wenn es Ihnen ein besseres Gefühl gibt!«

»Was?«

»Kommen Sie, Brackmann, fangen Sie nicht wieder an zu spielen. Sie haben keine Chance!«

Mit zittriger Hand notierte er auf einem weißen Zettel den Aufenthaltsort von Csilla und Sarah. Zum ersten Mal, seit er in Waldstein lebte und die meisten Leute kannte und Obert immer als rechtschaffenen, ehrenhaften Bürger angesehen hatte, hätte er nur zu gerne in dessen widerliches Gesicht geschlagen. Seine Faust in diese verdammte Fresse donnern, diesen elenden, widerwärtigen Schweinehund zertrümmern, der wie alle anderen den Vandenbergs in den Hintern kroch.

Engler hatte recht behalten. Auch er gehörte jetzt zum Kreis der Korrupten. Die fette Made hatte ein neues Opfer gefunden. Er hatte sein Ziel nicht erreicht. Höllerich war tot, und Brackmann wußte noch immer nicht, warum er hatte sterben müssen.

Hunderttausend Mark, eine Summe, die er noch nie zuvor auf einen Schlag bekommen hatte. Hunderttausend Mark, er würde bald in Urlaub fahren, nach Italien vielleicht oder nach Spanien, ans Meer oder in die Berge mit ihren kristallklaren Bächen und Seen. Hunderttausend verdammte, elende Mark! Hunderttausend Mark für Verrat! Hunderttausend Judasmark!

Auf dem Weg nach draußen versuchte er Entschuldigungen für seine Kapitulation zu finden, sein Gewissen zu beruhigen. Vielleicht hatte Engler recht, vielleicht wäre es wirklich nur das Aufwirbeln alten Staubs gewesen. Die Vandenbergs waren großzügig, sie hätten das Geld nicht zu zahlen brauchen, sie hätten ihn genausogut beseitigen können.

Der Mercedes der Vandenbergs folgte in geringem Abstand. Brackmann schwitzte, obwohl die Nachtluft kühl war. Er fuhr bis vor sein Haus, der andere Wagen stoppte direkt hinter ihm. Zwei graugekleidete Männer stiegen aus, kamen langsam mit wiegenden Schritten auf ihn zu. Sie trugen maßgeschneiderte Sakkos, und obwohl es nicht zu erkennen war, war Brackmann sicher, daß darunter Pistolen steckten.

Brackmann ging vor den beiden Männern schweigend in das alte Haus, drückte den Knopf für die Flurbeleuchtung, stieg mit bleiernen Beinen die zwölf knarrenden Treppenstufen hinauf. Er schloß seine Wohnungstür auf, betätigte den Lichtschalter. »Sie wollen den Brief?« fragte er, worauf der etwas kleinere der beiden, ein leicht untersetzter, fast kahlköpfiger, etwa fünfzig Jahre alter Typ mit kleinen, hellblauen stechenden Augen, nickte und meinte: »Geben Sie uns den Brief und wir sind sofort verschwunden.«

Brackmann blieb mit dem Rücken zu den Männern stehen, senkte den Kopf und fragte: »Was, wenn ich Ihnen den Brief nicht gebe?«

»Sie wissen selbst, was dann geschieht. Also, tun Sie, was Herr Vandenberg gesagt hat.«

»Sie würden mich ... töten?«

»Sie würden uns keine Wahl lassen.«

»Ist das der Stil, wie die Vandenbergs mit unliebsamen Personen verfahren?«

»Hören Sie, wir haben keine Zeit! Also machen Sie schon und rücken Sie den Brief raus!« sagte der kleine Mann ungehalten. Der andere verzog keine Miene.

Brackmann drehte sich um, der Wortführer hatte sein Sakko ein klein wenig zur Seite geschlagen, der Schulterhalfter lugte hervor. Brackmann ging an das schmale Bü-

cherregal, holte ein Buch, das er noch nie gelesen hatte, die Bibel, hervor, zog den Brief heraus und reichte ihn dem Mann. Der öffnete den Umschlag und überprüfte den Inhalt. Dann nickte er und bedeutete seinem Partner mit einem Zeichen, zu gehen. An der Tür wandte der Kleinere der beiden sich noch einmal um und sagte in gefährlich friedlichem Tonfall: »Legen Sie sich nie wieder mit uns an. Herr Vandenberg ist nicht immer so großzügig.«
Dann verschwanden sie, ohne die Tür zu schließen. Brackmann setzte sich auf das ungemachte Bett, legte den Kopf in die Hände. Hörte das Zuschlagen der Autotüren, das Starten des Motors, das Gasgeben.
Nach einer Weile holte er den Scheck aus seiner Brusttasche und betrachtete ihn. Hunderttausend Mark! Und das Geld gehörte ihm! Er war müde und abgespannt. Die Tabletten und der Alkohol zeigten Wirkung. Ihm war schwindlig und etwas übel.
Der Schmerz in seinen Schläfen nahm zu, mit den Spitzen seiner Zeigefinger massierte er die schmerzenden Stellen. Er schloß die Augen, horchte in sich hinein, atmete tief ein und wieder aus, redete sich gut zu, ruhig zu bleiben, nicht in Panik zu geraten. Er streifte die Schuhe ab, ließ sich rückwärts aufs Bett fallen. Er schlief sofort ein.

Nach einer kurzen Nacht wachte er um kurz vor sechs mit heftigen Kopfschmerzen auf. Die Übelkeit erwachte mit ihm, und als er sich aufsetzte, begann er zu würgen, rannte ins Bad, kniete sich vors Klo, übergab sich, spuckte grünen Schleim. Nachdem sein Magen sich etwas beruhigt hatte, stand er auf und besah sich im Spiegel.
Der Scheck lag auf dem Tisch, er würde ihn wohl heute bei der Bank einlösen. Er war ein Verräter, ein gottverdammter heuchlerischer Verräter. Als aufrechter, ehrlicher, mutiger Mann hätte er zumindest versuchen müssen, den Vanden-

bergs Paroli zu bieten. Früher, vor zehn Jahren noch, hätte er mit harten Bandagen gekämpft. Vor zwanzig Jahren gar, da hatte er noch Hoffnungen und Pläne und Wünsche. Und jetzt waren die Jahre ins Land gezogen, unendlich viel war geschehen, und von den Hoffnungen und Plänen und Wünschen war nichts geblieben als heiße Luft. Die Zeit verrann in monotonem Gleichklang, er fühlte sich krank und wußte, für eine Änderung in seinem Leben war es zu spät.
Seine Vorsätze für den gestrigen Abend waren ehrenwert gewesen, das Ergebnis katastrophal. Er beruhigte sich damit, daß er in Wahrheit ja auch keine Chance gehabt hatte. Selbst wenn er tatsächlich das LKA eingeschaltet hätte. Es war auch sinnlos, jetzt, zwölf Stunden später, darüber nachzugrübeln! Er hielt nichts mehr in Händen, womit er den Vandenbergs schaden konnte, außer einer lausigen Kopie des Briefes, die er am Nachmittag im Rathaus gemacht hatte. Hunderttausend Mark! Warum, um alles in der Welt, bezahlten sie eine derart hohe Summe, nur um in den Besitz des Briefes einer angeblich gestörten alten Dame zu gelangen? Wovor fürchteten sie sich? Er schüttelte den Kopf und spülte sich den Mund aus.
Er mußte Engler aufsuchen. Jetzt, wo alles vorüber war, das Spiel gespielt und er als (sieg)reicher Verlierer, Verräter und geprügelter Hund zugleich, das Feld verlassen hatte, würde der Pfarrer vielleicht endlich mit der vollen Wahrheit herausrücken. Das Telefon klingelte, gerade als er die Wohnung verlassen wollte. Er nahm nach dem zweiten Läuten ab.
Eine Frauenstimme meldete sich. »Gut, daß ich dich erreiche«, sagte die Frau mit erregter Stimme. Brackmann bekam einen tödlichen Schrecken. Er hatte vergessen, noch am Abend anzurufen, um Csilla und Sarah zu warnen. »Hier waren vorhin zwei Männer, die Csilla und Sarah

abholen wollten. Was hat das zu bedeuten? Woher wissen sie, daß die Frauen hier sind?«
»Keine Ahnung«, log Brackmann. »Was ist passiert?«
»Nichts ist passiert. Die Frauen und das Mädchen sind nicht hier, zum Glück. Ich habe den Männern gesagt, Csilla und Sarah seien abgereist und ich wüßte nicht, wohin. Das war doch richtig, oder?«
Brackmann atmete tief ein und stieß die Luft erleichtert aus. »Das war perfekt. Ich weiß nicht, wie ich dir danken soll.«
»Nichts zu danken, aber ...«
»Wo sind sie?«
»Csilla und Sarah?«
»Ja.«
»Hans hat sie gestern abend mit in unsere Berghütte auf dem Ochsenkopf genommen. Er wollte sowieso für ein paar Tage dort oben nach dem rechten sehen und hat deshalb die Frauen mitgenommen. Er meinte, er hätte so ein Gefühl, daß es besser wäre, wenn er sie mitnähme ... Die Männer sahen übrigens alles andere als vertrauenerweckend aus.«
»Das sind sie auch nicht. Hör zu, die Frauen dürfen unter gar keinen Umständen wieder zu euch zurück. Kannst du Hans irgendwie erreichen?«
»Nein, eigentlich nicht ... höchstens über das Handy, aber er hat es meistens im Auto liegen. Aber ich werde es probieren. Was soll ich ihm sagen?«
»Kennst du jemand, bei dem sie für eine kurze Zeit, eine Woche vielleicht, untertauchen könnten?«
»Ja, kenne ich. Eine Freundin meiner Mutter, die sich immer über Gesellschaft freut. Sie wohnt allerdings in einem Dorf in der Nähe von Leipzig.«
»Das macht nichts, im Gegenteil. Wenn es geht, bring die Frauen so schnell wie möglich dorthin. Alles Weitere wird sich dann ergeben. Ich kann jetzt keine großen Erklärungen

weiter abgeben, ich melde mich nächste Woche wieder. Und nochmals tausend Dank, ich stehe ewig in deiner Schuld.« Er legte schnell auf, schloß für Sekunden die Augen. Er hatte einen weiteren Kardinalfehler gemacht. Er war so sehr mit sich selbst beschäftigt gewesen, daß er Csilla und Sarah vergessen hatte. Die Übelkeit packte ihn wieder. Er fühlte sich miserabel.

44

Engler war allein in der Kapelle, niemand half ihm, die letzten Vorbereitungen für die Trauerfeier zu treffen, der Meßdiener war bei dem Tornado getötet worden, die anderen potentiellen Helfer waren entweder mit sich selbst beschäftigt oder leisteten Nachbarschaftshilfe. Brackmann setzte sich auf eine Kirchenbank, stützte die Arme auf die Lehne vor ihm und beobachtete Engler bei seiner Arbeit. Nach einer Weile sagte er: »Heißen Sie mich willkommen im Club.«

»Wovon reden Sie?« fragte Engler, ohne seine Arbeit zu unterbrechen.

»Ich habe keinen Brief mehr.«

»Ich verstehe noch immer nicht ...«

»Sie haben mich gekauft. Ich hatte die Wahl, entweder den Brief oder ...«

»Sie haben gedroht, Sie zu ... beseitigen?« Engler schaute auf, kam auf Brackmann zu und blieb vor ihm stehen. Er sah auf ihn herab.

»Nein, nicht direkt, aber ich wußte zumindest, was sie meinten. Sie haben den Brief, aber sie haben nicht Csilla und Sarah. Und ich weiß immer noch nicht, warum Höllerich sterben mußte. Eigentlich könnten Sie es mir jetzt sagen.«

»Warum?«

»Ich möchte einfach nur gern die komplette Geschichte kennen. Sie können mir nichts vormachen! Ich weiß hier drin«, er klopfte sich mit der Faust auf die linke Brustseite, »hier drin weiß ich, daß Sie die ganze Wahrheit kennen. Und daß Sie sie verschweigen. Hören Sie, ich kann absolut nichts mehr damit anfangen, ich möchte nur wissen, ob sich der Deal für mich gelohnt hat.«

Engler setzte sich auf die Bank auf der andern Seite des Ganges, gegenüber von Brackmann.

»Ich sehe zwar keinen Sinn dahinter, aber gut, wenn Sie unbedingt die Wahrheit wissen wollen, bitte schön!« Engler faltete die Hände, preßte die Lippen aufeinander. »Wissen Sie, Höllerich könnte noch leben, wäre er nicht so impulsiv gewesen. Aber er war ein Hitzkopf, er wollte unbedingt beweisen, daß er den Vandenbergs Paroli bieten konnte. Nun, Höllerich machte die Vandenbergs für den Tod seiner Eltern verantwortlich. Er war elf, als sie bei einem Autounfall starben. Bis zu diesem Zeitpunkt bekleidete sein Vater eine mittlere Position in dem *VanChem*-Chemiewerk der Vandenbergs. Bei einer Routineüberprüfung muß er wohl eher zufällig an geheime Unterlagen geraten sein, aus denen hervorging, daß Mitte der sechziger Jahre bei der Produktion hochgiftiger Pflanzenschutzmittel ein Unfall passiert ist, bei dem während des Produktionsvorgangs ein Großteil eines ebenfalls hochgiftigen Zusatzstoffs ungefiltert in die Luft gelangte. Zwei Arbeiter starben innerhalb eines Monats, zwei weitere waren arbeitsunfähig. In dem Stadtteil, in dem die größte Menge des Giftstoffs niederging, traten in den folgenden fünf Jahren mehr als zehnmal so viele Erkrankungen des zentralen Nervensystems sowie eine extrem hohe Zahl von Lymphdrüsen-, Schilddrüsen- und Blutkrebs auf, von den Schädigungen und zum Teil auch Mißbildungen bei Neugeborenen ganz zu schweigen. Aber damals gab es noch keine

Umweltbewegung, die Konzernleitung hat die Angehörigen der zwei Arbeiter entschädigt, ansonsten wurde Stillschweigen gewahrt. Ein Arzt, der Bedenken angemeldet hatte, wurde mundtot gemacht. Es wurde alles unter den Tisch gekehrt, gedeckt wurde es von allerhöchster Stelle. Die Vandenbergs konnten sich in Sicherheit wiegen. Wäre da nicht Höllerichs Vater gewesen. Auch wenn die Vandenbergs nicht direkt für den Unfall verantwortlich waren – sie bedienten ja nicht selbst die Maschinen –, so trugen doch sie in den Augen von Höllerichs Vater ganz eindeutig die alleinige Schuld. Sie hätten von vornherein für ausreichende Sicherheitsvorkehrungen sorgen oder zumindest später zu diesem Unfall stehen müssen. Es dauerte immerhin vier Jahre, bis sie sich dazu entschlossen, den Sicherheitsstandard zu erhöhen.

Höllerichs Vater hat leider den Fehler begangen, einen seiner Vorgesetzten über die Unterlagen zu befragen. Man hat wohl versucht, mit ihm zu reden, man hat ihm also ein entsprechendes Schweigegeld angeboten, aber er weigerte sich und bestand darauf, daß die Öffentlichkeit über jedes Detail informiert wurde.

Nur zwei Tage später geschah dann dieser Autounfall, der, wie Höllerich wohl zu Recht annahm, manipuliert war. Es passierte nämlich auf einer kerzengeraden, nur wenig befahrenen Straße, auf der sonst nur wenige Autos verkehrten. Der Wagen ist nie untersucht worden, sondern gleich in die Schrottpresse gekommen. Dieser Unfall machte Höllerich zu einem Waisen, der von da an von seiner Großmutter großgezogen wurde.

Als Höllerich alt genug war, hatte er nur eines im Sinn, nämlich den Tod seiner Eltern zu rächen, denn sein Vater hatte ein Tagebuch geführt, in dessen Besitz Höllerich wohl eher zufällig gelangte, als er etwa achtzehn war.

Er hatte einen festen Plan – er wollte die Mörder seiner

Eltern töten. Er hat alles daran gesetzt, mit den Vandenbergs in Kontakt zu kommen. Und Csilla war sein Opfer. Er hat sich ganz bewußt an sie rangemacht, um über sie die Verbindung zur Familie herzustellen. Alles ging wunderbar glatt, fast zu glatt. Csilla wurde sogar schwanger von ihm. Aber die Vandenbergs haben, wen wundert's, die wahre Identität von Höllerich rausbekommen. Daß er in Wirklichkeit Hartmann hieß, wer seine Eltern waren, was seine Absichten anbetraf.
Sie haben es im Guten mit ihm versucht, davon bin ich überzeugt. Die Vandenbergs sind keine Mörder im klassischen Sinn. Aber eines Abends ist Höllerich einen entscheidenden Schritt zuweit gegangen. Er ist bei den Vandenbergs eingedrungen, nachdem er die Wachhunde vergiftet hatte. Doch das Sicherheitssystem auf dem Anwesen besteht aus mehr als nur den Hunden, das hätte er sich eigentlich denken können. Er ist entdeckt worden und mußte flüchten. Er suchte Zuflucht, und es war wohl eher ein Zufall, daß er die ausgerechnet bei Maria Olsen fand. Aber sich in Waldstein zu verstecken ist gar nicht so einfach. Ihm blieben nur noch wenige Stunden. Und in denen hat er Maria alles haarklein erzählt. Vielleicht hat er geahnt, daß er nicht mehr lange leben würde, wer weiß schon, was in seinem Kopf vorging! Vandenbergs Häscher sind in dieser Nacht von Haus zu Haus gegangen und haben sich nach dem Jungen erkundigt. Und sie haben Höllerich tatsächlich bei Maria aufgespürt und ihn mitgenommen. Und sie haben Maria Olsen gegenüber eine sehr deutliche Drohung ausgesprochen. Sie hatte keine Chance, denn die Drohung wurde auch noch polizeilich abgesegnet ... Ihr Vorgänger, wenn Sie verstehen ...«
»Woher kennen Sie die ganzen Details?«
»Maria Olsen hat noch in derselben Nacht alles aufgeschrieben. Alles, was der Junge gesagt hat, sie hat es mir gezeigt. Maria Olsen war eine sehr kluge Frau.«

»Das würde dann aber doch bedeuten, daß es kaltblütiger Mord war. Und Sie wußten das!«

»Nein, nein, wenn ich es gewußt hätte, ich ...« Engler schwitzte, seine Hände verkrampften sich ineinander. Brackmann wußte nur zu gut, wie er sich fühlen mußte.

»Was dann? Hätten Sie etwas dagegen unternommen? Und was? Sie haben Ihre Zustimmung gegeben, daß Höllerich hier von Pickard, wie ich annehme, begraben wurde! In irgendeinem der vielen Gräber! Wahrscheinlich ohne Sarg, einfach nur ab in die Erde! Halb Waldstein steckt mit in der Sache! Und mein Vorgänger hat es gedeckt!« Brackmann hielt inne und schüttelte den Kopf. Er sah Engler direkt an, der wich seinem Blick aus. »Gibt es überhaupt einen einzigen Menschen hier, der die Vandenbergs nicht gedeckt hätte?«

»Brackmann, seien Sie nicht so zynisch! Sie haben nicht mehr den geringsten Grund dazu! Sie haben doch genauso Angst um Ihr Leben gehabt wie alle hier! In Ihren Wünschen und Träumen haben Sie sich vielleicht als Held gesehen, in Wirklichkeit aber hat Ihr Inneres darum gewinselt, davonzukommen. Sie wollen noch nicht sterben, Sie wollen nicht als Held von Waldstein in die Annalen der Geschichte eingehen, Sie wollen noch etwas von Ihrem Leben haben! Sie sind wie jeder andere, und Sie haben absolut kein Recht, sich zum Richter über irgend jemanden hier aufzuspielen, solange Sie *Ihren Kampf* nicht zu Ende gekämpft haben ... Hören Sie auf, sich was vorzumachen, Sie haben genauso kapituliert wie wir alle hier. Außerdem, Brackmann, wie ich Ihnen bereits gestern sagte, hier gelten einfach andere Gesetze. München, Frankfurt, Paris, London sind Lichtjahre entfernt! In Waldstein hat sich in den letzten hundertfünfzig Jahren eine verschworene Gemeinschaft gebildet. Die Pickards, die Oberts, die Merkels, die Richters und die Phillips, die Vandenbergs nicht zu vergessen – ich könnte Ihnen fast die ganze Stadt aufzählen –, sie alle leben seit drei, vier, fünf oder mehr Generationen hier! *Hier* sind ihre Wurzeln, nicht hundert oder zweihundert Kilometer weg! Brackmann, Sie müssen begreifen, daß dies hier wirklich eine andere Welt ist, mit anderen Grundsätzen und einer anderen Moral! Erst wenn Sie das begriffen haben, werden Sie die Menschen verstehen. Pickard zum Beispiel, vergleichen Sie ihn mit einem Baum, der seit zweihundert Jahren seine Nahrung aus der gleichen Erde zieht. Wenn Sie ihn verpflanzen, wird er zugrunde gehen. Nehmen Sie Pickard die Existenz, er wird zugrunde gehen. Wissen Sie, Pickard ist vor sechs oder sieben Jahren bis auf das Wohnhaus fast alles abgebrannt. Er war unterversichert und die Versicherung hat nur einen Bruchteil des tatsächlich entstandenen Schadens übernommen. Er hätte unter normalen Umständen aufgeben und weggehen müssen. Und wer hat ihm aus der Misere geholfen? Genau, die Vandenbergs! Sie haben ihm ein äußerst großzügig bemessenes Darlehen gewährt. Die Familie Pickard, zumindest seine Linie, lebt fast so lange hier wie die Vandenbergs. Da hilft man sich eben gegenseitig. Selbst ein gebildeter Mann wie Obert würde nie in seinem Leben Waldstein den Rükken kehren. Bei den jungen Leuten von heute ist das was anderes, sie scheren sich einen Dreck um Tradition und Konventionen, sie ziehen einfach weg, wenn es ihnen hier nicht mehr paßt, die große Welt lockt sie, und sie verschwinden. Warten Sie zwanzig oder dreißig Jahre, und Waldstein wird nur noch eine Geisterstadt sein. Hier und da ein paar Alte, und wenn die gestorben sind ...« Er winkte ab. »Brackmann, ich bin zu alt, um mich aufzulehnen. Ich verstehe Ihre Haltung, Sie kommen sich jetzt wie ein übler Vaterlandsverräter vor. So ähnlich ging es mir damals auch. Ich habe noch immer ein schlechtes Gewissen, auch wenn Sie mir das vielleicht nicht abnehmen, doch ich versuche es mit den Gegebenheiten zu rechtfertigen. Und das sollten Sie auch tun. Sie machen sich damit das Leben leichter.«

»Sie haben ein schlechtes Gewissen? Und um es nicht zu schlecht werden zu lassen, rechtfertigen Sie es einfach mit den Gegebenheiten! Ich glaube, ich weiß, warum ich nie gerne die Kirche besucht habe – wenn überhaupt an einem Platz geheuchelt und gelogen wird, daß sich die Balken biegen, dann hier! Und ihr Priester seid die schlimmsten Heuchler!«

»Mag sein«, erwiderte Engler mit bitterem Lächeln. »Aber denken Sie daran, auch Priester sind nur Menschen ...«

»Es gibt viele Menschen, die da anderer Ansicht sind ...«

»Brackmann, es bringt absolut nichts, wenn wir uns hier angiften! Wir sitzen im selben Boot. Ich bin gekauft worden und Sie sind es jetzt auch. Wieviel haben sie Ihnen geboten?«

»Ich kann davon leben.«

»Sie brauchen es mir nicht zu sagen. Was werden Sie jetzt tun?«

»Ich habe eine Kopie des Briefes. Ich weiß noch nicht, jetzt mit Ihrer Aussage ...«

»Seien Sie vernünftig, Brackmann. Es bringt nichts.«

»Nein, wahrscheinlich nicht«, sagte er und erhob sich, strich die Hose gerade. »Ich werde jetzt gehen. Was machen Ihre Vorbereitungen? Haben Sie die Rede schon geschrieben?«

»Sie ist fast fertig.«

»Passen Sie nur gut auf, daß die Menschen viel von der Güte Gottes erfahren! Und daß sie sich allezeit an die Kirche wenden können. Es werden viele Menschen dasein, Engler. Sehr viele Fremde sind in der Stadt. Es handelt sich schließlich um eine Angelegenheit von nationalem, wenn nicht sogar internationalem Interesse. Ich nehme an, die Vandenbergs werden in vorderster Reihe sitzen. Und sie

werden sich als Wohltäter des Ortes feiern lassen. Und alle werden ihnen die Füße küssen und in den Arsch kriechen!«
»Sie sind ein elender Zyniker! Aber im Gegensatz zu mir sind Sie noch jung und können lernen. Und wenn Sie lange genug hier sind, werden Sie mich und die andern hoffentlich verstehen.«
»Mag sein, Herr Pfarrer. Ich befinde mich ja schon auf dem besten Weg dorthin. Was soll's, lassen wir das leidige Thema. Was ist mit Nathan?«
»Er wird übermorgen beigesetzt. Ich habe gestern mit seinen Eltern gesprochen. Sie hegen Ihnen gegenüber keine bösen Gefühle mehr. Sie zeigten sich sogar bis zu einem gewissen Grad einsichtig, was ihre eigenen Fehler angeht. Ob Sie es glauben oder nicht, Frau Phillips hat geweint.«
»Krokodilstränen?«
»Nein, ich glaube nicht«, erwiderte Engler säuerlich, blickte dann demonstrativ zur Uhr. »Ich möchte nicht unhöflich erscheinen, aber ich habe noch eine Menge zu tun.« Er stand auf und reichte Brackmann die Hand.
Brackmann verließ die Kirche. Den ganzen restlichen Tag verbrachte er grübelnd im Streifenwagen oder im Büro. Am Nachmittag kam ein Fernsehteam, um ihn zu interviewen, doch er blieb wortkarg, sagte nur das Nötigste. Er war zur Bank gegangen, um den Scheck einzulösen. Der Schalterbeamte meinte, es würde etwa zwei Tage dauern, bis der Scheck gutgeschrieben sei.

Der Wiederaufbau fand in rasantem Tempo statt. Die gedrückte Stimmung unter der Bevölkerung wurde von dem Elan überdeckt, mit dem die Wiederherstellung des alten Stadtbildes angegangen wurde. Man half sich gegenseitig, was bei vielen den Schmerz und die Trauer linderte. Zahlreiche Bautrupps waren angerückt, um schnellstmöglich all jenen, die noch in Notunterkünften oder bei Freunden oder

Verwandten wohnten, wieder ein eigenes Haus zu bauen. Doch selbst wenn die Stadt vollkommen wiederaufgebaut würde, wenn man die äußeren Wunden heilte, so blieben für Zeit und Ewigkeit sichtbare Narben übrig. Denn über die Stadt war mehr als nur ein Tornado hereingebrochen.

45

Die Nacht vor der Trauerfeier. Unruhig wälzte sich Engler in seinem Bett von einer Seite auf die andere, stand auf, weil er nicht schlafen konnte, ging ans Fenster, um tief die frische Nachtluft einzuatmen, betrachtete den klaren Sternenhimmel, las in seinem Redemanuskript, nahm hier und da Verbesserungen vor, trank Sherry, stopfte sich die Pfeife und grübelte; sein Magen krampfte sich zusammen, wenn er an den kommenden Tag dachte. Dazu das unerfreuliche und unergiebige Gespräch mit Brackmann, der noch immer keine Ruhe gab. Wenn je einer in Waldstein die Wahrheit offen ausgesprochen hatte, dann Brackmann. Aber auch er war schließlich in dem von den Vandenbergs gesponnenen engmaschigen, klebrigen Netz hängengeblieben.

Die Trauerfeier! Warum hatte sein Bischof ihm diese Aufgabe übertragen? Warum übernahm diese nicht ein hoher Würdenträger? Warum ausgerechnet er?! Was immer er sagte, die Leute würden ihn nicht verstehen, ihm vielleicht nicht einmal zuhören.

Mitten in der Nacht, um zwei Uhr, ging er hinunter in sein Arbeitszimmer, setzte sich hinter den Schreibtisch, nahm die Bibel zur Hand, blätterte wahllos darin herum, in der Hoffnung, plötzlich die Worte zu finden, die, wenn er sie vorlas, jedem sofort ins Herz stießen. Er fand sie nicht. Gott half ihm nicht, er ließ ihn allein. Kurz vor Sonnenaufgang schlief er in seinem Sessel ein, doch schon um halb sieben

erwachte er wieder. Mathilde stand in der Tür. »Guten Morgen, Herr Pfarrer«, sagte sie. »Haben Sie gut geschlafen?«
Er streckte sich und sagte: »Ach, Mathilde, ich werde erst wieder gut schlafen, wenn dieser Tag vorüber ist. Glauben Sie mir, daß ich nervös bin?«
Sie nickte verständnisvoll. »Kommen Sie, frühstücken Sie, machen Sie sich frisch, und Sie werden sehen, dann sieht die Welt schon viel freundlicher aus.«
Er duschte abwechselnd kalt und warm, rasierte sich, zog sich an und ging zu Mathilde in die Küche. Das Frühstück stand bereits auf dem Tisch. Er aß ohne Appetit, las dabei ein letztes Mal seine Predigt durch.
Um kurz nach acht kam ein junger Soldat. »Guten Morgen«, sagte er und stand stramm, »ich soll Ihnen nur sagen, daß alles bereit ist.« Was nichts anderes hieß, als daß die Gräber ausgehoben waren und die Särge davorstanden.
Draußen hatten sich mehrere Reporter versammelt, die Interviews mit Engler wollten, doch er verwies sie auf die Zeit nach der Trauerfeier. Das ganze Gebiet um die Kirche, der Friedhof und das Innere der Kapelle waren ein einziges riesiges Blumenmeer, dazu Abschiedsgrüße aus dem ganzen Land.
Die ersten Gäste, meist solche, die nicht aus Waldstein stammten, erschienen bereits um halb zehn, obwohl die Trauerfeierlichkeiten erst um elf begannen. Reporterteams nicht nur aus Deutschland waren angereist, um zu berichten, Interviews vor Ort zu führen und, wenn möglich, reißerische Hintergrundberichte zu liefern. Storys von Trauer und Elend in Schwarzweiß oder in hochglänzendem Vierfarbdruck verpackt. Wenn Reporter überhaupt zu gierigen Bestien wurden, dann im Angesicht von Katastrophen. Die Auflagen der Zeitungen schnellten sprunghaft nach oben, die Einschaltquoten der Nachrichtensendungen erreichten seltene Werte.

Bischof Frank aus Nürnberg war gekommen, der Bundespräsident, der Ministerpräsident von Bayern, beide samt Ehefrau, und viele bekannte und weniger bekannte Gesichter. Bereits um zehn war die Kirche bis auf den letzten Platz besetzt, sämtliche Plätze in der Kapelle waren reserviert für die Hinterbliebenen und eine Handvoll Prominente. Kameras waren aufgestellt und Mikrofone. Vor der Tür drängten sich Hunderte von Schaulustigen, zwei Lautsprecher übertrugen die Feierlichkeit nach draußen.
Um fünf vor elf stieg Engler mit langsamen Schritten die knarrenden Stufen zur Kanzel hinauf, worauf augenblicklich jedes Murmeln verstummte. Alle Blicke waren auf ihn gerichtet. Er schlug die Bibel auf, um einen Vers zu lesen. Seine Hände und Beine zitterten, er schwitzte wieder. Sie sangen ein getragenes, trauriges Lied, bei dem fast alle zu weinen anfingen. Danach betete Engler. Als er geendet hatte, blickte er auf, seine Stimme wurde fest.

»Werte Hinterbliebene, liebe Trauergemeinde, Bürger von Waldstein, liebe Gäste. Wir haben uns heute hier aus einem der schrecklichsten und traurigsten Anlässe versammelt, die der menschliche Geist sich nur vorstellen kann. Aus einem Anlaß, der uns alle so überraschend und so schwer getroffen hat, der ein solch unermeßlich tiefes Loch in unsere Stadt und viele unserer Familien gerissen hat, und von dem sich dieser kleine Ort lange nicht wird erholen können. Es ist ein Anlaß, den sich keiner gewünscht hat und dem wir doch ins Auge sehen müssen, den wir nicht ungeschehen machen können.
Noch keine drei Tage sind vergangen, seit Waldstein die schwersten Stunden seiner Geschichte erlebte. Ein Tornado, ein gewaltiges Unwetter hat ausgerechnet diese kleine Stadt heimgesucht. Er hat viele Menschen getötet, junge und alte, Väter und Mütter, unschuldige Kinder. Er hat

Familien auseinandergerissen oder gar ausgelöscht. Er hat vielen all ihr Hab und Gut geraubt und unermeßliche Trauer zurückgelassen. Eine Trauer, die für viele nie vergehen wird. Am Tag nach der Katastrophe habe ich viele Menschen weinen sehen, ich sah in ihre leeren, traurigen, bittenden Augen. Und ich sah die unausgesprochenen Fragen in ihren Gesichtern. Warum ich, warum wir, warum überhaupt?

Ich verstehe diese und andere Fragen, vor allem aber versteht sie Gott.

Manch einer mag hergehen und die Schuld bei Gott suchen. Manch einer mag sich fragen, wie Gott es zulassen konnte, daß so etwas geschieht, hier in unserer friedlichen kleinen Stadt. Viele werden mit Gott hadern, einige sich abwenden und sagen, mit diesem Gott möchte ich, möchten wir nichts mehr zu tun haben. Wieder andere aber werden das Unglück hinnehmen, die Ärmel hochkrempeln und sagen, wir werden es schon schaffen. Glauben Sie mir, wenn es jemals in meiner Macht gestanden hätte, das Geschehene zu verhindern, ich hätte es getan. Aber diese Macht ist mir nicht gegeben, keinem Menschen wurde je die Macht eingeräumt, den Naturgewalten Einhalt zu gebieten. Und das ist auch gut so, denn Gott ist und bleibt der Allmächtige. Er allein bestimmt die Abläufe der Natur, er allein kann Leben geben und Leben nehmen.

Er hat viele von uns auf das härteste geprüft, manch einen bis an die Grenzen der Belastbarkeit, vielleicht sogar darüber hinaus. Viele von uns verstehen nicht, was hinter alldem steckt. Doch wer kennt nicht die Geschichte von Hiob, diesem großen, glaubensstarken Mann, der alles verlor, was er je besaß, außer sein Leben. Er wurde mit Aussatz geschlagen, sein Hab und Gut wurde ihm genommen, seine Familie dezimiert. Selbst seine, wie sich später herausstellte, zweifelhaften Freunde wandten sich von ihm ab. Ihm

blieb für eine lange Zeit nichts als Krankheit, Trauer und Schmerz. Und doch hat er eines nie verloren – nämlich seinen unerschütterlichen Glauben an Gott, an den, der ihn erschuf. Er ließ sich selbst durch das ärgste Unglück nicht von seinem Glauben abbringen, und sosehr er auch geprüft und versucht wurde, er hielt zu Gott. Er hat Gott nicht verflucht, aber er hat Gott gefragt. Und hat Gott ihn allein gelassen?
Nein, alles, was Gott tat, war, Hiob zu prüfen, seine Standhaftigkeit, seine Treue zu ihm. Er hat Hiob nicht geprüft, weil Hiob etwa ein schlechter Mensch gewesen wäre, im Gegenteil, Hiob ist untadelig vor Gott gewandelt. Gott hat Hiob damit auf besondere Aufgaben vorbereitet. Und wie viele von uns wissen, hat Hiob, nachdem er wie ein Wurm durch die tiefsten Tiefen seines Daseins gekrochen ist, ein schöneres und besseres und erfüllteres Leben geführt als zuvor.« Engler ließ seinen Blick über die Anwesenden gleiten, um die Reaktion auf seine Worte zu prüfen. Viele Gesichter waren blaß und verweint, eine junge, ihm unbekannte Frau in der zweiten Reihe schneuzte sich laut.
»Ich weiß«, fuhr er fort, »die Geschichte von Hiob wird nur den wenigsten von Ihnen Trost bieten. Sie werden denken, was hat das mit mir zu tun, mit meinem Mann, meinen Kindern, die ich so sehr geliebt habe und die mir keiner ersetzen kann?
Sie haben recht, keiner hier kann Menschenleben ersetzen. Doch Gott hat sie zu sich genommen, und der Tag wird kommen, da werden wir sie wiedersehen, wenn dieses kurze Erdenleben vorüber ist. Noch werden einige von uns viele Jahre darauf warten ... und die vielen Jahre warten darauf, daß wir hier auf dieser Erde ein rechtschaffenes Leben führen, vielleicht ein rechtschaffeneres, als wir es bisher getan haben. Lieben wir einander mehr, helfen wir, wo Hilfe gebraucht wird! Entsagen wir der Sünde und geben

wir Gott Gelegenheit, in unser Herz zu dringen. Öffnen wir uns dem Geist Gottes!
Was wir in der Nacht von Dienstag auf Mittwoch erlebt haben, war vielleicht der Finger Gottes, der unsere Stadt berührt hat. Es war der Finger eines liebenden, strafenden, gütigen und manchmal traurigen Gottes, der auf dieser Stadt seinen Abdruck hinterlassen hat. Es war eine Naturkatastrophe, eine furchtbare Erfahrung für jeden, der sie miterlebt hat, ein entsetzliches Desaster. Gott hat alles erschaffen, er kennt alle Gesetze, und die Natur gehorcht seinem Wort. Wir werden nie Gottes Wirken verstehen, doch wir können versuchen, dieses Wirken zu akzeptieren. Wir müssen wie Hiob Gottes Handeln als gerecht annehmen, auch wenn uns die Gründe dafür verborgen bleiben. Er liebt uns, auch wenn seine Liebe bisweilen grausam erscheint und uns viele Opfer abverlangt. Er hat viel gefordert von uns in den letzten Tagen, doch er hat uns nicht allein gelassen in unserem Schmerz. Denn wie heißt es doch in Johannes 14, Vers 27: ›Frieden hinterlasse ich euch, meinen Frieden gebe ich euch, nicht einen Frieden, wie die Welt ihn gibt, gebe ich euch. Euer Herz beunruhige sich nicht und verzage nicht.‹
Beten Sie. Bitten Sie Gott um Hilfe in dieser Zeit der Not. Manchmal sprechen die Menschen und Gott aber nicht ein und dieselbe Sprache. Gott versteht uns, wenn wir uns ihm nähern, wir können Gott aber nur verstehen, wenn wir auch zuhören. Wenn wir unser Herz öffnen und auf die feine, leise Stimme hören, die zu uns spricht und uns Trost spendet.
Was wollte Gott uns mit dieser Katastrophe zeigen? Wenn jemand eine Antwort darauf finden kann, dann nur Sie selbst.
Ich bete für die Toten, ich bete aber auch für Sie, ich weiß, Ihr Schmerz und Ihre Trauer sind noch lange nicht vorüber.

Ich segne Sie und fordere Sie gleichzeitig auf, den Lebenden beizustehen, jenen, die unserer Fürsorge bedürfen.
Lassen Sie uns jetzt singen und beten. Anschließend begeben wir uns auf den Friedhof, um die Bestattungen vorzunehmen.«

Es war heiß auf dem Friedhof. Er mußte erweitert werden, durch die neuen Gräber waren seine Kapazitäten erschöpft. Engler segnete die Gräber, betete noch einmal, ließ die Angehörigen zu sich kommen, schüttelte Hände, spendete tröstende Worte.
Eine Stunde nach der Trauerfeier, es war bereits vierzehn Uhr, begann der Friedhof sich zu leeren. Die unbekannten Gesichter verschwanden hinter den getönten Scheiben teurer Limousinen, die Fernsehteams packten ihre Kameras und Mikrofone und Stative ein, und langsam schwanden Hektik und Aufregung aus Waldstein.
Ein Sarg nach dem anderen wurde in die Tiefe gelassen, nur die Angehörigen, sofern es welche gab, und Engler standen noch dabei. Kleine Bagger schütteten die Gräber zu, Holzkreuze mit den Namen der Verstorbenen wurden auf einem jeden errichtet. Und bevor die Sonne in den Horizont eintauchte, war die Arbeit beendet.
Nachdem die meisten Menschen die Kirche und den Friedhof verlassen hatten, begab sich Engler ins Haus, begleitet von Martin Vandenberg und zwei seiner Leibwächter.

46

Die Nachricht lag um neunzehn Uhr auf dem Schreibtisch. Scherer war wieder zu Hause. Auch wenn ihm der Sinn nicht nach Streit stand, setzte Brackmann sich dennoch in den Streifenwagen und fuhr hin. Er mußte zweimal klingeln, bevor ihm geöffnet wurde. Sie hatte geschwollene Lippen und ein geschwollenes Auge, geronnenes Blut klebte an den Nasenöffnungen, sie war kaum fähig, zu sprechen. Das Haar war blutverkrustet und büschelweise ausgerissen, und obwohl Brackmann es nicht sehen konnte, so wußte er doch, daß unter ihrem sackartigen Kleid weitere schwere Verletzungen sein mußten. Im Hintergrund schrie ein Kind, das kleine Mädchen saß zitternd auf dem untersten Treppenabsatz.

»Was machst du an der Tür?« brüllte Scherer. »Komm gefälligst rein und mach die Tür zu!«

»Kommen Sie bitte ein andermal wieder, bitte!« flehte sie leise. »Es ist nicht wegen mir, aber die Kinder ...!«

»Nein, Frau Scherer, diesmal ist es zuviel. Tut mir leid, er hat das Faß zum Überlaufen gebracht. Er wird bezahlen!« Er schob die kleine, zierliche Frau einfach mit einer Handbewegung zur Seite und betrat das Wohnzimmer, das einem Schlachtfeld glich. Ein Sessel war umgestürzt, Zeitungen und Papier lagen auf dem Boden, vereinzelte Blutspritzer. Scherer, dieser muskelbepackte Hüne, hockte in Unterhemd und Trainingshose, eine Flasche Bier in der Hand, dumpf vor sich hinbrütend auf der Couch und sah erst auf, als Brackmann vor ihm stand.

»Verschwinden Sie, Sie gottverdammtes Arschloch, sonst schmeiße ich Sie raus!« In seinen Augen loderte das Feuer der Hölle, er ballte die Fäuste, an den Knöcheln waren blutige Einrisse.

»Was haben Sie mit Ihrer Frau gemacht?« fragte Brackmann gefährlich leise; die Arme ließ er entspannt herunterhängen.

Scherers Kiefer mahlten aufeinander, dann grinste er plötzlich dreckig. »Fragen Sie sie doch selbst! Sie ist gestolpert und die Treppe runtergeflogen! Sie ist nun mal eine etwas tolpatschige Person. Stimmt's nicht, Liebling? Wo steckst du denn?! Komm gefälligst her, wenn ich mit dir rede!«

Sie stand in der Tür. Sein Blick schien sie zu hypnotisieren. Sie nickte ängstlich. »Ja, es stimmt, ich –«

»Na also!« meinte Scherer triumphierend, »da hören Sie es selbst! Meine Frau würde niemals lügen! Und jetzt verpissen Sie sich!«

»Nein, Ihre Frau würde nicht lügen. Höchstens, wenn sie Angst vor weiteren Schlägen haben müßte! Aber nicht nur das, was Sie Ihrer Frau angetan haben, wird Ihnen zum Verhängnis werden, ich bin noch wegen einer anderen Sache hier. Sie können sich denken, weswegen?«

»Leck mich am Arsch, Scheißbulle!«

»Nehmen Sie sich in acht, Scherer! Ich bin nicht zum Spaß hier, und beleidigen lasse ich mich von einem wie Ihnen schon gar nicht! Also, was ist?«

»Ich hab gesagt, Sie sollen sich verpissen, bevor ich Sie eigenhändig hinausbefördere!« Scherer erhob sich und baute seine Riesengestalt vor Brackmann auf. Er grinste. Brackmann blieb unbeeindruckt.

»Sie reihen einen Monat an den anderen. Alles Monate, die Sie im Knast verbringen werden. Und ich verspreche Ihnen, ich werde aus den Monaten mindestens ein Jahr machen. Wenn ich Glück habe, sogar noch mehr!«

Brackmann sah den ansatzlos geführten Schlag nicht kommen. Er traf ihn unvorbereitet und mit der Wucht eines Vorschlaghammers im Magen. Instinktiv ließ er sich nach hinten fallen und rollte sich ab. Scherer wollte sich auf ihn werfen, doch Brackmann war schneller. Er drehte sich zur Seite, und bevor Scherer reagieren konnte, schlug Brackmann ihm die Faust mit aller Kraft ins Genick. Scherer brüllte auf wie ein verwundeter Stier und versuchte wieder hochzukommen. Erneut schlug Brackmann zu, zehn-, elfmal in rascher Folge ins Gesicht, und er legte alle Wucht in die Schläge, denn er stellte sich vor, in die teuflischen Fressen von Jonas oder Martin oder Victor Vandenberg zu schlagen, dann riß er Scherer hoch, ließ seine Fäuste im Stakkato auf seinen Körper eintrommeln, bis Scherer ausgelaugt und aus Nase und Mund blutend am Boden lag. Brackmann stand über ihm, breitbeinig, um Luft ringend, physisch und psychisch am Ende.

»So, Scherer«, stieß er keuchend hervor, »das war's dann wohl endgültig! Dazu kommt noch tätlicher Angriff auf einen Polizeibeamten. Das ist noch einmal ein halbes Jahr. Ihre Frau wird sich freuen.«

Sie stand regungslos in der Tür. Kein triumphierendes Flackern in ihren Augen, nicht der Ansatz eines erlösten Lächelns. Das kleine Mädchen hielt sich am Kleidersaum der Mutter fest und lugte von hinten mit einem Auge hervor. Das andere Kind schrie in der Küche.

Scherer brauchte etwa fünf Minuten, um einigermaßen zu sich zu kommen. »Was wollen Sie eigentlich?« stöhnte er.

»Das wissen Sie genau! Ich sage nur Müllerhof. Klingelt's jetzt?«

»Leck mich am Arsch, Scheißbulle!« Scherer spuckte Blut auf den Teppich.

»Los, Scherer, stehen Sie auf, wir fahren in mein Büro. Ich werde Sie in eine nicht sehr schmucke Zelle stecken und dann den Staatsanwalt anrufen. Auf geht's!«

Scherer blieb kurz stehen, Brackmann riß seine Arme nach hinten, legte ihm Handschellen an. Scherer warf seiner Frau einen bösen, verächtlichen Blick zu. »Was stehst du da und glotzt?! Sieh lieber zu, daß du verschwindest, verfluchte Schlampe!«

Brackmann gab ihm einen kräftigen Stoß, Scherer stolperte, wäre beinahe hingefallen. Alles, was Brackmann jetzt noch brauchte, war die Aussage von Frau Scherer, daß sie von ihrem Mann regelmäßig verprügelt wurde. Dazu ein ärztliches Attest von Dr. Reuter, und Scherer würde für eine ganze Weile hinter Gittern verschwinden. Den süßen

Duft der Freiheit würde Scherer so bald nicht mehr atmen.
»Sie wissen, Sie haben sich mit den Hundekämpfen strafbar gemacht! Und Sie haben Ihre Frau mißhandelt. Richter reagieren im allgemeinen sehr allergisch auf so was.«
»Leck mich am Arsch!«
Schmidt war im Büro und sah erschrocken auf, als Brackmann Scherer unsanft durch die Tür stieß.
»Was ist mit dem?« fragte Schmidt.
»Fragen Sie nicht soviel, schließen Sie lieber die Zelle auf!«
»Was hat er ausgefressen?«
»Mißhandlung seiner Frau, Durchführung von Hundekämpfen, Beleidigung und tätlicher Angriff auf einen Polizisten. Rufen Sie den Staatsanwalt an, ich will morgen noch mit ihm sprechen.«

Brackmann erfuhr von Scherer nichts über den Hundekampf in der Tornadonacht. Aus seinem Mund quoll statt dessen ein nicht endender Schwall erbärmlicher Flüche. Dafür erzählte Reuter ein wenig über den Kampf.
»Ein Bekannter von mir war draußen auf dem Müllerhof. Der Name tut nichts zur Sache, wenn Sie verstehen?!«
Brackmann schüttelte den Kopf. »Nein, ich verstehe nicht. Erzählen Sie trotzdem.«
»Trinken wir etwas?«
»Gerne.«
Reuter schenkte zwei Gläser halbvoll mit Scotch und gab Eis hinzu. Er reichte ein Glas Brackmann.
»Mein Bekannter war übrigens nicht aktiv beteiligt. Er sagte, das Spektakel habe so gegen zehn begonnen. Er schätzt, es müssen etwa hundertfünfzig Teilnehmer und Zuschauer dabeigewesen sein. Beim vorletzten Kampf ist dann die Scheune über den Leuten zusammengekracht. Es ist irgendwie ein Wunder, daß nicht alle umgekommen

sind. Mehr als die Hälfte der Anwesenden scheint zwar in Panik geraten zu sein, aber sie sind relativ unbeschadet davongekommen ...«

»Gut, daß Ihr Freund nicht aktiv beteiligt war. Ich brauche nämlich unbedingt jemanden, der gegen Scherer aussagt. Ich garantiere auch, Ihrem Freund wird nichts geschehen. Ich brauche nur seine Aussage, damit Scherer endlich hinter Gitter kommt; ich warte schon lange darauf, diesem Kerl etwas nachweisen zu können.«

Reuter schüttelte den Kopf. »Ich glaube nicht, daß der Mann sich dazu bereit erklären wird. Erstens hat er einen guten Ruf zu verlieren, und zweitens, wer sagt schon gegen Scherer aus? Irgendwann kommt er wieder raus und macht den fertig, der ihn verpfiffen hat. Nein, ich will Ihnen da keine Hoffnungen machen. Und gleich noch ein Dämpfer: Richter Zeiher war auch da. Und Sie wissen, er hat die Wahl zwischen fünftausend Mark Strafe für Scherer oder einem Jahr Gefängnis. Da Scherer den Richter aber kennt ... Er wird nicht einmal die Anklage von Scherers Ehefrau ernst nehmen. Tut mir leid für Sie, aber so liegen nun mal die Dinge.«

Brackmann trank aus und stellte das Glas auf den Tisch. »Ich werde trotzdem mit dem Richter sprechen. Es muß eine Möglichkeit geben, Scherer hinter Gitter zu bringen. Übrigens, hat seine Frau sich schon bei Ihnen wegen einer Untersuchung gemeldet?«

»Nein, bis jetzt nicht.«

»Dann tun Sie mir einen Gefallen, fahren Sie zu ihr. Wir brauchen ihre Aussage.«

»Gut, aber Sie wird es nicht zulassen. Sie ist leider so.«

Brackmann verließ Reuters Haus, verfolgt von den Blicken des Doktors, der jetzt auch sein Glas leerte. Reuter schüttelte nur den Kopf.

Am folgenden Tag suchte Brackmann Engler auf.
»Ja?« wurde er kühl begrüßt.
»Ich wollte nur noch einmal kurz mit Ihnen sprechen ...«
»Tut mit leid, ich habe heute keine Zeit«, sagte Engler abweisend.
»Nur fünf Minuten.«
»Nein, heute nicht. Kommen Sie ein andermal wieder. Wenn Sie mich bitte entschuldigen wollen ...«
»Aber –«
»Auf Wiedersehen. Ein andermal vielleicht wieder.« Engler war in seinem Büro verschwunden, er hatte die Tür hinter sich geschlossen.
Brackmann stand einen Augenblick unschlüssig in der Kirchenhalle. Engler hatte sich benommen, als fürchtete er Brackmann wie die Pest. Brackmann dachte nach, aber er fand keine Begründung für dieses seltsame Verhalten.

Brackmann wollte noch drei Tage Dienst tun, bevor er in Urlaub fuhr. Er lag bereits im Bett, schlief aber noch nicht, als es klingelte. Er stand auf, schaute aus dem Fenster; die Straße war leer. Gerade als er sich wieder hinlegen wollte, klopfte es an die Tür.
»Wer ist da?« fragte er und stand wieder auf.
»Machen Sie bitte auf, ich muß mit Ihnen sprechen.«
»Sagen Sie mir erst, wer Sie sind, dann –« Zu mehr kam er nicht, die Tür wurde mit lautem Knall einfach aufgetreten, knallte gegen Brackmanns rechte Schulter, er ging zu Boden. Drei Männer standen über ihm, einer von ihnen zielte mit einer 38er direkt auf seinen Kopf.
»Wo ist die Kopie des Briefes?« zischte der mit der Pistole.
»Was für eine Kopie?«
»Brackmann, wir machen diese Wohnung zu einem Müllplatz und Sie zu einem Bestandteil davon, wenn Sie nicht sofort damit rausrücken! Also, wir warten!«

»In der obersten Schublade des Schrankes.«
»Gut! Und jetzt, Brackmann, sage ich Ihnen eines – wenn Sie an Ihrem Leben hängen sollten, was ich vermute, versuchen Sie nie wieder ein solches Spiel mit den Vandenbergs! Normalerweise räumen sie Hindernisse einfach aus dem Weg. Lassen Sie sich das ein für allemal gesagt sein!«
Einer der Männer schlug Brackmann daraufhin die Faust mit aller Gewalt zweimal in die Nieren, der andere ließ die Pistole gegen seine Schläfe krachen, der dritte trat gegen seine Brust und seinen Rücken. Erst als Brackmann sich nicht mehr rührte, gingen die Männer wieder.

Waldstein, ein Jahr später

Epilog

Die Stadt war zum größten Teil wiederaufgebaut, lediglich zwei Grundstücke blieben verwaist, und es gab auch niemanden, der sich dafür interessierte.
Esther Pickard blieb gelähmt. Sie wurde dreimal operiert, es nützte nichts, sie würde für den Rest ihres Lebens an den Rollstuhl gefesselt sein. Aber Esther begann schneller als erwartet, sich mit ihrer neuen Situation abzufinden, und es dauerte nicht lange, da glich sie schon wieder der Frau, die sie vor dem Unfall gewesen war, und wenn auch körperlich behindert, so war sie doch stets über den allerneuesten Klatsch informiert, den sie in Windeseile zu verbreiten wußte. Der glühende Funke, der die Liebe zwischen ihr und Georg für einen kurzen Moment hatte auflodern lassen, war fast wieder erloschen, glomm kaum merklich vor sich hin. Bernd und Dieter fuhren weiterhin einmal im Monat nach Nurnberg, um Einkäufe fürs Geschäft zu tätigen und …, denn schließlich gab es keine »anständigen« Mädchen in Waldstein, und es gab auch keinerlei Aussicht, daß sich daran je etwas ändern würde. Und bei manchen dieser Ausflüge nahmen sie jetzt auch ihren Vater mit.
Die Merkels und die Oberts, deren Freundschaft auf des Messers Schneide gestanden hatte, hatten das Kriegsbeil tief vergraben. Andy und Caroline hatten geheiratet und den Segen von Pfarrer Engler erhalten, und das Baby, ein Mädchen mit roten Locken, lebte in einem geordneten Zuhause; die Großeltern kümmerten sich rührend um sie. Phillips war erneut zum Bürgermeister gewählt worden, die

Bürger hatten sich mit überwältigender Mehrheit für ihn entschieden. Frau Phillips war die strahlende, liebevolle Ehefrau an seiner Seite, eine Frau, die für jede Sorge ein offenes Ohr hatte, die half, wo immer sie gebraucht wurde. Und ihre Güte und Herzlichkeit wären vollkommen gewesen, wäre da nicht dieser tragische Tod ihres Sohnes Nathanael, den Frau Phillips in der Öffentlichkeit als psychisch Kranken beschrieb, der mit dem harten Leben in dieser grausamen Welt nicht fertig wurde. Die wahren Gründe aber kannten nur eine Handvoll Menschen: Brackmann, Engler, Reuter, Schmidt, Angela Siebeck ... Und obwohl zumindest Brackmann und Angela es gern getan hätten, erzählten sie keinem Menschen von der Begebenheit, die letztendlich zum Selbstmord des Jungen geführt hatte.

Angela Siebeck wurde nach dem Tod von Frau Fleischer die Leitung der Bücherei angeboten, doch sie lehnte dankend, aber entschieden ab. Diese Stadt würde sie nie für das entschädigen können, was sie erlebt hatte. Sie packte ihre Koffer, verließ Waldstein wenige Wochen nach dem Tornado und ging zurück nach Boston, um sich um ihre alkohol- und tablettensüchtige Mutter zu kümmern.

Scherer, der für die Mißhandlungen an seiner Frau und für den Hundekampf verantwortlich zeichnete, wurde von einem Richter aus Nürnberg abgeurteilt. Richter Zeiher aus Hof weilte zur Zeit der Verhandlung zur Genesung nach einer Herzattacke in der Schweiz. Scherer wurde zu zehntausend Mark Strafe, einem Jahr Gefängnis und einer anschließenden Bewährungszeit von fünf Jahren verurteilt. Seine Frau hätte somit die Möglichkeit gehabt, zusammen mit ihren Kindern Waldstein zu verlassen, um ein neues, friedliches Leben irgendwo anders zu beginnen. Ein Leben, frei von der Angst vor Prügel, Vergewaltigung und anderen Mißhandlungen. Und obwohl ihr sogar von verschiedenen Seiten Hilfe angeboten wurde, lehnte sie aus für jedermann unerfindlichen Gründen ab. Sie blieb in Waldstein, wo sie auf die Freilassung ihres Mannes aus dem Gefängnis wartete. Keiner würde je ergründen, was sie bewog, sich weiter jenem Haß auszusetzen, der erneut auf sie niederprasselte, sobald die Gefängnistore ihren Mann ausspuckten. Bereits am ersten Abend nach seiner Rückkehr hörte man schon wieder die dumpfen Schläge und angsterfüllten Schreie aus dem schmuddeligen Haus neben der einzigen Autowerkstatt und Tankstelle in Waldstein. Und bestimmt vernahm der eine oder andere die verzweifelten Hilferufe der jungen Frau, doch man hatte sich ja auch früher nicht darum geschert . . .

Nach zwei langen Tagen und Nächten der Schläge und Vergewaltigungen wurde Frau Scherer, die sich am Morgen mit letzter Kraft auf die Straße geschleppt hatte, während ihr Mann ungerührt in der Werkstatt arbeitete, in das Krankenhaus von Hof eingeliefert, wo sie wenig später an den ihr zugefügten Verletzungen starb.

Diesmal wurde Scherer des Totschlags angeklagt und zu fünfzehn Jahren Haft verurteilt Die Kinder kamen, weil keine sonstigen Angehörigen aufzutreiben waren, in ein Waisenhaus in der Nähe von Bayreuth, wo ihr Leben in Zukunft ruhiger und friedlicher verlaufen sollte.

Engler predigte jeden Sonntag von Liebe und Gottvertrauen, von Demut und Nächstenliebe, die Kirche war stets vollbesetzt. Er war und blieb der beliebte Pfarrer. Tag für Tag sah man ihn durch Waldstein laufen. Aber auch Englers Zeit neigte sich dem Ende zu, Prostatakrebs fraß seinen Körper von innen auf, und eines Abends sagte Reuter ihm, er habe noch maximal ein Jahr zu leben.

Die Vandenbergs residierten weiter wie Könige etwas oberhalb von Waldstein. Sie erledigten ihre Geschäfte in München, in Frankfurt, Paris oder New York. Sie waren und blieben die ehrbare, angesehene Familie des Ortes, der seinen Wohlstand allein ihnen zu verdanken hatte.

Jonas Vandenberg war, wie von dem einen oder andern befürchtet, nicht zum Ministerpräsidenten gewählt worden, weil ein cleverer und wagemutiger Journalist eine Schmiergeldaffäre aufdeckte, in die Jonas verstrickt war. Er hatte wieder einmal – einmal zuviel – jemanden gekauft, und diesmal war er erwischt worden. Nach dieser so schmerzlichen Niederlage, dieser bitteren Schmach, hatte Jonas Vandenberg sich eine Zeitlang zurückgezogen und sich in einen Zustand des Vollrausches versenkt, bevor er sich besann und sich wieder den wichtigen Dingen des Lebens zuwandte. Er begann sein Image aufzupolieren, und er würde mit Sicherheit, wenn seine Weste wieder unbefleckt und strahlend schien, für die nächsten Wahlen kandidieren.

Bliebe nur noch Brackmann. Er hatte nicht gewonnen, er hatte lediglich Teilsiege errungen. Er hatte die Spielregeln gelernt. Was ihn aber stolz machte, war, daß Sarah und Csilla nicht nach Waldstein zurückkehrten. Sarah hatte von Österreich aus die Scheidung betrieben und das Sorgerecht für Josephine beantragt, und wenn nichts Gravierendes dazwischenkam, würden sie die Zukunft um einige Sorgen leichter verbringen. Brackmann pflegte inzwischen regen Briefkontakt mit Sarah, doch Salzburg, wo sie jetzt wohnte, war weit, zu weit.

Sein Konto war um einiges dicker, er leistete sich sechs lange Wochen Urlaub auf Kreta. Dann kehrte er zurück ... körperlich erholt.

Er schluckte jeden Morgen und jeden Abend eine kleine, blaue Pille, die ihm über den Tag halfen. Er fuhr seine Runden durch den Ort, überließ die Büroarbeit Schmidt oder auch Richter, der seit der Sturmnacht das rechte Bein nachzog und der so wohl nur in Waldstein als Polizist geduldet würde.

Brackmann sah mit Wehmut Angela Siebeck Waldstein

verlassen, aber seine Schüchternheit hatte nicht zugelassen, daß er seine Gefühle ihr gegenüber in aller Deutlichkeit ausgedrückt hatte.

Ganz allmählich normalisierte sich das unterkühlte Verhältnis zwischen ihm, Engler und Reuter, man behandelte sich freundlich und unverbindlich, trank dann und wann ein Glas Bier zusammen und hatte sich ansonsten nicht viel zu sagen. Er wußte, es war Engler, dem er den nächtlichen Überfall in seiner Wohnung zu verdanken hatte, denn niemand sonst hatte Kenntnis von der Kopie des Briefes von Maria Olsen.

Im Prinzip aber hatte sich in Waldstein nicht viel verändert. Nicht viel? Bis auf ein paar unwesentliche Kleinigkeiten war Waldstein das Nest geblieben, das still und friedlich am Rande des Fichtelgebirges und eine Autostunde vom Frankenwald entfernt sein kümmerliches Dasein fristete, das immer kleiner und kleiner wurde; in vielleicht zehn oder auch erst zwanzig oder dreißig Jahren würde Waldstein aufgehört haben zu existieren.

Doch noch eine ganze Weile würde Charlie zur Mittagszeit in seinem Schaukelstuhl sitzen, im Schlaf mit seinem linken kleinen Finger zucken, das Windrad sich im Sommer quietschend im heißen Ost- oder Südwind drehen und dann und wann ein Auto über die wenig frequentierte Hauptstraße fahren, und aller Wahrscheinlichkeit nach würde sich bis zu seinem letzten Tag in Waldstein nichts, aber auch gar nichts ändern.

Vorsicht!
Kabel unter Spannung